大鱼
有爱的青春陪伴者

许的胡子我的围巾

上

映漾 著

四川文艺出版社

图书在版编目（CIP）数据

你的胡子 我的围巾 / 映漾著 . -- 成都 : 四川文艺出版社 , 2022.9
ISBN 978-7-5411-6419-4

Ⅰ . ①你… Ⅱ . ①映… Ⅲ . ①言情小说 - 中国 - 当代 Ⅳ . ① I247.5

中国版本图书馆 CIP 数据核字 (2022) 第 144386 号

NI DE HUZI WO DE WEIJIN

你的胡子 我的围巾

映漾 著

出品人 张庆宁
责任编辑 王梓画
特约编辑 娄 薇
装帧设计 刘 艳 孙欣瑞
责任校对 段 敏

出版发行 四川文艺出版社（成都市锦江区三色路 238 号）
网 址 www.scwys.com
电 话 0731-89743446（发行部） 028-86361781（编辑部）

排 版 长沙大鱼文化传媒有限公司
印 刷 长沙鸿发印务实业有限公司
成品尺寸 145mm × 210mm 开 本 32 开
印 张 21 字 数 810 千字
版 次 2022 年 9 月第一版 印 次 2022 年 9 月第一次印刷
书 号 ISBN 978-7-5411-6419-4
定 价 69.80 元（全二册）

目录

目录

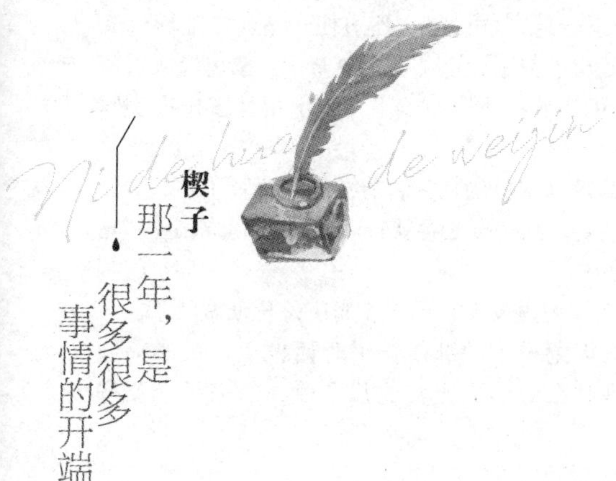

楔子

那一年，是很多很多事情的开端

年轻的方永年听到开门声，眼镜片后狭长的眼睛闪过一丝困惑。

早上七点，临近期末，项目组的其他人都在过着昼伏夜出的生活，这个点实验室里一般是没有人来的。

他今天早起，是因为今天周四——周四食堂里有豆腐包子。

他慢吞吞地揉了一把自己将近四个月没剪的乱蓬蓬的头发，把纸盒子里的豆腐包子推到电脑显示屏后面，然后慢吞吞地转身。

门口站着他的学长兼领导，项目负责人陆博远。

陆博远看到方永年时，松了一口气，把手上那个印着卡通少女图案的粉红色书包放到自己的位子上，然后从身后拉出一个穿着红色棉袄的小女孩。

小女孩红着眼眶吸着鼻子，明显刚刚哭过。

“你在就太好了。”陆博远很忙，忙着给小女孩擦眼泪擤鼻涕，再把书包里塞得满满的东西一件件拿出来。

方永年又揉了一把头发，慢吞吞地站起来。

“我丈母娘凌晨犯病了，谁都不认，就是要回老家。”陆博远满头大汗，“也不知道她从哪里弄来了几百块钱，一大早甩开看护打车去了长途汽车站，看护查了监控追过去的时候车子都已经开了。”

陆博远的丈母娘患有阿尔兹海默病，中期，他们项目组的人都知道。

方永年这回不揉头发了，他皱着眉，看了红着眼睛还在抽泣的小女孩一眼。

小女孩认生，往陆博远身后一缩，只给他看了半颗脑袋。

“我借了所里的车回老家一趟，估计得在那边住一宿。”陆博远又把小女孩拉出来，“一心妈妈出差去了，这丫头在放寒假，家里没人管，你如果今天一天都在实验室里，就帮我照看一下，晚上把她安排在实验室的休息室就行。”

方永年没料到交给他的是这么艰巨的任务，眉头皱得更紧了。

“这丫头挺省心的，你只要管她一日三餐就行。”陆博远急着走，“吃饭的钱开发票，回头我给你报销。”

他本来担心这个时间点实验室里没人，还在头痛应该拉谁做壮丁。

方永年虽然是项目组里年纪最小的那个，平时话也少，最感兴趣的东西只有研究和吃，但是胜在聪明，比其他几个单纯的书呆子要好很多。

而且方永年永远不会错过饭点。

在一屋子连自己都照顾不好的书呆子里面，方永年这个属性实在太难能可贵。

简直是独一无二的保姆人选。

所以，陆博远走得虽然匆忙却很放心，手忙脚乱地把女儿陆一心晚上睡觉的枕褥被套弄好，再清点了下她的洗漱用品，就头也不回地走了。

连介绍都忘了做。

年轻的男人和穿着红棉袄的小女孩在一片忙乱中面面相觑，都在对方眼里看到了尴尬。

那一年。

方永年二十四岁。

陆一心十岁。

十岁，是很尴尬的年龄，离天真烂漫的幼儿时期有点远，所以不能完全把她当孩子看，但是把她当大人，又明显太小了。

陆博远是恋家的男人，空闲的时候很喜欢同实验室里这一帮单身汉炫耀自己的家人，所以方永年对陆一心并不算陌生。

十岁，小学四年级，最近刚进入叛逆期，和她外婆的关系很好。

方永年脑子里迅速地过了一遍陆博远平时炫耀的内容，忍下了再次揉乱自己那头乱发的冲动，弯下腰和陆一心平视。

他个子高头发乱，弯腰时画面有些吓人。

陆一心抱着自己的粉红书包往后退了一步。

方永年一怔。

看来他这个不知道从什么地方看到的，对待小孩要尽量平视对方的方法，现实里用起来是行不通的。

“……你有寒假作业吗？”理论上行不通，那就只能简单粗暴了。

陆一心吸了吸鼻涕，点了点头。

方永年松了口气。

“这是你爸爸的桌子。”他指着陆博远的办公桌，“你可以在这里做作业。”

想了想，他又补充了一句：“有不懂的随时问我。”

陆一心抱着书包看着这个头发乱蓬蓬快要遮住整张脸的叔叔，他说完之后直起了腰，头也不回地回了他自己的座位上，再也不看她一眼。

陆一心也松了口气。

她外婆丢了。

从前年开始，她外婆就变得和以前不一样了，有时候会不记得她是谁，有时候坐着说话，说着说着小便就突然拉出来了。

她外婆病了，发病的时候会像个孩子一样哭闹，平时也要吃很多很多的药。

所以她没有心情和陌生的大人打招呼，也不想要回答陌生人的问题。

陆一心把书包里的作业本一本本地拿出来，摆放好之后偷偷地看了一眼方永年。

这个叔叔盯着电脑打字飞快，已经完全忘记了她的存在。

真好。

陆一心咬着笔杆子开始神游，小小的一张脸很严肃地端着。

外婆应该是想外公了。

她小大人一样叹了口气。

方永年对这个小女孩很满意，就像陆博远说的那样，陆一心很好带，坐在她爸爸的办公椅上，安安静静的，什么麻烦都没有。

实验室恢复了安静，方永年很快地理出了这周需要统计的报告，摘下眼镜捏了捏眉心，眼角瞥到他刚才塞到显示器后面的纸盒子。

他的早饭。

食堂里的豆腐包子，里面有口感沙沙的咸蛋黄，事先用菜油炒过，所以哪怕冷了，吃起来都不会腥。

他伸手把纸盒子拖过来，拿起一个塞进嘴里。

包子还是热的，咸蛋黄裹着嫩豆腐，入口即化。

他心情很好地一边吃一边检查数据，嘴里满是鲜甜的嫩豆腐，起身准备给自己泡一杯咖啡。

然后，他停住。

那个被他彻底遗忘掉的小女孩此刻和他四目相接，他嘴里塞着每周四早上一大早排队才能买到的豆腐包子，而她嘴里，只叼了一支笔，光秃秃的笔。

方永年二十四岁的人生里，从来没有过如此尴尬的时刻。

他用最小的幅度嚼了两下，快速咽下嘴里鲜美多汁的豆腐包子。

“你……”他清清嗓子，拿起桌上那个纸盒子，“要不要？”

陆一心无意识地嚼了一下嘴里的笔。

今天一大早兵荒马乱，她爸爸给她买了早饭，但是好像落在地铁上忘记拿下来了。

她是独生女，今年才十岁。

物资丰沛年代的独生女，从小到大只有挑食的记忆，从来没有饿过肚子。

更没有自己饿着肚子，大人却在享受美食的记忆。

所以她有些蒙，看到对方递过来的纸盒子里只剩下一个小小的包子时，变得更蒙。

一个小包子是真的有点少。

尤其，方永年还听到了陆一心咽口水的声音。

“我去给你买早饭。”他终于有了做叔叔的自觉，穿外套的时候环顾了一眼空荡荡的实验室，楼上还关着一堆实验用动物，改口道，“你跟我一起下楼，我带你去吃早饭。”

陆一心还在看那颗小包子。

雪白的面皮，皱褶的地方浸润着馅料的汁水。

她趁着方永年低头扣外套的工夫飞快地拿起包子，一整个塞进嘴里，再次抬头，又一次和这个长着乱蓬蓬头发的叔叔四目相接。

“走吧。”方永年笑了。

这丫头，一个包子吃下去，脸上的表情才终于生动了起来，眼睛滴溜溜的，再也没有刚刚一脸严肃戒备的样子。

能用吃搞定的孩子，都是好孩子。

食堂里的豆腐包子已经卖完了，方永年给陆一心买了一碗豆浆和两根油条。

陆一心先在豆浆里加了两大勺白糖，然后把油条浸进豆浆里，直到油条上沾满了豆浆，才拿起来咬了一口。

和方永年一模一样的吃法。

方永年又笑了，生平第一次有了喂养宠物后的满足感。

刚炸好的油条金黄酥脆，热气腾腾的豆浆温暖了陆一心从凌晨开始就乱七八糟的心。她眯了眯眼，终于觉得坐在对面的这位陌生的叔叔是个可以尝试接近的人——因为他给她的东西都很好吃，豆腐包子，还有油条豆浆。

“我外婆回家是因为想我外公了。”她咽下了嘴里的豆浆，开口说的话没头没脑的。

方永年正在回想早上理的那些数据报告有没有遗漏的，听到陆一心突然开口，反应迟钝地“嗯”了一声。

“她不是老年痴呆，她只是想我外公了。”开过一次口，后面的话就变得简单了。

方永年愣住。

小姑娘在辩驳。

十岁的孩子，已经能够清楚地知道，痴呆是一个贬义词，她在向一个陌生人解释，自己的外婆凌晨出走的原因。

甜豆浆雾气袅袅，小姑娘说完这两句话，抿紧了嘴唇，黑白分明的大眼睛紧紧地盯着他。

她想要的，可能也不过只是他刚才心不在焉的一声“嗯”而已。

“那不是痴呆。”他突然有了解释的心思，“那是一种病，因为神经细胞损失导致的不可逆的、退行性脑疾病。”

陆一心呆呆的。

方永年下巴比了比豆浆，示意陆一心继续吃。

陆一心很乖地喝了一口豆浆，咽下去之后又有了新问题：“那……吃了药能好吗？”

那一段短短的解释，她只听懂了“病”这个字，比“痴呆”这词舒服，听起来好像更有希望。

方永年沉默了一瞬。

“目前没有药能治好这种病。”十岁，是一个已经可以和她说真话的年龄，十岁的孩子，应该要学会理解希望和现实的距离。

陆一心垂下眼帘，把油条在豆浆里搅拌了半天，抬头，有些不服气又有些气愤地道：“我爸爸是研究药的，他一定能救我外婆！”

方永年摘下眼镜，手指在眼镜框上来回擦拭。

“治这种病的药总有一天可以研制成功。”他没有正面回答陆一心的问题，因为他没办法向一个十岁的孩子解释研究药品的漫长周期和复杂过程。

陆一心却笑了，吸了吸鼻子，揉了揉还是有些红肿的眼睛，用十岁的逻辑快速地下了结论：“所以我外婆也总有一天会好的。”

方永年不再说话。

陆一心却像是得到了宝贵承诺，满腹心事瞬间有了转移的方向。

“你和我爸爸一样，是研究药的吗？”

“我可以叫你叔叔吗？”

“你叫什么呀？”

“我以后可以经常来找你玩吗？”

“我还能再吃一根油条吗？”

……

那一年，是方永年和陆一心第一次见面。

那一年，是很多很多事情的开端。

那一年，是这个名叫方永年的年轻人，生命转折的开始。

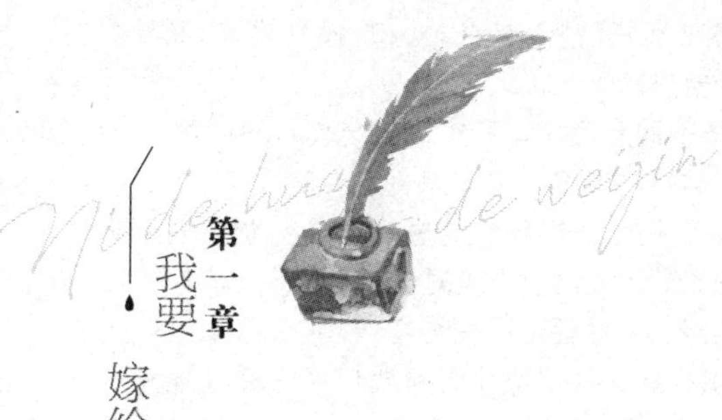

第一章 我要嫁给他！

八年后。

禾城是座很小的小城，因为紧挨着华亭市，这几年的房价翻了好几番，整座城市又拆又建翻新了好几轮，只剩下老城区中心几个老小区因为拆迁成本巨大一直没动。

九十年代修建的老式小区，半封闭的设计，临街一排是装修老旧的门面房。

益民药房就开在这样一个不显眼的老式小区里，六十平方米不到的店铺里挤满了药品货架，柜台和收银台藏在店铺角落里，白色的日光灯下老旧的空调轰隆作响，推开那扇贴满了药品海报的玻璃门，一股热气带着药味扑面而来。

方永年在进门前就看到了那个熟悉的身影，推玻璃门的时候，几不可见地微微叹了口气。

喂养宠物是有风险的，一旦投喂了，对方很有可能会就此赖上你，牛皮糖一样，再也甩不开。

八年了，他身边所有的人和事都已经物是人非，唯独这个人，从十岁到十八岁，见到他的第一句话一直都是：“方叔叔，我饿了。”

小姑娘渐渐地有了大人模样，黄毛丫头的头发早已经变得浓黑茂密，可要求投喂的时候，表情语气仍然一模一样。

方永年摸了摸外套口袋，里面还有两颗他低血糖的时候补充糖分用的凤梨酥，隔空丢给嗷嗷待哺的少女，皱着眉看了一眼空荡荡的收银台：“老郑呢？”

“库房。”陆一心动作娴熟地拆开包装，咬了一小口，满足地眯了眯眼，再把剩下的大半块凤梨酥整个塞进嘴里。

“真奇怪。”她鼓着腮帮子满脸困惑，“明明是一模一样的牌子，为什么你给我的就比我自己买的好吃很多？”

方永年无语地横了她一眼，脱了外套径直走进收银台，坐在办公椅上的时候，右脚撞击到座椅的滚轮，发出很奇怪的金属声响。

陆一心咽下了嘴里的凤梨酥，突然就觉得有些苦。

“我爸要回来了。”她想把剩下的那块凤梨酥放到牛仔裤口袋里，塞到一半怕碎了，又抽出来重新捏在手里。

收银台的密码是六个“6”，方永年敲打的时候完全没避开陆一心，收银台弹出钱箱后他往里面丢了三十块钱，然后抽出收银台下面的黑色小柜子，给自己拿了一包玉溪。

拆包装的时候，他看了陆一心一眼，想了想还是忍住了。

这丫头今年成年了，不能再用以前那种“叔叔要抽烟，你躲一边去”这样赶鸭子的方式了。

十八岁的小姑娘，据说很需要自尊心。

因为一个豆腐包子无缘无故多了八年长辈责任感的方永年有些无奈，收起了打火机。

结果一抬头，这丫头居然还一脸谴责。

“你开的是药房！”陆一心痛心疾首。

虽然是小区老药房，虽然卖的都是跌打损伤感冒药，但是也不能卖香烟啊！

“没上架的。”方永年被陆一心愁眉苦脸的模样逗乐，难得解释了一句，再帮她把话题拉回来，“你爸要回来了？”

陆一心的注意力很快被转移，点点头：“他之前的那个项目结束了，这次据说有一个月的假期。”

“嗯。”方永年应得敷衍。

烟抽不了了，他只能叼着一根没点燃的香烟象征性地缓缓瘾。

收银台的钱箱还敞在那里，他坐着无聊，索性把钱都拿出来，叼着烟开始算账。

陆一心等了半天没等到她想要的反应，捏得手里的凤梨酥包装纸窸窣直响。

方永年似笑非笑地看了陆一心一眼，低头继续算账。

老小区里住的大部分都是老人，买药的时候用的都是很旧的皱巴巴的钱币。

方永年慢悠悠地把这些软塌塌的钱弄平，一丝不苟。

“你……去给流浪猫结扎了？”陆一心终于开口，说的却是另一个话题。

“嗯。”方永年叼着烟点头。

“你最近不是很忙吗？”陆一心扒拉着凤梨酥的包装纸。

“天热了手术伤口容易发炎。”方永年有问必答。

“哦……”话题终结，陆一心又低着头揉捏凤梨酥包装纸。

方永年不催她，钱币弄平了，又开始弄硬币，一沓一沓地按照金额放好。

“你……”陆一心终于又一次开口，“毛衣起球了。”

方永年低头看了一眼身上的灰色毛衣，赞成：“嗯。”

“你头发又有好几个月没剪了。”陆一心开始东拉西扯，“胡楂也没刮干净。”

老妈子的口吻。

方永年收拾完最后一枚硬币，拿下嘴里的烟，抬头，正视陆一心：“所以？”

陆一心咽了口口水。

以前的方永年，并不是这样子的。

虽然也一样的不修边幅，做事情也一样的慢吞吞，但是那时候的方永年，笑得很多。

他长得像个女孩子，大眼睛长睫毛，那时候脸上有肉，笑嘻嘻的时候看起来很漂亮。

现在也很漂亮。

可是太瘦了，不说话只看着她的时候，会让她觉得呼吸困难。

“所以？”他又问了一遍。

“所以我爸爸这次回来，你会去找他吗？”她本来还想再铺垫一下的，结果现在被吓得一口气全说了出来。

方永年扯起了一边的嘴角。

陆一心捏着凤梨酥的包装纸，紧紧张张，又忐忐忑忑。

这丫头……

“我不去找他，他也会来找我。”他本来不想回答她这个问题的。

大人们的事情，和她无关。

陆博远要回来这件事，她应该是刚刚才知道的，一知道就巴巴地跑来药房找他，东拉西扯，从他的毛衣嫌弃到他的胡楂。

现在想想，他和陆博远最后一次大吵，似乎也是因为这丫头暂时偃旗息鼓的。

当初进项目的时候，陆博远一直强调项目组的人都是一家人，不管是公事还是私事大家都要互相帮忙。现在看起来，唯一一个真的把项目组里的人当家人的人，只有陆一心。

那个豆腐包子，算是没白喂。

陆一心低头。

他没有叫她爸爸的名字，他提到她爸爸时的语气，还是有很明显的疏离。

“那我回去了。”她蔫蔫的。

他看起来，像是早就知道她爸爸会回来的样子，一点都不意外。

他跟她爸爸这四年来虽然并不常常见面，但他还是很清楚地知道她爸爸的行踪，她平时说的所有和她爸爸有关的话，他看起来都不意外，也不惊讶。

他来禾城开这个破旧小药房，并不是为了糊口的。

他每个月都会外出好几天，他有别的经济收入，他有很多她不认识的朋友。

他并不瞒着她。

“陆一心。”方永年在陆一心走出药房前叫住了她。

陆一心回头。

方永年已经点燃了刚才那根烟，在收银台后的阴影里吸了一口，烟雾下，他过分瘦削的五官棱角分明。

“好好读书。”他说，“其他的事情，和你没关系。”

那场车祸，死去的兄弟，和他的腿。

都和她没有关系。

“我真的觉得你是个变态。”一直窝在药店库房里的郑飞姗姗来迟，张口就不是好话，“一边调查人家的爸爸，一边做着人家的叔叔，这样会让你有特殊快感吗？”

郑飞长得很平凡，中规中矩地穿着别着执业药师牌子的白袍子，戴着高度近视眼镜，不高不矮不胖不瘦。

方永年面无表情地喷了郑飞一脸的烟雾：“你才变态。”

郑飞出奇地怕陆一心，每次陆一心来找方永年，郑飞总是会找各种借口走开。

一把年纪了也不嫌丢人。

“那丫头鬼精鬼精的，从我这里套走了不少话。”郑飞也往收银台里丢了三十块钱，给自己拆了一包利群。

两个药房老板关着门在药房里吞云吐雾。

“录音拿到没？”郑飞摘下眼镜，拿身上的白袍子擦眼镜片。

“拿到了。”方永年吸了一口烟，皱着眉，“只是没用。不是那一年的录音带，只能说明葛文耀在前几年和那家制药公司有经济纠葛。”

郑飞手指夹着香烟，止不住地苦笑：“再这样查下去，你们那个项目组里就快没有干净的人了。”

死的，没死的，残的，没残的，都有故事，都有立场。

方永年很久没有说话。

那个录音是七年前的，那时候项目刚立项没多久，项目组里的人都是老教授一个个找来的，都很年轻，都是能独当一面的精英，都有可能成为业界泰斗。

这样的阵容在业界少见，当年好多媒体都在醒目的位置报道了这个项目。

立项那天，大家踌躇满志，认为攻克阿尔兹海默这个难题只是时间问题。

方永年咽下了嘴里的苦味。

葛文耀是他的师兄，南方人，普通话很不标准，药物晶型研究方面的专家。

他今天用尽方法拿到的那个录音里，葛文耀用自己特有的普通话把他们项目研究初期的报告一个字一个字地卖了出去，录音里没有说价格，但是他知道，那大概只是华亭市郊区一幢60平方米房子百分之三十的首付。

虽然那份初期报告研究方向其实是有问题的，很快就被否决了，但是葛文耀当年确实曾经泄过密。

方永年任由指尖的香烟燃尽，红色的烟头卷起灰色的烟雾。

他们那个项目，从立项的那一刻起，就已经被人盯上了。

立项三年后，在他们经历无数次失败终于找到正确方向的那一天，项目组的重要成员在高速公路上发生了重大车祸，对向车道的一辆工程车撞破护栏和他们迎面相撞。

车上四个人，死了三个，残了一个。

葛文耀，在副驾驶座，当场身亡。

而他，在后排，右腿被卡在车门里，在施救的过程中被截肢。

那一年，他二十八岁，他们项目的主要负责人陆博远，本来应该在车上的陆博远，在临上车前突然接到一个神秘电话，把驾驶位让给了齐逸，一个同样结了婚有孩子的师兄，车祸中当场死亡。

“继续查。”方永年在烟灰缸里摁灭香烟。

就算当年整个项目组的人都不干净，他也要查下去。

为了告慰亡灵，为了他自己的这条腿和他曾经的梦想。

“然后呢？”郑然然翻了一页练习册，百无聊赖地打了个哈欠。

陆一心双手托腮，圆眼亮晶晶，语气斩钉截铁：“然后我要嫁给他！”

果然……

郑然然对这个结论早就已经免疫，连白眼都懒得赏她一个。

“我还拍了照！”陆一心仍然兴致勃勃，摸出手机献宝一样塞到郑然然面前。

陆一心的拍照水平很一般，花样年华的自拍都能拍出只看到下巴的死亡视角，唯独拍方永年，或许是真的有浓烈的感情，陆一心镜头里的方永年，总是有满溢出镜头的情绪，朴素但是动人。

就像这张刚拍的照片。

完全不懂什么叫作光影效果的陆一心把方永年的脸拍在了阴影里，苍白的老旧药房，方永年穿着深灰色的毛衣，手指上的香烟安静地燃烧。

照片里的方永年，寂寥到危险。

郑然然很认真地欣赏了一分钟，然后毫不犹豫地戳破陆一心的粉红泡泡："你男神让你好好读书，可是你的化学分数仍然只有我的零头。"

"……你化学是满分！"被拉回现实的陆一心愤愤不平，"我上辈子到底做错了什么，这辈子身边除了我自己其他人都是天才级别的学霸！"

陆一心从十二岁开始就喜欢的男神方永年是理化天才，二十二岁就已经药物化学硕士毕业，博士在读；她自己的爸爸陆博远是天才，年纪轻轻各大学术杂志上就已经经常会出现他的名字；她唯一的闺密，初中军训第一天在操场上捡到的、她以为只是个内向的乖乖女的闺密，居然是个每次考试都能全校第一的学霸。

陆一心的成绩不算差，但是在这样的氛围下，她就是一个活生生的学渣样本。

"你这题错了。"学霸郑然然很矜持地用辣条指了指陆一心的练习册。

花痴了一半被打断的陆一心只能心酸地嚼着辣条好好读书。

"不过……"郑然然一边吃辣条一边看陆一心做题，到底有点担心好友，"你爸爸回来以后万一他们还吵架怎么办？"

"我回来的路上想过了。"陆一心做完了一题对上了参考答案，吁了口气，"他们以后反正都是要吵架的，现在多练习几次也不错。"

郑然然叼着辣条一脸问号。

"在我和方永年结婚之前，他们之间一定会有一场世纪之战。"陆一心一本正经，"现在吵架把火气都发出来了，对以后有好处。"

郑然然无语。

真是……逻辑鬼才。

"祝你们百年好合。"郑然然放弃和疯子论长短。

在陆一心这里，方永年的所有话题，最终的结语一定是百年好合。

少女们的喜欢和崇拜是最热烈单纯的，热烈到了极致，她们能想出来的最最激烈的词，也不过就是嫁给他。

这种偶像崇拜式的喜欢，最美的是过程，并不存在结局。

这一点，理智聪颖的郑然然很清楚，冲动又精力旺盛的陆一心也一样清楚。

从小对陆一心开放式教育的陆一心妈妈刘米青，更清楚。

"咱们女儿又嚷着要嫁给方永年了。"陆一心和郑然然做作业的时候从来都不关房间门，刘米青听得很清楚，给丈夫陆博远打电话的时候，揉着眉心笑嘻嘻。

夫妻两人因为工作原因两地分隔了两三年，每天电话里聊得最多的就是女儿陆一心。

陆博远在电话那头哼了一声，并不想接这个话题。

刘米青笑。

她个性温和，这几年因为陆一心的原因，她和方永年接触得很频繁，撇开那些没有直接证据的怀疑，她其实挺喜欢陆博远这位学弟的。

“也幸好方永年这几年一直没有谈对象，要不然咱们女儿的青春期估计会折腾很多。”刘米青一边进厨房一边随口闲话家常，陆一心和郑然然在房间里的笑闹声让她心情很好，嘴角上扬，眼神温柔。

陆博远一般情况下是不太会破坏妻子的好心情的，但今天的话题是方永年，他白天才开会头痛过的人物，所以他又哼了一声，这次没忍住嘀咕了一句：“就他现在折腾的，还有没有命找对象还得另说。”

“什么意思？”刘米青敛了笑容。

她很关注方永年的事情，陆一心和他走得实在是太近了，尤其是陆一心的外婆走了以后，她因为悲伤过度病倒，陆博远当时项目在关键时期，陆一心那段时间几乎是交给方永年带的。

十几岁的小姑娘天天跟着当时二十多岁的方永年，一日三餐再加上免费家教，当年关系最好的时候羁绊太深，出车祸后，陆博远和方永年彻底闹翻，可陆一心并没有受影响。

陆一心是个实心眼的丫头，她是真的把方永年当成了家人和偶像，方永年如果出事，陆一心不可能不被影响。

“他现在在向药监局申请仿制原研药。”陆博远没有细说，“流程没问题，但是那药的专利在国内还没有过期，再加上还有几个有点问题的仿制药公司也盯着这块原研药，那帮人的手脚不太干净。”

这几年国内仿制药的流程虽然规范了很多，仿制数据作假的成本比以前高了，但是因为利益，作假这件事仍然还是存在的。

方永年选择的原研药利益巨大，他所在的那家小公司能不能拿到药监局的审批是一回事，他为了拿到审批，报出的那一系列金光闪闪的资质背景，确实挡了某些人的道。

方永年做原研药做得好好的，突然掉转头去做仿制药。做就做了，还不愿意去大公司，非得铤而走险用自己的小公司去和人家已经有背景的公司竞争。

他向来知道方永年嫌命长，但是这样明目张胆作死，真的很让人头疼。

“为了这事，老教授还特意找了我。”陆博远满肚子火气，“方永年毕竟是老教授的得意弟子，老教授仍然想拉他一把。”

所以下个项目，老教授还是想要拉上方永年。

“你呢？”刘米青关上了厨房的门，放低声音，“你想拉他一把吗？”

“为了项目，肯定是想的。”陆博远叹了口气。

不管他愿不愿意承认，方永年确实是目前国内药品固态研究领域做得最顶尖的人才，方永年如果愿意进项目，肯定能事半功倍。

但是，方永年那个狗脾气。

陆博远又叹了口气，给自己找借口说服自己：“让他进项目，一心这边也能消停一点。”

这孩子高二了，成绩忽上忽下的一直不太稳定，他是真的不想再听到自家女儿嚷嚷着要嫁给方永年这种话了。

哪怕知道这只是小女孩青春期荷尔蒙躁动后的胡言乱语，他听着也硌硬得慌。

刘米青看了陆一心房间一眼，把厨房的门关得更严实，打开抽油烟机，确定彻底隔音了，才开口：“博远，当年的事情，你还是怀疑是方永年做的吗？”

这个问题，她从来没有问过。

她性格感性，方永年在陆一心外婆走了之后对陆一心是真心实意的好，她承了这份情。

所以哪怕她知道在车祸前方永年就已经和陆博远之间存在学术上的意见不合，车祸发生之后，她仍然不忍心再追问下去。

毕竟，方永年已经少了一条腿。

那场车祸，连肇事司机一起，死了四个人，都是活生生的人命。车上的三个年轻人，都是平时看到她会喊她嫂子的人。

他们做的那个项目关键性文档在车祸当天被竞争公司公布，投资人认为他们的项目存在严重的管理问题宣布撤资，整个项目只能宣告失败。

她知道老教授在车祸之后私下找过陆博远，本来一直想要查清楚真相的陆博远在老教授找他之后就彻底放弃了。

陆博远开始和所有人说文档丢失确实是项目管理有问题，却从此不再把方永年当自己人。

陆博远沉默了一瞬，再次开口的时候，不知道为什么，嗓子有些哑：“当年的事情被老教授动用了很多关系才压下去，我虽然没有任何证据，但是那份文档的加密秘钥，只有我和方永年有。我自己知道泄露文档资料的人绝对不是我，那么唯一一个有能力做这件事的人，只有方永年。”

“那车祸呢？”刘米青透过厨房的玻璃门看着陆一心的背影。

这丫头坐没坐相，青蛙一样趴在座位上埋头苦算。

陆博远沉默了很久，再次开口，声音仍然沙哑：“我确实怀疑方永年当年为了利益出卖了项目资料，但那场车祸，绝对是意外。

“如果不是意外，我不会同意老教授让我想办法压下资料泄露的要求。

“车祸中死掉的三个人，都是我的学弟，我手把手带出来的人。

“那场车祸，是个意外。”

四十五岁的陆博远，语气沙哑到苍老。

他和妻子无话不谈，从不隐瞒。

他知道自己的妻子并不相信方永年会为了利益出卖项目组，他一开始其实也不相信。

但是方永年车祸后做的事情，让他不得不怀疑。

方永年只是个比普通人聪明一点的科研人员，家里还有个做公安的哥哥，他父母都是普通职员，家境最多只能算是小康。

但是车祸之后，方永年变得很有钱。他的仿生义肢，他在这里开的药房，还有他让别人挂名注资的医药公司，每一笔费用，都不是一个小康家庭能拿出来的。

“教育一心这件事一直是你主导的，我从来没有插手过。但是一心今年十八岁了。”陆博远语重心长，“青春期追偶像是正常的，可她也已经到了男女有别的年龄，现在应该把精力都放在读书上了。

“方永年这个人，我看不透。

“他这两年做的事情，没有一件不是剑走偏锋，得罪了太多的人。

“一心老是往他那边跑，终归不是一件好事。”

刘米青轻轻地“嗯”了一声，挂了电话。

陆一心若有所觉地回头，正对上刘米青看着她的眼。

“我饿了！”在凳子上趴成青蛙的少女鼓着腮帮子笑，无忧无虑。

晚上九点半。

陆一心掐着时间拿出了自己那本高中化学五星级题库难题解析，封面被她用很少女的粉红色书套包了起来，她深深地吸了口气，翻到折好的那一页。

周六晚上九点半，药房里值班的是郑飞。方永年这一天不会出城，这个时间点，他通常在家吃完了饭洗好了澡，难得的休息一下。

陆一心的这本难度变态的难题题库就是为了这种休息天准备的——当然不能每周都用，那样会打扰方永年休息。

两周或者三周问一题，是最好的节奏。

她选的都是郑然然需要演算十五分钟以上的题，画好星号小心翼翼地存好。这样的题要让方永年教会她，他们会需要打半个小时以上的电话，运气好遇到方永年心情好的时候，他们还能闲话几句家常。

陆一心又吸了一口气，用手机拍下那道题，微信发给了方永年。

一分钟后，她拨通了方永年的手机。

手机并没有马上接通，陆一心听着手机里的接通声咬住了嘴唇。

这个时间点方永年应该是很闲的，为什么会那么长时间没接电话……

他会不会终于猜到了她的伎俩，所以不想再理她了。

又或者，就像今天吃饭的时候她妈妈说的那样，方永年那么忙，她这样没脸没皮地黏着他，总归不好，太没礼貌了。

陆一心开始焦躁地咬指甲。

脑子里闪过了很多奇奇怪怪的念头，她甚至开始思考如果这个伎俩被识破了，那么下一次她应该用什么借口来给方永年打电话，这种两三周才一次，一次才半个小时的电话。

她明明已经那么小心翼翼了。

手机终于在即将出现无人接听的提示音前被接通了，方永年在电话那头“喂”了一声，陆一心眼眶瞬间就红了。

自己可能有点神经质了，陆一心揉了揉眼睛自我厌弃。

“我……”她清了清嗓子，“我有一道化学题不太会。”

方永年安静了一下，含糊地说了一句：“你等等。”

陆一心又吸了吸鼻子。

他可能在忙。

她猜想。

所以没有看到她发给他的微信。

少女的心经历了一场异常刺激的过山车，现在拿着手机贴紧着耳朵，生怕错过方永年那边任何的声响。

他应该是在家，周围很安静。

他住的那个小区离她家不远，封闭小区，晚上特别安静。

他似乎在搬东西，手机那端有很轻微的玻璃在地板上滑动的声音，然后又过了两分钟，他重新拿起手机，这次声音听起来比之前清晰了一点，他又说了一句：“你等等，我看看题。”

他……真的是在忙。

陆一心很敏锐地从方永年刚才的声音里听出了一些不一样的情绪，他声音听起来像是压抑了喘息，尾音很短，有些急促。

“方叔叔。”陆一心这次终于切实地感觉到了不安，“这题不是很急，我可以下次再问的。”

她打扰到他了。

她在他最不愿意被人打扰的时刻，打了这个该死的电话。

方永年那边又出现了玻璃在地板上滑动的声音，这一次，陆一心听到方永年喝了一口水。

“这题不难。”他的声音在喝了一口水后终于恢复正常，用陆一心熟悉的语气问她，“哪里不懂？”

那道题，她一个字都看不懂。

本来就只是给方永年打电话用的借口，就像以前每一个她骚扰他的周六晚上九点半那样，她说她一个字都不懂，然后方永年叹口气，从题目开始一句一句地解释给她听。

方永年讲题讲得很详细，他其实是很有耐心的人，从来都没有因为她理解不了，同样的知识点说了好几遍就发脾气。

他最多就只是在手机里叹口气，然后让陆一心带上脑子再听。

但是她今天，打扰到他了。

“我……”她突然没办法再耍赖一样说自己一个字都不懂，“我明天问问然然吧，这题不急。”

“哪里不懂？”方永年那边已经拿出了纸笔，自顾自地说，“我从题目开始讲吧。”

陆一心问的化学题对于一个高二生来说大部分都是超纲的，每次讲解他都得想很多办法把问题缩小到陆一心能听懂的知识点为止，其实有点费脑。

但是现在这个状况能让他转移注意力，是一件好事。

他压根儿没注意到陆一心的忐忑，好不容易有了件事情可以转移注意力，他强迫自己把焦点都放在陆一心发过来的那道题上。

“混酸与铜反应需用离子方程式解答，不能用化学方程式……”他耐耐心心地从最基础的部分开始讲，微蹙着眉心，额头上还有刚才没擦掉的冷汗。

陆一心前所未有地安静下来，不再插科打诨，不再花痴方永年磁性的嗓音，不再感叹自己男神的高智商，也不再脑补方永年对她应该是特殊的，因为除了对她，她还没有见过方永年对其他人那么耐心过。

她拿着笔不停地演算，方永年说的每一句话，她都认认真真地记在了脑子里。

这一次，她甚至在方永年说出答案之前就算出了答案，整个电话只用了十分钟。

方永年都愣住了，十分钟的专注讲解成功地转移了他的注意力，他终于发现小姑娘今天有点不寻常。

“变聪明了。”他笑，靠在椅背上，擦掉了自己额头的冷汗。

他的声音听起来已经完全正常了。

不知道是不是装的。

“你家……有人吗？”陆一心问得小心翼翼。

刚才方永年接起电话时说话的尾音和地面上拖动的玻璃声，让她实在无法释怀。

方永年挑起了一侧的眉毛。

“我就是有点担心。”陆一心说得更加小心翼翼，“这种时候，是不是家里有人比较好。”

方永年几乎有些惊奇了：“你怎么知道的？”

他刚才在电话里明明什么都没说，连搬镜子的声音都很轻，这丫头怎么听出来的。

“我猜的。”陆一心松口气。

方永年并没有瞒她，说明发作得并不严重。

“真是变聪明了。”方永年笑着夸她，语气没有任何异常，“没事，你这个电话打得正是时候。”

陆一心彻底松了口气，这下眼眶真的红了。

“我以为……”她傻乎乎的，说了三个字眼泪就开始往下掉。

她以为她打扰他了，这个电话打得太不是时候，他正在犯病，虽然大家都知道他有这个病，但是他发作的时候从来都不跟人说。

他自尊心那么强，她怕自己这个电话会让他厌恶。

她这个电话甚至不是为了学习，只是为了找个难一点的题目骚扰他，听他的声音的，每次问完一道题，换个题型一模一样的知识点她都不见得能做出来。

她其实，就是在胡闹。

结果，他说，她这个电话打得正是时候。

眼泪流出来就不容易收回去，陆一心一边胡乱擦眼泪一边哗啦啦地翻书：“我这里还有其他的题目……”

她刚才解得太认真了，十分钟不到就结束了。

太亏了……

两三周才能有那么一次打电话的机会……

方永年哭笑不得地听着陆一心在电话那头一边哭一边笑，擤鼻涕的声音，翻书的声音，还有她咕哝着他听不清楚的奇怪的网络用语，叽叽喳喳，兵荒马乱的。

陆一心的感情外放，这样莫名其妙突然就哭了的事情，他经历过无数次。

虽然每次都并不知道她到底在哭什么，却已经很习惯她这样见风就是雨的个性。

他靠坐在椅背上，刚才因为突然发作推倒的水壶还躺在地板上，家里一片狼藉。

陆一心稀里哗啦地又翻出两道化学题，念给他听，这题目对于高二生来说仍然难得不像话。

“你那本到底是什么书？”他忍不住有点好奇，好奇这丫头每次问的题目怎么都那么奇奇怪怪，知识点偏到北冰洋。

陆一心在那头嘿嘿笑，眼泪都还没收干就已经笑得一脸得意。

哭是没有再哭了，可是反应却再也没有一开始那么快，一道题一个知识点跟她讲了三遍，她才恍然大悟地“哦”了一声。

方永年苦笑着拿着手机换了一边的耳朵，警告她：“带上脑子！”

夜变得有点深了。

挂了电话的方永年，一个人坐了很久。

截肢的人有百分之五十以上会患上一种病，名字听起来像是玩笑，但是实际上却是无比残忍真实的持续性疼痛——幻肢痛。

主观感觉已被截除的肢体仍然存在并有不同程度、不同性质的疼痛或者瘙痒。

那明明白白用锯子锯开的腿，那明明白白已经不属于自己的肢体，在另一个不存在的空间里，真实地感觉到疼痛。

揉不到，摸不到，看不到，但是却真真实实地痛着。

他用过很多种方法，吃过止痛药，一直在做心理治疗，但是这种疼痛仍然会不期而至，防不胜防。

他家里有一面三角镜子，在幻肢痛发作的时候，他会把镜子放在两腿中间，在镜子里运动自己完好的左腿，看着镜子告诉大脑，他另一边的腿还在。

每次用这样荒唐到可笑的心理补偿来缓解疼痛，虽然收效甚微，但是多多少少还是有点用。

今天刚刚拿出镜子，手机就响了。

他本来不想接的。

这种疼痛比正常疼痛更加容易让人烦躁，本来就已经不存在的右脚，用这样的方式一而再再而三地提醒他，他现在是个残缺的人，他的四肢并不健全，他连痛都没有办法像一个正常人一样，揉一揉，就不痛了。

他烦躁得想把那个发出声响的手机丢到角落里，拿起来的时候看了一眼来电显示，还是接了。

他一直都知道。

陆一心，对他来说是不一样的。

他对陆一心特别有耐心，他很容易答应陆一心的任何要求，他甚至会对陆一心心软。

郑飞看出来了，调侃他变态。

他可能确实是有点变态。

最初对这个丫头好，是因为这丫头很好喂，喜欢吃的东西和他差不多，性格也不错，不骄纵不闹腾，大大咧咧傻乎乎的。

她身上没什么熊孩子的特质，看着没心没肺的，其实心挺细，也很懂事。

不难相处。

再后来……

这丫头变成了他乱七八糟生活里唯一一个没变的人。

他其实是怀念那段日子的，那段日子里，他四肢健全，生活有目标，并且单纯。

陆一心，是他对那段生活留下的唯一念想。

他有些变态地纵容着她，就像是纵容着自己去回忆过去那段美好的日子。

“挺聪明……”方永年自言自语，终于站起身，把丢在地上的水壶丢到垃圾桶里。

残肢不再有感觉，消失了就只是空荡荡的而已。

他关上了灯，盖好了被子，仰面躺着看着天花板。

“真是……”他在黑暗中再一次喃喃自语。

今天确实，幸好这丫头打电话过来了。

也算是，没有白疼她。

陆一心觉得有点不太对劲。

自从她上次去药房告诉方永年她爸爸要回来后，她已经有整整四天没有见到方永年了。她每次想去药房找方永年，都会被她妈妈用各种各样很合理很自然的理由岔开话题。

比如今天。

刘米青一大早做了很多咸菜饼，陆一心往嘴里塞了一个就鼓着腮帮子跑到厨房拿出保鲜盒开始往里面装。

“你干吗？”刘米青一直等到陆一心把保鲜盒往书包里塞的时候才开口。

“路过药房的时候给方叔叔和郑叔叔带一点。”陆一心又往嘴里塞了一个咸菜饼，呼哧呼哧地喝了一口咸豆浆，毛毛糙糙地用校服的袖子擦嘴。

她妈妈工作不忙的时候会做面点，每次都会做很多，然后让她装在保鲜盒里顺路给方永年他们带一点。

她都已经形成条件反射了，看到面点就自动自发地找保鲜盒。

“我带过去就行了，你直接去学校吧。”刘米青伸手拿过陆一心的保鲜盒塞到了自己的工作包里。

陆一心鼓着腮帮子：“……你又不顺路。”

刘米青不理她，咬了一口咸菜饼喝了一口咸豆浆。

陆一心坐在她对面，叼着咸菜饼，一双眼睛瞪得老大。

“眼珠子快瞪出来了。”刘米青笑女儿。

陆一心放下咸菜饼：“为什么啊？”

都四天了，她再看不出她妈妈是故意不让她去找方永年的她就该去看脑科了。

刘米青叹了口气：“你方叔叔今年都三十二了，身体也不是很好，很需要找个人在边上照顾他。

“前几天你爸爸在单位里给他找了个女孩子，临床研究员，两人见了一面互相感觉都还不错。

“你方叔叔谈个恋爱不容易，你一小姑娘就别去凑热闹了。”

刘米青轻描淡写，喝掉了最后一口豆浆，摸摸陆一心的头，拎着自己的工作包就出门了。

可陆一心总觉得她妈妈有点落荒而逃的味道。

“你们怎么这样啊！”她一直等到她妈妈下楼了才反应过来，号得家里都出现了回音。

方永年，恋爱了？！

还是她爸爸介绍的？

他们两个不是关系很不好吗？！不是吵架了之后一直都很生分了吗？！

怎么能这样啊！

今天周三，方永年晚上在药房值班。

刘米青早上吃饭的时候聊天说起方永年的相亲对象今天会去药房和方永年一起值班，貌似还挺谈得来。

晚自习最后一堂课还没有开始，陆一心就鬼鬼祟祟地从书包缝线的内衬里掏出了一件东西，偷偷摸摸地摸进厕所。

他们这层楼女厕所隔间好几个门闩都不太管用，陆一心试了几个，好不容易找到个能牢牢反锁的门，关门的时候看到郑然然正双手环胸站在隔间门口看着她。

陆一心反应迅速地把手里的东西塞到校服里，瞪大眼：“你为什么跟着我上厕所？吓死人了！”

演技十分拙劣。

郑然然比陆一心高半个脑袋，毫不费力地伸手从陆一心的校服口袋里拿出那根东西，在陆一心面前晃了晃。

陆一心恨得想咬她。

“我们上个月才研究过的方法。”郑然然把玩着手里的染唇液，“把这东西涂在卧蚕上抹匀，看起来会很像眼睛红肿发炎。”

她们两个从网上看到的，可以假装自己得了结膜炎而请假的神器。

陆一心对着郑然然磨牙。

“这颜色还是我跟你一起选的。”郑然然把手里的染唇液放回陆一心的校服口袋里，拍拍手，“不过可惜了，没用。”

“啊？”陆一心张着嘴，有点不适应这个转折。

“我把这个方法教给了隔壁班的混世魔王，昨天就拿你的染唇液试过了，还是我帮他涂的。”

棉签贴着卧蚕涂得特别均匀。

陆一心一怔。

“没用。”郑然然挺遗憾，“老师当场就发现了，还罚他抄了五篇课文。”

陆一心有点失望。

“我都教过你多少回了，做坏事之前一定要试验一遍。”郑然然恨铁不成钢，“而且你的问题是逃课就能解决的吗？”

陆一心苦着脸从隔间里蔫耷耷地挪出来，把染唇液藏到口袋的最深处。

她也很遗憾，这染唇液花了她两个星期的零用钱，结果现在试都没试就没用了。

要不下次涂眼睛上吓方永年试试。

“你为什么老拿隔壁班的混世魔王做试验？”陆一心几乎有些可怜隔壁班的那个家伙了，长得人高马大的，看起来还挺机灵，结果被郑然然坑过好多回了，比自己还笨。

“他自己要试的。”郑然然耸耸肩，不太愿意谈他的样子，“今天晚上你要是请假跑到方永年那里被你妈知道了，你以后要见他就更难了。”

陆一心垮下肩膀，对郑然然比了个“四”。

“我才四天没有见到他，他就恋爱了啊！”她鬼哭狼嚎。

“你哪怕每天都见他，他也一样可以恋爱啊。”郑然然戳穿她。

陆一心号到一半闭上了嘴，幽怨地瞪了郑然然一眼。

“你妈妈说得也没错啊，他年纪都那么大了，恋爱结婚都是很正常的事。上次他在家里发病的时候，你不是很担心吗？还跟我说希望他家里能有其他人，担心他一个人会难受。”

郑然然摊手：“反正你不可能真的嫁给他，他也不可能不结婚，这一天迟早都会来的。”

陆一心彻底垮下了肩膀，挪了两步。

很奇怪的，心有不甘到烦躁。

“我为什么不可能真的嫁给他？”她问郑然然。

“他不是我亲叔叔，我们之间只是相差十四岁不是四十岁，我从十二岁开始就喜欢他了，他所有的喜好我都知道，他所有的事情我都清楚。我那么喜欢他，为什么就不能真的嫁给他？”

最开始，陆一心只是呢喃，声音轻到像是自言自语，可说到最后，声音就慢慢地大了。

她一直都说，自己长大后要嫁给他。

她对他小心翼翼，打个电话都要想好八百个理由。

她在她根本不了解什么是喜欢什么是嫁人的年纪里，所有的悸动所有的动心都给了他。

她为什么不可以嫁给他？

“因为他不喜欢你。”郑然然看着陆一心，残忍而直接。

陆一心只是单方面地把方永年当成了偶像，一个生活中的、可以天天见面的偶像。

她只是对触手可及的偶像产生了错觉，因为她所有粉红色的少女梦想，都和这个偶像有关。

这一天迟早要来的。

她比谁都清楚。

陆一心不说话了。

所有人说的都是对的，从现实的一面考虑，都是对的。

那是一条大部分人都会选的路，和好好读书一样，都是显而易见的对的路。

她无法反驳。

可是，为什么做对的事，会那么难受?

为什么知道孤单的方永年终于有了看对眼的女朋友，她一点都不想祝福?

明明对大多数人来说这是件皆大欢喜的事，可是她心里却烦躁到想要逃课。

“然然。”陆一心站在教室门口，“我不行。”

她和郑然然是好朋友，她们两个从初中开始就形影不离，甚至一起经历了父母工作调动导致的转学。

她们在共同成长的路上，遇到过很多困惑，大部分时候都来自相对来说比较早熟的郑然然。

看起来乖巧的郑然然其实有很多困惑，她质疑过读书到底有没有用，她父母离婚的时候质疑过当个乖小孩有没有意义，她很喜欢的班主任辞职的时候，她还质疑过学校升迁制度是否公平。

她那么多奇奇怪怪的和年龄不符的质疑，都是陆一心陪着度过的。

这一次，困惑的人轮到了陆一心。

“把那玩意儿给我。”郑然然拿走了陆一心的染唇液。

“……你不是说没用吗？”陆一心张着嘴傻乎乎地看着郑然然很快速、很熟练地把染唇液在眼睛下面抹匀，红红肿肿的一片。

“看人。”郑然然昂着头盯着日光灯，盯出了眼泪后，又涂了一层，“我是全校第一。”

陆一心嘴角抽搐地跟着全校第一的郑然然，看着她十分自然地和班主任请了假，说自己突发结膜炎，她妈妈在上夜班，所以想让陆一心陪她去急诊。

班主任立刻就同意了，甚至还让她们打车去医院。

“隔壁班的那位会气哭。”虽然陆一心已经很习惯郑然然用乖巧的表情做各种坏事，但还是想为那位混世魔王抱不平。

郑然然才是真正的混世魔王，有她在，隔壁班那位简直是小儿科。

“我们去看看方永年的相亲对象。”郑然然穿好外套背上书包。

她们两个，对待青春期的困惑都喜欢用最直接的方法。

她以前有困惑的时候，陆一心就是这样陪着她去看去听去问。

哪怕看了听了问了，问题仍然没有解决，但是最起码，她们主动尝试过了。

十八岁的年纪，是个可以横冲直撞的年纪，不给自己留下遗憾，不让自己年少的困惑变成成长的阴影。

陆一心紧了紧自己身上的双肩包。

她就去看一眼，她自己给自己做着心理建设。

她就是去看看自己放在心上的方永年，谈得来的相亲对象到底怎么样。

是不是她想象中的温柔美好的样子。

看过了以后，她会尝试学着祝福。

去走那条大部分人都会选择的路。

陆一心想象过方永年的女朋友。

和所有追星少女一样，她心目中的偶像方永年，没有人可以配得上，包括她自己。

但是如果硬要给他安排个女朋友的话，那个女朋友最起码应该是温柔的，长发、纤瘦，笑起来能感染到方永年的。

一定要会做饭，饮食习惯要和挑嘴的方永年差不多，脾气很好话要多，工作能赚钱还能有很多的时间待在家里。

最最最起码，要比她好上十倍以上。

结果，她现在在春寒料峭的三月份，瑟瑟发抖地躲在街对面的花丛边，探头探脑看到她妈妈说的、方永年看对眼的女朋友，不禁呆若木鸡。

严格来说，她并不是以貌取人的人，不算是颜控。

但是……

陆一心深呼吸。

益民药房的门正对着马路，隔着药品海报能很清楚地看到里面所有的陈设。

药房里面确实有两个人，一男一女。

男的是方永年，女的，是一个看起来将近五十岁，戴着眼镜，留着齐耳短发的……阿姨。

陆一心从口袋里抽出了那根染唇液，用壮士断腕的心情，恶狠狠地搓了搓眼睛，确定眼睛已经红了之后，不用化妆镜就在卧蚕上涂好了染唇液。

“我去买药。”她杀气腾腾地起身，头都不回地往药房里冲。

郑然然只来得及抓住陆一心离开后的空气。她两手在空气中做了个抓住的手势，然后无奈地挥挥手。

她就知道陆一心不可能只看一眼。

除非对方真的长得跟仙女一样能让陆一心从头自卑到脚，要不然，这一仗在所难免。

郑然然掏出纸巾擤擤鼻涕，蹲着往前走了两步。

早知道带望远镜了。

少女裹着棉衣，懊恼地瘪嘴。

益民药房的门上装了个欢迎光临的门铃，和便利店同款，是陆一心用存了很久的零花钱买给方永年的生日礼物。

她气势汹汹地推开那扇门，在机械的叮咚声里，和药房里的两个大人面面相觑。

尿了一点点。

陆一心搓搓眼睛，挺直了腰。

“我来买药。”她梗着脖子维持着气势汹汹的样子。

不能尿！这算什么相亲对象！这人看起来比她妈妈年纪还大！

方永年沉默。

今天是周三，现在是晚自习的时间，不应该是陆一心出现在药房的时间。

她外套里面穿着校服，脖子上围着一条正红色的围巾，衬得她的眼睛更加通红——一看就是画出来的红色，刚才她搓眼睛的时候搓得脸上到处都是。

逃课？

化妆逃课？

“这是……陆博远的女儿？”屋子里第三个人在两人都沉默的时候突然出声，声音惊喜，“都那么大了？长得跟陆博远一模一样啊。”

你才长得跟我爸一模一样！

战斗狂暴状态的陆一心内心无差别撑天撑地，又搓了一把眼睛——刚才涂染唇液的时候不小心进了眼睛，现在眼睛不用搓就一直在掉眼泪。

“你这是眼影还是什么东西？”那阿姨忍不住笑出声，掏出纸巾递给陆一心，“别搓了，都糊了一脸了。”

我糊你一脸！

陆一心内心咆哮完，默默地接过纸巾。

“我姓张，和你爸爸是同事。”张阿姨看着她笑得慈祥。

“谢谢张阿姨。”“尿包”陆一心一边道谢一边恨不得掐死自己。

叔叔和阿姨，那不就是一对吗？

太硌硬了！

“嘴真甜。”张阿姨笑了，转向方永年，“陆博远的女儿都那么大了，你怎么还连个对象都没有？”

他有没有对象关你什么事！

陆一心内心掙完，张着嘴，终于发现了问题所在。

她这是什么问题?

他们不是相亲对象吗?

方永年笑，用很放松的模样自嘲：“就我这样的，还是不要去祸害别人了。”

完全是和长辈说话的语气。

陆一心张着的嘴一直没合上。

“胡说！”张阿姨瞪了方永年一眼，“吴教授这帮学生里面，我最看好的就是你。”

方永年只是笑，礼貌，但是疏离。

状况外的陆一心又搓了搓眼睛，顺便用张阿姨给的纸巾擦了擦脸。

“话我带到了。”张阿姨看起来已经打算走了，穿着外套拿着包，“你再好好考虑考虑。”

方永年点头，两手垂放在身体两侧，很恭敬的姿势。

陆一心觉得稀奇，忍不住多看了两眼。

方永年若有所觉地转头，面无表情地看了她一眼。

陆一心别开眼，瞬间更尿。

“别灰心。”张阿姨走的时候拍拍方永年的肩膀，“你年纪还轻，路还很长，没必要自己把路走死。”

方永年笑了笑，再次点头。

陆一心觉得，这一次，方永年笑得更加疏离了。

张阿姨看了方永年半晌，终于叹了口气，又塞给陆一心一包纸巾，笑着离开了。

药房里欢迎光临的叮咚声再次响起，这一次，药房里只留下了他们两个人。

陆一心干笑，手里捏着那包纸巾没话找话：“张阿姨不知道为什么老是塞给我纸巾。”

方永年拿出手机调到前置摄像头丢给陆一心：“你自己看。”

他看起来心情似乎很不好……

陆一心老老实实地拿着手机看了屏幕一眼。

一般来说，黑色的眼线笔晕染了会给人造成熊猫眼的视觉效果，而她这种用红色染唇液涂眼睛的人一旦晕染了，那基本上就可以直接做贞子了，那种冤死了以后七窍流血的类型。

“买什么药？”方永年在柜台上抽了两张湿纸巾递给陆一心。

陆一心手忙脚乱地擦脸，一时之间不知道应该怎么跟他解释她一开始进来的借口是想买结膜炎的药。

现在结膜炎的妆被她擦花了……

“我……来拿保鲜盒。”她好不容易憋出个理由。

方永年双手环胸，不为所动：“逃课来拿保鲜盒？你家没碗了？”

好吧，方永年现在的心情很不好，而她，正好撞枪口上了。

“那个张阿姨……”她硬生生地把那句“是来和你相亲”的话给吞回去，拐了个弯，“是我爸的同事？”

“我以前读研时候的老师。”方永年半靠在柜台上，维持着双手环胸的姿势。

她爸爸，把方永年以前的老师，介绍给方永年吗？

“她……的年纪，好像很大了。”陆一心每说一个字都无比煎熬。

她一边觉得哪里不太对劲，一边又不太相信她妈妈会拿这样容易被戳穿的借口骗她。

方永年蹙着眉，没回答她这个奇怪的问题。

陆一心咽了口口水。

她又开始觉得呼吸困难了。

每次方永年这样无声看着她的时候，她的心跳就会突然加速。

他太瘦了。

还有靠在柜台上的右腿膝盖以下那些奇怪的曲线。

“我就是来拿保鲜盒的。”陆一心觉得自己再也不能这样僵持下去了，“我家里没碗了！”

她怕她忍不住，会问他那个张阿姨是不是真的就是他的相亲对象，她怕她克制不住会想上前抱抱他。

他那么瘦，只是站靠在那里，她就想要抱抱他。

尤其是今天晚上。

方永年眉头蹙得更紧了。

这丫头最近越发没头没脑、奇奇怪怪了。

他这几天事情很多，陆博远那边又接二连三地有人过来找他，都是和他以前有些交情的长辈，他留着笑脸保持着礼貌，来来回回的人多了，他就烦了。

他心情不太好，所以也没有多余的闲情逸致去思考一个十八岁少女的奇怪心思。

他最终什么都没问，站直了身体走到药房后面拿了她家的保鲜盒，盒子里还有她妈妈一大早送过来的咸菜饼。

“你没吃完吗？”陆一心一直到现在才反应过来她的借口有多蠢。

那么多饼不可能一天吃完。

而且她是逃课出来的，到时候怎么跟她妈妈解释这保鲜盒的来历……

她真是一头猪。

“你没吃完，那我过两天再来拿吧。”陆一心几乎要落荒而逃，“我也没那么急。”

方永年终于忍不住了："你有病？欠收拾？"

逃课、化妆、胡言乱语，左也不是右也不是。

"嗯！"陆一心硬着头皮点头，"所以我一开始想来买药的。"

她居然还把之前的话给圆回来了。

方永年一时之间无语凝噎。

承认了自己有病的陆一心反而放松了，破罐子破摔："我大概读书读傻了。

"我先回去休息了。

"方叔叔晚安！"

她一边说一边往后退，想要尽早逃离这个地方，多待一分钟她就多丢一分钟的脸。

方永年伸手抓住了陆一心的外套领子。

"你等等。"他无视陆一心惊恐的小眼神，"我正好有事找你。"

陆一心从外套里歪出脑袋，一双大眼睛眨巴眨巴。

陆博远这家伙的女儿长得是真的水灵，一点都不像陆博远。方永年不知道为什么脑子里突然就冒出了那么一句话。

他松开陆一心的外套，清清嗓子："你最近少来药房找我，有事情可以打电话。"

陆一心：？

方永年咳了一声。

他不想她来，是因为最近他身边熟人太多，他还和陆博远女儿来往过密，看起来很奇怪。

他虽然变态，但是不想被别人说自己是个变态。

"最近治安不好。"他随便找了个理由。

陆一心：？

方永年不说话了，挥挥手示意她可以走了。

陆一心顶着满脸问号走出药房大门，骑上自行车的时候整个人都还是蒙的。

那个张阿姨，真的不太可能是方永年的相亲对象，可是她妈妈也真的不太可能会跟她讲那么容易被揭穿的谎话。

而且……

"最近治安不好吗？"陆一心一脸茫然地问郑然然。

郑然然骑着车回给她一个同样茫然的表情。

真……奇怪。

为什么她妈妈和方永年，都不希望她出现在药房？

那天晚上，陆一心回家的时候，刘米青正难得地向丈夫陆博远发火。

"你不是跟我说你给方永年找了个对象吗？"刘米青看到陆一心回

来了，压低了声音走回房间关上了门，关门前还对陆一心比了个不许偷听的手势。

玄关处还在脱鞋就已经被嫌弃的陆一心很无语。

刘米青有生气的理由。

她并不习惯对女儿使用家长权威，方永年的事情一直没有明确的证据，关于方永年的人品，她其实更相信她自己的眼睛。

所以她在听到丈夫说给方永年找了个还算谈得来的对象的时候，是松了口气的——至少这样，她可以名正言顺地让陆一心不要去给方永年添乱了。

可是她丈夫今天却说漏了嘴，说他找了一些以前的长辈去劝方永年进项目，最终都无功而返。

而他给介绍的那个相亲对象，就只是和方永年见了一面，连口水都没喝就直接拒绝了。

人家女孩子事后还埋怨陆博远，怎么给她找了个残疾人。

"你这谎话太容易被戳穿了，到时候一心闹起来我连教训她的立场都没有。"刘米青压低了声音抱怨，语速很快，又气又急。

陆博远在电话那头苦笑。

他们家的教育真的太开放了，当妈的居然会担心自己没有教训孩子的立场。

"我过两天就回来了。"他干脆都往自己身上揽，"那丫头要是发脾气，你让她直接找我。"

"你怎么这样啊。"刘米青头疼。

女儿都十八岁了，应该是跟她讲理的年纪了，偏偏陆博远还一直试图用家长权威暴力压制。

刘米青了解自己的女儿，能用暴力压制得住就怪了。

"我这次回来，绑也要把方永年绑回项目组。"陆博远咬牙切齿，"这丫头找不到人也就老实了。"

他找了那么多关系，托了那么多长辈，结果那家伙连头都没点一下。

他又不是要害那家伙。

他只不过是想再给那家伙一次机会——犯错了，承认错误再重来的机会。

太不识抬举。

再让他听到这丫头嚷着要嫁给方永年，他就打断她的腿！

陆博远回来得很快。

他回来的时候，陆一心还没想出她妈妈和方永年变得奇怪的原因，也还没来得及问她妈妈为什么要编那么奇怪的谎话。

她最近挺忙，学校里快要开家长会了，老师要提前确认每个孩子的高考意愿。

她焦头烂额，因为她一直想不好自己以后想要干什么。

如果告诉老师她的梦想就是想做方永年的妻子，估计她会被她爸爸挂在操场的旗杆上示众。

“要不我也去学生物化学吧，考方永年读过的大学！”她眼睛一亮，走方永年曾经走过的路，想想都觉得很浪漫。

“你考不上。”郑然然一巴掌把她的梦想摁到了尘埃里。

被打击得习惯了的陆一心撇撇嘴，很快地承认了这个事实，把注意力转到了郑然然身上：“你呢？你打算考什么大学？”

“我想去华亭市。”郑然然又翻了一页练习册。

“你要去找你爸？”陆一心很快就反应过来了。

“嗯。”郑然然点头，说得温温柔柔轻轻巧巧，“考最贵的专业，去华亭市吃他的用他的欺负他的儿子弄垮他的生活！”

她就知道郑然然一直不是乖小孩。

“那要不，我也考华亭市吧？”陆一心又有了新目标，“我帮你一起吃他的用他的欺负他的儿子弄垮他的生活。”

郑然然抬头，推推鼻梁上的眼镜，拍拍陆一心的肩膀，用几近悲悯的语气提醒她：“你不是他女儿，他凭什么养你……”

陆一心蔫了，趴在桌子上鼓着嘴吹气。

“不知道方永年会不会一直留在禾城，如果他一直都在这里，我就考这里的大学好了。”陆一心这回说得有点心虚。

果然，郑然然只看了她一眼就不说话了。

陆一心扭着屁股挪啊挪地贴紧郑然然。

“禾城没有好大学，你要是‘恋爱脑’我就和你绝交。”郑然然完全不为所动。

“啊……”陆一心叹气叹得肺都要跑出来了，“那我怎么办啊？我没有使命感，没有梦想，我就是一条咸鱼！”

“你可以问问你偶像。”郑然然帮她出主意，想要赶走这条黏糊糊乱扑腾的咸鱼。

陆一心不扑腾了，下巴搁在课桌上突然安静下来。

郑然然终于可以安静地把最后一题的答案演算完成，对自己转移话题的方法很满意。

那天晚上之后，陆一心很少提到方永年了，每次提到都是这么一张便秘脸。

“我……不敢。”半晌，陆一心怯怯的，搁在课桌上的娃娃脸满脸愁苦。

那天晚上太丢脸了，她只要回想起来，就恨不得把自己的肠子抽出来当上吊绳用。

“不过……”她支起脑袋，“大学志愿应该算正事对吧？”

郑然然点头。

陆一心瞬间两眼发光直起腰，总算找到个可以说服自己的理由——有正事给方永年打电话是可以的！

离晚自习下课还有十分钟。她犹如神助地在这十分钟内超常发挥，一口气做完了今天剩下的所有作业。

郑然然在边上咬笔杆子若有所思。

她有时候会觉得，陆一心对方永年的喜欢早就已经超出对偶像的崇拜和喜爱了。

但是……

郑然然低下头，继续做作业。

还是先不要告诉她了，都快高考了。

她可以每天都开玩笑祝他们百年好合，但是他们两个，应该是不可能有百年好合的。

从世俗的眼光看，他们差着辈分，方永年在陆一心眼里再完美，那也只是个装着义肢的残疾叔叔。

不会有人祝福这样的爱情。

学校里的日子，是最远离世俗的日子，学校里的学生，可以天马行空毫无顾忌。

陆一心是个聪明的人，等她离开学校了，就会懂了。

考上大学后，她就能接触到更大的世界，虽然那时候她可能还是会觉得方永年是完美的，但是到底就只是少女时期的完美。

郑然然看着陆一心掐着点飞快地收拾好书包，马尾甩来甩去脸上透着兴奋。

她笑着揉揉闺密的头。

她喜欢陆一心，她喜欢陆一心这样透明的性格，喜怒哀乐都那么明显。

陆一心有种能让人微笑的魔力，看着她横冲直撞地长大，会让人觉得活着其实是一件很美好的事情。

晚自习下课后学校附近的路上都很吵，珍惜和方永年之间每一个瞬间的陆一心一直忍到在自家楼下的自行车车棚停好车之后，才掏出了手机。

可是方永年没有接电话。

陆一心打了两次，第三次实在是再也无法鼓起勇气，拨通键按下去就迅速地按了挂断。

她在自行车车棚里咬指甲。

不可能是因为那天晚上的事情，那天晚上丢脸是她一个人的事，方永年不至于会因为那么点事就不接她的电话。

这个点他应该是在药房的。

陆一心小兽似的在车棚里转了两圈。

太晚了，她找不到去药房的借口。

晚点再打吧。

她忐忐忑忑的。

如果晚点再打方永年还是不接，她就给郑叔叔打电话。

一个独身男人，身体又不太好……

过于担心的她低着头在楼道口又鼓起勇气拨了一次电话，还是无人接听，可这一次她却在楼上家里听到了熟悉的手机铃声。

什么情况?

她三步并作两步地爬上楼，家里的大门半开着。

晚自习下课其实已经挺晚了，家里居然灯火通明，她打开门的那个瞬间，客厅里所有的人都盯着她。

她爸爸回来了。

她瞪大眼。

方永年也来了。

还有她妈妈，身上还穿着早上去上班时穿的衣服。

“爸。”陆一心左脚踩掉右脚鞋子，“方叔叔。”

她一边打着招呼，一边挤眉弄眼地看向刘米青。

刘米青言简意赅：“你先回房。”

陆一心有点蒙。

客厅里的气氛不算好，桌子上一大桌的菜几乎没人动，她爸爸和方永年的面前都放着酒杯，倒了满满的酒，没人喝。

“爸，方叔叔不能喝酒的。”陆一心假装没听到刘米青的话，试图往客厅里挤。

“你给我回房间里去！”陆博远把筷子往桌上重重一掼。

陆一心站着不动了，咬着嘴唇眼眶开始发红。

她快要有半年时间没看到陆博远了，他怎么一见面就吼她，还在方永年面前吼。

“你冲她吼什么？”刘米青站起来，拉着陆一心往房间拽。

“你先回房间，你爸有话要跟方叔叔说。”刘米青皱着眉头劝陆一心。

这丫头倔劲上来了，杵在玄关一动不动。

“快点进去！”刘米青皱眉，“大人的事你别掺和。”

陆一心看向方永年。

她进屋之后，方永年只看了她一眼，然后就一直看着桌上的菜。

他头发仍然没剪，有点长，遮着半只眼睛，所以看不清楚他的情绪。

可是，他没看她。

就像她真的只是隔壁家的小孩，他们在聊大人的事，所以她应该要回避。

虽然这是事实。

陆一心吸了口气，回房间的时候狠狠地关上了门，“砰”的一声。

一下子安静了。

没人怪她当着父母的面甩门的行为没礼貌，她把自己关在房间里，与外界隔绝。

眼泪唰地流了下来，她甚至都不知道她为什么要哭。

是因为陆博远的态度，还是因为方永年的疏离。

还是，只是因为自己是个没有参与权的小孩。

她眼泪越掉越凶，眼神越来越迷茫。

她到底在哭什么?

为什么她最近，慢慢地开始不懂自己了……

他们家房门的隔音效果不错，夜深人静的时候也很难完全听清楚外面在说什么，方永年的声音小，陆一心贴着房门也只能偶尔听到她爸爸说话的声音。

她其实还有一个偷听用的听诊器，当初特别喜欢捣蛋的年龄和郑然然一起找同学帮忙买的，最初买来是为了偷听她爸妈在房间里都在做什么。后来被她妈妈发现了，被扣了一个月零花钱，被迫发誓再也不用这个东西。

她擦着眼泪犹豫了一下，决定还是遵守誓言，一边抽泣一边靠近房门，把自己的耳朵和房门贴得严丝合缝。

方永年的声音还是听不清楚，但是她爸爸的声音终于能听到个大概。

“这四年来阿尔兹海默制药的研究风向早就已经变了，我们当年那个项目如果继续进行下去，III 期临床研究也得不到我们想要的成果，五羟色胺 6（5-HT6）受体拮抗剂的研究方向始终还是有疗效问题。”

陆一心揉揉耳朵。

她听不懂……

她爸爸每次说工作，她都能迅速地进入到想找周公的状态。

外面有很长一段时间的沉默，陆一心觉得自己快要粘在门上了，方永年终于说话了，声音仍然不大，说得很短。

陆一心听得全神贯注，眼泪早就已经止住了，因为鼻塞加专注，她有些缺氧。

又是一阵沉默。

然后一声巨大的拍桌子的声音，把撑着身体贴着门的陆一心吓得一激灵，整个人差点砸在门上。

“你这些年到底都做对了什么？！”陆博远咆哮的声音不用贴着门就能听到，“你这样对得起老教授吗?他当初教你的东西你都吃到狗肚子里了？”

陆博远，她爸爸，暴怒了。

陆一心坐在门边，一脸呆滞。

她印象里的爸爸陆博远，一直都是严父，她妈妈负责宠着她，她爸爸负责各种泼冷水，虽然很多时候他的冷水对她没有什么用。

但她爸爸是个学者，严肃的、一丝不苟的、教养很好的学者。

她爸妈感情很好，她有记忆以来，他们家似乎从来没有大声吵过架。

她甚至觉得有点震撼，鼻塞都被刚才那一下吓好了。

客厅里因为陆博远的咆哮一时之间有些兵荒马乱，陆一心听到凳子移动的声音，她妈妈低声劝说的声音，而她在意的方永年，自始至终没有声音。

门外喧闹了，又安静了，玄关那里传来了开门又关门的声音。

方永年走了。

走的时候没有再说话，今天晚上的这顿饭，最终终结于她爸爸的暴怒。

陆一心偷偷地打开房门。

客厅那桌饭菜还在，那两杯酒，也还在。

她爸爸妈妈站在玄关，她妈妈拉着她爸爸的胳膊，低声劝说着什么。

“不识好歹！”陆博远还在气。陆一心觉得他说话的时候鼻孔里都能喷出火来。

“他不想想国家培养他到现在花了多少资源，有多不容易。当年老教授家里孩子发高烧，为了帮他过论文，愣是一个晚上没回家，师母眼睛都哭肿了。”

陆博远忍不住又问：“他到底做对了什么？！”

没有人回答他。

“他这样到底对得起谁！”陆博远狠狠地跺了跺脚，一转身，正好对上女儿陆一心的眼。

陆一心刚刚哭过又被吓到，看到陆博远的脸，打了个嗝，鼻涕差点出来。

陆博远顿在原地。

因为工作原因，他和女儿相处的时间并不多，他并不擅长和女儿说话，大部分时候女儿不按常理出牌的思考方式都会让他在那一瞬间转不过弯。

但是，不能就这样放过她。

刚才吃饭的时候方永年的手机响了好几次，他看了一眼，都是陆一心打的。

晚自习一下课就给方永年打电话。

一个十八岁的姑娘，整天想着乱七八糟的事情，读书成绩忽上忽下。

“作业做完了没有？！”陆博远维持着刚才吹胡子瞪眼的姿势和语气，和陆一心对瞪。

陆一心愣住。

爸爸更年期了吗……

“拿出来给我检查！”陆博远走回客厅，“还有上个月的模拟考试试卷，都拿出来。”

陆一心红着眼眶可怜兮兮地向刘米青求助。

刘米青对陆一心耸耸肩。

陆博远难得对女儿上心，她不方便在这时候插手，而且，陆一心的成绩，确实应该好好抓抓了。

“我给你们做夜宵。”刘米青选择离开战场。

“做什么夜宵！”陆博远气还没撒完，“这一桌子菜还不够她吃的？”

陆一心胆战心惊地站在原地。

那天晚上最终过得鸡飞狗跳。

陆一心的成绩远远没达到学霸陆博远的预期，他又没有方永年的耐心，一道题一个知识点开始讲第二遍的时候就忍不住开始大声呵斥。

陆一心一个晚上憋了一肚子火。

终于在她爸爸第八百次问她“你到底有没有专心听我刚才说的话”之后暴起：“我听不懂！”

她摔笔。

“你讲得都没有方叔叔讲得好！”她摔笔之后还火上浇油。

陆博远被她气得差点只有进气没有出气。

“你再说一遍！”不习惯和女儿交流的中年男人此刻只觉得血压飙升，脖子都粗了一圈。

陆一心不是被吓大的：“这题如果换成方叔叔来说，五分钟我就会了！”

陆博远深呼吸。

“你听着。”他又深呼吸，把声音压得一个字一个字都充满了威胁，“你马上高三了，就快要高考了。”

陆一心愣愣的，不明白她爸爸为什么突然摆出这样的阵仗。

“高考是人一辈子的转折点，关系到你以后的路要怎么走，现在这两年，是你人生最关键的两年。”

他说得很真诚，和每一个动员孩子高考要上心的家长一样。

“你要收收心，离那些乱七八糟的人远一点，好好读书。”

陆一心张着嘴，乱七八糟的人？谁？

“方永年……”陆博远说出这三个字之后，停顿了一下，没忍住叹了口气。

今天晚上他本来是真的打算和方永年好好谈谈的。

过去的事都过去了，方永年为了这事少了一条腿还从研究院辞了职，这四年来，因为泄密名声变得很差。

要论惩罚，也够了。

他想要的，也不过只是方永年低下头，不要再像当年那样仗着自己能力出众而想法激进。

这个项目前期投资太大，方永年进组前，他需要方永年的态度。

制药世界不需要逞英雄，没有资本，没有项目成员，一个人什么都做不了。

可他这个师弟，仍然傲气十足，完全不觉得自己当年做错了。

他提到当年的时候，方永年甚至还冷笑。

火气就这样噌噌噌地冒出了头，也顺便毁了他和他女儿半年才见一次的重逢。

他看着女儿的脸。

自己的女儿，真的是每次见面就会觉得她变得更漂亮了。

他妻子把女儿养得很好，一双大眼睛黑白分明、清澈见底、毫无畏惧。

他不知道应该怎么对着这样一双眼睛，解释那么复杂的大人世界。

“方永年……”他卡在了这个名字上，又叹了一口气，“他并不是一个好的榜样。”

方永年乖张极端，因为年少成名从小跳级，成年后就一直在实验室以至于没什么社交，所以他缺乏人性，思想消极。聪明是真的聪明，但是这样的人，并不适合做一个花季少女的偶像。

“他马上就要离开禾城，他还年轻，还有很多事情要去做。”

窝在这座小城市，守着一个破烂不堪的小药房，背地里到处拉资金拉帮结派，这不是他这样的人才该做的事情。

“你以后收收心，作业有不懂的地方就打电话问我，再不行你那个好朋友郑然然不是全校第一吗?

“我跟你妈妈从来没指望你考全校第一，但考上大学是基本，咱们家好歹是高级知识分子家庭，唯一的女儿总不能这样不学无术。”

他还说了很多。

苦口婆心的，站在他的立场，用他觉得最温和最讲理的措辞。

他难得和女儿说那么多的话，所以他掏心掏肺，每一句都希望她好，希望她能听他的话，远离方永年，远离她从小到大黏着的所谓偶像。

可是陆一心，从她爸爸说出方永年要离开禾城之后就没有再听了。

他要离开吗?

禾城是她妈妈的老家，当年因为工作调动要回禾城的时候，方永年刚刚装上义肢还在适应期。

她当时以为他们要就此分开了，小小年纪天天晚上以泪洗面。

但是她没料到，她和她妈妈回禾城之后，第二年，方永年也来了。

像个奇迹一样。

他用了快两年的适应期，让自己走路的时候几乎看不出任何异样。

然后，他到了禾城，一个对他来说人生地不熟的地方，和他朋友郑飞开了一家药房。

她还小，她不懂这个药房对于方永年的才华来说是多大的浪费，她只知道，方永年又在她身边了。

这两年多时间，一直都在。

她可以随时去找他，她给他打电话，他几乎每次都接。

他偶尔会嫌她烦，说她人憎狗嫌多动症；他偶尔会觉得她笨，说她脑子里面装的都是水；他偶尔，会像那天晚上一样，因为心情不好对她冷脸相待，问她是不是欠收拾。

但是，他触手可及。

陆一心梦游一样地看着她爸爸一开一合的嘴。

他……要走了吗?

那她……怎么办?

第二章 做实验的他，眼里只有实验

那天晚上之后，陆一心再也没有去找过方永年，放了学就回家，回家了就关在房间里面做作业，话都变得很少。

刘米青很担心，陆博远却不以为然，十八岁本来就应该是要稳重的年纪了，他觉得陆一心现在开始思考未来，是好事。

尤其是听了他那一番掏心掏肺的教育后开始思考未来，是大好事。

陆博远扬扬自得，一度觉得他们家或许一开始就应该用这样的压力教育，直到一个星期后，陆一心月考结束。

向来在班级前十名和前二十名上下徘徊的陆一心，这次的成绩直接掉到了和隔壁班混世魔王平起平坐的地位——年级倒数三十。

班主任还在家长会上给予了陆博远第二次打击：陆一心是班里唯一一个没有填高考志愿摸底的学生，她交上去的表格是空白的。

“这个年纪的孩子，并不能把所有的叛逆行为都归咎到青春期的生理因素。”陆一心的班主任是个说话笑盈盈的中年女人，她难得在家长会上看到陆一心的爸爸，说得格外详细，格外诚恳。

“他们面对未知的未来其实是很害怕的，尤其是像陆一心这样的孩子，因为对自己将来想要做什么并没有明确的蓝图，所以他们会更加恐惧。这种恐惧造成的压力，有可能是她成绩突然下降的原因。”

“而且……”班主任犹豫了片刻，用很委婉的语气试探，“陆一心以前是个很乐观的孩子，可是这几天看上去有些心事重重的，是不是家里出了什么事？”

陆博远一张老脸涨得通红，只能唯唯诺诺。

结果陆一心比他更唯唯诺诺，回家的路上头都没有抬起来过，一进家门叫了刘米青一声妈妈，眼眶就开始红了。

于是，陆博远连骂都骂不出口了。

他实在不明白自己那天晚上那番推心置腹的话，到底是哪一句让陆一心变成现在这样的。

十八岁少女纤细敏感的心思让陆博远不得不举手投降，把教育女儿的重任重新交给了妻子刘米青。

刘米青的做法很直接。

她做了一些韭菜盒子装在保鲜盒里，周日一大早把陆一心从床上拉起来，让她帮忙跑腿。

“我不去。”陆一心把自己埋在被子里，遮住头。

“你方叔叔前两天发烧，我怕他没什么胃口才特意做的韭菜盒子。”刘米青把保鲜盒放在床头柜上，坐在了陆一心的床上，“我这几天工作忙，你要是不帮忙送，我就只能找你爸爸去了。”

陆一心从被子里探出头，咬着嘴唇。

“你班主任说你高考志愿意向表格也没填？”刘米青把女儿额头的碎发捋到耳朵后面，“要不趁这次顺便去问问你方叔叔？”

陆一心更紧地咬着嘴唇，眼眶又开始变红。

“怎么你爸爸一回来你就变成小哭包了。”刘米青哭笑不得，“他那天晚上到底跟你说什么了？”

他说方叔叔要走了。

陆一心在心里回答，却不敢说出口。

她这几天的沉默颓废还有一个连郑然然都不能说的原因，那原因，和方永年有关。

她发现自己再也没有办法大声告诉大人们，她以后要嫁给方永年，她发现她自己甚至没有办法像以前那样，理直气壮地说自己最最喜欢方永年。

那天晚上，方永年像看隔壁小孩一样的眼神，一直不停地出现在她的梦里。

她，不知不觉地变得有点不一样了。

那种，再也无法把喜欢挂在嘴边宣之于口的不一样，让她觉得害怕。

她妈妈还在劝她起床，劝她带着韭菜盒子去找方永年，就像她以前每次心情不好的时候一样，让她去找偶像，因为不管方永年说什么，能见到方永年，总是能让她变得开心。

她妈妈向来信任她，也很清楚方永年对她的意义，她妈妈一直都说，青春期那么多躁动的荷尔蒙，总是需要有发泄的地方的，崇拜一个高才生学霸，总比崇拜那些虚无的电视上的偶像要来得靠谱得多。

但是今天不知道为什么，对于这样的信任，她开始觉得羞愧。

她甚至连像现在这样穿戴整齐捧着保鲜盒站在药房门口，都有些害怕走进去，害怕那扇她看到就会觉得开心的玻璃门。

她讨厌这样的自己。

陆一心半张脸包在围巾里，恶狠狠地吸了口气。

她非常讨厌这样的自己！

推开玻璃门，熟悉的欢迎光临的叮咚声之后，她已经一个星期没见的，心心念念的方永年在收银台柜台后面抬头。

陆一心捧着盒子站在原地。

他又瘦了，脸色不好甚至有些灰败，头发还是乱七八糟的，很久没剪的样子，眉头紧皱，五官严肃。

很凶，心情很不好的样子。

“你先坐。”他指了指柜台边的另一张椅子，“我发完这封邮件再找你。”

她妈妈应该找过他了，就像她以前每次闯祸了一样。

陆一心磨磨蹭蹭地挪过去，捧着那个保鲜盒，眼观鼻鼻观心地坐在椅子上。

完全没有以前一来药房就多动症一样四处蹦跶的样子，她安静得毫无存在感。

方永年在发邮件的间隙看了她一眼。

她低着头，刘海遮住了他所有的视线。

一动不动，像颗彻底蔫掉的大白菜。

方永年收回视线，打字的手缓了下来。

陆一心，完全是他的没事找事，因为对过去那段无忧无虑只埋头研究的日子太怀念，所以他把这段感情投射到了同样无忧无虑的陆一心身上。

他一直在做她的叔叔，她成绩下滑，她调皮捣蛋，刘米青没办法的时候就会让他帮忙劝劝。

他其实完全不知道怎么劝，有时候甚至很敷衍，但是好在陆一心并不是那种喜欢钻牛角尖的孩子，而且还很听他的话，他教育过几次，陆一心事后的表现，会让他有种孩子真听话的成就感。

但是这一次，他很抗拒。

那天晚上那顿不欢而散的晚饭告诉他，他那位居心叵测的师兄对他仍然有所图，对方甚至想对那场惨烈的车祸粉饰太平。

过去了就过去了。

对方说得理所当然，仿佛四条人命和他的一条腿，都是可以这样轻描淡写地揭过去的。

这样恶心的男人的女儿，让他觉得他过去对她的用心，有些可笑。

更何况，刘米青还拜托他问问陆一心的大学志愿。

这真的有点越界了，他不是她的亲叔叔，他没必要给陆博远的女儿关于未来的建议。

陆博远这么个控制狂，肯定一早就已经想好了陆一心以后的人生路了。

陆一心这孩子，有一个这样的爸爸，可惜了。

方永年不再看陆一心，皱着眉把他手上的那封邮件发完，全是他不太熟悉的法文，发的时候因为语法问题卡了好几次，心情就变得更暴躁，最后敲回车键的时候，带着火气用了点力，“啪”的一声。

一直低着头假装自己不存在的陆一心被吓得一激灵，下意识地把手里的保鲜盒双手送了出去。

收银台柜台后面的空间不大，两个人坐在里面就已经显得有些逼仄，陆一心这样一伸手，那盒韭菜盒子就直接伸到了方永年的胸前。

透明玻璃保鲜盒，里面鼓鼓囊囊地塞了一排的韭菜盒子，焦黄酥脆的外皮，隐隐约约露出头的翠绿色的韭菜和嫩黄的鸡蛋……

方永年觉得自己甚至能闻到韭菜盒子特有的油香味。

他之前酝酿了好久的暴躁情绪因为这猝不及防的韭菜盒子卡住了，一时之间不知道应该到哪里找出口。

偏偏这时候陆一心还低着头，双手跟上供一样把韭菜盒子捧到了他鼻子下面。

“你长大了。”方永年阴森森的，语气里有刚才没发泄出去的焦躁和一股莫名其妙的感叹。

陆一心手抖了一下，因为心里面那点她自己都说不清楚的情绪，这下更加不敢把头抬起来了。

她变得奇怪，好像真的是因为她长大了。

“要脸了。”方永年还是阴森森的，“知道考得差没脸见人了？”

陆一心一愣。

端着保鲜盒的手终于觉得酸了，她老老实实地缩回手，像寻求安全感那样把保鲜盒抱在怀里。

“到底怎么回事？”方永年摆出了叔叔的架势，两手环胸的时候自我厌弃地皱眉——他还真的当叔叔当习惯了，这语气、这姿势简直是信手拈来。

陆一心干脆把头埋进围巾里。

她更加羞耻了，因为靠近方永年后不自觉加快的心跳。

那也就是一种喜欢，但是她本能地觉得这样的喜欢不再光明正大，不再让她理直气壮。

这样的喜欢，让她觉得自己之前说的要嫁给他那句话，简直是一种亵渎。

方永年微微弯腰，和埋着脑袋的陆一心对视。

陆一心手指紧紧拽着保鲜盒的盖子，指关节发白，藏在围巾里的嘴唇有些颤抖。

方永年和那双大眼睛对视了很久，然后直起了腰。

“你妈妈让我问问你的大学志愿，我没答应。”他对付陆一心有他自己的一套，当他看不懂陆一心的情绪的时候，他习惯先解决他的问题。

陆一心眨了眨眼。

“我只能勉强算是你的长辈，但并不是你的亲叔叔。

“你的未来想要走什么路，应该由你自己决定。

“你也长大了，十八岁其实已经是个大人了，不要再像以前那样，有什么事就喜欢找我来帮你做决定。

“大人的决定，应该由自己做。”

他说得很诚恳，因为他还想要告诉她，她的决定不仅仅不应该由他来做，也不应该由那位控制欲强烈的陆博远来做。

她应该自己来掌握自己的人生。

陆一心又眨眨眼。

为什么突然之间，所有的人都开始告诉她，她已经长大了。

她已经长大了，所以她不应该经常找方永年了。

她已经长大了。

而方永年，要走了。

她又一次双手把韭菜盒子捧到了方永年的鼻子下面：“这个，给你。”

她没抬头，说得无比简洁，然后在方永年一头雾水地接过保鲜盒之后，站起身，低着头，冲出了药房大门。

大人们，都是坏人！

严格意义来说，陆一心并不算是被父母呵护着长大的孩子。

因为陆博远和刘米青的工作原因，陆一心从小是外婆带大的，外婆生病后她像个拖油瓶一样被爸妈轮流带着去上班，再后面，多了个方永年。

作为从小缺乏父母管教的孩子，陆一心整个成长经历都意外地顺利，十二三岁时候的叛逆期也因为有方永年这号人物的存在，最多就只是小打小闹的调皮捣蛋。

她一直过得非常积极向上，和父母的关系融洽，有好朋友，学习成绩中上，还有个想念的时候就可以找到的偶像。

她十八岁的人生从来没有像现在这样颓废过，什么都提不起兴趣，什么都不想做。

她在家里越发沉默了，沉默到一直以来对教育陆一心这件事有些蠢蠢欲动的陆博远开始怀疑人生。

“难道就因为方永年？”他想了半天，那天晚上他和女儿的促膝长谈的重点似乎就只有方永年。

刘米青一边叠衣服一边叹气，完全不想回答丈夫的问题。

她终究还是高估了丈夫的情商，她当时应该在场的，这样最起码，她能知道丈夫到底说了什么让女儿变成现在这样的。

“她到底为什么那么崇拜方永年？”陆博远觉得十分委屈，“我和他做的工作是一样的，在业界我的风评比他好那么多，成就也比他大很多啊！”

刘米青无奈摇头。

方永年这个人，在他们家真的是太特殊的存在。

女儿一门心思地崇拜他，而她丈夫，其实对方永年一直都有竞争意识——方永年太聪明了，如果不是当年那场车祸，他现在的成就不一定比不上她丈夫。

偏偏现在在唯一的女儿心里，方永年的分量明显重于陆博远。

也难怪他一直心气不平。

“我妈病重的那阵子，你手上的那个项目正在Ⅲ期收尾最重要的时候，而我为了照顾我妈，对一心其实没有放太多的心思。”刘米青叠好了衣服，给丈夫递了杯水，“那时候照顾一心的人，是方永年。”

陆一心第一次见到方永年就缠上了他，天天嚷着让陆博远带她去实验室，久而久之，方永年就这样变成了陆一心的保姆。

“我妈走了之后，我病倒了，你一方面要照顾我，一方面又刚刚接手新项目，那时候，也是方永年帮忙带一心的。

“一心当时才十二岁，没了外婆她心里的难受一定不会比我少，但是，她一次都没有来烦过我。

“她甚至安慰我，她说外婆已经把什么都忘了，所以也应该忘记了痛，走的时候一定不会太痛苦。”

刘米青是个很温柔的女人，说这些回忆的时候，声音轻柔，娓娓道来。

“一个十二岁的孩子是不可能说出这样的话的，教她说这句话的人，是方永年。”刘米青看着丈夫，“那段日子，照顾她、安慰她，让她好好长大的人，是方永年。”

陆博远也看着妻子。

他的妻子眼底有泪，语气仍然温柔。

药物的研制过程短则几年长则十几年，注定了他不能有太多的时间投注到家庭里，注定了他会缺席自己女儿大部分的成长过程。

他妻子从来都不会因为他的工作而埋怨他，这是她第一次提及那段日子，那段对他们夫妻来说，都异常艰难的日子。

“一心并不是个好性格的孩子，她个性倔，容易钻牛角尖，越难过越拒绝沟通，我妈的事情对她的打击很大，当时如果没有方永年，我们现在未必会有一个这么乖巧活泼的女儿。

“我们家，欠方永年一个很大的人情。

“你不能埋怨我们的女儿为什么那么崇拜方永年，因为我们的女儿真的需要父母的时候，在她身边的只有方永年。”

刘米青哭了。

这么多年来因为工作太忙对女儿的愧疚，因为工作原因夫妻两地分隔的委屈，都因为这两句话泪如泉涌。

陆博远手忙脚乱地抱住妻子，他不知道该怎么安慰她。

结婚多年，他一心扑在工作上，刘米青一边工作一边照顾家庭，一直很从容很坚定，她是家里最坚强的那个人。

他愧疚得不知道应该说什么，只能笨手笨脚地帮妻子擦掉眼泪。

“我会还他这个人情。”他到最后，几乎是诅咒发誓，“那个项目，我一定会拉他进来，帮他把日子重新过回原来的样子。”

“我其实只是太失望了。”他开始喃喃自语，“你也知道，我以前对这个小子的期望值很高。”

方永年不同于项目组的其他人，他对制药这件事像是有天生的触觉，和他讨论学术上的问题，是陆博远最痛快的时刻。

但是这样的人，最后出卖了项目组。

所以陆博远才意难平。

“我会帮他的。”陆博远最终因为妻子的眼泪服了软，“我会帮他重新找回以前的位子。”

帮他脱离他现在身边那些投机的商人，赶走那些乱七八糟背景的朋友。

“一心如果实在想去找他，就尽量在白天去药房找他。”男女始终有别。

他终于松了口。

女儿的成长过程，他参与得太少，唯一参与的这一次，让女儿的学习成绩从班级前二十掉到了全年级倒数第三十。

或许妻子一直都是对的。

或许，他的师弟，他一直痛心疾首觉得已经堕落的方永年，还不至于糟糕到底。

毕竟，方永年一直对他的女儿很好。

陆一心知道家里对她解禁了。

她爸爸不再拘着她让她放学就回家，也不再阻止她给方永年打电话。

她爸爸甚至会告诉她学习时有不懂的地方可以问问方永年，毕竟他在讲题方面不如方永年。

这本来是她心心念念的结果——她爸爸看起来终于不那么排斥方永年，两人可能也不会再吵架了，可是，她开心不起来。

她已经不想再去找方永年了。

方永年把她当侄女，这件她以前很引以为傲的事情现在变成了一把锋利的小刀，想到她就觉得痛。

她不想再把方永年当叔叔，当偶像了。

因为她已经无法忍受方永年把她当成隔壁小孩的眼光，也无法忍受方永年告诉她，她长大了，所有的决定，都要学会自己来做。

方永年可能会很快就有对象这件事，让她贪心了。

她对偶像的崇拜，随着她的贪心，变质了。

她因为这种变质自我厌弃，甚至不敢和闺密走得太近——郑然然是这个世界上最了解她的人，她不敢让郑然然发现真相。

但是郑然然仍然在周六中午上完课之后，在学校的车棚里堵住了她。

“去喝杯奶茶？”郑然然拿了陆一心的自行车钥匙，用的是命令的口吻。

郑然然身边还站着那个人高马大的混世魔王，一副她如果不听郑然然的话，混世魔王就会绑着她去奶茶店的样子。

“你是不是问我小弟抽烟能不能忘记烦恼？”混世魔王的神经大概有一米粗，完全没看出两个女孩子之间的暗潮涌动，问得兴致勃勃。

陆一心后悔了，她不应该因为好奇随便问人问题。

“其实抽烟只能让你瞬间觉得爽。”混世魔王滔滔不绝，“没有喝酒有用。”他将自行车龙头凑近陆一心，说得神秘兮兮，“喝醉了可以让你一整个晚上什么都不记得。”

郑然然骑着车插进两人中间，用脚去踹混世魔王的车轮子。

“滚！”郑然然这一脚用了力。

陆一心最近已经非常不对劲，偏偏这傻大个还要教她这种奇怪的事情。

被凶巴巴的郑然然吓到的混世魔王一边刹车一边躲，看着两个女孩绝尘而去，才挠挠头。

他说的是真的呀。

上次郑然然从她那个讨厌的爸爸那里偷了酒，灌了他大半瓶，他真的一晚上什么都不记得了……

她真凶。

混世魔王撇撇嘴，蹬着自行车往相反的方向走。

这种女人，估计以后会嫁不出去。

因为成绩好一直读书，然后一直嫁不出去。

混世魔王被自己的想象逗乐，笑得一张年轻的脸上挤满了皱褶。

“去冰八分糖加布丁加奶盖。”郑然然点单的时候看都没看陆一心一眼，拿到奶茶就往陆一心这边一丢，冰凉的奶茶碰到了陆一心的手，陆一心缩手，却不敢回嘴。

是她有事隐瞒在先……

“你自己说还是我来猜？”郑然然喝了一口奶茶，火气仍然很足。

她知道陆一心最近状态很低迷，说话心不在焉，做题几乎都是错的，但她一直在等，等着陆一心自己想通然后再来找她。

可是陆一心不但没有想通，甚至偷偷地去找了混世魔王认识的那帮小混混。

她想学抽烟。

简直是作死。

郑然然恶狠狠地戳了下奶茶里的珍珠，整个奶茶杯子都震了一下。

陆一心低头喝了一口奶茶。

郑然然哪怕是盛怒中，点的奶茶也仍然是她最喜欢的口味。

“然然。”陆一心声音低低的，低沉得都不像她，“我不敢去见方永年。”

郑然然停下了戳珍珠的动作。

“方永年去过我家，和我爸爸又吵了一架，我回家的时候，他只看了我一眼。

“那个眼神，像是在看隔壁家的小孩。”

“我……很难受。”陆一心头低得更厉害，“我好像，做坏事了……”

郑然然冷静地喝了一口奶茶。

事情和她想象的差不多，上次方永年那个乌龙相亲事件成了陆一心感情转折的导火索，陆一心终于发现，自己对方永年的感情可能不仅仅只是喜欢和崇拜。

让她意外的，是陆一心的羞耻感。

陆一心并不是感情纤细的孩子，她对待感情的处理方式一直有点莽，喜欢了就贴着，不喜欢了连个白眼都懒得给对方，简单直接很少会转弯。

但是，她居然会因为自己对方永年产生了不一样的感情而感到羞耻。

崇拜已经变质，所以会觉得现在的自己，在亵渎那份她本来正大光明的美好感情。

“你喜欢方永年。”郑然然帮陆一心揭晓谜底，不想再看她低着头的样子。

陆一心听到这个名字抖了一下，把头埋得更低。

“很羞耻吗？”郑然然忍不住了，伸手想把好友的头拨回正常的角度。

“很羞耻。”陆一心执拗地低着头，一动不动。

“我一直都说要嫁给他，但是我们都知道，这只不过是‘老婆粉’的‘自嗨’，不会有人当真。

“我知道他一定会结婚，我会叫一个陌生女人阿姨，他结婚之后可能就不再是我的方叔叔。

“我以为我会祝福他的，虽然会难过但最终还是会祝福他的，毕竟我一直都希望他不要这么孤单，不要这么瘦，我一直希望他能幸福。”

陆一心终于抬头，看着郑然然，眼底都是挣扎和困惑，说的话却斩钉截铁：“我现在，想诅咒他一直单身，单身到我可以追他为止。”

郑然然心惊。

她闺密还是她闺密，莽得跟绿林大汉似的。

陆一心其实已经有了决定，哪怕羞耻，她也想要从心。

“有那么喜欢吗？”十八岁的郑然然无法感同身受。

“方永年对我来说，是不一样的。”陆一心说出了自己憋了一个多星期的阴暗想法，不知道为什么，心情轻松了很多，也有了倾诉的欲望。

“我外婆生病的时候，我爸妈都不愿意告诉我那是什么病，我听我爸爸请回家的看护私下打电话的时候，跟别人说我外婆痴呆了。

“所以哪怕这个看护很贵是我爸爸托人找来的，我还是一直很讨厌那个看护。

“阿尔兹海默病这个词，是方永年告诉我的，也是他告诉我，这个世界上最终总是能研制出一种药，能够治疗这个病。”

陆一心也开始拿吸管戳奶茶里的珍珠。

两个少女因为在一起太久，小习惯变得越来越相似。

“然后我就缠上了他。”陆一心笑了，一双大眼睛扑闪扑闪的，“我那时候天真地以为他一定能够研制出能治好外婆的药，外婆一有风吹草动我就会去找他，我觉得告诉他越多外婆的事，他就能越早地研发出药。

“方永年很奇怪，他虽然觉得我很烦，也跟我解释过他现在在做的这个项目并不是研究阿尔兹海默病的，但是说了几遍发现我根本没有在听之后，他也就随便我了。

“他跟我解释了很多事情，所以我知道了我外婆的病可能会有哪些症状，真的遇到那些症状发生的时候，我会告诉自己，那是因为外婆生病了。”

她外婆不是讨厌她所以忘记她的，她外婆也不是心情不好才对所有的事情看不顺眼变得越来越冷漠的。

那只是病。

方永年可能永远都不会知道，他当时一边不耐烦一边基于她是学长的女儿不得不跟她解释的那些话，对她来说，是多么重要的救命稻草。

那时候他们家都因为她外婆的病变得忙碌变得沉默，没有人把她当成一个可以沟通交流的大人，只有并不擅长和小孩子交流的方永年，一直把她当成个可以听得懂大人话的孩子。

她其实听不懂大部分的话，但是那些听不懂的话，在不知不觉中变成了她变得勇敢的勇气，她终于可以在外婆病发的时候不再吓得哭鼻子，也终于可以在外婆用陌生的眼光看着她的时候，甜甜地喊她一声外婆。

方永年的那些话，让她在真的长大之后再回想那段时光，可以并不完全只有眼泪。

她帮外婆梳头，她外婆对着她喊她妈妈的小名，她窝在外婆的怀里，听着外婆絮叨她妈妈小时候的糗事。

那都是笑着的温暖回忆。

“外婆走的时候，我咬过他。”陆一心从来没有那么详细地跟郑然然说过这段往事，郑然然听得很认真，陆一心说得很慢，脸上居然有她妈妈的影子——那种温柔、安静的样子。

她当时，咬得很用力。

因为她外婆最终没有等到可以治愈的药，她带着被欺骗后的愤怒，恶狠狠地咬上了方永年的手腕。

刚刚上初中的孩子，正在经历她人生中最最悲痛的日子，方永年没有同她计较，在她父母忙着葬礼，在她妈妈在葬礼上昏倒后，他带她去吃了一碗柴火馄饨。

他手腕上还包扎着白色纱布，他当时心里还在想着被孩子咬了要不要去打一针预防针，但他还是给她点了一碗加了双份蛋皮的柴火馄饨。

那年，禾城的冬天很冷。

他带她去吃的那碗柴火馄饨，在很深很深的旧巷子里。一个和她外婆差不多年纪的老婆婆搭了个看不出本来颜色的暖棚，做的馄饨皮薄如纸，清汤里撒了紫菜香葱榨菜末，还有橙黄色的蛋皮。

“晚上我带你去实验室的休息室睡吧。”方永年甩了甩隐隐作痛的手腕，在陆一心的碗里倒了一勺米醋。

陆一心没动，热气腾腾香气四溢的馄饨并没有把她从悲伤中拉出来，她抹了一把眼泪，不想在这个骗人的大人面前示弱。

方永年也不再说话，他扯了两张馄饨摊上的劣质纸巾给她，自己一勺勺地慢慢地吃碗里的馄饨。

他吃相斯文，吃东西的时候很投入，陆博远曾经笑他是个除了做实验就只对吃感兴趣的机器人。

陆一心捏着那两张劣质纸巾，擦眼泪的时候碎纸粘在脸上，她愤愤地搓掉。

肚子终于在这样热气腾腾的香气下“咕噜”了一声，一整天除了哭和生气什么都没吃的小小少女用力地拿起了勺子，舀了一大勺馄饨，合着蛋皮，一口吞下。

热气蒸红了她的眼眶，她低着头，一口又一口地把那碗鲜美的馄饨就着自己无处发泄的愤怒与悲伤都拆解入腹。

她吃得太认真，所以没看到坐在她对面的方永年擦着嘴露出了一丝笑意。

他一直都觉得，能用吃搞定的孩子，是个好孩子。

“再来一碗？”他给自己加了一个饼，顺便回头问陆一心。

小小少女满眼眼泪，看着他，恶狠狠地点了点头。

那是她吃过的，味道最复杂的柴火馄饨，这个味道在记忆里，就变成了她外婆去世时的味道。

酸的，咸的，苦的，腾腾的热气刺得她眼睛里一直止不住眼泪。

“我很怪他。”陆一心的奶茶已经见底，她把玩着吸管，“有一段时间，我甚至认为就是他害得外婆病得那么痛苦，害得外婆走的时候连话都不会说，连坐都坐不起来了。”

所以她做了很多坏事。

偷偷丢了方永年的钱包，剪掉他的电脑电源线，还在他的报告里面画涂鸦。

方永年揍了她。

他拿着一根尺子，当着刘米青的面，抽了她小腿两下。

“他可能是被我逼急了。”陆一心说这段往事的时候，和平时那个张扬的少女判若两人，温柔得让郑然然鼻酸，“到后来他实在没办法了，开始跟我解释制药过程。”

认真严肃地跟一个十二岁的少女解释怎么制药，天才方永年简直是遇到了人生中最大的难题。

他跟她解释药物靶点，他给她看化学物合成，他跟她解释什么叫作活性化学物，活性化学物应该怎么筛选。

他甚至很详细地跟她介绍了药物的药理作用，安全性与毒性，药物的吸收、分布、代谢和排泄情况。

陆一心被他这样强制灌输洗脑到最后，看到他就习惯性地犯困。

但是悲伤淡了。

她知道了她当成能够治愈她外婆唯一方法的药，制作过程有那么多她不懂的不确定。

她在方永年锲而不舍的科普下，莫名地在十二岁，有点理解了什么叫作无能为力。

“方永年做实验的时候，很帅。”陆一心笑着，眼睛闪闪发光。

在那个怎么看都觉得他不顺眼的时期，她看到了方永年做实验的样子——穿着白袍子，嫌头发碍事，所以干脆把头发扎成了一个发鬏，戴着护目镜，他就变成了整个宇宙的中心。

做实验的他，眼里只有实验。

那种专注，让十二岁的陆一心莫名地，心里一颤。

“可能是因为我是个没有目标的人，所以我总是特别喜欢看人专注的样子。”

对郑然然，对方永年，都是这样。

她的少女崇拜，她纯粹而又热烈的喜欢，就在这样一边嫌弃一边关注的日子里，渐渐地发了芽。

郑然然喝光了杯子里的奶茶。

她没有拥有过这样热烈的感情，但是她被陆一心感动了。

喜欢一个人，不应该觉得愧疚。

就像陆一心说的，方永年不是她的亲叔叔，他们之间只相差了十四岁不是四十岁。

她们才十八岁，优势太明显。

“把头抬起来。”郑然然矜持而又骄傲，“你心里已经有了决定，剩下来的，就是想办法。”

“我最擅长想办法。”郑然然眯眼笑，并不十分出色的五官变得无比生动，“我帮你。”好朋友拍着自己的胸，自信爆棚。

“……但是你如果敢把鼻涕糊我衣服上，我一定会揍你。”陆一心已经一头栽到了她怀里，她开始慌，她这件衣服今天刚换的。

“……已经糊了。”陆一心没脸没皮，又多蹭了一下，“你好像大了。”

她猥琐地又蹭了下，然后被郑然然面无表情地甩开。

少女的烦恼在这样的嬉笑怒骂里变成了一个可以想办法解决的问题。

陆一心抬起了头，灿烂地咧着一口大白牙。

难得可以在家休息一个月的陆博远，充分地感受到了什么叫作氤氲少女。

他们家前几天一直像棵蔫白菜一样的宝贝女儿，今天一觉睡醒，突然就活泼了。

他周日一早起来打开房门，就看到陆一心穿着睡衣蹲在卫生间门口，嘴里塞着牙刷，看到他就咧着嘴，朝气十足地喊了一声：“老爸早上好！”

陆博远被吓得差点往后退了一步，硬生生地忍住了，好不容易保住做爸爸的尊严。

吃早饭的时候她也完全闲不住，狼吞虎咽地吞下一碗粥，站起来盛第二碗的时候，趁着刘米青低头的工夫，跑上去吧唧亲了一口，糊了刘米青一脸的白粥。

“心情又好了？”刘米青擦着脸哭笑不得。

“嗯！”陆一心眯着眼睛笑哈哈，“我想吃紫薯馒头！”

刘米青斜着眼睛看她。

陆一心咽下嘴里的小菜，笑得更加谄媚。

“就差条尾巴了。”刘米青又气又好笑，屈起手指戳了下陆一心的额头。

紫薯馒头是方永年最爱吃的面点，陆博远在，刘米青也不想揭穿女儿，只能下手戳的时候用了点力，戳红了一块让自己心理平衡一些。

“不打算跟我们检讨一下你这次的月考成绩吗？”既然陆一心莫名其妙地恢复了，那么就该开始秋后算账了。

陆一心把粥碗举起来挡住脸，粉饰太平。

“高考志愿意向表也敢一个字不写就交给老师？”刘米青不依不饶。

陆博远又给自己加了个馒头，看得津津有味。

陆一心把粥碗又举得高了一点。

“一会儿吃完饭，你把月考的卷子拿出来，错的地方都标上知识点和自己为什么做错了，我下午检查。”刘米青哼哼，“别偷懒，成绩掉了那么多，没打你算不错了。”

陆一心撇着嘴可怜兮兮：“哦……”

失算了，想通之后她太得意忘形忘记她妈妈还没找她算过账，早知道晚点说紫薯馒头的事了。

“做得好我下午就做紫薯馒头，多做点吃完晚饭你给你方叔叔也带一点。”刘米青好笑地看到陆博远一边吃馒头一边皱眉头。

女儿跟老公，都跟孩子似的。

“好！”陆一心手舞足蹈，快速吞完剩下的早饭，“我去做作业了！”她宣布得很大声，兴致勃勃又朝气蓬勃。

“她昨天晚上吃什么了？”陆博远实在是无法适应女儿的情绪转折，就跟他不知道女儿为什么突然蔫掉一样，他也同样不明白女儿为什么突然又恢复了。

“大概想通了吧。”刘米青笑着为丈夫又盛了一碗粥，“十几岁的孩子都这样，问得多了反而不好。”

反正问了陆一心也不可能告诉父母。

她希望女儿能够享受十八岁，快乐悲伤希望失望，所有的情绪在这个年龄段都被放大了，她希望女儿能够慢慢体会。

毕竟，年华总是会一去不复返。

陆一心挨了一下午的训。

卷子上的知识点其实都是她平时复习过的，只是当时考试的时候她一直在神游，所以在写自己为什么犯错的时候，她老老实实地写了自己没看清题目。

十道题有九道都是因为没有看清楚题目。

所以她被陆博远和刘米青轮番轰炸了一下午，拿到热气腾腾的紫薯馒头的时候，她几乎热泪盈眶——真不容易啊，为了给方永年弄点口粮，她这一个下午简直是在炼狱中度过。

距离上次她把韭菜盒子戳到方永年的鼻子下面，已经过去了一个星期，这算是她好不容易下定决心后第一次去见方永年，出门的时候，为了穿什么，她在房间里和郑然然打了半个小时的视频电话。

“别穿那么隆重，你又不打算去告白，穿成这样你想吓唬谁。”郑然然恨铁不成钢。

“现在还是春天，你露个大腿出门是想让你爹娘打死你吗？”郑然然的白眼快要翻上天。

“陆一心同学，你没有胸，平的，所以别穿这种成熟的衣服，眼睛痛。”郑然然说得越来越恶毒。

被打击成渣渣的陆一心，最后换了身校服加外套出门，气哼哼的。

“妈！”她在玄关穿鞋子的时候实在有些气不过，“我以后早上要喝木瓜牛奶。”

刘米青正在厨房切水果，听到这话拿着水果刀就走了出来。

“妈，我什么都没说。”陆一心抱头鼠窜，跑下楼的声音哒哒哒的。

“早点回来！”刘米青挥舞着水果刀和女儿告别，顺便白了一眼一直在边上喝着茶傻笑的丈夫。

家庭真的是他陆博远这辈子最大的财富。

喝了口铁观音，陆博远满足地喟叹。

所以说方永年这个人有问题啊，都三十多岁了，孤家寡人还有残疾，却偏偏对相亲这件事一点兴趣都没有。

他是真不知道，结了婚的好。

那种自己在外面不管多累，回家看到妻子的笑脸和女儿无厘头的捣蛋，做梦都能笑出来的幸福感，没有结过婚的人，是不可能知道的。

还是不知好歹啊……

陆博远摇摇头，跷着二郎腿，又给自己满上了一杯铁观音。

按照时间表，方永年今天并不在药房值班，陆一心背着保鲜盒骑着车径直去了方永年居住的小区。

方永年在禾城开药房的这两年来，这个小区陆一心已经去过无数次，但是没有一次像现在这样，居然有些胆怯。

她骑着自行车在方永年住的那幢楼下来回转圈，眼睛一直盯着方永年住的那层楼的窗户。

方永年的房子是租的，两室一厅简单装修，房子还是她妈妈刘米青帮忙找的。

她看着溢出窗户的暖橘色灯光，那灯是她买的，她在网上选了很久，然后用方永年的网购账号买的。

他家里有很多小装饰，都是她在药房里拿着方永年的手机选好，用他的账号买的。

方永年对她很透明，他的日程，他的社交购物账号密码，甚至药房里收银台的密码。

他们相处得很亲密，像是真的有血缘关系的叔叔和侄女。

陆一心踩了一脚刹车，把头靠在自行车把手上，叹了口气。

还是心跳加速，看到那扇窗户，想到方永年，她的心跳就快得像是要跳出喉咙。

确认了自己的心思后，她变得更加没出息了。

“再转一圈好了。”她自言自语，紧了紧背后的双肩包，踩着自行车踏板又开始转圈圈。

发现站在那棵大树背后的方永年完全是偶然，她的注意力一直在方永年家的窗户上，自行车轮子碰到了一块小石子，颠簸了一下，她低头，再抬头，就在前方树丛后面看到了一抹熟悉的烟灰色。

方永年的毛衣，还有他那头乱七八糟的头发。

边上站着的也是熟人，药房另外一个合伙人，郑飞郑叔叔。

“他们不开店了吗？”陆一心奇怪地嘀咕，踩自行车的脚不知不觉地慢了下来。

三月底的江南一直阴雨绵绵，空气湿冷，地面潮湿，这个时间点小区里出来走动的人并不多，陆一心的自行车隔着四五米，就能看到这两个人靠着树吞云吐雾的样子。

身体已经那么不好，烟瘾却那么重。

陆一心下意识地想要上去劝，却因为郑飞的话硬生生地按了下刹车。

“陆博远没有留下任何证据。”郑飞的嗓门比方永年大，陆一心站在顺风的地方，听得很清楚。

“根据陆博远当时的通话记录，他确实是在和吴教授通完电话之后才给齐逸打的电话，这和他当时和警察说的话是一致的，所以他说他是因为吴教授临时有急事才突然决定不和你们一起走这个论述，是成立的。

“而且，吴教授当年也帮陆博远做过证明。

“这事很麻烦，项目组里其他人的账户记录或多或少都有问题，但是他的一清二白。

“不在场证明也足够。

“就算是我们证明了当时的肇事司机和陆博远认识，也无法说明那场意外是陆博远授意的。

“那肇事司机的所有账号和他亲人的账号我们都查了个底朝天，出事这几年和出事前几年，都没有任何异常。

“现在的情况很尴尬，要么这件事从头到尾我们查的方向都有问题，要么就是陆博远藏匿证据的方法，我们根本连皮毛都没有猜到。”

郑飞说完狠狠地抽了一口烟，十分懊恼。

陆一心呆在原地，不敢动，也不想动。

“我不信他是干净的。”一直在阴影中的方永年终于开口了。

一周没见，他只是短短地说了一句话，陆一心就微微抖了一下。

“当年的事情，只有我是最后一个知情的。

“事故之后，他一直在查我。

“当初项目的那份文档秘钥，只有我和他有，我肯定自己没有把那份文档泄露出去，那么项目组里，有能力泄露出去的人，只有陆博远。

“他如果心里没鬼，根本没必要查我。”

方永年半靠在树上，动了动一直在做支撑的左腿。

家里太闷了，他和郑飞都想出来走走，结果现在看起来，走的时间太长了。

最近发了几次烧，右腿装义肢的地方隐隐作痛，体力也大不如前了。

“不管方向对不对，既然查了就查到底，如果他没问题，就不怕我们查。”

还有个隐忧，方永年没有说出口。

他总觉得陆博远想要让他入项目这件事，太急了，仿佛有人怕他查出什么所以急着让他没空去查似的。

他出车祸已经四年，习惯使用义肢、复健、让身体恢复如常用了一年多时间，再到禾城开药房，自己组建公司，申请仿制药……整整四年，他做了很多事，而陆博远那边没有任何想让他回去的意思。

偏偏在他手里拿到当初项目组一些明显有出入的账户名单的时候，陆博远想要他回去了。

方永年又抽了口烟，换了个姿势：“回去吧。”身体看起来是撑不住了，他皱着眉，转身。

那个穿着校服裹着红色围巾的少女，就这样站在自行车边，傻愣愣地看着他。

“方叔叔……”少女不安的扑闪着眼睫毛，“我……来给你送紫薯馒头的……”

很尴尬。

刚才他们两个人说的每一句话，陆一心都听得很清楚，有些能够听懂，有些听不懂。

但是大概意思她能够猜出来，方永年这几年和她爸爸关系很不好，她知道他们之间肯定是出了什么事。

这件事，比她想象的还要严重很多。

方永年，似乎在怀疑她爸爸和当年那场车祸有关系。

“方叔叔……”陆一心推着自行车跟在方永年身后，低着头看着自己刚买的球鞋，“你在调查我爸爸吗？”

地上很湿，她的新鞋子是白色的，沾上了几颗泥星子。

早知道，就不煞费苦心地换新鞋子了。

方永年答非所问：“很晚了，你该回家了。”

“不是警察，也可以随便调查银行账户的吗？”陆一心也学着他答非所问，问的时候一直低着头看着自己的鞋子。

方永年穿的是家居鞋，灰色的，他似乎一直都喜欢灰色的东西，深深浅浅的，看得人异常压抑。

要不，下次也买双灰色的鞋子，可以暗戳戳地和他穿情侣鞋。

陆一心就这样心不在焉地低着头，满脑子想的都是乱七八糟不着边际的事，直到看到前面那双灰色的家居鞋停下，脚尖转了个方向，正对着她。

她抬头。

夜色中，方永年正站在她面前，蹙着眉头看着她。

“陆一心。”他声音还是那个样子，波澜不惊，“这些都是大人们的事情，不是你应该操心的东西。”

陆一心和他对视。

方永年承认，他有些不自在。

刚才和郑飞聊的那些话，他不知道陆一心听了多少，也不知道这些话应该怎么解释。

他就是在调查她爸爸，他就是很变态地一边做着她的叔叔，一边在调查她的爸爸。

四年前他在医院里，戴上义肢磨得截面都是水泡，吃止痛药没有用，恨不得戴着义肢去撞墙的时候，支撑他做完所有复健的，就是要把陆博远送进牢房的画面。

他不能让项目组的人白死，他也不能白白就这样变成了残障人士。

那场车祸，并不是意外。

肇事司机虽然也当场死亡，但是尸检出他体内有过量的会造成嗜睡的抗组织胺类药物，而那位司机的妻子在第一份笔录里分明说过她丈夫在出发前，并没有吃过任何药物。可是第二份笔录却把这条改掉了，他妻子说她记错了。

肇事司机是陆博远的老乡，在事发前半年和陆博远接触频繁。

他们项目组里唯一一个和肇事司机有联系的人，就是陆博远。

在当年那个项目里，最快脱离，并且直接进入其他项目组的人，只有陆博远。

这四年时间，陆博远的事业算得上是一帆风顺，参与的项目新药审批通过了一个，临床 III 期的项目有两个，论文不断，业界的评价也逐年变高。

陆博远是当年那个项目中，唯一平步青云的人，方永年几乎找不到不怀疑陆博远的理由。

但是，这些话，不能对着陆一心说。

毕竟，那是她的爸爸。

方永年挪了挪脚步，对着那双黑白分明的大眼睛，有些词穷。

“我让我妈做了紫薯馒头。”陆一心把背包里的保鲜盒拿出来，她刚才在小区里转得太久，馒头已经冷了。

“你回去热一热再吃，盒子就放在药房，我放学回家的时候可以顺路带回去。”

她看起来完全没有异样，仿佛刚才那两个近乎尖锐的问题不是她问的那样。

方永年接过紫薯馒头。

刘米青是个非常有生活情趣的人，普通的紫薯馒头被她捏成玫瑰花的形状，松软香甜，是他很喜欢吃的点心之一。

但是在这样的氛围下，他说不出谢谢，他甚至有点不知道该怎么做出他擅长的叔叔的样子。

让陆一心听到那些话，他好像一下子就失去了做叔叔的资格，毕竟，他正在阳光的背面处心积虑地算计着人家的爸爸。

“我就是好奇，我以为普通人是不可以随便调查别人的银行账户的。”陆一心挠挠头。

她居然在解释。

方永年蹙着眉头，一时之间不知道该怎么形容他此刻的心情。

“我先回去了。”陆一心坐上自行车，把脖子上的围巾重新围好，遮住了大半张脸。

方永年却在陆一心骑着车从他身边掠过的时候，拉住了她自行车的车把手。

“先跟我上去。”他的脸色很难看，眉头蹙得死紧，“家里还有几个保鲜盒得让你带回去。”

陆一心露在外面的眼睛定定地看着他。

方永年咳了一声，索性不再说话，把陆一心背后的双肩包摘下来，径直走进了楼道。

他又没事找事了。

这种情况，他不放心让陆一心就这样回去。

这丫头最近神神道道的，偷听到他和郑飞说这样的话居然还能若无其事，这让他反倒不能假装什么事都没发生了。

就算他恨陆博远，但是陆一心是无辜的。

陆一心，始终是他用各种街头巷尾美食喂大的小姑娘。

方永年家里还是老样子。

房东留下来的简装家具，他自己装的两个二手空调，然后就是一台顶配的兼容机和一台他永远带在身边的笔记本电脑。

客厅的灯亮着，客厅的桌子上还放着两杯水，应该是刚才和郑飞聊天的时候留下来的。

烟灰缸里都是烟头，房间开着窗，却仍然有一股劣质纸烟的味道。

“大门开着。”方永年进来之后看到换鞋子的陆一心捂着鼻子想关门，习惯性地命令。

命令完了，他重新找回点当叔叔的感觉，下巴比了比沙发：“你坐。”

他挪着腿去厨房，掏出了陆一心上次过来买的巧克力粉，给她冲了杯热可可。

杯子也是陆一心买的，黄色的大肚子杯子，上面画了两只卡通眼睛，边上被她很恶劣地用小刀刻了个看不出是什么的花纹——为了标识用。

反正是她的御用杯子，他家里经常来客人，这个杯子他却从来都没有拿出来给别人用过。

他挑了张硬木的靠背椅坐好，放松了一下腰，挪动了下用力过度的左腿。

残疾之后才知道，经常出事的不是那条被截断的右腿，而是这只完好的左腿。

因为本来应该两只腿做的事情都推给了一条腿，所以他的左腿，一直在抗议。

身体残缺了才能体会到，人的四肢都是有自我意识的，厚此薄彼，就会一直吃苦。

陆一心捧着杯子小口小口地喝着热气腾腾甜腻腻的热可可，一边喝一边观察方永年的表情。

她蛮想就这样先回家的。

刚才听到的那些东西她还没有消化完，而且方永年看起来，身体很不舒服。

他居然还能更瘦，形销骨立。

“你这件毛衣也起球了。”陆一心舔了舔嘴唇上的可可粉，挑了个最安全的话题。

正在松动左腿的方永年看了她一眼。

“我是在调查你爸爸。”他决定实话实说。

连他自己都不愿意承认，陆一心这样四处找话题的样子，他会觉得烦躁。

没道理让一个十八岁的小姑娘变得那么局促不安。

就算陆博远做了什么最后入狱，陆一心仍然是陆一心。

他甚至想过，万一陆博远进去了刘米青觉得经济拮据，他可以助养陆一心，养到她嫁人都没问题。

“我知道。”陆一心咕哝，“我又不傻。”

他和郑飞刚才说得已经很清楚了，尤其是方永年，他说“我不信他是干净的”。

她捧着热可可又喝了一口。

她又不傻。

所以她才想回家，想回家再消化消化那段话，然后想想自己下一步应该要怎么做。

“这件事挺复杂的。”方永年听清楚了她那句咕哝，尝试着跟她解释。

他对她解释过复杂得要死的制药流程，也跟她解释过初中高中甚至知识点偏到太平洋的练习题，他甚至完整地告诉过她阿尔兹海默病的整个发病过程。

现在，他要跟她解释人性。

关于为什么他不得不调查她爸爸，为什么他会一直怀疑她爸爸的原因。

他觉得自己有些口渴，想起身给自己倒杯水。

陆一心的反应比他更快，她熟门熟路地拿出了他的杯子，熟门熟路地找到了他放茶叶的地方，给他泡了一杯茶。

方永年接过那杯茶，觉得自己对陆博远的怨恨又加深了一层——为什么，这么难的事情非得要由他这个毫不相干的人来说。

“我其实还好。”陆一心拖了个小板凳捧着自己的黄色杯子坐在了方永年脚下，喝了口热可可，仰着头又咕哝了一句，“我……并没有很意外。”

她接着说：“你跟我爸以前关系多好啊，我爸经常夸你，和我妈妈那边亲戚吃饭的时候都忍不住想要炫耀自己有个特别厉害的师弟。

“你们突然变成现在这样，肯定是发生过什么事。

“我只是有点不高兴。

“你跟郑叔叔说，你不相信我爸爸是干净的……

“就这句话，我很不高兴。

“其实你想查就查呗，你让我不要告诉我爸爸我刚才听到的那些话，我也会同意的。

“我爸爸，一直都是干净的。

“你一定查不出任何东西，你说他如果心里没鬼，肯定不会调查你。

“可是你现在也心里没鬼，你为什么要调查我爸爸？”

她就这样仰着头，理直气壮，让人震惊的正大光明。

方永年又一次词穷。

“我就是来送紫薯馒头的。”其实，也是想来看看你的。

陆一心心里辗转了一下。

“我先回去了。”她喝光了杯子里的热可可，又站起来把厨房里几个她家的保鲜盒子塞到双肩包里。

“你瘦了好多。”她背着双肩包边穿鞋子边絮絮叨叨，“你再瘦下去我就要打电话给你哥哥了。我上次特意留了他的手机号。”

陆一心站在洞开的大门里，对方永年伸出手：“有没有垃圾要带下去？”

她自然地熟稔地站在那里，像每次来他家的时候一样。

方永年觉得，她刚才那番根本没有立场却莫名其妙有道理的话，简直差点要说服他。

如果世界都和她想的那么简单就好了。

如果，她能一直维持这样的简单，就好了。

陆一心骑车回家的时候，觉得自己每一步都像是踩在云里。

她突然就明白了这几年方永年性情大变的原因——原来那场车祸并不是意外。

她不相信自己的爸爸会做出那样的事，甚至也不敢相信这世界上会有人在现实世界里做出那样的事。

她在车祸之后去过医院，她甚至偷偷地看过当时交通事故上的照片，那些让她在深夜里会做噩梦吓醒的画面，居然是人为。

她的心跳很快。

她认识方永年八年，这是第一次他们对话的内容趋向成人。

这是那场车祸后，她第一次把他和她爸爸之间的矛盾，提到台面上来说。

直接撕开，毫无隐瞒。

她和他之间的对话，第一次，和年龄辈分无关。

她心跳得越来越快，十八岁的年纪很难形容这种复杂的感情，有心痛，有震惊，甚至还有一些复杂微妙的激动。

她在夜色中飞快地踩着自行车脚踏，江南三月的潮湿冷意浸透她的红色围巾，脸上冰凉凉的一片。

可是，她却感觉很热。

她捏了一把刹车，掏出手机给刘米青发了一条微信，然后调转车头。

益民药房离方永年住的小区很近，而方永年小区后门那条巷子里，有很好吃的桂花糖藕。

清明节前的糖藕酥中带糯，和其他季节的藕不同。

以往这个季节，方永年都会带着陆一心去吃几次，今年，陆一心想给他买一次。

陆一心离开后，方永年坐在凳子上缓了很久。

上次拿葛文耀录音的时候，他在冷风里吹了太久，身体底子差了，感冒一直反反复复。

他是家里老幺，从小学习成绩拔尖，和他那个莽大汉一样的大哥比，父母更疼他，也更娇惯他。

他爱吃、嘴巴刁，睡觉的床单必须每两周换一次。别人在项目里熬夜通宵的时候，他总是会给自己想办法抽出时间盖好毯子每天定时睡觉。

他以为他这一辈子应该就是这样了，泡在实验室里，拿几个看起来应该不难拿到的奖，白发苍苍的时候，儿孙满堂有社会地位，死掉发讣告的时候，他后面的头衔可能是某某院士。

前半辈子，他的人生一帆风顺，所以他也有一些天真的抱负，想要让中国的原研药在国际上有一席之地，想要通过药品研发，治疗那些神经退化性疾病。

直到那场车祸。

车祸后项目投资人宣布撤资，谣言四起，项目组的每个人一夕之间都被蒙上了阴影。

那场车祸毁掉的不仅仅是他的一条腿，还有他的人生，他的信念。

那场车祸让他这个被娇惯的人可以面无表情地住在这样简装的毛坯房里，厕所里的马桶嘎吱直响，卧室里的床只是用两块木板拼出来的，睡在上面会让他恍惚觉得自己躺在棺材里。

在禾城开药房是郑飞的意思，郑飞在这方面有点门路，益民药房的租金也比其他地方便宜很多，他当时答应，是因为他觉得他以后的余生，可能需要依靠这个药房糊口。

他死了以后不再会有讣告，他的头衔也不再可能是某某院士。

他就是那个性格奇怪的，少了一条腿的药房老板。

人生无常。

方永年笑了笑，终于起身，像个老年人一样慢慢地活动自己还能动的关节，咳嗽了两声，把之前用过的几个杯子放到厨房的水槽里。

外面又在下雨了，雨声快要盖过他洗杯子的水声。

他的每个动作都带着方永年式的慢吞吞，听到敲门声时，连回头的动作都慢了半拍。

晚上八点钟。

门外站着去而复返的陆一心。

红色围巾被她脱下来裹在双肩包上面，外套脱下来当成了雨伞，耷拉在头上，湿答答的。

她一边跳一边进门，一进门就把空调打开，瑟瑟发抖。

“我妈妈没说今天会下雨啊！”她跺着脚抱怨。

新鞋子算是彻底报废了，她脱了鞋子顺便脱了袜子，赤着脚踩在地上，走一步一个湿脚印。

“穿鞋子。”方永年看不下去了，把她之前穿过的那双家居拖鞋踢给她，自己去卫生间给她拿了毛巾，又拐进房间拿了件棉外套丢给她。

“我脚湿了。”陆一心不想拿方永年的毛巾擦脚，只是拿起来小心翼翼地擦了擦脸。

方永年直接从沙发上丢了个抱枕给她：“擦脚。”

陆一心看着那个抱枕留恋了半秒钟，有点心疼地赤着脚踩上去。

这好像是她送的，为了什么送的忘记了……

方永年的棉外套很大，也很暖，有一股烟草味。

陆一心稍微暖和一点，就擦着头发一双眼睛滴溜溜地看着方永年。

方永年正在从水槽里拿出她的杯子，冲了下打算给她泡第二杯热可可。

“你不觉得我讨厌吗？”刚才冻得够呛，现在暖和了，方永年看起来又很安静，她忍不住问出了刚才想问没敢问的话。

他那么不相信她爸爸，为什么偏偏对她一直是这个样子，一边嫌弃一边照顾的样子。

方永年把热可可递给她。

她问得没头没脑的，难为他居然还听懂了。

“我变态。”

这句话他说得十分真心，真心得陆一心一口热可可直接呛到了鼻子里。

“怎么又回来了？”方永年嫌弃到直接把纸巾盒丢给陆一心。

“我给你去买喷雾了。”陆一心擦完嘴，献宝一样拆开她用围巾包着的双肩包。

两瓶缓解肌肉拉伤的冷冻喷剂，他左腿痛的时候经常用的牌子，她在益民药房买的。

“买一送一，郑叔叔听说是你用的直接又送了一瓶。”陆一心又掏出一瓶，皱着眉很忧郁，“你们药房真的能赚钱吗？”

她妈妈平时在药房买药也经常这样，很随性地买一送一。

“还有这个！”她掏出了放在最下面的塑料袋，摸了下还是热的，“桂花糖藕，陈叔叔那里买的，最后一块了。”

要不是为了这东西，她就不会淋到雨了，路上还接了她妈妈的电话，被骂了一顿。

“我要回去了。”她把东西都掏完，拍拍扁扁的双肩包，把身上披的棉外套还给方永年，自己重新披上了那件湿答答的外套，还有那条已经从正红色湿成暗红色的毛线围巾。

袜子湿了，她索性揉成一团塞到自己的校服口袋里，拎着那双看不出颜色的新鞋子，很快乐地冲他一边挥手一边笑：“还有没有垃圾要带下去？”

方永年很难解释堵在他心里的感情是什么。

他刚才只是坐在凳子上揉了下脚，她就发现他常用的冷冻喷雾没有了。

他投喂了她几年，车祸后没那么多闲情逸致，也忽略了她很多。

到了禾城后，大部分时间，都是这丫头带着家里的吃的过来找他，他冰箱里常年放着他们家的保鲜盒。

而他，却在调查她爸爸。

发病的时候，他会幻想她爸爸终于罪有应得，幻想的画面里，并没有这个冲他笑得一脸灿烂的少女。

半个小时前，他还在她面前和其他人说，他不相信她爸爸是干净的。

她生气了，但也只是告诉他一声，就继续笑呵呵的；她嘴唇都冻紫了，却只是为了给他买一小袋子桂花糖藕。

他走近，把她身上那件已经能滴出水的外套丢了，把自己的衣服套在她身上。

“你等我一下。”他压下了心里面堵着的陌生情感，语气平和，“我送你回去。”

“你直接穿着这双鞋吧。”他拿车钥匙的时候看陆一心还想换上自己那双湿鞋子，“我开车送你回去。”

陆一心眨巴眨巴眼睛，咧嘴：“哦。”

笑得像只得逞的狐狸。

她真的担心被她发现他和她爸爸之间的事情后，方永年会不再像以前一样了。

因为方永年和郑飞说完回头看到她的时候，她看到了他当时脸上的表情。

那一瞬间，她知道方永年是打算疏离她的。

所以，对待男神，需要死皮赖脸。

反正她爸爸光明正大，不怕他查。

少女快速又坚定地把自己拉回到粉红轨道上，穿着方永年的家居鞋，在原地蹦蹦跳跳。

“你要是把我送回家，那顺便也上去喝杯茶吧。”她觍着脸得寸进尺。

方永年穿外套的手一顿。

“我本来是送完紫薯馒头就得回家的，但是现在晚了一个小时，我妈会骂死我。你上去帮我说说吧，吃了我的桂花糖藕，做人就得要有义气。”

方永年穿好外套。

“骂不死的。”他看了陆一心一眼，帮她拿走那条湿答答的围巾。

他还没吃那包桂花藕呢，得寸进尺。

陆一心噘着嘴跟在他后面。

“不喝茶吗？”她还不死心，“我爸爸也在呢，你直接问他不是比你现在这样调查简单很多。”

方永年被她气得想把她从楼上丢下去。

“你自己回去吧，我不送了。”他转身往回走。

“噫！”陆一心没脸没皮地在楼道里号，“没良心！”

方永年无奈。

他当然不可能真的下雨天让她一个人回家，只能假装自己什么都听不见看不见，快步走下楼。

外面的春雨仍然淅淅沥沥，他的车位上长出了几棵黄色的野花。

陆一心坐到副驾驶系好安全带，看着方永年用手操作辅助装置把车子开出停车位的时候，突然拍着大腿“哎呀”一声。

方永年下意识就一个急刹车。

“忘记把糖藕放盒子里了，捂在塑料袋里等你回去都不好吃了。”她大惊小怪。

方永年后槽牙咬合了一下，再一次咒骂自己的没事找事，偏偏边上那位叽叽喳喳。

“我排了很久的队才买到的。

“不过陈叔叔家今年的藕和去年的不太一样了，胖了好多。”

“方叔叔！”他一直不说话，她就开始号。

“闭嘴。”方永年面无表情。

这下，什么情绪都没了。

刚才一个人洗杯子的惆怅，还有被陆一心感动到的满胀情绪，都没了。

就只是想找块抹布把这丫头的嘴塞上。

真吵。

第三章 那不仅仅只是大人们的事

禾城是非常典型的江南天气，三月中下旬，禾城郊区下了好几场冰雹。

刘米青是市气象局应急减灾科的领导，这个季节里，从现在一直到春夏交替结束，基本都是住在局里面的。

这么多年来陆一心已经很习惯父母的工作了，刘米青收拾行李的时候，她磨磨蹭蹭地挪进了父母的卧室——刘米青喜欢在这个时候教育她，顺便交代点注意事项。

“你高考志愿还是没想好吗？”果然一开口就是让人头痛的问题。

“我现在才高二。”陆一心撇着嘴。

她想做的事情很多，做科学家做明星做医生做画家……甚至天马行空地想过要做超人维护世界和平。

但是真的要静下心来想想，自己到底喜欢什么，除了方永年，她想不出其他具体的东西。

“我回来之前，你最好给我个具体的答案。”刘米青了解女儿，从小到大过得太安逸，对什么都有点兴趣但是又不长久，看到感兴趣的事都想去试试，可是又不愿意吃苦。

“要慎重。”她对女儿最大的愿望就是平安喜乐，“大学志愿关系到你以后的职业，这个世界上所有赚钱糊口的职业都很辛苦，你如果不是足够的喜欢，会活得很累。”

陆一心歪着头看着她妈妈把衣服一件件叠好放进行李箱里，似懂非懂。

她父母都非常热爱自己的工作，他们的工作都很累，他们为了工作很多时候甚至忽略了家庭，但是她从来没有听到他们抱怨过。

陆一心突然泄气："是不是父母厉害的，小孩都会很平庸？"

刘米青放下手上的衣服，她的女儿已经亭亭玉立，生活里面都是阳光几乎没有阴影，花骨朵一样长大，也终于要探出头去迎接外面的风吹雨打。

"你觉得喜欢是什么？"刘米青温柔地看着眨巴着眼睛一脸懵懂的女儿，"你看我和你爸爸经常住在项目组里不回家，每天只睡三四个小时，有时候甚至顾不上你的学业，是不是觉得，这就是喜欢？"

陆一心讷讷地点头。

就因为这样，她才会把空白的志愿意向表交上去，在她心里没有任何一种梦想，能让她做到像她爸爸妈妈那样。

"那只是喜欢的代价。"刘米青笑了。

"太喜欢了，所以才会为了保住这种喜欢心甘情愿地付出这些，这些是喜欢的代价，不是喜欢。

"我喜欢在气象局工作，是因为我希望我能够预警大部分自然灾害，能让这些灾害的损失降到最低。

"你爸爸喜欢制药，是因为在中国原研药太少了。他年轻的时候曾经被一家很大的制药公司招揽，福利非常好，唯一的要求就是需要他改换国籍，你爸爸这个人很轴，想要争口气，这口气就这样争了二十几年。"

"你要找到这个点。"刘米青揉揉女儿的头发，"能够找到这个点的人，都不会平庸。"

有了义无反顾撞了南墙也想持续做下去的事，这样的人，人生都不会平庸。

"如果找不到呢？"陆一心黑白分明的大眼睛清澈见底。

"一定能找到的。"因为你总会遇到自己想要守护的人和事，"只是要记得，找到的时候，千万不要退缩。不管有多难，都不要退缩。"

陆一心似懂非懂地点了点头。

刘米青捏了捏女儿的脸，笑了。

不能逼太急，女儿看着大大咧咧，但其实她每次和女儿谈心说的话，女儿都会记在心里。

慢慢消化，女儿的人生路还很长。

"我这次去局里，家里就剩你和你爸爸两个人了，好好相处，别老去招惹你爸爸。"刘米青觉得自己真的是有操不完的心。吃晚饭的时候这两个人还为了最后一块红烧肉差点吵起来。

人家的女儿和爸爸都跟小情人似的，他们家这两个为什么就跟斗鸡一样……

陆一心嘿嘿笑，答应了却并不打算改。

陆博远和她并不经常见面，项目忙的时候，大半年不见都是常事，父女两个每次重逢，总是会有种微妙的尴尬。

只有把陆博远气得吹胡子瞪眼，她才会有种爸爸回来了的感觉。

“你爸爸还有两个礼拜就要走了，两个礼拜之后李阿姨会住过来。”刘米青还在絮絮叨叨，“晚上睡觉门窗都关好，有事情随时给我和你爸爸打电话，局里如果没事，我随时都会回来。”

这都是交代了无数遍的话，李阿姨也是他们家请了两三年的保姆，但是每次离开，刘米青仍然会觉得不安。

“万一有急需用钱的地方，就用那张黄色的银行卡，密码是你身份证后六位。”

刘米青收好最后一件衣服，关上行李箱，最后交代了一遍：“别老跟你爸爸吵架。”

陆一心快快乐乐地点头，无忧无虑的。

结果等刘米青一走，她发现不和爸爸吵架好难。

她爸爸陆博远有一位非常敬重的老教授，姓吴，今年七十岁了，她每次看到都喊他吴爷爷。

逢年过节，她爸爸都会带着他们一家人去华亭市给吴爷爷拜年，每次拜年，吴爷爷总是会和爸爸在书房聊一个下午，她知道，吴爷爷对于她爸爸来说，是类似于父亲的存在。

她也很喜欢吴爷爷，因为吴爷爷偶尔会提到方永年，经常叮嘱她爸爸对方永年要多一些耐心。

那天下午放学，她手机里收到了陆博远发给她的饭店地址，让她放了学直接去这家饭店的包间吃饭。

这是禾城最贵的饭店，他们这里只有特别有钱的人结婚，才会在这家饭店办酒席。

陆一心以为她看错了，打电话确认了一次，结果她爸爸很不耐烦地应了一声，就把电话给挂了。

陆一心气得直哼哼。

她有时候真的觉得她妈妈嫁给这个“大猪蹄子”特别吃亏。

那个地方骑车过去需要半个多小时，里面金碧辉煌的，陆一心一进去就觉得浑身不自在。包间在二楼餐厅最里面，穿着旗袍的服务员领了一路，陆一心咋舌了一路。

她爸爸是不是腐败了啊，在这地方吃饭不得吃掉他半年的工资啊?

小姑娘操着不该操的心，看着那位微笑得十分专业的服务员小姐姐推开了包厢门。

“吴爷爷！”陆一心眼前一亮。

包厢里就两个人，她爸爸和吴爷爷，两人不知道在说什么，看到她来了话题就打住了。

“越长越漂亮了啊。”吴爷爷笑眯眯地和陆一心闲话家常，“上高二了，是个大姑娘了。”

陆一心瞥到自家亲爹有些心不在焉，还一直在看手机。

她爹会不会付不起饭钱啊……她脑子乱七八糟地瞎猜。

圆桌上只放了八个冷盘，六个冷盘是荤菜，其中四个冷盘上面撒了金色的金箔。

陆一心很没见过世面地稀奇了。

她爸爸可小气了，平时吃片儿川都让她少吃点肉的。

“饿了吧。”吴爷爷很和气地把卤牛肉片转到陆一心这边，示意她吃，“先吃点垫垫肚子，还有好几个人没到，到了再上菜。”

陆一心快速地举起了筷子。

陆博远看着女儿塞了一嘴牛肉的样子，哼了一声。

包间里逐渐来了好多人，大部分陆一心都不认识，但是不妨碍她嘴甜，一口一个“叔叔”，一口一个“大伯”，饭桌上有她这个开心果在，气氛倒是很和乐。

尤其是那位张阿姨，之前陆一心在益民药房把她当成方永年的相亲对象的张阿姨。

她一来就冲着陆一心笑，调侃陆一心长得跟陆博远一模一样。

陆一心这次不敢在心里腹诽了，微笑得像个乖巧的洋娃娃。

“永年呢？还没到？”寒暄告一个段落，张阿姨看着来的人里面少了那个最关键的人，有些奇怪。

陆一心猛抬头。

饭桌上肉眼可见地安静了下来，陆一心注意到连向来笑眯眯的吴爷爷，都冷下了脸。

陆一心微微蹙眉，为什么，大家提到方永年，看起来都变得那么严肃？仿佛这一桌的和乐，都和方永年格格不入一样。

“他敢不来！”陆博远重重地哼了一声。

饭桌又安静了一下。

张阿姨愣了一下，笑着举起了酒杯：“是我多嘴了，我自罚一杯。”

为什么，问到方永年，张阿姨需要自罚一杯？

陆一心的眉头蹙得更紧了。

有人把话题岔了过去，吴爷爷脸上又逐渐有了笑容，只有陆博远一直没什么话，只是一直在低头看手机，脸色越来越难看。

一群人都是制药界的，聊的话题陆一心都听不懂。热菜上了一轮，陆一心看着自家老爹的脸已经黑成了锅底。

“我去下洗手间。”陆一心摸出手机站起身。

不知道为什么，她有些不安，想偷偷地给方永年打电话问问。

陆博远不耐烦地挥挥手。

金碧辉煌的酒店跟迷宫一样，陆一心看着厕所的标志绕了一圈，发现自己迷路了。

满眼都是金红色装饰，她被刺得眼睛痛。

她找了个角落，想给方永年打个电话。作为陆博远女儿的直觉告诉她，方永年今天如果不出现，陆博远可能会揍人。

电话响了两声就接通了，陆一心却没说话。

她担心的那个人，正和她一样，靠在酒店的角落里，藏在金红色的阴影里，唯一亮着的就是他的手机。

“喂。”方永年看向陆一心。

陆一心舔了舔嘴唇。

她觉得，只是一声“喂”，她的心跳，就停了。

方永年看起来已经站在那里很久了，和陆一心对视后挂了电话，仍然用那个姿势靠在墙边。

因为走廊有禁烟标志，他手里夹着的香烟一直没点，另外一只手里拿着打火机，“啪嗒”“啪嗒”忽明忽暗。

在一片艳俗的金红色背景里，他穿了一身黑，黑色的风衣、黑色的高领毛衣，还有黑色的牛仔裤，只有围巾是烟灰色的。

他个子高瘦，所以他靠墙的姿势格外帅气，阴影里面半藏着那张长得有些像女孩子的脸，手里夹着香烟，打火机让整个画面变得完整而又神秘。

陆一心拽着手机无意识地晃动了两下胳膊。

太帅了……

作为多年迷妹的职业素养，她又晃动了两下胳膊，完全基于本能和习惯地举起手机，对着方永年“咔嚓”了一声……

高级酒店的隔音效果很好，包间走廊里陆一心“咔嚓”的声音特别突兀，明显到方永年的嘴角都忍不住抽动了一下。

他在这种时候居然产生了想要揍她一顿的冲动，真的是很不容易。

陆一心捂着手机后退了一步，干笑了两声：“你怎么还不进去？”

那一桌子的人看起来不是西装革履就是和她爸爸一样是某某专家，酒席都过半了，方永年这个张阿姨说的关键人物却站在走廊里玩打火机。

“我等人。”方永年把打火机塞进牛仔裤口袋里，对陆一心招招手。

“有没有糖？”他长手捞过陆一心想要藏起来的手机，找到刚刚拍的照片，戳了下删除键。

这丫头手机里都是他的照片，连屏保都是。

他对这些向来都只是一笑置之，不知道为什么，今天突然觉得有些不自在。

她毕竟是大姑娘了。

“都删了。”他懒得一个个点删除，把手机丢还给她直接下命令。

陆一心的回应是赏给他一个巨丑无比的鬼脸，把自己的手机当着他的面塞到自己的屁股口袋里。

“删个屁。”难为她做出这样人畜不分的鬼脸还能开口说话，“你的照片我都是第一时间传到云相册的。”

删了也没用。

她对他自豪地龇牙咧嘴，顺便递给他一块巧克力。

他这两年身体很差，常年低血糖，过了饭点不吃饭就会到处找糖吃，陆一心身上常备着巧克力，巨甜的那种。

宁可低血糖也不肯进包间。

这男人真帅。

粉丝滤镜比城墙还厚的陆一心也剥了一块巧克力塞到自己嘴里，甜得她眯起了眼睛。

“你先进去。”方永年看陆一心居然有站在这里和他聊天的架势，咽下了嘴里的巧克力又在陆一心的衣服口袋里拿了一块，推了推她。

用完了就丢……

陆一心鼓着腮帮子：“我迷路了。”

她不想进去，那里面的菜虽然巨贵，但是都不怎么好吃。

气氛虽然融洽，可她总觉得有一股让她胃痛的假笑感，还不如蹲在这里和方永年聊天。

他今天真的好帅，简直想上下左右角度都拍一张。

“左边第二个路口右拐第五间。”方永年用下巴指路。

陆一心一愣。

她不甘不愿地往左边挪了两步，又回头：“你会进来的吧？”

你要是跑了我爹会狂暴。

“会。”方永年嚼着巧克力冲她点点头。

陆一心又挪了两步。

她总觉得，方永年刚才说会的时候的表情，很决绝。为什么进包间吃个饭要用这样下定决心的决绝表情?

她又回头。

方永年这次不理她了，挥苍蝇一样地摆摆手。

总有一种奇怪的，她爸爸会被气爆炸的预感。

事实证明，不祥的预感从来都不会让人失望。

方永年最后真的进来了，在大家觥筹交错酒劲正酣的时候，进来的时候，并不是他一个人。

门是被撞开的，后面跟着惊慌失措的服务员，四五位穿着公安制服的执法人员先行闯入，后面还紧挨着两个拿着摄像头监督执法的记者。

整个逮捕过程很快，饭桌上那个胖乎乎的人称李总的中年男人几乎是在一头雾水的情况下被带走的，几位公安除了确认李总的身份，几乎没有说什么多余的话。

事情发生得太突然，所有人都愣住了，所有人都看向了包间门口那个穿着全黑衣服的高瘦男人——吊儿郎当靠墙站着的方永年。

“永年，这到底是怎么回事？”吴教授是第一个开口的人。陆一心觉得老人家开口的时候，声音和平时很不一样，发着颤，语气震惊。

“木胜制药案。”方永年站直身子走进包间，“李总涉嫌非法资本运作，我是举报人。”

他走路的姿势在陆一心看起来，过分地端正了，像是不想让包间里的人看出他戴着义肢，又像是防御。

“所以，在座的各位还要不要跟我在一起吃完这顿饭？”他站到李总刚才的座位上，冲服务员比了比桌上的碗筷，“给我拿一副新的碗筷。”

鸦雀无声。

陆一心觉得陆博远都被气定型了，拿着筷子的手从公安进来之后就一直举着，到现在都还没有放下来。

大家都看着方永年，看着他慢吞吞地解下围巾脱下外套，慢吞吞地换了一副新的碗筷，慢吞吞地捋高了毛衣袖子。

所有的动作都带着他标志性的慢吞吞，可是，陆一心却觉得方永年此刻，很痛快。

酣畅淋漓的那种痛快。

复仇成功的那种痛快。

酒席上的人在片刻的安静后，开始有人陆陆续续地站起来，他们不再看向方永年，走的时候甚至没有和吴教授打招呼。

只有那位张阿姨，走之前拍了拍方永年的肩膀。

“永年啊……”她长长地叹息了一声，最终还是什么都没说。

包间里的人很快就走光了，富丽堂皇的大包间里，只剩下了他们四个人。

陆博远终于从定型的状态缓过来，想要重重地拍桌子，却在下手之前看了一眼桌子上薄如蝉翼的骨瓷，手换了个方向拍到了椅背上。

“你以为你这样是在做英雄？！”他气得嘴唇都在抖。

方永年没理陆博远，给自己倒了一杯浓茶抿了一口。

他刚才吃了两块巨甜的巧克力，现在对桌上的山珍海味碰都不想碰一下。

“你这是在害你自己！”陆一心觉得陆博远如果有胡子，现在一定抖成了筛子。

作为亲女儿，她现在十分担心爸爸的血压。

会不会又打起来……陆一心环顾左右。

包间里的东西看起来都是实木的，重得很，桌上的餐具看着就很贵。

打起来的可能性不大。

很清楚自己家里有多少存款的陆一心放心了，趁着大人们不说话，转着转盘给自己夹了个刚才一直没有夹到的鸡翅膀。

“永年啊……”吴教授终于说话了，语气比刚才的张阿姨还要惆怅，“过刚易折啊！”

方永年喝茶的动作一顿，陆一心看到方永年的眉心微微蹙了起来，放下了杯子，还是不说话。

痛快的酣畅淋漓，仿佛就因为老教授这句话，抽了个一干二净。

“你以为我们都不知道李总的那点破事吗？”陆博远有了吴教授的撑腰，说得更加恨铁不成钢，“你以为今天在座的这一桌子人，都没有你聪明没有你看得清楚吗？

“他那边确实一堆烂账，贿赂加上违规资本运作，这些事，在座的没在座的多多少少都听说过一点。

“但是他们公司现在在做的资产重组仍然在正常推进，那是关系到我们接下来那个项目能不能正常拿到投资的大事，那件事，和他的破事没有关系！”

陆博远越说越气：“你要举报，可以！就算不等投资到位，你现在私下举报，也不会对整个资产重组造成太大的影响。

“但是你为什么偏偏选在这样的时候？

“这一桌子的人，都是长辈，都是财神爷！

“你为什么非得要选在这样的时候举报？还当着他们的面抓人！”

“你逞什么能啊你！”陆博远把手往桌上重重地一拍，一桌的碗盘发出了清脆的叮当声。他吓了一跳，手放在桌上不敢再动。

真的赔不起，今天这顿饭干掉了他的项目奖，再赔高级餐具钱，家里那位估计就要河东狮吼了。

方永年看着陆博远。

他的眼睛狭长，眼尾上扬，长在女人的脸上，就是一双勾人的桃花眼。

但是现在，这双桃花眼冷冷地看着陆博远，和平时能让陆一心心跳加速的凝视不同，他看陆博远的眼神，像是从来没有认识过陆博远那样。

陆博远怎么能有那么厚的脸皮，在这里跟他谈这个？

“不是我们的项目。”方永年淡淡地、一字一句地说，“我没打算进项目。”

“在座的人都比我聪明比我看得清楚，比我更明白规则。”方永年笑了笑，这次，看向了吴教授，“所以，你们才会明知道李总有问题，也要低头哈腰地找他要钱。

“不要跟我说他们公司的资产重组和他那些破事无关，没他那些破事，他们公司资产重组怎么可能有那么顺利。”

方永年擦了擦嘴站起身。

他仍然慢吞吞的，穿戴整齐，对吴教授微微弯了弯腰：“我和你们不一样，我不喜欢自欺欺人。”

“毁了这顿饭我很抱歉。”他看起来没什么歉意，走出包间的时候又向吴教授弯了弯腰，“这顿饭，我请。”

他说得谦卑有礼，对着吴教授鞠了两次躬，慢吞吞地关上了包间门，走的时候，没有看陆一心。

陆一心看着自己的爸爸半张着嘴，脸涨得通红。

吴教授手里捏着酒杯，因为用力，苍老的手指上青筋遍布。

“他到底做对了什么！”陆博远终于开始咆哮。

“他要是干干净净，那条假腿，那间药房，他那个破公司还有现在请吃饭的钱，都是天上掉下来的？！”

陆博远这个人，酒品并不好。

平时就很有些书生意气，喝了酒之后就会变成话很多的酸书生，送吴教授回家的时候还憋着，憋到回家酒劲上头，陆一心就开始一个头两个大。

“把你的手机给我！”她爹开始为所欲为。

“你自己没手机吗？”陆一心恨得都想给刘米青打电话告状。

他今天还说方永年的腿是假腿，虽然是等方永年走了后才说的，但她还是气了一路。

陆博远撸了一把头发，十分不忿：“这小子不接我的电话。”想了想，更加不忿，“他为什么不接我的电话却肯接你的电话？”

陆一心白眼快要翻到天上去，她真的是个孝顺女儿，这种时候还给他泡茶。

陆博远自己气了很久，喝了口闺女泡的茶。

“现在在中国做原研药有多艰难他又不是不知道，老教授花了整整四年时间，才有办法让项目重启，他今天花了四分钟时间就毁了我们前期做的所有准备。”陆博远背靠在沙发上，疲惫又心痛。

“那也不能和坏人合作啊。”陆一心下意识就想帮方永年说话。

陆博远愣了一下，良久，才叹了口气：“要是真那么简单就好了。”

酒精放大了他的情绪，他需要倾诉，这四年来和方永年的心结，还有他为之奉献了一生的原研药制药事业。

“在国内，原研药在大部分人的概念里甚至就只是指过了专利保护期的进口药。做原研药很难，做神经退化性疾病的原研药，更难。

“新药从定靶向到上市，要投入数十亿美金，十几年甚至二十几年的开发周期，对于任何一个制药企业来说，这种项目一旦失败，打击都是致命性的。更不要提阿尔兹海默这种病，历史上有多少大公司，都因为研制阿尔兹海默药失败宣布破产。”

陆一心又给她爸爸满了一杯茶。

“原研药要立项，太艰难了。

“当年我们那个项目，哪怕到最后不成功，也一定可以留下非常难得宝贵的经验……要是没有那场意外……”

陆博远叹了口气。

“那场车祸吗？”陆一心问得小心翼翼。

那场方永年认为不是意外，却一直被她爸爸称之为意外的车祸。

“就算没有那场车祸……”陆博远苦笑。

陆一心看着自己的爸爸，她爸爸今年四十五岁了，因为常年在实验室，身材微胖皮肤白皙，酒醉了之后或许是因为失望，或许是因为真的累了，看起来，有点老了。

“还有其他的吗？”陆一心忍不住问。

当年的事情，那些被大人们埋在心里面讳莫如深的真相。

“这些东西是你该问的吗？几点了？你怎么还不睡？”

陆一心傻眼地看着亲爹从颓废状态没有任何缓冲地转换成狂暴状态。

“把手机留下！”他继续咆哮，“我得给那小子打电话！”

陆一心一怔。

她还想趁着陆博远喝醉了口吐真言的时候听一听当年到底发生了什么，谁知道陆博远突然就清醒了。

那场车祸发生的时候她才十四岁，那时候的她因为刘米青工作调动要从华亭市回到禾城，她要转学，要和曾经的同学告别，再加上方永年的车祸，那一年，她几乎是活在眼泪里的。

大人们都说那只是场意外，她妈妈一直安慰她方叔叔一定会好起来，现在科技发达，装了义肢再多加练习，看起来就和正常人差不多了。

那一阵子，她看了很多残疾人运动会，她的偶像残缺了，她单纯美好的小世界一片凄风苦雨，根本没有注意大人们的变化。

等她恢复过来才注意到，方永年已经和她爸爸决裂，他再也不去实验室，而是选择在禾城开了一间药房——没什么生意，经常随意送东西的药房。

那一年，一定发生了很多事。

十八岁的陆一心在自己爸爸喝醉了酒闹了一晚上的那一天，跨越了孩子和大人的那条分界线。

她终于意识到，那不仅仅只是大人们的事。

那不是一句“大人的事小孩子别管”就能敷衍过去的事，那一年的事，不管是方永年，还是她爸爸，都没有跨过去，都还在伤痛中。

那是，大人们都搞不定的事。

所以，她选择向郑然然求助。

“你的意思是说，方永年怀疑当年那场车祸不是意外，他还怀疑人为制造那场车祸的人，是你爸爸？”

郑然然是个喜怒不怎么形于色的姑娘，突然听到这个消息，也还是忍不住瞠目结舌。

陆一心点头：“我算是明白了，为什么这几年方永年听到我爸爸的名字会那么排斥。”

“可……”郑然然觉得自己需要缓缓。

如果这件事是真的，那这是杀人啊……

“他为什么会觉得这件事是你爸爸做的？”陆博远啊，连她都知道的纸老虎啊。

“他相信证据。”陆一心其实很了解方永年。

他过去做实验之前从来不做任何结果推断，他只相信客观存在的东西。

所以如果四年前方永年开始怀疑她爸爸，那一定是因为当时方永年能拿到的所有证据，都指向了她爸爸。

“但是方永年对你很好啊。”郑然然都快被绕晕了。

“他说他变态。”陆一心实话实说。

郑然然无语。

“那你爸爸呢？”郑然然觉得自己聪明的脑袋无法理解大人们的想法。

“我爸爸应该是怀疑方永年收钱出卖项目资料了。”陆一心犹豫了一下，“而且我觉得我爸爸的态度很奇怪……他昨天酒桌上对方永年的态度，有点像去年你送我的那支笔被我爸爸用坏之后，我爸爸吼我的时候的样子。”

恼羞成怒的样子，心虚的样子……

这关系真是……

郑然然：“那你呢？”

和这些重磅消息相比，陆一心显得有些过于淡定了。

“我……”陆一心吸吸鼻子，“我觉得不真实。”

所以她一直在逃避，直到昨天晚上看到她爸爸、看到方永年，她才切实地感觉到这件听起来不怎么现实的事，是真实地发生的。

“我相信我爸爸，也相信方永年。”她看着郑然然，“我跟他们不一样，我不看证据。”

人心怎么可以用证据来衡量。

她不是理智的人，她相信她的爸爸，也相信她喜欢了六年的方永年，她没有证据，可是这两个人，是她的世界。

如果这两个人都是坏人，那么她的世界也就分崩离析了。

郑然然点点头，拿出了纸笔。

“你爸爸认为方永年有问题的点，是方永年的钱。而方永年认为你爸爸有问题的点，是什么？”

“我只听到了那个肇事司机和我爸爸是认识的，我爸爸车祸之后查过方永年。”陆一心歪着头拼命回忆，“还有，当年那个项目有文件泄露，那份文件只有我爸爸和方永年有权限。”

郑然然看了陆一心一眼。

“干吗？”陆一心被郑然然看得有点毛毛的。

“难为你记得那么清楚。”郑然然叹了口气，可记得清楚有什么用，这真不是她们这个年龄能解决的问题。

但是这种事情，向来冲动的陆一心居然一直忍到自己想清楚了才来找她商量，就意味着这件事，陆一心绝对不会放弃。

“我认为当年的事情，一定有第三个人。”说到了关键处，陆一心眼睛亮晶晶，“一定有个让我爸爸和方永年都没有想到的人，背后做了这些坏事，让我爸爸和方永年决裂，他一定是妒忌我爸爸和方永年的能力，或者和他们两个有仇。”

有了动机，就可以查人！

电视上都这么演的。

郑然然扶额。

这个莽货……

“如果方永年只是单纯地怀疑你爸爸，他为什么要在酒席上找警察抓人？他只要针对你爸爸就好了，可是为什么他要破坏你爸爸和他那么敬重的老教授的新项目？”

郑然然语速很快。

“还有，你爸爸当年如果查过他，为什么会突然放弃？他明明到现在还认为那些事是方永年做的，当年到底是遇到了什么事才会突然放弃？你刚刚说你爸爸奇怪的态度，真的就只是因为他认为方永年拿钱泄露了项目吗？

“方永年出车祸到现在已经快四年了，这几年你爸爸从来没有提过让他进项目，为什么现在突然想让他进项目？还找了那么多人来帮忙？

“你爸爸和方永年本来关系那么好，却搞成现在这样，真的就只是一个第三者诬陷就能解释清楚的吗？”

郑然然拿出了市辩论会拿第一的架势，把她现在想到的疑点一个个地列出来。

列一个，陆一心的肩膀就塌一点。

“就算有人因为嫉妒你爸爸和方永年做出了那些事，但是你怎么解释后面的疑点?

“最关键的，方永年和你爸爸都是高智商人才，你能想到的问题，他们为什么想不到?”

陆一心的肩膀彻底地塌了。

“那，会是因为什么啊?”她可怜兮兮的，这个结论她想了一晚上，还以为自己抓到了问题的关键，结果现在被打击成了渣渣。

“我怎么知道。”郑然然把笔一丢。

方永年她是知道的，陆一心心目中几乎全能的超人，哪怕少了一条腿也能单手撬起地球的英雄。

这样的人才用了那么多年都没有查出来的真相，她们两个十八岁的小姑娘能查到什么。

可陆一心都已经决定要插手了，她不能不管。

“一心，这件事情不是我们这个年纪的人能够解决的，你如果插手，可能会把这件事弄得更复杂更乱。”郑然然说得很慎重。

如果那场车祸不是意外，那么，这甚至可能是一场蓄谋已久的谋杀。

陆一心点头。

她知道，所以她自己理了一遍才来找郑然然，所以她一点都不敢轻举妄动。

“方永年有没有交代你让你不要把他在查你爸爸的事告诉你爸爸?”很拗口的一句话被郑然然不加标点地问了出来，语速还很快。

陆一心立刻听懂了，摇头否认：“他没说。”

方永年对她向来坦白，从她外婆病重的时候开始，他就一直把她当成大人在交流——他把能说的都告诉她，至于她要不要和别人说，那都是她的选择。

“那现在你能做的就只有一件事。”郑然然松了口气，“找个机会，把你从方永年这里偷听到的东西，转告给你爸爸。其他的，就都是他们大人的事。你只要去看去听就行。”

陆一心慎重地点头。

“成长”这个词，正伴着岁月慢慢爬进她们的血脉。

方永年发现，前段时间怪怪的陆一心，在那顿晚饭之后变得更加不着四六了。

本来陆博远回来之后这丫头在他面前消失过一阵子，这个结果大家心知肚明，事实上陆一心能那么频繁地出现在他面前，本来就不太正常。

按照陆博远的个性，应该是巴不得自己的家人能和他老死不相往来才是。

而且陆一心今年也十八岁了，再像以前那样黏着他也确实不合适。

那段时间，方永年看着空荡荡的药房觉得有些不太习惯的时候，偶尔会这样说服自己。

他没想到，他还没有完全习惯空荡荡的药房，小丫头就又叽叽喳喳地回来了。

这次的存在感强得更加无法忽略。

方永年甚至有错觉，这丫头是不是在偷偷地监视他。

比如现在，他去了一趟仓库，回来的时候就看到本来应该坐着做作业的陆一心正抻长了脖子探头探脑地看他桌子上的东西。

他桌子上东西摆放得乱七八糟，唯一值得看的大概只有他的手机。

方永年走回座位，一声不吭地把桌子上的手机丢给陆一心。

“啪”的一声。

正全神贯注不知道在看什么的陆一心被吓得一激灵。

“要看就正大光明地看。”方永年看不惯她这样偷偷摸摸的样子。

陆博远……不会下作到想要让女儿来查他的地步吧?

他微微蹙眉，陆博远……已经沦落成这样了吗？还是被他破坏了那个项目的投资，让陆博远终于决定图穷匕见了?

陆一心瞪着桌上的手机。

她不是想看手机，方永年有两部手机，他随身带着的那部手机她不知道密码，而丢给她的这部，里面的应用程序大部分都是她装的，大部分的游戏记录都是她打出来的，她要看这部手机做什么。

她刚才只是看到方永年桌子上有一沓类似报表的东西，她以为是方永年之前说的银行账户清单，抻长了脖子看了半天，发现上面的单词不是英文——她看不懂。

只看只听好难……

陆一心揉揉脖子。

要看要听，起码她得要知道点什么才能看啊……

陆一心咬着笔杆子愁眉苦脸。

方永年观察了她几分钟，移开视线。

应该不是他想的那样。

陆博远只是没有人性，但是不至于会那么蠢。陆一心实在不是个能隐藏情绪的人，一点点喜怒哀乐都写在脸上。

自己想得太复杂了……方永年自嘲地一笑。

最近都有些风声鹤唳了。

方永年那个私人手机一直都设成静音，振动起来的时候他下意识地看了一眼陆一心。

她终于不再像个多动症一样左顾右盼，现在正握着笔杆子趴在桌子上睡得昏天黑地。

方永年瞥到她正在看的书——高二化学。

接起那个电话的时候，方永年嘴角噙着笑，陆一心完全没有遗传到陆博远的化学天赋，能看到睡着的永远都是化学或者数学。

反倒是电话那头的人，愣了一下。

“我以为这段时间你会很烦。”是个成熟的女人的声音，短短的一句话声调奇特，声音性感撩人。

方永年低头，不再看向那个睡到快要流口水的少女。

“什么事？”他声音低沉，问得波澜不惊。回到大人们都熟悉的，车祸后的方永年的样子。

“你明天来华亭市一趟。”电话那头的女人说话很简洁，“木胜制药案闹大了。”

方永年没说话，下意识地想要伸手掏烟，眼角余光看到陆一心埋头苦睡的样子，叹了口气——都快要习惯她不在药房的日子了，她这一频频出现，以后又得阶段性戒烟了。

“还有件事……”那女人犹豫了下，“你今天看新闻了吗？”

“没有。”方永年皱眉，预感不祥。

“别看了。”那女人很干脆，“我家和刘家联姻失败，老爷子为了面子把你拉出来做挡箭牌。”

方永年已经打开电脑，华亭市的财经版篇幅很大的一篇图文新闻，标题是《钢贸大佬独女的爱恨情仇》。

下面的照片，赫然就是他和俞含枫肩并肩站在饭店门口聊天的照片，他的脸没打马赛克。

写新闻的人很有写小说的天赋，声情并茂洋洋洒洒地写了快一千字的爱情故事，大抵讲述了俞含枫如何抗拒家族联姻，和一个研究制药的穷小子如何情深不渝的故事。

研究制药的穷小子方永年无语。

“不好意思。”俞含枫也正头痛，这份通稿发出来的时候她人在国外，看到的时候已经木已成舟，“我欠你一顿饭。”

“没事。”方永年揉揉眉心。

只是这下他可能会被业界说成吃软饭的小白脸，不过他的风评向来不好，也不差这一个。

他更在意的是木胜制药的案子，挂了电话手指在触控板上划动，想关掉网页看看那案子的资料，手却被拉住了。

刚才还在睡觉流口水的陆一心拽着他的手，一脸严肃地盯着电脑屏幕。

方永年：？

“这谁？”睡得脸上还有书本印的少女瞪着他，仿佛他十恶不赦。

方永年：“……我女朋友。”

老爷子既然已经放出新闻，他总需要配合一阵子。这份通稿质量很高，估计也花了不少钱。

陆一心蒙了。

她只是做作业的时候睡了一觉，为什么就变天了？

“作业做完就回家。”他把陆一心的爪子拨开，开始赶人。

这案子背后牵扯很多，他当时的举报资料就是从俞含枫这边拿到的，既然她说闹大了，背后估计比他想的还要复杂，他现在没什么心思当保姆。

“我……”陆一心还在震惊中，语无伦次，“你……你什么时候有女朋友的？！”

太震惊，以至于她忘记克制自己的语气，也忘记压抑自己太过激动的情绪。

方永年有些奇怪。

“大人的事小孩别管。”他用上了万能金句，继续赶人，“很晚了，你该回去了。”

陆一心愣在原地。

新闻照片上的那个女人，就是她幻想中方永年的女朋友的样子。

长发、纤细、笑容自信，而且，还是有钱人的独女。

方永年和她站得很近，他那么高的个子，那个女人却只矮了他半个头。

两人很配。

陆一心快要无法呼吸，她还没有长大，她连告白的话都还没有说出口。

“方永年……”她突然用颤音喊他的全名，“你喜欢她吗？”

方永年终于意识到不对劲，陆一心从来没有喊过他的全名，她从来都不会这样没大没小。

她脸涨得通红，表情居然有些绝望。

她问的都是些什么问题？他有女朋友了，她为什么会变成这样？

方永年合上笔记本电脑。

他的动作很慢，陆一心的态度，让他联想到陆一心之前的那些不正常。

十八岁……

他突然觉得头痛。

她把他当偶像，她说她长大了要嫁给他，她崇拜他做的每一件事。

这些他都知道，他甚至因为她的崇拜，在她面前一直端着好人的外表，不当着她的面抽烟喝酒骂脏话。

举手之劳就可以成就一个小姑娘的偶像梦想，他觉得这也算日行一善。

但是，如果她对他产生了占有欲，甚至不应该产生的感情呢？

“陆一心。”他很严肃，盯着陆一心涨红的脸，“这不是你应该关心的问题。”

“我成年了。”陆一心梗着脖子。

“你成年了，和我要不要谈恋爱没有关系。”方永年安静地残忍地帮她梳理逻辑关系，“我喜不喜欢，也和你没有关系。”

陆一心仍然梗着脖子，僵着肩膀，小兽一样的防御姿态。

“再过两个月，我会离开禾城。”他决定把本来打算临走之前说的话现在就说出来，“这家药房会交给你郑叔叔打理，你以后放学就直接回家，不要再赖在这里做作业了。

“就像你说的，你已经成年，大人们的事也可以不用再瞒着你，我和你爸爸关系不好，你这样有事没事就来找我，其实是不合适的。

“你小时候可以叫我方叔叔，我可以陪你做作业，也可以带你出去街头巷尾地找吃的，甚至可以让你晚上睡在休息室里，这些都没有问题。

“但是你现在，已经是可以叫我方永年的年纪了。

“这样的年纪，应该要明白，我不是你爸爸的弟弟，你并不是我的亲侄女。”

所以，要男女有别。

他用了他最大的耐心，说了很多话，竭尽全力地用最委婉的方式打醒这个明显对他已经产生了占有欲的丫头。

他和她认识八年，他从来没有那么严肃过，也从来没有那么像一个长辈过。

陆一心梗着的脖子抖了一下。

他在和她划清界限。

他在委婉地告诉她，他们之间没有任何关系。

就因为她问了一句，你喜不喜欢她。

“承认喜欢自己的女朋友，有那么难吗？”她重新梗着脖子，说得又快又急。

她快要哭了，但是她知道她现在要是哭了，就真的毁了。

“谈恋爱不就是应该互相喜欢的吗？

“你和我爸爸关系不好都已经那么多年了，你现在才说我这样不合适也太没道理了。”

她深呼吸，硬是把眼泪给憋了回去。

“不就是叫了一声方永年吗？我再叫回方叔叔就是了！”她说完就转身，把自己的作业本胡乱地塞进书包里，背着他抹了一把眼泪，再次转身，仍然是气呼呼的样子。

“有必要因为一个称呼就翻脸吗？”她几近无理取闹。

“我先回去了。”她慌乱地穿着外套，“我明天还来！我每天都来！”

她几乎落荒而逃，书包的拉链都没拉，白花花的考试卷子在里面塞成了垃圾桶的模样。

“我明天去华亭。”方永年喊住她。

他不想承认，陆一心刚才慌乱的模样，让他心里难受了一秒钟。

他很少会让她这么狼狈。

毕竟这个丫头，这八年来一直崇拜他，不管他的风评，不管他的残疾，他在她眼里，始终如一。

她一直都是个好孩子。

陆一心踉跄了一下。

再次回头，她已经控制不住眼泪。

“你去好了！”她声嘶力竭，“你最好不要再回来了！”

和那个纤细的长发女人，双宿双飞，幸福美满。

再也不要回来了！

陆一心在推着自行车回家的路上，哭成了傻子。

她的暗恋还没有真正开始，她想要做的告白甚至还没有想象出轮廓，她就失恋了。

她打着嗝，眼泪擦干了又流出来，脸颊被夜风吹得生疼。

她脑子里全是方永年和那个女人肩并肩站着的样子，甚至觉得方永年站在那里的姿势都是温柔的。

他对她从来都只有忍耐和嫌弃，向来都不温柔。

她在他面前晃悠了八年，迷妹一样手机里都是他各种时期的照片，可是她，换不来他的温柔。

他今天说的每一句话都让她害怕，那些话像是他考虑很久，迟早要说出来的一样。他其实早就已经准备好了离别，他以后的日子，根本没有她的存在。

她是陆博远的女儿，是与他不和的人甚至可能是仇人的女儿。

她落荒而逃，甚至想要让他忘记她刚才说的话。

这样，起码她还能继续黏着他，他还有两个月才会离开禾城，她和他还能有六十天时间能够像今天下午那样，他工作，她边做作业边睡觉。

她不应该沉不住气的。

她不应该叫他的名字，不应该问他那些问题的。

她呜咽着想从书包里翻出手机，但是书包的拉链没拉，她一用力，东西撒了一地。

陆一心吸着鼻子看着这一地的狼藉，蹲下来，干脆号啕大哭。

巷子里没什么人，她号了一阵子，嗓子哑了，眼睛也快要睁不开了，可是方永年仍然没有像电视里小说里的情节那样，从天而降。

她可能，就是个可有可无的人。

所有的童话故事都是骗人的。

陆一心哭到后脑勺发涨，终于认命，伸出手一边抽泣一边收拾书包。

然后，她看到了那把车钥匙，黑色的，别克商务车的钥匙。

方永年的车钥匙。好像还是几个月前，他让她去车后备厢拿保鲜盒回去的时候给她的备用钥匙，她忘了还，方永年也忘了跟她要。

少女蹲在地上盯着这把车钥匙，打了个嗝。

她要闯祸了。

她自己跟自己喃喃自语。

就这一次。

她说服自己。

她捡起了那把车钥匙，格外小心地塞进了外套口袋里。

就这一次，她一定要去看看方永年的那个女朋友，那个让方永年说出那些和自己撇清关系的话的女人。

她不会祝福他们。

她要亲眼看到，再哭一次，好好失恋。

方永年一大早就出了门，少了一条腿，开车全靠辅助装置，他用得不够熟练，路上不能开太快。

因为车祸以后第一次开车上高速，他昨天晚上并没有睡好，偶尔会想起昨天在他店里一通胡闹后落荒而逃的陆一心。

他可能太低估女孩子的多愁善感了，一直以来他都以为陆一心只是把他当偶像，但是现在看起来，还真的有些变质了。

幸好他快离开了，不然这事还真不知道应该怎么解决。

他脑子里闪过了陆一心临走时的脸，红着眼睛红着鼻子仿佛他再多说一个字，她就要崩溃的样子。

他发动了车子，摇了摇头。

作孽，这要是让陆博远知道了，他们之间估计得再多一个不死不休的理由。

他打开车载收音机，喝了一口咖啡。

广播里正在播和木胜制药相关的新闻，他的注意力很快就被转移了，车子里只有广播的声音，车外是三月春天的江南，花红柳绿。

车子开上高速的时候，天上还是万里无云，方永年又喝了一口咖啡。

苦咖啡解决了他的失眠问题，清晨的阳光让他觉得今天的心情还算不错。

上高速这件事仍然会让他心有不安，但是时间真的能治愈一切，起码他现在看到对面车道疾驰而过的大货车的时候，不会再下意识地想要转方向盘踩刹车了。

工作日，大清早的高速上车子并不多，一路的天气都风和日丽，心情很不错的方永年开到中途休息站给自己买了个当地的烧饼，刚刚走出休息站大门，外面就开始电闪雷鸣。

他皱了皱眉。

三月雨天的高速，对他来说并不是愉快的记忆，再多的时间，也没有办法治愈这样相似的场景。

他上车，拨通了俞含枫的电话：“下雨了，我等雨停了再开，今天可能会很晚。”

“行。”俞含枫一如既往的言语简洁。

方永年靠坐在驾驶座上，闭上了眼。

残缺的肢体已经开始隐隐作痛，外面的雷声更大，开始刮风，这一切对他来说，都是不祥的预兆。

他迅速地发动车子，把车子停在了休息站角落的位置，然后熄火，准备下车到休息站的钟点房里睡一觉。

幻肢痛开始加剧，他下车的时候步履蹒跚，又是一声响雷，他闷哼了一声，关车门的手抖了一下。

那天车祸的场景重现让他现在整个人的状况很不好，已经开始冒冷汗。

他低着头深呼吸。

车后备厢还有备用的镜子，他得在下雨之前把镜子挪到钟点房里。

偏偏这段时间太忙，他的幻肢痛也有一阵子没有发作了，车上连止痛药都没有。

他咬着牙打开车后备厢的盖子，闪电在这时候突然划破长空，后备厢里爆发了一声尖叫。

方永年真的用尽了全力才阻止住自己下意识地想要关掉后备厢的手——后备厢盖差一点把陆一心的脑袋夹住。两个同样受到巨大惊吓的人面面相觑，半天发不出声音。

闪电之后又是雷声，方永年额头的冷汗已经肉眼可见。

“出来。”他咬着牙。

顾不上追究陆一心如何上了他的车，跟着他做什么，下雨之前他必须得找到地方休息。

他的脸色难看到哪怕背着光也能看出铁青色，陆一心手忙脚乱地爬出后备厢，顺便抱出了装镜子的纸盒子。

方永年合上后备厢，伸手去拿陆一心手里的盒子。

“我来。”陆一心鞋子都没有完全穿好，趿着球鞋往边上躲。

出来对着光已经能看到方永年头上的冷汗，陆一心干脆抱着箱子跑进了休息站，动作迅速地帮他按住了去钟点房的电梯开关。

方永年咬牙，没有精力也没有体力再管她，进了电梯后他把自己的皮夹丢给她，剩下的就只能尽量睁着眼，防止自己因为眼前一阵阵发黑直接晕过去。

他已经懒得看休息站工作人员的脸色，陆一心估计从来没有住过钟点房，磕磕绊绊地订好房。他痛到迷糊的时候，心里咬牙切齿地咒骂了一句：“这丫头居然还记得带身份证出门。”

明显是有预谋的离家出走。

他要是陆博远，现在直接报警就够他吃一壶的。

诱拐十八岁少女，还开钟点房！

“把房门开着。”他痛得咬牙切齿，脸色铁青，开着房门起码能让他看起来没有那么禽兽。

陆一心一个指令一个动作。

她本来是打算藏在后备厢一直到华亭市的，偷偷跟着方永年，偷偷地看那个女人一眼，然后自己买火车票回家。

昨天临时做的决定，她也没有和郑然然商量，一大早就摸上了方永年的车，逃课一天回去之后一定会面临狂风暴雨，但她都顾不上了。

她甚至觉得还好她跟过来了，要不然方永年突然在休息站发作，根本没有人能帮他，他看起来像是痛得都要晕过去了。

“我去烧水。”她端着钟点房的电热水壶跑来跑去，因为慌张，差点被电线绊了一跤。

“你给我贴着墙站着。”方永年浑身像是从水里捞起来一样，冷汗淋漓，但发火的力气还是有的，一句话说得威胁力十足。

陆一心立刻捧着电热水壶贴着墙角站直，一双眼睛又圆又大，满脸无辜，满眼关切。

方永年闭了闭眼，暂时没有力气骂她第二句了。

他自顾自地拆纸箱子，把那个定做的三角镜放在两腿之间，对着镜子前后摆动他完好的左腿。

窗外仍然电闪雷鸣狂风暴雨，他尽量强迫自己不去看不去听，注意力都放在镜子里行动自如的左腿上。

呼吸渐渐放缓，仍然很痛，但是不至于像刚才那样几乎要晕过去。

每当这种时候，他就无比厌恶人类的大脑。

为了怀念那条离开身体的残肢，人类的大脑非得要强迫自己记住过去四肢健全时候的样子，膝盖以下明明已经一片空白，可是疼痛却那么真实，就像那一天，猛烈的撞击晕厥后，他被活活痛醒的那样。

痛到骨肉分离，痛到全身痉挛。

“要不要喝热水？”陆一心贴着墙小心翼翼地又问了一句。

她不舒服的时候，她妈妈都会让她多喝热水。

多喝热水，几乎是她现在唯一能为方永年做的事了。

方永年抬头，汗湿的头发遮住他的眼睛，但是眼神仍然让陆一心打了个寒战。

陆一心把自己的背和墙壁贴得更紧，老老实实地屏住呼吸。

方永年真的生气了。

陆一心彻底老实了，抿着嘴看着方永年又一次低下头，机械地重复刚才的动作，钟点房里安静得能听到时钟的嘀答声。

大门开着，路过的客人，偶尔有过分好奇的会探头进来看，大部分都被陆一心瞪走了，个别脸皮特别厚的，会轻声讨论方永年到底在干什么。

方永年置若罔闻。

陆一心就这样安静地看着。

她有时候会想，如果方永年没有遭遇那场车祸该有多好，他的性格不会变得那么阴晴不定，他肯定还是那个书呆子的样子，每天只知道实验，她让他锻炼身体，他每次都和陆博远一样，敷衍地把眼镜摘下来再戴回去就算是运动完成了。

那时候的他，肯定不会像现在这样，满身湿透地在局促的钟点房里，在来往行人的注视下，一下一下地做自己的复健运动。

这个运动，只是想要让他的大脑知道，他那条失去的腿仍然是正常的，仍然可以活动。

他在求他的大脑忘记那场灾难，低着头，几近虔诚。

方永年终于缓过了一口气，剧痛变成了隐隐作痛，间或有点痒。这样的感受其实更磨人，但是他终于有力气先解决他现在的窘境。

那个藏在他后备厢里的丫头，此时此刻正努力地和钟点房的墙壁融为一体，连呼吸声都尽量放轻，生怕打扰了他。

虽然懂事，但还是欠揍。

“逃课？”方永年靠坐在沙发上，问出第一个问题。

“请假。”陆一心弱弱地纠正，她早上在后备厢里给郑然然发了条江湖救急的短信，怕郑然然骂她，关机到现在。

以郑然然的义气，她今天在学校的那关应该是能挺过去的，麻烦的只是陆博远那边——她这样关机消失，郑然然一定会向她爸爸告状让她死得很难看。

陆博远还没揍过她，这次可能会破例。

方永年冷哼了一声。

陆一心怯生生地瞥了他一眼，迅速地别开眼。

方永年脸色苍白，头发因为被冷汗浸湿，有几缕贴在鬓角，有几缕遮住眼睛。

她差点忍不住拿出手机拍照，幸好理智在这种时候及时回炉……

“剩下的你自己解释吧。”方永年懒得同她一问一答。他在恢复体力，在估算等他能够动弹后把陆一心送回家他还来不来得及再赶回华亭市。

这丫头真的是个麻烦，他被幻肢的瘙痒感弄得心浮气躁，有种想干脆把她拎到华亭市丢掉的冲动，反正她还自己带了身份证，去火车站总能自己摸回家。

陆一心抱着电热水壶小碎步地往前走了两步，看方永年没有继续瞪自己的意思，又抱着电热水壶挪得离方永年更近了一点，找了个凳子坐好。

她没什么好解释的。

她总不能告诉他她逃课是为了见他的女朋友好让自己死心，这种话同郑然然说可以，同方永年说，他会把她直接丢下楼。

可是，保持沉默又很尴尬。

“你腿不痛了吗？”她开始讨好型搭讪。

“我没有腿。”方永年声音冷冷的。

搭讪失败。

陆一心揉揉鼻子。

“要不要喝热水？”她居然又觍着脸绕回到之前的话题，连语气都一模一样。

方永年在这一刻几乎要同情陆博远了，生出这样的女儿，心血管还能保持健康也真的是不容易。

他甚至都不知道他后面应该要说什么，在现在这样糟糕的气氛下，这丫头看他保持沉默之后，居然真的站起身，颠颠地开始烧开水。

这种地方电热水壶里烧出来的水，他是绝对不会碰的。

但是她做得很投入的样子，他也懒得再纠正她，索性靠在沙发上闭目养神。

尽快恢复体力，他今天必须把她送回家，不然他会被活活气死。

陆一心发现方永年睡着了。

他皱着眉头双手环胸，维持着这样威严的姿势，仰着头睡着了。

陆一心轻手轻脚地拔掉快要烧开的电热水壶插头，半掩上门跑到前台又续订了两个小时，然后跑回房间，关好房门。

她在她外婆生病的那段日子里，学会了照顾病人，学会了怎么悄悄地给病人盖上被子，她甚至还关上了外面的窗户。

方永年睡得很熟，刚才突发的剧烈疼痛耗尽了他本来就虚的身体能量，再加上陆一心给他盖上了被子，在温暖的环境下，他彻底睡死了过去。

陆一心蹲着看了一会儿方永年。

看到快要忍不住想上手摸他的头发时，她飞快地拿出了手机，开机后先给郑然然连发几十条道歉微信，转移了注意力后，再次放好手机，维持着刚才的姿势，继续看方永年。

他真好看。

少女的嘴角幸福地扬起，歪着头，看得宛若痴汉。

她知道她现在连说喜欢的资格都没有，她太小，方永年只会觉得她还没懂事，甚至可能还会觉得她很烦人。

可是，如果方永年真的等不到她长大怎么办，他真的和照片里的那个女的结婚，真的彻底消失在她的世界里，怎么办？

他昨天说的话每一句都是真心的，她昨天的失控让他正好找到了说那些话的时机，方永年那么聪明，一定已经发现了她的异常。

他不会再让她像过去一样缠着他了，她那声“方永年”，彻底隔开了他们两个的距离，别说女朋友，她连做他侄女的可能性都没有了。

陆一心上扬的嘴角慢慢地垂了下来，方永年近在咫尺，而她，终于发现自己冲动之下闯的祸，可能会让方永年就此永远地消失在她的世界里。

他做得到，禾城不是他的家，陆博远也绝对不是他留在禾城的理由。

“我不喜欢你了。”陆一心抱着膝盖，半颗脑袋藏在手臂里，低声呢喃。

“我们还是像原来一样。”她可怜兮兮小心翼翼地呢喃，“你一直留在禾城不要走好不好？”

“不要谈恋爱，好不好？”她探出了脑袋，半撑着身体靠近方永年。

方永年睁眼。

他其实是被陆一心盯醒的——睡得再熟被人这样虎视眈眈也仍然会有种动物本能的反应。

只是太累了，他又不想面对永远不按常理出牌的陆一心，所以干脆闭着眼睛继续装睡。

他以为她总是会看腻的。

结果，他听到了她的呢喃。

再装睡是不可能了，他睁开眼，眼睛里还有刚刚睡醒的血丝，陆一心和他几乎只有十几厘米的距离，他都能感觉到陆一心突然吸气后他脸上凉凉的感觉。

见他突然睁眼，陆一心半张着嘴，猝不及防地维持着这样的姿势石化。

方永年其实也有些尴尬，他没料到陆一心靠得那么近，他已经整个人都躺在沙发上了，避无可避。

“你先站起来。”他作为房间里唯一一个比较正常的成人，有义务打破现在这个尴尬的场景。

陆一心还是半张着嘴，方永年看到她下巴开始哆嗦。

她又快哭了。

方永年几乎无奈了。

“你先起来。”他只能尽量让语气更温和。

她要是在钟点房号啕大哭，可能真的会引来警察。

陆一心终于有了反应，她挪着屁股往后缩了几步，和方永年隔开距离，然后把自己的头埋进膝盖里，一动不动。

方永年读了一辈子书，这几年也算是尝尽人间冷暖，但是没有人教过他这种时候，一个男人应该要做什么。

他只能保持着尴尬的沉默，指望面前这个十八岁的少女，能突然自己想通。

“方叔叔……”少女还真的开口了，她从膝盖里把自己的脑袋勇敢地抬起来，顶着红番茄一样的脸站起来，然后若无其事地粉饰太平，“你醒啦？”

方永年有点傻眼。

“我刚才又续了两个小时，你还可以继续睡的。”开了个头，后面的话就很顺了。

“我有点饿了，我下去买点吃的，你要吃什么？”她开始兴致勃勃。

方永年仍呆愣着。

陆一心扭着手指站在那里，脸上挂着坚强灿烂的笑。

不说就代表没有发生，她就不信方永年会把她刚才的话再提起来问一遍。

那么肉麻的话，她自己都只能说一遍。

她重新叫他方叔叔，她重新回到昨天晚上失控之前的样子，没心没肺、大大咧咧。

一切都没变。

少女方叔叔前方叔叔后地喊他，殷勤而又小心翼翼。

“陆一心。”方永年终于喊停。这不是小事，他不能就这样任由她装傻糊弄过去。

陆一心抖了一下。

“我们需要谈谈。”虽然时间地点都不太合适，但是他需要尽快解决。

陆一心又抖了一下。

然后，方永年就看到她再一次无比勇敢地抬起头，一双眼睛和他对视了半秒钟，当着他的面抬起了手——捂住了耳朵，开始张嘴唱歌。

方永年一愣。

如果换成别的女孩子，他完全可以视若无睹，既然对方想要假装那么尴尬的事情是从来没有发生的，他也可以从善如流地装傻。

但是，这个人是陆一心。

他从二十四岁开始，就一直有些偏心宠爱着的陆一心，不至于把她当成亲侄女，但他知道他自己确确实实是喜欢这个丫头的。

因为他们两个食性相似，他们用来安慰自己的东西都是美食，他人生低谷时期，在他身边不离不弃一直逗他开心的人，只有陆一心。

他抓住陆一心捂着耳朵的手，强行摁下。

他盯着她的眼睛，强迫自己不要在她那样的眼神下心软。

“你刚才说的话我都听见了。”他皱着眉，嘴唇苍白，脸色铁青，“你昨天晚上说的那些话，我也都还记着。”

“这是不可能的。”他斩钉截铁，“而且，我相信你也只是错觉。”

因为长大了，荷尔蒙产生的错觉。

陆一心可怜兮兮地呜咽了一声。

“就像现在，我们两个在钟点房里，关着门，你只要一哭，我可能就会被抓进去。”方永年苦笑，“你今天躲在我车子的后备厢里，你爸爸只要报警，我可能也会因为诱拐小孩被抓进去。”

“我成年了。”陆一心像是被他的假设吓到了，急匆匆地辩解。

“可是你还在读书，高中还没毕业。”方永年永远冷静，哪怕他现在虚弱得风一吹就倒。

“不管从哪一个方面来说，这都是不可能会发生的事。”他甚至都不想说出“喜欢”那两个字。

陆一心吸了吸鼻子，她真的被方永年刚才的话吓到了，连哭都不敢哭了。

“那如果我继续叫你方叔叔呢？”她红着眼眶拼命忍着眼泪，“我们就和以前一样，不可以吗？”

“发生了就是发生了。”方永年在这件事情上，不想有丝毫的退让，“我们应该避嫌。”

既然陆一心对他的感情已经变质，他就再也做不了她的叔叔。

“而且，我本来就是要走的。”方永年冲陆一心笑了笑，“我只是你童年时候的叔叔而已。”

你会长大，你会有更广阔的空间。

而我，只是你爸爸曾经的同事，一个缺了一条腿的，比你大了十四岁的男人。

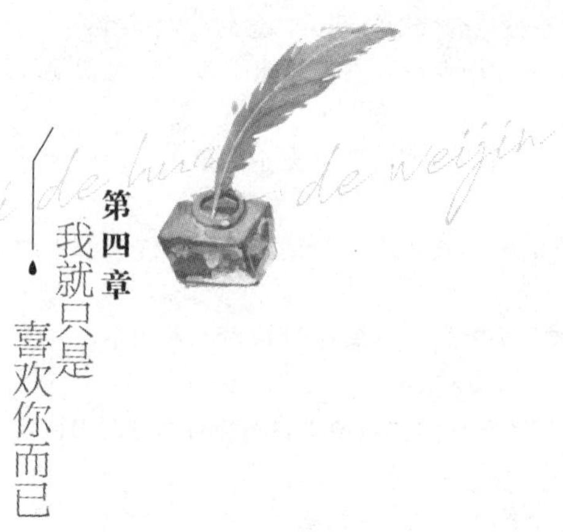

第四章 我就只是喜欢你而已

陆一心这个人就像郑然然说的那样：关键时候，又莽又鲁。

被方永年发现自己的小心思后，她闹过、想要假装什么事都没发生过、也求过，各种方法都行不通之后，陆一心脑子就有点木了。

方永年说完了该说的话之后就没有再理她，他的车子是残疾人专用，不能叫代驾，只能等他体力恢复后才能继续上路。

他让陆一心下楼买点带汤水的面条，自己进卫生间快速地洗了个热水澡，为了避免感冒，水温调得很高，洗的时候一度觉得自己可能要缺氧晕过去了。

他在热气腾腾的卫生间里，抹了一把脸上的热水。

车祸后，他其实已经忘记了活着的意义，调查真相，为死去的同事和自己报仇似乎成了他每天早上睁开眼睛的唯一动力。

他有时候甚至会觉得当初那一车子的人，如果能死得整整齐齐的那该多好，非得要留下一个残缺的自己，三十几岁的人身体差成了六七十岁的老人。

陆一心的动作比他想象中的快，进房不到半分钟就毫无顾忌地敲卫生间的门：“方叔叔，面要坨了。”

声音清脆自然。

方永年叹息了一声，“避嫌”这个词估计陆一心是没打算听了。

他该说的都说了，剩下的让这丫头自己消化吧，反正，他们之间就快要说再见了，等他把那份账户名单上的关系网彻底摸清楚，就可以结束他前半生所有的羁绊。

他会找个没有人认识他的地方，开个水果店，此生再也不要和制药沾边。

他前半生的那些被众人称道的天赋，他前半生的梦想，都可以一并画上句号，包括这个从头到尾都没有变过的陆一心。

“我让服务员多加了几片生姜。”陆一心已经把打包好的汤面打开，“生面下锅的，我让他们多煮一会儿，应该很软。”

她怕他感冒，也怕他消化不良，这都是当年照顾她外婆得出来的经验。

方永年看着这个看起来特别不靠谱，躲在他后备厢逃课出来不知道想干什么的姑娘，心又软了一下。

他是喜欢她的，如果她真的是他的亲侄女，他可能会把她宠得比现在还要无法无天。

真是可惜。

他人生中，真是有太多的可惜。

“谢谢！”他自己拉了一张凳子，把面碗端得远了一点，坐在那里喝了几口面汤。

避嫌。

陆一心咬着嘴唇。

她就是那个嫌！

她刚才在等面条的时候还是木头木脑的，生平第一次暗恋被当事人逮了个正着，当事人拒绝得很直接，根本没给她任何转圜的余地。

这样的冲击让她的脑子乱糟糟的，方永年拒绝她的那些话，还有方永年昨天晚上说的那些话，跑马灯似的在她脑子里来回地转。

然后，她就看到了洗完澡出来的方永年。

头发还是湿的，身上仍然是刚才的衣服，他只是进去把身上的冷汗冲干净，其他的什么都没做。

“你走了以后，我爸爸怎么办？”她就这样问了一个莫名其妙的问题，问的方式太奇怪，以至于方永年一口面汤含在嘴里差点被烫到。

“你不是在调查我爸爸吗?

“两个月以后，就不调查了吗?

“你不要药房，不要我，也不要我爸爸了吗？”

方永年有点心累。

休息站的汤面味道非常一般，被问了一个这么一言难尽的问题之后，方永年彻底失去了食欲。

“调查得差不多了。”方永年放下筷子。

“不管这件事和你爸爸有没有关系，现在拿到的这个线索都是我能拿到的最后一个线索。”他像往常一样，并没有瞒着陆一心。

既然已经决定不再把她当孩子看，他对她的态度就变得更加平等。

两个月以后，不管他能不能帮同事和他自己报仇，那都是他能做到的极致了。

陆一心把玩着一次性筷子的外包装，讷讷地“哦”了一声。

为了一碗汤面，他跟她说“谢谢”，问他调查进度本来是他们两人之间最敏感的问题，他以前向来都以大人的事小孩别管来收尾的问题，他也没有隐瞒地都告诉了她。

他终于不再把她当成邻居家的小孩，她却一点都没有变得开心。

“调查结束了，为什么不能留在禾城？”陆一心又有了新的问题。

方永年看着油汪汪的面汤，皱着眉头把里面几片生姜挑出来，嚼了两下咽了下去。

他身体开始发冷，这并不是个好现象。

“我来禾城，是因为我调查的那件事有个最关键的证据同禾城有关。”他粗略地解释了一下，生姜味道呛鼻，他又捏着鼻子喝了两口汤。

一碗面被他当药一样地吞了小半碗。

所以调查结束了，他就要走了。陆一心自己帮方永年补全了后面的话，禾城没有值得让他留下来的东西，所以结束了就走了。

真……无情。

好像这几年她妈妈做的那些面点都给喂到狗肚子里了一样……

他太决绝了，决绝得她都开始火冒三丈。

就算只是认识了八年的邻居，也不用那么决绝，生活了两年的地方说走就走，他那个药房虽然生意不是特别好，但是在小区大妈这里风评特别好，都说这个瘦瘦高高的小伙子特别大方，介绍的药都不是特别贵的，但是大部分都还挺有效。

他明明对药房用了心，他明明对她也挺好，他甚至每次出远门都会给刘米青和她带点当地土特产。

但是居然还能说走就走，还能觉得禾城没有值得让他留下来的东西。

“调查结束了，你就去和那个女的结婚吗？”她问得鼻子不是鼻子眼睛不是眼睛。

又来了。

方永年放下碗，皱眉。

陆一心自动自发地把自己的凳子搬到离方永年最远的对角线坐好，还跟他解释：“避嫌避嫌。”

方永年无奈。

“我就是问问。”避嫌的陆一心皱着鼻子噘着嘴，“我们都认识八年了，我叫了你八年的叔叔，就不能问问了吗？”

刚才后备厢被抓包后的心虚还有方永年旧疾发作的担心都被怒火给烧光了，被拒绝后的陆一心，终于有了点被拒绝后的委屈。

喜欢又不是坏事。

为什么他把这件事说得那么严肃，好像特别丢人。

他们又不是亲叔侄，她又没打算把他摁在床上！

方永年张嘴，想把他刚才说的那些话再说一遍。

陆一心反应很快地截断了他的话：“你说的那些道理我都懂，我如果不懂，一开始发现喜欢你了就来找你了，怎么可能还瞒着你。”

她居然还有理了。

“我也知道我们现在是不可能的，我才高二，成绩飘飘忽忽，万一高考的时候发挥失常没考上好大学，万一我这辈子都没有太大的出息，那我也不敢去追你。”

她开始喋喋不休，越说越觉得自己有理。

方永年默默地把面碗推开了一点点，怕自己控制不住兜头兜脑地浇到陆一心头上去。

“但是，人总是要留个念想不是吗？”陆一心说到最后，居然还有些痛心疾首。

方永年这回不只是幻肢痛，他觉得自己的头也开始隐隐作痛了。

“你这都是什么乱七八糟的歪理。”他觉得自己都词穷了。

“这怎么就歪理了。”陆一心木头木脑的，彻底豁出去了，“我就只是喜欢你而已，在发现我自己喜欢你的时候我还特别难受了一阵子，觉得我亵渎了之前对你的崇拜。

“我甚至因为现在的我太不靠谱暂时配不上你，还偷偷地特别自卑过！”

方永年：“……”

“我喜欢你的时候又不知道你有一个那么漂亮的女朋友。”她绕来绕去，又给绕回来了。

“我喜欢你又没说一定要跟你做什么。”

“我哪敢跟你做什么啊！”陆一心吸吸鼻子，她知道自己脑子里有根弦因为方永年刚才的那句来禾城的理由给弄断了，她开始控制不住自己，“我就是喜欢而已，也没有偷亲你，我又没说要跟你谈恋爱！”

一阵安静。

钟点房不大，方永年为了避嫌又打开了房间的门，陆一心这句吼出来的话，让本来有点吵的走廊一下子鸦雀无声。

陆一心觉得最后“谈恋爱”那三个字，正在走廊里余音绕梁。

方永年的脸，肉眼可见地从铁青变成了通红。

他刚才为什么会心软？他为什么会觉得这丫头招人疼？他真是脑子坏掉了才会想让这样的丫头做他的亲侄女！

他这一辈子都没有这样丢人过，在高速公路休息站的钟点房里，开着门，一个穿着校服的姑娘冲着他这个三十多岁的老男人喊着要偷亲他还要谈恋爱。

“你起来！”方永年的脸一阵青一阵红。

发泄完发现自己闯大祸的陆一心立刻又回到一个指令一个动作的乖宝宝状态。

“我送你回去。”他不觉得身上发冷了，也不觉得身体虚得没有力气了。

再不送她回去，他觉得他可能要脑出血了。

最可怕的是，她刚才说的那些乌七八糟的东西，居然没有什么能够反驳的。

狼狈至极。

他发动车子的时候脸还是红的。

“你给我坐车后排！”他泄愤一样地命令她。

车上安静如鸡。

刚才理直气壮撒泼打滚的家伙现在满脸通红地坐在车后座，一脸“我完蛋了”的表情。

总算还有救，方永年在心底嗤笑一声，起码还知道脸红。

这都叫什么事儿。

怎么现在的小姑娘一提到谈恋爱就那么直截了当的。

方永年刚才是真的被气狠了，上了车才想起他这趟去华亭是有要紧事，现在这种情况加上他的身体情况，来回折腾也不是个事。

他拨通俞含枫的电话。

因为在开车，只能用免提，俞含枫的声音刚刚响起，方永年就看到后排那位飞快地瞥了他一眼，用瞪的。

他又在心里爆了粗，这都叫什么事儿。

“先把那案子的资料发给我，用那个加密的邮箱。”方永年清清嗓子，“我今天有点事，暂时去不了华亭。”

俞含枫愣了愣，还是应了：“行。”

“不好意思。”方永年道歉。

“没事。”俞含枫说话简洁，“我开完会找你。”

“好。”方永年挂了电话。

坐在后排的陆一心眨巴眨巴眼睛。

怎么……那么……诡异。

他和他女朋友的对话，怎么一点温度都没有？

他女朋友的声音那么性感那么好听，可是在电话里为什么一点多余的话都没有，特别……公事公办。

他明明身体状况不好，对着她说话的时候都有些底气不足，为什么对着自己的女朋友，反而要遮掩着显得自己很正常？

“方……叔叔。”她现在感觉叫这三个字特别别扭，犹豫了一下，到底没敢直接叫方永年全名，“下高速以后我可以自己回去的。”

她带了卡和身份证，去长途车站买张票一个小时就能回禾城了。

她本来就只是想要偷偷尾随，没想到会碰上方永年幻肢痛发作，也没料到自己会胡闹。

方永年没理她，看都没看她一眼。

被无视的陆一心皱鼻子。

再接再厉！屡败屡战！反正已经丢人到了极限……

“你是不是下雨天的时候特别容易痛？”她换了个新话题。

不敢再问他的腿有没有好一点了，他那句“我没腿”噎得她半天没喘过气。

方永年的回答是打开了车载收音机，调频里的女 DJ 正在用特别欢快的声音做开场：“我们今天聊的话题是关于暗恋的：大家觉得，暗恋到底是不是一个人的事呢？”

方永年：“……”

陆一心：“……”

“嘿嘿！”陆一心居然还有脸笑，吐吐舌头，感慨，“真应景。”

“你给我睡觉！”方永年忍无可忍又吼道，“你的脸呢？饿的时候吃了？！”

很少被方永年这样吼的陆一心收回了舌头，闭上了嘴，想了想，不甘心。

“我又没说错……”她咕哝。

“而且反正都丢脸了。”她又咕哝。

“你总不能永远不理我吧？

“就算以后都不理我了，现在车上那么长时间，一直不说话多尴尬。”她居然开始跟他讲理。

车子刚刚绕下高速，方永年干脆打了双跳靠边停车，回头：“继续说，你说完了我们再走。”

停车了，他想掐死她比较容易，也比较安全。

陆一心挠头。

她心里抓耳挠腮地想要问方永年女朋友的事，但是气氛不允许。

她想问问方永年幻肢痛有没有好一点，但是气氛不允许。

于是，她只能在方永年的瞪视下，摸出后备厢里的两条毯子，递给方永年一条，自己盖了一条。

“我睡了。”她系好安全带闭上眼，委委屈屈，不甘不愿。

方永年捏着毯子，一肚子的火气被软绵绵的毯子戳了个洞，慢慢泄气，慢慢冷静。

被陆一心喜欢，其实不是一件会让人觉得不愉快的事，就像她说的，喜欢这件事本身，没有错。

陆一心招人喜欢、开朗活泼、简单明媚，只是看着她，心情就会变好。

只是成年人大多习惯在喜欢前面加很多条件很多规则，所以陆一心的喜欢，会让他觉得羞愧。

他并不觉得自己残疾了就低人一等，他为了能够被平等对待做了很多努力，但是陆一心的喜欢，会让他的努力变得毫无意义。

一个瘸了腿的三十多岁的男人，被一个十八岁的明朗少女追着喊着说喜欢，这不是一个赏心悦目的画面。

他虽然对现有的社会规则绝望，但是人活着，就仍然是社交性动物。

“陆一心。”他喊她的名字。

装作睡觉的陆一心更紧地闭上了眼睛，拉起毯子盖住脸。

“成年人，不能耍赖。”他拉下了陆一心的毯子，“这个世界有它的规则，不遵从它的规则做事，会很累。”

“我已经很累了。”他说完这句话，就不再理她，把她递给他的毯子放在她边上，回过身去，安静地发动了车子。

回禾城的路上，方永年再也没有打开过收音机，后排的陆一心，也再也没有说过话。

她抓着身上的毯子，慢慢地把头藏了起来。

方永年以前和她说过类似的话，那时候他刚刚戴上义肢，走路还不稳，一瘸一拐的时候，陆一心为了鼓励他复健，经常给他发一些残疾人正能量的新闻和视频。

那时候方永年跟十四岁的她说，人除了不服输之外，有的时候，还需要学会面对现实。

“我就是没有了一条腿，我就是残疾了。”他看着她，“所以我要学会面对现实。”

很大人很深奥的话。

她在成长道路上，只有方永年会同她说这样的话，不管她能不能真的听懂。

十四岁的她，似懂非懂。

而这一次，她发现她有点听懂了。

她喜欢他，对他来说，是一件坏事。

因为她还太小，因为他残疾，因为他们之间差着辈分。

她在毯子下面的手慢慢地握成拳。

喜欢还不够，告白太苍白，现在的她，除了能够逃课爬进方永年的车后备厢，除了能够在他痛到冷汗淋漓神志模糊的时候问他要不要喝热水外，其他的，她只能耍赖。

她崇拜他六年，一心一意，哪怕他残缺了，哪怕她爸爸和他决裂了。

方永年在她的成长路上留下了浓墨重彩的一笔，让她从此只喜欢看长得有些像女孩子的男人，让她只喜欢学霸，还让她的嘴巴变得越来越刁。

他影响了她的审美，插足了她的青春，而她，想要的绝对不仅仅只是喜欢。

“方叔叔。”下车的时候，她跑到车前敲敲方永年的车窗。

方永年放下车窗，在驾驶座里看着她。

“你说的那个女朋友，是假的吧？”她看着他的眼睛。

在他皱眉头之前，她飞快地接了下去：“是真的也没关系。”

“我……不会让你累的。”她像是承诺一样，因为藏在后备厢头发乱七八糟地贴在脸颊上，身上背着一个洗到发白的粉红色双肩包，正大光明地穿着校服。

“我保证。”她确实是在承诺。

童子军一样，立正，严肃而又幼稚。

她没有等方永年的回答，她自顾自地承诺完，就往自己家的方向跑了两步，然后又气喘吁吁地跑回来。

“这个！”她拿下了双肩包里的保温杯，“红枣蜂蜜枸杞茶。”

她本来打算躲在后备厢的时候万一饿了可以喝。

“还是热的。”她塞进他的驾驶座，然后飞一样地跑掉。

蓝白色的校服很显眼，她跑步的样子向来用尽全力，低着头百米冲刺一样。

方永年低头，看着那个粉色的保温杯，属于十八岁少女的养生工具。

她喝过的杯子，她吃了一半的饭菜，这几年来他偶尔会忘记避嫌直接拿过来吃光。

现在……

不行了。

陆一心还太小，她意识不到，她的喜欢一旦说出来，就不可能是单方面的。

就像现在，他看着她的杯子，莫名地感到刺眼和恐慌。

男女和叔侄，是不可逆的两条线。

她还意识不到，她觉得她退回去了，不说了，就没事了。

所以他们两个接下来这两个月里，只有他一个人会感到煎熬。

她丢下这些话就跑，就跟丢下这个保温杯一样。

留下他，拿着这个他生命中绝对不会出现的粉红色杯子，丢也不是留也不是。

“不累个鬼。”他嘀咕，揉揉眉心，发动车子直接开向了禾城医院，熟门熟路地停在离急诊最近的停车位。

他发烧了，回禾城的路上开到一半他就发现了，那时候那个闯了祸的丫头正仰着头张着嘴睡在车后排。

急诊室门口的分流护士都认识他了，看到他就直接帮他测了体温和血压。

"39℃，低血糖。"护士戴着口罩给他个绿色牌子。

残疾人通道的牌子。

"谢谢！"他低声道谢，从护士站后面推出一把轮椅，坐在上面熟练地左拐右拐。

应该让她陪他来医院的。

让她多接触真实的世界，就可以少做点梦。

他到底是哪里值得这丫头崇拜了这么多年，到现在还直接变了质。

他在挂水的时候，一边收邮件一边胡思乱想。

他以前读书的时候忙着跳级，做研究的时候研究所里没有单身的女性，所以这算是他不算短的人生里第一次被告白。

莫名其妙又杀伤力巨大，他其实慌了很久。

脸皮莫名地发热，现在回忆起和陆一心在一起的那些片段，明明当时没有任何想法的，现在却总觉得有点别有用心。

他忍不住在心里又爆了粗口。

不累个鬼。

他得尽快离开禾城了，他的名声已经很差，如果再算上个拐带少女，他这辈子可能会被毁掉第二次。

幸好，快了。

木胜制药案在几天之后迅速发酵，已经变成了陆博远每天打电话看新闻的唯一话题。

这个案子，震动了整个禾城的卫生、医疗、制药领域。

案子起因是一名因受贿罪入狱十一年的甲级医院中层干部的实名举报，警方在调查取证了将近半年锁定涉案人后，方永年又顺势提供了木胜制药公司商业贿赂和IPO过程造假的切实证据，实名举报了总经理李群。

方永年在提供这些证据的时候也没有料到，这次举报最后会涉及两位三甲医院的院长，木胜制药公司的董事长、总经理、副总经理，无一幸免。

这其中，在那天晚上那张饭桌上的人就有三个。

甚至还牵涉了华亭市那边俞含枫投资的一家财务公司。

方永年去了华亭之后就没有回过禾城，陆博远这几天则在家焦头烂额——那顿晚饭之后他求爷爷告奶奶托关系好不容易捋平了几位金主，结果现在他反而不敢用他们的投资了。

谁知道这案子到最后会牵扯进多少人，现在制药业人人自危，重启原研药的立项计划在这个风口浪尖，变成了优先级最低的事情。

还有一个让陆博远震惊的新闻，就是方永年和俞含枫的绯闻。

那条绯闻，也随着方永年去华亭之后被记者写成了连续剧。

"没想到这小子还有这本事。"陆博远表情复杂。

从报道看，俞含枫是在方永年出事后和他在医院里一见钟情的——对感情这种事向来单纯的陆博远觉得能在医院一见钟情，那么大概就是真爱了。

毕竟方永年那时候脾气差到没人敢靠近，连他父母偶尔都要求着脸皮很厚的陆一心帮着去劝他吃点东西。

如果是那个时间点，倒是可以解释方永年这几年来的经济来源。

“难道这小子真是无辜的？”陆博远喝了一口浓茶，方永年那顿晚饭一通折腾后，他就没有睡过一个安稳觉，失眠到他觉得自己可能有秃顶的风险。

难得来他们家一趟的吴教授没接话，只是叹了一口气。

“他要是没做那些事，为什么要退出研究所？”陆博远想不通了。

他一直认为方永年病假结束后向研究所辞职，是因为心里有愧。

而且这么多年来，看到他都跟看到仇人似的，他说两句话方永年回他一个冷笑，动不动就冷嘲热讽。以前他以为可能是少了一条腿导致的性格大变，可是现在看起来，似乎没有那么简单。

吴教授端起茶杯，喝了一口浓茶。

陆博远家里没有什么特别好的茶叶，老教授到了这样的年纪，这样的浓茶喝下去实在有损肠胃，他皱了皱眉，把浓茶放到了一边。

陆博远并没有注意。

他满腹心思都在方永年身上。

难道这几年都是他误会了方永年？

可是方永年为什么不辩解？

业内都已经传成这样，几乎默认当年他们那个项目遭受投资人撤资，是因为方永年泄露了关键资料。

方永年这小子又不是什么好脾气的人，要是真受了那么大的委屈，为什么一言不发？

“先不提他了。”吴教授在一阵沉默之后，摆了摆手。他这两年越发老了，以前还挺精神矍铄的，前几年因为那个项目遭受了打击，大病了大半年，现在精神已经大不如前。

他的头发已经全白了，每天下午必须睡上半天，他把很多事情都交给了陆博远，自己慢慢退居二线。

关于方永年这个得意门生，吴教授这两年提得越来越少了。

要不是这次项目重启，吴教授可能和方永年这个人都不会再有交集。

惆怅是肯定会有的，但现在也确实不是谈这个的时候。

“现在的关键还是投资。”吴教授无不感慨，“虽然这个时间点找谁都不合适，但是我又实在舍不得。

“波恩大学发现的阿尔兹海默病的炎性靶点和我们的制药研究方向完全相同，如果可以在五至十年内研发出一种安全的、可以顺利通过血脑屏障的 nlrp3 抑制剂，我这辈子最大的梦想就有可能真的实现。”

抑制或者治愈阿尔兹海默病，是他们这群人当初自愿降薪百分之三十也要进项目做研究的初心。

陆博远也沉默了，浓茶当白开水一样地恶狠狠地往肚子里灌。

为了重启这个项目，他们找了无数专家，做了无数数据准备，他甚至已经在其他项目的间隙在为这个项目的化合物合成做前期的准备工作，他比任何人都想要完成这个项目。

两年前，世界上最大的制药企业默克药业研发的 AD 新药Ⅲ期临床研究宣告失败，对整个 β 淀粉样蛋白理论都是毁灭性的打击，有人放弃了继续开发糖尿病药物低剂量治疗 AD 的策略；有人放弃了其谷氨酸调节剂 BI409306；还有人花了七亿多美元收购了抗组胺剂最终失败，还搭上了整个神经科学部门裁员了几百余人。

他们这群研发神经退化性疾病原研药的人因为这件事，迎来了一个漫长的寒冬。

现在好不容易出现了春雷，眼看着项目重启又要夭折。

别说把一辈子精力都放在阿尔兹海默病研究上的吴教授，就是他，心里也堵得整夜整夜地睡不着觉。

“总会有办法的。”陆博远不知道是在安慰自己还是在安慰吴教授，“全球到目前为止都没有药物能够治疗或者延缓阿尔兹海默病，老龄化在中国正在变成社会问题，这个市场需求会变得非常大，我们一定可以找到投资。”

哪怕只是改善部分疾病进程，那也是极大的功德。

吴教授拍拍陆博远的手，日渐苍老的脸上充满渴望。

“我想要活到那一天。

“哪怕只是项目立项，我也想要活到那一天。”

这是他对他生命最后的交代，他这一辈子的梦想。

那一天如果没有后面发生的事，陆博远可能还是和往常一样，除了偶尔纠结方永年当年到底有没有泄露项目文档，然后就把大部分精力放在项目重启上。

吴教授在话题快要结束的时候接到一个电话，在接起来之前，对陆博远做了一个让他回避的动作。

这算是他们相处的日常，吴教授打电话向来不喜欢有人在场，所以陆博远回避也没感觉到任何问题，他把书房留给了老教授，自己在客厅抽烟。

他最近睡眠不太好，容易口渴，想端起杯子喝茶的时候，发现刚才喝了一个下午的茶杯放在书房里忘记拿出来了。

他完全是下意识地走向书房想推开那扇虚掩着的门，结果老教授苍老又带着愤怒的语气让他整个人一怔。

“我上哪儿去给你找名单？”老教授的声音愤怒到不行，“你让我上哪儿去给你找名单？！”

陆博远放下了推门的手，站定。

“你还想让我再做些什么？”老教授几乎只剩下“呼哧呼哧”呼吸的力气，“人家也是父母生的当宝贝儿子养大的，因为你都残疾了，你还想要做什么！”

陆博远的瞳孔迅速一缩，往后退了一步。

他家所有的门都特意做了隔音，后退了一步，老教授的声音就听得不太清楚了，只能隐约地听到老教授仍然在咆哮。

痛心疾首的那一种。

陆博远站在那里。

他们身边认识的残疾的人只有方永年。

他想起了他的怀疑，他想起了刚才提到方永年的时候，老教授叹气换话题的样子。

他狠狠地抹了一把脸。

估计是听错了。

他一定是想多了……

老教授当年那么维护方永年，方永年离开研究所那么多年还记着想要把他拉到项目里。

老教授可能还认识其他残疾人，再说，那场车祸是个意外，根本不存在谁害谁的问题。

他一定是没睡醒，胡思乱想了……

“方永年还没回来？”吃晚饭的时候，陆博远有些魂不守舍。

陆一心最近特别乖巧，除了每天中午的饭钱增加了不少外，看不出任何异常。

她的世纪好闺密郑然然最终没有把她那次离家出走的事告诉陆博远，只是敲诈了她一个月的午饭。

一切风平浪静。

只除了她已经彻底不一样的心情。

“还没。”陆一心扒了一口饭。

陆博远会做的菜只有四个，都是赤稠红酱的红烧菜，几天下来她连吃好几顿，现在觉得这世界上最美味的食物就是白米饭。

陆博远“嗯”了一声，仍然心不在焉。

陆一心看了他一眼。

她心情并不美好，方永年和俞含枫的爱情故事最近已经变成了她每天中午下饭用的连续剧。

只是越看越觉得不对劲。

她黏方永年黏得紧，方永年车祸后来到禾城，她几乎每天都会抽时间去他店里晃悠。

记者说的那些爱情故事，她一次都没有碰到过。

除非方永年会分身术，否则这些报道，都是假的。

方永年为什么要制造假绯闻，她很有自知之明地知道绝对不是为了她，那么剩下来的，就是所谓的大人的事情了。

她又看了一眼陆博远。

她的泄密任务还没有完成，她和她爸爸能坐下来安静聊天的机会并不多，很多时候她还没开口，他们两个就吵起来了。

“你找他干吗？”陆一心咬着筷子觉得今天是一个好时机。

“有事。”陆博远夹了一块红烧冬瓜到陆一心的碗里，警告她，“别挑食。”

陆一心苦着脸把冬瓜塞进嘴里。

“我在微博上看到了他女朋友的照片。”她嘴里含着食物说话含含糊糊，“看起来特别有钱。”

陆博远皱着眉头，发觉有些不太对劲：“你天天黏着方永年从来没有看过他的女朋友？”

他这才想起上个月刘米青还让他帮忙给方永年找对象来着，他为了项目重启，也想找个借口和方永年走得近一些，所以还特地给他找了几个姑娘，虽然最后都不了了之。

陆一心咽下嘴里的饭菜，她再一次鄙视自己的智商。

这种时候，真应该让郑然然魂穿到她身上的。

“他的事情又不会都告诉我……”她含含糊糊地蒙混过关。

陆博远想了想，也没有再多问。

“不过……”陆一心又拉回话题，“那个女的好像真的很有钱。”

“废话，她爸爸做钢材生意的。”陆博远心不在焉地跟女儿闲聊。

“那难怪了……”陆一心装作恍然大悟，“我就说方叔叔怎么会有钱开药房的，我明明记得他以前工资还没你高。”

陆博远皱眉。

陆一心掩饰地吃了一口白米饭。

她好像，恍然大悟的时候做得有些过了……

演技拙劣……

早知道先跟郑然然演示一遍了。

“这话谁教你说的？”陆博远的注意力突然被拉了回来。

陆一心一怔。

“方永年私下里跟你说了什么？”陆博远语气严肃了起来。

陆一心不会撒谎，他虽然一年到头难得见女儿几次，但是她每次撒谎演戏的时候真的演技太拙劣，他实在是印象深刻。

她刚才那句话，夸张得连眼睛珠子都快要瞪出来了，演戏的痕迹太明显。

一个小姑娘不可能会关心一个成年人的钱到底哪里来的，他能想到的就是方永年教的。

这小子，想试探他什么？

陆一心有一瞬间的慌乱。

郑然然教她把所有听到的都说出来，不要添油加醋也不要故意隐瞒。她不能让他们之间的误会更深，她今天如果不把话说清楚，她爸爸绝对会去找方永年算账。

“我偷听到的。”她谨慎地、一个字一个字地说。

“我听到方叔叔在电话里和别人提那场车祸，他说，那不是意外。”她不再用拙劣的演技做铺垫，直接说了谜底。

然后，她看着她爹像电视里每一个遇到打击的大人那样，手一松，饭碗掉到地上，“哐当”一声。

要解释清楚这个意外，陆一心和郑然然演练过好几遍，说的时候难得地条理清楚。

她告诉陆博远，方永年知道当年那场车祸的肇事司机是陆博远的老乡；她告诉陆博远，方永年知道车祸后陆博远查过他；最关键的，方永年还提到了只有他和陆博远有权限的那份文档，他说他没做过，唯一有能力泄露的人，只有陆博远。

陆博远呆若木鸡。

同样的话，他在几个礼拜前也和刘米青说过。

那份文档，有秘钥的人只有他们两个，他没做，那么有能力泄露的人，只有方永年。

自从知道方永年和俞含枫的绯闻后，他心里面涌现的怀疑再一次被掀出来，当年那件事如果真的不是方永年做的，那么会是谁？

下午教授在书房里的那通电话里说的那个残疾人，难道真的是方永年？

如果当年那场车祸不是意外，那么难道是人为？

加上肇事司机四条人命的惨案，难道是人为？

“陆一心。”陆博远在女儿面前从来没有那么严肃过，“你现在说的这些话，真的都是你偷听到的，不是方永年告诉你的？

“你在什么情况下偷听到的？

“说得详细一点。”

饭厅的大理石地上满是粗瓷饭碗垂直落地后摔碎的碎片，光着脚的陆一心抱着腿坐在饭桌边，内心复杂得简直不像她自己。

她今年十八岁，已经到了可以完全明白陆博远问这些话背后沉重意义的年龄。

她已经可以清楚地感知到，人命关天。

“我偷听到的。”她回答得很认真，“方永年当时并没有看到我。”

陆博远颓坐在餐椅上。

事情太过重大，所以他一点都没有注意到，女儿提到方永年的时候，再也不叫他方叔叔。

肇事司机是他的老乡，是他认识的熟人，逢年过节还会让他捎带一点家乡土特产。

当时出车祸的时候，项目组核心成员只剩下他一个，为了安排丧葬、接待家属，还为了投资，他焦头烂额，完全没意识到自己与司机是老相识这一层关系。

他做梦都没有想到，这会成为方永年怀疑他的理由之一。

他也做梦都没有想到，当年那场祸事，有可能是人祸，而非天灾。

他以为那只是敌对竞争公司恶意商业贿赂，当时的时间点在项目里比较敏感，爆发了悲剧之后因为老教授一场大病，他甚至都没有心思再查下去。

他觉得方永年已经少了一条腿又从研究所辞了职，整个项目组支离破碎，甚至连他们当时的靶点方向都有可能存在决定性错误，意兴阑珊之余，也不想再深挖下去。

他以为，他和方永年只是互相看不顺眼而已。

他从来没想到，自己在方永年眼里可能是个蓄意杀人犯，可能是导致方永年缺了一条腿的罪魁祸首。

“我给那小子打电话。”他失魂落魄。

一整个下午的不安开始升级，他现在心乱如麻。

当年，几乎身边所有的和项目有关的人都有意无意地告诉陆博远，这件事和方永年有关系。

他因为那份文档，也一直相信自己的怀疑。

可如果这件事一开始就不是方永年做的。

那么一开始就隔离他和方永年的那些身边的人……

“陆一心。”他又一次盯着女儿。

陆一心看着爸爸。

她从来没有怀疑过她爸爸，她爸爸或许是脾气不好，有些书生意气，还特别保守、特别轴。

但是她爸爸，不怎么爱钱。她爸爸对制药的热爱，不是冲着钱，用钱也换不来的。

她这个不经常在身边的爸爸，在她心目中，在人品上，一直都是顶天立地的。

可是她发现，她爸爸在这一刻，慌了。

她甚至觉得她爸爸，摇摇欲坠了。

“是我偷听到的，所以方永年这几年在禾城应该都是在调查当年那件事。”小姑娘一脸认真地说着和她年龄不相符的话。

却没有人再呵斥她大人的事小孩少管。

陆博远逃进书房的背影，甚至有些踉跄。

女儿有没有撒谎，他再清楚不过，从知道俞含枫这号人物到下午偷听到的那个电话，他心里面所有的疑惑都因为陆一心刚才的那些话，拨开云雾。

如果不是他们两个人做的，如果他们两个人在这件事中是无辜的，是因为被人刻意隔离而互相怀疑，所以他们之间从来没有针对四年前的事情交流过自己掌握的信息。

吴教授在病重的时候，让他停止了调查。

方永年辞职离开了研究所，切断了前半生认识的所有人脉，一个人从头开始。

他身边的人提到方永年的时候，都说方永年一步走错后面步步都错，都说可惜了方永年那些扎实的基本功，也有惋惜国家那么多年的培养的。

四年，他耳濡目染的受到影响，也觉得就是方永年不识好歹，自己做了错事不肯认错，还执拗地去认识一些乱七八糟的人，做一些乱七八糟的事。

一个科研人员，整日不待在实验室，却在酒桌上、社交场合上到处露脸，瘸了一条腿还不肯消停。

但是如果，方永年是迫不得已呢？

失去了同事，失去了身体的一部分，甚至还失去了梦想。

如果是他不得不去调查，不得不去给自己失去的那些东西一个交代呢？

陆博远抽着烟抖着手给方永年拨电话，每一次都响到无人接听为止。

方永年不接。

一如既往。

他以前认为他们之间没仇没怨，他还那么认真地带过方永年，所以这小子对他的态度太恶劣，真的是目无尊长的白眼狼，太气人。

但是他现在，心突然很虚。

不应该那么虚的，明明他一直在正大光明的这一方，明明在他的世界里，所有人都是这么说方永年的。

但是不知道为什么，陆一心说的那些话，分量会那么重。

他智商不低，他只是被人遮住了眼——有人想要把这一页盖上，用方永年的前程去戳个章代表这件事过去了，他，难道真的就一点感觉都没有?

他给自己找了太多的借口，项目失败，同事身亡，恩师病重。

但是那时候，他并不瞎。

他执拗地一遍又一遍打着电话，点了一根又一根香烟。

直到再也打不通——那小子直接把他的电话设置成了黑名单。

“丫头！手机给我！”他打开书房门，带着一股烟味疾步跨到客厅。

陆一心才把客厅里她爸爸打碎的饭碗收拾干净，被呛得咳嗽了几声。

她有点犹豫，这段时间她一直没有给方永年打过电话，每天早上微信的早安和晚上的晚安发出去也石沉大海。

“他现在也不一定会接我电话。”陆一心表达得很委婉。

陆博远一愣：“为什么？”

陆一心心虚地吸鼻子。

“也对……”陆博远想了下，居然自己想通了，“他要是知道你偷听了那些东西，确实不会再接你电话了。”

陆一心拿着扫帚干笑了两声。

她爹还真是，完全不了解他们呢。

“算了。”陆博远带着一身烟味又回了书房，“我给他发邮件。”

方永年的邮箱应该没改，私人的那个邮箱，之前在研究院的时候有私人信息都会用那个邮箱，当年方永年买了十年扩容加密，还跟他们嘚瑟过。

陆博远眼角突然就有点湿。

方永年，曾经是个愿意花几个月工资买个私人加密邮箱存各种资料的人啊，没钱的那几个月就天天蹭他的饭卡，每天都能想出不同的理由。

方永年是项目组里年龄最小的人，大家都喊他师弟，让过来实习的研究生新生以为方永年同自己一样是实习生，经常趁其他人不注意跑去跟方永年嘀咕他们这些老人的坏话。

方永年很皮，每次都一本正经地听。结果那实习生在他们这里实习了一个月才发现方永年的真实身份，为了堵他的嘴，又让他蹭了一个月的饭卡。

曾经的方永年，饭卡是大事，食堂里每周一次的豆腐包子，是头等大事……

他们都曾经穷过，开心过，以为自己会在制药领域大放异彩过。

都曾经有过梦想……

方永年在华亭市的日子并不好过，白天连轴转，到了晚上，几乎都是在急诊室里度过的。

低烧不退，肺部炎症，还伴随轻微的腹泻，连续几天挂水之后，急诊医生建议他住院。

“不用。”方永年面无表情地摁掉了一而再再而三响起来的手机，手机上的那个人名让他更加面无表情。

神经病。

他手机几乎被打到没电，不得不拉黑了对方之后内心全是省略号。

他会检举木胜制药案，是因为这案子的涉案人员里面有两个曾经是当年那个阿尔兹海默项目的项目成员，不是核心成员，但是都能接触到研究数据。

这几天在华亭，他托自己哥哥的关系，也问到了一些当年没有问出来的问题。

当年那个项目确实就像他调查的那样，从立项开始就存在严重的问题，可是针对陆博远，仍然没有任何指证。

再想想陆博远现在经常一而再再而三地找他，理直气壮一副做错事的人是他的样子，他几乎都要开始怀疑，陆博远当年真的是不知情的。

他看着挂水袋笑了，自嘲地挪了挪酸胀的左腿。

他这辈子最大的错误，就是心软、单纯、太容易相信人。

现在只不过是陆一心对他吼了两句喜欢他，他就想连她的亲爹都一并相信了。

陆博远，只是藏得深罢了。

当年的文档，肇事司机，唯一能接触到的人，只有陆博远。

他没办法不怀疑陆博远。

他背着护士把输液速度调快了一点，拿出手机，开始回邮件。

微信跳出来的时候，他正好又一次瞥到关于他的声情并茂的爱情故事，嘴角抽了抽。

那个记者真的会选照片，好几张俞含枫和他的角度一错位，看起来还真的挺像那么回事。

要不是他欠了俞含枫太多人情……和钱。

他咳嗽了一声，调到微信界面。

陆一心。

她打字快得直接刷了他的微信屏。

“Hello!”

“救命啊！”

“你倒是回我一下啊！”

“十万火急啊！”

“你不会在摆角度给记者偷拍吧？那个借位太 low 了，现在明星都不这么用了！”

方永年：“……”

方永年直接拨了陆一心的电话。

彼时陆一心正躺在床上跷着腿铆着劲儿发微信，手机戳得啪啪啪的。

来电显示弹出来的时候，她吓得手一松，手机直接砸到她鼻梁上，她痛得“嗷”了一声，眼冒金星地摁了接听。

“什么事？”方永年开门见山。

先是陆博远的电话轰炸，然后是陆一心的微信刷屏，他觉得他应该还是要打电话问问的——本来决定从此避嫌的方永年不知道为什么，自己给自己做了一点莫名其妙的心理建设。

陆一心抱着手机在床上打滚，刚才痛得眼泪鼻涕直流，现在兴奋得眼泪鼻涕直流。

方永年的声音！

她有六天没有听到过他的声音了！

嗷嗷嗷，好性感！嗷嗷嗷，普通话好标准！

“陆一心？”方永年皱眉。

“在，我在。”陆一心飞快地应了，对着空气无声尖叫了一声。

他喊她的名字……

在她那么胡闹之后，他喊她名字的语气仍然还是那个样子，最后那个心字微微上扬，有点不耐烦。

“什么事？”方永年又问了一遍。

“我爸爸给你发邮件了。”陆一心噼里啪啦地说，“他找你，有很要紧的事。”语气骄傲，好像自己做成了一件大事。

方永年顿了一下。

“你把我调查他的事跟他说了？”他突然地和陆一心心有灵犀了。

陆一心张着嘴：“啊？”

方永年在心里叹了口气。

“啊……”陆一心傻傻地说，“我没说全部，我就是把你怀疑的那些点说了。”

他怎么猜到的……

弄得她想好的那些话一下子全都泡汤了。

“嗯。”方永年不置可否。

从陆一心偷听到的那一刻开始，他就没指望她能瞒住多久。

被知道也无所谓，他们关系已经那么差了，最多也不过就是老死不相往来，反正做错事的那个人不是他。

“那个……”陆一心在床上翻滚了一圈，“我知道我们家有多少存款。”

方永年：？

“我们家比想象的要穷很多。”陆一心把玩着床单上的流苏。

“我外婆生病的时候请回家的那个看护是托人找的专家，工资比我爸爸那时候的工资还要高一点，我妈妈当时在气象局还不是领导，每个月只有几千块钱收入，大部分都拿来还当时在华亭市的房贷了。

“所以我们家有很长一段时间，穷得叮当响。

“我爸爸经常找人借钱，亲戚的，还有吴爷爷的，每个月发工资前我都不敢跟家里要零花钱。”

方永年没插话。

这段历史，他并不知道。

陆博远是个要面子的人，做项目的时候经常用饭卡请吃饭，聊天的时候也经常请他们几个人抽烟，那时候的他不怎么接触社会，也从来没有看出陆博远经济拮据过。

“后来我妈妈工作调动要回禾城，我们家开了一次家庭会议，把华亭市的房子卖了，用那个钱在禾城买了现在的房子，把之前为了照顾外婆欠的钱还了，全部弄好之后，卡里还留了十万块钱。”

“我们在禾城四年不到，现在卡里有十五万。”陆一心倒豆子一样，交代得一清二楚。

“我爸爸每个月的工资都是上交的，我妈给他留一千块钱零花，其他的，有一大半给我买了个读书基金。”

说到这里，她顿了一下。

“我读大学之后每年会返还三万块钱，一直到我大学毕业，会一次性再给我五十万。

“我妈妈说，那算是给我的保障，万一我考不上好的大学想要做点小生意，那点钱也可以作为前期投资。”

“我也不穷……”她小小声地咕哝了一句。

刚刚被陆一心之前说的那些话弄得有些感慨的方永年，瞬间又无语了。

他又听懂了。

这话是针对俞含枫的。

他为什么老是能听懂这丫头的言外之意?

陆一心清清嗓子，难得地自己拉回话题。

“我爸爸真的没有为了钱做过什么坏事，真的。”

她大概觉得自己的表达苍白无力，安静了一秒钟，又跟他保证：“而且，我爸爸外面也没有养小三。”

“是真的！”陆一心急急忙忙地保证，“他们两地分居的时候，我因为担心，经常半夜起来上厕所的时候跟我爸视频。”

“他不是在实验室就是在宿舍。研究所的宿舍你是知道的，全是男的，我是唯一一个在里面睡过的女性。”她连珠炮一样噼里啪啦的。

还女性!

方永年揉揉眉心。

话题又不知道偏到哪里去了。

“所以？”他帮她拉回话题。

再说下去，他都不知道陆一心能歪到哪里去，他对他们家的那些私事根本一点兴趣都没有。

陆博远并不富，这几年调查下来他早就知道了。

就因为陆博远清贫得不像样子，他才会一直在查，一直心情不好。

“所以我爸真的没做那些事，他根本就不知道那场车祸其实不是意外！”

一阵安静。

陆一心很懊恼。

这句结论她是打算放到最后再说的，起码要等方永年的声音听起来更温和一点的时候。

结果方永年一句所以，让已经偏题到外太空去的她下意识地就说出了结论。

让人很不舒服的结论，那场车祸之后，她一直没敢在方永年面前再提起过“车祸”这两个字。

她讷讷道：“对不起……”

“……我知道了。”方永年安静了几秒钟，才开口。

能和陆博远摊开说，或许是好事，虽然他仍然不相信他会不知道车祸那件事。

肇事司机是陆博远的熟人这件事，是他始终过不去的坎。

他想挂电话，想想应该用什么态度去面对陆博远。

“等一下！”陆一心在电话那头急得号了一声。

方永年被吼得耳膜生疼，皱着眉却到底没有真的挂了电话。

“你……什么时候回来啊？”陆一心问得小心翼翼，仿佛刚才猛兽一样阻止他挂电话的人不是她一样。

“再说。”他懒得回答她。

避嫌。

电话通了十分钟后，他又突然想起这茬。

以后他的个人时间不能像以前一样都告诉陆一心了，得避嫌。

陆一心撸了一把流苏。

“我知道你和俞含枫之间的绯闻是假的了。”她语气愤愤，说得十分郁闷，“虽然不知道你们到底在做什么，但是这样子不好。”

“对女孩子特别不好！”她微弱地用正义凛然的语气表达了自己的立场。

方永年：“……”

他不应该不挂电话的。

“我那天说的是真的。”她絮絮叨叨。

“我不会让你为难的，在我没长大之前，一定不会再像上次一样在公众场合说那些话了。”她又开始保证。

方永年被她保证得都觉得牙疼。

“但是如果等我长大了，你那时候还是单身的话，能不能……考虑一下我？”她声音越来越低，一个人躺在床上把被子拉扯成梅菜干，一张脸红成了番茄。

妈呀，她真的说出来了。

她真正意义上的告白啊！

“陆一心。”方永年终于开口。

“在！”陆一心应得清清脆脆。

“我今年三十二岁了。”方永年没什么表情的时候，说话总是慢吞吞的，让人猜不透他后面要说什么。

“嗯……”陆一心直觉方永年要放大招了，应得很谨慎。

“等你长大了，我都四十了。”方永年还是慢吞吞的，却奇异地没有给陆一心插话的空隙，“四十岁，还单身？”

他反问，然后轻轻哼了一声：“小姑娘，真恶毒。”

陆一心哑口无言。

难得可以把这丫头问得哑口无言，方永年挂电话的手指头轻松了不少。

“女朋友啊？”来换水的护士藏在口罩背后的脸笑嘻嘻的。

“你在这里挂了好几天水了，天天都皱着眉头。”那护士的年纪估计不会比陆一心大多少，说话也是又急又快，清清脆脆的。

“就今天打电话的时候笑了好几次。”护士冲他眨眨眼。

她对这个坐在轮椅上的男人很有好感，在急诊输液室里，大家要么愁眉苦脸要么火急火燎，只有他，慢吞吞的、文质彬彬的，甚至会在人多的时候把自己的轮椅推到角落，安安静静地待着。

今天是她值班以来第一次看他笑，虽然是苦笑，可她脑补起来觉得挺宠溺。

“一小孩。”向来很少和外人搭话的方永年，破天荒地解释了一句，解释完还觉得不够，“邻居家的小孩。”

“啊……难怪。”护士又笑了，“应该很可爱吧。”能让他露出这样又气又好笑的表情，应该感情很好。

方永年含糊地应了一声，拿出了手机。

护士手脚麻利地帮他换完了水，把他偷偷调快的输液又调回到正常速度，冲他弯弯眉眼，转身走了。

留下了不知道为什么觉得松了口气的方永年，终于点开了陆博远的邮件。

邮件挺简单的，就一句话。

“永年，你为什么会觉得当年那场车祸不是个意外？”

方永年手指在屏幕上停了很久很久。

陆博远，叫他永年。

“我明天回禾城。”他也只回了一句话。

像是很累很累了，闭着眼睛靠在了椅背上。

“永年”这两个字，陆博远已经有多久没有这样喊过他了，那个抛弃了他的世界，已经有多少年，没人这样喊过他了。

陆一心挂掉了她爹的电话，骑着自行车欢呼了一声。

“方永年回来了！”她拽着自行车龙头哐哐哐地自我庆祝。

郑然然：“……你都把密泄成这样了，他能不回来吗？”

“我大概是天才吧！”陆一心自我陶醉。

“是……”陆一心发神经的时候，郑然然向来很配合。

“我去买卤菜！”陆一心叽叽喳喳的，“我爸只会四个红烧菜，还特别难吃。”

“我明天中午不请你吃饭了，我要把钱都用了！”她兴奋得一张脸都是红的。

郑然然跟在她后面微笑：“那么开心吗？”

陆一心咧嘴，使劲点头。

郑然然也跟着咧嘴。

或许陆一心喜欢方永年，也不一定都是坏事，起码陆一心现在的开心是实打实的。

晚餐饭桌上果然只有四个红烧菜，红烧冬瓜、红烧鸡翅膀、红烧肉和红烧茄子，再加上陆一心带回来一包桂花蜜藕、一碟油炸花生米，还有一小袋卤猪耳，满满当当的，也摆了一桌子。

“我再去切个黄瓜。”陆博远拍拍手。

凑足了八个菜，陆博远围着围裙欣赏了一下，放了三副碗筷。

父女两个因为刘米青不在，这几天相处下来已经有了革命友谊，摆饭桌收拾屋子配合默契，两人都有些忐忑。

陆一心是因为心照不宣的原因，而陆博远，心情更复杂。

他心里知道，他偷听到的老教授的那一小段对话应该不是听错了，陆一心的那些话，也绝对不是小姑娘随随便便的空穴来风。

换个角度想，他就发现当年的事情粉饰太平的意味太明显了。

一个投资将近三亿人民币的项目把失败都归咎给一个在车祸中失去了一条腿的二十八岁的方永年，所有人都只是带着慈悲叹息，所有人都没有说要深究。

当年这件事，似乎就是把所有的责任都推给了方永年之后，就合情合理皆大欢喜地过去了。

确实，太不寻常。

而他，居然四年后才回过神。

“打电话问问他到了没？”陆博远看了一眼时钟，搓搓手。

“到楼下了。”陆一心收到微信后头也不抬地跑到玄关，丢下四个字就哒哒哒地跑下楼。

老父亲陆博远内心突然就复杂了一秒钟。

这丫头，和方永年的关系就是比和他好。

江南四月天，方永年从车子里出来的时候，穿着灰色的衬衫，手里拿着他那件万年不变的黑色风衣。

又瘦了。

陆一心只是看了一眼，心就揪痛。

他甚至下车后还咳嗽了几声，手握成拳放在嘴边，咳得隐忍。

陆一心跑上前，抢过他另外一只手里拎着的袋子。

“桃酥饼。”方永年以为她饿了，先报了食物的名字。

这也是老习惯了，每次出门都会给她带点吃的，避嫌的话，是不是也应该要改？

不太喜欢改变的方永年皱眉。

烦。

“你这几天没吃饭吗？”陆一心语气不善，跟在他屁股后头亦步亦趋。

方永年觉得夜风吹得有点冷，把手里的风衣外套穿好，假装没听到陆一心的话，径直往楼道里走。

避嫌。

“你感冒还没好吗？”陆一心根本看不懂他的避嫌，一脸严肃。

他气色看起来太差了，这咳嗽都咳了快两个月了。

“嗯。”方永年应得含含糊糊。

“吃完晚饭我陪你去医院吧。”陆一心操心成了小老太太。

“不用。”方永年停下脚步，转身看着陆一心。

“你保证过的。”他都快要叹息了。

这是楼道里啊，来往的都是邻居，她还真的是光明正大。

陆一心怔怔地半张着嘴。

她保证过什么？

“那个……”她怯生生地，上半身前倾，用说悄悄话的音量，“我不可以送你去医院哦？”

侄女送叔叔也不行吗？

算了，他放弃。

“我去过医院了。”他开始和陆一心一问一答。

明明陆一心才是心里有鬼的那个人，为什么心力交瘁的人会是他？

“那怎么一直好不了啊？”陆一心注意力很快又被转移了。

“是不是医生不好？要不要挂个专家号？”小姑娘一提到生病，懂得还挺多。

她成长路上父母陪着她的日子真的太少，方永年还记得她小时候肠胃炎大半夜的挂急诊都是她自己打的车，在车上哭唧唧地给他打电话。

“是不是应该挂个专家号啊？”十五六岁的小姑娘在半夜三更的出租车上，问得六神无主。

“不用。”他又心软了，一问一答，更加耐心，“这阵子太忙了，休息几天就没事了。”

“你一直都很忙……”陆一心噘着嘴。忙一些她看不懂的事，忙着和俞含枫造假绯闻。

“谁很忙？”陆博远站在门口，接过了陆一心手里的桃酥饼，“你怎么那么大了还跟人家要吃的？”

陆一心撇嘴，有些不开心地从陆博远身边挤进屋里，自顾自地脱鞋。

“她又怎么了？”陆博远完全摸不清楚女儿的情绪，下意识地想向在场的另外一个正常人求助。

方永年咳了一声。

陆博远手里拿着桃酥饼，也跟着咳了一声。

有点尴尬，斗鸡一样对着方永年冷脸了那么多年，突然的和颜悦色让两个男人都很不自在。

“先吃饭吧。”陆博远搓搓手。

“我不饿。”方永年拒绝。

他不是来谈和的，他今天来，是来回答陆博远的问题的。他今天来，也是来问问陆博远，他是不是真的就那么无辜，那些腌臜事，他难道真的一点都没参与，一点都不知道?

“都瘦成骷髅了还不饿！”陆一心给每个人都盛了一碗白米饭，重重地放到饭桌上。

“那个……”陆博远简直尴尬。

方永年杵在玄关不动，饭厅里，那丫头一直在瞪他。

吃吧……

他叹息。

也不差这一顿饭。

他也不知道自己哪里惹到了陆一心，这丫头听他说自己很忙之后就有点闷闷的，饭桌上没有她调节气氛，干巴巴地跟他嘴里在嚼的红烧肉一样。

她一直在给他布菜——在他面前专门放了个碗，她就这样当着她爹的面，用公筷一筷子一筷子地给他夹菜。

确实都是他爱吃的菜。

但是……

他虽然不指望这丫头的保证能维持多长时间，但她也太不避嫌了。

“不用了……”他在陆一心开始帮他把五花肉肥肉去掉的时候，终于忍不住了。

这看起来都像是什么事。

“一心……跟你感情真的不错。”陆博远干巴巴地吃了一口白米饭，表情复杂，“她对我从来没有这样过。”虽然他陪着陆一心的时间确实不多，但好歹还是她的亲爸爸。

方永年一口白米饭呛进喉咙，咳得惊天动地。

“都让你去看医生了。”陆一心不爽地嘟囔，顺便给她爸爸夹了一筷子冬瓜。

“他都咳嗽了一个多月了一直没好。”陆一心扭头，跟自己爸爸解释。

正大光明得让方永年胆战心惊。

他的立场变得很奇怪……

各方面的奇怪……

但是气氛终于好了，陆一心身上有种特殊的魔力，只要她愿意，任何场景都可以变得和乐融融。

哪怕桌子对面坐着的是陆博远，他一直想要亲手送进监狱的那个人。

话题就这样从他咳嗽转到了他的身体再转到了他的食量，陆博远甚至还提到了研究所里的豆腐包子。

父女两个聊得热火朝天，一直安静吃饭的方永年，默默地扒完了一整碗白米饭。

有点撑，还有些油腻。

他又给自己夹了一块桂花蜜藕。

过了清明的桂花蜜藕口感差了很多，但是仍然香甜软糯。

陆一心和陆博远不知怎的已经聊到了驴肉火烧，父女两个相似的圆眼睛亮晶晶的，一边吃着不怎么样的家常菜一边望梅止渴。

方永年慢吞吞地嚼着嘴里的桂花蜜藕。

如果，不是坐在对面的陆博远已经两鬓泛白，如果，不是陆一心身上的校服从初中的换成了高中的。

如果，不是自己那条再也不属于自己的右腿。

他几乎快要以为，那段岁月静好的日子又回来了。

那时候，从宿舍到实验室只要十分钟，路上一年四季都有不同的植被，这个季节，应该樱花纷飞。

那时候，实验室里，陆一心偶尔会背着巨大的书包过来借宿，包里有时候会偷偷地藏着她买来的网红零食，他带她去吃食堂，她送他网红零食。

那时候，他能力出众，这辈子最擅长的事情和他最喜欢做的事重合，所以窝在实验室里整日整夜的。

那时候，他前途光明，在一众师兄堆里，因为年纪小偶尔还会跟他们耍赖。

而现在，所有的人和事都改变了，没变的只有陆一心……

“我吃完了。”他放下了筷子，嘴里的桂花蜜藕嚼得多了，也就苦了。

他慢吞吞地擦了擦嘴，慢吞吞地看向陆博远。

他曾经尊敬过的师兄，在他还是新生的时候，帮过他很多，告诉他中国人迟早有一天能做出最好的原研药的男人。

“我们谈谈。”

谈谈那些恩怨，谈谈他查到的那些腌臜事。

第五章 那场车祸，不是意外

陆一心家的书房其实就只是把主卧做了隔断，里面放了一张书桌，两张椅子。

方永年第一次进入到这个空间，左右环顾。

很小，书堆得到处都是。

刘米青不在家，估计连打扫都没有打扫过，陆博远进去后很随意地用脚把桌子边上的书拨开，拉过椅子。

“坐。”陆博远显得有些紧张。

方永年定定地看了陆博远一会儿，坐到了那张椅子上——和他家一样的椅子，他记得是刘米青团购的时候买的，买了十张。

他可能真的是个变态。

明明在怀疑陆博远，却一直在他家人四周转悠，他自己都不知道自己在图什么。

“一心跟我说，你觉得那场车祸不是意外？”陆博远喝了一口浓茶。

用词谨慎，谨慎得让方永年觉得好笑。

所以他真的笑了，嘴角嘲讽地一扬。

换作平时看到方永年这样阴阳怪气的样子，陆博远一定就爆发了。

但是，今天不同。

今天，从方永年进屋换鞋的那一刻开始，他就有些无法直视他这个师弟。

他的师弟少了一条腿，虽然平时走路做事基本看不出来，但是脱鞋子的时候，他还是看到了方永年那只仿生义肢——做得再像，也是假的。

他其实没有任何切实的证据，仅仅只是推断和周围人的猜测，就把方永年放在了有罪的那一方，铁板钉钉地摁在那里。

方永年从来没有在他面前表现出来，所以他也从来没有真的感觉到，方永年确确实实是个残疾人，对方比他，少了一条右腿。

“做这行很艰难，有可能这一辈子都研发不出靠谱的原研药。”

“但是我们这群人，意气相投，目标一致。”

“进了项目，就都是兄弟。”

“我们这么多人在一起，就没有什么跨不过去的坎。”

这些话，都是他说的。

在项目立项的时候，在平时吃饭的时候，也在他们实验失败失去信心的时候。

他说这些话的时候都是真情实感的，他也没有料到他们有一天会遇到这样的事，几个兄弟死的死残的残，他作为唯一一个毫发无伤的，和那个项目组的大多数人都断了联系，包括和他关系最密切的方永年。

“肇事司机确实是我的老乡，但这只是巧合，我也是办完了葛文耀他们的丧事之后才知道的。”陆博远端起茶杯又灌了一口茶，“我和他妻子一开始的两年还有联系，后来他妻子改嫁了，关系就这样淡了。”

“你不能单凭这一点就怀疑我和那场车祸有关系。”陆博远说这句话的时候，眼睛都不敢看方永年。

他又何尝不是单凭猜测，就怀疑了方永年四年。

方永年看了陆博远一眼。

他最讨厌喝陆博远家里的茶，茶叶不好，泡得很浓，一口下去一点茶味都没有就剩苦味了。

所以他看都不看茶杯一眼，从风衣口袋里递给陆博远几张纸。

复印件，像是他临时从文件里拿的，折得很随意。

“当时的尸检报告。”方永年言简意赅。

陆博远接过：“这我知道。”

这起车祸就是因为司机当时体内有过量的抗组织胺类药物，开车的时候睡着了方向盘失控撞断护栏造成的，整场事故处理过程他都在，所以他很清楚。

“他老婆留了两份笔录，第一份是在事发当天留的，那份笔录里她强调自己的丈夫在出发前没有吃过药物。第二份笔录是第二天下午的，她改口了，说她丈夫确实感冒了，出发前吃了感冒药。”

“这我也知道。”陆博远对这件事有印象，“她后来还私下里跟我解释了，说是事发当天来的时候保险公司给她打过电话，她太害怕了，不知道应该怎么说，就下意识地否认了所有的事情。”

方永年一顿。

“她私下找过你？”这件事，他没查出来。

“打了个电话。”陆博远也是第一次说这件事，“半夜三更给我打的，用的还不是她自己的手机。我和他老婆不熟，所以印象很深。

“他老婆文化程度不高，遇到事情很容易没主意，那个电话里面基本都在哭。

“没什么具体内容，就是跟我反复确认改了笔录会不会对她有影响，我当时自己都焦头烂额，随便安慰了几句就过去了。”

方永年没说话。

“所以……你为什么会觉得那次车祸不是意外？”陆博远翻看了那张尸检报告，并没有看出异常。

“我在医院里的时候……”方永年揉揉眉心，“也接过一个电话，来电显示是陌生电话，打电话的人，是那司机的老婆。

“跟你接到的一样，电话里基本都在哭。

“挂电话之前，她问我，我有没有收到过钱。”

陆博远愣住：“什么钱？”

“我也是这么问的。”方永年露出了今天晚上在陆博远面前的第一个表情，苦笑，“但是她挂了。

“我当时情况并不好，刚刚从ICU出来没多久，昏迷的时候比清醒的时候多，等我有精力再回拨那个电话去问的时候，接那个电话的人变成了一个男人。

“医院住院部的保安。

“他老婆跟别人借的电话给我打的那个电话。”

陆博远嗓门有点大了：“你当时怎么不跟我说！”

方永年斜看了他一眼，问得凉凉的：“你来看过我吗？”

陆博远一怔。

对了，他没去看过方永年。

陆一心和刘米青倒是常常去，但是他那时候因为项目撤资再加上文档泄密，正恨不得掐死方永年。

他讪讪的。

“那个电话和他老婆两份不一样的笔录只是我想去查这件事的起因。”方永年揭过了这茬，突然换了个话题，“你为什么想要让我进你这个项目？我离开研究所四年了，这四年来你都没来找过我，为什么这时候突然来找我想让我进这个项目？”

陆博远张张嘴，偷听到老教授的电话后，心里那隐隐的不安又开始涌现。

“最开始并不是我提出的。”陆博远后面说的话，慢慢地开始不顺畅。

明明正大光明的事，他却突然就不知道该怎么说了。

“我知道你从研究所辞职后有很多公司找过你，我想着你既然觉得在研究所做不下去了，去其他地方做做也是好的。”陆博远的声音越来越轻。

他是说过大家都是兄弟的那个人。

结果，他都做了些什么？

“后来你自己找人开了公司，还决定开始做仿制药，我觉得我们后面的路都不一样了，所以就一直没有来找你。”

这是委婉的说法，实际上知道方永年打算去做仿制药了，他当时简直暴跳如雷。

方永年哼哼了一声，没揭穿。

“这个项目的投资有眉目的时候，是老教授给我打电话，让我问问你对这个项目有没有兴趣的。”

方永年一怔。

“车祸之后，老教授病了大半年，现在的身体和以前是没法比了。”陆博远嗫嚅的，声音不高，听起来像是在说服自己，“他刚开始的时候经常提到你，只要有人说是你泄露了项目文档，他就一定会火冒三丈，我一直觉得，他是想等你回去的。

“可惜你一直没回去，老教授也慢慢地不再提起你，所以他这次突然提起你，我还挺惊讶的。”

“来药房找我进项目的那些长辈，都是老教授找的？”方永年皱眉。

“一半一半。”陆博远说到这里，犹豫了一下，“老教授既然提到了你，那我肯定也是想让你进项目的。你的本事大家都知道，说真的我真的觉得你去做仿制药实在是太浪费了。”

方永年冷冷地看了陆博远一眼。

陆博远收住话头，掩饰性地喝了口浓茶。

“我上个月，查到了一份名单。”方永年坐在椅子上，轻轻地挪动左脚。

“我们当时项目Ⅰ期正式编制人员有七十四个，其中有二十六个在项目期间和其他公司有过密切的经济往来。我那边刚刚拿到这份名单，你这边就来叫我进项目了。”

还是用疲劳轰炸的方式，仿佛一下子所有的人都不记得他曾经的所谓的黑历史了，所有的人都开始惋惜了，他进不进项目，都快要变成这个项目能否成功的重大标志了。

陆博远脑子里“轰”的一声，老教授电话里，提到了名单。

方永年有点莞尔。

父女两个呆若木鸡的表情还真的是一模一样。

“我……不知道。”陆博远一口气差点没上来。

还没调查清楚的事情，他不敢多提。

可是这两天的信息量太大，他觉得他整个人生都颠覆了。

“你不觉得项目有问题吗？”方永年笑了笑。

“那是个投资将近三亿人民币的空降项目，项目开始之前，我都不知道我们已经找到靶点了。”方永年看着陆博远，“你不觉得，这个项目立项有问题吗？”

出事的那天，正好是他们出现重大突破的那一天，本来那天之后，他们会继续公开找投资人的。

陆博远还是张着嘴。

“那场车祸不是意外。”方永年站起身。

“肇事司机没有疲劳驾驶，他上高速将近两个小时，中间没有去过休息站。

“一般的感冒药在两个小时内早就发作了，可是他没有，他一直在高速上开了两个小时，然后在那个地段撞破护栏直接撞向了我们。

“我在车上，他是直接撞过来的。

“陆博远，车祸的时候，肇事司机根本没有睡着。”

他就这样站着，看着他的师兄，面无表情，只是胸膛微微起伏。

那场车祸，不是意外。

他是车上唯一活下来的人，所以他知道。

他亲眼看到，那辆车笔直地冲向他们，甚至为了撞得更正，还调整了一下车头。

所有的一切都告诉他那是一场意外。

但是他没有证据。

只有他一个人知道，那是一场谋杀。

书房里安静得只有两个男人的呼吸声。

陆博远打开书桌抽屉，抽出一瓶酒，把自己茶杯里的浓茶喝光，然后倒满酒。

“你要不要？”他举了举酒瓶子。

方永年看着那瓶酒，终于把自己杯子里已经冷透了的浓茶喝光，空杯子放在了陆博远面前。

“一心说你不能喝酒。”陆博远笑笑，帮方永年把那个空杯子斟满。

“嗯。”方永年没否认，接过那杯酒，一饮而尽。

确实不能喝，酒一下肚，脸就红了一半。

陆博远也一饮而尽，皱着眉：“在接那个项目之前，我手里一直没有主项目，很多时候都在打游击，哪里缺人了就进哪里，这个项目应该是我这辈子接到的第一个主项目。”

第一个从头开始做的项目。

“所以你要问我当时有没有觉得这个项目立项有问题……”陆博远又给自己倒了一杯酒，再次一饮而尽。

“有！”他斩钉截铁，脸上却都是苦笑，“但是我选择视而不见。”

方永年笑了。

这么多年来在陆博远面前第一个真心的笑容，哪怕笑容带着嘲讽。

他又给自己倒了一杯酒，和陆博远碰了碰杯。

“为什么相信我？”陆博远三杯烈酒下肚，眼角开始发红。

“我不信。”方永年放下杯子，否认。

他不信，只是，除了陆博远，再也没有可以说这些话的人。

哪怕是这几年跟他好到穿一条裤子的郑飞，也不行。

人很复杂，就算查到那个项目在遮羞布下面的不堪，他也不想听一个完全没有进过这个项目的人对着他们这群人说三道四。

有些话他憋了四年，和外人说，他们只会说，当时的情况危急，他是不可能在那样的情况下在车后排看到司机转方向盘，看到司机睁着眼的。

可是和陆博远说，他会饮尽杯中的酒，承认他曾经选择了视而不见。

“现在想想……”陆博远酒劲上头，话变得很多，“我相信你是那个把项目文档泄露出去的人，也是因为我视而不见。”因为有人给他递了梯子，他也就顺势而为了。

方永年自顾自地倒酒，没接话。

“你没做过，对吗？”陆博远看着方永年，笑容苦得心里都在痛。

“其实就算一心没有告诉我这些事，我也开始怀疑了。那么大一个项目，因为一个年轻人泄密说没就没了，四年来，居然没人想过要去告你。”

陆博远笑：“大家都说你也受到了惩罚，大家都觉得你是难得的制药苗子，进去了太可惜了。

“我也就信了……”

他说到最后，都变成了呢喃。

茶杯不小，一杯一杯不间断地往嘴里灌，一瓶酒很快就见了底。

陆博远又从抽屉里拿出来一瓶，开瓶子的时候，和已经满脸通红的方永年相视一笑。

再也不想多说什么，这顿酒，他们已经晚了四年。

陆一心在外面提心吊胆。

她想象中她爸爸和方永年之间最好的结局就是相视一笑握手言和。

最后两个高智商男人携手调查，抓到坏人。

她想了很多画面，她甚至还在想，她爸爸或者方永年会不会哭，误会冰释，是不是也会有男儿有泪不得不弹的时候。

但是她怎么想都没想到，推开书房门，一屋子的烟味酒味，里面坐着两个满脸通红的关公，转头看她的表情出奇地一致。

她爹居然把她的心上人灌醉了！

“陆一心。”她的心上人一开口感觉就像个移动的酒坛子，“你爸喝醉了。”

她爸：“嘿嘿嘿，嘿嘿嘿嘿！”

陆一心："……"

"你帮我找个轮椅，我好像站不起来了。"方永年的第二句话。

他喝了酒语气就没有那么慢吞吞了，语速和语气都很像个七情六欲丰富的正常人。

一般人家里怎么可能会有轮椅……

陆一心挠着头一脸空白。

"我需要上厕所。"方永年等了一阵子没等到他要的东西，再次看向陆一心，皱着眉，一脸谴责，还有点委屈。

陆博远："嘿嘿嘿，嘿嘿嘿嘿！"

陆一心："……我扶你过去吧。"

方永年维持着仰头看她的姿势，一张脸通红，很漂亮的桃花眼周围也红红的，微微地眯着。

陆一心走上前，试图捞起他的胳膊。

方永年往凳子后面躲了一下，"嘶"了一声。

"又发作了？"陆一心吓了一跳。

"陆一心！"他很严肃地叫她的名字，因为两人靠得很近，那一声，像是贴着陆一心的耳朵喊出来的。

陆一心被激起了一身的鸡皮疙瘩，一而再再而三地提醒自己，乘人之危不是君子所为。

她虽然不是君子，但方永年是。

她要是乘人之危，方永年会跟她老死不相往来。

"你的保证怎么就那么不值钱？"满脸通红的男人眯着眼睛看着面前的少女，恨铁不成钢的语气。

"你得避嫌！"他手掌盖住陆一心的脸，推开。

陆一心的鼻子贴着方永年干燥的掌心，一瞬间，脸红得像是跟他们一起喝光了地上那两瓶酒。

方永年摇摇晃晃地站起来，紧紧皱着眉头。

哪怕烂醉，他也仍然记得，挺着腰。

他走出去的姿势，完全没用到他那只义肢，他用完好的那条腿，一瘸一拐地拖着自己跌跌撞撞的身体。

陆一心咬着唇。

他这样的背影，她曾经看过。

那时候，她真的以为天都要塌下来了。

"闺女。"她身边那个一直"嘿嘿嘿"的亲爹突然开口，"跟着他去厕所。"

陆一心："你现在到底是清醒的还是不清醒的？"

"他刚才推了你，你去推回来！"陆博远很严肃，很认真。

陆一心心累。

那一个晚上，各种意义上的兵荒马乱。

方永年上完厕所就坐在厕所里，他彻底地醉了，醉到都快要认不出人，但是不知道为什么，死死地记着要避嫌。

陆一心一靠近，他就非常正义凛然地伸手推开她。

她爹开始讲故事。

从《格林童话》到《安徒生童话》，按照暗黑童话的套路，讲得抑扬顿挫。

最神奇的是，酒醉后不怎么说话的方永年，会帮陆博远配音。

陆博远说到美人鱼跳海变成了泡沫，方永年嘴里就“扑哧”一声。

陆博远说到白雪公主吃了毒苹果，方永年就“咔嚓”一下。

……

陆一心几乎崩溃。

“你先起来好不好？”可怜的沦为灰姑娘的陆一心只能逐个击破，蹲在卫生间里和方永年保持着一米的距离——被他推了好几次，她终于学会避嫌了。

方永年半坐着，和她平视。

那双眼睛仍然会让她呼吸停摆，他不说话的时候，仍然会让她心里一揪一揪地痛。

“地上冷。”她声音变得更加温柔。

方永年咳嗽了两声，似乎难受了，伸手把扣得好好的领口解开了两颗。

方永年不怎么晒太阳，皮肤很白，解开扣子露出了一点点胸口，上面有个已经愈合了很久的疤——那场车祸留下来的。

陆一心看着那块丑陋的疤痕，吸了吸鼻子。

方永年就在这个时候突然前倾，和陆一心几乎脸贴脸。

陆一心一怔。

她现在应不应该闭眼睛?

酒醉的方永年为了看清楚陆一心，努力地对了会儿焦，看清楚了，冲陆一心邪魅一笑。

陆一心的心跳成了迪斯科。

方永年慢吞吞地抬手，慢吞吞地伸到陆一心的后脑勺。

然后，抓举，推开，一气呵成。

“死小孩！”方永年嘟哝，重新倒回到自己在卫生间里该在的位置上，半眯着眼睛，准备睡觉。

陆一心怒了，拽起方永年右边的胳膊，往上使劲一提。

可能弄痛了他，他不爽地想挣扎。

“方永年。”陆一心阴森森的，“你要是乱动让我吃到你的豆腐，你就得负责。”

方永年在烂醉如泥的状态，缓慢地消化了一下这句话，半眯着的眼睛睁开了一点点。

他跌跌撞撞地，用自己那只完好的左腿往边上挪了下，誓死保持和陆一心一拳头的距离。

“真乖。”陆一心阴森森地夸他，趁他脑子不清楚，没大没小的过了把瘾。

他真的，好不愿意跟她扯上男女关系。

醉成这个样子，唯一记得的事情居然就是和她避嫌。

避嫌就避嫌！

陆一心把方永年丢到他父母的那张床上，趁乱把他的衬衫又解开了一个扣子。

那块疤痕更明显了。

陆一心手指动了动，然后泄愤一般，两只爪子伸出去，把方永年的脸埋在了她的爪子下，使劲揉！

“我会长大的！”陆一心像发誓一样。

“等我长大了，你就惨了。”她宣誓，宣告主权。

“他惨什么？”她老爹靠在门边，看着用霸王硬上弓的姿势试图闷死方永年的女儿，有些不解，“你在干吗？”

陆一心维持着这个姿势定格。

“你在床上推他，他是不会摔倒的。你的智商到底怎么回事？”陆博远简直要哭。

陆一心：“……”

她一定会跟她妈妈告状，她一定，要让这两个男人戒酒！

方永年头痛欲裂。

他和陆博远烂醉如泥之后，陆博远对他拿出了当年追求刘米青的劲头，事无巨细嘘寒问暖。

陆一心这个小叛徒还跟陆博远控诉了他有病不去看医生、咳嗽了两个多月没好、幻肢痛发作频繁、体重持续下降的事。于是，他在礼拜天一大早被这两个陆姓生物敲开房门的时候，嘴角都没抽一下。

他这一个礼拜，已经被这两个人骚扰了很多次了……

“我本来下周就要回所里了，你一个人在家也开个窗透个气啊。”陆博远进门，惯例感叹了下方永年家的家徒四壁，“不过这个项目被你搅黄了，我现在假期很多。”

方永年面无表情地进卫生间刷牙。

对于陆博远的亲近，他说不上来是开心还是不开心。

那顿酒之后，他心里面早就已经相信陆博远可能真的和当年那件事没关系，毕竟他不依不饶地查了两年多，陆博远身上一点问题都没有。

他的执着只是因为他需要有个泄愤的对象。

他看着卫生间镜子里的自己，头发真的很长了，胡子也有好几天没刮，蓬头垢面的，看起来真像是个需要被照顾的人。

他一边听着外面两个陆姓生物吵吵闹闹地在研究他家里的碗筷哪一些是干净的，一边拿出了剃须刀。

捯饬一下吧。

毕竟毛衣都起球了。

“我今天去趟华亭。”早饭是陆博远带过来的豆浆油条糯米饭，热气腾腾香气四溢。

方永年刮了胡子又用推子把自己的头发推成了平头，看起来比平时年轻了好几岁。

他把油条浸泡在甜豆浆里，很无所谓地“嗯”了一声。

“项目重启的名单里面有两个人和木胜制药案有关，涉嫌数据作假，这两个人，也参与过四年前的项目。”陆博远喝了一口豆浆，皱着眉头看着方永年和自家女儿一模一样的吃油条姿势。

每次看到这种画面，他的心情都会莫名地不爽。

“就算你不把那份名单给我，我自己也能查出来。”因为不爽，陆博远后面的话听起来有点赌气。

他最终还是决定要去了解真相。

那段被他有意无意视而不见粉饰太平的真相。

方永年看了他一眼，咬了一口油条。

陆博远不说话了，泄愤似的拽起了陆一心过分宽大的袖子：“你吃东西能不能有点姑娘的样子，袖子都泡在豆浆里了！”

一大早被捯饬过的方永年美到的陆一心一脸蒙。

知道陆博远是在泄愤的方永年无语。

“我过两天要出远门。”方永年咳嗽了一声。

这丫头被她爹这样一吼，脸都鼓成了包子。应该挺伤自尊的，尤其是在他面前。

他不着痕迹地转移了话题，看都没看陆一心一眼。

“去哪儿？”陆博远果然把注意力从女儿那边移了过来。

方永年搅拌了下豆浆，解释得简单：“我查到刘玉芳的下落了。”

陆博远愣了下：“王达钢的老婆？”

“撞你的那个司机？”陆一心也插话。

方永年眉头微皱。

陆博远也皱着眉：“你怎么会知道那个司机的名字？”

问的是陆一心。

“我识字啊，也看了新闻。”陆一心莫名其妙。

把方永年弄成这样的人，她不可能连名字都不知道的，她甚至还去互联网上查过这个人，可惜这个名字太大众化，结果什么都没有。

“大人的事情你以后少管。”方永年的脸也冷了下来。

陆一心嚼着油条不说话。

他有一阵子没用这句万能金句了。

她的年纪真的是随他们高兴反复不定，需要她懂事的时候就会告诉她她长大了，需要她不要多管闲事的时候，就会干脆地当她是小孩：“大人的事小孩别管。”

都是大猪蹄子。

陆博远咳嗽了一声。

想要教训女儿的时候被方永年“截和”了，这种感觉，不得不说，真的很微妙。

“你怎么找到她的？”陆博远只能转移话题。

他觉得他可能想多了，他总觉得方永年和他女儿之间，有种外人插不进去的奇怪氛围。

更奇怪的是，他好像就是这个外人。

“花钱，托人。”方永年回答得极其简单欠揍。

事实上，等他有精力去找刘玉芳这个关键人物的时候，刘玉芳已经改嫁换了生活的地方。

中国很大，要找一个隐姓埋名的普通中年妇女犹如大海捞针。

他真的花了不少钱，找了整整三年多。

陆博远被噎住了，有个有钱的女朋友真的挺了不起的，尤其这人脸皮还那么厚。

“你年纪也不小了，如果感情稳定的话，就早点定下来吧。”陆博远用的是师兄的语气。

他们之前相处的时候，陆博远最习惯用的语气。

隔了四年，沧海桑田，再次用回来，仍然觉得熟悉。

他总有一天，会死在心软上。

方永年在心底叹了口气，含糊地回了一句：“再说吧。”

豆浆油条不再甜美，他放下了筷子，坐在他对面的陆一心正用一脸“你就撒谎吧”的表情虎视眈眈地看着他。

方永年又重新拿起了筷子，掩饰性地喝了一口甜豆浆。

他忘记陆一心这茬了……

复杂的心情又再一次被陆一心苦大仇深的表情打断，他食不知味地吃光了自己那份早餐，觉得胃撑得慌。

“今天一心不用去学校，你一会儿带她去药房吧。”陆博远也吃完了早饭，交代得完全不见外，“省得她一个人在家又跑去吃快餐。”

在他的认知里，方永年是从来不会拒绝照顾陆一心的。

甚至在病房里，方永年因为少了一条腿脾气暴戾的时候，也从来没有对陆一心发过火。

他们两个人缘分特殊，如果不是因为四年前那场事故，陆博远是真的把方永年当弟弟看的。

现在既然把话都说开了，他也很快地找回了当年让方永年当保姆的感觉。

“你们两个中午点点有营养的东西。”他走得挺放心，风风火火的，擦了个嘴带上包就走了。

留下了方永年和陆一心，安静地面面相觑。

似曾相识的场景，八年前在华亭，同样的三个人。

陆一心捧着豆浆对方永年眨眨眼，笑出了声。

方永年摇摇头，嘴角却仍然悄悄地扬了起来。

“你跟我爸和好了吗？”陆一心吃完了最后一口糯米饭，满足地拍拍手。

在厨房洗碗顺手把之前好几天的碗一起洗掉的方永年没说话，也没点头。

陆一心探头探脑地看了他一会儿：“你新发型好帅。”

她感叹，从他从卫生间出来的那一刻开始就一直在做的感叹，刚才她爸爸在，她一直压在心里的感叹。

方永年洗碗的手一滑，差点把碗丢到她头上。

避嫌。

这两个字最近都快被他念成心经。

“你和我爸爸一起查，应该会比你一个人查快很多。”她蹲在厨房门口，仰着头看着方永年。

阳光照在方永年的脸上，他的嘴唇微微抿着，嘴角向下。

她记得他以前不说话抿着嘴的时候，嘴角会有一个向上的弧度，那时候看起来会有少年感。

而现在，他这张脸虽然仍然有以前的轮廓，但是冷了太多，满满的距离感。

她维持着蹲着的姿势，往前挪了两步。

“方永年。”她喊他的名字，用蹲着的姿势。

方永年举着满是洗洁精的手，考虑是不是要把她丢出去。

“你真的一点点都不喜欢我吗？”少女对他的冷脸视若无睹。

在人前，她的避嫌让他胆战心惊，只有两个人的时候，她的放肆又让他心惊胆战。

明明小小的一只，战斗力强得他根本无法忽略。

“不喜欢。”他都不知道应该怎么回答她这个问题，只能选个最强烈的拒绝。

“哦。”陆一心耸耸肩。

“没关系。”她又往前挪了两步，几乎要贴着他家厨房的柜门。

那你问个屁。

方永年用尽三十几年的涵养，才把这句粗话咽下去。

“我想好大学志愿要填什么了。”她把脑袋靠在柜门上，一点不觉得现在这样她蹲着他站着的姿势有多奇怪。

方永年低头看了她一眼。

“我想考气象学。”陆一心仰着头，“和我妈妈一样。”

方永年微微有点意外，冲干净了手上的洗洁精，应了一声：“挺好。”

有梦想，挺好。

“我是听我爸爸提到才知道，那个时候……”陆一心似乎想要想个好一点的词，安静了半秒钟，“在下雷阵雨。”

方永年关水，皱眉，低头看她。

“所以你每年春夏雷雨多发的时候，就特别容易发作，身体也会特别差。”陆一心还是蹲在那里。

方永年开始觉得不安。

“我想考气象学，这样以后雷雨来之前，我都可以提前告诉你。”陆一心笑眯眯的，一双圆眼睛满足地眯成了半圆。

她妈妈说，要找到能让她心甘情愿付出的喜欢。

方永年，是她心甘情愿愿意付出一切的喜欢。

所以她想要能为他多做一点，任何事，都可以。

方永年皱着眉，慢吞吞地擦干手。

他在思考应该怎么说。

“你先站起来。”他靠着柜门，“你知道我蹲不下来。”

八年前第一次见面，他弯着腰想要和这个小姑娘平视，八年后，那个小女孩，却变得越来越爱在他面前蹲着。

她喜欢仰头看他。

因为他在床上躺着的那段时间太长，等他能站起来之后，他就发现，她喜欢仰着头看他。

“你的大学志愿，不应该和我有任何关系。”他看着站起来后的陆一心，比他矮了一大截，小小的，穿着暗红色的宽大毛衣。

美好的、亭亭玉立的小姑娘。

阳光照进来，她的脸上甚至还有细细的绒毛。

黄毛丫头。

“我不想承担，也承担不了。”他温和地用最残忍的方式拒绝。

陆一心所有的情绪都写在脸上。

厨房里光照很好，所以方永年能看到自己说完了那句话之后，陆一心迅速敛下的眉眼。

她的眼瞳颜色不深，敛下眉眼后眼瞳的颜色因为阴影迅速地黯淡了下去，可也只是短短的半秒钟她就又抬起头，刚才那一瞬间的失落消失得无影无踪。

“虐妻一时爽，追妻火葬场。”她咬牙切齿。

这句话的字面意思为什么让人那么困惑?

“你听不懂。”陆一心挥挥手，还挺惆怅。

方永年会拒绝她，她早就知道，只是没想到他拒绝起来那么扎心。

何必呢，跟她说一句“你别考了”不就好了，反正不管他怎么说，她都没打算听。

用“承担不了”这样的说辞，是真的有点伤心。

就像他上次说他会累一样……

所以她离开厨房的时候狠狠地瞪了方永年一眼。

“我要不要考气象学关你什么事！”她撂下狠话，穿着拖鞋走路“吧嗒吧嗒”。

才不需要你来承担!

方永年一声不吭地靠在橱柜门边，还在木着脸回味刚才陆一心说的那句五言绝句。

说真的，他被震撼到了。

陆一心的横冲直撞勇往直前让他无所适从，这明明就是件荒唐到说出来都会觉得丢脸的事情，可她做起来，太堂堂正正了。

堂堂正正到他偶尔也会被她拉到她喜欢他的情景里，偶尔会觉得，喜欢这件事无论如何都是美好的，陆一心喜欢他这件事本身就不应该太狼狈。

他在厨房里自顾自地苦笑，把刚才被陆博远打开的窗户重新关好，拉上窗帘。

遮住了阳光，让一切回归原样。

“去药房吧。”他平静得像是什么事都没有发生，只是绝口不再提陆一心的理想。

现在想起来，那一天其实是很普通的一天。

一大早吃了陆博远排队买来的豆浆油条，两个人的时候，陆一心对方永年进行了一波日常告白。

走着去药房的路上，方永年用随身带的猫粮喂了几只常年在这里等投喂的流浪猫。

那天的阳光不错，久违的蓝天，春风轻拂，空气中还有泥土和野花的香味。

那个时候，陆一心根本没想到那么日常的一天，会在她的成长回忆里定格。

那几个小区大妈们来药房的时候临近中午，陆一心当时正咬着笔杆子纠结英语语法，方永年低着头在看书，因为刚刚剪了头发，再也没有头发遮住脸，看起来赏心悦目。

药房里欢迎光临的叮咚声响起，陆一心叼着笔杆子抬头。

很普通的几个中年大妈，看起来对药房也很熟，用禾城当地方言在研究方永年他们刚刚进的新款血压仪。

“这款有没有用的呀？”大妈甲扬着嗓子问。

“和您上次买的那款差不多。”方永年一如既往地微笑着不做生意，“太贵了，你们每天定时来店里量也可以。”

“我就跟你说这家药房的小伙子特别实诚。”大妈甲用方言低声和其他几个大妈聊天，语气很骄傲，“每天过来免费量血压也不会推销那些乱七八糟的药给你。”

陆一心是禾城人，听到这话嘴角扬了起来，心情挺好。

“有没有女朋友的呀？”大妈们仗着小伙子是外地人，说方言的时候并不避着他，“长得挺俊的。”

陆一心悄悄地看方永年。

方永年拿着本书不动如山，充耳未闻。

她知道他听得懂禾城土话，只是从来不说而已。

大妈甲看了方永年一眼，然后拉拉那个问他有没有女朋友的大妈的衣服，指了指自己的右腿。

几个人围在一起，窃窃私语：

“他那条腿好像有问题的。”

“什么问题？”

“我没见过，但是隔壁老三家的媳妇跟我说，她上次想要介绍女孩子给他，他说他装的是义肢。”

“什么叫作义肢？”

“就是假的腿啦，他缺了条腿的。”

大妈们的窃窃私语瞬间就因为这句话变大了。

“要死了，怎么那么吓人的啦！”

“根本看不出来啊！”

“我就说这小伙子怎么经常坐着，很少看他站着。”

“真的假的呀，我还看到他开车呢。”

“残疾人车吧，这种东西老三家媳妇肯定不会乱说的。”

陆一心拽着英语试卷，一言不发。

这种情况不是没有发生过，老式小区周围的邻居都是认识几十年的，有个外地人住进来她们都能在几天之内摸清楚人家祖宗八代，更何况是像方永年这样来小区开药房的单身外地人。

这种毫不顾忌的窃窃私语，几乎每个月都会发生一次。

方永年就一直都像现在这样，假装听不懂，假装听不见，眉梢嘴角都不会动一下。

他这四年，不知道听过多少次这样的话，所以他现在甚至能够很平静地告诉所有人：我少了一条腿，我用的是义肢。

但是，陆一心没有。

她没有办法习惯，每一次听到都忍不住想要开口辩驳。

关你们什么事?

跟你们有什么关系?

“要买什么药啦？”她突然开口，用的方言。

方永年看了她一眼，压下了嘴边的叹息，低下头继续看书。

阻止不了的事，他从来不会去阻止。所以他残疾以后，很少再回老家，因为他忍得了的事，身边的亲人不见得能忍得了。

几个讨论得热火朝天的大妈被她吓了一跳，拍拍胸口。

“吓死我了。”大妈甲用普通话夸张地喊了一声，“我们又不是来买药的，来测血压的啦！”

她没料到坐在这里的小姑娘也是禾城人，那一瞬间有种被人逮到后的狼狈。

陆一心成功地打断了她们的议论，不再说话，低头继续做她的英文试卷。

她被锻炼了两年，深知闲言碎语不能较真，一旦较真，气死的那个人是自己。

“那姑娘是谁啊？”大妈乙对刚才的话题意犹未尽，“他女儿？”

消息很灵通的大妈甲又开始拉人的衣服。

方永年这次没看书了，抬头想催促她们要是想要量血压就快一点，刚刚合上书页，瞥到陆一心有点红的耳朵根，突然一顿。

他莫名地想起了今天早上在厨房里，陆一心蹲在那里看他的眼神，她说她要考气象学，她说这样她就可以在每个雷阵雨到来之前告诉他了。

他想起了她的勇往直前堂堂正正。

他重新翻开了书本，低下了头，再一次一言不发。

“好像是他侄女。”大妈甲从方言换成了普通话，还笑着问方永年，“是不是啊？”

“不是，是我学长的女儿。”方永年微笑。

他打击不了她的堂堂正正，但是现实世界可以。

“啊？不是侄女啊？”大妈甲显然有点意外，“我看这小姑娘经常来找你的。”

她还看到这小姑娘晚上去他家里。

居然不是亲侄女吗?

方永年摩挲着书页，他习惯在药房里看专业书，每一本都是大部头，大多都不是中文版。

这本书他看了有一阵子了，书页都被摩挲得有些粗糙。

他没有看陆一心，抬头看着那位大妈。

“我们关系比较亲近。”他微笑着，礼貌的。

说的是实话。

却让陆一心的心狠狠地抖了抖。

大妈不再说话了，窃窃私语的声音都消失了，她们甚至没有继续讨论血压仪，也没有再找方永年量血压。

她们就这样急匆匆地走了，带着得到一个巨大八卦后的心满意足。

“跟上去听听。”方永年等她们走了以后才再次开口，语气慢吞吞，听不出喜怒。

陆一心拽着笔。

“去听听，就能清醒了。”方永年看着她。

他看书的时候戴着眼镜，黑色边框的眼镜，像戴着一层坚不可摧的面具。

陆一心咬着嘴唇。

“不敢了？”方永年带着笑，“早上不是还挺能的吗？”

陆一心“啪”的一声摔下笔。

“我们不是活在真空里。”方永年眉头都没皱一下，“她们说的话，就是大部分人会说的话。”

他激她：“你连听都不敢去听，那一腔孤勇就是对着我的吗？”

她知道他在激她。

但她还是放下了笔，冲出了药房门。

听就听!

她怕什么?

他们不能在一起的原因她都知道，她从来都不是不谙世事的孩子，她也经历过很多。

她怕什么？!

益民药房对面就是个小型的小区活动区，那几个从药房出来的大妈，现在就围在小区活动区的杠杆边，讨论得很热烈。

禾城的土话，说得大声，所以哪怕陆一心只是刚刚过了马路，就能听得一清二楚。

“我跟你讲我真的看到了，晚上九点多那姑娘背着书包穿着校服就到他家里去了。”大妈甲特别激动。

“哎呀，作孽啊，那姑娘还在读高中吧，她爸妈不管的吗？”

“她爸爸很少看到的，她妈妈我倒是见过，看起来很面的，估计不会教小孩。”另一个大妈咂咂嘴，正义凛然。

“亏我还一直觉得这小伙子人不错。”大妈甲气得跺脚。

“作孽啊，那么小一个姑娘。”

“他自己没了一条腿自己心里没数吗？人家小姑娘不懂，他那么大一个人也不懂吗？”

“我觉得他就是故意的吧，不是都说残疾的人心理多少都有点奇怪嘛。”

“想想也是，那么小一个姑娘带在身边，也不怕讨不到老婆了。”

“反正我以后不会到他这里买药了。”大妈甲啐了一口。

藏在树丛后面的陆一心，攥紧了拳头，站得笔挺笔挺。

言语能够杀人。

陆一心外婆还在的时候，老社区的邻居也曾经这样，私下里聚在一起，说103家的那家老人痴呆了不行了记不住人大小便失禁还会打人。

每个人都是用惋惜的语气指指点点。

十一二岁的陆一心，每次听到都会张牙舞爪地冲过去问他们关他们什么事，听到难听的，她会发了疯一样地推人家，小小一个小姑娘，披头散发凶得像一头小兽。

现在陆一心十八岁了，她听到了更恶意的、更无法辩解的闲言碎语。

她只能站在那里，学着方永年，挺直着背，一动不动。

那些她无法辩解的话，像淬了毒的钝刀，割得她不知所措。

所以方永年说，他承担不了，所以他说，他会累。

大妈们虽然嘴碎，但她们说的那些话，是大部分旁观者的立场，只要事不关己，这种事情，也不过是碎嘴的一个谈资而已。

以后看到这个药房，她们可能会说，啊，就是那个瘸腿的男的开的那家店啊，他不是还跟个小姑娘搞七捻三嘛。

这会变成旁观者对益民药房的一个标签，说得久了，甚至会变成一个中性的词，不管这件事是否真实，也不管当事人的心情如何，这件事，会在很多他们甚至都不认识的人中间，变成真实。

因为她外婆因为方永年，她比同龄人更了解闲言碎语的杀伤力，也比同龄人更加理解，方永年让她追出来听这些话的原因。

她就是一腔孤勇。

她的喜欢，只有她一个人觉得美好。

“去吃饭吧。”方永年关了店门，在陆一心身后站了一会儿。

波澜不惊，仿佛完全没听到那些大妈的话，哪怕那些大妈的声音已经大到不用过马路就能听得清清楚楚。

他再也没提这件事，也再也没有纠结避嫌不避嫌的问题。

他像一个合格的长辈，给予陆一心致命一击之后，给她留了喘息和思考的空间，不再给她难堪，也不再逼她面对现实。

他看着原来高高兴兴的小姑娘现在低着头一粒粒数着米饭吃饭的样子，也慢慢地没有了食欲。

成长需要代价，这一点，他一直到二十八岁车祸之后才清楚地认识到。

陆一心的成长肯定不会那么惨烈，但也不可能真的像他希望的那样一成不变永远简单。

他到底还是狠下心给她上了一课。

他不觉得自己做错了，却仍然像个操心的老父亲一样，给她盛了一碗鱼汤。

他永远都是她的方叔叔。

也永远都会乐意投喂她各种各样的美食，只要她愿意。

时光仿佛回到了四年前，方永年车祸前。

陆博远从华亭市回来之后就变得很沉默，经常整夜整夜地在他的小书房里抽烟。

他又开始把方永年挂在嘴边，经常出现在方永年的药房里，不管郑飞的冷嘲热讽，拉着方永年在书房里一聊就是半天。

他表现得仿佛这四年多几近仇视的隔阂都不复存在，他在方永年面前永年长永年后，陆一心看到他甚至开始查义肢的禁忌和保养。

他终于在方永年车祸四年后，做回了师兄的样子。

而方永年，在打击完陆一心之后，出了一趟远门。

出去了整整半个月，要不是陆博远一直坚持着和他每天电话，陆一心几乎失去了方永年的所有消息。

那天之后，她再也不敢给方永年发微信，甚至连那本化学五星级题库难题解析也再也没有拿出来过。

她上交了志愿意向表，上面的大学志愿填的仍然是气象学，原因却写得很高大上。她说，她想做个像她妈妈一样厉害的人。

刘米青很激动，打视频电话的时候好几次红了眼眶。

陆一心很淡定，她突然就像个好好读书的高二生，那天的打击，她甚至都没有告诉郑然然。

方永年太了解她。

那天的闲言碎语，如果只是针对她的，说她不懂事说她不检点甚至说她不要脸，她都能挺着腰怼回去，她甚至可以用一点不停顿的方言，吼得那帮闲得没事干的大妈哑口无言。

但是那一天，不是针对她的。

她们大部分的指责，都是针对方永年的。

因为她们觉得她还不懂事，所以所有的责难都推到了懂事的那个人身上。

因为年纪大，因为瘸了一条腿，所以他在她的单方面喜欢下都变成了让人啐口痰那样的存在。

她无法容忍。

她还太小，小得连她的命运都无法自己掌握，小得连那些对方永年的责难都没有立场辩驳。

所以她沉默了。

喜欢当然是喜欢的。

但是这一次，她开始思考自己的喜欢，是不是真的是美好的。

找不到答案的她，开始认认真真地看书，她甚至一本正经地跟隔壁班的混世魔王讲道理：学生不读书，还能干什么。

郑然然最近很喜欢摸陆一心的头，觉得她乖巧得像只小动物，受伤之后回到自己窝里舔舐伤口，在自己的小窝里觉得不甘心，还会偶尔呜咽咆哮两声。

陆一心，终于开始成长。

因为她无法忍受那个胖墩墩的大妈对着药房啐了一口的表情和眼神。

她这一辈子，都不会允许有人用这样的眼神看方永年。

她更加不会允许，让人用这样的眼神看方永年的罪魁祸首，是她。

方永年回禾城的那一天，陆一心正好第二次月考放榜，成绩直线上升到了年级前三十，班主任特意打电话给刘米青夸了半天，陆博远一整天都心花怒放。

他又烧了他生平仅会的四个红烧菜，陆一心放学的时候还特地打电话让她带点凉菜回来，结果直到方永年到了，陆一心才姗姗来迟，两手空空。

“我不是让你带菜的吗？”陆博远傻眼，就四个菜，怎么吃？

“反正你们都只喝酒。”陆一心踢掉鞋子，表示自己不参加这个饭局，“我吃过了，先回房做作业。”

“你要是突然考个北大清华我和你妈都会被你吓死。”陆博远实在不习惯皮猴子突然变成了小绵羊。

“你呢？”陆一心在玄关站住，看着方永年问。

他气色看来还不错，没有再瘦了，头发也理得很干净清爽。

似乎那天之后，他就不再是那个需要她一天到晚老妈子一样看着的方永年了。

“我也会吓死。”方永年居然顺着陆博远的话头接了话，递给她一袋子零食，“我给你带的。”

一切回到原样。

陆一心接过零食，咧嘴，笑意却再也传不到眼里。

她再也不想叫他方叔叔了，所以这一切怎么可能回到原样。

“那我去考考看。”她笑嘻嘻地抱着那袋子零食进了房间，关上门。

“这丫头最近一阵风一阵雨的。”她听到她爸爸在外面悻悻然。

“青春期都这样。”方永年回了一句，声音不大不小。

他这趟远门出得很顺利的样子，心情好得甚至愿意和陆博远搭话了。

陆一心抱着那袋子零食，站在门口发了一会儿呆。

她爸爸还在纠结四个红烧菜待客太寒碜，在冰箱里翻腾了一圈，很大声地问陆一心，之前吃剩下的坚果放在哪儿了。

“我去买吧。”陆一心把那袋零食放到自己的宝贝柜子里，再次打开房门。

她看着陆博远和方永年。方永年也看着她，表情和眼神，都是以往的样子，一丝一毫都没有变过。

“我出去买好了。”她又说了一遍。

她去买吧，只有她知道方永年喜欢吃什么。

他出去半个月，应该很累了。

“我跟你一起去吧。”方永年突然开口。

正蹲在玄关穿球鞋的陆一心一怔。

“我要去药房放点东西。”方永年拎着箱子，说理由的时候很自然。

陆博远又翻了一遍冰箱，挥挥手：“别买太多，快点回来。”

他根本没看到他女儿的表情。

今天应该大吃一顿的，不管是因为方永年回来了，还是因为陆一心的月考成绩。

方永年没有开车。

他推着自己的行李箱走在陆一心旁边，不紧不慢，完全看不出他戴着义肢。

“我月考成绩很好。”陆一心低着头，踢着路上的小石子。

“嗯。”方永年点点头，“可以考北大清华了。”

“你……顺利吗？”陆一心换了个话题。

方永年看了陆一心一眼，点头。

他出来就是为了这件事。

“车祸那件事，应该和你爸没有关系。”所以他今天对陆博远的态度好了不少。

陆一心转头看他。

“你是对的。”方永年看着她笑。

她很难得了，知道他在查她爸爸时也不哭不闹，要不是她，他和陆博远之间也不会那么快就破冰。

他自己心里很清楚，陆博远重新叫他永年，对他来说，意义重大。

她一直很懂事，就算他用那么直接的方式打击她，成绩也没有下降。

“我给你带了麻薯。”他微笑，“那边的麻薯味道不错。”

陆一心点点头。

脚下的那个小石子差点被她踢到方永年这边，她用了点力，把那颗石子踢开，很长的一条抛物线。

“方永年。”她低着头喊他的名字，不去看他，就知道他一定又皱起了眉头。

“我还是决定要读气象学。”她还是低着头，“不改了，因为我爸妈很高兴。”

不完全是因为你，所以你，不用承担。

“我会好好读书。”她笑，“认真学习以后发现学习也不是特别难，郑然然是个学霸，很多不懂的都可以问她。

“所以……”

她像是终于下定了决心，站定，抬头。

方永年也站定。

江南四月天，路边开了很多不知名的花，粉红粉白的一片片的。

她仰着头，满脸的胶原蛋白，脸上还有细碎的绒毛。

“你愿不愿意等我？

“我好好读书，好好长大。

“等我长大了，你还没有女朋友的话，你愿不愿意等我？

“我很恶毒地希望你四十岁还没有女朋友，我想你等我。”

少女微微红着眼，红着脸，问的时候声音发着抖。

路边的花树摇曳着飘下花瓣，旋转滑落。

少女的眼睛，清澈纯粹得黑白分明。

她仍然是倔强的，不服输，有些任性，哪怕是祈求的语气，到最后那一句，仍然不自觉地变成了耍赖。

方永年微微敛下眉眼。

他还可以拒绝，还可以说不。

但可能是因为当时的春光太过灿烂，也可能是因为这趟远门让他发现当年那个项目里，起码陆博远应该是清白的。

“你先好好长大，考个好大学。”他最终，没有在这样的春光下直接说出那个不字。

等你长大了，视野宽了，也就不会觉得他这样一个三十多岁的瘸子是值得喜欢的对象了。

可是少女的眼眸却瞬间亮了。

她像是八年前第一次见到他那样，把大人一句未尽的话直接翻译成自己想要的样子。

“那就行！”她笑了，头发上飘落了一片粉色的花瓣。

“你想吃什么？”她又开始叽叽喳喳，“王阿姨家里的青团子上市了，我上次吃了个酱肉的觉得太咸了，不过玫瑰豆沙的还是很好吃。”

“小区的流浪猫又多了两只，不知道从哪里跑过来的，都是公的，都还没绝育。”她想到什么说什么，“有一只特别胖，比小区那只大橘还胖。”

她还是以前那个样子，话多到让人头痛，所有的心事都写在脸上，积极向上有感染力。

只是，从此以后，再也不叫他方叔叔。

那天之后，陆一心开始经常在当地新闻里看到木胜制药案，说的大多是和上市有关的专有名词，她大部分都没听懂，只是大概听懂了里面的人为了上市假造了很多数据，其中有几个涉案人员曾经是当年那个失败的阿尔兹海默项目里的成员。

是惯犯，也是陆博远和方永年的旧识。

陆博远更加频繁地往返华亭市，每次出去，都会很顺手地把陆一心丢给方永年。

只是陆一心并没有想象中的欣喜若狂，因为她发现不管是她爸爸还是方永年，最近都变得越来越沉默，经常盯着邮件发呆，每天抽很多的烟。

“今天第二包了！”陆一心拽着收银台，阻止方永年往里面丢钱，“你要是馋了我有糖，我还买了薄荷糖！”

方永年无奈。

他到底还是拿走了陆一心手里那一把薄荷糖，丢到嘴里嚼得咬牙切齿。

事到如今，他已经有点不敢再查下去了。

找到刘玉芳让他这么多年的调查有了突破口，可是这个突破口突破后会发生什么，连他这个自以为已经死了一次的人都开始觉得害怕。

他这趟远门，并不是一趟愉快的经历，舟车劳顿好不容易到达那个偏僻的小镇，那个他找了三年多的刘玉芳在听到他提到王达钢的时候，整个人都有些癫狂。

“他不止拿了那些钱！”刘玉芳枯瘦的手拽着方永年，“我以为那个人给我的钱就已经是全部了，但是现在想想肯定不止！”

方永年没说话。

刘玉芳再嫁了，嫁给了一个年纪比她大很多的鳏夫，那个鳏夫婚后不知道为什么突然沾上了赌博，赌光了祖产，欠了很多赌债，这几年为了躲债，在同一个地方住不会超过半年。

这些都是俞含枫那边在找刘玉芳的时候查到的资料。

俞含枫还提醒他，她怀疑刘玉芳再嫁的老公染上赌瘾，也是有人预谋的。

“设局的可能性很大，为的可能就是让她没有精力再去找那个指使她改笔录的人，也可能是为了给我们找她增加难度。”俞含枫这个人做生意的时候也会用一些非常手段，所以对这样的方式很熟悉。

方永年看着明明只有四十多岁却像老妪的刘玉芳，他们现在住的地方是租的，西北边陲小镇郊区的破房子，一个单间，用塑料布加马桶围出了一个卫生间，房间里只有一扇小窗户，一进屋子，一股恶臭加异味就扑鼻而来，呛得方永年咳嗽了一声。

这个老妪是当初那起交通事故没有继续深查下去的关键，因为她修改了口述记录，一口咬定王达钢出门的时候因重感冒吃了过量的感冒药，再加上尸检结果，整个事故很顺利地就判定了事故责任人，事故保险金下来的速度也特别快。

“你当时给我打过电话，问我有没有收到过钱。”方永年坐在暗无天日的单间里，手上用了点力，抽出了被刘玉芳拽着的手。

刘玉芳愣了一下。

过去四年，她过得非常糟糕，还算不错的老公死了，家庭没了，重新找了个男人看上的就是他老实巴交的个性和还算丰厚的祖产家底，结果婚前老实巴交的男人婚后一夜之间变成了赌鬼，他们所有的钱都输光了，剩下的就是永无止境的躲债。

她已经快要忘记四年前车祸后，她到底做了些什么。

“是什么钱？”方永年追问。

刘玉芳的嘴巴嚅动了两下。

“我……找错人了。”她说得含含糊糊的，“我以为你是另外一个人。”

方永年拧眉。

刘玉芳看了方永年一眼，低下头，稀稀拉拉的灰白头发遮住她的表情。

最开始听到王达钢这个名字的激动过去后，她话就变得少了，说一句藏三句。

方永年变戏法一样地从风衣里面的口袋里掏出了一沓人民币，很整齐的一沓。

“这是一万块钱。”他放到茶几上，“你把你知道的都说出来，这钱就是你的。”

刘玉芳迅速抬头，已经混浊的眼睛盯着方永年看了半天，咧嘴：“我当年拿的比这个多好几倍。”

钱太少了，她好不容易遇到个有钱的，一定要一次性要个够，足够她卷着铺盖离开她的男人到另外一个地方重新生活。

“你拿钱改了笔录。”方永年不紧不慢，“妨害司法罪是要判刑的。”

刘玉芳的瞳孔迅速地缩了一下。

“刚才进来的时候你跟我说他不止拿了那些钱，四年前车祸后，你在电话里问我有没有收到这些钱。”方永年看着刘玉芳的眼睛，“这都是证据，我都录了音。”

“这钱不算少。”他上身前倾靠近刘玉芳，“我只要知道车祸后到底发生了什么。”

刘玉芳紧抿着嘴。

方永年不再说话，手指在那一沓人民币上一下一下地敲。

“我不知道什么笔录。”刘玉芳梗着脖子，“那个钱他们跟我说是达钢的辛苦钱，跟什么妨害司法没有关系。”

方永年歪了歪头。

“是吗？”他惯常的慢吞吞的语气，如果陆一心在现场，应该能马上发现他已经不耐烦了。

“那告辞了。”他站起身，把那沓钱拿起来重新塞回风衣里。

刘玉芳半张着嘴。

“你那点消息不值这个钱。”方永年竖了竖风衣领子，打算出门。

他是真的打算走的，一开始来的时候也没指望刘玉芳会马上开口，如果她不肯开口，他是打算回去查另外一条线的，那条当年骗刘玉芳现在的老公进入赌局的线，挖一挖，也能挖到东西。

他只要知道刘玉芳当年确实是收了钱，就够了。

收了钱，代表当年的车祸不是意外，代表他当初看到的，不是幻觉。

刘玉芳就这样半张着嘴看着他，她在用她少得可怜的经验判断，这个男人到底是不是在虚张声势。

他站起来得毫不犹豫，转身的时候看都没看她一眼。

那一沓钱，鲜红的颜色，让她心里猫抓一样难受。

“我本来是想给一个叫作葛文耀的人打电话的。”她在方永年推开那扇门的时候，再也忍不住。

方永年脚步一顿，回头。

“达钢那天出车的时候没有带手机，有一个叫葛文耀的人在他出车后找过他，那个电话是我接的。”

像是怕方永年真的就走了，她说得急急忙忙的。

“葛文耀在电话里问我，达钢今天出门的时候有没有吃感冒药。

“我当时觉得很奇怪，达钢的身体向来很好，感冒什么的从来都不吃药，所以我就说没有。

“后来达钢出事了，我在录笔录的时候，警察又问我，他出车前有没有吃过什么药，我当时什么都不知道，所以也说没有。”

刘玉芳喘了口气。

“我不知道什么是改笔录，就是那天我回去之后，有个人来找我，给了我五万块钱，然后告诉我，达钢出车前确实吃了感冒药，他还给了我一个空药盒子。”

方永年声音冰冷：“所以你就去改了笔录？”

五万块钱，买了四条人命和一条人腿。

刘玉芳点头。

“那不算是改笔录啊，那个人说达钢确实是吃了感冒药的。我后面还问了达钢的那个老乡，他也说是没关系的。”

她还想辩解，可方永年却已经不想再听了。

“那为什么要给我打电话？”他打断刘玉芳的辩解。

刘玉芳犹豫了下。

方永年站着没动。

“改了笔录后，我想来想去觉得有点不对，但是又说不上来到底哪里不对，所以就想找之前最早给我打电话问我达钢有没有吃感冒药的人问问。可是那个电话打不通了。”

刘玉芳混浊的眼睛眯了眯，低头无意识地开始把玩自己的衣服下摆。

“他们告诉我车祸死了四个人，你是唯一一个生还者，我就以为……”

她不再说话，她以为，活下来的那个人是葛文耀。

“你的电话是我在车祸登记资料里面找到的，当时我没带手机，所以借的保安的电话。”

方永年挑眉。

她在撒谎。

她如果只是要问问，第一句话肯定不是“你有没有收到钱”。

葛文耀如果只是打电话问她感冒药的事，她根本就不可能知道葛文耀也会上车。

最重要的是，为什么她会认为给她打过电话的那个人，才应该是活下来的那个人？

“王达钢收到过其他钱？”方永年沉默了一秒，突然开口。

刘玉芳突然抬头，被岁月摧残得满是皱纹的脸，在那一瞬间居然有些狰狞。

“王达钢还收到过其他的钱，所以你才会给我打电话。”方永年又说了一次，这一次，改成了陈述句。

这个刘玉芳，知道的东西远比她说出来的多。

四年来第一次，他离真相变得只有一步之遥。

刘玉芳的嘴唇开始神经质地颤抖。

方永年仍然站着，在这个狭小的单间里面，居高临下地看着她。

“那场车祸死了四个人，其中有一个是你前夫。”他语速仍然不快，可是说出口的每个字，都让刘玉芳越缩越小。

方永年低低地笑了一声。

这四年，他调查到了很多东西，每一件都丑陋得让他意外。

他以为他已经看破了，可是每一次他都会发现，人性的恶，根本没有底线。

他从来没有怀疑过刘玉芳。

就像陆博远说的，刘玉芳是个没什么文化的普通女人，在整个案子里，唯一的存在感就是前后不一致的两份笔录。

他之前一直猜测，刘玉芳应该是收了让她改笔录的钱，至于为什么要改笔录，改了以后会发生什么，她应该是不知情的。

毕竟当年他在医院里接的那个电话里刘玉芳哭的样子，他真的觉得是真心的。

结果……她居然是知情的。

她居然是事先知道那场车祸会发生的。

一万块钱对于她来说，确实是少了。

刘玉芳一动不动，缩在塑料方凳上，除了颤动的手指和嘴唇，她看起来就像是个苍老得掉了色的雕像。

方永年紧紧地盯着她，用了四年时间都没有彻底习惯的义肢接口处很痛，他甚至无法分辨这是幻肢痛还是真实地卡住了。

他的嘴角微微扬起，眼底却越来越冰凉。

“葛文耀给你打电话的时候，你就已经知道王达钢这一趟会出事。

“你没有报警，也没有想办法通知王达钢。

“为什么？”

这明明是一场可以阻止的灾难！

刘玉芳动了一下，一点点地抬起头，张了张嘴，却没有发出任何声音。

“我……”她又张了张嘴，这次终于发出了声音，却哑得像是被人掐住了脖子，“我不知道。”

她否认，一边否认，一边发抖。

方永年没理她。

“车祸的事情，你是知情的。”很多事情，终于慢慢地清晰。

难怪只收了五万，因为她心里有鬼。

她间接害死了四条人命！

“你向陆博远打电话确认自己修改笔录没有问题之后，收了那五万块钱就想把这件事了结了，结果没想到五万块钱并不够花。

“你给我打电话已经是车祸一个多月后的事了，这一个多月时间里，你发现死去的王达钢其实也收了钱，而你并不知道这些钱都到哪里去了，所以你开始四处打听。”

她终于发现这个案子只用五万块钱是没办法打发的，所以四处找人确认自己是不是吃了亏。

所以她才会打电话给葛文耀，想要知道葛文耀是不是也收了钱。

刘玉芳的瞳孔越缩越紧，呼吸都开始变得急促。

方永年又笑了。

他终于懂了。

这么多年来的调查终于有了清晰的眉目，他的右腿痛到癫狂。

“你希望王达钢死，为什么？”他用右腿义肢踹了一脚塑料凳子，“哐当”一声巨响。

刘玉芳抖得都不像个样子。

“我……”她急得乡音都出来了，“我没有。”

方永年没说话。

“是他……是达钢他不是个男人……”她挤满了皱纹的眼睛开始酸涩，揉了揉，却没有眼泪。

大部分人遇到事情的第一反应，都是责怪别人。哪怕她其实明明有能够救他的机会，哪怕其实她也是害死她前夫的杀人者之一，她的第一个反应，也仍然是责怪别人。

“他在外面有女人！他还有个女儿！”她抖着嘴唇，再也流不出眼泪的眼眶干涩发红。

方永年看着她，一言不发。

“我事后去找过那个女人，可是她搬走了，她一定是拿到了很多钱才搬走的。”四年过去了，她仍然怨恨，恨不得那个小三去死。

不，她恨不得那个小三活着，比她还惨地活着。

“是谁给你的钱？葛文耀给你打电话的时候，都说了些什么？”方永年很冷漠。

她和小三的事，与他无关。

刘玉芳吸了口气。

“我之前并不认识葛文耀。”她混浊的眼底已经看不清楚情绪。

她并不认识葛文耀，那个时候，她正在跟王达钢闹离婚，因为王达钢把大部分的薪水都寄给了那个女人，而他们家一穷二白。

她撒泼哭闹都没有用，王达钢任打任骂一言不发，坚决不告诉她那个女人是谁。

所以接到那个电话的时候，她语气很不好，她那时候觉得所有的陌生电话，应该都是王达钢的那个狐狸精打过来的。

“他问我王达钢出门的时候有没有吃感冒药。”她回忆得断断续续，“我觉得他触霉头，就骂回去了。”

刘玉芳深呼吸：“但是他再三跟我确认，并且告诉我，如果王达钢吃了感冒药出门，这一趟就回不来了。他说话的语气不像是在开玩笑，所以我……”

刘玉芳的手又开始抖，这一次甚至连沟壑纵横的脸都开始神经质地抽搐。

“王达钢出门的时候，吃了感冒药。”这句话，她说得无比艰难，却出奇地清晰。

这个藏在她心里四年的秘密，终于被她宣之于口。

“他那天明明没有感冒，却在前一天晚上买了两盒感冒药，出门的时候吃了好几颗。

“葛文耀在电话里告诉我，王达钢如果吃了感冒药出门，那么这一趟可能就回不来了。”

葛文耀这句话或许对她造成了巨大的冲击，她重复了两次。

“我就……”

“所以你就告诉葛文耀，王达钢并没有吃感冒药。”方永年突然觉得无比疲惫。

他们都想错了。

刘玉芳第一次笔录，确实撒谎了。

因为葛文耀的那个电话，因为她在葛文耀的电话里撒了谎，所以她在出事之后的第一份笔录里下意识地撒了谎。

“王达钢他……不是人。”被戳破的刘玉芳情绪再一次失控，“他明知道他这一趟是回不来的，他明知道他就是去送死的，走的时候居然一句话都没有跟我说。”

或许，这才是刘玉芳憋了这么多年的心结，她眼底终于开始有泪。

“他一句话都没有和我说！”她凄厉地重复。

“谁给你的钱？”方永年直接打断。

他不想听她东拉西扯，也不想看她鳄鱼的眼泪，所有的辩驳都会让他的右腿变得更加疼痛难忍。

刘玉芳噎了一下。

“我不知道。”她摇头，“那五万块钱是我在家收拾王达钢衣服的时候找到的。”

所以根本没有人给她五万块钱和空药盒子。

她拿到了钱，就下意识地认为这就是王达钢的卖命钱。

“然后我接到一个电话，是用私人手机打的，他说他是警察，他觉得我今天的笔录有问题，希望我明天去公安局重新录一遍，要实话实说。”

她强调了那句实话实说。

“再后面……你就都知道了。”刘玉芳声音越来越轻，“我这样，不算是犯法。”

她第一次撒了谎，但是第二次，说的是实话。

“警察用私人手机给你打电话？”方永年皱眉。

刘玉芳点头。

或许是知道方永年并不完全相信自己，她起身，在床后面的木箱子里翻了很久，翻出来一个破破烂烂的本子。

“我也不是傻子，这件事过去几天以后我自己就琢磨过味了。”她眯着眼睛把本子递给方永年，“他的电话我记在上面了。一开始还是能打通的，但是后面我觉得不对跟他要了几次钱，这个电话就变成空号了。”

她想了一下，又说：“对了，我结婚之前还托人找过他。我一直没有找到那个小三，后来没办法了，就找了个老乡，他懂得怎么查电话号码，我就给了他几百块钱，让他帮我查查这个电话后面的注册人是谁。”

几百块钱，居然还真的查到了。

“但是我只有这个。”她给了他一连串的号码，“这是注册了那个号码的身份证号。”

她只知道这个，然后就再也无法查下去了。她结了婚，后面一桩桩的糟心事，也让她再也没有余力去管自己的前夫和那场明显有问题的车祸。

那一趟，方永年拿到了一个已经停机三年的手机号码和一个身份证号。

那个身份证号他甚至不用去查，因为是葛文耀的。

他这几年调查银行账号的时候，已经对这个号码无比熟悉。

他记下了刘玉芳的住址，并且让俞含枫给他找的那个调查员再继续跟踪他们。

刘玉芳有她要还的债，但现在他只想知道当初是谁给了她那笔钱，那个人又给了王达钢什么样的好处，让王达钢甘愿用自己的一条命去换取。

他终于证明了那场车祸，不是个意外，肇事司机在紧急关头调整方向盘，也不是他的幻觉。

刘玉芳知道陆博远，在改笔录之后还特意给陆博远打过电话，所以那个冒充警察给刘玉芳打电话的人，明显不是陆博远。

刘玉芳虽然说得含糊，但是当年她确实打过那个手机敲诈过几次，这也就解释了为什么刘玉芳现在的男人会被人设局诈赌坑钱。那个时候他已经开始调查陆博远，所以知道陆博远那段时间并没有被敲诈，也没有铺设过什么赌局。

可也绝对不可能是已经死掉的葛文耀。

葛文耀是知情人，所以他上车前再三确认王达钢那一天到底有没有吃感冒药，结果因为刘玉芳的肯定，他把自己的命也搭了进去。

阴错阳差，那场本来可以避免的车祸，最终还是酿成了惨案。

再后面的线索，就变得好查了。

葛文耀是知情人，顺着他和现在拿到手的那个账户名单，方永年回禾城后几天之内，就迅速地缩小范围查了好几个在那段时间和葛文耀有经济往来的人。

巧的是，那几个人除了木胜制药案抓进去的两个，还有四个人，这四个人，在牢里一个，缓刑三个，都和数据造假有关。

和木胜制药案的那两个人一样，都是惯犯。

他们当年立项的时候，立项数据绝对有问题。

方永年嘴里的薄荷糖味道越来越苦。

那个项目，是老教授一手牵起来的，前期数据，是老教授负责的。

那个为了他的论文，家里独子发烧都一整夜没有回家的老教授。

那个曾经被他当成人生目标，在事发之后仍然相信他，让他感动得在医院里偷偷地哭出声的人。

他尊敬过，也珍重过的人。

第六章 他的劫难，他的前半生，终于可以画一个句点

方永年已经在吃第七颗薄荷糖了。

陆一心两手托着腮帮子，数得百无聊赖。

“薄荷糖吃多了会口腔黏膜角化过度。”她幽幽地说。

方永年拆第八颗糖的动作停住，一言难尽地看了她一眼。

这话是他说的，因为陆一心当年吃薄荷糖上瘾，一天可以吃掉三包100g一包的薄荷糖，他为了吓唬她让她戒掉的时候说的。

孩子长大了最可怕的一件事就是，她记得你当年教训她的每一句话，然后原封未动地用来教训你。

“你很烦吗？”陆一心问完又自问自答，“应该很烦，我爸爸最近经常整晚整晚地抽烟，我都怕他会猝死。”

方永年：“……”

他对陆博远仍然有些别扭，他知道这大概是因为幼稚——他对陆博远这么多年来对他的横眉冷对心存怨恨。

当初立项的时候，他是真的把陆博远当成家人的，结果这个家人遇到事情的时候不但没有站在他这边，甚至连一句话都没有为自己说过。

这种幼稚心思无法宣之于口，于是只能藏在心里暗戳戳地翻腾着，听到陆一心说陆博远整晚整晚地抽烟，他内心居然觉得舒服。

原来大家都一样。

如果这事真的和吴教授有关系，他倒是想看看陆博远会怎么处理。

毕竟吴教授和陆博远的关系远远比和他亲密。

他把桌子上那堆糖纸拢成一团丢到垃圾桶里，问陆一心：“你爸今天晚上会不会回来？”

陆博远又去了华亭市，这次去由他帮忙牵线联系上了俞含枫，俞含枫借给陆博远一整个查账小组。

陆博远还真的不靠他的那份名单，锁定了几个他名单里的人。

当初的视而不见现在回想起来，终于觉得处处都有问题。

“应该会。”陆一心坐没坐相地窝在凳子上。

“作业都做完了？”方永年抽出她的作业本。

她居然还真的说到做到了，最近学习成绩很稳，也再也不问他那些知识点很偏的化学题了。

她本来就不笨，以前只是懒加上喜欢要小聪明，打基础的时候大多都用来梦游了，现在系统地抓一抓，方永年发现她其实还是遗传到陆博远和刘米青的智商的。

就是写的字……实在是丑。

陆一心趴在桌子上抻长了脖子往前拱。

方永年身上有淡淡的烟味，他低着头蹙着眉一题一题地检查她的作业，并没有看到陆一心正越靠越近。

“你什么时候开始练练字？”一个“厚”字辨认了半天终于认出来之后，方永年抬头。

少女的脸近在咫尺，眼睛亮晶晶地盯着他。

方永年：“……”

他非常不着痕迹地，把自己那声差点被她吓出来的喘息给咽回去，然后坐在椅子上往后退了半米。

“你的字太丑了。”他看起来很镇定。

“哦！”陆一心吓人成功，重新拱回到座位上，圆眼睛笑眯成了一条线。

“我会揍你。”方永年仍然很镇定。

吓死他了。

“哦！”陆一心笑得更加猖狂。

方永年横了她一眼，紧锁了一下午的眉头却松开了。

“走吧。”查完她最后一本作业本，方永年锁上收银台，站起身。

正窝在椅子上看闲书的陆一心抬头，一脸问号。

方永年伸手，抽走她手里的书，面无表情地拆掉那本书的伪装书套，露出了里面花里胡哨的外皮：《爱哭学长》。

漫画……

翻开的那一页赫然是一个男人把一个女孩子逼在墙角强吻的画面。

方永年眉心一跳，又面无表情地帮她把伪装书套套回去。

“我今天要送流浪猫去结扎，提早关门。”他解释，假装自己没看到那本乱七八糟的漫画。

陆一心手忙脚乱地收拾书包。

她看闲书被方永年逮到好几次了，比这个尺度更大的都被他看到过，不过只要她作业做完了，方永年就绝对不会多说什么。

他真的是个好叔叔。

陆一心背着书包撇撇嘴。

她现在想到“叔叔”这两个字就觉得浑身难受，可是她现在只有十八，她只能做方永年的侄女。

她不能叫他方永年，不能说她喜欢他。

不然，方永年会不理她。

大人真麻烦……

陆一心蹦蹦跳跳，自己喜欢的男人，只能宠着了。

她总是会长大的。

就像郑然然说的，她的存在感那么强，方永年想忽略她，真的不太容易。

方永年来禾城两年多，除了开药房之外，做得最多的一件事，就是给流浪猫结扎。

他喜欢毛茸茸的小动物，以前因为工作原因必须要对那些实验用动物硬起心肠，现在不用再泡在实验室里了，他对这些毛茸茸小动物的喜好就变得十分明显。

他衣服里面常年放着小包装的猫粮，来到禾城后，没有和邻居大妈们搞好关系，反而和附近几家宠物医院走得很近，甚至还同几个有差不多爱好的人和医院达成了结扎协议，带上流浪猫狗过去做结扎手术的，宠物医院都只收成本价。

他在这块是真的花了心思下了功夫的。

陆一心上次只是闲聊说起了那两只没结扎的外来公猫，方永年就记在了心上，抽了个空当和宠物医院约好了时间。

方永年的身体并不允许他上蹿下跳地抓猫，但他有脑子，还愿意花钱。

刚刚走到小区门口，两个二十来岁的年轻人就递上了宠物包里的猫，赫然就是那两只外来公猫，其中一只黑白色鸳鸯眼的大胖子看到方永年，恶狠狠地龇牙。

“这只超凶的。”抓猫的年轻人心有余悸。

方永年一边转账一边笑，伸手随意地在那只宠物包上拍了拍，那只大胖子觉得自己受到了侮辱，气得号出了哭音。

“一定要结扎吗？”另一个年轻人抓猫抓出了感情，把看起来活蹦乱跳的猫送去做绝育手术，总觉得……不那么人道。

“结扎过的猫可以优先领养。”方永年转完账，给他们递了一张名片，“你们如果有兴趣，可以打电话去领养，只要条件符合，领养是无偿的。”

他说完，又拍了拍宠物包。

大胖子更气了，在狭小的宠物包里扭动了半天，把自己的头卡到包角落里，眼不见为净。

方永年笑，冲两个年轻人挥挥手。

陆一心一言不发地跟在他后面，回头的时候看到两个年轻人看着他们窃窃私语。

“为什么不跟他们解释要给流浪猫结扎的原因？”陆一心又回头，那两个年轻人还在窃窃私语，她瞪大眼，硬是把这两个人给瞪到心虚，默默地骑上自行车走人。

“随便查一查就有的东西有什么好解释的。”方永年把宠物包放在车后座，还系上了安全带。

陆一心趴在副驾驶座上看方永年又拍了拍那个大胖子的宠物包，大胖子“喵呜”一声，伸出肥爪子虚张声势。

他好像很喜欢这只猫，拍的时候眼底都是笑意。

他就是不喜欢解释，如果他愿意解释，说不定他和她爸爸的僵局就不会延续那么久了。

真是别扭的男人!

陆一心偷偷拿出手机拍了一张男人和猫。

她真喜欢这样别扭的男人。

她真喜欢方永年，从头发丝到衣服上的褶皱再到他开车的样子。

她犯了一会儿花痴，又想到了不到三点就关掉的药房门。

“你们药房这样真的能赚到钱吗？”她又开始瞎操心。

方永年正全神贯注地开车，没理她。

车后座的两只即将变成“公公”的流浪猫正在焦躁不安地呜咽，小区里幼儿园正到了放学时间，学校门口车来车往，路况复杂。

陆一心偷偷看了方永年好几眼，突然开口：“你真的要走吗？”

这个问题她憋了好久了。

方永年真的要走吗?

他已经熟悉了禾城街头巷尾的美食，他和她爸爸的关系已经破冰，他在禾城还有个药房，虽然看起来老旧破败没什么营收，但据说药房是很赚钱的，生活应该是没问题的。

他并没有什么非走不可的理由，所以，他真的要走吗?

“嗯。”方永年这次理她了。

她刚才又是花痴又是拍照的时候，他看都不看她一眼，结果她现在问了个那么伤感情的问题，他倒是配合了。

陆一心气得鼓起了腮帮子。

“那你干吗还花那么多钱去帮流浪猫结扎？”找人抓猫可不便宜，一只两百呢!

他那个破药房一盒感冒药才卖十八块钱，心情好的时候还买一送一。

“我到哪儿都可以帮流浪猫结扎。”红绿灯，方永年用手按了刹车。

他现在又那么配合地有问必答了！

陆一心鼓起来的腮帮子就没下去过。

“为什么非得要走？”少女气红了脸，一双大眼睛亮得出奇。

方永年看了她一眼，绿灯亮，他平稳地把车子开了出去，然后，半天没有声音。

陆一心也没说话。

她开始想哭，又觉得最近在方永年面前哭得太多了，倒不是丢脸的问题，郑然然告诉她，哭得太多，方永年就不震撼了。

她打算把震撼的留到最后。

如果最后方永年还是要走，她就拉住他的衣服坐在大马路上痛哭流涕。

方永年开车很稳，后面的流浪猫呜咽的声音慢慢地小了，车里面安安静静的。

“在禾城的这个药房我是有股份的。”他看着后视镜变道，“哪怕离开了，每年还是会过来几次。”

然后，没了。

陆一心半张着嘴琢磨方永年这句话的意思。

他的意思是，他哪怕走了，也会回来看看她？

就这样？！

这个没良心的要被天打五雷轰的大猪蹄子！

给公猫绝育很快，去除麻醉时间，就只是个十几分钟的小手术。

陆一心还在赌气，看到那只大胖子被麻醉后伸着舌头睁着眼睛的样子觉得好笑又不想和方永年分享，只能自己掏出手机拍了两张发给郑然然。

郑然然没回。

她叼着棒棒糖噘噘嘴，坐在宠物医院里百无聊赖地伸腿。

被她告白后的方永年，话越发少了，他还在避嫌，两个人在密闭空间的时候一直都开着门，也不再吃她吃过的东西，甚至连偶尔的肢体接触，也被他刻意地回避了。

他向来说到做到，不管她装傻充愣到什么程度，他说的不行，就是真的不行。

陆一心低头看着自己那双白色球鞋，鞋带系得歪歪扭扭。

她知道他最近心情很不好，他和她爸爸要查的东西似乎终于有了眉目，可看起来并不是一个好的眉目。

他烟瘾更重了，和她爸爸一样，眉心紧得快要能夹死苍蝇。

她一直在逗他开心，结果一不小心就被他传染了不开心。

陆一心贴着椅背又伸了伸腿，叹了口气，坐在她对面的正在挂水的金毛看了她一眼，眨巴眨巴自己的长睫毛，也跟着叹了口气。

方永年打完电话进门看到的就是这样一幕，少女和狗都一脸抑郁，扭头看他的表情眼神都一模一样，眼睛都黑黝黝的、亮晶晶的。

他都不知道是该觉得难为了狗还是难为了她。

"你爸今天晚上不回来了。"他选择无视。

对陆一心越关心，越能让她蹬鼻子上脸，而且他现在的心情，并不太想让她蹬鼻子上脸。

"我打电话叫了你们家的李阿姨，她晚上会过来陪你。"他交代，"我一会儿要去一趟华亭。"

陆一心拿下嘴里的棒棒糖，看了一眼时钟："现在去华亭？"

"吃了晚饭再过去。"方永年不打算多说，找了个离陆一心有点距离的硬凳子坐好，习惯性地敲了敲他的左腿。

陆一心手里拿着的棒棒糖一不小心被对面的金毛舔了一口，抑郁的金毛咧着狗嘴晃着尾巴打算舔第二口的时候被陆一心用手推开了脑袋。

"你不能吃！"她小声警告这位和她心情一样糟糕的哺乳动物，把棒棒糖丢到垃圾桶里，然后忧心忡忡地看着方永年。

"你……开车去吗？"她问得小心翼翼。

他毕竟行动不便，那么晚了还要上高速，高速上那么黑……

方永年低头在看手机，听到她问只是"嗯"了一声。

"不能坐高铁去吗？"她问得更加小心翼翼。

方永年抬头，挑眉："怕我少了条腿在路上出事？"

陆一心："……"

她终于发现打了电话后的方永年心情更不好了，此时此刻点头也不是摇头也不是。

挑完眉的方永年低头继续看手机："没事，我和郑飞一起去。"

陆一心很长很长地吁了口气。

"吓死我了。"她拍拍胸口，夸张地挤眉弄眼，"你黑眼圈那么大，我都担心你在路上会睡着。"

她在转移话题，避免提自己那条腿。

方永年笑笑，没有拆穿她笨拙的演技。

有些东西，介意是一辈子的事。

有些伤口，是永恒的，无法习惯，也无法忽略。

他知道自己残疾以后性格变得很乖戾，喜怒无常，敏感记仇，不讨人喜欢。

但是一个残疾人，为什么要去讨人喜欢。

像陆一心这样的善意的担心，反而是他最不知道应该怎么应对的。

他不觉得自己需要被担心。

可是少女藏不住心思，现在偷瞄他一脸心虚的样子，让他忍不住更加烦躁。

“别看了。”他抬头，皱眉。

陆一心咬着嘴唇可怜兮兮地看着他。

“再看也多不出一条腿。”他冷冷地说完，站起身，推开宠物医院的大门。

抽根烟吧，他有点失控了。

迁怒这件事做起来太下作了，一会儿还得回去哄她。

陆博远那个电话，最终还是点燃了他心里面不甘的火苗，那点在他心里燎原了四年多的火星，终于无法控制地熊熊燃烧。

陆博远被支走了，他甚至还没来得及正式开始调查那些人的资金往来，仅仅只是调出了当年那个项目的立项数据，就被支走了。

给陆博远打电话的不是老教授，而是研究所里陆博远的顶头上司，对方说所里现在有个项目在Ⅲ期关键期，需要他去做顾问，下午打的电话，要求他当天晚上就走。

陆博远在电话那头的语气，复杂到无法言喻：“我把东西都放在俞含枫这里，你来一趟吧。

“继续查，不管最后会查出什么，都继续查。

“四条人命啊，永年……”

陆博远低着头，手指头颤抖着抚摸着当初立项时候的那份立项文档，里面的每一个人名都代表了一条鲜活的生命。

“我对不起你啊……”他最后，在挂电话之前，声音打着战。

“对不起你……也对不起那个项目……”他快要泣不成声。

如果去华亭之前，陆博远还对这一切抱有侥幸，觉得这有可能只是他和方永年的多心，那么这通紧急的调任通知，打破了他最后一丝侥幸。

就像前段时间老教授让方永年进项目一样，都太巧了。

有人不想让他们查下去，当年的项目失败，当年的车祸，都是人为。

方永年颤抖着手指，点燃了一根烟。

所有人都站在他对立面的时候，他没觉得委屈。

他少了一条腿，没了工作，没了名声，他觉得自己被所有人踩到泥里，来回滚动了一圈，一身的泥臭。

那时候的他，只想把真正恶臭的人揪出来，只想告诉世人，他是被背锅的，暴戾的时候，恨不得把自己身上的那身泥臭甩得到处都是。

世界都是脏的，他又何必独醒。

他从来没觉得委屈，这或许就是命，所以他认命。

但是现在，陆博远在电话那头带着哭腔跟他道歉，对方哭着让他查下去，不管查下去会发生什么，都希望他可以查下去。

他，突然就委屈了。

他委屈得眼眶都发涩。

为什么是他?

他本来只是个每周期盼着豆腐包子，难得的节假日没什么社交只会骑着自行车四处找美食的年轻人。

他原来笃信着自己是个天才，自己的天赋和能力，一定能为人类医药史做出贡献。

为什么会是他?

靠在这个有些破旧的宠物医院门口的围墙上，右腿无知无觉，左腿酸胀疼痛，他甚至无法像个正常人一样……蹲下。

他恶狠狠地喷出烟圈，堵在心口的那些意难平，却无法跟着烟圈一起消失。

“方叔叔……”陆一心抱着自己的书包站在宠物医院门口，怯生生的，甚至逼自己重新叫出了“方叔叔”三个字。

方永年叼着烟转头，来不及掩去眼底的暴戾和不甘，站靠在墙角的他看起来像是站在世界另一端。

孤独，不安。

“我……还有糖。”她实在是不知道应该怎么道歉，只能下意识地用吃的投喂。

她从来都很避讳提到方永年的脚，那场车祸之后，她在医院里亲眼看到过他截肢后的伤口，也亲眼看到过方永年拄着拐杖站在走廊里的背影，那个背影右腿空荡荡的，他整个人，都空荡荡的。

她感觉到痛，和她的年龄相比，这样的痛她根本无法承担，所以她只能选择逃避。

可是她也明白，这样的逃避会让方永年不舒服，就像是在药房里用土话讨论方永年腿的那些中年大妈。

她像是个犯了大错的孩子，鼻子红了眼尾红了却忍着不敢哭，手心里的糖亮晶晶的，窸窸窣窣地偷偷摸摸地靠近他。

方永年又抽了一口烟，这一次，没避开陆一心。

“我这次去华亭可能需要很久。”他没有接她的糖，也没再提刚才在宠物医院里的事，“你爸爸暂时也回不来了。

“李阿姨那边我已经联系好了，这一个月的伙食费你妈妈也已经打给她了。

“晚上我会陪你吃晚饭，我走了以后记得把门窗都反锁，李阿姨没有来之前，谁敲门都不要开。”

陆一心低着头，手里的糖还举着。

她高了很多，已经快要接近他的肩膀，初二的时候他出事的那阵子，她的个子就像是有人拉着她的头往上拽那样，拔高了不少。

他对她的感情无疑是复杂的，看着她从小长到现在亭亭玉立，他偶尔会有种有女终长成的感慨和满足。

她一直站在他这一边，不管她爸爸说什么，也不管他的脾气有多阴晴不定。

她一直牢牢地黏着他，用最亲密的方式，毫不见外。

她说她喜欢他，喜欢到甚至想要等她长大后来追他。

在他一无所有四肢残缺的时候，她喜欢他，并且是真心的、热烈的。

“好好读书。”方永年看着这个他一点点用美食养大的小姑娘，舌尖压下了叹息。

好好长大，好好读书。

要子孙满堂，要在年纪很大了之后，想起她那段荒唐的告白时期，能够笑出满脸皱纹。

要幸福。

那一天，方永年没有去成华亭市。

他的车子是改造过的残疾人专用车，因为四年前的阴影，他每次上车前都会检查一下车况。

而这一次，他终于因为自己的心理阴影救了自己一命，也救了郑飞一命。

他的车子被人动过，他习惯放在仪表盘上的停车卡被挪了位置。

他几乎立刻就下了车，迅速报警并且打电话给拖车公司，送到4S店检查了之后发现他车上的刹车片被人换成了几乎快要磨没了的刹车片。

“时速超过90码就肯定会失灵。”4S店的店员擦了擦额头的冷汗。他一直以为这种事情只有在电视里才会发生，结果今天自己亲身经历了一回，对方想害的居然还是个残疾人。

太丧心病狂了。

方永年和郑飞脸色铁青。

因为报警及时，这辆车已经被警方采集过指纹，甚至还迅速地排查了当时的监控。

没有第三者指纹，停车场监控当天能照到他停车位的两个摄像头全都坏了，甚至连他车上的行车记录仪里面的存储卡都被换成了空白卡。

手段干净利落，并没有打算留下活口。

他会连夜赶往华亭市这件事只有陆博远知道，他连俞含枫这边都没有打过电话。

如果他之前没有接到过陆博远的电话，如果他不知道刘玉芳当初曾经也给陆博远打过电话，他可能真的就相信这一切都是陆博远打算杀人灭口设的局。

这种感觉太熟悉了，就像是当年那份只有他们两个人有密钥的文档。

同一个人，同样的互相陷害的方法。

这一次放过了陆博远，却没打算放过他。

他冷笑。

大概是因为，他这四年来跟条疯狗一样死咬着不放，用他哥哥在公安部门的关系，拿到了很多普通人拿不到的调查资料。

现在抓进去的那些人，和还没有抓进去的那些人，他一个都没打算放过。

他坐在公安局大厅里面无表情地打电话，告诉陆博远也告诉俞含枫。

藏在暗处的人终于按捺不住伸出了爪子，他没道理让这个爪子再缩回去。

陆一心家里变得十分热闹。

本来打算去项目组救急的陆博远回来了，还带回来一个女人，穿着白衬衫阔腿裤，半夜三点钟脸上的妆容一丝不苟。

陆一心穿着皱巴巴的睡裙打开房门，张着嘴毫无形象地打了个哈欠揉揉眼睛才认出这个女人——俞含枫。

她在新闻里看到好多次，腹诽了好多次，偷偷地骂过好多次的女人，她情敌。

不对，前情敌。

陆博远是个有事就不记得任何礼仪的人，进了门连招呼都没跟女儿打，一头栽进了书房。

俞含枫站在玄关，对着陆一心礼貌地笑了笑，伸手自我介绍："俞含枫。"

陆一心低头看着自己那件粉红色已经洗到发灰的上面缀满了胡萝卜的睡裙，拽了一下，发现那些皱褶是拽不平的。

作为见面分外眼红的情敌，她现在不单单只是完败的问题。

"我……我是陆一心。"她生涩地伸手同俞含枫对握，又拽了下睡裙，好歹把领口的胡萝卜拽平了。

俞含枫歪了歪头，笑了："嗯，我知道。"

她就是那个馋嘴的小姑娘，那个让方永年每次出差回家前都会绕远路去买土特产的小丫头。

很漂亮的小姑娘，干干净净的。

陆一心又想去拽自己的裙子，想了想这样太丢脸，自己拉住了自己的手。

"你坐……"她蹲下来给俞含枫找拖鞋，示意俞含枫进来坐。

她努力想做出小主人的样子，基于本能地想要拿回自己的主导权。

"不用了，我马上就走。"俞含枫嘴角含笑，委婉拒绝。

陆一心不动了。

俞含枫的游刃有余反衬得她特别幼小，特别可笑。

“这次来得急，没来得及给你带吃的。”俞含枫看陆博远完全没有要出来的意思，干站着挺尴尬，想同小姑娘套个近乎。

陆一心的脸唰地红了。

少女的自尊心被碎成了渣渣，她现在最讨厌的，就是把她当成孩子的大人，尤其这个大人还是她的情敌。

俞含枫和方永年在新闻上有好多合照！

她都没有和方永年拍过什么合照！

陆一心的莽劲又上来了，穿着拖鞋“吧嗒吧嗒”地去客厅给俞含枫倒了一杯水，然后从柜子里拿了一包小熊饼干。

“给你！”破罐子破摔之后就不想再装的陆一心莽得理直气壮。

不想进屋就在玄关喝水好了，俞含枫没带吃的，那她给她就好了。

强行抢回主动权的陆一心瞬间舒服了，这回真的不拽睡衣了，她拖了把椅子坐到玄关边上，开始虎视眈眈地盯着俞含枫。

俞含枫几乎要笑出来。

她因为那些腌臜事一路披星赶月地开车赶到禾城的心情，突然就好了那么一点点。

她有些明白喜欢独来独往的方永年为什么会对这个小姑娘另眼相看了。

有些人的气场，会让人放松。

陆一心就是这样的姑娘。

俞含枫左右歪歪头松了松脖子，就近拉了一把椅子，拆开那包小熊饼干，吃了一块，喝了一口水。

那水居然还兑了蜂蜜。

俞含枫眼底的笑意更浓。

她几乎是立刻就喜欢上这个别扭的丫头，伸手把那袋小熊饼干递给陆一心：“要不要？”

陆一心瞪大眼。

她觉得俞含枫脸皮有点厚，这明明是她的饼干，俞含枫现在的姿势却像是要据为己有的样子。

“要！”她抓了一把，塞进嘴里表情愤愤的。

陆博远拿了文件走出书房门的时候，看到的就是自家女儿很有待客之道地把俞含枫堵在玄关门口，一人一口地吃着小熊饼干。

陆博远：“……”

他跟俞含枫不熟，也不想在外人面前让陆一心丢脸，索性装作没看到。

“你明天不上学吧？”他眼不见为净，自己也拿了一块小熊饼干。

柠檬口味的，微甜。

“明天周日。”陆一心费劲咽下了嘴里的饼干。

她也不太明白为什么俞含枫就开始跟她较劲了，两人像在比赛谁吃饼干比较快一样，嗖嗖嗖地往嘴里塞，她没给自己倒水，噎死她了。

“你明天让李阿姨炖点鸽子汤……”陆博远想了想，挥挥手，“算了，老母鸡汤好了，放点党参，厨房柜子最上面还有你妈妈藏的藏红花，也丢进去。”

“煮好了之后你中午带到医院来。”他一边交代一边穿鞋，“多带几副碗筷，再让李阿姨炒几个菜，都清淡一点。”

陆一心一头雾水，但还是很乖巧地点头。

她才不想让外人俞含枫看到她和她爸爸天天吵架的样子呢。

“另外带一套被褥，拿两个脸盆。”陆博远是个糙汉子，皱着眉头回忆当初刘米青病倒在医院的时候，他都带了些什么东西，“多拿几个垃圾袋，哎，你拿支笔记一下。”

“哦。”陆一心一个指令一个动作。

陆博远挺满意，女儿很少有那么乖巧的时候。

“碗筷带四个人的……”他开始一点点吩咐。

“三个，我明天要赶回华亭。”一边的俞含枫插嘴。

“哦哦，好的。”陆博远迅速地改了，“充电器也带上，笔记本我拿了，你明天记得去一趟永年家里，把他的笔记本电脑也拿上。”

陆一心张着的嘴变成了“O”形。

“另外，你方叔叔喜欢吃什么东西？”陆博远挠着头。

“肉……”陆一心开始觉得哪里不对，“谁住院了？”

大半夜的，不应该回来的人回来了，还带上了俞含枫。

她开始慌了：“方永年住院了？”

俞含枫挑眉，很意外陆一心对方永年的称呼。

陆博远挥挥手：“就住几天。”

“怎……怎么了啊？今天吃完晚饭还好好的呢。”陆一心的眼眶开始红了。

不是说去华亭的吗，不是说要很长时间不回来的吗？

他今天一直留到李阿姨来了才走，走之前还检查了一遍门窗，看起来没有任何异样啊。

“就是住几天。”陆博远不想多解释，鞋子穿好了就打开大门，随意交代，“我晚上不回来了啊，你关好门窗。”

俞含枫跟在陆博远身后，扭头看了一眼快要哭出来的陆一心，若有所思。

“他没事。”她低声安慰，对陆一心眨眨眼，“只是我们不能让别人知道他没事。”

陆一心红着眼睛呆呆的。

俞含枫对陆一心竖起食指，比了个静音的手势。

陆一心吸着鼻子，看着两个大人迅速地消失在夜色里。

睡在客房的李阿姨还在打呼，俞含枫和她比赛吃的小熊饼干还留了一大半，她呆呆地坐在玄关里，把刚才陆博远急急忙忙吩咐的话过滤了一遍。

母鸡汤是大补的，一般病重的人不能吃，那么说明，应该不是病重。

她爸爸要了脸盆被褥，明显是打算去陪夜的，那么说明，方永年真的要在医院里住几天。

他最讨厌医院的。

她也最讨厌医院的。

她摸出手机，捏了半天，给方永年发了一条微信："方……永年？"

她还是叫不出叔叔两个字，发微信的时候用标点符号表达了自己的纠结。

凌晨三点十分。

方永年的微信很快就回了过来："没事，睡吧。"

陆一心眼泪瞬间流了出来，一边抽泣一边回了一句"晚安"。

哪怕，天就快要亮了。

那天晚上，很多人都一夜未眠。

俞含枫是见惯了大风大浪的女人，方永年那个电话刚刚打完她就让人去机场拦下了陆博远，顺便没收了他那个可能存在监听设备的手机。

她找人帮方永年和郑飞办了入院手续，还假造了急救手术记录，方永年的名字被挂在了ICU名单里，让陆博远亲眼见识了什么叫作有钱就能为所欲为。

"都好了。"俞含枫在病房里打了一个多小时电话，挂了之后走到方永年的病床前，"你和郑飞这几天都在病房里待着，你们几个的电话只有陆博远那个被监听了，我找人设置了一下，必要的时候这个手机可以当诱饵用。"

方永年点头，陆博远接过那个有点烫手的被监听的手机。

"你要的人都安排好了，我明天要出国，剩下的你自己来应该没问题吧？"俞含枫笑眯眯地调侃。

方永年捏着眉心，手里拿着那个说了晚安之后就再也没有动静的手机，笑笑："谢谢。"

"就当是之前那个绯闻我还你的人情。"俞含枫挥挥手，看了一眼还在盯着那个被窃听的手机看的陆博远，弯腰凑近方永年，压低声音，"我怎么觉得……"

她声音压得更低："陆家那小丫头跟你之间有点不太对劲啊？"

方永年一怔。

边上的郑飞听得清清楚楚，被自己的口水呛到，咳得惊天动地。

“你也看出来啦？”郑飞八卦兮兮，声音跟蚊子叫一样，“所以我一直说他变态。”

俞含枫挺直腰，上下打量了下半靠在床上脸色苍白的方永年，点点头：“嗯。”

这两个人真的当陆博远是死的。

这事方永年根本无从辩解，从陆一心不管不顾地开始追他的那一刻开始，他就已经预料到这个场面。

只是当着陆一心爸爸的面，还是太尴尬了。

“你不赶飞机吗？”方永年开始赶人。

“我不急。”俞含枫两手环胸挑着眉。

陆博远已经从自己手机被监听的魔幻现实里清醒了过来，此刻正一头雾水地看着他们。

“我原本以为只是一厢情愿。”俞含枫歪歪头，表情探究，“现在看起来，怎么觉得你也有点不对？”

方永年接不了话。

当着陆博远的面，他接什么都是错。

“哪里不对？”陆博远紧张兮兮的。

他深刻反省之后，开始无条件地护犊子。

方永年是他的师弟，他一手带出来的能力出众的师弟。他自私了四年，不能再这样自私下去了。

“你觉得他哪里对？”俞含枫反问，转身拿起了随身带的包，“这两天在医院里好好补补吧，都快成骷髅了。”

“我先走了。”她对着一病房的男人们挥手，不再八卦。

关上病房门前，她在门缝里看到了方永年，他身形瘦削，因为长期拧眉，五官都不再有当年有些漂亮有些害羞的样子。

她看着他入世，看着他从一个什么都不懂的书呆子慢慢地变成现在的样子，熟悉商场规则，偶尔不择手段，对那些腌臜事不再皱眉头。

他不应该在这个金钱的世界里的，她认识他的时候，他甚至是另外一个陆一心，都是能让人放松让人微笑的人。

应该快要结束了。

俞含枫的高跟鞋踩在病房走廊里，这一层是干部楼层，没什么人，走廊的灯光幽幽的，她的背影看起来强大而孤独。

她没什么朋友，方永年算是唯一的一个。

他应该回到他应该在的世界里，回到原来那样，哪怕已经残缺。

陆博远并不是个八卦的人，他的人生里除了研究就是妻女，但是此时此刻也忍不住频繁偷看方永年，一直欲言又止。

“你想问什么？”方永年被陆博远看得毛毛的。

他可能离变态越来越近了，现在他对着陆博远都会觉得心虚。

“那个俞小姐……”陆博远斟酌着，“是你的女朋友？”

他们之间的互动和他想象中的情侣互动不一样啊……虽然方永年出事后她跑上跑下连夜开车来了禾城，但是聊天的模式，实在……不太像啊。

“不是。”方永年又拿出了手机。

凌晨四点。

“你闺女还在网上。”他调出了微信页面，陆一心那个对话框里，隔几分钟就出现一次“正在输入中”。

陆博远一愣。

他这下顾不得八卦了，拿出俞含枫给他的那个没有被监控的手机，拨通了电话就是一阵号：“你皮痒了！现在都几点了还在上网？”

躺在床上摸着微信一直忐忑的陆一心一怔。

“你别以为我看不到。”陆博远对这个女儿真的是太容易上头了，“你想跟永年说什么？他在医院里，没空给你带吃的。”

方永年：“……”

陆一心：“……”

她到底给大人们什么样的印象，导致所有的人都觉得她的灵魂里只有吃？

“我……”陆一心噎了半天，反咬一口，“你们回来吵醒我我就睡不着了啊！”

她爸爸的声音听起来中气十足，心情并不差，所以，方永年应该是真的没事。

陆博远再次被自家闺女堵得不知道该怎么接话。

“我要睡了！”她更加理直气壮，“本来都快睡着了，你这个电话打过来我就更加睡不着了！”

陆博远：“……”

方永年有些同情地看了他师兄一眼，不用听只看他师兄的表情他都能猜出来陆一心大概又倒打一耙了。

养这样的闺女应该挺累的。

他觉得他师兄都快要脑梗了。

他闭上了眼，成功地避过了陆博远难得的八卦心。

和俞含枫的关系……

并不是一句两句就能解释的，记者说的医院里一见钟情都是杜撰的，他认识俞含枫，已经将近二十年。

俞含枫是俞家老爷子的私生女，算是他认识最久的朋友，她亲生母亲得了阿尔兹海默病的那段时间，大部分时候都是他在跑上跑下地帮忙，她强势进入俞家的时候就已经基本和他断了联系。

再次建立联系，是他进入那个害他少了一条腿的阿尔兹海默项目的时候，他为了能拿到更多的病人资料，主动联系了俞含枫。

所以，俞含枫知道他的一切，包括那场车祸。

她是他的资金来源，他的义肢、他投资的药房、他现在的那家公司，他这四年来所有的调查费用，包括他现在正在开的那辆价值不菲的残疾人专用轿车都是她提供的。

但是，不是无偿的。

他所有提报的仿制药申请，都必须得成功。

俞家看中的是这几年国家支持大力发展仿制药的政策，看中的是仿制药背后的利润，而他，只是为了得到一个真相，为了活下去。

以物易物，是他和俞含枫最明面上的关系。

背后的关系，或许还有一些阴暗处的，帮俞含枫拿下仿制药这条线，帮俞含枫以私生女的身份更稳固地在俞家继承人的位置上站稳脚跟。

阴暗处的，不足为外人道的不光彩的财产之争。

他和俞含枫，除了感情，其他都很熟。

不是男女朋友，不算是志同道合的朋友，只是伙伴，可以把背后露给对方的伙伴。

他在陆博远躺在陪床的沙发上睡着的时候，又看了眼手机。

五分钟之后，他的微信上方陆一心的对话框又一次出现了“正在输入中”。

他直接退出微信，选择眼不见为净，这次的页面切到了新闻。

俞含枫办事情非常靠谱，禾城当地新闻已经滚动了高速上车祸的新闻，图文并茂，被撞毁的就是他那辆价值不菲的残疾人用车。

新闻图不会太清晰，滚动播出的新闻言简意赅，只是说今晚有辆轿车在高速上失控，车上两人都重伤入院，其他的信息基本没有。

这种没有闹出人命的交通事故通常来说不会造成太大回响，但对于有心人士来说，足够了。

人没死，对于阴影里的那个人来说，就是他夜不能寐的原因。

方永年的脸在冷色的手机光下显得更加苍白，一双睫毛很长的眼睛漆黑漆黑的。

他嘴角仍然抿着，这个计划是临时的，可他为了这个临时计划，准备了四年。

没有失败的理由。

“还不睡？”隔壁床的郑飞翻了个身，含含糊糊地问。

方永年“嗯”了一声，摁灭手机。他翻了个身，右腿义肢碰到医院病床，“哐”的一声。

陆博远睁眼。

郑飞也睁眼。

他们都没有再说话，包括那个制造出声响的人，所有人都当作刚才的那个声音只是幻听。

方永年闭上眼。

医院的病房特有的消毒水味道让他的右腿又开始痛，所有和他截肢有关的记忆点，都是造成他幻肢痛的理由。

他不再翻身，不想再发出那个声音。

实在痛得受不了了，他只能又一次拿出了手机。

他车祸的那条假新闻已经不再滚动，和所有交通事故一起，沉默在一排标题里，阅读量不高，但是他知道该看的人应该已经看到了。

他深呼吸，吸气呼气的声音放到最低。

退出新闻页面的时候，他又看到了微信的图标。

这一次，他点了进去。

陆一心的对话框，又一次出现了“正在输入中”的状态。

他闭眼，再睁眼的时候，他输入的那句话已经发了出去：“五点了。”

陆一心那边迅速地，用符合她年纪的输入速度，刷了他的屏。

“！！！”

“我马上睡马上睡！”

“你别跟我爸说！”

“哎呀，你怎么还不睡？”

“我刚才没有在摸鱼，我在看之前发给你的题目，我在复习！”

“算了……”

“我睡了……”

“晚安。”

“……早安。”

速度极快，还不忘标点符号。

方永年锁屏，闭眼，持续轻浅的，尽量不发出声音的深呼吸。

陆一心十一点没到就来了，根据她爹给她画的地图，一个人拎着三个大男人吃的中餐，脖子上挂着方永年的笔记本电脑，进病房的时候累得气喘吁吁。

“你怎么一个人来了？”陆博远皱眉，“李阿姨呢？”

“俞含枫……阿姨。”她差点被后面那句找补的阿姨呛到，“说不能让别人知道啊。”

少一个人知道总是好的，李阿姨这人的嘴巴挺大的，上次听她和楼下的邻居聊天，连她的成绩都告诉人家了。

陆博远拎着那堆极重无比的饭菜，一时之间百感交集。女儿真的长大了，他欠她太多，工作原因让他根本没办法时刻关注女儿，等发现的时候，之前那个只会哭鼻子的鼻涕虫居然已经变得那么懂事了。

“我打车来的！还让那个司机叔叔帮我把吃的搬上来的，好多钱！

给我钱！”懂事的小姑娘伸出手，一脸的理所当然。

陆博远抹了把脸，收回刚才的感动：“我这个月给你的零花钱是你妈妈给你的两倍。”

陆一心吸吸鼻子，缩回敲竹杠的手，在病房里探头探脑。

双人病房，还是个套间。

方永年和郑飞都在里面的病房，看上去都好好的。

那就是真没事。

陆一心彻底放心了，瘫坐在沙发上坐没坐相。

“那个小炒肉是给方……”陆一心看到陆博远放在面前的农家小炒肉，直起了腰。

没办法叫方叔叔啊，陆一心心里做了个鬼脸，索性含含糊糊地带了过去。

“你在吃中药不能吃辣！”她还是很孝顺的，把那盘白色的小葱豆腐放到了亲爹面前。

亲爹的眉毛抖了抖。

在座的三个男人眉毛都抖了抖，心思各异。

“车祸的新闻昨天晚上已经发出去了。”打破尴尬的人，仍然是方永年。

他都快要可怜自己了，这都叫什么事。

“那么快？”被闺女喂了一口豆腐的陆博远嚼了两下，觉得挺好吃。

“快一点比较符合事实。”郑飞吃了一大口小炒肉，瞥了眼陆一心。

这丫头果然冲他磨牙。

他逗小姑娘逗得挺乐，冷不防坐在一边的方永年突然伸手，直接把那盘小炒肉放到了自己面前。

郑飞：“……”

这小子变态得越来越严重了。

“你确定他们狗急跳墙之后不会闯出更大的祸？”陆博远第一次经历这样的事情，还是不太适应方永年的处事方式。

方永年就这样安安心心地住在病房里，一点都不怕对方狗急跳墙再要一次他的命。

这真的是要命的事啊，方永年看起来为什么那么淡定。

“俞含枫的人很信得过。”方永年解释得很简单。

虽然这话题是他挑起的，但对着陆一心说得这么详细真的好吗？陆家的教育太奇怪了。

陆博远又吃了一口豆腐。

他想起昨天晚上被打断的八卦心：“俞含枫不是你女朋友为什么还那么帮你？这人是不是真的信得过？”

正在躺尸揉手臂的陆一心瞬间睁大了眼。

方永年一块青椒卡在喉咙里差点窒息。

“信得过。”他费了很大的力气没有当场咳出来，憋着气，努力地言简意赅。

幸好陆博远很习惯他话少，他的注意力都在如何保证安全上。

“我最近会接一心上下学，平时没事一心就在医院里跟我们在一起吧。”他毕竟是当爸爸的，第一个反应就是对方会不会拿陆一心开刀。

方永年很不着痕迹地咽下那块要命的青椒，点点头。

本来陆博远不说，他也打算提的。

他们家那个李阿姨，并不特别靠谱，睡着了不容易醒，陆一心私下里跟他抱怨过好多回了。

这丫头该懂事的时候特别懂事，知道父母没有钱找更好的保姆，每次都只是口头抱怨，回头就跟没事的人一样。

方永年看了陆一心一眼。

懂事的丫头此刻眼睛亮得就要发光了，给她配个尾巴估计就能摇上天。

他又撇过脸，默默地扒了一口饭。

自从陆一心强行泄密后，他最近吃热饭热菜的次数多了不少。

陆一心带过来的鸡汤下足了料，那么大一锅，难为这丫头居然一个人带过来了。

他其实有点饱了，但还是给自己盛了一碗鸡汤，慢吞吞地喝。

身边的陆博远和陆一心两父女说相声一样互相斗嘴，他和郑飞为了小炒肉里最后一块带皮的五花肉不着痕迹地互相瞪了好几眼。

在这个山雨欲来的早上，不知道为什么，方永年的内心充满了平静。

方永年的计划并不复杂，对方想让他死，他按照对方的剧本出了车祸进了医院也进了ICU，除了没有死，看起来也已经彻底失去了行动力。

而本来应该去做项目支援的陆博远车祸当天晚上在机场改了行程，回到禾城手机关机也不和任何人联系。

他和陆博远终于在医院病房里平心静气地坐了下来，公开了这段时间他们各自查到的内容。

陆博远和他的调查被打断的时机，都和那份名单有关。

他是在拿到那份名单开始调查名单上的人的时候被要求进新项目的，而陆博远，则是通过关系调出了当年那份立项数据的时候接到了电话要求立刻启程去做项目支援的。

所以，出问题的地方很明显。

方永年查到的那份名单和当年项目立项数据造假的名单，是重合的。这些经济背景都并不干净的人，全都参与了当初的数据造假。

其中，包括在车祸中死亡的葛文耀。

那些人为了项目能拿到融资在立项的时候动了数据，又因为某些不知名的原因泄露了文档，人为制造了车祸。

甚至还在他们即将要查到真相的四年后，又一次动了杀机。

所以残疾以后做事情很不讲究的方永年，又做了一件很不讲究的事。

他找俞含枫通过国外某研究院的名义，给那份名单上的每一个人都发了一封电子邀请函，邀请他们两天后参加一个国际研讨会，研讨会的地址设在某个风景秀丽的山顶度假村。

这样的要求，他敢提，俞含枫居然也敢接。

她迅速地联系了她的人脉，当天晚上就发出了那封邀请函。

一共二十六个人的名单，除了已经被他找到证据抓进去的六个人和葛文耀，剩下的十九个人都在同一个晚上，收到了那封设计精美的研讨会邀请函。

在这个时机，唯一抓着他们不放的方永年车祸住进了ICU，刚刚查出点眉目的陆博远因为方永年的车祸紧急回家，尿得甚至不敢给研究所打电话。

那十九个人，都在一天之内点了同意。

出发的时候，俞含枫还特意找了十九辆豪华专车配备专门的司机和翻译助理，再一次展示了什么叫有钱就能为所欲为。

被送到度假村的十九个专家被好吃好喝地伺候了两天，然后被告知由于前两天晚上下了一场大雨造成了山体滑坡，部分专家被困在山下上不来，而他们则被困在山上下不去。

这些被伺候得很开心的专家，都挥挥手表示自己并不介意。

而噩梦，就是从这一刻开始的。

最先开始的是专家甲，他在每天收邮件的时候发现了一封从陌生地址寄过来的电子邮件，邮件标题是七年前那个阿尔兹海默病研制药的项目名称“抗默”。

这个名字让他的眼皮直跳，下意识地点开，却发现里面只有一张照片，一张他和小三偷偷转移家里财产的银行往来记录。

只有一半的银行往来记录。

他几乎立刻就蒙了，第一个反应就是被唯一一个知情的，和他住在度假村同一个房间的专家乙干的。

但是这样的邮件接二连三，十九个专家有十五个在不同的时间点收到了这封名为抗默的电子邮件，邮件是转发形式，带上上一个人的那些丑事，加上收件人自己的丑事。

转发的邮件越来越长，牵涉的人越来越多。

从抢夺遗产到学历造假再到论文抄袭。

每个人都心里有鬼，每个人都认为，这件事应该是对自己秘密知情的那少数几个人干的。

本来和乐融融的度假村一夕之间宛如炼狱。

病毒一样的电子邮件还在一点点地变大，每一个名字，每一封转发都有图，有数据，有证据。

没收到邮件的四个人，变成了众矢之的。

偏偏在这个时候，度假村在经历了一场春夏交接最常见的雷阵雨后，宣布断网了。

电子邮件正好要发到七年前的那个项目，所有人正忐忑地想要知道自己到底哪里被人抓住了把柄的时候，度假村断网了。

不但断网，连手机也进入到信号时有时无的阶段。

被困在山上孤立的专家们开始焦躁不安，他们不知道自己那些事情有没有被山外的人知道，也不知道泄密的人，是不是就在他们这十九个人之间。

某个专家在断断续续地打通一个电话的时候，突然之间血压骤升瞳孔急剧放大。

“葛文耀……”他哆哆嗦嗦，“是葛文耀干的。”

“他接我电话了。”他拽着其他专家的手，“他在电话里面一个字一个字地背出了当时立项时候的那些项目数据。”

“他来找我们了……”

人，在绝望的时候，最习惯做的事情就是推诿。

最先开始推诿的，是没有收到电子邮件的四个人，他们开始罗列其他人的罪证，一再说明这件事和自己没有关系。

这只是个导火索。

在没有网没有路的奢华度假村里，这十九个人撕开了道貌岸然的外衣，开始吹胡子瞪眼地互相指责。

而他们的每一个指责，都被度假村的工作人员录了下来，第一时间传给了据说在ICU里的方永年。

录像录音从最开始的一两个，变成了整段整段。

录像的内容也从一开始试探性的互相指责，到最后真刀真枪真凭实据的互相揭露。

不仅仅只是抗默这个项目，撕咬得狠了，他们几乎说出了每个人职业生涯里的所有污点。

人性的恶在这几天里被发挥得淋漓尽致，平日里戴着眼镜人模人样的所谓学者，在这个密闭空闲里露出了狰狞的面目，一旦开始，就无法结束。

而在医院里的方永年就拿着这些录像，能举报的举报，不能举报的就继续彻查到有实证举报为止。

陆博远对这种简单粗暴的处理方式目瞪口呆。

他一直都知道方永年缺乏人性，但从来没有想过对方会用这么一言难尽的方式去获得线索。

“你早就该这样了。”偏偏方永年的朋友郑飞居然还在夸他，“多省事。”

“这弄不好要犯法的。”陆博远嗓门大了一点，怕隔壁病房的人听见又赶紧压低声音，“你赶紧把他们放出来！”

“放出来他们可能就会和我一样了。”方永年意有所指地抬了抬自己的右腿。

陆博远：“……”

“举报已经开始有压力了。”方永年摘下眼镜，揉了揉眉心。

他在做这件事之前先顺势用车祸摘除了自己的嫌疑，然后又让陆博远从机场回家，放在眼皮子底下看着，连陆一心，他都拜托了俞含枫找人时时刻刻地盯着保护着。

确定了所有他在意的人都在保护范围后，他还做了两手准备，如果当年制造车祸的人在这十九个人里面，那么他们这三天来哪怕没有收到和车祸有关的录像，也不应该在举报这件事上受到阻碍——那十九个专家无法上网，手机都在被监听选择性能打出去的状态，没有人可以阻碍得了他。

如果真的只是这十九个人，那可能是目前能遇到的最好的结果。

但是很显然，并不是。

还有一个他们都不知道或者说不想知道的人，藏在暗处，伺机而动。

因为，他今天发出的那封关于七年前那个项目立项数据有虚假，资金来源有问题的举报，被删除了。

匿名举报邮箱被黑，他放在那台电脑上所有的资料，全都被删除了。

幸好他做事情向来喜欢做两手准备，用来发举报邮件的那台笔记本每天会系统恢复一次，每次登录也都会套用好几层随机IP，资料都是用干净的U盘拷贝过去的，就算被删除被黑，资料不会损失，查到的随机IP也不是真实的。

不过既然已经被查到，被精准定位也只是时间问题。

对方已经开始狗急跳墙，他等的，只不过是能够让对方彻底崩溃的时机。

撞毁了一辆价格不菲的残疾人轿车换来的将近半个月的局中局，终于可以接近尾声。

他有点紧张，还有点说不出来的激动。

这四年里每天晚上都会入梦的那个黑色影子越靠越近，那个他曾经固执地认为是陆博远的影子，终于给了他可以见到真容的机会。

他的劫难，他的前半生，终于可以画一个句点。

告慰亡灵，告慰他那条一直一直卡在扭曲车门里的右腿。

陆一心最近没有让她爸爸接送上下学，她知道方永年给她安排了两个看起来特别壮硕的保镖，她没料到她这么个小平民居然有能用到保镖的时候，整个人都很飘，中午吃食堂的时候会打三份饭，其中有两份是三人份的，专门用来投喂那两位任劳任怨风雨无阻的保镖。

学校里进不来，她每天都让郑然然帮忙占着食堂的位子，自己捧着两个堆得跟山一样的餐盘穿过操场冲到学校门口递给那两位保镖叔叔。

那两位还算资深的保镖大概也是第一次遇到这么欢脱的保护人，陆一心其实和这件事一点关系都没有，方永年找了两个人纯粹是为了让陆博远和自己放心，两个保镖乐得轻松，看到陆一心就笑得咧出了大槽牙。

陆一心很快乐。

她这几天都睡在医院里，俞含枫跟宾馆开房似的订了三个干部病房，因情况特殊，陆博远对于女儿天天一个人睡在住院部的病床上这件事也没什么意见，他没意见，陆一心就更没意见了。

她可以每天都看到方永年。

他只穿着衬衫长裤的样子，每天早上头发乱七八糟站在病房套间面无表情地等刷牙的样子，还有每天晚上戴着眼镜和她爸爸在套间外面桌子上窃窃私语的样子。

他再一次变得触手可及，她可以每天早上当着他的面喊早安，当着他的面喊晚安。

也可以每天放学的时候从李阿姨那里带上一大堆吃的让两个保镖叔叔帮忙拿上来，两个男人一个女孩，热热闹闹。

那一天是周五。

学校里又一次月考结束，陆一心的成绩稳定在了年级前三十，她嘴里叼着郑然然奖励她的棒棒糖，抱着成绩单蹦蹦跳跳地冲进方永年的病房。

陆博远不在，方永年也不在套房外面。

她贼头贼脑地往里间探头，病房里因为被用来做了办公室，到处都是敞开的笔记本和乱七八糟的文件纸，郑飞趴在桌子上睡着了，而方永年，则半躺在床上用文件盖住脸，一动不动。

都睡着了。

陆一心咂了下嘴，嘴里的草莓味棒棒糖在她的唇舌间晃动，酸甜可口增加了她的勇气。

她踮着脚，走近了两步。

方永年穿着白色衬衫，扣子扣到了风纪扣最后一颗，就这样卡着脖子，衬衫领子上面，是他略微有些苍白的修长脖子，和……喉结。

陆一心咽了口口水，她向来喜欢看方永年的身体，那种瘦削略微带点病态的，仅仅只是看着，就能让她呼吸停止的身体。

她又走近了一步。

方永年就是在这个时候拿走了遮在脸上的文件纸，他刚刚睡醒，脸上还带着梦里残余的哀伤。

可能因为这场旷日持久的调查终于真的要接近尾声，他最近哪怕只是假寐，也能梦到当年那场车祸。

没完没了的暴雨，对面疾驰而来的工程车，工程车上，那个中年男人瞪着眼睛咬着牙调整方向盘的样子。

然后就是巨响，和安宁。

彻彻底底的安静，什么都没有，一片空白。

他看心理医生的时候，心理医生告诉他，他内心深处有想留在这片空白里不要再醒来的冲动。

因为他知道醒过来有多痛，雨水只是滴在他的脸上，都能让他无法控制地颤抖，全身就像是一个紧绷到极限的弦，那漫无边际的痛和身边除了水声就听不见其他任何声响的空茫。

那是最最可怕的瞬间。

感知到自己的生命正在流逝，感知到身边没有任何和他一样活着的生命体，血腥的铁锈味不停地翻涌到嘴里，眼睛无法睁开，开口只能发出连他自己都认不出来的破碎的呻吟声。

他的梦就在这里戛然而止，他睁开眼，看到的是被白纸遮住的白色世界，他拿走了那张白纸，天花板也是白色的，医院里的那种白色。

他有一瞬间的慌乱，恍惚地以为自己还是四年前那个出了车祸后全身插着管子躺在 ICU 里的样子。

他弹坐起身，看到了站在门口被他吓了一跳的少女。

陆一心。

因为热，校服早就被她脱掉丢在了外面的沙发上，里面穿了一件卡通图案的白色T恤，T恤很不讲究地扎在深蓝色的校裤里，上面还有汗渍。

她嘴鼓鼓囊囊的，棒棒糖糖渍黏在嘴唇上，瞪大了眼睛，维持着被他吓到的震惊表情。

方永年抹了一把脸。

不是梦，那时候的陆一心还只是个扎着羊角辫哭到两眼红肿的拖油瓶，并不是现在这个样子，明明长成了大姑娘，却比小时候还不让人省心。

“你……”不省心的陆一心终于回神，拿出嘴里的棒棒糖，“你梦到鬼了？”

他刚才睡醒一瞬间的表情，看起来简直像是被吓坏了。

原来，她的方永年也会露出那么人性化的表情，她甚至有种下次化个鬼妆再吓他一次的冲动。

方永年：“……”

“我还有糖。”她从她深蓝色校裤里面摸出另外一根棒棒糖，粉红色的，很少女的印着卡通化的草莓，“要不要压压惊？”

方永年翻身下床，摸索着自己挂在床边的上衣口袋:“我出去抽根烟。”

他连话都不想接。

陆一心笑嘻嘻的，背着手跟在他屁股后头。

“我去抽根烟。”他重复。

赶人的意图非常明显。

“哦。”嚼着棒棒糖的少女脸上的表情都没变过，灿烂得像是下一秒就能开出花来。

她十四岁的时候真的比较听话，说什么是什么的那种听话。

“其实吃糖也是一样的。”她开始掏另一个校裤口袋，“我这里有不是粉红色的。”

她递给他一把薄荷糖。

被逼得无法抽烟的方永年只能认命地剥开一颗塞到嘴里。

“真矫情。”小丫头还有理了，“吃糖还看颜色。”

“我今天月考又是年级三十！”在方永年彻底变脸前，陆一心迅速地拿出了一直藏在背后的成绩单。

她真的笑成了一朵花，得意扬扬，仿佛自己考上了北大清华。

方永年突然就不想跟她计较了。

贼头贼脑地在他卧室里探头探脑，塞给他糖还屁话那么多，这些都不想计较了。

她不过就是想求个表扬罢了，和八年前第一次见面的时候那样，她只是看起来没心没肺。

可总是把最最敏感的小心思，藏在笑容里，藏在调皮捣蛋里。

“才三十名。”他哼了一声，把成绩单还给她。

成功地看到她瞬间气成一只河豚，对着正好这个时候开门走进来的陆博远，叽叽喳喳地告状。

嘴里薄荷糖的冲劲还没过去，他戴上了眼镜。

四年了啊。

除了在梦里，他已经可以真的不用再经历那一场鲜血淋漓了。

因为当年那个羊角辫的小姑娘，已经长高了很多，已经变得人憎狗嫌。

藏在暗处的那个人，比方永年预想中的更加沉得住气。

那次举报失败后，他尝试再发一次举报邮件，却发现那台电脑已经被装了监控软件，他发出去的邮件都会被转到某个垃圾邮箱里，到不了该去的地方。

他也试过用其他的电脑用一样的方式发，也被拦截了。

食药监的举报邮箱被装了过滤软件，只要是和抗默项目相关的，都一并被转到了那个乱七八糟的垃圾邮箱里，一封封未读邮件，仿若嘲讽。

对方应该还没有查出到底是谁发的邮件，所以只能用这样的方式来一封灭一封。

本来速战速决的局变成了拉锯战，方永年因为还变相软禁着十九个专家，自此陷入了被动。

陆博远毕竟没有经历过这样惊心动魄的事情，数着日子瑟瑟发抖，生怕还被困在山上的专家们出什么事，精神高度紧张。

他一紧张就喜欢用检查陆一心作业这样的方式转移注意力，陆一心被虐得天天鬼哭狼嚎，干部病房里经常会出现爸爸把女儿气哭女儿转头又把爸爸气傻的奇景。

连一直在气象局的刘米青，都不得不每天不停地用视频电话劝解父女关系。

都说女儿是爸爸的贴心小棉袄，前世小情人。被气到失去理智的陆博远觉得，陆一心是他带着倒刺的小棉袄，前世的杀父仇人。

方永年在这样的鸡飞狗跳里，一直很镇定。

他背着陆博远又给俞含枫打了一个电话。

最近很喜欢偷听的陆一心正好贴着墙角听到个大概，虽然大部分都听不懂，唯一听懂的，是方永年要加大力度了。

用扮鬼来加大力度……

荒谬得让陆一心都快要怀疑自己到底是不是听错了。

“可能是因为他们要对付的那些人，心里有鬼吧。”郑然然正在改混世魔王的作业本，一张脸黑成锅底。

陆一心趴在课桌上，感叹：“大人们真复杂。”

“你成年了。”郑然然把作业本“啪”的一声合上，骂了句脏话。

陆一心转头：“错了很多？”

“没有对的。”郑然然气得直接在混世魔王的作业本上画了一只乌龟。

她的画画技能点得很满，那只乌龟栩栩如生，不是卡通的栩栩如生，而是原生态的栩栩如生。

有点吓人。

陆一心同情了混世魔王一秒钟。

“你说我们长大后会变成什么样子？”陆一心下巴搁在课桌上，看着郑然然画完了乌龟还是无处发泄怒火，干脆拿出数学作业做题解压。

是的，她的闺密喜欢用奥数题解压。

是的，她身边的都是变态。

“我不知道。”什么都懂的郑然然，这次转着笔摇摇头。

“我见到俞含枫了。”陆一心维持着懒洋洋的姿势，心有不甘但是很老实地评价，“完美。”

郑然然看了陆一心一眼。

“我觉得我再怎么用力，也没办法变成她这样。”那种由内到外的完美，“我不是那块料。”

有些泄气的话，却听不出颓废的样子。

“先别想那么远。”郑然然也不否认，陆一心这样的个性，要变成俞含枫那样的女强人可能需要再投胎一次，并不是每个人都能成为俞含枫，也并不是每个人都能成为陆一心的，“你不是想好了要考气象学吗？”

以陆一心现在的成绩，高三能稳住的话，进第一志愿应该问题不大。

“被方永年骂了。”陆一心叹气。

她记仇，一直记得他那句他承担不起也不想承担。

嘴真毒。

她喜欢！

“不想考了？”郑然然歪头，不是特别惊讶，但还是觉得有些可惜。

“也不是。”陆一心低头，把脸埋在课桌上，“我还是想考。”

她还是想着能够提前告诉方永年今天要打雷了，或者，今天要打雷了，她就有了借口可以待在方永年身边照顾他了。

这样的画面她想了很多遍，每一遍都可以让她傻笑。

但是，似乎不太够。

不知道为什么，那天晚上完美的俞含枫和她比赛吃了一顿小熊饼干之后，她最近一直都在想，她以后会变成什么样。

她的恋爱路不会顺利，这一点，十八岁的她甚至不用太聪明就能猜得到。

她心里发过誓，她不允许有人再用小区大妈那种眼神看方永年，但要做到不允许，她得变得很强大。

不见得要像俞含枫那样完美，但是她必须要变得强大。

考气象专业，可以让她变得强大吗？可以支撑她去爱方永年，可以让她像她妈妈那样，说到自己的工作的时候，两眼放光吗？

她苦恼地、幽幽地趴在课桌上叹了口气：“长大真烦。”

郑然然做完了一道奥数题，心情舒畅了一点，跟着点点头：“是啊……”

长大真烦。

没有了“你还小”这个借口，她们得像大人一样在这个奇怪的世界里身披铠甲。

她们在还没有长大的时候，就已经有了想要守护的人和事，急着长大，害怕长大，也……憧憬着长大。

方永年的加大力度，就像是陆一心听到的那样，扮鬼。

现代科技社会，扮鬼其实很方便。

3D 投影，立体声音效再配合上山顶上生来就有的树影摇曳，方永年把他拿到的那份没什么用的葛文耀的录音拆开合成，俨然就是冤鬼索命的最好版本。

他在做音频的时候甚至觉得，这可能真的就是冤鬼索命。

要不然，他不会在机缘巧合下拿到这份时隔七年的录音，也不会在拿到录音后，很快就得到了那份成员名单。

死去的兄弟，心有不甘。

活着的人冥冥之中，有他该去的地方。

那群被困在山上将近两周已经丧失理智的专家，这一次很快入瓮了。

有一位专家过去和葛文耀的关系非常亲密，在某一个鬼影幢幢的夜晚，他哭着从床上爬起来，对着门外摇曳哭泣的山风点燃了自己带来山上准备学术交流的论文。

他在祭奠，在忏悔。

他断断续续地说出了当年那段尘封的往事，那段被死人埋藏掉的往事。

"我知道你死得冤。"从山顶提交过来的录音效果不错，播放出来的时候，还能听得到背景的山风和点燃论文后火苗噼里啪啦的声音。

"他一早就已经知道文档被泄露了，一开始问的人是我。"那个人的声音颤抖，在寂静的夜里，居然也显出了几分鬼气。

"我……"那个人似乎被烫了一下，呼了一声痛，声音就变得更加颤抖，"我跟他说，可能是你做的。"

"那份文档一直都在方永年那里，陆博远和他两个人每天都会编译交换一次密钥，我们组里，能解开这个密钥的人，真的只有你。"他的声音从颤抖到尖厉，最后带着哭腔和怨恨。

"我真的没有想到他会那么丧心病狂。"他开始推诿，开始辩解。

"我真的没想到……"他重复着，"我没想到那么多人在车上，他也敢撞。"

"文耀……"他吸了一口气，"冤有头，债有主……

"我确实对不起你……

"但是杀了你的人，并不是我啊……

"我甚至，还提醒过你的……"

中年男人的哭声，在寂静的夜里和山风纠缠在一起，居然有一丝恶毒的味道。

"我们都只是为了糊口，你知道的，我们都只是为了钱而已……

"你生前就欺软怕硬，不能连做鬼都这样……"

"你有本事，你就去找他啊！"他的声音开始高亢，"你找我们算什么本事？

"你把我们一锅端了，我们也不会下去陪你的。

"我们罪不至死你懂吗？"

录音的声音沙沙的，如实地转动着。

到最后，火苗的声音轻了，录音里只有中年男人几近崩溃的哭泣声和越来越凄厉的山风。

有消毒水味的医院病房里，阳光被遮在了窗帘后面。

三个男人一言不发，没有人去关掉那个录音，大家都任凭那个诡诞的哭泣声从高到低，到消失不见。

“就算你拉我下去了……”那个男人终于在祭奠和忏悔中怨恨爆发，“就算你拉我下去了，你也报不了仇。

“我们都是蝼蚁，项目的数据，我们不改，有的是人愿意去改。

“不是所有人都像方永年那么有天赋，也不是所有人都像陆博远那么轴。

“我们没有陆博远那么好的老婆，我上有老下有小，那么多张嘴对着我，哪怕他再问我一次，我也会告诉他，文档是你泄露的。

“要不然呢？

“你以为我会帮你认下来吗？

“他已经疯成了这样，如果我死了，谁来养我的父母，谁来养我的老婆孩子？

“你走吧……

“冤有头债有主……

“你走吧……”

近乎呢喃哀唱的声音，终于慢慢地轻了，录音在一阵沙沙转动后，这一次终于“咔”的一声，自己停止了。

可是病房里，仍然安静着。

多年的真相终于大白，原来那场车祸，一开始想杀的人，是葛文耀。

原来，葛文耀被杀的原因，是因为有人觉得他泄露了那份文档。

陆博远瘫坐在原地，像是一夕之间老了十岁。

郑飞忍住了抽烟的冲动，看向一直一言不发的方永年。

少了一条腿的方永年，比过去瘦了很多的方永年，判若两人的方永年。

他像一尊石像，半明半暗地藏在阴影里，一动不动。

“永年？”郑飞有些忐忑。

他在那一瞬间有种错觉，觉得方永年像是快要彻底地遁入黑暗里，为了这个荒谬的、残忍的真相。

“终于有证据了。”方永年居然笑了。

他终于，可以让他们求仁得仁。

本来只是希望通过抗默这个项目的数据造假，走监管部门，顺藤摸瓜再去找到当年那场车祸的真相。

结果因为这场拉锯战，终于求仁得仁。

三天之后，困在山上的十九名专家被八辆警车接下了山，下了山之后，分别因为不同的罪名被拘禁。

四年前那场车祸，终于立案。

以故意杀人的罪名。

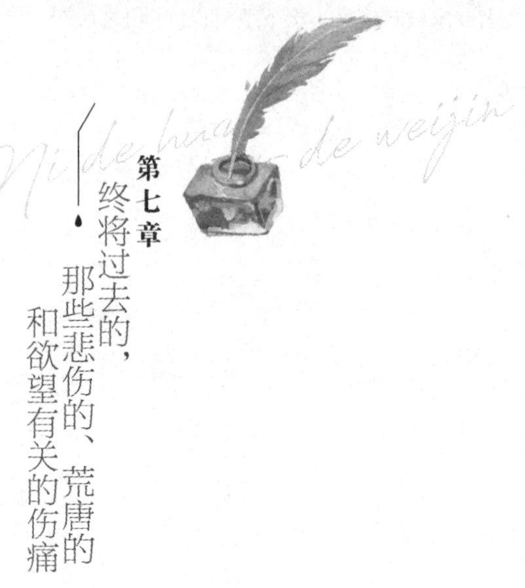

第七章 终将过去的，那些悲伤的、荒唐的和欲望有关的伤痛

半夜三点。

陆一心是被尿憋醒的，梦里面找了大半个城的厕所，好不容易找到了冲进去正准备开始脱裤子，厕所门口突然就出现了方永年的巨幅照片，手里拿着打火机嘴里叼着烟背景是金红色的酒店布景。

然后陆一心就惊醒了，她瞪着医院病房的天花板一秒钟，迅速地翻身冲进了厕所。

半夜的住院走廊特别安静，他们住在走廊尽头，都是烧钱在医院里避祸的人，平时根本不会有护士医生过来巡逻，解决完生理问题的陆一心在自己的病房站了一会儿，突然就有点蠢蠢欲动。

她想去看看方永年，顺便看看她爸爸。

他们今天吃晚饭的时候情绪都不太好，连平时跟她一样特别没脸没皮的郑飞，一整顿晚饭都没有说过几句话。

她向来很分得清大人和孩子的界限，所以她知道她“泄密”之后，她爸爸和方永年在查的这件事她就不应该多问了，不管是那场车祸还是当年那个项目，那都是大人们的事，那都不应该是她可以过问的事。

但是，她的理智和感情向来都是分开的……

陆一心抿着嘴，偷偷拉开了病房的门。

半夜三点，方永年的病房门开着，里面亮着灯光。

想偷偷摸摸溜进病房偷看方永年睡颜的陆一心愣了愣，蹑手蹑脚地走出门。

走廊尽头的楼梯间有忽明忽暗的烟火，陆一心探身，看到了靠着墙站着的高瘦身影。

他还穿着白天穿着的衬衫长裤，靠在楼梯间的墙角。

这一次，他彻底地隐蔽在黑暗里，陆一心根本看不清楚他的表情。

“方……永年？”陆一心压低声音。

她又一次没有喊他叔叔，用有些心虚有些叛逆的语气。

方永年抬头。

医院走廊的光线幽暗，藏在黑暗里的方永年面无表情地站在离她几米远的地方，她和他之间，隔着半层楼梯。

他半天没有说话，只是维持着这样的表情，在黑暗里看着她。

她穿着睡衣站在楼梯上，夜风吹过，单薄的睡衣带来阵阵寒意，她微微地缩了缩脚趾，觉得有些战栗。

“方……叔叔。”她很快速地𡱁了。

方永年终于在黑暗里动了动，他抬起腕表看了一眼：“三点多了。”

他语气平静，仿佛刚才在黑暗中的沉默对视从来没有存在过。仿佛刚才他在黑暗里面无表情疏离冷淡的样子，从来没有出现过。

“我……起来上厕所。”陆一心突然有点结巴，“不是，我房间里卫生间的水冷了就想来看看你们房间的水是不是也冷了。”

陆一心自我厌弃地咽了口口水，她几乎能想象到郑然然嫌弃的表情。

她真的不会临场发挥，下次撒谎前她需要先打好草稿……

“你自己去看。”方永年不揭穿她，不动声色地赶她走。

陆一心颇有些窘迫地在楼梯上站了一会儿。

不得不说，方永年刚才在黑暗里的样子吓住了她。她看到过无数次他在阴影里的样子，手机里存了无数张这样的照片，但是没有一次像现在这样，这样……充满了她也说不上来的危险感觉。

那一刻的方永年，仿佛撕碎了平时平和冷静的外衣，他的眼神有些赤裸裸，对于她叫他方永年的不耐烦，对于她半夜三更不睡觉跑出来打扰他安宁的厌恶，还有一些陌生的、叫作侵略感的情绪。

她能很明显地感觉到方永年刚才沉默的时候，从头到尾地打量了她一下。

他以前从来都不会打量她，哪怕她一张脸画成猴子屁股他也懒得多看一眼的。

那一刻的方永年，变成了一个男人。

一个陆一心一直叫嚷着喜欢他，叫嚷着要嫁给他却从来没有深想过他也是个有侵略感的男人。

十八岁的女孩，已经有了足够的异性第六感，站在楼梯上的陆一心又缩了缩脚趾。

她心跳加速，似乎突然就失去了没脸没皮的耍赖能力。

“还不进去？”方永年蹙眉。

他已经站在这里抽掉了大半包香烟，味觉和嗅觉都麻痹了，神经病态地亢奋。

他晚上没吃多少，半夜里低血糖症状明显。

他不能保证他在这样的状态下，还能够做她的方叔叔。

刚才她出现的那一瞬间，他脑子里甚至没有把她当成一个十八岁的少女。

这个世界过于荒谬和魔幻，他正在否定和怀疑一切。

为了一份文档，为了泄愤，他就这样近乎儿戏地失去了他的下半辈子。

那份文档只有四百多页，事后通过其他项目证明，他们当初找的靶点方向根本没有深入研究的价值。

这样的一份东西，用了四条半人命陪葬。

他暴躁地吸了一口烟，低头重新隐回黑暗里，选择对站在楼梯上突然变成哑巴的陆一心视而不见。

他向来磨不过这丫头的死缠烂打，今天也一样，没心情也没本事。

陆一心蜷着脚趾，手指被夜风吹得冰凉冰凉的。

她哆嗦了一下，在楼梯上蹲了下来，双手抱膝。

她不想走，也不知道应该说什么，所以选择待在原地。

方永年今天晚上很反常，她本能地不想离开他。

烟味很呛人，她身边的成年男人都是多年老烟枪，但是大部分时候抽烟都会避开她，她很少有像现在这样整个人被罩在二手烟里的情况，蹲久了，忍不住咳嗽了一声。

方永年没有反应。

陆一心在楼梯上挪腾，又咳嗽了一声。

方永年在黑暗中摁熄了烟，推开了楼梯间的窗户。

新鲜空气伴着凉风一起涌进来，陆一心吸了吸鼻子，忍了忍，打了个惊天动地的喷嚏。

方永年：“……”

陆一心搓搓鼻子，咧嘴傻笑。

表情还是怯怯的，她还处在被陌生的方永年吓到的震惊中。

方永年站直身体，让自己几乎要麻痹的左腿恢复血液循环，半晌，有些踉跄地抬脚：“进去吧。”

他赶不走这个丫头，但是能赶走自己。

“再站会儿吧。”陆一心仰着脸，坐在楼梯上一动不动。

她熟悉的方永年又回来了，她只是咳嗽了两声打了一个喷嚏，那个让她觉得害怕的方永年就不见了。

她不喜欢那个陌生的方永年，所以，她又有了缠人的勇气。

方永年的腿很麻，麻到他可能没有办法用正常的走路姿势爬楼梯。

他以前从来不在意在陆一心的面前露出自己的义肢，有时候甚至会空着裤腿坐在轮椅上和她说话，但是不知道为什么，这天晚上，他犹豫了。

他可能，真的开始把陆一心当成大人了。

他选择半靠在楼梯边，一边不动声色地恢复自己的左腿，一边等着陆一心说话。

陆一心歪着头，半长不长的头发乖顺地贴着她的脖子。

“我在想我长大了会变成什么样子。”她惯常的没头没脑的开场白。

“大半夜的你想得挺深。”方永年揉揉眉心。

陆一心咧嘴。

“你喜欢女强人吗？”她问，语气软软的，带着刚刚睡醒的沙哑，“像俞含枫那样的。”

方永年蹙着眉，没回答。

“我没办法变成那样的。”陆一心没指望他会回答这个私人问题，很有自知之明地自说自话，“我想，我长大了以后可能会变成大一点的陆一心。”

方永年：“……”

她的形容词很没文化，却让他走神了一秒钟。

大一点的陆一心，还是简单纯粹热情。

其实，也挺好。

“我还是想考气象学。”她维持着歪着头抱着膝盖的姿势，下巴搁在手腕上。

“我没有什么目标，这是最近唯一一个能让我有动力的目标，所以我想试试。”这次，她没有说她想考气象学是因为他。

“你考得上。”方永年实话实说。

以她现在的成绩，稳定下来一定能够考得上。

陆一心咧嘴，圆而大的眼睛因为开心眯成了一条缝。

她是个笑起来特别有感染力的姑娘，方永年揉揉自己慢慢恢复知觉的左腿，再次站直：“进去吧。”

大半夜的，他都不知道他为什么要站在这里和她聊她的大学志愿。

也不知道为什么，心情就慢慢地变得不再那么愤世嫉俗。

这个世界，总有人在长大，像陆一心这样的，花骨朵一样的孩子怀揣着自己的梦想，努力地长大。

就像他当初一样。

他只是比较倒霉的那一个。

大部分人，可能都可以像陆一心一样，长大了，变成了大一点的陆一心。

他走上楼梯，这一次，没有踉跄。

“方永年。”坐在原地的陆一心又一次开口，又一次没大没小地叫了他的名字。

她从来都不知道什么是放弃，苍耳一样，黏人的时候身上都带着倒刺。

方永年站定，在思考自己大半夜跟她讨论称呼这件事到底有没有必要。

“我有糖。”她坐在那里，和在几节楼梯下的方永年对视，脸上的笑容甜腻诱人。

“你是不是低血糖了？”她笑得眼角都弯了。

“吃完记得刷牙。”她伸手把那一把巧克力递给他，没大没小地叮嘱。

“吃了就开心了。”说这句话的时候，她犹豫了一下，像是生怕再次勾起他的伤心事。

她在哄他。

一个十八岁的女孩子，在哄一个三十二岁的老男人，哄得费尽心机。

夜很深。

医院的这层住院部楼梯间，安静得能听到彼此的呼吸声。

方永年终于伸手，拿了一颗，剥开，当着陆一心的面塞进了嘴里。

“进去吧。”他想拍拍她的头，手却克制地放在了它该在的地方。

“很晚了。”他竭尽全力表现得一如平常。

今天晚上，情绪太难克制，也太容易被打动。

他被少女的一颗巧克力拉回到现实，不再去回想那个让人毛骨悚然的录音内容，不再思考自己的残缺是因为多么荒唐的理由。

巧克力很甜。

她总是能买到甜到发齁的巧克力。

“去睡。”

他走进病房，不再看向陆一心，却能够很清晰地听到，陆一心穿着拖鞋蹦蹦跳跳的样子，甚至能感觉到她关门前偷偷地回看了他一眼。

“谢谢”两个字，在他的嘴边辗转，然后咽下。

关上病房的门，关掉走廊外的一切，包括陆一心的脸。

记得刷牙。

他皱着眉咽下那块巧克力。

太甜了……

陆一心感觉，最近大人们的世界正在翻天覆地。

方永年和她爸爸这几天基本黏在了一起，连俞含枫这个大忙人都经常出现在病房里，和另外几个大人一起，关着房门不知道在聊什么。

陆一心在某个俞含枫不在的晚上窝在方永年套间里做作业的时候，听到自家爸爸在同方永年算账。

他在算这一趟住院的费用还有很多杂七杂八的媒体费和她听不懂的费。

“这钱都是俞含枫出？”陆博远是经常做项目预算的人，一张单子下来，最后的总金额让他一个头两个大。

哪怕是男女朋友这钱的数额都有些大，更何况他们还不是男女朋友。

在他看来，俞含枫对方永年都已经快要到言听计从的地步了。

陆一心低着头竖起耳朵。

“俞家是做生意的。”方永年这段时间对陆博远的态度好了不少，但是到底不和了那么多年，现在心平气和地说话还是会有点不自然，“她不会白白给我这么多钱，这都是要还的。”

陆博远瞠目结舌。

陆博远的女儿陆一心，也忘记了伪装自己偷听的样子，抬着头瞠目结舌。

父女两个一模一样的表情动作。

“所以你家方永年还欠钱？”郑然然一手拿着黑色内衣一手拿着灰色内衣，比较了一下，撇撇嘴都放了回去。

她还是喜欢白色的。

“嗯。”陆一心觉得这几个月的各种信息量，已经让她迅速地衰老了，“还欠了很多。”

不单单只是这次住院的费用，还有所有她爸爸曾经怀疑过的方永年的经济来源。

每一笔都是巨款，加在一起那就是天文数字。

郑然然啧了一声。

“你有没有发现你恋爱的道路上全是坑没有路？”她本来以为年龄差已经是大问题，加上方永年的残疾，再加上辈分，现在又多了个经济情况。

“你要不要再考虑一下？”虽然她相信陆一心的战斗力，但是这阻碍也太多了。

陆一心摇头，拿了一件肉粉色的中年款式内衣，看了看价格，更坚定地摇头。

“我才不要考虑！”她撇嘴。

这世界上，她只对方永年动心。

“而且老师不是也说了嘛，梅花香自苦寒来、好事多磨、十年寒窗……”

郑然然：“……”

行吧，有理有据。

“你选好了没有？”她跟着陆一心绕了一圈，发现陆一心又绕回了之前进的第一家内衣店，终于开始不耐烦。

都绕了四圈了。

“都太贵了我买不起啊……”陆一心小声碎碎念。

“你爸妈的结婚周年为什么会需要你买礼物？”郑然然也跟着压低嗓子。

“因为我爸忘记了。”陆一心继续小小声，“我要买来送给我妈，然后告诉我妈我爸忘记了，这样我爸就可以吃不了兜着走了。”

郑然然无语。

“我还是买这一套吧。”挑了快两个小时了，再不回去她爸该给她打电话了。

陆一心蹙着眉，一脸凝重地看了看标签，算了算自己的小金库。

为了让她爸爸吃瘪，她觉得这次的投资挺值的。

她爸爸这段时间因为心情原因，简直烦出了一个新高度，她都想去做亲子鉴定了。

“然然……”陆一心看了一眼外面，拉住了准备跟她去结账的郑然然，“你有没有发现门口那个男的一直在跟着我们？”

郑然然瞥了一眼。

门口有很多人，其中有个穿着黑色 T 恤的高个子男人，看起来确实有点面熟——她们已经一边聊一边绕了好几个圈，似乎在每个店门口都能看到这个人。

“你认识？”郑然然自然地别过脸，这男人看起来和方永年差不多年纪的样子。

“不认识。”陆一心有点警惕，“但是有点眼熟。”

这趟出门她用的借口是陪郑然然买东西，因为想给她妈妈买套高档内衣，逛的地方都是女性内衣店，不好意思让那两位魁梧的保镖大叔跟得太近，两位保镖现在分散在进出口的地方，万一发生什么事，在这个人流量大的商场里马上赶过来不太可能。

会不会是她多心了？

她一边结账刷卡，一边回头又看了一眼那个陌生男人。

陌生男人和她对上眼，居然冲她笑了笑，快步走近。

陆一心拽着刚刚买好的高档内衣，警惕地往后退了一步。

“你是陆一心吧？”那男人咧嘴笑，“我们见过的，我是吴教授的儿子，吴韬。”

陆一心困惑地歪歪头。

郑然然不动声色地拉住了陆一心的手。

吴韬这个名字，陆一心是知道的。

吴教授老来得子，他宝贝儿子的名字，就叫吴韬。

她爸爸偶尔会和她妈妈提起这个人，说吴韬走了一条和吴教授完全不一样的路，也是个厉害人，自己开了一家风投公司，生意做得很大，赚了非常多的钱。

他们家逢年过节去老教授家里偶尔也会遇到老教授的儿子，不过大部分时候都是她叫一声吴叔叔，对方给她一个红包就结束了，她跟他完全不熟。

起码没有熟到在大商场遇到，还要特地过来打声招呼的地步。

“吴叔叔。”她叫得乖巧，咧嘴露出了她最人畜无害的表情。

吴韬也笑。

他看起来衣冠楚楚，五官端正又很高大，没有半点猥琐的样子，也不像是坏人。

或许真的是来打招呼的。

陆一心自我安慰。

“是这样的……”吴韬踌躇了一下，看起来很为难，“你爸爸刚才去医院的路上碰到了我爸爸，所以就一起去了医院。”

陆一心看着吴韬。

吴教授从来没有跟她爸爸去过医院，实际上，这段时间，医院里除了俞含枫和郑飞，她没有看到过第三个外人。

“他怕你一个人回家晚了，特意让我过来接你一起去医院，说是晚上一起吃饭。”吴韬又笑了笑，这次居然有些腼腆，“你看这事整得，我跟你不熟，跟了你们一路还是你跟我对上眼了才确认的。”

陆一心维持着刚才礼貌笑容的表情，牵着郑然然的手却开始出汗。

她爸爸，根本不知道她要去哪一家商场。

她这趟出门本来就是打算给她妈妈一个惊喜让她爸爸倒霉的，所以怎么可能告诉她爸爸要去哪一家商场。

更何况她还带着保镖，她爸爸那种直男，根本不可能来接她。

“吴爷爷和我爸爸一起去医院看方叔叔吗？”她歪着头，问得天真。

郑然然看了陆一心一眼，也维持着笑容，保持沉默。

两个小姑娘在外人看起来都一派天真，毫无戒备。

“是啊。”吴韬叹了口气，“你方叔叔毕竟是我爸的得意门生，出了那么大的事，总是要去看看的。”

陆一心的笑容更甜了。

她的方叔叔，屁事都没有，昨天晚上吃了两碗饭还拿走了她的棒棒糖。

她看了一眼门口。

周末的商场，各种店都在促销打折，人山人海，根本看不到那两个保镖叔叔的影子。

吴韬身材高大，穿着讲究，看起来又不像是坏人，真要在商场上拉扯起来，他硬要说她是他的侄女，估计路人就不会多问了。

毕竟这种新闻，她已经看过很多次。

“现在就要走吗？”郑然然眨眨眼，有些遗憾地举起她手里本来打算结账的内衣，“我还有一套衣服没有试。”

“地下停车场满了，我车子就停在路边怕被抄牌。”吴韬有些为难，“要不这样，这位同学先去试衣服，我先带一心去医院？”

那么大一个姑娘大白天总能自己回去的吧。

“试件衣服要不了多久。”陆一心迅速地拽着郑然然往试衣间走，一边走还一边和吴韬打招呼，“吴叔叔你就站在那里等我们，我们马上就好。”

商场人挤人，吴韬皱着眉想伸手拉陆一心，却被这丫头笑着躲开了，再想抓她，她就已经和郑然然一起嬉笑着冲进了试衣间。

这丫头看起来一直傻乎乎的。

吴韬冷下脸。

应该不至于那么机灵，而且这地方，她也跑不出去。

他靠在试衣间外面的走廊上，不耐烦地看手表。

找人撇开那两个碍事的保镖并不容易，为了等陆一心落单，他等了整整一个星期。

这事，一定是陆博远干的。

严格说起来，这事是他大意了。

他以为陆博远是个胆小男人，方永年出事后，他就自认为这事了了。

结果这个看着那么不显山露水的男人，却在方永年出车祸之后闹出那么大的动静，关进去的那几个人虽然现在还没有松口把他供出来，但是四年前那起车祸已经立案，再放任下去，要查出来那也是迟早的事。

他得先下手为强。

让这个姓陆的再也没有胆子查他，让对方再也没办法提供更多的证据，让这个已经立案的案子，再次不了了之。

惹他的人，从来都没有好下场，这么多年来，一直都是。

吴韬端正的五官有些扭曲地笑了笑，搓了搓下巴。

他以前都没发现，陆博远的女儿长得居然那么水灵。

本来是打算找个仓库把她丢进去的，现在倒是觉得有些可惜了。

如果不是不想把事闹得太大，陆博远女儿身边的那个小丫头，看起来也还不错。

都是青葱水嫩的年纪，掐一把都能掐出水。

他低着头，很轻很轻地“呵”了一声。

跟他斗，不管是方永年还是陆博远，都还太嫩了。

方永年接到陆一心的电话的时候，刚刚送走他哥哥——他哥哥作为华亭市公安局的刑警，虽然不在他那个车祸项目里，但是这段时间一直在帮他关注着案件进展。

那位专家的录音肯定不能当成主要证据，录音的过程不合法，专家也并没有在录音里提到那个他到底是谁。

抓进去的那些人只认了铁证如山的事，对其他的一概选择沉默。

这个案子还有得磨，这是他哥哥特意来一趟禾城的主要原因，应该是怕他一气之下又做出打擦边球的事，这次过来每句话都夹枪带棒带着警告。

方永年只有苦笑。

他其实已经不知道自己还能做什么，送走了那个块头比自己大很多的哥哥，还没来得及走回病房就接到了陆一心的电话。

陆一心在电话那头的声音很急，一接通就劈头盖脸不带称呼："我爸是不是在病房？"

"不在。"方永年皱眉，越来越没大没小了。

"你认不认识吴韬？"她继续没大没小，"他在商场里堵我，说我爸和吴爷爷都来医院看你了，他负责接我去医院顺便晚上一起吃饭。"

"你等等……"方永年听得一头雾水，"什么意思？"

"就是有个身高一米八，块头是我的两倍，年纪跟你差不多，我和然然肯定打不过的男人，现在堵在试衣间的门口试图把我带走！"陆一心一急起来总结能力迅速变强。

"商场里人很多，那两个保镖叔叔不在我身边，还有我爸的电话也打不通！"说到最后，她急得都快要哭了。

"你现在在商场的试衣间？"方永年停下脚步，"一个人？"

陆一心吸了吸鼻子："还有然然。"

"那个人说自己叫吴韬？"方永年敲了敲病房门，示意躲在病房里的郑飞站起来，"吴教授的儿子吴韬？"

"应该就是他。"方永年镇定的声音让已经开始慌乱的陆一心冷静了一点，说话的条理开始变得清晰，"我和我爸过年去给吴爷爷拜年的时候见过他，我爸提过他，说他是开投资公司的。"

"他现在在哪儿？有几个人？"郑飞已经到了方永年身边，方永年手机摁了免提。

"在试衣间门口，我刚才进来的时候他还想拉我。"陆一心想到刚才的画面，声音又开始抖，"应该就他一个。"

手机里响起另外一个女孩子的声音。

陆一心顿了顿，纠正："然然说应该不止，她说坏人出来总是成群结队的。"

如果不是情况紧急，方永年差点要被这句话逗笑。

"你先把你现在所在的位置用微信发给我。"方永年咳了一声，"你和你同学就一直待在试衣间里不要出去，我们很快就过来。"

"记得把门反锁。"他多叮嘱了一句。

郑飞看了他一眼。

"那我爸呢？"陆一心的声音听起来怯怯的。

“你爸爸今天早上去了华亭，坐高铁去的，现在在华亭市公安局里为我们之前的那个项目做笔录，所以才没办法接你的电话。”方永年回答得异常耐心。

陆一心吸吸鼻子。

郑飞又看了方永年一眼。

方永年没理他，一手拿着手机一手拿过郑飞的手机，在郑飞手机上打了几行字丢给他。

郑飞接过手机就开始忙着打电话找人，他们动作很快，一边打电话一边就出了门。

而方永年这边，不管是在穿外套还是在坐电梯，一直都没有挂了陆一心的电话。

陆一心显然已经没有刚开始那么害怕了，冷静下来之后，想象力开始像脱缰的野马。

“试衣间里的门没办法反锁。”她在那头跺脚，“门店小姐姐应该有试衣间的钥匙。”

“万一吴韬找门店小姐姐要来钥匙开门怎么办？”她成功地把自己吓到了，“我打不过他的，他如果说我是他家离家出走的小孩，硬是把我拽出门怎么办？新闻里面都是这么说的！”

手机里又响起了另外一个女孩子的声音，方永年听到陆一心回了一句：“加上你也打不过，一会儿他要是真开了门，我拖住他你赶紧跑。”

方永年扶额。

这丫头，一边怕一边还在打嘴炮给自己解压。

也算是心理素质很好了。

“我已经报警了。”他进了电梯，三个星期来第一次走出住院部大楼，“警察很快就到了，你别怕。”

“你也出门了吗？”陆一心听到方永年这边的电梯声，“你也会过来吗？”

“会。”电梯门合上，方永年单手扣好外套扣子，“我接你回来。”

一旁的郑飞百忙之中抬起头。

电话那头的陆一心，窒了窒。

如果不是情况危急，如果不是在试衣间外面还有个吴韬，她现在一定会尖叫着庆祝，然后让方永年把刚才那句话再说一遍好让她录音留念。

管他这句话背后的意思是什么，反正她打算就按照她的意思来理解了。

“你能不能不要挂电话？”她的害怕更少，胆子更大了。

“可以。”方永年想都没想就同意了。

陆一心这下忍不住了，捂着手机原地跳了两下。

“他在帮你转移注意力。”郑然然冷静地泼她冷水，“他怕你太害怕所以用这样的方式帮你转移注意力。”

方永年真是聪明人，在现在这种状况下，最能够让陆一心镇定下来的，就是他现在这种表现。

郑然然有点惺惺相惜。

陆一心：“嘿嘿嘿！”

听不见，不要听。

郑然然无奈。

警察和方永年来得都非常快。

几乎是同时到达，敲响陆一心他们那间试衣间的门的时候，陆一心的手机电量已不到百分之二十。

而吴韬，跑了。

根据门店小姐姐的回忆，吴韬在试衣间门口靠了几分钟，接到了一个电话就走了。

“走的时候脸色不太好看，撞到我们的顾客也没道歉。”门店小姐姐很配合。

“应该是你刚从医院出来他就收到消息了。”郑飞算了下时间，惋惜，“你不应该出来的。”

这种事没办法抓现行，就等于没有证据。

“起码知道是谁了。”方永年没否认。

他确实不应该出来的，但是他当时没想太多。

陆博远不在禾城，刘米青还在气象局，陆一心如果真的出事，她身边连个亲人都没有。

确实是他不够冷静了。

“不过也不是完全没有收获。”郑飞安慰他，“那几个转移保镖注意力的家伙被逮到两个。”

没抓到主犯，从犯总是有的。

“不用那么麻烦。”方永年笑笑。

既然知道是谁，后面的就好办了。

“我先带陆一心回去。”他看到陆一心已经在警察堆里探头探脑，直起身。

郑飞拉住他。

“我知道你今天那个电话是为了让小姑娘镇定下来。”郑飞的表情看起来有些严肃，“但是你确定你做戏的时候没有放一点真感情？”

方永年看着郑飞。

“我看到这丫头半夜三更跟你在楼道口聊天的样子了，也看到你半夜三更被这丫头塞了一嘴糖之后的表情。”郑飞皱着眉，“你这样下去真要闯祸了。”

“你真想做陆博远的女婿？”他索性问得更加直接，“你真要叫陆博远‘爸爸’啊？”

方永年本来是面无表情的，他其实有点心不在焉，刚才被吓着的那个人，不仅仅只有陆一心，他在听到陆一心被吴韬堵在试衣间门口的时候，那一瞬间确实慌乱了。

他有些奇怪自己为什么会有那么激烈的情绪，难道真的仅仅是因为他把陆一心当成了亲侄女？

而且是在陆一心那么明确地告白之后。

所以他听到郑飞那么惊世骇俗的话之后，愣了半秒钟，然后整张脸变得铁青。

“你脑子里有屎？”他忍不住爆了粗口。

这种荒唐的画面他连一秒钟都不想过脑子，什么叫作陆博远的女婿？！

“我就是提醒你一句。”郑飞自己也被这个画面恶心到，抖了抖肩膀，“你知道你们两个中间差着辈分的。”

“你能不能不要一天到晚想这些乱七八糟的东西。”方永年已经不想理他了，径直走向陆一心，拿走她手上的书包。

“回去？”他问她。

他急着走，多了吴韬这个人，有很多事情瞬间就变得明朗了。

他急着走，因为郑飞刚才那句话，在他心里造成了巨大的伤害，他需要找个地方缓缓。

但是小姑娘好像哭过了。

刚才打开试衣间门的那个瞬间，他还记得她满脸的惊慌。

才十八岁啊。

她脸上的婴儿肥都没有消失，笑起来的时候还和八岁的时候一模一样。

如果不是因为她够机警，如果不是因为他其实并没有出车祸，说不定她今天就真的被吴韬给骗走了。

不知道吴韬想对她怎么样。

他只要想到这个可能性，就觉得浑身不舒服。

这丫头，可是娇惯着长大的，陆博远这人脾气虽然跟炮仗一样，但是从来没舍得打她一下，更不要提连重话都不会说的刘米青。

还有他，他有一段时间所有的工作空闲都给了她，他所有觉得好吃的东西，她都吃过。

这样一个丫头，要是真出了事，该怎么办？

他帮她戴好了撞歪掉的棒球帽，顺便帮她穿好了外套。

“走吧。”他和警察打了招呼，率先离开去按电梯。

留下了郑然然和郑飞，面面相觑。

郑然然眼底有了然和高兴，而郑飞，只剩下了震惊。

吴韬的意外现身，让很多事情变得明朗化。

方永年和陆博远在心里怀疑却一直没有说出口的那个名字，终于在吴韬出现后被提到了明面。

那位一步步把方永年领入制药领域的老教授，那位成就了陆博远现在所有地位的领路人，那位桃李满天下，在研究所位高权重的老人，终于因为他的儿子，走下了神坛。

他在吴韬现身的第二天就来到了禾城。

他的出现在所有人的意料之中，意料之外的是这位年满七十岁的老人，来的时候穿着西装，染黑了头发，皮鞋锃亮。

“我一会儿还有正事，但是做这件事之前，我觉得还是得先来见见你们。”吴教授到底还是老了，再光鲜的打扮也没办法遮盖他眼底的灰败。

陆博远在病房的套间里，给他递了一把椅子，还帮他倒了一杯水。

方永年没动，从吴教授进来开始，他就一直坐在沙发上，站都没有站起来过。

郑飞已经退了出去，屋子里就只剩下他们三个人。

他们曾经有过很多这样三个人的场景，只是再也回不到四年前，那时候的方永年还四肢健全，那时候的吴教授，看起来还没有像现在这么老。

“我对阿尔兹海默这个项目很执着。”吴教授坐定，没有任何开场白，直接就进了主题。

方永年点燃了一根烟，老教授凑过去，借了火。

“我恩师就是得了阿尔兹海默病去世的。一个一辈子都在研究神经退化性疾病的人，死在了这个病上，死的时候已经无法开口说话，无法吞咽，没有任何尊严。”

“这个版本你们都知道，你们不知道的是，我的恩师当年，很不喜欢我。”吴教授自嘲地笑了笑，“他觉得我的性格并不适合做研究，尤其是不适合进入这么艰难的领域做研究。

“现在想起来，我可能就是为了争一口气吧，谁知道这口气，争着争着就变成了心魔。”

七旬老人谈起自己年轻的时候，总是带着惆怅和憧憬，他这辈子的余生已经不长，过去的心魔现在回想起来，也带着朦胧的温柔。

“抗默那个项目在立项之前我收到了一封邮件，上面写着立项前期所需要的所有靶点数据，数据都有出处，结尾处还有鉴定机构的公章。”

吴教授吸了口烟。

“那份数据翔实到我哪怕当天宣布立项，都是可以被通过的，所以我心动了。”

他心动了，所以打开了那个针对他设计的潘多拉魔盒。

"项目前期的立项准备非常顺利，我找人私下确认了那些数据的真实性，还探过了研究所里的口风，知道那一年还有一个大原研药项目的名额。

"当时应该是四月份吧，你们知道的，报下一年项目截止日期之前。

"所以我压下了其他项目，申报了这一个。

"申报的过程异常顺利，因为是热门靶点，这个项目甚至还得到了国际上的注意，所里给了我最好的资源，我组建了项目后，还拿到了一笔不小的前期投资，将近一亿美金。"

七年前的一亿美金。

这件事情陆博远和方永年都不知道，都震惊地抬头。

吴教授又笑了笑，带着嘲讽，带着疲惫。

"你们两个是我的嫡亲，我一直觉得你们两个人一定能在这个领域做出成绩来，所以组建项目的时候，我根本没有犹豫就把你们两个加了进去。

"在公开立项之前，我又收到了一封邮件，这次邮件里面列了一串人员名单，邮件上说，之前那份靶点数据是免费给我的，代价就是这些人必须在项目组里。

"一共二十六个人，其中包括了葛文耀。"

吴教授看了方永年一眼，笑："就是你拿到的那份名单，一字不差。"

方永年手上的烟已经燃到了一半，他一口都没抽，右腿截面又开始酥酥麻麻地变痒，他知道，自己又要犯病了。

被恶心的，被颠覆的。

"我是直到项目开始两年后才发现这个项目的立项数据来源可能不像我想的那么简单。"老教授靠在椅背上，喝了一口陆博远之前给他的温水。

"最开始出现问题的，是名单里的那个财务。

"我发现吴韬和这个财务是旧识。你们也知道，吴韬当时在一家风投公司上班，他和财务认识倒不是什么稀奇事，稀奇的是，我听那位财务喊我家儿子'吴总'。

"吴韬比永年还小了两岁，那时候他才二十五岁，怎么能让一个将近四十的男人对着他点头哈腰喊他吴总……"吴教授冷冷一笑。

"查自己的儿子很容易，我基本没有费什么功夫，就发现我家的吴韬居然自己开了一家注册资金六千万的风投公司。我还发现，给我发那封靶点数据邮件的人，是吴韬。"

吴教授不说话了。

坐在他对面的他这辈子最得意的两个徒弟，也不说话了。

"他给自己亲爹假数据，骗亲爹入套，让财务一点点地挖走抗默项目的投资资金，到最后被我发现了，他只是说，这本来就是我欠他的。

“我是真不知道自己居然也生了一个天才，只是这天才并没有用在学习上，而是用在了犯罪上。

“他组建了一个团队，团队里有各行各业的人，每个人都被他抓着软肋。

“他舍得花钱，对他们不错，每次弄到钱，都会很大方地和大家透明地分赃。”

吴教授笑了，灰暗瞳孔里的情绪复杂得根本无法读懂。

“他是个很好的领导，好到很多人甚至愿意为他卖命。

“那封邮件里的靶点数据本来就是那一年生物制药的研究重点，数据是由专家做的，作假的方式很高明，再加上有权威的公章，不仅仅骗到了我，还骗到了很多这方面的专家。

“吴韬利用了我在业界的名望骗到了这个项目的前期资金，并且还打算用进到这个项目的那二十六个人继续制造假数据。

“他很了解原研药制药过程，他知道在这个漫长的过程里他可以通过这样的方法，神不知鬼不觉地拿到很多的钱。

“我劝过他，我跟他说我不介意这个项目是怎么开始的，趁着现在项目资金漏洞不是很大，他收手不会有任何人发现。

“我让他走到正途上，不要用这样的歪门邪道谋生。

“他在我面前痛哭流涕说他一定会痛改前非，我心软了。”

老教授又摸出了一根烟，自己给自己点燃。

“结果在项目开始做化学物筛选的时候，葛文耀跑过来告诉我，吴韬根本没有收手。”

吴教授的声音，渐渐地轻了。

事情虽然已经过去四年，但是他对当年发生的一切，仍然记忆犹新。

葛文耀是个外表看起来非常老实的人，讲一口带着口音的普通话，平时穿着简朴，和项目组其他人的关系都很融洽。

谁都不知道他有过案底，他在未成年的时候曾经暴力伤人致死，因为那个人试图猥亵他的妹妹，他一时激愤随手拿了一张椅子砸到了那个人的后脑勺，对方当场死亡。

他当时未满十四周岁，按照法律从轻原则，没有承担刑事责任，这件事却变成了吴韬用来作为牵制威胁他的武器。

葛文耀是他们家唯一能够赚钱养家的人，吴韬给了他很多钱，他慢慢地深陷其中，却终于因为一份数据报告发了飙。

“这个数据不能造假，这是会死人的！”吴教授还记得当时葛文耀激动的样子，“我已经杀过一次人了，我不能再杀第二次。”

葛文耀给了吴教授一个U盘，里面有吴教授泄露项目资料的所有录音。

“我当时是真的很生气。”吴教授看着陆博远，“博远应该也知道，当初那个项目因为立项靶点有问题，我们立项后调整了两次研究方向，付出了那么多，以为终于找到了问题所在，结果被告知这一切仍然还是假的，骗我的人，还是我那个宝贝儿子。

“所以，我做了一件事。”吴教授的语速开始变慢。

他做了一件事，他以为做了这件事就可以阻止他的儿子，结果却真正地把所有人都带进了深渊。

“你把文档泄露了出去。”方永年的声音，在那一刻居然沙哑得犹如老翁。

吴教授苦笑。

项目组的人只有陆博远和方永年两个人有文档权限，但是他有研究所里这条项目线所有项目的文档读取权限。

方永年和陆博远从来没有怀疑过他，是因为，他在事情发生的最最开始，就质疑过他们两个人其中之一泄露了文档。

当时方永年作为事故中唯一的生还者正躺在医院里，为了项目为了车祸焦头烂额的陆博远数夜未眠，而他，太过了解他的徒弟，所以只是寥寥数语，就埋下了怀疑的种子。

“只要那份文档泄露，这个项目就注定会失败，项目失败了，这个项目之后所有的投资也就不存在了。

“所以吴韬疯了。”

他找到了王达钢，让王达钢直接撞向了葛文耀所在的那辆小轿车，在工程车的重量下，小轿车严重变形，他想害死的那个人当场死亡，其他无辜陪葬的人，死不瞑目。

“我做错了很多事。”吴教授苍老的脸上表情复杂。

“第一次发现吴韬在做这种事的时候，我就应该报警。

“第二次给了吴韬机会吴韬还是不肯止步的时候，我更应该报警，而不是想用泄露项目文档的方式给他一个教训。”

更或者，他应该抽出更多的时间来养育他这个他四十岁才得到的儿子，而不是把那么多的时间放在研究所里。

方永年突然嗤笑。

“你错在明明知道靶点数据来历不明还要坚持立项，你错在明明知道项目财务已经出现了漏洞，项目的数据不可能被实验证实，还要让我们这七十几个人没日没夜的耗在项目里。”

他看着吴教授，这个多年来一直对他亦父亦师的男人。

他在住院的时候，来看过他跟他说以后有任何困难都可以去找他的人。

他出院后没有去找吴教授，他去所里辞职的时候，吴教授也没有出现。

方永年扯起了一边的嘴角：“你错就错在，明明知道拦不住你的儿子，还要在四年后把葛文耀的录音和名单给我。

“他试图再次杀我，如果他成功了，是不是就代表，这件事情就可以彻底翻过去不用再提了？”

吴教授夹在指缝的香烟一直在抖，他没有回答方永年的问题，也没有再说话。

“我到现在才想明白，你当初为什么要打电话让陆博远下车。”方永年说话仍然慢吞吞的，声音低沉。

“我一直到现在才想起来，我们那一趟，本来是要去参加研讨会的。”

一年一度的国际研讨会，他们本来以为抗默项目取得了重大突破，整理了一份演示文稿，主讲人是陆博远。

上车之前，吴教授给陆博远打了一个电话让他迅速赶回研究所，而那份演示文稿的主讲人，变成了方永年。

方永年都不知道自己为什么还能笑得出来。

“我们以为的重大突破，其实是数据造假的结果，我们去参加研讨会演示的那份演讲稿，迟早会因为数据有问题而被翻出来，所以这份演示文稿的主讲人，职业生涯一定会留有污点。

“我们两个人是你的嫡亲，你在我们参加研讨会前及时止损，选择牺牲我，留下陆博远。”

“并不是牺牲你。”吴教授仿佛一下子苍老了十岁，“在天赋上，你比博远强太多了，这样的污点放在博远身上可能很难翻身，但是放在你身上，你一定可以从头开始。”

方永年这下真的笑出了声：“你还真的为我们考虑过。”

“永年……”一直沉默的陆博远终于忍不住出声阻止。

那是他们的师长，哪怕他的罪恶已经无法饶恕。

“不管你们信不信，这四年来，我一直在弥补。”吴教授摁灭了手里的烟蒂，“车祸里丧生的那些人的家属的安置，博远这几年的升迁，还有你，你以为一个刚刚成立的小公司要申请做仿制药是那么简单的事吗？”

如果没有他在背后帮忙疏通，方永年的路会比现在难走很多倍。

“我知道我很自私，但吴韬是我唯一的儿子，他犯的罪太大了，我们家根本承担不了，而且他也跟我保证，这真的是最后一次了。”

这话说出来，连陆博远都忍不住皱了皱眉。

“那为什么要给我录音和名单，为什么要让陆博远邀请我重新进项目？”方永年选择了直接打断。

为什么？

没了一条腿的人是他，受害人明明是他，为什么每一个人，在他面前谈的都是他们自己的难处？

他们的难处与他有什么关系，他为什么要因为这些人的难处，赔上一条腿？

“我知道你一直在查当年的事情。”吴教授看着方永年，“你是我最得意的弟子，我知道你有多聪明，也知道以俞家的财力，查到那些事应该是迟早的问题。

“这次重启的抗默项目，从立项准备开始就一直很规范，所有的数据都经过了精密检查，有一些甚至是我亲自参与的。这是个好机会，我希望你们能重新进项目，把四年前因为意外打断的事业重新进行下去。

“所以我把我这里有的证据都给了你，我希望你能查到当年的数据造假，我希望你能在查明所有事情之后，从阴影里走出来。”

七十岁的老人，一下子说了太多的话，胸膛忍不住微微开始起伏。

一旁的陆博远忍不住又给吴教授倒了一杯温水。

这毕竟是他的老师，他真的很难把对方和那些匪夷所思的灭绝人性的事情结合起来。

吴教授每一次示弱，他都觉得心里一痛。

“你希望我从阴影里走出来，却只给了我录音和名单？”方永年却根本不吃这一套，“你其实只是想让我到此为止吧？”

吴教授给的那些证据，只能让他查到项目造假，如果吴韬没有出现，这个案子本来还有的磨。

谁输谁赢都还不一定。

“永年……”吴教授几近哀求，“那是我唯一的儿子。”

“你儿子，杀了四个人。”方永年闭了闭眼，“或许还更多。”

他当着吴教授的面，掀起了自己的右腿裤管。

这是陆博远第一次看到方永年的义肢，金属质地的骨架，卡在膝盖以下，用肉色的软布仿造出小腿的轮廓。

“吴教授。”方永年也用几近哀求的语气，看着他曾经的恩师，“我也只有一条右腿。”

死去的那些人，也只有一条命。

陆博远闭上了眼睛。

满目疮痍，满心荒唐。

吴教授终于选择了沉默。

他们都是高智商人才，都是极其聪明的人，有些话，不需要全部说出来。

吴教授把那些证据透露给方永年，又给方永年介绍了一个他肯定会感兴趣的项目，他的目的，就是希望方永年可以收手。

他没有料到他的儿子在危机发生的时候，所做的选择和四年前一模一样——又一次制造车祸想杀方永年；在那些专家被抓了之后，他儿子第一个反应，就是想抓住陆一心威胁陆博远。

他的儿子从来没有想过要悔改。

就像吴教授，从来没有觉得自己的儿子应该要受惩罚一样。

这两父子，直到穷途末路了，才想起来应该要向人忏悔。

可是，人已经死了，心也已经凉了。

吴教授走的时候，陆博远也没有去送他。

没有人问他一身西装革履、皮鞋锃亮的打扮想要去哪儿，他也没有解释。

两个小时后，吴教授的车在去华亭市的高速上遭遇车祸，当场死亡。

三个小时后，吴教授的助理把吴韬所有的犯罪证据都交给了警方，吴韬拒捕，在高速追逐的时候再一次遇到了车祸。

就仿佛怨鬼索命。

只是吴韬没有死，车祸造成了脾脏破裂，内脏多处受损，但他还是活了下来，活下来面对所有的刑罚，活下来经历他该有的人生。

陆博远和方永年是一直到事发之后吴教授的助理来找他们，才知道吴教授那一天是打算去自首的。

“他想把所有的事情都承担下来，这样吴韬最多只能算是协助作案。”吴教授的助理推了推鼻梁上的眼镜，“谁料到吴韬……”

他以为自己的爸爸决定去举报他……

“吴教授走之前叮嘱过我，如果他出了事，就把写有‘吴韬’两个字的文件夹交给警察，然后再把这一份交给你们。”他拿出一份厚重的黄色资料袋包裹着的文件。

这是新的抗默项目立项前的所有准备工作，都经过规范流程，没有数据造假。

“还有一件事，是关于王达钢的。”助理有些踌躇。

“吴韬当初让王达钢制造车祸，是因为王达钢有个尿毒症的女儿需要长期做肾透析，要排队等待肾源，需要很多钱。

“吴韬答应会全额支付王达钢女儿的医疗费，所以王达钢才会做这样的事。

“悲剧的是，王达钢出事的当天，他女儿突然病发，没有救回来也跟着去了。

“王达钢当时的妻子并不知道王达钢还有个女儿，他在外面养的那个女人因为女儿和王达钢都走了心灰意冷，拿了吴韬给她的五十万远走他乡了。

“现在这事闹出来，王达钢的前妻要求对方把钱交出来，为了这事可能还会闹上法庭。

“我怕到时候记者会扯出当年的车祸，会有人想要联系方永年，所以也提前跟你们说一声。”

制药项目数据造假，这毕竟不是一件光彩的事。

方永年也好，陆博远也罢，这次之后，职业生涯最好不要再有任何污点。

助理又推了推眼镜框。

没有人理他，也没有人去接那个写着“方永年 陆博远”名字的文件袋。

助理把那个文件袋放在了病房外间的桌子上，走的时候还偷偷带上了门。

门口站着一个青春少女，五官长得和陆博远有些像，生机勃勃水灵灵的。他后来才知道，她就是陆博远的宝贝女儿，陆一心。

“他们还好吗？”陆一心一脸担忧。

声音也很好听，清清脆脆的。

“不太好。”助理苦笑。

牵牵扯扯，阴错阳差，在这场纠缠中，没有人赢了。

这是一场就算大仇得报也无法拍手称快的磨炼。

陆一心很人小鬼大地皱起了眉头。

“你晚一点再进去吧。”助理叹了口气，现在屋里的气氛压抑得让人无法呼吸。

“可是我饿了呀。”陆一心皱着眉噘着嘴。

助理：“……”

他就这样眼睁睁地看着这丫头变魔术一样地从隔壁病房里拿出了一堆的锅碗瓢盆，十分不见外地分了一半给他。

“叔叔帮我拿一下，太重了，马上就好。”她还振振有词。

每个保鲜盒里都装着看起来品相不错的炒菜，她最后还端出了一大锅白米饭。

她进门的时候，是用脚踹的。

她根本没看那几个吞云吐雾的大人一眼，直接嚷嚷：“开窗啊！这里是病房，你们有没有道德的？”

小话痨一样叽叽喳喳。

“俞含枫……阿姨说今天是最后一个晚上了，再坚持一下明天就可以回家睡了。”

她用哄小孩的语气。

“我还让阿姨帮我买了酒。”她显摆一样地用拖的方式拖来了一个巨大的白色塑料袋，看着陆博远吐了吐舌头，“我妈说你们今天可以喝酒。”

所以她买了，她爹别想用这个理由骂她。

中年助理看着这丫头就这样风风火火闯进那个一直拉着窗帘一直沉默的房间，穿着她深蓝色的运动校服，叽叽喳喳地命令他们铺桌子摆碗筷。

人间的食物总是有它特殊的香味，哪怕天塌下来了，这些香味也仍然能让人感受到唾沫分泌，感受到食物的温度。

她给每个人都盛了一碗饭，把一碗小葱拌豆腐放在了陆博远面前。

“我妈说你胖了。”她笑得十分得意。

“……没大没小。”陆博远用筷子敲她的脑袋。

沉默了整整一天，他们终于再次说话了。

拉开了窗帘打开了窗户，外面新鲜空气里有暖洋洋的即将入夏的南风。

陆一心嘴里叼着鸡翅膀，眯着眼睛和郑飞抢鱼肚子上的肉。

助理又推了推眼镜。

终将过去的。

那些悲伤的荒唐的和欲望有关的伤痛。

那个晚上，谁都没有喝酒。

方永年吃完晚饭就收拾东西回了家，反倒是陆博远磨磨蹭蹭地一边收拾东西一边话痨。

“我欠永年太多了。”他絮絮叨叨的，比喝了酒还啰唆。

陆一心深以为然，卷了一把试卷塞到了书包最底下。

“我真的欠他太多了。”他开始祥林嫂，“可是他有时候那个倔样子又真的让人很想骂他。”

陆一心继续深以为然，把自己的衣服叠好塞到书包最上面。

“你说他现在一个人回家会不会胡思乱想？”陆博远像个老父亲一样操碎了心，“你妈妈当初找房子的时候没有考虑周全，他现在住的那个地方太安静了，一个人住得太安静，对性格不好。”

陆一心：“……”

她明明记得当年她妈妈帮方永年找房子的时候，陆博远是非常反对的，还说她妈妈多管闲事。

男人真善变。

陆一心撇嘴。

“不行，我放心不下。”陆博远收拾了一半，把剩下的事情都丢给了陆一心，“你都收好了自己打车回家，我去一趟永年家里。”

陆一心这下有反应了，动作迅猛地把所有的东西团成一团塞到行李箱里压了两下就算收拾好了：“我也要去！”

“你去干吗，他家又没吃的。”陆博远没给她机会，拍拍屁股就走了。

压根儿没管自家女儿正坐在一个跟她差不多大小的行李箱上，身后是空无一人的干部住院部。

“我大概不是亲生的。”被抛弃得很习惯的陆一心愤愤地对着行李箱踹了一脚。

她也很担心他的……

吴爷爷来了之后，他一直都没有说过话……

走的时候，也没和她打招呼。

她……也很担心他的。

陆博远很不喜欢方永年家里的装修——房东的简装再加上似乎是自己家女儿买的一些幼稚的摆设，不伦不类。

“你比我宠一心。”他感叹，从屁股下面抽出一个海绵宝宝造型的抱枕。

这玩意儿肯定是陆一心弄的，她房间里有两个一模一样的。

“反正是租的房子。”方永年喝了一口水。

陆博远坐在沙发上，又左顾右盼了一会儿，然后开口：“你身上这件衬衫有点旧了啊。”

陆一心黏人的脾气应该是遗传自陆博远，现在都晚上十点了，陆博远就这样赖着不走。

他以前怎么没发现这父女俩那么像。

陆博远大概也意识到自己的搭讪太过僵硬，尴尬地咳嗽了一声。

“我就是想来问问你，你以后有什么打算？”嘘寒问暖这种事，太不适合他，他认命地有话直说。

方永年把玩着手里的马克杯。

黑色的粗陶，颗粒逼真。

“先帮俞家做完这几个仿制药。”他仰着头，把剩下的水一饮而尽。

四年前的事终于有了个了结，可是他心里除了堵着恶心外，并没有觉得解脱。

报仇也不过如此。

他反而因为失去了目标，整个人都有些迷茫。

做完仿制药，还完俞家的钱，找个小地方开个小区水果店，偶尔来禾城收收这个药房的分红。

一辈子，也就这样了。

“吴教授留下的那个项目……”陆博远说得犹豫。

“我不想做。”方永年打断，回答得斩钉截铁。

“我知道。”陆博远摆摆手，“我也不想做。”

方永年看着陆博远，不太明白他想说什么。

那份资料他没拆开看过，但是他知道陆博远拆开看过，不但看过，看完了还抽掉了一整包的烟。

他对吴教授的感觉很复杂，有恨，有绝望。但是他也知道，吴教授在神经退化性疾病药物研究上的成就，是他和陆博远都需要仰望的。

吴教授走之前特意强调这份文档没有问题，走的是正常流程，就代表，这真的是个可以立项的项目。

吴教授确实一直在用自己的方法弥补，最后还给他留了一条能让他重回制药界的路。

但是让他仰望这样的人，让他觉得恶心。

他不想再去碰这件事，也不想再像以前一样花几年甚至几十年时间去做一件根本无法判断出结果的事情。

他已经回不去了，不管是心态上，还是身体上。

“你这儿有酒吗？”陆博远突然换了个话题。

“没有。”方永年摇头。

他家能吃的东西就只有冰箱里的一包糖藕，还是上次陪陆一心吃过晚饭打算去华亭的时候顺道买的。

“那出去喝点？”陆博远站起身，身后另外一个海绵宝宝的抱枕露出了半截黄色的白痴笑容。

小区门口的夜宵店生意并不好，几张放在店门口的桌子都没有什么人，陆博远点了几瓶啤酒，买了撸串还去对面给方永年打包了一碗汤。

虫草花旗参鸡汤。

方永年看着这一碗热气腾腾的汤和身边红彤彤的撸串，很神奇地理解了陆博远的意思——陆博远大概是觉得撸串喝酒太不健康，所以再给他加了一碗汤补补。

他很无语地喝了一口汤，不知道为什么想起了陆一心永远都随身带着的巧克力。

她以前并没有这个习惯的，似乎是从他某个早上因为低血糖头晕没去药房开始。

父女两个，关心人的方式都很接地气。

“我一直在做噩梦，梦里面还是立项的时候，葛文耀就站在我后面，跟你为了项目办公室里的座位猜拳打赌。”陆博远开了啤酒对着瓶子喝了一口，笑，“后来想想，我这哪算是噩梦。”

要说噩梦，坐在他对面的这位师弟，才是这四年来真真正正一直活在噩梦里的人。

“你怀疑我，是对的。”陆博远又喝了一口酒。

“我只是为了想接一个主项目，想快一点闯出名堂来，作为项目经理连项目资金出现漏洞都不知道，更不要提那些被动了手脚的数据。

“吴教授跟我说文档泄露的时候，我并没有怀疑你，但是吴教授问我，有几个人有这个权限。”

方永年笑了。

陆博远苦笑着又喝了口酒：“你看，你们都比我了解我自己。”

知道他这个脾气，只是单单这么一句话，就能让他埋下怀疑的种子。

“说我忙着处理项目后续忙着处理车祸，都是借口。真正的原因就是我觉得不是你就是我。”

不是方永年，那么有嫌疑的人就是他，他不能接受这样的嫌疑，所以在有人提到这件事的时候，他没有为方永年说过一句话。

他甚至在教授让他别再深查的时候都没有问为什么。

他作为方永年的师兄，在出事的时候，为了自己的前途抛弃了方永年，在所有人都在说方永年为了钱做错事的时候，他也跟着所有人的立场一起踩了方永年一脚。

因为他害怕，不是方永年，就会是他。

他自己说服了自己。

这四年来，他把方永年看成了眼中钉肉中刺，不仅仅是因为他觉得方永年做了错事，还因为，他害怕。

“所以我辞职了。”陆博远眯着眼睛。

他喝光了两瓶啤酒，他们点的烤串渐渐地凉了，孜然和辣椒粉的香味慢慢地淡了。

方永年没喝酒，一直在低头喝汤，听到陆博远的话，怔了一下，抬头。

“我从研究所辞职了。”陆博远重复，“就刚才，来你家之前，发了一封邮件还打了一个电话。”

方永年：“……”

“所里巴不得我走。”陆博远可能有些醉了，说话的语气开始变得飘忽，“吴教授的事情被压下去了，只说是车祸意外身亡，但该知道的人还是都知道了。”

吴教授的路都垮了，所有人都巴不得和他撇清关系。

一世英名最终毁在了自己儿子身上。

“你辞职了？”方永年更关心的是这个问题。

“是啊。”陆博远点头。

“下家去哪儿？”方永年皱着眉。

陆一心还在读高二，他们家才十五万存款，陆博远就辞职了？

“我想跟你一起做仿制药。”陆博远凑近方永年，脸上有些哀伤有些期盼，“我想了想，我不适合做项目经理。

“这几年太想做出成绩了，就像吴教授那样，太想的东西想久了会变成心魔。

“你比我能干。

“我还是跟着你做吧，一起做仿制药。

“仿制药好啊，实际，能解决现在最要紧的药品短缺问题，时间短，还能赚到钱。

“等你公司有一点成绩了，我们多攒点钱，说不定还能开个原研药的项目。

“咱们不靠别人。

“咱们靠自己！”

就几句话，从你、我就变成了咱们。

方永年总算是知道陆一心自来熟的性格是哪里来的了。

他又喝了一口汤，这鸡汤估计一只鸡熬出了十斤汤，淡得就跟盐水一样。

“我做仿制药只是为了还钱。”

他当时太需要钱，义肢的，报仇的。

“还完了钱，我不会再做制药了。”他淡淡地道。

陆博远有些呆滞地打了个酒嗝。

“你在我这里做不久，这家公司本来就是俞家的，不是我的。”这公司，只是俞含枫抢夺家产的筹码而已。

陆博远有些困惑：“不做制药，你要干什么？开药房？”

就现在这个破药房?

他们三个人开能赚到钱吗……

“开水果店。”方永年喝光了汤，很优雅地擦擦嘴。

陆博远瞪着他。

方永年不说话了，他不知道该说什么。他不想干了，这糟糕的世界，他要是跟他哥一样从小打架闹事都不见得会落得现在这么凄惨的下场。

“开什么？”陆博远像是没听清楚。

“水果店。”方永年答得很顺畅，一点都不羞愧。

陆博远伸出一只手指着他的鼻子，想了半天想不出能骂的话，又哆嗦着手拿出了手机，按了一个快捷键。

方永年还没完全反应过来，就听到陆博远冲着拨通的电话吼：“闺女！你偶像要开水果店！你难道以后也要开水果店吗？！”

方永年：“……”

“为什么是水果店？”陆一心百思不得其解。

方永年正忙着把扒拉在他身上的陆博远摘下来，结果刚扒开了陆博远的手，脚又上来了。

他一个残疾人为什么要做这种体力活?

“你就让我爸这样睡着吧。”陆一心以过来人的身份告诉他，“他醒了更讨厌。”

睡着?

在这种车水马龙的路边，在烧烤摊上?

方永年已经不想和这一家子不靠谱的人说话了，埋头自顾自地想要甩开陆博远。

真重!

“为什么不是蛋糕店？”陆一心还在纠结这个问题。

方永年好不容易把陆博远丢在凳子上，往边上挪了挪以防他又抱上来，拿着杯子灌了一口水。

为什么是水果店?

因为水果店适合中年大叔。

蛋糕店听起来太甜蜜，不符合他的心境。

但是现在，他不想说话。

“我叫了郑叔叔，他一会儿过来送你爸爸回去。”他叮嘱陆一心，递给她一百块钱，“烧烤摊的钱都结了，你要是肚子饿还想吃就自己点。”

“你要走？”陆一心目瞪口呆。

晚上十二点多了，陆博远喝了四瓶啤酒烂醉如泥，烧烤摊上几乎没有客人，小区门口也只有零星经过的车辆。

把她和陆博远就这样丢在这里，确实不合适，但是他没力气搬动陆博远，他也不想在这里和陆一心聊天。

“我去对面抽根烟。”他想出了一个只有他这种智商的人才能想出来的天才决定。

彻底镇住了陆一心。

大半夜的，陆一心捏着方永年给她的一百块钱，风中凌乱地看着方永年一路小跑跑到了马路对面，靠着树点了一根烟。

“老爸。”陆一心推了推她不省人事的爹，“我们两个把他逼得好惨。”

一本正经永远冷静的方永年，都被逼得神志不清了……

陆一心拿出手机，调出微信，在方永年的对话框里输入：“要不要韭菜？”

马路并不宽，大晚上的挺安静，她这边刚刚按了发送，方永年那边手机就响了。

陆一心托着腮，看着方永年拿出手机。

他在沉默。

“茄子呢？”陆一心再接再厉。

“你晚上没怎么吃，要不要来两个烤馒头，蘸炼乳吃？”陆一心打字的速度和她的年龄非常匹配。

“其实这家的烧烤不好吃，你怎么不带我爸爸去小区后门那家吃？”

“所以，你为什么要开水果店啊？”

方永年的手机没有开静音。

他就这样在对面拿着手机，面无表情地听着手机异常热闹的叮叮咚咚，锁屏页面弹得跟烟花一样。

方永年把手机放回口袋，隔着马路看着对面的陆一心。

她还在兴高采烈地敲手机，眉梢都要飞起来了。

他低着头，恶狠狠地吸了一口烟，然后把剩下的烟摁熄，拿出手机。

“过来。”他忽略上面已经刷了屏的记录和各种动画表情包。

他眯着眼睛看着陆一心拿着手机顿了一下，怯怯地抬头看他，然后犹犹豫豫地站起身，把自己的爸爸放倒在凳子上让他能睡得更舒服，然后小碎步地跑过来。

哪怕她此刻应该是犹豫害怕的，跑起来的时候，却也仍然青春飞扬。

她眨眼就站到了他面前，他低着头，觉得他居然都开始习惯他们之间的身高差。

太熟了，太亲了，所以他一直心软。

但是现在所有的事情都已经尘埃落定，他已经没有了留在禾城的理由。

他反而多了很多必须要走的理由，而陆一心，是最重要的那一个。

她不了解人心。

她不知道她肆无忌惮的告白、肆无忌惮的耍赖，其实会在对方心里留下印记。

至少，他知道他对她，也有些不一样了。

虽然仍然端着叔叔的架子，但是他知道……不一样了。

很可悲地不一样了。

他开始会看到陆一心穿了什么，会注意她脸上的小表情，会因为陆一心特意给他带的小炒肉被郑飞吃了，心情不好。

都是极小极小的小细节，除了他没有人会发现的小细节。

他该走了，在这种异样的感觉燎原之前。

小姑娘也该有自己的人生了，而不是天天围着他转，为他的事在医院这种地方住上三个星期，连做作业都是趴在病床上做的。

"我明天去华亭。"方永年看着陆一心，看着那张红润的始终带着天真表情的脸。

陆一心张了张嘴，"哦"了一声。

她很谨慎。

从他说让她过来开始，她就又有了一种要完蛋的第六感。

她对方永年的第六感，从来没有不准过。

"房子还有一个月到期，下午我已经打过电话给房东了，退租押金用来抵扣这个月的水电，剩下的直接都给你妈妈，不用再还给我了。"

陆一心："？"

"没什么东西要带走的，你之前淘的那些小东西你要是舍不得就抽个时间拿回去，我把三把钥匙都留给你。"他从兜里拿出钥匙。

本来是打算给郑飞的。

本来他是打算干脆不告而别的。

既然已经发现不对劲，他不会给自己任何再错下去的机会。

可是到底还是败给了她。

陆一心盯着那串钥匙。

一个裸的钢丝圈，上面挂了六把钥匙，她认识，三把大门的，三把里面卧室的。

两年前她妈妈弄好房子让她把钥匙给方永年的时候，就是这样的六把钥匙。

他早就准备好要走了，连钥匙都已经弄好了。

“你……要走了？”她不接钥匙，只是盯着。

“嗯。”方永年也不急，维持着递钥匙的姿势。

“不回来了？”她还是盯着钥匙。

“偶尔。”他不打算撒谎，药房毕竟有他的一半，他怕他以后水果店入不敷出，还是需要药房养老。

“哦。”陆一心讷讷应道，木头人一样站着，就是不去接那串钥匙。

方永年耐心很好地伸着手等她来接。

他看着面前这个十八岁的姑娘，她眉目如画，头发浓密，低垂着眉眼，一辆小车开过，灯光划过她的脸。

她在哭！

没有声音的，眼泪像断了线的珍珠似的往下流。

方永年还是没动。

陆一心轻轻地吸了吸鼻子，再次抬头的时候，眼睛因为被眼泪冲刷过，亮得惊人。

“我想过如果你要走了我应该要怎么办。”她声音还带着哭腔，但是显然没打算再哭，她看起来，很悲伤，也很镇定。

“我想你肯定不会在只有我们两个人的时候和我说话，因为自从我闯祸后，你就一直在避嫌。”

特别狠心地一直避嫌。

“所以我想，如果你说要走了，我就号啕大哭，不管在哪里，就拽着你的手号啕大哭。”

十八岁的姑娘，哭还是有用的，哭还是能拿到糖。

“但是……”陆一心抬头看着方永年，这个她心心念念了很久很久的男人，“那样你会讨厌我。”

她会让他难堪，她最不想的就是让他难堪。

“你答应过我，如果你一直单身，等我长大了，可以让我追你的。”

她自顾自地说，说完了又自顾自地否定。

“不对，你没有答应我，是我强迫你默认的。

“但是那也是默认了。”

她看着方永年，居然还笑了。

一如既往的耍赖得逞后小得意的笑。

“所以，方叔叔。”她这次规规矩矩，没有叫他的名字，“等我长大了，能自立，能让你觉得我是认真的时候，如果你还单身，我可以追你吗？”

方永年哽住了。

如果说他之前多多少少仍然还是觉得陆一心其实是在胡闹，多多少少还是认为陆一心的喜欢只是荷尔蒙太旺盛了没处发泄的话，那么这一次，他认真了。

那么鲁莽的陆一心，在这种时候完全没闹。

她好像真的明白了他们之间所有的鸿沟，也真的认真地思考过她应该怎么办。

所以她站在这里，止不住地流眼泪，却昂着头。

再也没有像之前那样，一边喜欢，一边心虚。

我们之间没有可能——这样的话，方永年说不出口，让他对一个十八岁的姑娘一本正经地说出这种话，他想想都觉得荒唐。

他们之间，根本没有“之间”这两个字。

“你会一直待在华亭市吗？”陆一心没等到方永年的回答，眼睛黯了一下。

“不一定。”只要不谈到感情，他有问必答。

“华亭不远……”陆一心声音讷讷，“我可以去看你吗？”

“……不可以。”他觉得自己简直快要变成石头，最最坚硬的那种。

“那……发微信呢？”陆一心的眼睛更加黯淡了，却仍然抖着嘴唇坚持把话问完，“如果烦的话，你都不用回，只要能让我发就行了。”

不要拉黑我。

卑微得，都不像陆一心了。

“你们俩在这里干什么？”大半夜被叫出门做苦力的郑飞在街对面号，嗓门大到醉倒在凳子上的陆博远咕哝了一声，翻了个身。

方永年抬脚就走。

陆一心在那一瞬间整个人心都塌了，她下意识地抬手，拽住了方永年的袖子。

不敢说话，只敢紧紧地拽住。

方永年那一步，突然就迈不出去了。

他感觉到身后的小姑娘正在发抖，他知道他如果想要决绝，今天晚上拽开她，他们之间，就真的再也没有关系。但是他不想那么决绝，不忍心让她太伤心。

等他去了华亭，换了手机号码，也就可以和她和陆博远再也不联系。

他深呼吸，看着街对面的郑飞。

“帮个忙。”他这话是对郑飞说的，“帮我把陆博远送回家。”

“我带陆一心去吃碗面。”他的声音十分平静，没有让陆一心松开他的袖子，用身体，把她藏在了身后。

第八章 他不想变成那个人，变成那个她成长里的代价

禾城老城区里有一家很有名的面馆，门面不大，一年只开六个月，晚上七点开门半夜三点关门。他们家主打虾爆鳝，春夏季节是黄鳝和沼虾最鲜美的季节，浓郁的汤头加上鲜美的河鲜，入口是沾满了汤汁筋道的干切面，回味无穷。

所以哪怕这家店开店时间奇葩，店面环境简陋，店主还经常吆三喝四，仍然是天天爆满，门口站满了排队的人。

方永年和陆一心在排队的人群里，都没有说话。

陆一心两只手藏在外套口袋里，低着头；而方永年，则低头看着手机，手机屏幕里是陆一心看不懂的语言和化学方程式。

陆一心的手还是抖的。

刚才方永年带着她打车的时候她还一直拉着方永年的袖子，上车前，方永年另外一只手伸过来，拉开了她的手。

并不嫌弃。

动作甚至有点温柔。

他手心碰到她手背的温度，让她手背至今还是滚烫的。

他带她过来吃面，这家店因为开店时间过分奇葩，离她家又有点远，她一直没有过来吃过。

倒是在他面前提过很多次，他还记得。

陆一心小心翼翼地往前走了一小步，自己的外套几乎要贴上方永年的外套。

方永年扭头看了她一眼，往后退了一步，让她站到他的前面。

他站在她身后，低着头继续看手机。

两人没有任何交流，但是姿势变了。这样，他一低头就能看到她的后脑勺，这样，他可以很清楚地看到她低着头手足无措的样子。

以一种保护的姿态。

陆一心觉得很神奇。

她那么神经大条的人，居然能够迅速地理解方永年每个动作后面的含义。

他在安慰她，他在用更好的方式和她离别，他在帮她守护她心里面的心动和欢喜。

他没有转身就走。

她喜欢的人，哪怕经历了那么多的苦难，仍然温柔。

所以她的眼泪更加止不住。

那碗面不负盛名，半臂宽的海碗热气腾腾香气四溢。

陆一心先喝了一口面汤，热气袅袅，眼泪和着面汤，又烫又涩。

方永年看着她的头顶，恍惚想起六年前因为外婆去世化身小兽的小姑娘，也是现在这个样子，一边喝着汤一边流眼泪。

他跟她，真的认识很久了，跨过了他的前世今生。

甚至连他的手腕上都还留着这丫头六年前咬的印记，白色的小小的牙印，和他身上很多伤疤一起，变成了他活着的象征。

她确实带给他很多东西，她是他缅怀过去的纽带，她也是他每次怀疑人性的时候，提醒他世间仍然有美好的存在。

他抽了两张面馆的餐巾纸，递给她。

劣质的餐巾纸擦在脸上，仍然会掉纸屑，陆一心擦着擦着，挂着眼泪就笑了。

方永年双手环胸，眼底也有笑意。

六年了，这种劣质的餐巾纸仍然是苍蝇馆子的标配。

这个世界变化得再快，也仍然会有一些意想不到的地方，保留着这样让人会心一笑的奇怪传统。

“行了，别哭了。”方永年有些无奈地看着陆一心又哭又笑的狼狈样子。

陆一心吸着鼻子嘴里发出了模糊不清的呜咽，好不容易喘匀了一口气，赶紧先表明立场：“我……还得再哭一会儿……”

午夜简陋面店里人潮汹涌，大部分人脸上都带着困倦和冷漠，没有太多人注意到角落的桌子边坐着个哭到连话都说不全的小姑娘，而她对面的男人，精瘦，表情严肃，却耐心。

陆一心深呼吸着终于缓过了气，喝了一口面汤，吸了吸鼻子，又想哭了。

方永年明天就要走了。

他刚才交代的话，像是他们以后再也不会见面了。

他再也不会像今天这样，带她街头巷尾地找吃的，细心地给她递上劣质的餐巾纸，沉默耐心地等她发泄完情绪。

陆一心又开始呜咽，可是面快坨了，这是方永年买给她的面……

她一边吸气一边吃面，吃得一旁的方永年战战兢兢。

“你会被呛死。”他拿走了她的筷子，“哭完再吃。”

陆一心冲着方永年流眼泪。

方永年：“……”

这丫头，悲伤得都让他觉得荒谬了。

十八岁的喜欢，真的能那么刻骨铭心吗？喜欢他这么一个脾气不怎么好，年纪有点大，身体又残缺的人，也能那么全无保留吗？

他都有些想要问问她，他到底哪里好，好到她现在坐在对面都快要哭到变形。

“我只是去华亭。”他已经无法形容自己此刻的心情。

复杂得让他这个经历过跌宕起伏人生的人，都无法理解的心情。

“我去华亭，是有事情要做。”他夹在做她的长辈和被她喜欢的人中间，觉得自己说出的话每一字都很尴尬，“你马上高三了，也不可能再像现在这样，有事没事就往我这边跑。”

方永年十分罕见地，停顿了一下。

他张了张嘴，又停顿了一下。

哭得昏天黑地的陆一心，一边抽泣一边稀奇地看着他。

他对她向来有什么说什么，她长这么大还没见过方永年犹豫的样子。

他真的太犹豫了，那句话说出口仿佛要了他的命一样犹豫。

方永年的手指在面馆有些油腻的桌子上点了点，像是下定决心，又像是终于认输：“我走了，并不代表我们就老死不相往来了。”

所以你不用哭成这样。

所以你不用把这碗面，当成他的离别礼物。

他没那么寒碜，不会拿这种几十块钱的油腻腻的东西拿来做离别礼物。

陆一心几乎已经肿成一条缝的眼睛，突然就变得亮晶晶了。

方永年艰难地，斟酌着用词：“微信不会拉黑你，你如果有不会做的题，还是可以和以前一样拍下来发给我。”

他又不是小孩，玩不来这种微信拉黑的幼稚行为。

陆一心吸着鼻子，呆呆的。

方永年不再说话。

他和陆家的牵扯，不止有陆一心，还有那个不省心的陆博远。

陆博远在这种风口浪尖辞职，研究所肯定会立刻放人，就像他当年那样。大机构的人力资源架构成熟，绝对不会出现少了谁都不行的情况。

现在所有人都不想和吴教授扯上关系，陆博远这种算是吴教授培养出来的科研人员，能主动走，估计研究所的领导也求之不得。

当年的事，肯定不止那二十几个人涉案，一个原研药项目要立项要拿到投资，也不可能仅仅只是依靠着吴教授在业界的名声。

只是无法再深挖罢了。

大机构大公司，可以藏污纳垢的地方太多。

他手指在衣服口袋附近动了动，忍住了想抽烟的冲动。

陆一心还是呆呆的，看着他的表情有点傻。

大人的牵扯，和她说不清，但是他和她，确实没那么容易老死不相往来，虽然他很想。

“那我……”陆一心也顿了顿，她被方永年避嫌了太多次，被他拒绝了太多次，再铁的头，现在也开始知道痛。

她很认真地思考了一下，她现在这个情况下问这个问题，是不是会被方永年认为是在得寸进尺。

方永年看着她，看着她微微发红的脸上，还粘着劣质餐巾纸的碎纸片。

哭过了，一整张脸都湿漉漉的。

但是却不难看。

似乎在十八岁这个年纪，没有任何一件事是难看的。

“那我，考上大学以后能不能去找你？”她不敢再说追他，用了一个更安全的词。

“你考上大学之后，估计不会有空找我。”方永年笑了笑，表情放松了一点。

总算，他这段时间的教育还有点用。

总算，她不敢在他面前再提那个惊世骇俗的词。

“大人们不喜欢孩子们早恋，是有原因的。”明天他就要走了，这丫头虽然不至于会因为这种事情想不开，但是今天既然已经忍不住心软了一次，那后面，就不能再放纵她了。

“人生的变数太多，十几岁的时候太冲动，容易做出会让自己以后后悔的事。

“你现在做的这些事，你以后都会后悔。”

他又一次找到了长辈的位置，这一次，他打算牢牢地扎根在这里。

“所以以后的事，以后再说。”他指了指那碗已经坨掉的面，他们排了半个小时队才等到的面，“要不要再给你要一碗？”

“我想打包。”陆一心终于不再哭了，“打包回去放到冰箱里冻起来。”

方永年一愣。

“如果我以后不会后悔。”陆一心愤愤地、不服气地说，“我就拿这份面扔你！”

“如果今天晚上我爸爸没有喝醉，你是不是打算就这样偷偷地走了？”缓过劲来，陆一心终于有力气秋后算账了。

他连钥匙都准备好了，他提前从医院回家，是为了收拾东西的。

他为什么打算偷偷地走？

“你是怕我真的会抱住你在大街上哭，所以才打算偷偷走的吗？”陆一心的眼睛肿成了一条缝，她努力地瞪大，想要表达自己的愤慨。

方永年：“……”

“我已经说过我不会让你难堪了啊。”她很委屈，孩子气的气愤，“我说了那么多次，你为什么还是不相信我。”

方永年无奈。

这种转头就忘的孩子气的保证，他为什么要相信？

陆一心放下筷子，抽了几张餐巾纸把湿漉漉的脸重新擦了一遍，然后把贴在脸上的头发理好。

她，对着方永年。

方永年下意识地往后靠了靠。

“我的保证是认真的。

“我不会让你累，不会让你难堪。

“如果你不喜欢我，我也不会纠缠你。

“我会长大，我会变得很厉害，再也不怕闲言碎语的那种厉害。

“然后，我会来追你，如果那时候你已经有女朋友或者老婆了，我会祝福你。

“我小的时候一直是你在照顾我，在保护我。

“等我长大了，我来保护你。”

小小的少女，两手握拳。

精瘦的男人，傻在当场。

现在这个世道真的变好了很多。

被震傻的方永年，脑子里突然就蹦出来这么一句话。

一个十八岁的姑娘，高中还没毕业，就可以拍着胸脯说自己以后要保护他了，说得那么胸有成竹、斩钉截铁。

他离开的时候，还是给她打包了一碗虾爆鳝，不管她是不是真的打算冰冻到冰箱里用来砸他。

他觉得这天晚上他没有不告而别，也许是对的。

陆一心孩子气的承诺，那家久负盛名的面馆里的烟火气，很神奇地填补了他这段时间心里面的空洞。

往前看。

向前走。

他推开华亭市新家的大门，手上只有一个小小的行李袋。

那个晚上，他用了一碗三十八块钱的虾爆鳝结束了他过去四年的纠缠。

只除了命中注定和他牵扯不清的陆博远。

陆博远真的去了华亭，还是俞含枫牵的桥搭的线。

没有人能理解方永年打算开水果店的梦想，俞含枫给制药公司做风险投资方案的时候，给的都是五到十年的阶段性方案。

方永年提交的三个仿制药的项目都陆续批了下来，陆博远接手了其中的一个项目。

在家里的时候，他经常会提到方永年。

他记忆里那个只知道埋头做研究的小师弟，已经变成了陌生的方总。

方总对外变得圆滑，对内变得雷厉风行不讲情面。

方总在公司里的时候，公司那帮小年轻个个噤若寒蝉。

陆博远知道，他们私下里议论方永年，总觉得他现在这么不近人情是因为他的残缺。

只有陆博远知道，方永年只是想快点还债然后远走高飞。

他的梦想真的就是开个水果店。

在一个没有任何人认识他的城市里。

“为什么一定要在没有人认识的城市里？”陆一心很想不通。

水果店，全世界都能开，禾城也可以啊。

“他的心死了。”陆博远长长地叹了一口气。

已经结束灾难预警封闭也回到家里的刘米青看了丈夫一眼。

陆一心不懂，但是刘米青懂。

一个人毕生的理想到最后败在了人性上，领他入行的导师害他少了一条腿，他向来仰仗的师兄在出事之后一句话都没有为他说过。

他拖着一条残腿，整整四年，在业界的名声是曾经为了钱而泄露项目资料，没有人帮他，他走到现在这一步，靠的全是他自己。

事实上他已经很了不起。

在看过那么多人踩低捧高，那么多人心险恶之后，他反抗的方式，就只是开一家水果店。

刘米青知道研究神经性疾病的制药人员，在外面会面对多少诱惑。

而方永年一直走在悬崖边，在最最艰难的时候，都没有去看那些诱惑一眼。

他值得敬佩。

但是，人还没有老，心却已经老了。

“你多帮帮他吧。”刘米青只能这样安慰丈夫，还有在丈夫每周回家的时候，多做些吃的让丈夫带到华亭去。

这段时间，她偶尔也会去华亭给丈夫送点东西，却每一次都会拒绝闹着要跟着一起去的女儿陆一心。

一方面陆一心学业紧张不允许，另一方面是因为刘米青发现，方永年在躲陆一心。

或许是因为方永年觉得陆一心长大了要男女有别，也或许是他不想在陆一心即将面临高考的时候分心，从陆博远去华亭开始，陆一心每次过去，方永年都不在。

作为母亲，刘米青承了方永年这份人情。

她只是觉得可惜。

这真的是个很好、很好的人，只是可惜，时不予他。

他的价值观潜移默化地把她的女儿也教成一个很好很好的姑娘。

就冲着这一点，她觉得自己可以给方永年做一辈子的面点，祈愿他能走出过去的阴影，祈愿他能够幸福。

方永年走后，陆一心难过了很久。

再也不能放学后就去药房找他，他再也不是触手可及的，甚至她发出去的微信，他也基本不回。

她也去过华亭找他。

但是就像那天晚上他说的那样，他让她别去找他，是认真的。

因为不管她什么时候去找他，他每一次都不在。

到最后，她觉得俞含枫都看出什么了，看到她就会请她吃糖。

她还是会得到他的一些消息。她经常在各种场合听到她爸爸或者她妈妈提到他，她知道他的工作进度，也知道他之前说的要开水果店，并不是一句玩笑话。

她爸爸说，方永年心死了。

但是她觉得，方永年可能只是想要重新活过，他心心念念想要放弃制药，只是因为他不想通过这些想起不开心的事。

她在方永年离开的这大半年时间里，零零散散地听说了方永年之前所有的事。

从一开始的震惊到心痛，再到无助。

她并不知道要怎么安慰方永年，因为她清楚方永年并没有把她放在心上，她的安慰对方永年来说无足轻重。

她开始每天给方永年发微信。

流水账一样地告诉他她今天做了什么事，她考试考了多少分，郑然然又仗着聪明欺负隔壁班的混世魔王。

她开始每天晚上睡觉前跟方永年说晚安。

一天一个表情包，唯一不变的就是那句用语音发出去的晚安。

她知道她在这样日以继夜无法得到回应的思念中，慢慢地有了变化。

她变得不那么急。

她变得偶尔会喜欢安静，安静的时候，她会想到他们离别的那个晚上，方永年在面馆里看着她擦脸时眼底隐约的笑意。

她突然觉得，喜欢，没有什么值得不值得，也不需要任何回报。

她开始明白，喜欢得深了，有些心动会慢慢地变成疼。

心疼他一个人经历了那么多事，心疼他曾经住过的毛坯房，心疼他的温柔，也心疼他因为她的死缠烂打，眼底的无奈和隐忍。

“我可能爱他。”陆一心在某个黄昏和郑然然坐在操场边，眼底的情绪，从浓烈变得坚定。

郑然然看着好友的侧脸。

黄昏的夕阳在少女的脸上浓艳成了一幅油画。

没心没肺陆一心，胆子大到隔壁班的混世魔王都害怕的陆一心，在她十九岁的那一天，模模糊糊的，懂得了爱情的模样。

方永年最近这一个多月基本都是睡在公司里的，三个并行项目，虽然陆博远帮他承担了一大半的项目管理工作，其他琐碎的杂事也仍然让他烦不胜烦。

仿制药要上市，必须要具有原研药完全相同的活性成分，相同的含量、相同的药效，有很多公司为了成本问题，会忽略掉一些次要指标，或者采用低成本的制药工艺。

而方永年，几近变态地要求所有从他们公司出去的仿制药，必须全部一致，甚至每一次压片都会再来一次耐受研究和片剂的药代动力学研究。

他在药品数据造假上面，完全零容忍。

这样一来不但项目组的人怨声载道，连他自己，也已经几乎失去了所有休息时间。

晚上十点半，他摘下眼镜揉了揉酸痛的太阳穴。

手机屏幕亮了一下，随着振动在桌面上滑动了半厘米。

方永年解锁手机，不出意外地看到了陆一心的微信。

一只全裸的卡通小猪，重点部位用红红绿绿的花遮住，很猥琐地在屏幕里冲他扭屁股。

再后面，就是她的语音。

将近一年时间，她每天都在这个时候发语音给他。

只有两个字：“晚安。”

陆一心有些软糯有些甜腻的嗓音，每一天都发，每一天的语气都不太一样。

方永年听了整整一年的晚安，慢慢地开始能分辨出这丫头那一天的心情到底是好是坏。

像今天，就显得很失落。

方永年放下手机。

她很听话，那天晚上之后，他们之间真的再也没有了感情的纠缠。

她来华亭找他的时候，他刻意避开了几次。敏感聪慧如刘米青，肯定能猜到什么，所以再后来，陆一心几乎就再也没有来华亭找过他。

她也没有再问他化学题，只是每次月考的时候都会把她的成绩单发给他。

她的成绩很稳定。

陆博远在炫耀自己家庭的时候，会事无巨细地炫耀陆一心所有的事情。

所以他知道陆一心已经稳定在了年级前十五，皮猴子一样的她现在越来越懂事，甚至会帮她妈妈做面点。

他有时候觉得这样很好。

他和她之间的羁绊就随着这样一天又一天的晚安，慢慢地变淡，陆一心慢慢长大，他慢慢变老。

等她再也不给他发微信的时候，就代表她彻底走出来了。

或许，他还能有机会看到陆一心长大嫁人。

或许，到时候他可以包个巨大的红包给她。

那个声称要把冻成冰块的虾爆鳝丢到他身上的小姑娘，终有一天也会披上红嫁衣。

他在工作空闲的时候，偶尔会这样想。

然后，自己逗笑自己。

他过去所有的回忆都因为吴教授变得晦涩不堪，唯有陆一心，在记忆中始终戴着鲜红的围巾，成为他记忆里唯一的色彩。

她的所有，都是美好的。

包括她小时候又哭又闹擦在他身上的鼻涕，包括她长大后躲在车后备厢差点把他吓出神经病的尖叫。

他又揉了揉太阳穴。

手机再一次亮了一下，因为振动滚动了半厘米。

方永年皱眉。

微信再一次有了未读消息，还是陆一心。

这一次不是语音。

很短的一句话，却用了很长时间才发出来："生日快乐，方叔叔。"

应该回一句"谢谢"的，于情于理。

方永年拿起了手机，又放下。

如果他完全问心无愧，他的避嫌不至于做得那么彻底。因为说穿了，那只不过是少女单方面的追逐，虽然陆一心这个人莽得很，偶尔会弄得他很狼狈，但是他也不至于避她避成这样。

糟就糟在，他并不是完全的问心无愧。

分别那天，她发着抖拽住他袖子的那个瞬间，在他的记忆里被定格了。

那碗面是计划之外的。

所以他必须得更加小心，以免产生太多计划外的东西，以免因为自己的被感动，产生更多不该产生的情感。

比如，有些忧心她今天晚上那声晚安为什么听起来那么失落。

方永年又一次打开了笔记本电脑，盯着电脑屏幕半晌，颇有些烦躁地把再也没有亮起来的手机丢进了抽屉里。

“永年……”第二天中午吃饭的时候，陆博远端着餐盘推门进了他的办公室，一脸的欲言又止。

方永年抬头。

公司每天中午准备的午饭都是他找人定做的，菜色不错，只是他经常会错过饭点。

再好吃的快餐，捂在塑料盒子里一个小时也会让人丧失味觉。

他合上笔记本电脑，看了一眼陆博远餐盘里的菜色。

又错过了……

“你晚上有没有时间？”陆博远犹犹豫豫的。

方永年微微蹙眉：“什么事？”

公司上半年招了一批实习生进来，陆博远看不惯现在年轻人用嘴做事的习惯，发了好几次火了。

方永年想着，这帮人就只留下几个真正做事的，剩下的再招好了。

他也看不惯那几个天天碎嘴一到做事就推三阻四的年轻人。

“晚上一心要过来。”陆博远皱着眉，“可今天有批辅料到，我得盯着。”

因为方永年的坚持，他们做的仿制药选择的都是专业药物辅料供应商，甚至还会进一步考察辅料的技术参数以及与药物制剂的相容性。

这种事情，方永年向来都不放心让除了陆博远之外的其他人盯着。

“我去盯着吧，你晚上早点下班。”方永年挥挥手，看起来毫不在意，心里却忍不住小小疑惑了一下，今天并不是周末，陆一心已经快要高考了，这个时间点来华亭……

再联想到她昨天晚上的失落……

“她这个时间来华亭干什么？”他还是忍不住问出了口。

“还不是她那个好朋友郑然然……”陆博远烦躁地摇摇头，“大人的事情扯到孩子，真是作孽。”

方永年：“？”

“是这样的……”既然已经打开了话头，陆博远索性放下了餐盘，“我本来是想让你去接一心的。

“郑然然的妈妈再嫁了，也不知道跟郑然然说了什么，郑然然就离家出走了。”

陆博远不怎么管孩子这些事，从刘米青那里听来的只言片语随便组织了一下，断断续续的。

“这事对一心打击挺大的，昨天晚上哭了一宿，她只知道郑然然应该是来了华亭，但是具体去哪儿就搞不清楚了。

“我老婆的教育你是知道的，她说这种时候与其强迫她去读书，倒不如陪她在华亭找找郑然然，两个丫头见一面说不定就解决了。”

“但是我……”陆博远挠挠头，“我这不是不擅长哄孩子嘛。”

陆一心这种时候估计很需要安慰，陆博远总觉得自己可能不但不能安慰她，反而能把她气哭。

“你要是没其他事，帮我陪她去找找郑然然吧。”陆博远掏出了口袋里的纸，“我老婆说郑然然应该去了这个住址。”

华亭市中心的地址，据说是郑然然爸爸住的地方。

方永年没接。

“帮个忙。”陆博远也知道自己的要求有些过分，但他已经没脸没皮地拉着方永年做了这么多年的保姆了，也不差这一次，“你比较会哄孩子。”

方永年：“……”

他对陆博远真的有点一言难尽，同样一言难尽的，是他居然找不到拒绝的借口。

总不能说你女儿对我有点非分之想。

陆博远这暴脾气发起火来把他从办公室里丢出去都是有可能的。

他接过那张纸，心底叹息了一声。

早知道昨天就应该心软一点给她打电话的，也不知道她怎么能在那样的情况下还记得他的生日的。

他都已经不记得自己的生日了。

陆一心是坐高铁来的，下午放了学直奔火车站，到了华亭也不过是傍晚六点多钟。

她低着头被火车站的人潮拱到了出站口，过通道的时候被后面的人挤了一下，往前踉跄了两步，被好心人拉住胳膊，好不容易站稳了。

“谢谢！”小姑娘鼻子还是红的，抬头看到那位好心人，整个人嘴巴张成了“O”形。

将近一年未见的方永年，就这样站在她面前，面无表情地看着她。

陆一心傻傻的，一动都不敢动。

方永年把她往边上拉了一点，避开下一波人潮，侧着身拿过了她的双肩包，掂了掂分量，皱皱眉。

很重的书包，一个合格的高三生的书包。

“我……自己拿。”陆一心还在发傻，却也不想把那么重的东西交给方永年。

他在等她吗?

等了很久了吗?

他，站久了腿会麻的……

“先去吃饭。”方永年直接把她那个粉色的双肩包背到自己身上，径直往停车场走。

一年没见，她似乎又高了一点，人瘦了一些，脸上的婴儿肥倒是还在。

他在出站口远远地就认出了她，因为认得太快，还自我批判了几秒钟。

他看起来离问心无愧的距离越来越远了，这真不是个好兆头。

“安全带系好。”他一个指令陆一心一个动作。

看起来还是和一年前一样，傻乎乎的。

只是似乎胆子小了很多，看他也是偷偷地看，大了一岁，终于知道避嫌了。

方永年说不上来是开心还是不开心，他觉得自己有点惆怅。

可能不用等到他淡化，这丫头自己就悄悄地淡化了，毕竟青春年少的喜欢，大多都只是因为少女怀春。

“想吃什么？”他一边开车一边问。

挺好的，以后也不用那么累地避嫌。

陆一心又悄悄地看了他一眼。

真的是他……

她没有在做梦。

她的心跳好快，快得都要不记得她来华亭的目的。

“你……”她悄咪咪地深呼吸，“衬衫怎么还是这一件？”

都快洗破了。

她爸爸说他们公司效益挺好的，他怎么还是那么省?

方永年眼底有了些笑意，这让人熟悉的搭讪方式。

“想吃什么？”他又问了一遍。

华亭有不少好吃的，他偶尔有闲情逸致的时候一个人去吃过，那种时候，总是会想到陆一心。

两个人吃，通常比一个人吃更美味。

“都行。”陆一心惯常的好养活，“但是我想先去找然然。”

她的好闺密郑然然，一声不吭就走了，她和隔壁班的混世魔王都快找疯了，才知道郑然然离家出走来了华亭。

郑然然说她不参加高考了。

郑然然什么都没跟她商量，就自己定好了自己的未来。

郑然然说她不想做乖小孩，不管她有多乖，她父母都不会夸她一句。所以她想，是不是做个坏孩子，更能得到父母的注意。

郑然然嘲笑她“恋爱脑”，结果自己遇到事情的时候，也没比她聪明多少。

她昨天晚上哭了一宿，今天来华亭，根本没料到会碰到方永年。

她偷偷摸摸地看了一眼后视镜，被自己蓬头垢面的样子吓到，拽出手里的橡皮筋把披头散发的头发扎好，一边扎头，一边还偷偷地看方永年。

他好像，更帅了。

不像以前在药房那么懒洋洋，他现在看起来特别严肃，甚至很有威严。

好帅……

“她住的地方现在堵车，我们吃了饭再过去。”方永年开车出了地下停车场，转头看了陆一心一眼。

正好逮到她咬着橡皮筋偷看他，一双眼睛亮晶晶的。

真是女大十八变，长得越来越漂亮了。

“你爸今天下班会很晚。”他扭过头，很镇定地帮她安排行程，“看完郑然然后我送你去宿舍，明天一早送你回禾城。”

别坐高铁了，挤得很。

他也有一年没去禾城了，该去找郑飞要分红了。

陆一心理了理头发。

方永年见她不再说话，自己打开了车载收音机。

一年没见，到底还是生疏了。

要换成以前，估计她已经叽叽喳喳地开始跟他提郑然然，或者没脸没皮地开始往他这边蹭了。

现在真是大姑娘了，坐在副驾驶座手脚规规矩矩。

规规矩矩的陆一心，听着收音机扭头看窗外，放在身侧的手，握拳又松开。

要命的收音机正在放抒情曲，歌词很长，讲的是青春。

她用力地捏紧了拳，发现还是不行，还是……忍不住。

她吸了吸鼻子，把头更加夸张地对着窗外。

“……陆一心？”方永年觉得她再扭，脖子就要断了。

怎么了这是？

吸着鼻子的陆一心回头，一脸的眼泪。

“我以为……”哭成泪人的小姑娘瘪着嘴，用力克制着不要哭出声，“我以为……你不要我了。”

这句话说出来，几乎用尽了她全部力气。

再也忍不住，号啕大哭。

她真的以为，方永年不要她了。

微信里面除了问习题，其他的他绝对不会回，她每天每天跟他说晚安，一年了，他一个字都没回。

她爸爸说，方永年在攒钱，在看某个南方小城的房产信息。

她几乎快要相信，方永年应该会在她考上大学之前离开华亭，到一个没有人认识他的地方开水果店，到时候他可能会斩断和过去所有的联系，包括她。

在她彻底明白自己可能无法接受失去方永年的时候，她就得接受她这辈子再也见不到方永年的事实。

就像她刚刚告白就被拒绝一样。

只是因为她晚了几年出生，她之后所有的事情，就都晚了。

她在方永年的车上哭到失控，到最后发出呜呜呜的声音，号得跟小兽一样。

方永年哭笑不得。

上一秒他还在惆怅小姑娘长大成人了，下一秒这姑娘就回到了十岁的时候，回到了鼻涕虫的状态。

“别哭了，我车上没纸。”他自己都没有发现，他说这话的时候语气轻松了不少。

陆一心还在号，号的间隙断断续续地问出了她的好奇心：“为什么……会没纸啊？”

方永年很爱干净的，平时在外面吃东西都会拿随身带的纸巾将碗筷洗一遍再擦一遍。

他又不带小姑娘出去吃饭了，随身带什么纸。

“有阵子没开车了。”他敷衍，打开副驾驶座的储物盒，吩咐陆一心，“里面应该有没拆封的眼镜布，拆了擦脸。”

陆一心一边号一边翻。

她书包里有餐巾纸，但她就是乐意用方永年的眼镜布！

她恨不得跟动物世界里的雌性动物一样，在他的车上抹满她的眼泪鼻涕宣示主权。

方永年车子的储物盒里，一点女性痕迹都没有。

号到嗓子疼的陆一心终于觉得安慰，抽抽搭搭地开始擦脸。

方永年在等红灯的时候看了她一眼，又哭变形了，真是……

他心底摇头，嘴角却微微扬了起来。

“你……”镇定下来的陆一心开始窸窸窣窣地翻包，“我不知道你会来接我……”

她没带糖。

那个很甜的巧克力只有三个月的保质期，她已经很久没买了。

他刚才急着先去吃饭，会不会是因为低血糖？

她吸着鼻子，有点着急：“要不你先停车，我去小店里买点糖。”

虽然没有那个巧克力好吃，但是总能抵一阵子。

“我不饿。”方永年又一次没有任何提示就弄懂了陆一心的意思，“我身上有糖。”

“哦。”陆一心讷讷回应，对着眼镜布擤了一把鼻涕。

“那我们吃什么？”她终于缓过来了。

“面？”方永年不知道为什么，突然想逗她。

果然，陆一心的脸迅速地皱了起来，好不容易止住的眼泪又想要往下掉。

“我不要吃面！”她这辈子都不要吃面了！

一碗虾爆鳝害她整整一年都见不到方永年，方永年最后打包的那碗东西到现在还丢在她家的冰箱里。

她以死要挟她妈妈不许丢……

方永年这次没忍住，终于笑出声。

他眼角已经有了很细的纹路，笑起来的时候，眼尾有些上扬，本来因为岁月沉淀显得不那么女孩子气的眼睛，又一次亮眼了起来。

他笑起来，其实还和车祸前一模一样。

只是现在笑得太少了。

陆一心呆呆地看，呆呆地问：“你今天心情很好吗？”

她哭了之后他看起来就特别放松，逗她的样子跟以前她没跟他告白的时候一样。

他不避嫌了吗？

还是觉得都一年没见了，她应该不喜欢他了所以不用避嫌了？

方永年咳嗽了一声。

他今天的心情并不能算很好，任何一个心智健全的人，在公司加班加到没有任何私生活，心情都不会好到哪里去。

那他为什么要逗她？

方永年又咳嗽了一声，看了一眼窗外：“蟹黄包吃不吃？”

转移话题。

“这个季节的蟹黄不好吃。”陆一心还没有完全收住抽泣，又擤了一把鼻涕。

挑嘴。

方永年横了她一眼，车子再次滑进了快车道。

“然然会不会不肯见我？”一年未见的隔阂似乎就这样消失不见了，陆一心坐在副驾驶座脱了鞋子缩起脚，把自己盘在座位上。

她最喜欢这样坐车，他们家的车这样坐会被陆博远揍，但是方永年最多啧一声嫌弃两句，就纵着她了。

分别以后才发现，那么多的小细节，想起来都是甜的。

“她妈妈再婚了？”方永年接话，又一次打开了副驾驶的储物柜，“再拆一包。”

那块眼镜布都快成抹布了。

“哦。”特别乐意用方永年东西的陆一心乐颠颠地又拆了一包，表情跟拆礼物一样。

“她妈妈再婚了，对方也有个孩子。”提到这件事，陆一心真的忧郁了，“然然太可怜了。”

然然的父母都有了新的家庭，都有了别的孩子叫他们爸妈。

她简直不敢想象这事情如果发生在她身上，她该怎么办。

“如果我爸妈这样……”她想象了一下，偷偷地看了方永年一眼，缩缩脖子。

她可能会收拾行李跑到方永年家住。

幸好她爸妈感情和睦，要不然方永年估计会被她烦白了头发。

“你过来想劝她回禾城？”方永年不知道陆一心脑补了什么，只是看她现在贼兮兮的样子就知道肯定没安好心。

“我不知道……”陆一心果然迅速地忘记了自己的脑补，“她会回去吗？”

两边都不是然然的家了。

“如果我们能快点长大就好了。”她抱着膝盖叹气。

早点长大，她就可以早点开始追方永年。

早点长大，郑然然也不用因为没有经济来源，不得不选一个家庭住。

没有长大，真的太被动了。

“其实我们成年了。”陆一心歪着头看方永年，“然然如果不肯参加高考，我就陪她。

“不管她想干什么，我都陪她。”

她们一直都是这么过的。

“那样我会揍你。”方永年阴森森的。

幸好是他来了，要是陆博远来了听到她这些话，估计得暴跳如雷。

这丫头十九岁了居然还没懂事。

“去跟她聊聊，问问她长大了想做什么。

“以她的成绩保送或者拿奖学金都够过日子了，肯吃苦的话大学里做点兼职养活自己绝对没问题，不需要再去想其他乱七八糟的事。

“你这种个性陪她，除了闯祸也做不出什么好事。”

他难得的话多，像是怕她真的就这样陪着郑然然放弃高考一样。

陆一心歪着头。

“你很怕我考不上大学吗？”因为刚刚才号过，她声音沙沙的。

方永年：“……你的成绩为什么会考不上大学？”

小姑娘现在的想法很危险啊。

他在一家粤菜馆前找到了停车位，决定一会儿吃饭的时候好好教育她。

才一年没见，怎么就突然不想考大学了。

陆一心看着方永年打方向盘，看着他很稳地把车子停在了一个挺窄的停车位里，全程，她都感觉不到颠簸。

她已经很久没有坐过他开的车，也很久很久没有那么近地看到他的侧脸了。

他不想她考不上大学。

这本来是每个长辈都会有的想法，但是不知道为什么，陆一心总觉得方永年的不想，和其他人的不想不一样。

"你怕我考不上大学，就不能追你了吗？"她等到方永年停好了车熄了火，解开安全带的时候，才开口。

问得幽幽的。

方永年准备下车的动作就这样被定住了。

"也是……"小姑娘习惯了自言自语自问自答，"如果连大学都考不上，凭什么追你。"

"可是万一然然真的……"她陷入了空前的烦恼。

这几天找不到郑然然的时候，她和混世魔王讨论过。

朋友是一辈子的，她和郑然然，这辈子都不要分开。

所以如果全校第一的郑然然，真的决定不考大学要闯世界，她是想陪她的。

郑然然陪她做了很多事，她也会陪郑然然做很多事，这是毋庸置疑的。

可也没想过，方永年怎么办？

他会不会接受这样的她？

"其实如果你想开水果店……"她开始动脑子，"我不考大学，也可以帮你收银的。"

他以后的愿望，好像和学历没有太大的关系。

那么她……应该还是可以追的吧……

她自顾自地想通了，自顾自地打算下车。

方永年居然选了个粤菜馆，正好她这段时间特别想吃肠粉。

方永年面无表情地锁了车门。

看着一脸不解地看着他的陆一心，他咬紧了后槽牙。

"一年没见。"他在密闭的车子里，气得太阳穴突突直跳，"你脑子里面都灌了屎？"

特别粗俗。

特别不适合长辈说的话。

陆一心被锁在车里傻了眼。

"你以后的志愿就是在水果店收银？"他气得青筋都要跳起来了。

那他那么长时间给她辅导的功课，那么多次为了让她听懂知识点，对他来说一加一等于二的定律一遍两遍三遍地跟她反反复复，是为了什么？

他又不是闲得慌！

陆一心咽了口口水：“可是……不是你说要开水果店的吗？”

“我开水果店关你什么事！”方永年简直是在用吼的了。

“我……不是说了要追你吗……”十九岁的陆一心，被骂得连脖子都缩了起来。

但还是莽。

该坚持的就是不放弃。

“那要不……”她试图和暴怒的方永年打商量，“我在你水果店边上开个蛋糕店？”

挺配的……

郑然然应该也喜欢开蛋糕店，她们都爱吃甜食。

方永年：“……”

“陆一心你听着。”他一字一句，“你要是敢放弃高考，我就把你两条腿都揍瘸了！”

大不了以后他来养！

都什么乱七八糟的！

才一年，怎么就变成这样了！

郑然然当然不可能不参加高考。

她看着被黑着脸的方永年送过来的，哭到一张脸肿成猪头的陆一心，好奇心压过了她这几天的悲伤。

“吵架了？还是他揍你了？”她记得这两人应该有一年没见了吧，一见面就那么火爆吗？

一顿饭被骂成狗的陆一心十分不忿地噘着嘴，哼了一声。

“我会回去的。”郑然然笑，伸了伸懒腰，“其实除了你，没人关心我去哪儿。”

所以她根本没必要叛逆，叛逆了也没人看。

“还有混世魔王。”陆一心仍然噘着嘴，“他为了找你差点被学校处分。”

作为一个合格的混世魔王，这位高三备考生聚集了一群社会人士找人。

阵仗很大，下场很惨。

一如既往地没脑子。

郑然然嗤笑一声，这次，却没有再嘲笑他。

她身边至亲的亲人都有了新的爱人和生活，而她，只剩下了陆一心和混世魔王。

“方永年说，你考上大学拿个奖学金再做个兼职，生活费不会有问题的。”陆一心吸吸鼻子。

她这顿饭真的被骂惨了，她到现在头都是晕的。

“我不打算给他们省钱。”郑然然还是笑。为什么要给他们省钱，他们能给她的，只有钱了。

“过两天我就回去了。”郑然然拍拍陆一心的肩，“别担心。”

陆一心看着好友。

郑然然向来冷静，看起来对所有事情都胸有成竹，几天没见，她似乎更加冷静了，冷静得都让陆一心觉得害怕。

“你不要笑了。”陆一心眼眶红了，“你再笑我就要哭了。”

郑然然的笑容僵在嘴角，下一刻吸了吸鼻子。

陆一心比她更快地哭出声，两个少女前一秒看起来还很正常，下一秒却抱头痛哭。

坐在车上等陆一心的方永年单手扶额，有些无语。

这么外放的感情，不知道得等到什么时候才能慢慢内敛。

他记得陆一心曾经说过，她长大了，只能变成大一点的陆一心。

成长都是有代价的，如果可以一直天真，又何尝不是一种幸福。

那天晚上，方永年并不知道两个少女凑在一起都聊了些什么。

只是远远地看着她们又哭又笑，一会儿大声说话一会儿小声咬耳朵。

陆一心脸上的表情始终很丰富。

她偶尔会看向他这个方向，定定地看一会儿，然后转开。

方永年在她的视线里，读出了悲伤。

方永年懂得她的悲伤，年龄越大，就越能发现她之前的告白，之前的动心，在现实世界里有多荒谬。

哪怕她现在还能梗着脖子叫嚣着要追他，但是他觉得，再过一阵子她可能连这句话都说不出口了。

他终于在她十九岁的那一年，承认了她的喜欢有多认真。

他一个人坐在车上，半开着窗，忍住了抽烟的冲动。

他对她的喜欢，心存感激。

也会珍藏。

但是他不想变成那个人，变成那个她成长里的代价。

从此以后，他强迫自己的避嫌不再具有针对性。

他不再躲她，也不再特殊地对待她，他不允许自己再出现计划之外，他想要保护这个小姑娘的天真，希望能给她快乐，希望不要在她那么纯粹的感情里留下阴影。

所以，他有幸参与到了陆一心高考最后的那段时光里。

那是一段紧张慌乱又充满了惊喜的时光。

郑然然在一周之后回到了学校，她变得更加用功，陆一心在她的影响下，最后一次模拟考居然挤进了年级前十。

陆博远因为这件事，开心成了两百斤的胖子，那天中午用他少得可怜的零用钱请所有人吃冰棍。

学校里的班主任又一次找了刘米青和陆博远，那一次和陆博远一起回禾城的人是方永年。

所以方永年那一次以陆一心叔叔的身份，也参加了那次家长恳谈会。

这位尽心尽责的班主任告诉刘米青，陆一心自从基础打扎实了之后，成绩变得很稳，她可以有更多的选择，可以不用拘泥于气象学了。

但是陆一心很坚持。

她其实连气象学到底是什么都不知道，仅仅只是因为那是她第一个想到的志愿，就近乎执拗地觉得，那就是她的未来。

刘米青跟她聊了很多，包括自己工作上遇到的问题，为了勘察天气在野外安装探测器，在郊区空房子里记录数据，每年季节交接，每年旱涝季节都没有办法和家人团聚。

那并不是一个特别适合女孩子的专业。

但是陆一心坚持。

方永年甚至不明白这样的坚持到底和他有没有关系。

高考那天，他破天荒地主动给陆一心发了一条微信，只有“加油”两个字。

陆一心没回。

她关了手机考完了高考，在班里大部分人疯狂扔书撕书的时候，打开手机，看着那句“加油”，哭了很久。

高考成绩很快就出来了。

郑然然考上了第一志愿临床医学，陆一心也考上了自己的第一志愿大气科学专业，两个人都考到了华亭，不同的大学，坐公交车只有六站的距离。

他们三个人只有混世魔王，什么都没考上。

他家里要求他复读一年，但是他已经谋划着想去华亭郑然然大学门口开一个奶茶店。

他们三个在成绩出来的那天约在一起吃了一顿龙虾，要了酒。

那是陆一心这辈子第一次喝酒，喝之前拍下了那个酒瓶子，发到了朋友圈里。

刘米青在她的那张照片下面发了个“玩得开心”。

陆博远在她发了图片之后就开始给她打电话，见她不肯接电话后，又在她的一家三口群里发了好一通牢骚，最终暴躁的情绪在刘米青的好言相劝下平复下来。

而方永年……

方永年自从那句“加油”之后，就再也没有出现过。

陆一心一口喝掉那杯有些苦、有些涩，难喝得差点颠覆她三观的啤酒后，给方永年单独发了条微信。

“方永年，我考上了。”她戳着发送键，恶狠狠的。

方永年没回，陆一心也没再看手机。

混世魔王已经干掉了整整两瓶啤酒，红着脸、红着眼。

郑然然还是那个淡定冷静的样子，吃掉了一大盘龙虾手上却连一点油渍都没有。

陆一心又给自己倒了一杯啤酒，一口干掉，嘿嘿直笑。

她终于，长大了。

长大到可以喝酒，可以谈恋爱的年纪了。

她是真的长大了，甚至都能明白高考之前方永年为什么突然就不避嫌了。

明白了之后，才觉得当初方永年的避嫌是一件多美好的事。

能让骄傲的他对她避之唯恐不及，是一件多么美好的事。

方永年用了整整一年时间，厘清了他和她的关系，从此只做她的方叔叔。

这一年的时间，她都没有参与。

明明是两个人的事，可方永年根本没让她挨边。

“大猪蹄子。”陆一心恶狠狠地嚼着龙虾肉。

混世魔王正在开第四瓶酒，听到这话用开瓶器捶了下陆一心的额头：“说什么呢！”

正在吃第二盘龙虾的郑然然瞪大眼，对着混世魔王直接用踹的：“干吗动手动脚！”

三个人都安静了一下。

最先开始哭的那个人，是混世魔王。

混世魔王这人有个非常没有杀伤力的名字，他姓谷，也不知道他爸妈怎么想的给他这么个一米八几的大块头起了个叠字名：历历。

混世魔王这个诨号，就是因为每次有人喊他的全名他就会发飙。

打得多了，就擅长了。

然后就这样踏上了校霸的不归路。

谷历历其实是爱哭的，他喝多了会哭，找不到郑然然会哭，现在毕业了考不上大学，也会哭。

他本来觉得他身边好歹还有个和他成绩差不了太多的陆一心，谁知道高二的时候，陆一心突然开始拼命学习。

现在，只留下了他。

他和郑然然的距离越来越远。

“你再考一次。”郑然然在谷历历号出了猪叫声之后，擦了擦嘴。

“我考不上。”谷历历十分委屈。

他觉得这世界上每个人都是不一样的，像郑然然这种，就是天生要读书的，而像他这样的，还不如去做点小生意。

“你考上了，我们就恋爱。”郑然然拍拍谷历历的肩膀，语气稀疏平常，和她平时逗他的时候一模一样。

谷历历傻住。

在一旁咬着筷子假装自己是长鼻子大象的陆一心也傻住。

“我喜欢你。”郑然然看着谷历历，看着他一米八几的大块头挤在角落里，一脸恐慌，“要不然你以为我为什么要跟你做朋友？”

“啊？”问的人是陆一心。

谷历历已经被吓得快要神志不清了。

“跟你喜欢方永年不一样的那种喜欢。”告白结束，郑然然还有精力给陆一心讲课，“他很有安全感。”

谷历历是个好人。

他可能这辈子都不会背叛她，因为她的智商比他高太多。

他会照顾她，她转学到了禾城后就没有自己背过双肩包。

他只是笨，但是他很善良。

所以，她喜欢他。

谷历历抖着手指，指指陆一心又指指郑然然：“……你喜欢方永年？”

那个叔叔？！

“不是……”谷历历的手指又抖抖抖地指向自己，“你喜欢我？！”

两个少女同时看向他，眼光悲悯。

“你考不考大学？”郑然然眯着眼睛，又点了一盘龙虾。

“考！”谷历历撸起袖子，擦了擦脸，“废话，我当然考！”

高考成绩单出来的那个晚上，陆一心见证了郑然然和谷历历爱情的开始。

而她自己，在两瓶啤酒下肚后，蹲在卫生间里，拨通了方永年的电话。

“我考上了。”陆一心看着饭店卫生间里的墙壁，泄愤一样，“我考上了！方永年！”

“你喝酒了？”方永年皱着眉换了个耳朵听电话，另外一只耳朵刚才被陆一心吼得到现在还有回声。

中气真足。

“两瓶！”陆一心在厕所里自顾自地伸出了两个手指。

她很亢奋，因为她的电话刚刚打出去，方永年就接了。

“我考上了！”她又一次重复，“高出了分数线好多分。”

方永年安静了一会儿，“嗯”了一声：“我知道。”

陆博远查到分数后就在公司发糖，现在连公司门卫养的那条狗都知道陆一心考上大学了。

陆一心拿着手机，看着卫生间洗手台上的镜子。

她的脸因为酒精作用变得通红，眼睛亮晶晶的，心里面压抑了很久很久的东西，就要忍不住破茧而出。

她深呼吸，压下了快要跳出喉咙的小心脏。

“方永年，你不恭喜我吗？”她听到自己的声音，她看到自己的脸，眼底眉梢都是忐忑。

“恭喜。”方永年很配合，甚至还主动配合，“想要什么礼物，我买给你。”

陆一心又一次深呼吸。

酒精和紧张，让她手脚都开始发抖。

“什么礼物都可以吗？”她的声音也开始发抖。

方永年安静。

一如既往地，只要她有一点点越界，他就会这样，不回答不说话。

陆一心看着自己镜中的脸一点点地黯淡下去。

“算了。”她扯扯嘴角，突然就有点意兴阑珊。

今天高考放榜，今天她妈妈解了她的门禁，今天她这辈子第一次喝酒，今天之后，她就不再是个高中生。

今天很重要。

今天，她想他。

她想见他，她想跟他分享她今天的喜悦和惆怅，她甚至还想问问他，她长大了，她听他的话考上了大学，所以，她能不能开始追他。

但是还没有开口，她就知道答案了。

方永年很好很好，好得她这辈子都看不上其他的男人，但是他不爱她。

“我挂了。”生平第一次喝酒，酒精上头以后的陆一心没有亢奋没有胡闹，反而变得讪讪的，连话都不想多说。

方永年在电话那端皱起了眉头。

“我妈妈今天解了我的门禁。”她的语气听起来蔫耷耷的，带着酒气，“我再喝一点就和然然他们回去了。”

“再见，方叔叔。”她吸吸鼻子，摁掉了手机。

为什么别人喝了酒都那么亢奋，只有她，她觉得自己都还没醉呢，怎么就……那么伤心。

“我们去唱歌吧！”她走出卫生间，拽着郑然然的袖子。

“你喝醉了。”郑然然很镇定地扶着这个从卫生间出来七歪八倒差点摔破头的醉鬼。

“我没醉。”醉鬼说着所有醉鬼都会说的话，“我一点都不开心！”

郑然然：“……”

“喝醉的人都很开心，但是我一点都不开心！”陆一心拿着筷子试图捧到自己的鼻孔里。

郑然然很忧郁。

就在刚才，她接到了方永年的电话，问他们在哪里喝酒。

她基于好闺密的立场，一丝犹豫都没有就马上说出了他们喝酒的地址，还特别体贴地告诉方永年，他们应该没有那么快散场。

但是，如果让方永年看到这样一只醉鬼……

最有可能的是被骂哭而不是产生什么奇怪的荷尔蒙。

“我像不像一只龙虾？”自称很不开心的陆一心拽着一只龙虾头放在额头上，乐颠颠地问谷历历。

今天被告白受到了巨大惊吓的谷历历拿起了另外一只龙虾头：“我比你像！”

郑然然：“……”

算了，反正她根本就看不懂方永年对陆一心的感情。

绝对不可能是叔叔对侄女的，她就没见过哪家叔叔会主动要求来找自己喝醉的侄女的。

但是……

也应该不是喜欢吧。

起码不是像陆一心这样的喜欢。

“你好可怜。”郑然然揉了揉陆一心的头，“但是要加油！”

懵懵懂懂酒精彻底上头的陆一心回给她一个带着口水的亲吻，吧唧一声，响彻云霄。

方永年今天在禾城。

他离开禾城之前送去绝育的那两只公猫在手术后都被领养了，但是那只特别肥美的黑白色鸳鸯眼的田园猫，又被送了回来。

原因是不够亲人，领养人觉得花费了好多心血，却始终养不熟。

宠物店医生给他发消息的时候还发了这只公猫的视频，并没有变瘦，毛发光顺，对着镜头露出了居高临下舍我其谁的表情。

然后方永年就过来了，为此还特意请了一个下午的假。

他很喜欢这只鸳鸯眼的肥猫，从第一眼看到开始，就有种莫名的熟悉感。

慢吞吞的，和一切保持着距离感，胖成这样仍然很骄傲的一只猫。

和他很像的一只猫。

他决定要领养。

他想成全这只猫永远骄傲的样子，他成全不了自己，但成全一只猫的能力还是有的。

上高速之前他像过去一样，绕到华亭一家老字号卖定胜糕的糕点店里打包了几盒糕点，想想陆一心今天是放榜的大日子，所以他买的时候特意让老板包装得好看一点，红色的糕点盒子上系上了金色的蝴蝶结。

金榜题名。

挺喜庆的。

他在宠物医院领回了那只猫，把它塞进宠物包里，拍了拍。

那只肥猫十分配合地“喵呜”一声，冲着他挥了挥肥硕的爪子。

一切如常。

方永年很满意，想着绕到陆一心家里送完了糕点就回华亭，结果就看到了陆一心准备开始喝酒的朋友圈。

今天放榜，她为了庆祝估计会和朋友们闹到半夜。

他也真的是糊涂了，以为她还是那个放了学就回家的高中生。

“你晚上不走吗？”郑飞看着方永年已经在药房对着那只巨丑的猫发呆了一个晚上，眼看着要午夜了，“要不去我家睡一晚？”

“不了。”方永年起身，“我订了酒店。”

他没订，但是他也不想去郑飞家住。

他们最近有仿制药准备做 BE 备案，几个核心人员都在会议室里封闭撰写整理 CTD，他本来是打算直接回公司熬通宵的。

谁知道他这个时间点还赖在药房里，拿着那盒可能送不出去的糕点。

他走出药房，和郑飞告别，看着郑飞关了药房的门，然后自己拎着那只肥猫慢悠悠地坐回到车里。

陆一心就是这个时候给他打的电话，打过来的时候风风火火，挂掉的原因莫名其妙。

他犹豫了一下，拨通了郑然然的电话——为了避免陆一心再次说出要开蛋糕店这样欠揍的话，上次在华亭找郑然然的时候，他特意留了她的电话。

郑然然很配合，配合得等他挂了电话之后老半天都不想动弹。

他只是想确认陆一心是否真的喝醉了，并不是想去接她。

车子发动起来的时候，他看了一眼后视镜。

那只肥猫吃饱喝足，用自己黄色那只眼睛冲他抛了个媚眼。

又计划外了，他把车子开进快车道。

但是……他被陆一心挂电话了。

他看了一眼导航。

还是去看看她吧，今天这个日子，对她来说很重要。

陆一心他们聚会的夜宵店并不难找，就在禾城最热闹的夜宵一条街，方永年到的时候，郑然然已经扶着陆一心站在路边等了。

“怎么喝得那么醉。”方永年停车，打开车门。

被缠疯了的郑然然满脸的一言难尽：“你以后千万不要让她喝酒。”她用过来人的语气警告方永年，弯着腰把陆一心塞进车后座，拍了拍手。

“任务完成。”她松了一大口气。

幸好方永年来了，他要是没来，她估计就要和这个醉鬼“友尽”了，太爱揩油了！这个色鬼！

“你们一起上来吧。”方永年没关车门。

“不了。”郑然然已经一路小跑跑远，冲方永年挥挥手。

今天晚上，对她来说很重要。

她希望同样的晚上，对陆一心来说也可以很重要。

这可是陆一心这辈子第一次醉酒，身边的人应该是方永年，而不是她。

大半夜的，方永年不可能下车去把郑然然追回来，他跑不快，也不能把陆一心一个人丢在车上。

但是……

又因为一次计划外所有的事情全部失控的方永年皱着眉看着车后座的小醉鬼。

她今天没穿校服了，六七月份的天气，她穿了一件白色短袖T恤一条高腰的牛仔短裤。

很青春亮眼的打扮，但是并不适合现在。

现在她维持着被郑然然丢上车后的姿势，躺在车后座上，两条光溜溜的腿十分醒目地架在车后座的椅背上。

方永年下车，到车后座拿了一条毯子，兜头兜脑地盖住陆一心，盖完了还觉得不够，用车后座的棒球棍隔空把陆一心的腿从椅背上推下来，然后又拿了一条毯子，彻底裹严实了。

他松了口气，关好车门，发动车子。

幸好她家不远。

到她家楼下再给刘米青打电话好了，他自顾自地安排行程。

但是她现在这样，刘米青见到会不会揍她？

方永年看了一眼后视镜。

先去买瓶水让她醒醒酒吧。

他又开始安排行程。

怎么喝得那么醉？他皱着眉，瞪了一眼被毯子裹成一颗球的陆一心。

陆一心呻吟了一声，在毯子里动了动。

她快热死了，感觉身上被裹了十斤重的羽绒被，都快要捂出痱子了。

她先踹开身上的毯子，皱着眉头又推掉脑袋旁边一直在哈气的宠物包。

“热死了。”她还嫌不够，一边嘟囔一边想脱衣服。

“陆一心！”一边开车一边围观了全程的方永年脸都绿了。

迷迷糊糊的陆一心眨眨眼，手上的动作却没停，扒着T恤就想扯到头上去，却因为躺着的位置不方便，再加上方永年的急刹车，乒乒乓乓地直接滚下了座位。

她一边呼痛一边睁眼。

两瓶啤酒其实没有多少酒精含量，睡醒了的陆一心觉得自己的酒好像也醒了一半。

她在车上。

她疑惑着左右张望。

黑色座椅黑色的内饰，不是他们家那辆被她装饰得花里胡哨的雪佛兰。

陆一心半撑起身体看向驾驶座。

方永年，就这样脸色铁青地坐在那里。

四目相对。

陆一心舔舔嘴角。

方永年一动不动。

陆一心又挠挠头。

方永年的脸色仍然没有好到哪里去。

“那个……”求生欲很强的姑娘，在这种时候开始超常发挥，“我没脱！我里面还有小背心！”

第九章 我等你长大

方永年觉得自己迟早有一天会被陆博远从办公楼上扔下去，十八楼，死无全尸。

方永年面无表情地看向车窗外：“把衣服穿好！”

她是真的衣衫不整，一件T恤被她很豪迈地扯掉一半，露出了里面一小截灰色背心。

陆一心一边头晕一边扯衣服，扯到一半看到了那只一直不吭声的肥猫。

“哎呀！”陆一心惊喜，“你怎么在这儿？”

方永年无语。

她怎么就能那么自在呢！

酒醉到这个份上，一点都不奇怪自己为什么会在他的车里，也不奇怪那一身被自己扯得乱七八糟的衣服。

她的第一个反应是问一只不会说话的猫“你怎么在这儿”。

她不是口口声声喜欢他吗？

男女之别呢？

方永年一言不发地下车，关车门的时候“砰”的一声。

陆一心半张着嘴看着方永年走进便利店的背影，冲那只肥猫吐吐舌头。

他来了，她好开心。

也好紧张。

紧张得，都有点不敢看他。

方永年给陆一心买了一瓶冰水，还捎带了一包餐巾纸。

上车的时候，陆一心已经很自觉地爬到了副驾驶位，收拾好了衣装，扭着脖子和后排的肥猫互相龇牙咧嘴。

方永年把毯子捡起来，丢给了陆一心："盖好。"

哪怕是盛夏酷暑，也别想在他这里露出白花花的大腿。

陆一心悄悄撇嘴，却到底不敢在火气很足的方永年面前造次，老老实实地把自己的腿裹好，打了个酒嗝。

"多喝点水。"他打开瓶盖把水递给她。

刚刚从冰箱里拿出来的水，因为温度差，瓶子外面已经有了很多冰冷的水珠。

半醉半醒的陆一心盯着这个瓶子。

方永年给她的东西，似乎都是收拾好的。

递过来的矿泉水瓶永远打开了盖子，饭店里的碗筷永远先清洗一遍，甚至以前读书做作业的时候，给她的铅笔也绝对都是削得好好的。

她以前怎么从来都没有发现过。

她一直以为方永年是嫌弃她的，因为她爸爸的关系，所以才不得不忍着她、纵着她。

但如果只是忍受，他不会做到这个份上。

方永年是个喜好很明显的人，他不喜欢的人和事，从来都不会太用心。

她接过那瓶水，明明是最常见的矿泉水牌子，却因为心情，喝下去的时候竟然有点甜。

"谢谢！"陆一心又有些想哭。

所以她真的就哭了，扁着嘴，发现自己最近真的是一看到方永年就哭。

方永年怎么能长了一张这么让人好哭的脸呢。

他怎么就……哪哪儿都好呢。

方永年很无语。

他还没开始骂呢，这丫头自己就哭上了。

她的酒应该还没有全醒，脸上还有喝了酒的红晕，额头上一点红特别明显——她爸爸也是这样，每次喝酒最先开始红的都是额头眉心。

"行了啊。"他把餐巾纸递给她，有些无奈自己的未雨绸缪，"再撒酒疯我把你从车上丢下去。"

陆一心："唔唔唔……呃呃呃……"

方永年："……"

"给你买了吃的。"他把那袋金榜题名的定胜糕塞给她，又金又红，配着她的哭脸，喜气洋洋。

陆一心："呃呃呃……唔唔唔……"

方永年揉揉眉心，把头靠在椅背上，苦笑。

鼻涕虫一样的姑娘，他居然从来都没有觉得她烦，甚至因为她哭得呼吸不畅，居然还觉得有些心疼。

他可能是真的变态了，变态到为了一只肥猫特意开了两个多小时的高速来禾城，为了送个定胜糕大半夜的窝在药房不肯走。

他明明有很重要的工作，他明明计划得好好的，接了猫送了定胜糕就走的。

结果，他现在被困在路边，认命地打着双跳，和那只鸳鸯眼的公猫一起，心情复杂地看着副驾驶座这位不知道为什么就哭成这样的女孩子。

是因为酒精，还是因为终于高中毕业。

他听着哭声有些走神。

他这种一路跳级的人，怎么都想不起来自己高中毕业的时候有没有觉得惆怅了。

“读大学挺好的。”他看着哭得止都止不住的陆一心，想安慰她，“虽然没有高中那么单纯，但是大学不错。”

虽然对他来说，都没啥感觉。

但是很多人都说，大学不错。

车后座的肥猫很不耐烦地“喵呜”了一声，挪动着自己肥胖的身躯，在宠物包里伸了个懒腰，把自己毛茸茸的肉垫子塞进了宠物包的缝隙里。

陆一心一边哭一边回头看猫，抽抽搭搭着，一边擤鼻涕一边逗猫。

一个连哭都哭不专心的姑娘，居然也能考上大学了。

方永年突然也有些惆怅了，想抽根烟，最后只能把手指放在口袋里摩挲着香烟盒子的形状。

“方……永年。”陆一心哭够了，吸着鼻子喊他的名字。

“嗯？”方永年还在走神，对她又一次没大没小叫他的全名并没有太大的反应。

“我是不是很讨厌？”陆一心仰着头，满脸自弃。

方永年对她那么好，她不但不领情，还喜欢上了他。

她的喜欢不管不顾，让他一边狼狈一边尴尬地只能和她避嫌。

他已经做得很好。

都是她的问题，她脸皮太厚战斗力太强听不懂他的言外之意。

酒精的作用彻底上头，陆一心懊恼得恨不得咬死自己。

方永年十分意外地看向她。

“我以后会克制。”陆一心压下满心愧疚，“我以后不会这样了。”

“你怎么来禾城了？”陆一心发完誓，就不想再纠结这个问题。

他如果真的那么不喜欢她，那就算了吧。

暗恋，也可以暗恋一辈子的。

他没有女朋友的时候，她可以暗恋得明显一点，他如果有女朋友结婚了，那么她就远走他乡。

这辈子不见他，只想着他就好了。

喝了酒之后变得特别悲观的陆一心自顾自演完了一整套单恋的戏码，叹了口气。

她觉得，自己现在心如止水了。

能看到方永年，就是她最幸运的事了。

方永年看着陆一心面部表情丰富地从自弃到灰心，到了最后叹的那口气居然被她叹出了沧桑感。

“你酒还没醒？”简直像变了个人。

他不习惯这样的陆一心，太多愁善感了。

“醒了。”喝醉的陆一心维持着悲伤的表情。

她觉得自己这辈子都没有那么清醒过。

“那我送你回去。”方永年发动车子，压下了刚打好的腹稿。

这丫头喝了酒之后的表现，和他想象的不太一样。

他以为她又会闹着要追他，不管不顾地黏上来，他甚至做好了她可能会动手动脚的准备。

说真的，他刚才去便利店买水的时候甚至想要直接给刘米青打个电话自己先避一避的。

但是，到底怕这丫头喝多了说漏了嘴。

她喜欢他，向他告白这件事，是不能被第三个人知道的秘密。

结果她自顾自地就想通了，还自我检讨了。

方永年发动车子后，又看了一眼陆一心。

她低着头，两只手放在膝盖上，两只脚规规矩矩地摆好，坐得像个模范生。

很多人醉了酒会性情大变，她醉了酒……似乎能找回良知。

“你怎么来禾城了？”她安静了一会儿，偏着头，执拗地问他刚才他没回答的问题。

她端正坐着的姿势没动，偏着头的姿势很标准。

特别像乖宝宝。

“我来接猫……”方永年不得不承认，他更喜欢陆一心平时抱着膝盖坐在副驾驶座没大没小的样子。

他有点别扭地清清嗓子：“我领养了这只猫。”

陆一心一本正经地点点头，好像刚才方永年说的话题十分重要：“挺好的。”

她感叹了一声，又叹了口气。

“这么晚了你还要赶回华亭吗？”她又有了新的问题。

问得特别正式。

郑然然是对的，这丫头不能喝酒。

“真的要赶回去吗？”她又问了一遍，语气郑重，像是只要他点头，她就能拿出教导主任的架势开始教训他。

“我订了酒店。”方永年只能跟她一问一答。

喝醉了的陆一心，不允许他忽略她的问题。

怎么醉了酒突然就变成了陆博远了。

方永年无比头痛地揉眉心。

“带着猫吗？”陆一心的眉头微微蹙起，尾音上扬，一副家长抓到小孩撒谎的语气，“带着猫还能住酒店？”

她喝了酒的智商居然比没喝酒的郑飞还高，郑飞都没发现他带着猫不能住酒店。

“你不要半夜三更开车上高速。”陆一心还是端着一张脸，“我妈妈不在家，你今天可以睡我家。”

方永年发誓，他刚才如果右脚还在，现在车子肯定已经一脚油门踩出去闯了大祸了。

活着活着，他居然会有感谢自己幸好没有右脚的时候……

“你放心。”陆一心一点都没有发现方永年额头上的冷汗都快要出来了，“你可以睡我的房间，我睡客厅。”

她似乎是怕他听不懂，特意解释了一句：“我房门可以从里面反锁。”

方永年咬着牙。

“我不会对你怎么样的。”她终于说出了那句该说的话，然后转头看向窗外，幽幽地叹了口气。

方永年当然不可能住到陆一心家。

在特别严肃特别正经的酒醉版陆一心的坚持下，他把那只肥猫暂时交给了陆一心，自己在陆一心小区门口的便捷酒店里订了房间。

他就像每次陆一心家里没人的时候那样，帮陆一心检查了一遍门窗，处理好那只肥猫的猫砂、猫粮和水，盯着陆一心又喝了半杯水才转身准备离开。

已经将近晚上一点了，整个小区安静得只能听到蝈蝈的叫声。

陆一心站在玄关门口，看着方永年穿鞋子。

他今天穿的皮鞋有鞋带，只能坐着穿。

一整天工作外加高速长途开车，他有点累，坐在凳子上动了动脖子才开始穿鞋。

他系鞋带的动作很专注，长而卷的眼睫毛在他的脸上投下了一圈青色的阴影。

还没有完全醒酒的陆一心，背着手往前走了一步。

方永年没有发现，他已经穿好了义肢的那只鞋，松了口气。

不知道为什么，他甚至已经有些忘了从哪个时刻开始，他开始不希望陆一心看到他的义肢。

他不想深究原因，就把这些事都归咎到了陆一心已经长大上面。

陆一心又往前走了一步。

太近了，方永年抬头。

陆一心还穿着刚才的T恤牛仔裤，头发还是乱糟糟的，额头眉心因为酒精作用的红色，已经消退了一些。

她似乎白了不少。

方永年脑子里突然冒出了这么一个念头，有些走神。

他挺直腰，想问她有什么事。

说好了要和他保持距离的人，为什么现在又要和他凑得那么近。

他想教训她，她的保证真的是一文不值。

陆一心就是这个时候抱上来的。

她伸出了两只手，搂住了方永年的脖子，然后整个人贴了上来。

带着少女刚才吃了龙虾啤酒的市井味道。

方永年被这突如其来的肢体接触弄得整个人都僵住，很狼狈地往后退了一步试图站起来。

但是站不起来。

凳子在玄关大理石上发出了刺耳的滑动声，然后，归于安静。

“陆一心！”方永年努力让自己的声音恢复威严，努力让自己忽略陆一心的身体贴着他的时候，皮肤的触感。

“方永年。”陆一心的头埋在他怀里，用耳语的音量喃喃，“我心疼你。”

方永年的瞳孔迅速地缩了一下。

“我就是……心疼你。”少女声音软软糯糯，整个人趴在了他的身上，没有任何缝隙。

方永年甚至能感觉到陆一心身上的体温比想象中的低，明明喝了酒，身上却仍然有些凉。

他彻底僵住了。

因为陆一心的孟浪，也因为她的话。

他像是喝了一口最苦的中药，从喉咙深处一直到五脏六腑，突然就缩了一下。

他无处安放的手在空中晃动，最终放在了陆一心的肩膀上，坚定地推开她。

“下次不要喝酒。”他看起来像是刚才那件事根本没有发生，语气镇定得连尾音都没有动一下，“去睡吧，很晚了。”

他就是在假装这件事没有发生。

只是陆一心醉了。

只是他，累了。

“晚上空调开高点。”他临走的时候还特意叮嘱了一句。

陆一心没说话，也没说再见。

她低着头，等到方永年最终关上了她家的大门，眼泪才滴了出来。

方永年出门的时候，连鞋都没穿好。

他完好的那只左脚，鞋带都没系。

他用尽全力维持了自己作为叔叔的威严，然后落荒而逃。

陆一心蹲在玄关口。

她终于做了一件她一直以来都想做的事，她在方永年看起来很需要拥抱的时候拥抱了他。

夜太静了，所以她能很清晰地感觉到，她抱上去的时候，方永年抖了一下。

他下意识的反应是想伸手回抱。

她感觉到他伸着手纠结了很久才推开了她。

她放声痛哭。

高考放榜那天，陆一心考上了她想考的专业，见证了好友的爱情。

她终于酒后乱性。

也终于发现，她的方永年，就是她的。

所以他对她无比耐心，所以他一边狼狈地避嫌一边给她带了定胜糕，所以他，落荒而逃。

所以，矿泉水瓶子的瓶盖永远都是开着的；所以，她不在的时候，他车上连餐巾纸都没有。

他是她的，一直都是，以后也是，永远都是。

那天之后，方永年再也没有去过禾城，他连那只肥猫都是托陆博远回禾城的时候顺便帮他带回来的。

他再也不提陆一心，甚至拉黑了陆一心的微信，再也不会顾忌这种行为是不是太幼稚。

陆博远还是喜欢在公司炫耀他的家庭，陆一心下半年就要来华亭上大学，这件事对于陆家来说，是大事。

方永年知道陆博远和刘米青最近正在华亭找房子，他们想在陆一心大学附近租一套两居室的房子给陆一心，这样刘米青来华亭看她可以有地方住，陆博远平时要是不想住宿舍，在华亭也能有个落脚的地方。

陆博远一开始还想让方永年帮忙，方永年在华亭住的房子是俞含枫当成公司资产直接放在他的名下的，离陆一心的大学很近，陆博远想让方永年帮忙问问他那个小区周围有没有想要出租的房子。

“没有。”方永年想都没想就直接拒绝。

如果不是因为他住的这房子其实是俞含枫的资产，他甚至想直接把这房子挂到二手房市场里卖掉。

离她越远越好。

这是方永年现在最最重要的事情。

他被自己吓到了，几乎快要被吓死。

那个晚上，陆一心扑上来抱住他的那个晚上，他居然是想回抱的。

他居然对一个小他十四岁，冲着他喊叔叔的小女孩，产生了异性感。

他居然因为她一句她心疼他，心揪成了一团，觉得眼睛都有点扎。

那个瞬间，他是真的想要把那个小小软软的女孩子搂到怀里，嵌到心里的。

所以他落荒而逃，甚至想不起来自己有没有在陆一心面前露出破绽。

应该没有吧。

他被噩梦惊醒之后自我安慰。

他当时看起来很镇定，做她叔叔做了那么多年，他最熟悉的，就是教训她的语气。

她看起来也没有太大的反应，估计是觉得自己做错了事，所以低着头都没有跟他说再见。

方永年给自己倒了一杯水。

今天是工作日，大白天的外面电闪雷鸣。

这几天天气预报里一直有雷阵雨，他的幻肢痛反反复复发作了好几次，被陆博远强制留在家里休息。

他和陆博远之间的缘分还没有尽，总得要等到这三款仿制药年底临床研究结束后申报生产了，他才能有闲心去找自己退休以后的养老地。

他不习惯欠人钱，俞含枫这几年对他的帮忙和经济上的援助，几乎让他在未来这五年内都没办法脱身。

五年，陆一心都大学毕业了。

方永年揉眉心，因为幻肢一直在痒，他有些暴躁。

自从他拉黑了陆一心之后，他的手机除了工作时间，其他时间很少会响了。

他瞪着黑漆漆的手机，不知道为什么，觉得它现在这样一声不吭的模样非常惹人嫌。

方永年站起身，把那个毫无用处的手机丢到沙发上，泄愤一般。

那只正睡在沙发上的肥猫被吓到，睁开鸳鸯眼，椭圆形的猫眼盯着方永年看了两秒钟。

铲屎官最近看起来很暴躁。

肥猫眯起眼睛衡量了下两人之间的战斗力，最终决定晃晃粗长的尾巴，转了个身，继续补眠。

打不过，被阉掉的肥猫内心愤愤不平。

门铃就是在这个时间响起来的，下午三点多，响起来的时候，外面正炸响了炸雷。

方永年皱着眉打开门，幻肢非常剧烈地抽动了一下。

门外站着陆一心，背着个比她还大的双肩包，手里拿着拉杆箱。

方永年一怔。

这一瞬间，他全身都开始痛。

陆一心微微红着脸，冲方永年笑了笑，居然还有些腼腆。

她真的高中毕业了，再也没有穿过校服。

她今天穿了一条棉质的白色裙子，扎着马尾，清清爽爽的，皮肤看起来好像更白了。

方永年拽着门把手，在思考自己要不要假装没看到直接关上门。

他在她面前已经没什么威严了，连微信拉黑这么幼稚的事都能做得出来，装作没看到直接关门其实也是可以的。

窗外又是电闪雷鸣，方永年的家在高层，一道闪电下来，他整个房间都亮了起来。

陆一心缩着脖子直接就冲进了房间，一边脱鞋一边连珠炮一样地说话："我本来想忍到明天再过来的，但是这闪电太可怕了。"她赤着脚找拖鞋，"我一个人快要吓死了，你收容我到下雨结束吧！"

她还是赤着脚，脚拇指缩在玄关的地板上，脸上看起来没有任何异常，脚趾却忍不住越缩越小。

"拖鞋在鞋柜。"他到底还是没真的把她赶出门，虚掩了大门，跟着她走进玄关。

"开学了？"现在才七月底，学校开学那么早的吗？

"还没，我爸让我先把东西慢慢搬过来。"陆一心打开鞋柜，发现方永年家里的拖鞋放了整整一排，清一色的男人用的黑色拖鞋。

"搬过来？"方永年慢吞吞地重复。

"对呀！搬过来。"陆一心穿好拖鞋，很好心地帮他解惑，"俞姐姐帮我找到出租房了，就在你家对面。"

方永年有那么一瞬间都有点搞不清楚这句话的槽点到底是俞姐姐还是他家对面。

"房子挺大，她说这一幢楼都是她的，本来是打算给公司高管当宿舍的，现在暂时用不上。"她噼里啪啦地说着，"她一开始还说不用租金，可我爸爸说不能占人家便宜。"

方永年维持着不知道该说什么的表情。

"你……"陆一心看了他一眼，脸又有点红了，"拉黑了我的微信。"

她用的陈述句，十分娇羞地把这件幼稚到家的事用奇怪的语气，说得方永年耳根突然就红了。

"所以我没办法告诉你。"她还挺有理。

"所以——"她拍拍手下了结论，"我们以后是邻居了！"

方永年："……"

陆一心就这样站在空荡荡的客厅正中央，脚上穿着他让公司采购统一购买的男士拖鞋，她的脚小，黑色的男士拖鞋显得她的脚更小更白。

她很紧张。

哪怕她现在看起来笑意盈盈，但是他知道，她很紧张，两只手背在身后握成拳，肩膀僵硬。

一个月没见，察觉到他们两个之间有点变质的人，不只是他一个。

“我……饿了。”他听着她说着熟悉的台词，只是前面不再加上方叔叔。

“我这里没有吃的。”他像往常一样拒绝她，却很清楚，他已经没有了底气。

那个酒醉后的拥抱，到底还是敲碎了一些东西。

她一笑：“我带了。”

他站在玄关，看着陆一心拿下她的双肩包，从那个巨大的包里面掏出了很多东西。

都是他熟悉的零食，她喂了他快四年的巧克力，他经常买的凤梨酥的牌子，他从来没有说过但确实是很喜欢吃的薄荷糖。

她就这样低着头一件一件地往外掏，窗外仍然在电闪雷鸣，她因为闪电缩了缩脖子。

方永年往前走了两步，不动声色地站在了她和窗户之间。

陆一心抬头，看了他一眼，把手里拆开的凤梨酥举起来对着他的嘴：“啊！”

方永年下意识地弯腰，张嘴之前突然反应过来，伸手接过了陆一心的凤梨酥塞进嘴里。

他们互相投喂的次数太多，这样的亲密行为居然也已经变成了下意识。

他有一段时间没有吃到禾城的凤梨酥了，入口香甜，馅料柔软细腻。

“陆一心。”他咽下那块凤梨酥，喊她的名字。

闪电几乎是同一时间打下来的，陆一心抬头的时候，窗外像炸开烟花一样亮了起来。

方永年家的客厅都是落地玻璃，他没有拉窗帘，二十几层高的住宅楼，电路居然在这种天气这种视觉效果下……短路了。

电流“啪”的一声，屋子里所有的电器都停止了运转。

陆一心因为炸雷和停电脑子也跟着短路了一秒，等反应过来的时候，她已经像无尾熊一样趴在了方永年的怀里。

和上次酒醉的时候不一样，这次，方永年搂住了她，方式很青涩，有点紧，并不舒服。

她鼻尖全是他的味道，他因为肌肉酸痛喷的冰镇喷雾的味道，他身上的烟草味，甚至还有他衣服上柔顺剂的味道。

她不敢动，也不想动。

电闪雷鸣早就被她抛到了九霄云外，她就这样一动不动地搂着他。

因为雷阵雨，外面一片漆黑，停电了之后，屋子里很暗。

黑暗助长了陆一心的胆子，她踮起脚，两只手更用力地抱住了方永年。

“你这样……怎么就想起来要考大气科学的。”方永年的声音。

听起来很正常，甚至还带着笑意。

陆一心在黑暗中闷头闷脑的，死不撒手。

天知道她为了等这个拥抱等了多久，天知道她为了想这样搂住他，走了多久的路。

“陆一心。”方永年又喊她。

他没有松手，也没有像她喝醉的那天那样，拽着她的肩膀让她远离他。

“嗯？”陆一心埋在他怀里，很轻很轻地应了一声。

她怕她应了，梦就醒了。

她在想，现在该怎么办。

和那天喝醉了酒捅破窗户纸不一样，这一次，方永年跑不了了，而她，装不了了。

那个拥抱让方永年彻底拉黑了她。

那么这个拥抱，他会怎么做?

她被自己的想象吓破胆，闭着眼睛又搂得更紧，这一次真的完全贴了上去，不管不顾的。

方永年叹了口气，终于把手放到了她的手上，拽住她的手：“你先松开。”

“我不要！”陆一心惊恐得都带了哭腔。

“你都抱了我了！”她语气委屈极了，一边委屈，一边心虚，“我都抱了你了！”

所以，你得负责。

“你自己说过的，发生的事情不能当作没发生过。”她吸着鼻子，彻底化身成八爪鱼，恨不得整个人趴在方永年身上。

就这样再也不下来了。

就让他这样带着她去上班，带着她去见她父母，就这样让全世界都知道，她抱了方永年。

方永年又叹了口气。

他又回抱住了她，还拍了拍她的头，很温柔地拍了拍，还为了让她舒服，调整了一下姿势。

他不擅长拥抱，这应该是他这辈子唯一的一次拥抱，夏日的衣服都很薄，抱得久了，都能清晰地感觉到两人的体温。

陆一心很软。

而他，很瘦。

他嘴里还有陆一心塞给他的那块凤梨酥的余味，他就这样在这个乌云密布的下午，在暗沉沉的屋子里抱着陆一心站了很久很久。

他在想，他该怎么办。

发生了的事，他不能当作没发生过。

他抱了陆一心，不是以叔叔的方式，而是用男人的姿态。

她身上太软，软得他抱住她的那个瞬间，甚至沉迷了一秒钟。

他最终在这个雷电交加的日子里，彻底变态了。

他认输。

在她锲而不舍的追求下，在她一而再再而三的提醒下，他认输。

但是他能毁了自己，不能毁了陆一心。

她刚刚考上大学，她的人生才刚刚开始。

“你先松开好不好？”他近乎祈求，再也没有用他擅长的、长辈的方式命令她。

陆一心被他这样陌生的语气吓住，微微松开了他的脖子，仰头看他。

这是陆一心第一次在方永年的脸上读出了挣扎。

他就这样微微蹙着眉看着她，他们之间，第一次近在咫尺。

陆一心吸了吸鼻子。

方永年看着她，苦笑了一下。

他怎么都没有料到当年那个胖乎乎的鼻涕虫，现在会在他的怀里，他居然，还真的就能下得了手。

“我也很慌。”他看着陆一心，实话实说。

他对她向来都实话实说。

陆一心又吸了吸鼻子：“我现在哭了是不是不太好？”是不是会让他更慌？

“是。”方永年的笑容更苦了。

“那我再抱会儿。”陆一心居然咧嘴一笑，重新缩了回去。

她埋进他怀里的时候，还特别满足地吸了口气。

方永年无语地拍拍她的头。

陆一心仍然是陆一心。她向来喜欢这样，闯了祸，确定了他的态度，然后她就不管了。

很理所当然的态度，毕竟他比她大十四岁。

事实上，以陆一心的性格，现在能这样乖乖地抱着他而不是扑倒他，已经算是很克制。

方永年又叹了口气。

他今天，就不应该开门的。

他不应该看到陆一心带过来的零食，看到她故作镇定地假装没心没肺，就心软的。

他比她大了十四岁……

方永年在下一次闪电来临的时候，闭了闭眼。

他还少了一条腿……

可是他现在仍然贪心地搂着怀里这个刚刚十九岁，美好得像一朵花一样的小姑娘。

“陆一心。”他强迫自己开口，不管多难堪，做了就是做了。

“我等你。”这三个字，在他的唇舌边缠绕了很久，最后被他低哑地说出口。

陆一心怔了怔，抬头。

“我等你长大。”方永年微笑着，摸了摸她的头。

我等你。

等你长大，等你去接触更大更好的世界。

如果那时候，你还能像现在这样，毫无保留地抱着我。那么，我们就相爱吧。

就算残缺，就算老了，他也有能力能够保护好陆一心。毕竟她那么小，那么乖。

陆一心眨眨眼。

方永年不再说话，他拉开了陆一心搂着他脖子的手：“我去看看变电箱。”

“可是……我已经长大了呀。”陆一心拿着手电筒跟在方永年的背后，对于这样的感情发展很不理解。

抱都抱了呀。

他怎么能不负责任呢?

“总得要等到大学毕业吧。”方永年在换保险丝，表情看起来已经很镇定。

“可是……”陆一心讷讷出声。还能这样的吗，抱过了还能退回去说他等她的吗?

虽然让他等她，曾经是她最大的梦想。

但是她明明已经跳了一步了呀。

“非得要按部就班吗？”她郁闷了，“大学的时候就不能谈恋爱了吗？”

她以前怎么没发现方永年那么古板的。

“我只会按部就班。”保险丝换好，屋子里又重新亮了起来，方永年拿走陆一心手里的手电筒，重新掌握了主导权。

“而且，你可以谈恋爱。”他看着陆一心。

“你可以再多看看，多想想。”他揉揉她的头，看着她一脸懵懂的表情，笑得很温柔。

“我……跟谁谈恋爱啊？”陆一心简直不理解方永年的逻辑。

她把方永年刚才说的那些话放在心里面重复了一遍又一遍，掰碎了又揉回去。

“你的意思是说，让我在大学里多谈几次恋爱来确定我以后是不是真的会跟你在一起吗？”她终于翻译成了她懂的语言。

方永年哽了一下。

多谈几次……是什么鬼?

虽然他其实应该就是这个意思……

“你……怎么那么变态啊？”弄明白方永年的意思之后，陆一心终于露出了嫌弃脸。

他想得好好的奉献精神，就被她这样一脸嫌弃地歪到了外星球。

“你就是嫌弃我小呗。”小姑娘鼓起了脸，气哼哼的。

“反正你抱都抱了。”她还在回味。

“你说了要等我的。”她好不容易等到他松口，先确定下最基本的。

“嗯。”方永年点头，虽然清醒了之后，他其实有点后悔。

“我饿了。”陆一心歪着头，不再跟他讨论这个话题。

她单方面地宣布她和方永年恋爱了。

至于方永年，反正抱着抱着就会习惯的。

他真好闻。

她还在回味，笑得眯起了圆眼睛。

“你说他是什么意思？”陆一心塞着耳机，一边收拾行李一边义愤填膺。

距离她上次在狂风暴雨的下午单方面宣布恋爱已经过去了半个月，她也已经有整整半个月没有见到方永年了。

她都快要收拾行李去学校报到了！

“你不是说他在忙嘛。”郑然然正在帮谷历历补习，她已经讲解了一个下午的物理，为了冷静烦躁的心情，语气听起来阴森森的。

“可这都半个月了。”陆一心把自己砸向大床，闷闷地哼了一声。

他们虽然恢复了微信往来，但是这半个月，她只给他打过一次电话，晚上十一点多钟，接电话的人是她爸爸陆博远，吓得她在电话里语无伦次，差点把她爸爸气出脑梗死。

“他不是把猫都暂时交给你管了嘛。”郑然然放下练习题，看了一眼谷历历做题的进度，叹了口气。

陆一心扭头看着在她床上睡得正熟的肥猫，愤愤不平的表情柔和了一点。

那天晚上方永年走的时候，把这只肥猫留给了她。

他说他最近应该没时间回来，本来是让公司后勤帮忙每天来家里喂猫的，既然她最近都在华亭，就把这个任务交给了她。

他说这些话的时候，语气很温柔。

陆一心在床上翻了个身。

“可是……他还是没有完全答应。”陆一心扭扭捏捏的，同样的话，郑然然这几天都已经听到耳朵起茧了。

“他把猫留给了你。”郑然然很耐心地重复，“他这样的人，把猫留给了你。”

陆一心看着那只肥猫胖乎乎的脸，嘴角翘了起来。

“你发给他的微信他是不是几乎都会回？”郑然然揉着眉心。

“嗯……不忙的时候都会。”陆一心被安抚成了绵羊，声音都变得软糯糯的。

“所以……”郑然然第八百次帮陆一心肯定，“虽然我不知道你家方永年哪根筋搭错了，但是我可以肯定，他答应了。”

要不然，不会那么不避嫌。

陆一心：“嘿嘿嘿嘿嘿嘿……”

“我要找你们家方永年要钱。”郑然然哭笑不得，为什么他交的女朋友要让她来提供安全感!

“谈钱多伤感情。”陆一心试图去揪肥猫的胡子，被肥猫一爪子拍下来，老老实实地缩回手，“你再给我点时间。我现在是真的尿。”她这辈子都没有这么尿过。

方永年没同意的时候，她可以肆无忌惮、勇往直前，因为对她来说，最差最差也不过就是被拒绝被拉黑，她都试过了，没啥好怕的。

但是方永年同意了。

她居然开始患得患失。

她开始害怕那天晚上是不是被打雷吓傻了产生幻觉，或者，方永年会不会因为她频繁出现反应过来开始觉得后悔。

太虚幻了，他居然回抱了她。

他居然跟她说，他会等她。

她挂了电话在床上又滚了一圈，把脸埋在肥猫肚子里。

“你说，你家主人到底是为什么会同意呢……”她哼哼的，闷在猫肚子里。

肥猫起身，四只肉垫子慢吞吞地踩到陆一心的脸上，来回蹭了一下，走到床的另外一边，躺平。

陆一心：“……”

这只猫的即视感……

方永年不会是因为这猫太像他自己所以才养的吧?

方永年是真的非常忙。

他们正在进行 BE 备案的这款仿制药一共有八个规格，方永年根据欧美的标准选择了这款药最高规格 135mg 做参比药。这款药 135mg 规格的在国内未申报，需到国外去买对照药品。

大规格意味着工作量、金钱投入量和研制难度都成倍增加，投资人俞含枫在看到月底财务报表的时候，有些坐不住了。

“135mg 的都快停产了，为什么要选这个规格的做参比药？”俞含枫简直不能理解。

她真讨厌这种轴得要死的高学历知识分子，一句“为了质量”就根本不考虑本钱。

方永年明明是欠钱的那个，结果现在还得让她这个债主来求着他降低标准。

“我们做仿制药最大的长处在于我们自己做的药在剂量和使用方法方面会更适合国人的体质。”方永年很淡定，“所以对药效的纯度和吸收上，我不会做任何让步。”

俞含枫觉得头痛：“我开这家公司的目的只是为了继承家产，并不是想要做全国最好的仿制药的。”

她在俞家的业务上算是半路出家，能赚到钱有油水的行业基本轮不到她，所以她才另辟蹊径，找了个专业度很高、做得好的话利益很大的产业做切入口。她开这家公司只是为了抢继承权，并不是想要做口碑的。

“没有竞争力的制药公司不能帮你抢到继承权。”方永年揉揉眉心。他很困，想回家睡觉。

“你这样做就能有竞争力了？”俞含枫挑眉。

她才不信，她觉得这纯粹就是方永年和陆博远两个人开发原研药失败，到这里来找存在感的。

她找人看过，他们有很多制药指标和材料进货渠道，其实都不是必要的。

“做仿制药有点像在视频网站上买会员看正版电影。”方永年因为很困，找了个最容易让人听懂的比喻，他以前教陆一心功课的时候，很擅长这样做类比。

“因为不是在电影院看的，音画效果肯定不可能有电影院那么好，但是内容是一样的。

“一模一样的内容，要打开市场，唯一的方法就是提高画质，花钱买越尊贵的会员，画质越高。”

俞含枫没接话。

“现在的投入都是值得的。”方永年拿着那份财务报表，在报表中挑了几条记录标注了一下，“这几项都是制药设备，可以循环利用。

“这几个药的进货渠道虽然价格比市场高非常多，但已经是我能找到的性价比最好的渠道了，药品成品出来之后，分摊一下成本并不会太高。毕竟药品是长期售卖的，卖得越多，成本越小。

“我在帮你做药品竞争力，有竞争力的成品才能打开更好的销售渠道。”他全部说完，丢下笔，合上笔记本。

他困死了，要睡觉。

“你如果没欠我的钱，是不是连这些解释都懒得跟我说？”俞含枫都快要被他气笑，看看他这迫不及待想下班的样子！

“我快三天没闭眼了。”方永年陈述事实。

是的，如果他没欠她钱，他会在她来之前直接下班。

他还没找她算账呢，房子刚租给陆一心就丢给他一堆事情，他为了个财务报表连续几个晚上和财务在做核对，已经整整半个月没有回过家了。

这其实倒不算是坏事。

那件事发生后，他确实需要时间冷静一下，想一想后面应该怎么办。

但是，他心里有些没底。

自从那天下午之后，陆一心突然就安静了。平时微信往来中规中矩，聊的内容除了猫就没别的了。

她这样子，让他觉得有点慌。

“方永年，你知道我对这家公司是下了血本的。”俞含枫正色，“这是一条只许成功不许失败的路。”

“你放心，我知道我欠你多少钱。”方永年站起身，拎起公文包。

赶客了。

俞含枫跟着站了起来：“我送你回去吧。”

他看起来像是走路都能睡着的样子。

方永年没拒绝，打开办公室的门让俞含枫先出门。

出去的时候，正好看到补眠回来的陆博远，看到他们两个同进同出，他冲方永年眨眨眼，很八卦的表情，一副“我什么都知道，你要加油”的样子。

方永年面无表情地摁了电梯关门键。

他头痛欲裂，恨不得在俞含枫面前表演胸口碎大石。

“小姑娘在家里？”俞含枫了然，笑出了声。终于报仇了，她就没见过那么趾高气扬的欠债人。

“在我家对面。”方永年纠正。什么叫在家里？

“你其实真应该谢谢我。”俞含枫站在电梯里，妆容精致的脸因为笑容，变得比平时年轻了不少。

“差不多就行了。”方永年冷冷的。

他已经很克制了，没有怪她插手他的私事，也没有在陆博远面前把她直接推下电梯。虽然他很想。

“你对做原研药有没有兴趣？”俞含枫直到上了车才突然换了个话题。

方永年颇有些意外地看了她一眼：“什么意思？”

“你知道我不做亏本买卖，把房子租给陆博远，肯定要了利息。”

俞含枫耸了耸肩，车子开出地下停车场。

方永年皱眉。

“陆博远把那份资料给我了，我找人验证过了，吴元德这一次还真没骗你们。”

她说得简单，但方永年还是听懂了。

陆博远把吴教授留给他们的抗默项目的立项资料给了俞含枫。

“那个项目，你怎么看？”俞含枫又问了一遍。

“我没意见。”方永年往座椅后背上一靠，摊摊手，“我没看过资料，但是根据陆博远之前跟我聊的内容，这个立项靶点是这几年的大热门，以目前的研究环境和进度来看，是站得住脚的。”

但是，也只是这样而已。

原研药的研发过程太过漫长，资金投入简直是个无底洞，中间的变数太多，每一个变数都可能导致失败，前功尽弃。

更何况还是像阿尔兹海默这样，数十年下来都没有太大突破性进展的疾病研究。

“你不看好？”俞含枫盯着他。

方永年看着俞含枫，重复自己的立场：“我没意见。”

他没意见，对于原研药所有的事情，他都没有看法，没有立场，不想参与。

俞含枫笑了。

“行。”她点点头。

路还很长，她知道方永年心心念念的水果店，那只是他想要发泄怒火的一种方式。她在这家公司投了那么多钱，不可能会放着他做个五年就跑路的。

她都已经把陆一心送到他对面了，后面的路，她很乐观。

陆一心这个小姑娘，她简直太看好了。

凌晨一点多，方永年双手插兜靠在电梯里半梦半醒，电梯门打开的那个瞬间，他看到了陆一心。

这丫头穿着半新不旧的睡裙，手里拎着一个垃圾袋，打开房门正打算去楼道口丢垃圾。

她头发乱蓬蓬的，听到声音后张着嘴冲着电梯方向肆无忌惮地打哈欠，打到一半看到突然打开的电梯门，一脸惊恐。

方永年眯眼……

他站直身体，在这丫头张着嘴瞪着眼的表情下，径直走向她。

陆一心拎着垃圾袋下意识地往后退了一步。

他好高，为什么她以前都没有那么强烈的感觉？

“下次半夜出门多穿件衣服。”方永年走近，居高临下地说了第一句话。

半夜三更，出门只穿一条睡裙，导致他只能盯着她脖子以上，因为他知道按照她的习惯，这个时候她肯定没穿内衣。

陆一心拽着垃圾袋，低头看了一眼自己的穿着，还是那件缀满了胡萝卜的睡裙。

真丑……

“那个……猫这两天在吐毛球……”陆一心想挠头，却因为一只手拿着塑料袋一只手拽着睡衣褶皱，只能很尴尬地站着。

那只肥猫半夜吐毛球，她爬起来清理地板顺便倒垃圾，没想到就遇到了方永年。

方永年接过她手里的垃圾袋，快走两步丢到楼道口的垃圾桶里。陆一心跟在他后面，拖拖拉拉、犹犹豫豫的。

“聊聊？”方永年打开房门，转身看她。

凌晨一点多，他站在他家门口，开着大门，问她要不要聊聊。

他从来没有这么主动过，也从来没有那么不避嫌过。陆一心心跳加速，攥紧了拳头。

那天下午，她不是幻觉。

那天之后，方永年也没有后悔。

“你半个月没回来了……”她跟在他身后，还是低着头。

他为什么那么高!

她为什么今天那么尿？！

“嗯。”方永年等陆一心换完了鞋子进屋之后才坐下换鞋，“公司在提交 BE 备案，过了之后就不会那么忙了。”

陆一心回头：“可是再过几天，我就要开学了。”

她唯一一个完全没有任何约束没有学业压力的暑假，就要结束了。

有点委屈，因为委屈，她终于能抬头了。

一抬头，她就看到方永年换好了鞋子正在看她。

陆一心拽拽自己的胡萝卜，又一次秒尿。

为什么方永年现在的样子，很像很久以前在医院里的那个晚上，他站在楼梯过道里，自上而下地打量她的那个晚上。

她觉得口干舌燥。

“热可可？”方永年终于开口，打开厨房的储物柜。

他这段时间让公司采购帮忙买了一些吃的，满满当当地塞在厨房储物柜里。他先烧水，然后找了个黄色的杯子给陆一心冲热可可。

杯子跟她在禾城买的那个很像，卡通造型，杯肚子很大。

巧克力粉也是她一直买的牌子，拆封了就有一股甜腻的巧克力味。

陆一心吸着鼻子坐到餐桌边，巧克力的甜香终于让她放松了一点。

他虽然半个月没回家，但他还是在这个家里留下了她的印记。

“热热闹闹”的储物柜里，都是花花绿绿的零食。

就像她喝醉了酒之后的那个拥抱一样，方永年的喜欢，低调到需要紧紧贴着才能发觉。

她捧着杯子喝了一口热可可，眯着眼睛，晃了晃脚。

方永年眼底有笑意，她仍然是那个用吃就能搞定的孩子。

“我最近很忙。”方永年坐到餐桌对面，给自己倒了一杯水。

陆一心舔舔嘴唇，放下马克杯，一双大眼睛扑闪扑闪地看着他。

方永年喝了一口水。他已经做了半个多月的心理建设，但是面对面了，仍然会有种罪恶感。穿着睡衣披头散发毫无防备的陆一心，实在是……

“我去给你拿条毯子。”方永年站起身，他实在是没有办法对着这样打扮的陆一心聊，不是心猿意马的问题，而是他真的会觉得自己是个禽兽。

这是他一点点看着长大的女孩子啊。

真是要命了。

陆一心眨眨眼，不理解现在的话题走向：“我不冷啊。”

八月份的华亭，方永年家里才刚刚打开空调，她喝着热可可都快要冒汗了。

“披上！”方永年粗声粗气。

陆一心低头。

她没穿内衣。

一个正常人，绝对不会在晚上睡觉的时候穿内衣。

难怪他一回来就让她穿衣服。

“我又不知道你会突然回来……”陆一心到底还是要脸的，老老实实地披好了毯子，流着汗看着方永年拿起空调遥控器把空调调低了两度。

陆一心的脸微微红了。

方永年咳嗽了一声：“我最近很忙，再加上需要时间考虑一下我们之间的事情，所以并没有经常联系你。”他坚强地把话题重新捡起来，重新说下去。

陆一心抱着马克杯，歪着头。

“我想问问你……”方永年停顿了一下，杯子里的水早就被他喝光了，他拿起来，又放下去，“那天之后，你是不是后悔了？”

“啊？”

“如果你后悔，我能理解。”方永年放下水杯，“我为那天下午做的事情向你道歉。”

她可能真的后悔了。

她现在都㞞成兔子了。

果然再激烈再纯粹，那都只是单纯的青春荷尔蒙的躁动，是他，想得太深了。

真的涉及男女关系，这丫头明显还是不适应。

只是现在要怎么退回去。

他蹙着眉，他确实越界了。作为一个比她大了十四岁的老男人，他没把持住确实是他的错。

“如果实在不行。”方永年考虑了一下，“我搬到公司宿舍去住好了。”反正他在这家公司做不久，避开她这种事，他在行。

“什么……东西？”因为太荒谬，陆一心的眼睛都快瞪成青蛙眼，“什么什么什么？”

她都不知道该从哪里问起。

“不是！”因为惊讶，陆一心那点尿包的患得患失的少女心瞬间消失无踪，“你觉得我后悔了？”声音有点大，大半夜的，空旷的客厅里都响起了回声。

“老子追了那么久，你好不容易松了口，我脑子抽了才会后悔！”她特别铿锵有力地把自己的心里话没有任何加工地脱口而出。

方永年：“……”

意识到自己刚才说了什么的陆一心有点窘。

“那个……”她披好了刚才因为太激动拽掉的毯子，“我就是这个意思，话糙理不糙。”

这俗语用得真不错。

“你平时都自称老子？”他幽幽的。

陆一心期期艾艾：“我只是被你逼急了……”

方永年点点头，慢吞吞地说：“行。”

他正在宕机重启。

事情跟他想象的完全不一样，陆一心并没有后悔，但是他们两个现在也没有暧昧。

任何一个男人听到陆一心刚才说的那些话，都不可能再有任何暧昧的想法。

“很晚了。”他觉得自己需要再消化一下，开始赶人。

“是啊，两点了。”陆一心看了一眼手机，“你们下班也太晚了，你以后会不会跟我爸一样开始慢慢秃头。”

方永年：“……”

是他的错。

他不应该想太深。

“你爸没有秃头。”他不知道自己为什么要回答这个问题，“我家也没有秃头的基因。”

乱七八糟。

“喝完了赶紧走。”他开始很直白地赶人，因为陆一心根本不懂迂回，哪怕长大了也一样。

“你说我们要聊聊的。”彻底满血复活的陆一心捧着还有半杯没喝完的热可可，一脸困惑。

“你为什么会觉得我后悔了？”太神奇了，陆一心想到方永年刚才居然在认真地思考这个问题，就觉得全身上下每个细胞都在尖叫。

他怕她后悔哎！

他居然还想道歉！

“差不多得了。”方永年彻底失去了谈兴，“我还是可以揍你的。”

陆一心喝了一口热可可，冲方永年咧出一口大白牙：“你什么时候忙完啊。”她还真的见好就收了。

“再过两周。”方永年揉揉眉心。

陆一心噘着嘴：“那我真的开学了。”

“嗯，开学的东西都准备好没？”他有一搭没一搭地和她聊天，语速慢吞吞，表情很放松。

“我今天把行李都收拾好了。”陆一心晃了晃脚，又喝了一口热可可。

她表情已经不再像刚进来的时候那样小心翼翼，她偷瞄着他，一边偷瞄一边皱眉头。

方永年横了她一眼：“还想问什么？”

“你几天没睡了？”陆一心比着自己的脸，“你黑眼圈都到这里了。”她在脸上画了两个巨大的圈。

方永年是很困，他都不知道自己为什么还坐在这里和她聊天。

他甚至一点都不想赶她走。

“你明天还上班吗？”陆一心仰头喝光了杯子里的热可可，“我明天再来找你。”

她要回去了，因为方永年看起来真的困惨了。

“明天早上要回公司。”方永年拿走陆一心的马克杯，放到水槽里冲干净。

“那你今天还回来干什么？”陆一心跟在他屁股后面，亦步亦随。

方永年擦杯子的手停了下来，抬头看了她一眼。

陆一心突然秒懂。

她悄咪咪地蹭了过去，像那只肥猫一样，把头靠在方永年的背上。

他为了她回来的。

因为半个月没见，他是为了她回来的。

“我回去睡了。”她忽略掉方永年突然收紧的背部，站直身体，“晚安。”

她终于可以面对面地和他说这句话了。

“晚安。”方永年转头，微笑。

他们，终于可以面对面地说出这句话，不再避嫌，不再推开彼此。

但是……

“噫……”她抖了抖肩膀，“面对面地说好肉麻……”

“下次还是微信说吧！”她愉快地下了决定，踢踢踏踏地跑到门口，又转身。

“那只猫呢？”陆一心歪着头问。方永年还得再忙半个月，她到时候都去学校了。

“我明天走之前过来拿。”他放好杯子，擦干净手，“公司会有人过来喂它。”

这只猫习惯了独自活动，平时他在家也经常看不到猫影，有吃有喝它就可以一直骄傲。

挺适合他养的一只猫。

“那只猫跟你好像。”陆一心想到自己一张脸被它慢吞吞地踩了四次，每一只脚都踩一遍，踩得特别平均，“表情都一样。”

跩了吧唧的。

方永年：“……”

“我走啦！”她冲他挥挥手，一张微圆的苹果脸笑成了弥勒佛。

关门前一秒，她又转身。

“这个！”她把身上的毯子脱下来递给方永年。

“其实……”她低头看了一眼自己，老实交代，“没什么好看的……

“我以后会多吃点木瓜牛奶的。”她也不知道是不是在安慰他，说得挺真诚。

方永年：“……”

“我真的真的走啦！”陆一心笑眯眯的，又冲他挥挥手，换好鞋子，关上门。

方永年一直到对面的房门被陆一心打开又关上，过道上的感应灯再次回归黑暗后，才动了动。

客厅里很亮，陆一心喜欢亮堂，每次开灯都喜欢一下子按下所有的开关面板。

她喝的热可可香味很浓，哪怕杯子冲洗干净了，屋子里也仍然有一股和方永年完全不相配的香甜余味。

她笑成弥勒佛的模样，也在夜色中定格，把亮堂的客厅挤得满满当当。

“真是……”方永年自言自语，语气无奈，嘴角却是扬着的。

叽叽喳喳的，一点空闲都没有。

真热闹……

方永年站起身，在亮晃晃的大灯下走进浴室。

手机响起来的时候，他正在刷牙，快三点了，他拿手机的时候皱着眉。

是陆一心。

一如既往的快速刷屏，每句话后面都花里胡哨地跟着表情包。

“我睡不着！”

"那个热可可好甜，我喝了那么大一杯肯定胖五斤。"

"你回来了真好！"

"你真好！"

"嘿嘿嘿嘿嘿嘿！"

"你现在一定在刷牙，刷完牙不要看书了赶紧睡！"

"晚安。"她最后还是像以前一样，在微信里发了一条语音，声音轻轻的，仿佛刚才那样，就在耳边。

方永年拿着手机发了一会儿呆。

现在的小姑娘，真是特别能撩人。

他咬着牙刷噼里啪啦地打字："睡不着的话就过来，我这里有几本大学高数教材。"

陆一心："我睡了！立刻！马上！！"

陆一心："你现在看到的，都是我的梦话！"

手机终于恢复安静。

方永年重新摁开了电动牙刷，看着镜子的时候，发现他的五官柔和得连自己都觉得陌生。

他有点呆呆的。

为什么会喜欢她？

为什么会答应她？

这似乎真的是一个不值得再思考的问题。

这世界上除了陆一心，不会有人在夜半三点，逗得他睡意全消。

他有点可惜自己想了很久的水果店。

他本来以为下半辈子在那种带着瓜果香的小店里，应该能忘记药味。

算了。

他吐掉嘴里的泡沫。

水果也有腐烂的时候，这个世界不管躲到哪里，总会有好有坏。

他总不能真的让陆一心大学毕业后跑到他水果店隔壁开个蛋糕房，他已经有了很多可能会被陆博远掐死的理由，实在没必要多一个。

陆一心很乖，从今天晚上的表现看起来，她比他想象的更懂得分寸。

她其实向来都很懂分寸，就算胡闹，也会控制在大人们能接受的范围。

她已经在给他缓冲期，她没有逼他。

所以他需要好好想想，未来的路应该怎么走。

他一个四肢不全的人，想要再带上一个人过日子，其实是一种奢求。

他太了解奢求的背后会有多少苦痛，他比陆一心大太多，他不想让阳光灿烂的陆一心承受这些，那么，他需要有足够的力量去承受双份。

但是其实，也不难。

再难的路，他都走过了；再丑陋的人心，他也都看过。

人活着有追求，总比没追求好。

他向来都挺有追求，连开水果店都会筹划好几年，从进货商到店铺位置到水果品种。

他用冷水洗了一把脸，对着镜子看了看自己的胡子。

这丫头……

他这胡子都快连成一片了，她居然能对着这样的脸说晚安。

自从发现自己喜欢方永年之后，陆一心的生活重心一直都是方永年，她的高考志愿是因为想到了方永年的幻肢痛才选的，她的高考成绩有一大部分是为了争口气为了证明她的爱情的美好才努力的。

为了再次靠近彻底拉黑她的方永年，她整个暑假都忙着在华亭找房子，忙着用各种各样的方式出现在方永年面前。

所以，她其实并没有太过关注自己的大学生活。

和很多刚刚考进大学觉得自己人生从此焕然一新的新生不一样，开学对于陆一心来说，就意味着要住宿舍，就意味着这一个星期，她都不能住在方永年对面。

尤其是方永年已经提交了BE备案，马上就可以按时上下班的时候，让她住宿舍，简直是心都在滴血。

可偏偏她妈妈对这一点要求特别强硬，大一一定要住校，周末的时候才能回出租屋和陆博远还有刘米青一起住。

“我都那么合群了，为什么还要过集体生活啊？”陆一心拽着自己的行李箱，开始和刘米青据理力争。

“你哪里合群了？”刘米青毫不留情地拆穿她，“读了那么多年书就一个好朋友。”

“朋友贵精不在多啊！”陆一心急得都开始用俗语。

刘米青放下手里的衣服：“你为什么一直在找借口不住宿舍？”

陆一心：“……”

“我就觉得把房子租在你方叔叔对面有点不妥当。”刘米青皱着眉，“你不会是想天天去烦他吧？”

陆一心：“……”

她错了，她不应该那么执着，明明住宿舍也可以偷偷溜出去找方永年的。

“一心啊。”刘米青语气认真了起来，“你以前还小，追着方叔叔喊着要嫁给他，我都随着你。

“但是你今年十九了，再像个孩子一样天天去烦着人家，真的不太合适。”

陆一心吸了吸鼻子。

“你方叔叔去华亭之后，你每次过去他都会刻意避开，我本来想，这可能是因为你快要高考了，他不想你分心，但是现在想想，也有可能是人家真的烦你了。”

陆一心张张嘴，一脸苦相。

“你想想啊……”刘米青很温柔地摸摸女儿的头发，“你方叔叔经历了那么多事，你爸爸过去从来没有帮他说过一句话。

“他不但不怪你爸爸，现在两个人还在一个公司做事，听你爸爸说，他不管是公事还是私事，都很帮他。

“他是个很好的人，你长大了，真的不能再仗着他是好人特别好说话就黏着他让他做你的保姆。

“他需要有他自己的人生，你不能跟在他后面拉他的后腿。”

陆一心低着头。

“听到没有？”刘米青声音大了一点。

现在想起来，当时他们租房子的时候方永年也刻意避开了。

他们家不能因为方永年脾气好人好，就天天赖着他。他都给陆一心做了那么多年的保姆了，尽心尽责，现在他想要避开陆一心，他们家也应该有自知之明。

一个三十多岁的小伙子，谁愿意屁股后面天天跟着鼻涕虫啊。更何况，还是陆一心这样的皮猴子。

“妈……”陆一心有苦说不出。

“人家毕竟不是你的亲叔叔。”刘米青敲了敲女儿的头，“别撒娇，撒娇也没用。回头我得问问你爸这房子租了多久，等你大二的时候给你换个房子。”

“啊？”陆一心张着嘴。

“啊什么啊！”刘米青下了结论就不理她了，“你没事也别老回去，尤其是晚上，别看到你方叔叔带人回家就八卦兮兮地跟上去，听到没有？”

“啊？”陆一心的嘴张得更大了。

刘米青叹气：“你爸爸说，你方叔叔和那个俞含枫……是叫俞含枫吧，可能有戏。”

本来这种八卦的事情，是不应该和女儿说的。但是方永年，总是应该要有个伴。

俞含枫雷厉风行，独立自主，对于方永年来说，算是个很合适的伴了。

她总不能让陆一心无意之中把这事给搅黄了。

“总之你方叔叔恋爱的话，你千万别去掺和，听到没有？”刘米青最后的一个字提高了音量。

这代表，这个话题终结。

陆一心傻眼，拽着行李箱差点摁断行李箱的密码锁。

她趁着她妈妈出去给她拿东西的时候，拿出手机噼里啪啦。

“方永年！你不许偷人啊！”

“你答应了要等我的！”

“等个屁啊！我都已经在这里了你到底要等什么！”
“你要偷人我就跟我爸妈坦白了！”
许久之后。
方永年：“？有病？”
他居然在前面加了个问号，一点都不考究语法了……

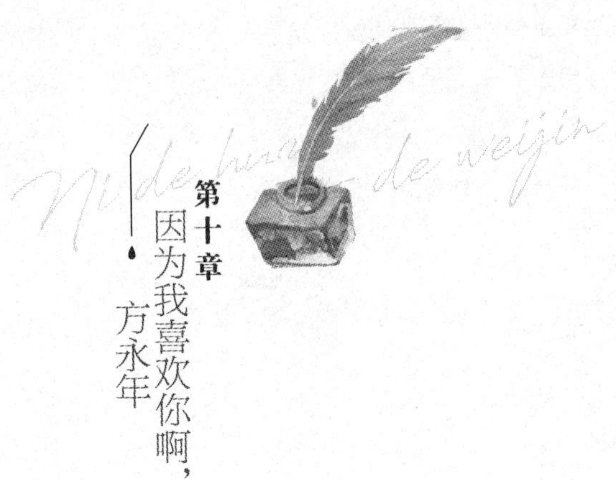

第十章 因为我喜欢你啊，方永年

陆一心大学开学第一天，刘米青要留在禾城上班没办法送她，陆博远一如既往地坚持了不靠谱爸爸的人设，把陆一心连同行李一起丢在了大学门口，自己火急火燎地一边打电话一边开车跑了，只给陆一心留下了个可以挥手告别的车屁股。

陆一心拿着行李箱，对着大学校门深深地吸了一口气。

她的父母只在她考上大学的那两天兴奋了一会儿，作为高级知识分子家庭，她没有考上985，勉强只挤进了211，这不算是个特别值得夸耀的成绩。

但是……

陆一心又深深地吸了一口气。

从现在开始，她就是个大学生了。

从现在开始，她就是真正的大人，需要自己负责前程，还有未来的幸福。

她非常有仪式感地在大学门口给自己拍了一张一脚踏进校门的脚的照片，先单独发给了方永年，然后才发到了朋友圈。

方永年没有回，朋友圈里倒是瞬间变得很热闹。

尤其是她爹，完全不记得自己就是那个刚刚才把她丢在学校门口的人，在她的照片下面又是点赞又是留言，什么“长大了要加油，今天是生命中最重要的一天”之类的心灵鸡汤写了一条又一条。

陆一心撇着嘴低着头看着手机拽着行李箱，好不容易找到了大气科学新生接待处，手机就振动了一下。

是方永年发来的消息。

“恭喜。”

带上标点符号就三个字符。

“刚才在开会。”他迅速地又补充了一句，结尾还是句号。

陆一心却瞬间笑开了花，冲着接待她的学长咧出了两颗虎牙。

“你好！我是来报到的！”她快乐得连眼角眉梢都在跳跃。

接待陆一心的学长是个男孩子，个子挺高，穿着简单的T恤牛仔，说自己姓严，今年大三。

他问她的第一句话就是你们家里谁是气象局的。

“我妈……”陆一心傻愣愣的，在新生入学表格上找到自己的名字，签好名，领了学生证和入学须知。

“哦。”严学长点点头，“读我们这个专业的大多都是‘气二代’。”

“为什么呀？”陆一心觉得神奇。

“因为我们这个专业，不太适合人类学习。”严学长一本正经，“等你看到课表之后就懂了。”

陆一心：“……”

“咱们这个专业目前的男女比例是一比一，都说大气科学的帅哥比例会比较多，不过你参加军训以后应该就会知道，这其实都是幻觉。”严学长持续地泼冷水，“课业重，课业杂，还比较累，人都不太会保持人形。”

陆一心：“……”

“所以一般人真不会考。”严学长更严肃了，“但为什么我们的爸妈还是会忽悠我们考大气科学呢？”

严学长假装摸了摸胡子，看向陆一心。

陆一心默默地后退了一步——这人好可怕，比自己还神经。

“因为比较容易结婚。”严学长没打算卖关子。

“女孩子考这个专业最容易嫁人了，以后的工作环境简单单纯，继续深造读个硕士或者毕业后找个好工种，不用加班比较清闲能顾上家。单位里面官二代气二代特别多，总体来说，努力一把就前途光明。”严学长挥挥手，“所以长远来说，是个好专业。”

陆一心点头：“哦……”

“你怎么一点都不激情？”严学长不满意了。

陆一心干笑。她只是发现，自己考这个专业似乎没有办法享受这个专业的优点了。

她有男朋友了！

她才不稀罕“气二代”“官二代”，就像面前站着的这位学长。其实严格意义来说，他长得挺好的，但是，就是少了点味道——

胡子没有几根毛。

眼神太清澈看起来傻了吧唧。

没有韵味，没有办法只是站着就像一道风景。

“你的宿舍钥匙要去舍管阿姨那边拿。”没有得到配合的严学长哼哼一声，“宿舍是之前都定好的，学校为了大团结拆散科系分配宿舍，所以你的室友可能不一定是咱们科的。”

严学长左右看了看，凑近陆一心：“如果你的室友里面有一个叫李小安的英语系的女孩子，那么，请你记得我是那个曾经一对一带你走新生流程的严学长，请你记得我的恩情。”严学长又一次变得很严肃，“那都是要还的。”

陆一心：“……”

她现在一点都没办法接受这种幼稚的油腔滑调。

她的审美真的被方永年带偏了，他必须负责！

新生入学流程并不复杂，拿了入学资料，加进班级的微信群，再去教务处转一圈，基本就搞定了。

因为全程都有个特别能说的严学长，陆一心对这个科系有了初步的认知。

课业很重，要编程，因为是工科，所以数理化是基础。

科系里并没有特别惊人的八卦，大家性格相对来说都挺佛，走读生很多。

和其他所有学科一样，都有学业压力、就业压力或者考研压力。

连宿舍的舍管阿姨，看起来都没有特别和善。

“晚上十一点半关门熄灯，周六周日晚半个小时，如果晚于这个时间回来就到我这里登记姓名、班级。”舍管阿姨胖乎乎的，“我这人有起床气，你们最好都给我按时回来。”

陆一心拿着钥匙唯唯诺诺。

“女生宿舍严禁男人进出，你爸也不行，听到没有？”舍管阿姨拿笔在新生须知的宿舍管理条款上面加粗加黑画重点，“那种男生在宿舍楼下唱歌送花堵塞交通的，我见到一次骂一次。”

陆一心：“……”

噫……

感觉不怎么美好。

不过，方永年应该不可能会在她宿舍楼下送花唱歌，她去他住的地方送花唱歌的可能性还比较大。

“你的宿舍总共四个人，不过有个跟你一个科系的正在办退学，所以今年应该只有三个人住，床位你们自己商量着决定。”舍管阿姨让陆一心在表格上签字，“好好相处，别吵架打架。”

“好的！”陆一心应得又大声又清脆。

她恨不得再行个礼。

这种和过去完全不同的全新生活，让她年轻的心在某个瞬间充满了新鲜感。

所以她在进了宿舍之后，冲着宿舍又拍了一张照。

宿舍里已经有两名新生，各自占了个下铺，看到陆一心来了，其中一个穿着简朴、身材敦实的女孩子犹豫了一下：“要不我们还是抽签吧。”

“为什么抽签？”另外一个个子高挑、身材火爆的女孩子瞥了陆一心一眼，“床位本来就是先到先得的。”

陆一心拿着行李箱站在门口，有点窘。

她倒是无所谓睡上铺还是下铺，但是现在她决定，她一定不会睡在这位美女的上铺。

“你好，我是吴齐，地质学的。”那个敦实的女孩开口，冲陆一心腼腆地笑了笑。

“陆一心，大气科学的。”陆一心自我介绍，拉着行李箱进宿舍。

“李小安，英语系。”那位美女上下打量了一下陆一心，才开口。

陆一心愣了愣。

李小安哎！

说让她记得他恩情的那个学长口中的李小安哎！

长得鼻子是鼻子眼睛是眼睛，腰是腰腿是腿的。

“你好！”陆一心笑眯眯地和两个室友打招呼。

她妈妈说，要过集体生活。

现在看起来，有点难。

美女显然不太容易相处，另外一个吴齐，虽然看起来很友善，但是陆一心不知道为什么，就觉得吴齐那声抽签是故意的。

时机太巧了。

在她刚刚踏进门的时候，一脸为难地说出这种明显会被反驳的话，而且吴齐自己明显是想睡下铺的。

就很恰当了……

一石二鸟，就是挺容易被识破的。

她微笑着放好自己的行李，微笑着选择了吴齐的上铺，然后躺在床上，把宿舍的照片发给了方永年。

“方永年，我很紧张。”她发了图片之后就开始啪啪啪地打字。

“我的室友，都不像郑然然那样友善。”她歪着头，“万一处不好怎么办？”

半天没有得到回复。

陆一心看了一眼时间，早上十点多钟，他可能还在开会。

陆一心咬着手指甲，又开始打字。

“刚才带我走新生流程的学长跟我说，读我们专业的好多‘气二代’，课业很重，很不适合人类读。”

“怎么办啊，我数理化不是强项啊！”

方永年还是没回。

陆一心纠结了一下。

“那个……系里好像帅哥挺多的。”她眯着眼睛，“个子都挺高，都很会打扮的样子。”

方永年……还是没回。

陆一心丢开手机，叹了口气。

她开始捣鼓刚刚拿到的入学须知和课表。

微信群里已经在放选修课的代码，陆一心对着课表又拍了一张照，再次发给了方永年。

“我不要读大学了！”新生入学的感受和自己想象中热血美好的大学生活完全不一样，陆一心开始在微信里号。

“你们都骗我！什么叫作高中好好努力，上了大学就可以轻松了！”

“这是可以轻松的样子吗！”

过了半分钟。

方永年的微信终于出现了“正在输入中”。

最先发过来的，是个链接，标题是：动物的领地意识。

陆一心：？

方永年：“动物天生就带有领地意识，刚认识的时候互相试探实力是很正常的行为，处不好是正常的。”

陆一心：……

方永年：“本科大一专业课不会特别多，都是打基础的东西，你应该能应付得了。”

方永年：“不过，你不是数理化不行，你是大部分都不行。”

陆一心：……

方永年：“你不读大学打算干什么？开蛋糕店？你会被我打死。”

方永年：“还有，据我所知，没有人告诉过你上了大学就可以轻松的。你爸妈上大学的时候都在没日没夜地做项目，我也是。”

陆一心：……

他很少会在微信里回她那么多话。

他几乎回答了她每一个问题，耐耐心心的。

陆一心：“帅哥的那条呢，你为什么不回？”

方永年：“我在开会。”

陆一心拿着手机在床上翻了个身，实在忍不住，又翻了个身。

“嗷嗷嗷，你好可爱！”她笑得眼睛都眯了起来。

然后，方永年就再也没有回消息了，剩下大一新生陆一心抱着手机在上铺偷偷地笑成了傻子。

新生入学第二天就要军训，一车车的大一新生直接被拉到军训基地，一关就是一个月。

手机在进基地的时候就被收走了，整整一个月后，放出来的那个瞬间，陆一心几乎热泪盈眶。

手机里没什么消息，她爸妈对她散养惯了，对于把她这个皮猴子丢在军训基地这件事欢欣鼓舞，连个日常问候的微信都懒得发给她。

郑然然给她发了几次消息，大部分都是晒吃的——她彻底独立了，和父母签了协议，她父母会在她大学期间每年固定汇钱，其他的不再过问，由她自生自灭。

所以她租了房子，开始研究做饭。

大部分都是很可怕的黑暗料理，但是陆一心觉得，郑然然挺快乐的，和她有骨肉亲情的父母都有了新的幸福，她不想毁掉以前幸福的回忆，索性远离。

“保持距离，逢年过节凑在一起吃个饭，大家还能笑嘻嘻的。”这是郑然然的原话。

她需要亲情，可当亲情抛弃了她，她选择远离，不破坏回忆，不作践自己。

她一直很强大，像是女生版的方永年。

至于方永年，自从那天陆一心壮着“狗胆”夸奖他真可爱之后，他就一直忙成“狗”，以至于后面很多对话，他就只用了句号来表达他不想说话的心情。

她咂咂嘴，点开方永年的微信聊天框：“方永年，我放出来了！”

她盯着自己微信头像框里方永年的剪影，眯着眼睛笑了。

真想他。

方永年的电话打过来的时候，她还冲着自己的微信头像发呆，背后都是离开训练基地的同学，远处都是来接孩子的家长，车子排成了长龙。

“你在哪儿？”方永年的声音，慢吞吞的，很低沉。

陆一心有些疑惑：“基地门口。”

她心跳突然加速，因为某种来自女性的第六感。

“你往前再走两百米，路口太堵了，车子开不进来。”方永年的声音仍然听不出任何喜怒，说的都是最最普通平常的话。

“你来接我了？”陆一心扬起的声音都有点抖。

路过她的同学很奇怪地看了她一眼。

“嗯。”方永年应得很简单。

“为什么啊？”陆一心按捺住跳得飞快的心。

她知道方永年答应了，她也感觉到方永年对她和以前已经不太一样了。

但是之前他对她的那些温柔已经很足够了——他愿意回她的微信，她给他打电话他会接，她想要看那只肥猫的照片的时候，他也会拍给她。

虽然很多时候拍的照片水平很可怕。

可是她觉得，这些已经足够了。

太足够了。

可他，居然还来接她了。

“你爸出差了。”方永年还是回答了，声音听起来带了点笑意。

“哦……”陆一心掂了掂自己的双肩包。

“其实……就算我爸在，他也不见得会来接我。”她又忍不住了，小声揭穿他。

她爸爸会说，这地方肯定会堵死，自己多走两步出来打个车都比他来接快。

方永年安静了一会儿。

“嗯。”他应了一声。

陆一心顿住。

所以，是他想来接她。

“我……马上来。”陆一心觉得自己又快要哭了。

“嗯。”方永年又应了一声，挂了电话。

陆一心站在原地发了一会儿呆，然后迅速地拿出手机，按下了快捷键。

“然然快点救我！”她声嘶力竭。

郑然然一头雾水。

“有没有什么方法可以迅速变白？！”她可能叫得太大声，身边的同学经过的时候，看她的眼神宛如看智障。

郑然然：“啊？”

“方永年就在两百米外，但是我现在黑成了炭！”陆一心举起自己的胳膊看了一眼，哀号一声改口，“不是炭，是煤。”

她不应该因为太累了就犯懒不涂防晒霜的。

“哦……”郑然然变成了单音节动物。

“没有办法吗？”陆一心呜咽了一声。

“你要不去蹭蹭墙上的石灰粉来挽救一下？”郑然然很真诚。

“这里是部队，我去蹭墙会被人用枪指着吧。”陆一心跑偏重点，死了心挂了电话。

怎么办……

她记得方永年喜欢白皮肤的……

要死了……

陆一心跑到方永年车上之前，用衣服包住了脸，习惯性地打开副驾驶的门，突然顿住，藏起来的脸皱了一下，默默关上车门，绕到后座，很低调地坐了进去。

方永年围观了全程，又一次感叹自己几近变态的眼光……

他到底为什么……会被她两次拥抱就弄得弃甲投降的。

“我晒黑了。”陆一心委委屈屈地坐在车后排，“等我白回来再给你看。”

“坐前面来。”方永年从后视镜里瞪她。

他又不是出租车司机。

陆一心的眼睛眨巴眨巴。

她也很想。

打开车门之后，在密闭空间里，她又闻到了方永年身上的烟草味，还有非常清爽的香皂的味道。

她也想靠近，但是……

“我现在很丑……”她很真诚地露出了一小截脸给他看，“你不是喜欢白的吗，给你看了万一你变心了怎么办？”

方永年很干脆地熄了火，双手环胸，也不说话。

是谁跟她说他喜欢白的……

“你以前……在实验室里的时候，和其他人聊天说喜欢皮肤白一点的。”陆一心很神奇地看懂了他的肢体语言。

方永年微微皱眉。

他说过吗?

“那是因为……”他瞬间住了嘴。

他想起来了，当时他旁边的人非常沉迷欧美成人片，里面的角色是清一色的黑人，硬要和他分享资料，他才随口说了一句。

陆一心一双大眼睛再次眨巴了几下，带着谴责。

“坐前面来。”方永年粗声粗气。

“哦。”陆一心委委屈屈地爬到副驾驶位，然后小心翼翼地露出大半截胳膊，展示给方永年看，“那么黑呢。”

纯粹在大太阳下暴晒黑的，颜色确实不怎么好看。

方永年拽走陆一心的遮羞布，看了她一眼。

确实……好黑。

鼻子和颧骨这块晒得特别黑，已经有些脱皮。

“防晒霜呢？”他皱着眉发动车子。

“早上起不来，根本没有时间涂。”陆一心掰下副驾驶座的遮阳板，翻出里面的镜子，左看右看。

“是不是很丑？”她皱着鼻子。

“嗯。”方永年不动如山，十分诚实。

本来是想直接开车带她去吃饭的，现在却绕了一圈，打算先找个药房。

禾城药房里进的那款芦荟膏在这里不知道能不能买到，效果挺好的。

“你……”陆一心犹豫了一下。

方永年最近对她太好了，好得她想要蹬鼻子上脸，跃跃欲试的。

“一般这种时候，男朋友是应该要有求生欲的。”她一本正经地说，“怎么能直接承认我丑呢，也亏得我脾气好，要不然闹起来怎么办？你还不是得跟我道歉。”

她说得很流利，说到后面有点得意忘形了，收敛了一下，悄悄地看了一眼方永年。

她在看他有没有生气。

他说他需要缓冲，她是不是又逼得太紧了？

方永年突然很想摸摸陆一心的头发。

她从小到大都很懂得看大人的眼色，虽然陆博远和刘米青都尽力了，但是到底没有办法一直陪着她。

在她身边陪她的都不是亲人，哪怕是他，也曾经烦过她，照顾她只是因为看陆博远的面子。

她其实挺清楚的。

小小年纪，要小脾气任性撒泼的时候，都不是完全放开的，都会偷偷看一眼大人的眼色。

“挺好看的。”在开车，他不方便摸她的头发，所以犹豫了一下，还是把这句话说出了口。

她这个年纪，怎么样都挺好看的。

“啊？”晒得跟黑炭一样的陆一心张着嘴，傻傻的。

这样的话再说出口太肉麻，方永年不说话了，专心开车。

陆一心悄悄地吸了一下鼻子。

“方永年……”她喊他名字的时候，有千百种语气，每一种最后那个年字，尾音都黏黏腻腻的。

“其实我已经很满足了，但是……”她语气可怜兮兮的，“我怕我忍不住。”她在副驾驶座上，扭着头看他，“我一定会忍不住。”

“忍不住什么？”

方永年知道自己不应该问的，因为这丫头现在的表情看起来太坏了。

“结婚！上床！生娃娃！”陆一心比出三个手指，兴致勃勃，两眼放光。

方永年面无表情。

他面无表情地把车靠边停在路边停车位上，面无表情地解开安全带。

然后他侧身，伸手盖住陆一心的脸。

他掌心还是温暖干燥，贴着她的鼻子，把她推倒在座位上。

“坐好！”他甚至懒得骂她，“我下去买点东西。”

“买什么？”反正她晒黑了，就看不出来脸红。

陆一心忍住伸手摸自己鼻子的冲动，觉得刚才被碰触过的地方，像是有蝴蝶翅膀拂过。

方永年没理她。

他的背影笔直，走路的姿势很标准。

他没有出事之前，走路的时候喜欢拖着脚步走，看起来懒洋洋的，能坐着就绝对不会站着。

但是出事之后，他的姿势反而变得标准了。

只有陆一心知道，这种标准背后需要付出多少汗水。

她曾经亲眼看到方永年在复健的时候满头大汗地摘下义肢，那条义肢连接处都能倒得出水。

“结婚！上床！生娃娃！”陆一心默默地又重复了一遍。

看着方永年推开那家药房的大门，隔着玻璃看着他站在卖晒后修复药品的柜台边，拧着眉翻看芦荟膏的样子。

她晒黑了很丑。

但是她的男人，会给她买晒后修复的药。

“我们晚上在家吃吗？”陆一心十分新奇地跟在方永年屁股后面，看着他手里拎着的从超市买回来的食材。

真奇怪，有些男人，拎着葱都觉得美得慌。

“在我家吃。”方永年纠正她的用词，“你先回去把药擦了。”

本来订了在外面吃火锅的位子，现在看她这一脸脱皮的样子，还是尽早擦药比较重要。

“脸洗干净了再擦。”他多叮嘱了一句，先进了电梯。

“吃什么？”陆一心屁颠颠地跟进去。

电梯里面只有一个“22”的按钮亮着，她看着这个按钮笑成了一朵花。

她跟方永年住在同一个楼层，这幢楼一梯两户，四舍五入就是住在一起了！

“面。”方永年看着电梯楼层指示灯，言简意赅。

本来心情荡漾的陆一心瞬间垮下了脸，又是面吗？

她对面的记忆太不好了，家里的冰箱里还冻着那碗虾爆鳝呢。

“我只会下面条。”方永年透过电梯的反光镜看到陆一心的脸，嘴角微微翘了起来。

真记仇……

和陆博远只会烧四个红烧菜一样，很少下厨的方永年，只会下挂面。

阳春面，为了丰富一点，在上面码了荷包蛋、烫青菜和超市里买回来的卤牛肉。

他又找了几个一次性盘子把超市买的其他小菜装进去，看着饭桌，觉得自己或许还应该再买点碗筷回家。

洗完澡的陆一心带着一身的芦荟味风风火火地冲进门，坐在饭桌前端起面碗先喝了一口酱油汤。

“卤牛肉挺好吃的。”陆一心咽下那口不咸不淡毫无灵魂的酱油汤，做出非常有灵魂的评价。

方永年被她逗笑，自己也喝了一口面汤。

吃面，先喝汤。

这件事似乎也是他教的。

她身上好多小习惯，看着不起眼，但其实都是他教的。

是当年那个只知道吃的方永年教的。

“军训怎么样？”挂面味道确实不怎么样，唯一值得称道的就是调味不错，起码不咸。

陆一心嘴里叼着牛肉，筷子上面夹着煎蛋，囫囵吞枣地咽下去，问了一句：“你要听哪一种？”

方永年一头问号。

“有两种回答，一种是说给别人听的，一种是说给男朋友听的。”陆一心擦擦嘴，笑得像个小狐狸。

方永年：“说给别人听的……”

说给男朋友听的，他暂时没有这个血压。

“就正常军训啊。”陆一心做出了普通平常的脸，“教官长得很帅，但是完全不会优待女生，运动量太大所以每天都吃不饱。

“还有那个每天饭前唱歌，刚开始的时候我犯傻每次都吼得最大声，到后面就吼不出来了，嗓子痛得吃肉都卡喉咙。”

她叽叽喳喳地说着毫无营养的话，方永年却心不在焉地在思考，如果是跟男朋友说的，会是什么。

她居然还准备了男朋友版本吗？

“要不要听男朋友版本？我给你听打过码的！”陆一心说到一半突然话锋一转。

方永年表情复杂地看了她一眼。

还打过码的，她的词汇到底从哪里来的。

但是这一次，他没否认也没阻止。

“我在军训的时候打了一架。”小姑娘乐颠颠的，“然后被教官罚了负重五公里。”

方永年皱眉：“打架？”

陆一心点头。

“现在如果是不打码的版本，我就可以给你看肩膀了。”她一边说话一边比动作，“那家伙爪子跟猫爪子一样，一爪子下来要是我没躲开估计就破相了。”

“为了什么打架？”方永年放下筷子。

陆一心性格虽然莽，但是从小到大除了她外婆去世那次之外，从来没有过任何具有攻击性的行为。

她脾气算是非常好的那种，能把她惹火很不容易。

陆一心顿了一下：“你要不要看肩膀？”

她还冲他眨眨眼。

“陆一心，为了什么打架？”方永年完全不吃她这一套。

陆一心默默地低头吃了一口面。

早知道不说了，她提这件事只是因为现在气氛太好，突然想调戏一下方永年的。

伤口挺长挺深，她觉得会留疤。

她身上也终于有疤了，和方永年一样。

“陆一心。”方永年喊她的名字，语气跟教导主任一样。

“就……我们宿舍里有个女孩子叫李小安，英语系的，长得很漂亮个性很傲的那种。”陆一心撇着嘴。

“军训的时候不是要求不能带私人物品嘛，我偷偷摸摸把你的照片带进去了。”陆一心一边说，一边偷偷看了方永年一眼。

方永年一脸无语。

他的照片……她居然还给洗出来了？带进去干什么？辟邪？

陆一心自知理亏，干笑了一下：“本来我是没事的，但是我带照片进去的时候被李小安看到了，李小安自己也带了一些东西，被其他女生看到了。”

陆一心皱皱鼻子，想了一个形容词：“李小安这个人……目的性很明确。”

别人在军训，她在出风头。明明每个人都发了矿泉水，她却老喜欢去跟别的男孩子借，结果借到有女朋友的男生身上，人家女朋友就爆发了。

然后，她夹带化妆品和手机进来这件事就被人揭发了。

揭发的时候，李小安也不知道怎么想的，当着众人的面说明明陆一心也带了，凭什么只罚她。

结果陆一心偷藏的方永年的照片也被搜出来了。

“其实哪怕这样，我也不至于会想打架的。”陆一心讪讪的。

方永年毕竟做了她多年的叔叔，有些威严是根深蒂固的。

跟他说自己做的荒唐事，多少有点担心他会揍她。

“但是那个教官搜东西的时候一不小心踩碎了李小安的口红，李小安说教官偏心，抢走你的照片看了一眼，然后就撕了。”

然后，她就彻底怒了。

当然，那个该死的李小安看了照片之后还疑惑了一下，那一脸疑惑，才是让她爆发的最后一根稻草。

疑惑个屁啊，没见过带男朋友照片来军训的人吗?

“本来我是打得过她的。”陆一心想到当时的场景，颇有些懊恼，“她力气不大，但是我忽略了她的指甲。”

估计是经常做指甲的人，留长了，还打磨过。

结果她就被李小安阴了一道。

“不过我也拽下一把她的头发。”陆一心觉得也不算吃亏。

李小安头发不多，那一把足够李小安心痛很久了，也不知道能不能长出来。

陆一心被自己恶毒的想法逗乐，笑嘻嘻的。

方永年却沉着脸。

“她抓你哪儿了？”能让陆一心那么念念不忘甚至要打码的伤口，他怎么觉得有点不妙。

“这里。”陆一心比了比右边肩膀，脖子以下。

“过来。”方永年推开面碗。

她刚才上车的时候，双肩包只背了一边的肩膀，他一开始以为是她拿衣服包头之后懒得背好，现在看起来，可能是因为伤口。

军训一个月了，这伤口还没好吗?

陆一心瞪大眼：“不打码了？”

她只是随口一说，真要给他看了，她还是尿的。

那一爪子，差点挠到她胸口，挺长的一条，而且还发炎了……

“过来。”方永年直接下命令。

陆一心犹犹豫豫地挪腾。

她又得意忘形了，一会儿给他看到伤口该怎么收场。

“你不避嫌了吗？”她还在做最后的挣扎。

方永年的回答是直接胳膊一伸把她拽了过来。

她洗了澡以后换了一件旧T恤，领口软塌塌的，方永年往下拉了一下，就露出了半截伤口。

又红又肿，还有化脓的迹象。

她洗澡的时候估计也没避开，现在上面又是水渍又是血丝。

“你就这样去跑了负重五公里？”所以伤口上还有双肩包的勒痕。

“不能认输不是！”陆一心说得特别有理，“我如果跟教官求情那我跟李小安有什么两样。”

她还挺有骨气。

“会留疤。”军训的时候又是暴晒又是流汗，再加上一直被双肩包磨着，她都不觉得痛吗?

这种骨气要来干什么用?

脑子有问题。

“留疤挺好。”陆一心仍然笑嘻嘻的，“等伤疤长好了，就去弄个文身。”

方永年阴森森地看了她一眼，起身。

“我已经很痛了！”陆一心条件反射地往后一缩。

他不会真的想抽她吧?

“我去拿药。”方永年忍住想抽她的手，“你这伤疤要被你妈看到了，估计得哭。”

“那你呢？”陆一心跟在他屁股后面转悠。

方永年家里多了几样东西，沙发上多了几个灰色的抱枕，房间里多了一个书架。

不是那种简易书架，而是很厚重的那种，居家过日子的人买的书架。

见状，陆一心更开心了。

“你把这些药拿回去。”方永年完全无视她，塞给她一堆瓶瓶罐罐。

“先用药把伤口冲洗一下，多洗两次，然后再涂这个膏。”

他教她，结果看着她一脸无辜地冲他眨眨眼睛。

方永年：“……”

“我要是敢拿药冲伤口，它现在就不会发炎了。”陆一心指出了显而易见的事实。

她爸爸也是制药业的，基础的东西，她也懂来着。

他当年不也是事无巨细地教了她一堆莫名其妙的，以后无论如何也用不到的制药知识嘛……

晒黑的陆一心就这样抱着一堆药站在他卧室门口，衣服的领口还是耷拉着的，露出了一点点红肿的皮肤。

“去沙发上坐好。”他粗声粗气。

陆一心的眼睛又一次睁大了。

方永年瞪她。

陆一心欢呼一声，迅速地把手里的药都丢给方永年，然后自己跳到沙发上，抱住一个抱枕。

“会很痛吧？”她忐忐忑忑的。

“你要轻一点啊。”她持续忐忐忑忑的。

“你闭嘴。”这都什么糟糕的台词。

“轻一点，不然我会叫。”陆一心坚强地说完最后一句话，然后被方永年用抱枕很干脆地遮住了脸。

皮。

他要是真下手了，她估计得吓死。

事实证明，陆一心确实就只是皮。

方永年非常绅士，先用毯子盖住了她，然后把她的衣服又往下拉了一点。

真的就只是一点点，陆一心的脸就开始红。

她并不是脸皮很薄的人，但一旦脸红就会在全身迅速地蔓延开，哪怕晒黑了也能看得清清楚楚。

她深深地吸了一口气，拿下遮住脸的抱枕。

方永年正好看向她，两人对视。

陆一心眨了眨眼。

方永年叹了口气。

“自己擦？”他把药给她。

觉得自己实在太㞞错过了大好机会的陆一心用鼻音“唔”了一声，但是到底，不敢再坚持。

“我……一会儿回去擦。”她声音轻得都不像是她发出来的。

“等结疤了就用这管蓝色的，可以祛疤。”

被指甲抓破最怕的是感染，伤得不深，只要处理得当，疤痕应该是不会有的。

“嗯……”撑天撑地的少女此刻软成了一只绵羊。

“一定要擦。”方永年帮她把衣服拉好，想顺手帮她理下头发，手伸到一半，还是忍住了。

肢体接触最容易上瘾，现在还没到时候。

“那个李小安……”方永年皱眉，“跟你是一个宿舍的？”

“嗯。”收起爪子的陆一心乖巧得简直像一只猫。

方永年家里真正的猫“喵”了一声，竖着尾巴跳下沙发。

“下次离她远点。”这人心术不正，打架乱抓，万一真被抓到脸了，弄不好真要破相。

“哦……”陆一心还是软绵绵的，抱着抱枕乖顺得不得了。

方永年没话说了，由着陆一心瘫在沙发上，自己起身收拾餐桌。

陆一心和那只肥猫大眼瞪小眼，身后是方永年擦桌子洗碗的声音，灯光很亮，不是她梦里面惯常的暖黄色。

她安静地转身，把头搁在沙发背上，盯着正在厨房忙碌的男人。

他以前上班的时候常年穿着研究员的白大褂，现在上班，常年穿着衬衫长裤，灰色系的，背后看起来，腰很窄。

“方永年。”她喊他的名字，糯糯的。

方永年洗碗的手顿了一下，应了一声：“嗯？”

陆一心的脑袋在布艺沙发上蹭了蹭：“你喜欢我吗？”

方永年关水，转身。

陆一心在沙发上只露出了一颗脑袋，圆滚滚的眼睛圆滚滚的脸。

她的嘴唇微微抿着，因为紧张，下巴下面的抱枕被她拽得都没了形状。

方永年没有马上回答，陆一心也没有像以前那样，得不到答案就急着追问。

她就这样趴在沙发上，看着方永年洗好碗，看着他给猫开了一罐猫罐头，换上新鲜的水。

忙完这些，他去厨房里又洗了一遍手，擦干之后，再次转身。

陆一心还维持着那样的姿势看着他，从沙发后面露出圆滚滚的眼睛圆滚滚的脸。

他慢吞吞地走近，居高临下地看着她。

“嗯。”他看着她的眼睛，承认。

他喜欢她，是男人喜欢女人的那种喜欢。

“什么时候开始的？”陆一心似乎早就料到了他这个回答，并没有太惊喜，只是刚刚才褪下去的脸上的红晕又一次蔓延开来。

“医院那天晚上。”方永年有问必答，十分配合。

陆一心这回惊讶了，瞪大了眼睛，许久，才“啊”了一声。

那么……早吗?

她当时……只是觉得他有点陌生。

“为什么啊？”陆一心脑子一直在回想那天的场景。

那天……她是被尿憋醒的，那天……她穿着上下套装式的睡衣，穿了两三年，长裤变成了七分裤。

那天……和浪漫，和荷尔蒙一点关系都没有。

为什么啊?

“我不知道。”方永年实话实说。

其实还有可能更早，但是真正刻到他脑子里的，对陆一心这个人有异性感的那天，就是在医院里。

陆一心还趴在沙发上，拧着眉回想那天晚上到底发生了什么。

方永年倒了两杯水，递给陆一心一杯。

水里兑了一点蜂蜜，陆一心的嘴不爱喝没有味道的白水。

陆一心接过水，喝得心不在焉。

“你呢？”方永年也坐在沙发上，只是习惯性地和她隔着一个位置。

陆一心在抱他之前，绝对是发现了什么，才会有胆子抱上来。

他养大的姑娘他很了解，她看起来大大咧咧，其实做事情很有分寸。

“喝完酒的那天。”陆一心抿着嘴，“你递给我的矿泉水瓶是开着盖的。”

“我以前都没有发现。”陆一心又喝了一口水，“你给我倒的水会兑蜂蜜，你给我的矿泉水会拧开瓶盖，你以前车子里永远放着餐巾纸，其实是给我用的，你到现在还放着我高考的时候用的参考书，就是为了防止我有问题问你你答不出来。还有，你房间里的书架上面放了几本大气科学专业的书。”

她刚才进他房间拿药的时候看到的。

可以列举的东西太多。

她那么晚才发现，是她瞎。

方永年以为自己藏得挺好的，结果陆一心对感情一开窍，他就立刻无所遁形。

他有些尴尬，把玩着杯子的把手，没接话。

“方永年。”陆一心在沙发上一点点地挪近，挪到很近很近了，她悄悄地伸出手，抱住了他的脖子，把头埋进了他的怀里。

方永年再次表演了什么叫作一秒僵直。

“你……”他都不知道该说什么。

上一秒聊的内容还挺温情，她看起来那么聪明，那么成熟镇定，下一秒就抱了上来，身上有芦荟的味道，甚至还有股莫名其妙的奶香。

“嘿嘿嘿！”成熟的少女在他颈窝里发出奸计得逞后的笑声。

方永年再也忍不住，伸手在她的脑门上弹了个“毛栗子”。

“松开。”怕扯到她的伤口，他也不敢用力拽她，只能十分干巴巴地对着空气挣扎了一句。

一点威严都没有。

“不要！”她的答案一如既往。

“我们之间……”方永年叹了口气，“你真的想好了吗？”

陆一心一怔。

这是方永年第二次问她类似的问题，第一次她觉得他问出这样的问题太神奇，第二次她突然，就有点难受。

“你已经让我想了很久了。”她的脸埋在他颈窝里，闷闷的。

他为了让她不要靠近，已经做了太多事，温和的、残忍的。

如果不是她足够的野蛮，足够的坚定，他跟她之间，可能早就已经什么都不是。

“你知道的。”她抬头看着方永年的眼睛，“你知道我其实什么都知道。”

她知道他为什么会拒绝她，她也知道他们之间为什么会那么难。

年龄，残疾，现实。

都是他教的，他把所有的残忍都撕开摆在她面前，他强迫她去看，她的挣扎、她的痛苦，他都看在眼里。

他很残忍。

残忍得她现在回想起来，都有些怨念。

所以为什么还要问，为什么她一靠近，他就要同她确认。

她心都掏出来了，他为什么还是会觉得，这只是十九岁女孩子的青春期荷尔蒙躁动。

“因为我是残疾人。”方永年看着陆一心。

他总是能看懂她没有说出口的话，读得懂她一脸天真背后所有的情绪。

“我知道你不喜欢听我说这几个字。”他仍然看着陆一心，不允许她因为这几个字再次逃避。

“但是，这是事实。”方永年看着她。

“残疾人”这三个字，比他强迫陆一心看的那些东西还要残忍现实无数倍。

“这不但是事实，也是你和我在一起之后逃避不掉的问题。”他看到她的眼底，一字一句，“我右腿膝盖以下是假的，我不是残疾人运动员，做不了高强度的动作。

“我跑不快，蹲下来会很痛，开车要用专用车。

“出车祸之后，我身体差了很多，事后也没有很注意保养，所以一团糟。

“我没办法像你看的漫画书那样公主抱抱起你，也没有办法在求婚的时候单膝下跪。

“会有很多人说你的男朋友是个残疾人，善意恶意的都有，你父母会非常担心你，害怕你的余生会过得很辛苦。

“事实上，如果我是你爸，我可能会因为这件事打断你的腿。

“就像你说的，大气科学专业有很多男孩子和你年龄差不多，他们四肢健全，和他们在一起，你根本就不用考虑这些问题。

“你明明可以选择更好走的路，不用这样委屈自己的。”

方永年话多得都不像他。

“和我在一起，你会过得比一般人辛苦很多。

“有很多体力活我做不了，我没有办法陪孩子在操场上跑跳，我的孩子，也得经历你经历过的事，他们会说，他爸爸是个残疾人。

“我只能给你拧开矿泉水瓶子，只会在你的水里面兑蜂蜜，其他的，我做不了。”

“陆一心。”他强迫她抬起头，“就算这样，你还要和我在一起吗？

“你真的考虑清楚了，你要和一个晚上睡觉的时候，只有一只腿的人在一起吗？

“我们两个人，只有三只脚。

“你，还要和我在一起吗？

“你还有选择的机会。”

陆一心吸了吸鼻子。

方永年可能不知道，为了逼她面对他，他现在的手正放在她下巴下面，手指托着她的下巴。

这是他们两个最亲密的举止，下一步就可以接吻了。

“你有没有发现……”陆一心的声音软软糯糯的，“你一边逼着我选择，一边已经计划到求婚、生孩子了。”

方永年一怔。

“你之前也是这样……”小姑娘一脸的稚气未消，一双眼睛却清透明亮到吓人，“一边给我看现实有多残酷，一边又怕我因为现实太残酷而钻牛角尖，一直陪着我不敢走开。”

“我说过，我要保护你的。”陆一心重新贴回到方永年的颈窝，这一次，她把脸贴了上去。

“你不能说出口的话，我来说。”

她贴着他的耳朵：“方永年，我喜欢你。”

她说完，就收拢了手臂。

手心放在方永年的头上，学着方永年安慰她的时候那样，摸了摸。

方永年不能说他喜欢她，因为她父母这关还没过，因为方永年需要面对的事情比她多太多太多。

他身上有太多的束缚，他不能像她一样，抛开一切随心所欲。

所以，她来。

她一直都知道他有多别扭，一直都知道他有多骄傲，也一直都知道，他有多难。

“是我缠着你，是我先追的你。”她声音轻柔而坚定。

是我，知道你没有我日子会过得多艰难。

所以，我会一直在。

因为我喜欢你啊，方永年。

方永年一动不动。

陆一心就在他的怀里，柔软的触感和她喝醉的那天一模一样，她一下一下地摸着他的头。

这样的动作，在他的记忆里，似乎从来没有人这样对他做过。

她说，他不能说的话，她来说。

她何止清楚他们之间的障碍，她甚至还看出他的挣扎，他在这一段时间里隐秘而暗黑的挣扎。

他答应她，是因为他根本放不开她。

“陆一心。”他发现他的声音有点哑，眼睛开始扎。

“嗯？”陆一心毛茸茸的发尾扎着他的脖子，有点痒有点凉。

“如果，我真的计划到了结婚、生子，你会怕吗？”他问这句话的时候，没有看她，也没有抱她。

他还是一动不动地坐着，在沙发上，徒劳地挺直着腰。

他问的这句话，过分得他都想要掐死自己。

这是他这辈子问出的最过分的话，也是他一直以来，真的想问的话。

他本来打算孑然一身，但那个人是陆一心，所以他忍不住贪心了。

陆一心一直以来的勇往直前影响到了他，她让他的贪心变得具体。

你会怕吗？

他这么一个生理上、心理上都残缺的人提出这样的要求，你，会怕吗？

“怕啊。”陆一心抬起头看着他，皱着鼻子蹙着眉头，“生孩子多痛！”

方永年：“……”

“而且……”她的眉头蹙得更紧，“我觉得我爸真的会杀人。”

方永年：“……”

“你说，速效救心丸是不是真的有用啊？”她已经在幻想那个画面，离窗户远一点，把房间里所有尖锐的物品都收起来，选一个交通不是那么忙，救护车可以很快到的时间段……

方永年低头。

他把陆一心毛茸茸的脑袋重新摁回了怀里，然后靠在沙发背上，放松了一直挺直的腰背。

“我陪你，我来说。”

这六个字，他说得很快，声音很哑。

她生孩子，他会一直在。

她父母这关，他来过。

他对她说了他这辈子能说出口的最贪心的话，所以，他会用一辈子的时间慢慢偿还。

陆一心两手抓住方永年衬衫，点点头。

“你终于不矫情了呢！”她小声破坏气氛，一双爪子又试图伸到方永年的头上想拍他脑袋。

“你再没大没小试试？”方永年拽下她的爪子，阴森森的。

陆一心在他的怀里皱鼻子，眼圈红红的。

这是方永年第一次毫无保留地回抱她，她终于把他逼出了他的“心理安全区”，他终于也承认，他是她的。

她一直没有错。

她的喜欢，她慢慢摸到的爱情的形状，一直都是对的。

她很骄傲地在方永年怀里拱了拱，满足地叹息了一声。

“我家里还冻着那碗虾爆鳝呢。”她很快乐地弯起了嘴角，“你这下完蛋了。”

让你说话那么绝情！

“我哭了好多次呢！”她想想，开始觉得气。

“你跟我说你不会玩微信拉黑这种小孩子的把戏，然后扭头就把我拉黑了。”她开始掰着指头一个个地数。

“你说我的志愿跟你没关系，你不想也不愿意承担。

“你说我还小，你跟我在一起会被警察抓起来。

“我跟你说了整整一年的晚安，一年啊！三百六十五天啊！你愣是一个字都没回给我！”

她越说越激动，发现方永年对她做的那些坏事，她一只手都数不过来。

“我考上大学那天你送给我什么你还记得不?

“定胜糕!

“你还用金色的绳子在红色的包装纸上绑了个蝴蝶结，我发誓你当时把那玩意儿丢给我的时候，一定看到我嘴巴都歪了一下！”

方永年无奈道：“那盒定胜糕三百多，包装花了我五十块。”

他还真好意思说……

“要不然你觉得，我还能送你什么？”他无奈。

那种情况下，他其实连定胜糕都不应该送的，他当时只配在她的朋友圈里点个赞。

他为了送这盒定胜糕，在药房里待了整整六个小时。

那两个月的分红就四千块……

他算了八次。

“方永年。”陆一心的声音软了下来，“你那天走的时候，连鞋带都没系。”

他落荒而逃。

“我哭了很久，号啕大哭，肥猫都被我吓着了。”到后来，连猫都要跟她一起哭了。

“我知道。”方永年揉揉她的头，“我在门外。”

他没走，他一直在门外。

他听到她哭，心里唯一的想法是，这下，真的完了。

“你……就是个变态！”陆一心气死了。

她都哭成这样了，他居然还能狠下心跑路。

“嗯。”方永年对这件事，承认得一直很快。

陆一心梗了梗。她心软，不可能让方永年真的“追妻火葬场”，刚才把这些事都一股脑地数出来，她发现，她还真没怪过他。

心酸和伤害，其实都是双向的。

她还能耍赖撒娇号啕大哭，而方永年，只能散着鞋带守在门外。

在世俗的眼光下，他其实连点头的资格都没有。

但是，他还是点头了。

所以那天他说，他很慌。

“我讨厌那些大妈。”她想了半天，想到个出气筒。

方永年被她的脑回路逗笑，呵了一声，嘴角弯了起来。

陆一心眯着眼睛看着方永年眼角笑出的纹路，也跟着扬起了嘴角。

她重新抱回去，满足地叹息了一声。

“这就不气了？”方永年都开始心疼了。

他欺负她很久了，那些事情，虽然都是有原因的，虽然基于他的立场，他其实没有其他的选择。

但是他很清楚他把她伤得多深。

他一次次地把她光彩照人的脸打击得灰扑扑的，一次次看着她肩膀一点点地垂下去。

结果她只是一件件地数了出来，然后就满足了。

“今天不气了。”小姑娘早就想好了后路，得意扬扬，“以后每次吵架，我都会把这些事翻出来数一遍！”

“我们不会吵架。”方永年斩钉截铁。

他都比她大那么多了，再吵架还算个什么事。

陆一心斜眼看他。

“就几分钟前。”她提醒他，“你还让我没大没小试试。”

那时他阴森森的，以为自己还有立场抽她。

方永年：“……”

他先把斜眼的陆一心摁回去，眼不见为净，然后用他惯常的慢吞吞的语调说：“没大没小不行。”

陆一心：“……变态。”

“嗯。”方永年的嘴角又翘了起来，很自然地拍拍她的头。

晚上九点多。

方永年坐在沙发上，怀里抱着他的小姑娘。

他在想，他今天本来只是想带军训结束的陆一心去吃一顿好的。结果他们晚上只吃了一顿阳春面，陆一心只喝了几口汤，挑了两根面。

他们是怎么抱在一起的?

方永年蹙着眉。

陆一心这丫头，是怎么让他说出那句那么无耻的话的……

他好像就只问了一句她到底有没有想好而已……

然后，他们就突飞猛进了……

男女之间，孤男寡女之间，还真的挺危险的。

学院派方永年因为今天晚上进度太快，有点神游天外。

而行动派的陆一心……有点多动症。

她觉得很幸福，抱着方永年很舒服，维持着这样的感叹几分钟之后，就开始闲不住。

最先吸引她视线的，是方永年衬衫上的扣子。

最普通的那种衬衫扣子，圆滚滚的，上面有四个穿孔的洞。她伸手开始抠，抠了几下，原本很服帖的衬衫凸起了一点点，透过缝隙，就可以看到……方永年的肉。

陆一心眯眼，抠得更加认真。

这也是她第一次发现，原来衬衫上的扣子使劲抠，是能抠得下来的，而且抠下来的时候，还会有很轻微的声音。

“啪”的一声。

一直在盯着那颗扣子的肥猫用同它身材完全不匹配的动作，半空中伸出肉垫子对着那枚扣子拍了一下。

小小的扣子飞出老远，“吧唧”一声砸到了窗户边缘，然后弹跳了一下，欢快地从窗户缝隙中跳了出去。

无影无踪。

肥猫：“……”

陆一心：“……”

刚刚走神了几分钟就差点被人脱了衣服的方永年：“……”

“这只猫叫什么名字？”陆一心一边干笑着转移话题，一边用手把方永年缺了一颗扣子的衬衫拉好，手掌捂住。

“你问得可真早。”方永年十分无语地看着陆一心试图用手当扣子的求生欲，顺着她的问题，“就叫肥猫，没给起名字。”

这猫有六岁多了，再给起名字总有种让它改姓的怪异感，所以一直“肥猫肥猫”地叫，挺顺口的。

而且叫一声，肥猫就瞪他一眼，他觉得挺好玩。

陆一心就心虚了半秒钟，她的手贴在方永年胸口，布料不厚，贴久了，布料的存在感就慢慢消失了。

陆一心的脸十分不争气地又红了。

“我其实喜欢你很久了。”陆一心十分郁闷十分不解，“可是为什么，现在还是会脸红？”

多好的揩油机会啊……

方永年面无表情地拿下她的手。

“很晚了，回去睡吧。”他开始赶人。

正经不过三秒钟，他的那点感动情绪也被她的手掌捂得一点都没了。

“我明天要早起。”他站起身，“你爸明天回国。”

“他出国了吗？”陆一心睁大眼，“我以为只是出差。”

方永年：“……”

“那……晚安。”对自家爸爸的行踪实在不太了解的陆一心冲方永年挥挥手，恋恋不舍的，却又不想打扰方永年休息。

“对了！”走到一半，她像每一次离开前那样，再次转身，差点撞到想送她到门口的方永年，“你身上的烟味为什么淡了很多？”

她又吸了吸鼻子。

真的淡了很多，他以前身上的烟草味道哪怕她装了“粉丝滤镜”也仍然能闻得出来，现在要凑很近才能闻到一点点。

“戒了。”方永年没打算多说，打开房门，拍拍她的头，“去睡。”

“晚安。”他关门，没给她多问的机会。

他戒烟了。

在向陆一心许诺他会等她的那一天开始，就戒了。

原因不明。

他不想深想，也不想给陆一心机会深想。

今天被这丫头挖到太多东西了，他怕她得意忘形。

结果关好了门，陆一心就开始乒乒乓乓地敲门，大半夜的。

方永年开门，维持着面无表情。

“奖励！”她捧着一把花花绿绿的薄荷糖，笑得跟朵花似的。

方永年：“……”

“你好乖！”陆一心把一把糖都放到他手上，然后踮脚拍拍他的头。

没大没小地拍了两下，怕他抽她，转身就跑，关门的时候也跟敲门一样，乒乒乓乓的。

只留下方永年站在原地，摸了摸被她拍过的头，抚着额头低笑出声。

这丫头……

陆博远这一趟出的是远差。

俞含枫也不知道哪里来的人脉，帮他们这家小公司搞到了一张全球药源生物制药研讨会的邀请券，地点在芝加哥伊利诺伊理工大学。

这个研讨会陆博远眼馋了很久，方永年把邀请函给他的时候，他高兴得跟陆一心似的。

“一起去吧。”他拽着那张邀请券不松手，“那边还有好几个师兄弟。”

“不去。”方永年头都没抬。

陆博远搓搓鼻子。

让方永年重回制药这件事情，他一直都不敢多说什么。他总是会想起自己这几年对方永年都做了些什么，也总是会想起，和吴教授见最后一面的那天，他居然还被打动了好几次，这对方永年有些不公。

他的脑子在某些方面是真的没长好。

方永年真的应该比他更有成就的。

“那我把资料都带回来，一个字都不会少。”陆博远临走的时候，拍着胸脯再次立下军令状。

陆博远说到做到。

回来的时候，他真的扛了一箱子的资料回来，还不是纸质的，大部分都是硬盘和录像带——他把整整五天的研讨会里面每一场演讲每一场讨论会都录了像，甚至连晚宴上的讨论都没有放过。

“一起看吧！我做了索引。”陆博远撸着袖子兴致勃勃。

“不……”方永年抬头，然后，咽下后面那句话，改口，“现在有事，下午吧。”

陆一心长了一双和陆博远一模一样的大眼睛，父女俩在兴致勃勃的时候，眼睛都会发光。

方永年不知道自己是心软还是心虚。他只是本能地觉得，他以后可能不能再那么随意地拒绝陆博远了。

郑飞那张乌鸦嘴……

“这东西一个下午肯定看不完。”陆博远翻了翻自己的索引，整整一本备忘录，“这样，我把重要的挑出来，我们看一个通宵。”

方永年：“……”

“这趟出去真的收获颇丰。”陆博远的兴奋劲儿还没过去，“我们两个看完了一起整理一下，到时候还可以给外头那些小伙子上上课。”

方永年忍住说不的冲动，十分艰难地应了一句：“……好。”

陆博远开心了，宝贝一样地把那些硬盘和录像带堆在方永年的办公室，临走之前，又看了方永年一眼。

方永年问：“怎么了？”

陆博远清清嗓子。

他觉得方永年这段时间的状态很好，头发打理过了，脸色没那么苍白，连胡子都刮得很干净。

“那个……”陆博远很踌躇。

方永年放下手里的工作，合上笔记本电脑。

“我刚才去看了看那三款仿制药的项目进度，如果没有意外过年前都可以进厂了。”

方永年点点头。

项目进度良好，他很欣慰。俞含枫是个营销天才，他那天只是提了一下竞争力的事，俞含枫就已经把后面的销售路都给铺好了。他可能用不了五年就能还清债务了。

“我觉得，我们现在这个项目班底，挺不错的。”陆博远见方永年配合，立刻重新坐回到他对面，摆出了长谈的样子。

方永年不着痕迹地看了一眼落地窗。

这是十八楼，还是不要惹恼陆博远……方永年有点走神。

他真的要对陆博远更耐心更好一点才行。

“淘汰掉一批只说不做的人之后，剩下的这些新人虽然仍然经验不足，但是胜在肯学，背景也干净。”

方永年因为前车之鉴，招人之前都调查过背景，小心得不像是制药公司。

“那几个核心老人也都是我们的老相识，人品技术都信得过。

“用这样的方式持续迭代优胜劣汰两三年，我觉得这个项目班子做种子就很完美了。”

方永年微微蹙眉。

“所以……”陆博远也看到了方永年的蹙眉，但还是把话说了下去，“你真的不考虑重做原研药吗？”

“俞含枫这样的投资人不好找，完全放手，还负责售后，说真的我特别佩服她。”陆博远下意识地觉得在方永年面前去多夸俞含枫两句，方永年应该会觉得很高兴。

但是，方永年仍然蹙着眉，并没有变得开心。

“我们现在做的这三款仿制药后期绝对是赚钱的拳头产品，如果再循环申请几款同领域的药，以你的项目管理能力，做出口碑只是时间问题。

“我们现在有实力雄厚的投资者，公司也在良性地累积资金，还有自己培养出来的项目种子选手，为什么就不能考虑再走得远一点呢？”

陆博远有点激动。

他辞职的时候，并没有想到方永年这家小公司居然可以那么快地进入良性循环。

方永年和俞含枫，都是绝佳的公司领导人，制定策略快狠准，敢用人，也敢承担责任。

说实在的，如果说他一开始辞职是因为羞愧加赌气，来这小公司只是权宜之计，那么现在，他是真的希望这家公司能做大做强。

这家公司，太适合让方永年重新开始了。

他失去了帮助方永年洗清冤屈的机会，但是帮方永年东山再起的能力还是有的。

方永年看着热切的陆博远。

如果是平时，他可能早就已经随便找个借口直接赶人了。

但是现在，不是平时。

就算他仍然对陆博远这几年的不闻不问心存怨怼，但是说到底，当年那件事，陆博远除了闭上眼睛之外，其他的真的并没有做错什么。

更何况，陆博远还辞了职。

他很清楚陆博远从研究院辞职意味着什么。陆博远抛弃了那边的所有资源，白熬了那么多年的工龄，他相当于四十多岁净身出户，只是为了书生意气和对他的愧疚。

“你比我更适合做项目经理。”方永年最终，耐下性子，“等到这批仿制药进厂之后，再后面的仿制药申报都可以由你来做。

“俞含枫那边我会去跟她说，如果你真的还是对原研药有兴趣，等到这三款药过审上架后，你们可以根据财务情况自己去讨论可行性。

“我和俞含枫的协议里只有这三款药，其他的，我其实不方便参与。”

陆博远瞪大眼。

“这家公司不是我的。”方永年重复，“任何同这家公司未来有关的计划，你都可以单独找俞含枫，不需要再通过我。”

陆博远可以在这个环境下继续发光发热。

而他……

方永年有些想叹气。

无债一身轻之后，再说吧。

“你……”陆博远被这个话题走向惊着了，“我……”

“我不是让你把公司让给我的意思啊！”陆博远急了，“再说了，你跟俞含枫之间我这个外人插进去也太不合适了啊！”

闻言，方永年一头问号。

“其实你实在不想做原研药也行。”陆博远放完地雷就转话题了，“我就是觉得现在这个班底这个公司，良性循环运作得真的挺好，前途光明，不做太可惜了。”

和你一样，都太可惜了。

“我这次去芝加哥，还有好多师兄弟问起你。”陆博远并不擅长煽情，说完了这句话，就变得有些讪讪的。

“我真不是想要让你把公司让给我的意思。

“一心现在都已经读大学了，她妈妈给她买了挺不错的基金，这几年经济上面没出大意外，应该都不会有太大问题。”

“所以我对利益并没那么急迫。”陆博远大概是觉得自己刚才那番话被方永年误会了，表情很是委屈。

他这个师弟，就是太敏感了。

但是也不能怪师弟，任谁经历了那么惨烈的事情，总是会有点心理阴影的。

“你别多想了。”陆博远站起身。

“这样吧，我们晚上就不看研讨会的资料了，你也不要每天都窝在办公室里，偶尔也要出去走走。

“要不我帮你约俞含枫？

“一心跟我说这附近有家还不错的火锅店……”

“算了，火锅店气氛不太适合，我觉得西餐厅不错。”没什么追女人经历的陆博远，挠着头，十分纠结。

“陆博远。”方永年不得不打断他，“我和俞含枫之间，真的什么事情都没有。”

他说得很慢很慢，特别郑重。

陆博远都已经走到办公室门口了，听到这话转身，一副八卦兮兮的样子对方永年比了个手势——一看就是从陆一心那里学来的手势。

“我知道。”陆博远冲方永年挤挤眼，“我懂。也不是我要给你压力，男女之间，总要有个人去捅破窗户纸。你们俩毕竟都那么大岁数了。”

陆博远说完就撤，顺便带上了办公室的门。

办公室里只剩下陆博远大老远从美国背回来的研讨会资料，还有一脸蒙的方永年。

他牙疼，头疼，全身疼。

他和陆博远大概真的是八字不合。

哪怕两个人都有心要解决双方心里面的疙瘩，但每一次见面，总是能越弄越糟。

陆一心的问题还没解决呢，现在又多了个俞含枫。

方永年盯着那堆硬盘和录音带。

还有陆博远心心念念的原研药。

陆博远就是想重启阿尔兹海默项目，就是想要去试试这个失败率高达99.6%，正常人都不会去投资的项目。

他懂。

事实上，他知道当年抗默项目里的每一个真心做项目的人，应该都是这么想的。

那毕竟是他们未完成的痛。

但是，他已经没了一条腿。

他宁可为了生计做一辈子的仿制药，赚个盆满钵满提早退休。

他拿出刚才陆博远在的时候就一直在振动的手机，不出所料，又是陆一心。

陆一心："我跟我爸说你们公司附近有家很不错的火锅店，我觉得我爸会带你去吃。"

方永年抿着嘴。

他不想回的。

但是他拿着手机，不由自主地回了一句："你爸让我带俞含枫去。"

陆一心："？？？"

陆一心："不带这么坑娃的啊！"

陆一心："你不许去！"

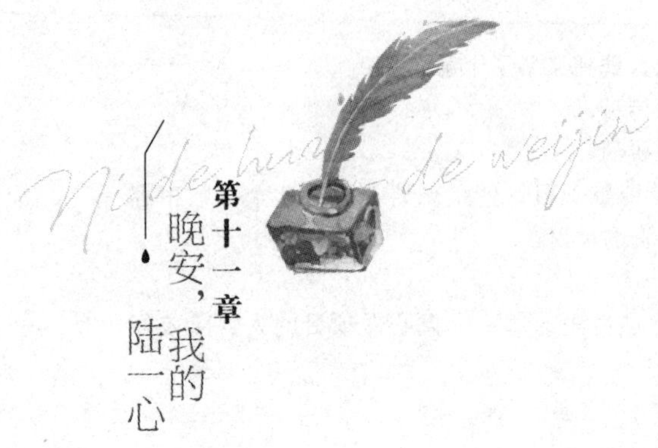

第十一章 晚安，我的陆一心

陆一心的大一生活过得并不是特别顺心。

刚入学的时候为了她妈妈说的社交，她十分没有概念地在一堆社团招募广告中随机抽了三个，面试的时候被砍掉两个，最后进了影视评论社。

进了社才知道，李小安也在。

她能面试通过的原因，就是因为她和李小安是一个宿舍的。

“每周三电影之夜看完就挺晚了，你们两个女孩子一起回去比较安全。”社团社长看起来特别刚正不阿。

只是说完之后，陆一心就看到那位社长冲李小安十分明显地挤挤眼。

陆一心不知道为什么，就觉得自己肩膀那块已经结疤的伤口隐隐作痛。

可这还只是个开始。

军训回来后，新生要在宿舍里选宿舍长，陆一心这样的咸鱼对这种事自然毫无兴趣，而且她内心觉得，就三个人的宿舍还要选个管理的，其实挺蠢的。

但是，架不住她们宿舍里有个深藏不露的吴齐。

吴齐真的是引战的一把好手，陆一心就只是在上铺剥了个橘子，还没放嘴里呢，就发现自己变成了众矢之的。

“其实我是觉得你来做挺合适的，但是咱们宿舍就三个人，我要是直接选了你，对陆一心不太公平。”

吴齐就对李小安说了那么一句话，陆一心嘴里的橘子就咽不下去了。

“不公平你就不选她了吗？”陆一心丢掉橘子。

她有点怒了。

真要是明着说不选她也就罢了，她本来就不想当。

但是这样阴阳怪气的，她因为第一天到宿舍就莫名其妙被引了一身火的怨气被点燃了。

之前忍着一方面是因为初来乍到，她的母亲要让她好好融入集体生活，另一方面是因为她在热恋中，注意力不在这些事上。但是忍一次，不代表能忍第二次，尤其是这种直接打脸上的。

吴齐脸色一变。

李小安抬头，皱眉："吴齐不过就是随口说了一句，你这人说话怎么就那么冲啊？大家都是初来乍到，就不能耐着点性子好好相处吗？"

陆一心："……"

得，她统共就说了一句话，现在就全是她的错了。

错就错呗。

陆一心莽劲上来了："我为什么要跟你们耐着性子啊？"她坐在上铺，居高临下地撑人，这个角度真是刚刚好。

"之前打架是我先惹你的吗？

"我当时可一句话都没说，是你披头散发眼泪横飞地说教官偏心，硬是拉开我的柜门把照片拿出来的。

"军训的时候夹带东西进训练中心的人那么多，别人为什么只举报你，你心里就没数吗？你这种个性就算我不跟你打架，你以为就没人打你了吗？"

陆一心连环炮一样噼里啪啦，愣是没让李小安有插嘴的机会。

李小安瞪着一双凤眼，脸涨得通红。

她一直觉得陆一心这个人蛮好欺负的，做什么都笑眯眯的，长得一派天真。

她最不喜欢这种女孩子。

因为陆一心的天真一看就是家里从小到大宠出来的快乐天真，不是装出来的。

而且家境也不差。

哪怕陆一心身上穿的不是什么昂贵的名牌，但是学大气科学的，大部分都是"气二代"，体制内的。

这种理直气壮、不知天高地厚，她李小安就是看不顺眼。

她涨得脖子都红了，憋了半天，好不容易等到陆一心歇了口气想插话，结果没想到陆一心话头一转，已经不打算理她了。

"还有你。"陆一心看着吴齐，"你是不是有什么心理问题，特别喜欢看人吵架？"

吴齐："……"

李小安："……"

“我刚来那天脚还没落地呢，你就为了个上下铺让李小安跟我结仇，不就是一个下铺嘛，先来后到先占了喜欢的位子多正常一件事，你非得一脸为难，非得让李小安出来叨叨两声。

“说真的，你是不是特别怕我和李小安联手欺负你，所以先下手为强啊？

“有病吧，三个女孩子而已，你以为你住后宫呢？

“选宿舍长这种事你要是自己想做你直接说啊，干吗非得拐弯抹角地绕到我身上，难道你以为我和李小安吵起来了就会一气之下选你了吗？

“我们都是高考考上来的，基本的智商都有，你这是瞧不起谁啊！”

陆一心往嘴里塞了一瓣橘子。

坐在下铺的两个人被她无差别猛烈火力攻击得都有点蒙，一时半会儿不知道应该说什么。

“不是选宿舍长吗？”陆一心又把话题给绕回来了，“选呗。”

“我周末都不住在宿舍，所以我肯定做不了宿舍长，你们两个自己商量。”陆一心又吃了一瓣橘子，“对了，安排值日什么的尽量不要把我安排在周末，其他时间我都尽量配合。”

全部说完，陆一心丢下两个橘子，缩回到上铺，翻开了《大学物理》。

吴齐涨红了一张脸，说：“可是，你是宿舍的一员，你总是得参加投票的啊。”

陆一心又从上铺探出头，小圆脸带着恶魔般的微笑：“我参加呀，我投我自己一票。”

陆一心再次缩回头，不再说话。

她的集体生活，完蛋了。

一下子得罪两个人，她们宿舍算上她统共也就三个人。

她瞪着床上那本《大学物理》。

刚才撑人的时候情绪亢奋，觉得自己天不怕地不怕，大不了收拾东西回方永年对面去住，这两人跟她又不是一个系的，以后老死不相往来就好了。

但是，现在吵完了，安静了，宿舍里面鸦雀无声，她却一个字都看不进去了。

她看一眼时间，晚上七点半。

她又看了一眼李小安和吴齐。

这两个人现在一言不发，坐在下铺各干各的。

她“啪”的一声合上书，穿好外套，从上铺爬下来，手里只拽着一个手机，鞋子都没有完全穿好，头也不回地冲出了宿舍门。

陆一心没带钥匙。

她到家门外摸口袋的时候才发现，钥匙放在双肩包里了。

她回头看了一眼对面方永年的家。

晚上八点，平时很忙的方永年肯定还在公司，但她还是不死心地敲了敲门。

现实生活，没有意外。

她在两扇门中间的过道里吸了吸鼻子，拿出手机，想了想，又放了回去。

郑然然现在是医科最忙碌的崽，每个礼拜只有一两天能冒出头，还都是苟延残喘的状态。

她妈妈让她过集体生活还让她没事别老往方永年这里跑，所以她不能跟她妈妈求救。

她爸爸偶尔会过来这边住，但是和他谈这些事情，估计她会被骂成筛子。

至于方永年……

陆一心又吸吸鼻子。

她应该懂事的，她现在的身份是方永年的女朋友。

方永年工作很忙，她已经有好几天没看到他了，为了这种事找他，太不懂事了。

她拿脚踹了下房门，然后可怜兮兮地蹲在门边，把自己塞在门和墙壁的拐角里。

明明是她吵架吵赢了，可是她现在却委屈得像个孩子。

闺密、父母和男朋友都不在，她坐在过道里，觉得自己简直被世界抛弃了。

她在大学适应得很差。

似乎离开了禾城，离开了父母，身边没有了郑然然，她就变得特别没用。

吵完架为什么要跑呢?

她十分懊恼。

早知道忍一忍了。

早知道出门前把门甩得更重一点的，这样看起来会更有气势。

幸好今年十月份并没有太冷，她匆忙之间披上的外套是一件特别长的毛线开衫，可以把自己兜头兜脑罩好。

挺暖和。

她决定在这里等等。

等再晚一点，方永年下班了再说。

她戏很足地在黑暗中自己对自己做了个无可奈何的表情，戴上外套上的帽兜，扣好扣子一通折腾之后在黑暗中玩了一会儿手机，打了个哈欠。

她出来得太匆忙了，手机只有一半的电了。

她窸窸窣窣地又玩了一会儿自己的手指，再次打了个哈欠，这一次，她闭上了眼睛。

两分钟后，开始打鼾。

方永年十一点多才下班。

他又有两三天没有好好睡过觉，靠在电梯里又困又累。

他在俞含枫的公司一直处在还债状态，他不希望自己手里出去的药有任何技术上的负面评价，他在制药上面，仍然有他自己的自负心。

他以前就从来都不觉得他比国外的那些人差，哪怕现在少了一条腿，经历了那么多事，也仍然不觉得。

他知道他的神经过于紧绷，为了某些只是工艺问题导致的数据偏差勃然大怒，他越来越懒得听别人的解释，他在用对他自己的标准去要求他们项目组里的每一个人。

他是个很差劲的项目经理，他快要把公司的那些人逼疯了。

这些他都知道。

但是，他无能为力。

心里面有一团火始终在烧，他不知道会在哪一天爆炸，他在煎熬别人的同时，也在煎熬自己。

他在想，他是不是应该在这几批药申报生产前就走。

他现在已经把自己困住了，留在公司，会困住项目组里所有的人，包括一直想拉着他做一辈子药的陆博远。

然后电梯门开了。

小区公共区域的灯大多都是感应灯，电梯门一打开，楼道里的灯就亮了。

同时还传来很轻微的鼾声。

方永年："……"

已经有好几天没看到的陆一心，现在正成大字形躺在两扇门过道的正中央，感应灯灭了之后，她还翻了个身，挠挠脸，吧唧了下嘴。

方永年就这样在黑暗中傻了两秒钟，直到睡在地上的那位估计是觉得冷了，把身上那件很大的外套拽到脸上，露出了半截小腿，然后又皱眉嘟囔了一句，伸腿把外套扯到脚上。

动作如行云流水。

睡梦里，仍然顾头不顾尾。

方永年看了一眼手表，晚上十一点四十分。

本来今天陆博远也要过来这边睡的，临走前吃了点夜宵说困了懒得走就又睡在了公司的宿舍里。

幸好他今天晚上临时起意点了夜宵。

要不然让陆博远看到现在这一幕，打起来的时候他应该帮谁……

陆一心是被拍醒的。

睁眼的时候感应灯正好亮了，她看到了黑着脸的方永年。

在地上觉得挺冷的陆一心在半梦半醒中非常随心地抱住了方永年的手臂，嘴里不清不楚地呢喃：“方年年！”这是她第一次用这样的爱称叫方永年。

方永年：“……”

她只醒了半秒钟，大概因为看到了方永年觉得放松，挪腾了一下，很快地又睡了过去，头枕在他的手掌心，两只手缠住了他的腰。

方永年刚才在电梯里那些成年人的烦恼瞬间变成了荒唐。

半夜十一点多，他坐在地上，掌心托着陆一心的脸，她十分迅速地又进入到打鼾状态，半张着嘴，柔软的嘴唇带着呼出来的湿气，碰触着他的手心。

他掌心很痒。

“在这里睡会感冒。”他动了动手掌，陆一心年轻柔软的脸随着他的动作，贴得更紧了。

方永年眸色一暗。

感应灯又灭了，在黑暗中，他用他空着的那只手对准了陆一心的额头，“啪”地拍了一下。

感应灯亮了。

陆一心也醒了。

陆一心：“……”

“你再装睡试试。”方永年面无表情。

明明刚才就已经醒了，嘴唇都快要贴着他的掌心了，她当自己是婴儿吗，正常人怎么可能睡得那么熟!

陆一心捂着额头噘着嘴。

“别睡着，地上冷。”方永年拍拍她的脑袋，自己却靠坐在过道里一动不动。

陆一心扭头看他。

他半藏在阴影里，眉心蹙着，身上穿着深灰色的衬衫，神情疲惫。

陆一心想摸出手机看看时间，低头发现自己的外套根本没口袋，她很轻地“咦”了一声，趴在地上找了半天的手机。

感应灯灭掉之前，她终于成功地摸到了被她踹到角落里的手机，摁亮一看，低呼了一声：“十二点了啊！”

方永年一直没说话。

他靠在墙上，视线始终在陆一心身上。

她身上有种生机勃勃的生命力，哪怕像个小乞丐一样披头散发狼狈地睡在过道里，她仍然闪闪发光。

动作，神态，声音。

他快有一周时间没有见到她，说是答应做她的男朋友了，但是他其实，很少会主动联系她。

一方面是因为真的忙，另一方面，他其实并不习惯。

他还不习惯把陆一心当成女人，他也不知道作为男朋友，他应该要做什么。

工作的间隙，他偶尔会想起她，想到的时候，他会微笑。

但是他很少会有主动联系她的想法，因为他不知道联系上了以后他要说些什么，做些什么。

喜欢肯定是喜欢的，他这一辈子还从来没有这么把一个人放在心上过。

他和她之间的羁绊也肯定比喜欢更深。

他在想，他的喜欢可能也就这样了，和他的人一样，没什么温度没什么激情。

可是这样的喜欢，对陆一心这样的女孩子来说，太不公平了。

她值得拥有更热烈的爱情。

方永年伸手，摸了摸陆一心毛茸茸的脑袋。

他没问她这大半夜的为什么睡在家门口，也没问她明明不是周末，为什么会选择外宿。

他藏在阴影里，等着感应灯变暗，这样他可以藏起他的无奈和疲惫。

他连叫醒她这么简单的事都不能很顺畅地完成——他得先让自己坐在地上才能碰触到她的脸，而坐下了，再次起来，动作一定会变得更加狼狈。

所以他干脆选择坐在原地，看着找到了手机的陆一心用他家那只肥猫的姿势，手脚并用地爬到他面前。

她皱着眉头，十分严肃。

“你……”她圆溜溜的大眼睛紧紧地盯着他，用十分懊恼十分无语的语气问他，“应该不会又想跟我确认我是不是真的不会后悔了吧？”

方永年：“……”

他以为她会抱怨他太晚下班，会像上次一样比画他的黑眼圈。

他万万没想到她会敏感成这种样子。

他心里酸了一下。

陆一心以前是个多么粗线条的姑娘啊，她爸爸陆博远曾经最怕她穿裙子，因为她穿着裙子能把裙摆塞在内裤里晃到回家都发现不了。

这么粗线条的姑娘，现在却能在黑到看不清楚脸的走道里精准地看出他的犹疑。

她对他真的很用心。

方永年低头，看着陆一心撑在地上的手。

一只小小的手，军训晒黑的颜色已经白回来很多，手指纤细，手掌有一点鼓鼓的，孩子气地蜷成了拳头。

他伸出一只手，盖住了陆一心的小拳头。

他的手，几乎比她大了整整一倍。

陆一心哽住了。

她想好了一堆抱怨的话，都被他这个动作弄得烟消云散，包括心里面因为发觉他又犹豫了而涌上来的委屈。

她学着他的姿势，半靠在墙上，把头靠在他的肩膀上。

两个人的手，慢慢地，十指紧握。

“我以前看过一小段视频。”陆一心的声音清清脆脆的，“视频里面有个女妖精很喜欢一个卖货郎。

“卖货郎觉得女妖精长得那么漂亮一定是骗人的，所以拒绝了很多次，到最后还找道士要收了女妖精。

“女妖精和道士两败俱伤，在最后的最后，她看着那个卖货郎。她说：‘你到底要怎么样才能信呢？’”

这个故事她说得很慢，抑扬顿挫的，方永年听得有些入神。

“卖货郎说：‘我看不到你的心。’”她看着方永年，“然后女妖精就伸手，掏出了自己的心脏。”

“她说：‘看！’”她用另外一只手做出了女妖精做的动作，笑嘻嘻地伸到方永年的鼻子下面，“这是我的心脏。”

方永年被她吓得呼吸都停了。

感应灯因为她最后那句特别大声的话而亮了起来。

冷色调的感应灯下，陆一心笑嘻嘻的小圆脸凑得很近，她还是举着那只手，手心里是一颗蓝色的薄荷糖。

有那么一瞬间，方永年把这颗糖看成了红色。

这个诡异凄凉的故事，让他在这个深夜里，差点把陆一心当成会剖心的女妖精。

“你……”他拉下她放在他鼻子下面的手，彻底词穷。

陆一心却嘻嘻一笑，重新靠回到他的肩膀上。

“可惜我不是女妖精……”这句话，她说得很轻很轻。

可惜她不是女妖精，她没有办法掏出自己的心，她只能看着方永年一次又一次的犹疑，担心他最终还是会离开她。

方永年一直等到感应灯再次回归黑暗，才悄悄地闭上了眼。

“你……”他重复着这个字，却始终不知道后面应该接什么。

他不知道自己现在心里面翻涌的情绪到底是什么，他心很痛，他眼睛很涩，他，口干舌燥。

他松开陆一心和他十指紧扣的手，伸长胳膊，把靠着他肩膀的陆一心搂到怀里，然后重新从外套袖子里掏出她的手，握紧。

“我一会儿站起来的时候，你不要看。”他在黑暗中，终于开口说了第一句完整的话。

陆一心的回应是更紧地抱住了他，小小的脑袋毛茸茸地贴着他。

“我们一步步来。”他闭着眼睛。

从他示弱开始，一步步来。

“我还在学。”他低下头，很轻很轻地吻了一下陆一心的额头。

陆一心僵住。

方永年吻完就抬起了头，动作太快，以至于陆一心从感动到震惊到怀疑只用了半秒钟。

“你刚才……”她瞪大眼睛。

问出口会不会很奇怪?

她把后面的话吞回去，伸手摸了摸额头。

是亲了吧……那个触感应该是嘴唇吧……

会不会只是他用手帮她理了下头发?

可是如果万一是真的，那今天晚上此时此刻，就是她人生中需要被裱起来的高光时刻!

她就这样一直摸着额头，瞪着眼睛，纠结着到底要不要把这件事问出口。

问出口了会不会破坏气氛?

万一不是真的……

那也太丢人了……

虽然她已经在方永年这里丢了很多次人了，但这还是超出了她的承受范围。

方永年叹了口气。

这丫头永远在气死他和感动死他中间无缝切换，他得慢慢学着习惯了。

他先对着空气打了个响指。

感应灯亮起来之后，他拉下了陆一心捂着额头的手，低头，把嘴唇贴在了她光洁的额头上。

一秒……

两秒……

三秒……

然后，他撤开，后退一步，看着她。

陆一心表情傻傻的。

“你会打响指哦？”她第一个问题重点直接偏到了北冰洋——刚才方永年在黑暗中打响指的动作，帅裂苍穹，没拍下来太可惜了。

方永年：“……”

陆一心伸手摸了摸额头。

“我觉得……”她嘟囔，“这地方都要烧起来了。”

那三秒钟，太长也太短了。

方永年的嘴唇印在她额头上的触感太真实，这一次她终于可以不用纠结他到底是不是真的亲下来这个问题了。

“你刚才是不是读秒了？”她的手还是摸着额头。

她觉得她刚才都听到了时钟嘀答声，正好三下。

“我今天要写日记。”她的嘴停不下来，姿势却一直很僵硬，手像是长在额头上那样。

“我是不是紧张的时候，就会一直说话……”她皱着眉头看着方永年，“我现在说的每一句话都在破坏气氛，但是我停不下来。”

她心跳得太厉害了，她觉得她如果不说话，可能会爆血管。

“我真的是个大尿包！”她快要被自己气死，只是亲个额头，居然没出息成这样。

她手指尖都是冰凉冰凉的，因为太激动。

“方永年……”

“嗯？”

“我停不下来了，要不你再亲一下？”

“……”

“说不定负负得正了呢……”

“……”

“快点嘛！”女孩子撒娇的声音，腻得走道里的感应灯都听不去，直接就灭掉了。

“好像黑了就好了。”陆一心松了口气。

她应该是因为方永年的眼神才变成这样的。

要了老命了，老男人真的好会撩……

“那个……”她在黑暗中缩回到方永年的怀里，用耳语的声音，“你学得很好！”

他说的，一步步来，他在学。

真好啊……

每一步都好甜……

“然后你就空手从宿舍里跑出来了？”几分钟前还挺腻歪的情侣走进房间后迅速变成了叔叔训侄女的状态。

陆一心挠挠鼻子。

现实真残酷，她还在回味那个额头吻呢！

“你不是说你吵架吵赢了吗？”方永年在思考要不要给她泡热可可。

上次她说喝热可可胖五斤……

他打开冰箱，拆了一包香蕉牛奶递给她。

她居然八点不到就到家了，没带钥匙傻不拉几地在走道里等到十二点。

难怪会在走道里睡着。

“吵架虽然吵赢了，可宿舍里的气氛还是很诡异啊。”陆一心咬着香蕉牛奶的吸管，踮着脚从柜子里翻出了一包小熊饼干。

方永年眼睁睁地看着这个据说自己要胖五斤的人两腿盘在餐椅上一口饼干一口牛奶。

“下次吵架出门前好歹换件衣服。”方永年还是皱着眉，“或者直接给我打电话。”

陆一心咽下香蕉牛奶，瞟了方永年一眼。

“你以前读书的时候会吵架吗？”她很好奇。

印象里，她只见过他和她爸爸吵架，也不算吵架，是她爸爸单方面咆哮，方永年负责点火添柴。

方永年：“不吵。”

陆一心叼着吸管皱鼻子。

方永年：“我跳级，十六岁就读大一了。”

谁会打一个十六岁的毛孩子，更何况……

“我大学宿舍是标间，就住了两个人。”他是重点项目培养的人才，本科直博连读，谁敢打他……

陆一心快要把自己的脸皱成橘子。

“你好烦。”学霸真讨厌。

“晚上不要吃那么多甜食。”方永年伸手拿走了陆一心剩下的饼干，把讨厌进行到底。

“很晚了。”他检查了家里的门窗，“你今天晚上睡我房间，我一会儿去公司。”

“你家有两个房间啊。”陆一心傻眼。

“另一个房间没有床。”方永年无奈。

那个房间里就放了几个搬家用的纸箱子，空的。

他当初住进来的时候怎么都没想到会有一天他需要把自己的床让给陆一心。

这事太暧昧了，他觉得嗓子又有点紧。

陆一心挠挠头。

这么晚了还要回公司吗？

“你到底欠俞含枫多少钱？”她很严肃，“等我以后工作了，帮你一起还吧。”

“这事不用你操心。”他想捶她，“这话以后不要再提了。”

要是被陆博远听到了，他就不只是被丢出十八楼了，他可能会先被剁成块。

“我不是跟你说过我大学毕业后我妈妈给我留了一笔基金嘛，那个钱虽然不多，但是结婚应该够了。”陆一心还没打算结束这个话题，一本正经地说，“以后，我的工资拿来做家用，你赚的钱就用来还债。”

方永年：“……你过来。”

陆一心特别听话地屁颠屁颠地跑了过去，然后被方永年当头甩了个“毛栗子”。

“床上四件套今天早上阿姨刚换过。”方永年根本不想搭理她这个话题，“浴室里面黑色的柜子里有干净的浴巾。”

他看了一眼陆一心身上在过道里滚了一圈的睡衣和外套。

“你等等。”他进了房间，打开衣柜。

已经“长”在他屁股后面的陆一心揉着额头探头探脑，满脸好奇：“家里还请了阿姨吗？”

她以为他欠了钱所以日子过得很省的，毕竟一件衬衫穿了好几年了还没买新的。

方永年拆了一件全新的白色T恤塞给陆一心，然后弯腰在柜子下面的抽屉里又拆了一条全新包装的棉质运动裤。

“洗完澡把身上的衣服换了。”他说得很平淡。

陆一心踮着脚往衣柜里面看：“这里面怎么有好多没拆包装的衣服？”

除了挂在衣柜上面那几件她经常看到方永年穿的衬衫外套，放在下面一大排都是连包装袋都没有拆的衣服，有好多都是T恤。

“我爸妈寄的。”方永年关上柜门。

陆一心捧着那堆衣服，这次问得有些小心翼翼：“你有多久没回老家了？”

她印象里，方永年车祸后似乎就再也没有回去过。

“有段时间了。”方永年不想多说。

他父母看到他就抹眼泪。

他曾经是家里的骄傲，他爸妈为了培养他牺牲了好多工作机会，他曾经是家庭的中心。

现在不是了。

他就有点怕回家。

而且他父母给他寄的衣服都是他车祸前会穿的，最舒服的棉质衣服，外面套个白大褂就可以在实验室里待很久。

他现在，很久没有穿过T恤了。

“上个月你爸爸生日的时候我还给他们打过电话。”陆一心一边说一边观察方永年的表情，“听起来身体都还挺好的。”

方永年忍不住摸了摸陆一心的脸。

“嗯，我知道。”他只是不回家，但每周的电话还是打的。

他父母对陆一心的印象很深，他当时出事的时候，陆一心天天放学就来医院，也不说话，就躲在角落抹眼泪。

他自己其实已经没有什么印象，这些都是他父母说的。

说他发脾气的时候，都是陆一心劝着他吃饭，他不肯吃饭，陆一心就哭，哭着哭着，他就皱着眉头把饭咽下去了。

这几年陆一心逢年过节的时候都会给他父母和他哥哥打电话，刘米青教得好，这丫头从小就很有长辈缘。

“我以后应该不会有婆媳问题。”很有长辈缘的丫头眯起了眼睛，开始歪题。

方永年：“……”

“门窗都关好了。”他收起了感动，恢复到面无表情，“备用钥匙我放在左边床头柜的抽屉里。”

他顿了顿，说：“明天我找人过来把门换成密码锁，以后万一还遇到这种事，你直接开门进来就行。”

他想等他们两个感情稳定一点，互相之间的忐忑不安少一点了，再通知双方父母，没过明面之前，让她随身带着他家的钥匙总归不是个事。

“明天早上在家等我，换了衣服再去学校。”他皱着眉想，明天一早商场肯定没开门，衣服是来不及买了，还得跟陆博远要隔壁的钥匙。

借口倒是挺好找的，说去陆博远家拿资料就行。

只是这种事，以后可能都会成为陆博远揍他的理由……

可总不能让陆一心外宿一晚，第二天又穿着睡衣去学校。

她宿舍里另外两个女孩子都不是单纯善良的性格，能防还是防着点。

陆一心眨眨眼。

方永年安排好了所有的事，然后凌晨两点钟，挂着两个黑眼圈换了件外套就打算出门，临走前还再确认了一遍门窗，把肥猫的水和粮重新换掉了，还去卫生间检查了热水。

“要不，你睡房间我睡沙发吧？”陆一心舍不得了。

他明天一早还得过来，来来回回大概又只能睡两三个小时。

她后悔了，早知道就留在宿舍里了。

虽然这样今天就没有额头吻了，可额头吻迟早都会有的。

“要不然让我一个人睡这里，我会怕。”她开始找理由，“而且今天吵过架了心情不好，晚上也需要安慰。”

她一个在走道里都能睡到打鼾的人，说她会怕。

说得特别真诚，方永年觉得他差点就要信了。

“把门反锁，家里还有只猫。”他头都不回，“我走了。”

陆一心跟在他屁股后面，半颗头露在外面看他按电梯。

电梯还没上来，她就已经忍不住伸出手拽住了方永年的袖子。

“太晚了。”她晃了晃他的袖子，“你来回折腾今天又不用睡觉了。

“这样会秃头。

“你身体本来就不好了。”

陆一心拽着袖子的手收紧：“你这样，我难受。”

她心疼死了。

她以后再也不和宿舍里的人吵架了，就算吵架，她也一定会努力吵赢把她们都赶出去，而不是她自己傻不拉几地往外跑。

“我保证我会很听话，绝对不扑倒你！”她急得都开始口无遮拦。

电梯“叮”的一声，门开了。

方永年看着身后的陆一心，叹了口气。

“我睡沙发你睡床。”他不是心软，他只是看到陆一心拽着他袖子的手，想到了虾爆鳝那个晚上。

如果明知道他最后还是逃不出陆一心的手掌心，当初真的应该对她好一点的。

起码吃虾爆鳝的时候不要把她弄哭成那个样子。

电梯又“叮”的一声，门关了。

没有心软的方永年反手牵住了陆一心的手：“回去吧。”

说了不要扑倒他的丫头在原地跳了一下，直接半抱半挂地黏在了他身上。

“嘿嘿嘿嘿嘿嘿！”她笑得特别猥琐，像是吃饱了糖的浣熊。

洗完了澡洗完了头，陆一心又顶着一头湿答答的头发，穿着方永年的衣服，冲到了客厅正中央挥舞着胳膊宣布：“我好幸福！”

正半躺在沙发上看书的方永年摘下眼镜，声音很平淡地提醒她：“你没穿内衣。”

“没有差！”陆一心豪迈地继续挥手。

“我不会给你晚安吻的。”方永年的语气还是没有任何起伏。

蹬鼻子上脸！

陆一心：“……”

“头发吹干了再睡。”他合上书，关好台灯，在沙发上翻了个身。

“晚安！”索吻失败的陆一心穿着拖鞋踢踢踏踏地又走回到房间。

过了一会儿，她又踢踢踏踏地走出来：“不管亲不亲，我都觉得好幸福。”

她就知道，和方永年在一起，她一定会很快乐。

痴儿。

方永年在沙发上弯起了嘴角。

他听着陆一心在他的房间里走来走去，听着她一边吹头发一边哼歌，到最后半夜三更给郑然然打电话被大骂了一顿终于乖了，临睡前，又赤着脚跑到他这里，安静地看了一会儿。

关门的时候，轻轻的。

晚安。

方永年在心里说了一声：晚安，我的陆一心。

陆一心那天是早上十点的课，和方永年一起吃了早饭，坐地铁到学校的时候，发现宿舍大楼门口很热闹。

围了很多人，窃窃私语的。围在人群正中间的，是她的室友李小安。

“看什么看？”李小安的个子比一般女生高很多，人长得又出挑，站在人群中特别显眼，“你们都没事干了？”

人群一哄而散。

刚刚走进宿舍大门的陆一心因为外套太长太大又站在正中间，一下子就变得特别显眼。

李小安愤愤地瞪了陆一心一眼，噔噔噔地跑上楼，头也没回。

完全不知道发生了什么事的陆一心皱皱眉。

“怎么走了？”舍管大妈戴着老花镜从值班室走出来，嗓门很大，“李小安，你还没签名呢，走什么啊！”

陆一心站在前面努力想要缩小存在感。

“你把这个表格拿上去给她，让她签了名再给我。”舍管阿姨没有如陆一心所愿，拽着她外套帽子的手，孔武有力。

陆一心苦着脸回头。

“另外你帮我问问，那个人要真不是她弟弟，他下次再过来我就报警了。”舍管阿姨的脸色不太好看，“这一大清早的，闹成这种样子影响太不好了。”

陆一心唯唯诺诺，不知道该说什么。

大家都散开了她才注意到，宿舍门口一片狼藉，地上都是饭菜，还有保鲜盒的碎片。

“你说说看这个李小安，把这里弄成这样自己倒跑了。”舍管阿姨拿着扫帚，嗓门变得更大了。

陆一心觉得，楼上肯定都听到了。

大家的表情，都很八卦。

“我……拿去给她签名。”陆一心打算开溜。

刚才噔噔噔跑上楼的李小安拿着宿舍里的簸箕和扫帚又冲了下来，第一件事就先抽走陆一心手上的表格。

“多管闲事。”她瞪着陆一心。

陆一心一个晚上被方永年捋顺的毛瞬间又奓了：“谁要管你的事。”她顶回去，绕过地上那些饭菜径直上楼。

吴齐在宿舍门口探头探脑，看到陆一心来了，冲她笑了笑，表情欲言又止。

陆一心身上还带着刚才被李小安激出来的火气，没打算再跟吴齐打招呼，从吴齐身边直接挤进宿舍，打开柜子开始拿今天上课需要的书。

方永年这种学霸太可怕了，她十点的课，他八点半就把她弄到学校了……

她一点都不想在这个宿舍里再待一个小时。

“你……有没有看到李小安的弟弟？”吴齐在宿舍门口探头探脑地看了一阵子，回头问陆一心。

陆一心没搭理她，把柜子里的书弄得啪啪啪的。

“李小安的事情在其他宿舍里传得很难听。”吴齐关上了宿舍的门，因为陆一心没搭理她，她的表情看起来不太自然。

陆一心转头。

“我知道你不是那种会到处嚼舌根的人，但我们毕竟是一个宿舍的，这事如果你完全不知道，别人问起来误会会更深。”吴齐犹豫了一下，“而且，我也欠你一个道歉。”

陆一心没说话，不过手里的动作停了下来。

“我刚来的时候就知道我们宿舍里有李小安，她跟我是一个地方出来的，在我们那里很有名。”吴齐说得很快，像是怕下去扫地的李小安突然跑上楼一样，“我当时特别害怕，因为我们那里很多人都说，李小安的爸爸是黑社会的，她这个人脾气也很不好，高中时和人打架曾经把人从楼梯上推下去过。”

陆一心怔了怔。

想到李小安在军训的时候和她打的那场架，她觉得李小安做出这种事也挺有可能。

“我来报到的时候看过宿舍人员表格，你们大气科学的有两个人，只有我和李小安是其他系的，所以我就……”

地盘意识。

陆一心脑子里突然就冒出了这个词。

方永年太聪明了，她当时微信里什么都没说，只是说有点不和，他就已经一针见血了。

“我成绩不是特别好，考上这所大学是刚刚卡着分数线上的，我就是想在这四年里能安安心心读书，不是你想的喜欢拾掇人吵架。”她就是，找了个相对来说更强硬的墙头而已。

陆一心没吭声。她不喜欢吴齐这种心理，但是她觉得，吴齐这回没跟她玩宫心计。

“我也是这几天才发现，关于李小安的那些谣言其实都是假的。”吴齐说完又看了一眼宿舍门，声音压低了一点，“李小安的爸爸不是黑社会，她爸爸很早就没了，她妈妈改嫁了之后还生了一个弟弟。

“她现在的爸爸好像有点精神上的问题，具体是什么问题我也不清楚，但反正就是以讹传讹。李小安这个人脾气暴躁不太好相处，每次有人提到这些事，她都是直接大打出手，久而久之，风评就变得越来越坏。”

吴齐喘了口气。

“而且她很讨厌她弟弟，今天早上就是她弟弟过来给她送吃的，结果被她一顿暴打弄得全宿舍都知道了。”

吴齐犹豫了一下。

“她弟弟看起来年纪只比她小一岁……还有人传说这是李小安爸爸还在世的时候，李小安妈妈和别的男人怀的孩子……”

这句话，她声音放得很轻很轻。

说完之后，宿舍的门就被踹开了。

李小安拿着簸箕和扫帚气势汹汹地站在门口，满脸怒气。

吴齐的脸涨成猪肝色，往后退了一步。

陆一心还在消化吴齐刚才说的那一堆信息量爆炸的话，反应有点迟钝。

“天天嚼舌根，怎么没把舌头给吞下去！”李小安现在简直是狂暴状态，逮谁咬谁，“我家怎么样关你们什么事，需要你们两个这样关起门来聊?

“年纪轻轻，一个个都八卦得跟广场大妈一样。”她把簸箕丢在地上，簸箕上面还有残留的菜渣，一股油味。

“我没有在嚼舌根。”吴齐十分委屈，眼睛都有点红了。她这次，真的没有恶意。

她甚至还帮李小安说了好多话，因为陆一心和她们是一个宿舍的，她总觉得这种事应该都知会一声，总不至于和别的宿舍一样，传得天马行空的什么版本都有。

她已经很小心翼翼了。

她一开始知道真相的时候，还觉得李小安挺可怜的。

“我爸爸在华亭工作，因为我考上了华亭的大学，所以我爸妈在华亭租了房子。”一直没说话的陆一心突然开口，“我本来完全可以不用住在这里的，但是我妈妈说，大学了，需要体验一下集体生活。

“她说她现在回忆起来，觉得大学生活最美好的，就是在宿舍里的那段时光。”

她妈妈温柔，说起那些事的时候，眼底眉梢都是怀念。

所以，她听话了。

哪怕出租房对面住的是方永年，她也老老实实地背着行李来过集体生活。

只是没想到，会是现在这个样子。

开学才一个多月，就撕了两三次。

“我很不喜欢你们，一个脾气太差，一个心思太多。”陆一心说得很直白，“但我今天回来的时候还是跟我自己说，要好好相处，这可能是我这辈子唯一的一段集体生活，我要好好体验，好好珍惜。”

活着的每一段时光，都是值得被珍藏的。

这是她从她妈妈那里学会的最重要的人生哲理，她活在当下，努力过得无怨无悔。

“吴齐跟我说那些话没有恶意。”陆一心看着李小安，“我不知道那些喜欢背后嚼舌根的人都传了些什么，但我知道吴齐是因为怕我听信了那些传言，才把这话告诉我的。

“你可能讨厌这个世界……”那么复杂的身世，身边一直有一些恶意的谣言，所以造就了李小安现在这种见谁都咬的性格。

她能理解，但不赞同。

“我喜欢这个世界。”陆一心冲李小安笑笑，“所以我不想跟你一般见识。”

“我们打过一架，还吵了好几次，我觉得这也算是一种缘分。”陆一心站得很直。

她自己都没有发现，她在说这些话的时候，语气有一点方永年的影子。

“你讨厌世界是你的事，但是你不接纳这个世界，吃亏的人是你自己，对我、对吴齐都没有任何影响。”

她这句话说得很慢，说完之后抱起手里的书，打开宿舍门，走的时候，完全没有回头。

她一点都不气了。

方永年教的，这不过就是地盘意识，不管是坏脾气的李小安还是暗戳戳的吴齐，她们表现得那么负能量，其实也只不过是因为恐惧罢了。

她能表现得那么游刃有余，其实也只不过是因为她不想在宿舍里得到什么，她和她们相比，她更无欲无求罢了。

她身边有太多的榜样。

那么荒唐地失去了一条腿，失去了事业的方永年，对她仍然温柔。

因为父母都有了自己的新生活不得不独自生活的郑然然，租的房子还特意给她留了一张小床，郑然然说自己以后不管在哪里，都会给她留个能睡的地方，她们要互相做对方第二个娘家。

郑然然可能没有了第一娘家，但是她也并没有像李小安这样，愤恨全世界。

她在上课之前，给方永年和郑然然都发了一张捧着心的裸体小猪。

她太幸运了。

她太爱他们了。

哪怕方永年只回给她一个句号，哪怕郑然然连个句号都懒得回只回给她一个点。

陆一心抱着手机，捧着书，在大学的林荫小路上，眼眶红红的，抿着嘴。

这是她第一次真实地感受到自己已经是个大学生。

她没有找方永年和郑然然帮忙，自己解决了困扰了她整整一个多月的室友问题。

不气了。

她意犹未尽地拨通了方永年的电话，在他接起来的那一刻，对着话筒吼了一句：“我好幸福！”

方永年那边一阵沉默。

“你爸刚走。”他其实脸都有点扭曲，就差一秒钟，陆博远就能听到自己女儿对着他大吼她好幸福了。

“呃……”陆一心清清嗓子。

“不上课了？”方永年揉揉眉心。

她好幸福，他知道，她已经说了无数次了。

说得他都快要产生同感。

“马上去了。”陆一心笑眯眯的。

“不和宿舍的人吵架了？”方永年声音也柔和了下来。

“不气了！”陆一心活力四射。

“我就是……好幸福。”她捧着手机，红着眼眶。

“嗯。”方永年应了一声，“我很高兴。”

你能幸福，我很高兴。

“然后呢？”郑然然咬着吸管。

她最近正在研究自制奶茶，家里全是奶茶味道，桌子上放了一堆吸管。

陆一心悄悄地把手里的自制奶茶推到自己够不到的地方，皱着眉：“然后没了。”

那天之后，她和李小安就再也没说过话，和吴齐也只是见面的时候点点头而已。

她只是不气了，却很难真的融入宿舍生活里。

“你们大一真闲。”郑然然抓得一手好重点，“我到现在还没看清楚同宿舍那几个女孩子的长相。”

郑然然和陆一心一样，周末回家，平时住宿舍。

只不过郑然然不是为了过集体生活才留在学校宿舍，她是为了节省来回学校的通勤时间。

开学一个多月，她已经瘦了四斤。

“现在想想，高三真的挺舒服的。”大一医学生郑然然平躺到床上，长长地叹了一口气。

陆一心搓搓鼻子，脱了鞋也跟着躺到了郑然然的床上，蹭了两下她的胸口，非常羡慕地嘟囔：“你瘦了四斤为什么这里还大了？”

旱的旱死，涝的涝死。

“你家那位的眼光，应该是喜欢平的。”郑然然拍拍陆一心的脸。

陆一心想到了方永年在黑暗中抱住她亲吻额头的那一幕，翻了个身，捂住了脸。

“亲了？”郑然然撑起了上半身，眼睛瞪得老大。

她以为方永年这样的男人，要进行到男女关系这一步可能得等到四十岁。

那么神速吗？

是她小看了陆一心还是小看了方永年？

“这里……”陆一心娇羞地拨开刘海，娇羞地翘着兰花指点了点额头。

郑然然：“……”

好吧，也算是进展了。

“你和谷历历呢？”陆一心自己也知道自己的进度跟乌龟差不多。奇怪的是，她心里面一点都不急。她甚至很享受她和方永年现在这样，温温吞吞的，一点点靠近的感觉。

她偶尔还是会因为不懂事被方永年骂得满头包，唯一的不同是以前骂完了就骂完了，现在骂完了，方永年会摸摸她的头。

她和方永年之间有种隐秘的，她很难形容的亲昵感。

方永年，让她觉得无比安稳。

“等他考上大学。”郑然然这边的进度也是蜗牛。

两人五十步笑百步。

“谷历历应该喜欢大的。”陆一心还是对自己的发育愤愤不平。

“嗯，他粗俗。”郑然然微笑，把这句骂人的话说出了缠绵的味道。

陆一心抱着郑然然，用她熟悉的姿势揩了几分钟油。

“我们以后会不会渐行渐远啊？”渐渐变成了大人模样的陆一心，突然就很惆怅。

她们都有了男朋友，都有了室友，专业不一样，大学不一样。

她们以后都会有自己的生活，和高中天天黏在一起手拉手去上厕所完全不同的、更加丰富而复杂的生活。

“我们以后会不会慢慢地就没有共同话题了？”陆一心惆怅完，就开始恐慌。

就像现在这样，她唠叨的宿舍生活，和郑然然没有任何关系。

她以后唠叨的事情，都会慢慢地和郑然然没有任何关系。

“我们一直以来都没有太多的共同话题。”郑然然用手掌推开陆一心的额头。

她和陆一心一直是两个世界的人，她的家庭乱七八糟，陆一心的家庭和睦到让人嫉妒。

哪怕是高中，读书的时候她做的题目和陆一心做的题目，难度也完全不同。

“我们不一样。”郑然然难得地煽情了一把，“如果没有你，我可能会变成李小安。”

或者，更糟。

她从来都不是乖小孩，她闯祸的能力一直特别强，除了成绩好，浑身上下都是不服气。

也只有陆一心，才能一直软着脾气黏着她，不管做什么事都无条件地信任她，而她，因为有了陆一心这个拖油瓶，慢慢地也开始对闯祸这件事没有了兴趣。

她不忍心。

不忍心破坏陆一心那么美好的人。

她其实很能够理解方永年到最后为什么会缴械投降。

任何一个被陆一心全然信赖的人，到最后都会无法放开。

但是……

“你是不是有肌肤饥渴症？”郑然然实在是无法理解陆一心的揩油行为，“你对你家方永年也这样吗？”这手都伸到她肚子上了。

“我不敢。”陆一心眯起眼睛，“所以我在练习！”

郑然然：“……你这样摸只会让他揍你。”

这是摸毛绒玩具的摸法！

“你会哦？”少女窸窸窣窣的，谈论这种禁忌话题的时候总是会带着连自己也捉摸不透的兴奋。

“我跟你讲我下个学期有解剖课，到时候我教你！”郑然然兴致勃勃。

到时候她就可以很清楚地知道每一块肌肉、每一条神经的构造，包括敏感点！

陆一心：“……”

“谷历历好可怜。”刚刚还在担心没有共同话题的陆一心，窝在郑然然的床上笑成了一团。

她们会长大。

会渐渐地有自己的生活，甚至有可能不会像现在这样，把所有的一切都和对方分享。

但是，她们仍然会是朋友。

不管多久没见，相互之间只要相视一笑，就能立刻回到少女时期，在床上打滚聊着禁忌话题，手拉手在厕所里讨论自己胖了瘦了。

因为有些感情，和爱情一样，也会刻入骨髓，和成长一起，成为你人生的一部分。

陆一心感冒了。

和郑然然两个人窝在床上打闹聊天出了一身汗，十一月底的天气大半夜的又跑出去吃了个夜宵，为了风度穿了薄外套的陆一心就感冒了。

她向来健康得跟牛一样，一感冒就彻底地萎了。

偏偏陆博远是个非常抗拒抗生素的人，哪怕她发烧到39℃，也只是丢给她一打物理退烧贴，把家里所有的热水瓶都灌满了热水，叮嘱她今天要喝光，就火急火燎地上班去了。

流着鼻涕因为发烧全身骨头都在痛的陆一心，等爸爸走了以后，探头探脑地跑到对面。

方永年的家已经装了密码锁，密码是4321。

直男方永年并不知道把密码锁设成女朋友的生日是一种浪漫，他只是选了个好记的，以免陆一心丢三落四地忘记密码。

陆一心吸吸鼻子，她觉得自己大概是中邪了。

因为她觉得方永年这样设密码的行为也好浪漫，特别体贴，和外面那些油油腻腻的人都不一样。

方永年不在家。根据陆博远的说法，最近他们在做临床试验，方永年已经好久没有回过家，脾气也越来越差。

陆一心又吸了吸鼻涕。

她并没有太大的感觉，因为方永年对她仍然很耐心、很温柔，微信几乎每条都回，在她的软磨硬泡下，每天晚上她睡觉前也一定会和她打电话互道晚安。

他们恋爱后，方永年就再也没有对她说过一个“不”字。

陆一心贴着退烧贴弯腰抱起在门口来回蹭的肥猫，因为感冒鼻音很重：“你是不是又胖了？”

陆一心的脸埋在肥猫肚子上：“你有多久没看到你爸爸了。”

好久了，快十天了。

方永年的屋子都因为长久没住人又回到了样板屋的状态，冷冰冰的。

陆一心就这样抱着猫站在特别空旷的客厅里，发了一会儿呆。

她一开始只是太想他了，所以想到他房间里看看，哪怕像个变态一样去闻闻他睡过的枕头也是好的。

但是现在，她突然就不想动了。

方永年家里每天都会有阿姨进出打扫，到了晚上也会有他公司的后勤过来喂猫，这个地方一旦没有了方永年，早就打扫得没有一点点方永年的气味了。

肥猫在陆一心怀里安静了半分钟就挣扎着跳下来，在沙发上找了个柔软的位置盘成了一颗球。

陆一心跟着走过去，躺在沙发上，抱着抱枕，盖好了毯子。

“我们一起睡吧。”发烧的少女因为孤独，变得有点脆弱。

肥猫看了少女一眼，屈尊纡贵地挪了挪自己肥胖的身体，贴着陆一心的手，闭上了眼睛。

陆一心知道，她其实很想给方永年打电话。

她难得生病，又有一段时间没有看到他，正是撒娇的好时候。

但是她连手机都没有拿出来看一眼。

因为方永年没有对她说过“不”，所以她知道，她如果在电话里跟方永年说她想见他，他一定会回来，哪怕公司很忙。

哪怕她爸爸说，方永年最近脾气暴躁得快要变成喷火龙，他对她永远都是有耐心的。

方永年根本不介意她懂不懂事，他答应了，宠她就宠到毫无底线。

但是她心疼他，不愿意烦扰他。

她又蹭了蹭肥猫的肚子。

“他肯定快要累死了。”陆一心撸着猫下巴，絮絮叨叨。

她知道方永年的脾气。

他肯定是累到不行了，才会一直发脾气。

“你说我晚上去给他们送点吃的好不好？”她哑着嗓子和肥猫的鸳鸯眼对视。

肥猫冲她眨眨眼，她笑了。

她觉得自己这个主意真不错。

“我睡一觉！”她乐颠颠地下了决定。

睡醒了，她就去打包楼下粤菜馆的粥。

她爸爸爱吃甜粥，方永年爱吃咸粥，她多打包一点，跟他们一起吃夜宵。

她早就应该想到的。

虽然当着她爸爸的面，她和方永年没办法抱抱。

但是，她真的太想他了。

哪怕看一眼，也是好的。

这个世界往往事与愿违。

在方永年家的沙发上睡着了的陆一心一觉睡醒感冒并没有变好，她仗着年轻硬撑着打包了一堆吃的东西打车到了方永年的公司，方永年却已经下班走了。

“你的手机呢？”陆博远看着女儿烧红了一张脸拿着几大包吃的摇摇欲坠地出现在公司电梯里的时候，眼睛瞪成了铜铃。

“打包的时候摔了……”陆一心的嗓子已经彻底转成了鼻音。

“你说你是不是折腾！”陆博远接过那几袋子吃的，又好气又好笑，“平时健康的时候怎么没见你那么孝顺。”

陆一心打了两个喷嚏。

她孝顺只是顺便的……

“方永年呢？”陆一心探头探脑。

“没大没小！”陆博远这次终于听清楚女儿叫方永年的称呼，瞪了陆一心一眼。

陆一心不说话了，头好晕……

“他回去了。”陆博远领着女儿往会议室走，一边走一边絮絮叨叨，“不知道为什么吃了晚饭开完会就走了，可能家里有急事吧。”

陆一心：“……”

“你买那么多干什么？”陆博远还在絮叨，“吃过了没？”

吃个鬼，她现在正在跟男主角演韩剧呢……

“这样吧，你先在这里把粥喝了，我把手里的文档做完了就送你回去。”陆博远把粥分给陆一心一份，自己拿着大包小包出去分给那些加班的项目组成员，因为走得太急，分给陆一心的粥只有碗没有调羹。

陆一心看着那个用一次性餐盒包装得很精美的煲仔粥，热气袅袅，空气里都是嘲笑她的味道。

她居然和方永年完美错过。

为了打包这些东西，她付钱的时候手一滑手机直接掉进粤菜馆收银台边上的招财鱼缸里了，捞起来的时候除了黑屏就全是鱼腥味。

没有手机叫车，她拿着一堆东西在路边招了半天手。

她觉得自己的感冒又加重了，还不如在方永年家的沙发上继续睡。

没什么食欲，陆一心开始在会议室里探头探脑。

方永年和她爸爸在的这家公司，她只来过几次，每次都是在前台给她爸爸送完东西就走，从来没有进来过。

这地方比她想象中的还要大，一整个十八层全部打通，晚上十点多仍然灯火通明。

她爸爸端着一碗粥窝到自己的位子上就再也没有站起来过，她吸着鼻子张望了一会儿，决定自己出门去找调羹。

她花了半个月的零花钱买的，再没有食欲也要吃完它……

整层办公楼里大部分都是年轻人，有几个穿着白大褂的人拿了她带来的粥绕到陆博远的位子上和他打了声招呼就上了楼。

陆一心对穿白大褂的研究员向来比较有好感，他们经过她的时候，就忍不住多看了两眼。

四五个拿着粥的年轻人，正在轻声交头接耳。

“独角兽走了？”年轻人甲声音压得很低很低。

“走了吧，开完会就走了。”另外一个年轻人推了推眼镜，叹了口气。

陆一心皱着眉。

他们……在说方永年吗？

用这么过分的词？！

“你说他是不是真的变态啊，刚才开会的时候我就多说了那么一句，他那个眼神，我都快吓尿了……”年轻人甲端在手里的粥有些烫，他一边说一边换手，声音虽然轻，但是仍然咋咋呼呼的。

“我都跟你说了别多嘴。”另外一个看起来年纪稍大一点的男人叹了口气，“核查组专家的名单方总早就定下来了，你非要插一脚。”

“我这不是想过得容易点嘛……”年轻人甲嘟囔着，“而且，这也不是什么大不了的事，至于天天冷着一张脸嘛。你们见他笑过没？上次俞董过来开年会跟他开了那么久的玩笑，他连脸皮都没扯一下。”

“那次小刘不是说他半夜三更来楼下拿资料看到独角兽一个人没开灯坐在办公室里嘛，不声不响的，瘆得慌……”

“他是不是真的心理有点那啥啊？毕竟之前那个传闻，真挺惨的……”

“说起来关于吴元德的那个事，是真的假的啊？他真的是被他儿子撞死的？”

几个年轻人絮絮叨叨地聊着八卦，边说边按了去十九楼实验室的电梯。

在他们屁股后面跟了一路的陆一心，嘴里咬着塑料调羹，眉毛拧得死紧死紧。

她护着、爱着恨不得他一根头发都不要少的方永年，在别人的眼里，只是个心理变态的独角兽吗？

用那么过分的词，用那么抗拒的表情。

他确实有点毒舌，脾气不太好，性格有点别扭。

可是，他明明只是个坐在地上站起来的时候因为姿势太丑，会捂着她的眼睛的男人而已。

为什么要这样说他？

她记得方永年家里还有一堆外卖菜单。她爸爸说，方永年是他见过的唯一一个连公司饭菜都会一样一样确认过的老总。

公司宿舍里采购的生活用品他家里都会留几份，为了避免出现质量问题，所有的东西，他都会先用一遍。

为什么，要这样说他？

陆一心气得都想把她打包过来的夜宵都抢回来丢到臭水沟里去。

但是最终，她只能愤恨地吃掉她自己那份煲仔粥，在暖气很足的会议室里半梦半醒的时候，被她爸爸拍醒。

“回家了。”陆博远皱着眉摸摸她的额头，“你怎么还在烧？”

“明天再不好就得去医院看看了。”这种时候，陆博远还是很有做爸爸的样子的，“出去的时候把毯子披上，我先下楼发动车子开暖气。”

“爸爸。”陆一心揉着眼睛。

“你们公司的人，都很不喜欢方永年吗？”她刚刚睡醒，因为感冒，声音哑得都快辨认不出。

陆博远愣了一下：“你听到什么了？”

“没什么。”陆一心把自己裹成一颗粽子，摇摇头。

她不想重复。

她讨厌那些人。

她更心疼方永年。

为什么不管在哪里，大家都会注意到他的残疾。

她突然特别深刻地理解了方永年那天一而再再而三和她确认的话，他说因为他是个残疾人，所以她会过得很累，他们的孩子，也会被人指指点点。

她那时候的注意力都在方永年已经规划到结婚生孩子上了，并没有特别深想过里面的残酷。

方永年，已经残疾了五年多。

他每一天都是这样过来的，所以，他害怕她也会经历这些吗？

“没什么。”少女烧红了一张脸，坐在陆博远那辆被她装饰得很少女的雪佛兰上，幽幽地说，“我就是，很讨厌别人说他残疾。”

陆博远看了女儿一眼，叹了口气。

他最终什么都没说，把暖气又调得高了一点，然后把陆一心的毯子再裹得严实了一些。

“睡吧。”他拍拍女儿的脑袋。

他也很讨厌。

但是，方永年残缺一条腿的事实，一直都在，始终刺目。

陆博远开车很飙，不像方永年那么稳，陆一心坐在自己亲爹的车上被颠得毫无睡意，上电梯的时候干脆整个人靠在陆博远的身上，拿毯子把自己的脑袋一起裹了进去。

头好痛。

身体里的负面能量快要爆炸。

所以她没有听到电梯到达的声音，也没发现自己爸爸走出电梯的时候脚步顿了一下。

“永年？”陆博远的声音有些疑惑，“这么晚了你要去哪儿？”

烧得糊里糊涂的陆一心拉下毛毯，她想到心都痛了的男人现在就站在电梯外面，穿着黑风衣，手里拿着毛毯。

方永年往后退了一步：“没事。”

他克制地，又往后退了一步。

陆一心咳嗽了两声，跟着陆博远走出电梯，因为在车上被颠得头昏脑涨，晃了一下，差点被电梯缝隙绊倒。

然后她被两个男人同时拉住，方永年往前走了一步扶住了她的肩膀，她爸爸拽住了她的手臂，很不温柔地试图让她从软塌塌的状态站直。

陆一心：“……”

有生之年，她居然能遇到那么诡异的时刻。

方永年迅速地松开了他的手，陆博远拽了一把陆一心的胳膊，冲着方永年笑了笑：“这丫头有点发烧。”

陆一心看不到方永年的表情，她被她爹拽得胳膊疼，皱着眉头往后退了一步，正好站到方永年边上。

她真的不是故意的，她的身体有自己的意识。

“她要是明天还没好，我可能得送她去一趟医院。”陆博远忙着找钥匙，压根儿没有注意到身后已经和方永年并肩站着的陆一心，“明天早上的会我就不参加了。”

“烧了多久了？”方永年的声音。

陆一心悄咪咪地歪头看了他一眼。

因为身高差，她只能看到方永年半张脸。

他看起来又瘦了，下颚咬得很紧。

“两天？”陆博远回头，皱着眉，“还是三天？”

“两天……”陆一心生无可恋地伸出了两根手指。她能活着顺利长大，真的是阿弥陀佛。

“所以明天还没好就得去看看了。”陆博远很迅速地下了结论，终于在包里找到了放在角落里好久没用的钥匙。

方永年伸手，把陆一心举着的两根手指拉下来，伸手摸了摸她的额头。

陆一心脑袋“轰”的一声，也不知道是刺激的还是吓的。

“现在就去吧。”方永年按电梯。

“啊？”已经打开门的陆博远张着嘴。

“最近流感多。”方永年已经走进电梯，开着门，看着门口的父女俩，“去医院检查一下比较放心。”

陆一心傻乎乎的。

“而且——”她听到方永年的声音很平静，“明天早上那个会少了你不行，现在去了省得请假。”

“明天早上的会很重要吗？”陆一心身上裹了两条毛毯，窝在医院急诊室的凳子上等方永年帮她挂号，忍不住自己的好奇心。

“就只是一般的早会。”陆博远也一脸的莫名——自己在早会上很重要吗？也是，方永年最近好几次发火，都是自己帮忙压下来的。

“不过，确实没我不行。”陆博远补充了一句。

“他对医院真熟啊。”陆一心又有了新的好奇。

“他不是身体不好嘛，有阵子经常挂急诊，你看刚才那个护士都认识他了。”陆博远对家门口这家医院并不熟，停车的地方、急诊的地方都是方永年带着他们去的。

他现在觉得自己老婆说的都是对的。

他们家真的欠方永年好多。

那么晚了，那么冷的天，方永年陪着他们在急诊科上上下下地跑。

“闺女啊。”陆博远看着方永年精瘦的背影，说得语重心长，“你以后得好好孝敬你方叔叔啊。”

陆一心一口痰呛在喉咙里，咳得惊心动魄。

“怎么了？”挂完号回来的方永年皱着眉。

陆一心红着眼眶红着脸，实在是没有勇气把刚才陆博远的话重复一遍。

“一会儿可能得抽血。”秋冬换季，感冒发烧半夜来挂急诊的人很多，急诊室内科门口仍然还得排队，方永年把挂好的号递给陆博远，那句话却是对着陆一心说的。

陆一心皱着鼻子。

她最怕打针抽血。

“你多大一个人了打针抽血还皱鼻子。”陆博远看不下去了，“让你半夜三更出去吃夜宵不穿外套！”

方永年顿了一下。

“我刚才在药房看到这家医院用的盐酸氨溴索片是瑞恒的。”方永年没头没脑地说了一句。

陆博远抬头：“真的假的？华亭医院现在还有瑞恒的药？”

“就是没看清楚剂量。”方永年说得不紧不慢的。

陆一心吸着鼻涕眨眨眼。

陆博远看了看人头涌动的急诊科门口，又看了看陆一心。

“你别在这儿，你在这儿我头疼。”这一刻，陆一心突然头不痛了眼不花了，特别机灵地冲她爹摆摆手。

陆博远瞪了她一眼，做爹的本能告诉他，他闺女半夜三更发烧到快40℃，他无论如何也应该陪着的。

但是他女儿说的也是真的。

他看着她这病恹恹的样子就觉得难受，一难受，就想骂她。

而且，瑞恒上个月整个公司重组，好多药都停产了，他们家的盐酸氨溴索片是他一直想买回去做检验的。

“这里有我。”方永年已经坐到了陆一心边上，冲陆博远挥挥手。

陆博远走出急诊大厅的时候，回头。他心里隐隐地觉得有些奇怪，却又完全摸不到边。

方永年和陆一心，黏在一起看起来太正常了，他过往那几年，这样的画面看到过无数次。

但是，今天……

陆博远皱皱眉，在找到药房的时候，又皱皱眉。

到底……哪里不太对？

“你爸妈这边，近期就跟他们说了吧。”方永年一直等到陆博远离开急诊大厅，才开口。

陆一心裹着毛毯，一张脸病态地潮红着。

她点了点头，放在毯子里的手悄悄地挪到凳子边上，手指碰了碰方永年的手。

方永年转头，皱着眉：“你的手机呢？”

“掉招财鱼缸里了……”感冒发烧特别虚弱的陆一心可怜兮兮的，又用手指抠他的手。

她指尖柔软，一边眷恋一边撒娇。

隔着毛毯，其实看不出什么。

方永年叹了口气，和她十指紧握。

“你刚才，是想出去找我的吧？”得逞的陆一心笑嘻嘻的。

“嗯。”方永年还是皱着眉。

陆一心的手心烫得他太阳穴突突的。

他说：“怎么烧了那么久。”两天了，陆博远真是太“有”做爸爸的样子了。

“我每次发烧都会烧好几天的呀。”陆一心鼻音糯糯的，“你今天下班回家也是为了我对吧！”

她猜的。

她猜她爸爸今天早上去公司去得晚了，一定跟方永年说了他晚到的原因。

“嗯。”方永年横了她一眼。

他忙完了急急忙忙赶回家，结果家里没人，她家也没人，打电话也没人接。

他以为她感冒发烧撑不住自己去医院了，所以拿了条毯子打算去附近医院的急诊室里找找。

谁知道她居然带着夜宵去公司了。

真能折腾。

他和陆一心十指紧扣的手指用了力，陆一心小猫一样叫了一声痛。

方永年心软了，放松了手指，大手摊开把陆一心软绵绵的手握在手心。

陆一心就又开始嘿嘿笑，靠在急诊室的椅背上，眉眼放松。

“睡会吧，到了我叫你。”方永年忍住在众目睽睽下揉她头发的冲动。

他今天在电梯里看到陆一心的时候，差点失态。

十几天没见，这丫头没骨头一样靠在陆博远身上，整个人看起来都快虚脱了。

偏偏陆博远还不急，还慢悠悠地找钥匙，慢悠悠地说明天一早再去医院。

所以他没忍住。

他越界了，并且在越界之后毫无悔改之意。

他只是把陆博远支开让陆博远去买个药，他知道陆博远很快就会回来。

但他还是任凭陆一心牵着他的手，一直等到陆博远的身影再次出现在急诊大厅门口，才松开了陆一心的手。

松开了手之后，掌心变得有点凉。

空荡荡的。

陆一心发烧到39.7℃，体内有炎症，所幸不是流感。

急诊室安排了挂水，陆博远的烟瘾重又在犯困，两瓶盐水的时间，出去抽了四次烟。

方永年一直都在。

他看起来也在犯困，喝了两杯加量的咖啡，一直坐在陆一心对面的位子上回邮件，间或和陆博远轻声讨论工作。

折腾了一天的陆一心终于有了睡意，迷迷糊糊的时候感觉到她爸爸又出去抽烟了，而方永年站起身，帮她把身上的毯子重新盖好。

“方年年。”她黏黏腻腻地喊他的名字。

“嗯？”方永年摸摸她的额头。

陆一心半睁着眼睛看他：“你工作的时候很不开心吗？”

她其实还是半梦半醒的，但是晚上在方永年公司里听到的那些话，始终在她梦里萦萦绕绕。

她梦里，方永年一个人坐在办公室里，没有开灯，阴影里的他，右腿空空荡荡的。

然后她就醒了，心里揪痛。

方永年怔了怔：“怎么了？”

“就是，如果你很不开心的话……”陆一心吸了吸鼻子，“那就去开水果店吧。”

水果店里都是果香，他不用再穿着衬衫，不用西装革履，不用穿着系着鞋带的皮鞋。

不用那么累。

“你不用管我爸爸说什么，也不用管其他人会说什么。”她的声音很轻很轻，“你去做什么都可以的。”

想做什么就做什么。

他才不是独角兽。

他才不是心理变态。

“我自己能养活自己。”她又开始提钱，“开水果店也能赚钱，俞含枫的钱慢慢还也能还得清的。”

方永年没说话。

“你别委屈自己。”她皱着眉，“我不喜欢你委屈自己。”

他已经够委屈了。

他成为那场车祸里唯一活下来的人，他残缺了，他背着泄露项目文档的锅，没了工作。

他委屈了那么多年，好不容易真相大白，却仍然因为残缺，被人指手画脚。

他确实脾气不好，但一个正常人的脾气不好，绝对不会被人背后说成独角兽，也不会被质疑是否心理变态。

他明明是那么骄傲的人，何必要这么委屈。

“我爸爸辞职不是因为你，他那么大的人了，总不会失业了就没饭吃。更何况还有我呢，我大学毕业就能养家了，我自己的爸爸我自己负责。你别把所有的责任都揽在身上。”

她声音很轻地嘀嘀咕咕着，说的内容零零散散，有她自己猜的，也有她以为的，还说得特别委屈，委屈得连眼尾都红红的。

方永年一直没说话。

陆一心今天去了公司，估计也听到一些不该听的东西。

他知道她大概听到了些什么，读书人给人起外号的能力比那些粗鄙的更让人难堪。

她让他别那么委屈，她说他可以去开水果店，她还说，别把什么事都揽在身上。

她说得很天真，抛弃掉所有现实因素，他居然觉得她这样的天真其实也是可行的。

欠的钱，慢慢还就行了。

她是事发之后，唯一一个，真心地鼓励他去开水果店的人。

不管是他父母、兄弟还是陆博远，所有的人都等着他从过去的阴影里走出来，所有人都认定，他一定能重新站起来。

毕竟他是方永年，他在很多人心目中，似乎真的是打不倒的。

吴元德认为他职业上哪怕有污点也可以站起来；陆博远天天拿着原研药的资料在他面前晃，试图说服他这才是他应该走的路。

作为成年人，他知道他们都是对的。

只是这个世界上除了陆一心，没有人觉得，他是委屈的。

陆一心大概是累了，说完了之后缩在毛毯里，眨巴着眼睛看着他。

他还是没说话。

他站直身子看了一眼在急诊大厅外面抽烟看手机的陆博远，然后坐在了陆一心边上。

“你不希望我飞黄腾达吗？”他声音很哑，表情却很放松。

陆一心眨眨眼：“飞黄腾达？”

“是啊。”方永年数给她听，“拿点奖，拿点钱，名利双收。”

“呃……”陆一心傻傻的，“你的愿望是飞黄腾达吗？”

那么……古老的成语吗？

方永年笑：“我很想试试。”

那场车祸后，第一次把这几个字说出口。

“可是，又总觉得委屈。”他低头，急诊大厅的日光灯下，他没有藏在阴影里，只是低下了头。

那些事情发生了，也解决了，所有的成年人都认为，应该向前看了。

可是，他没有。

吴元德到最后都没有道歉，求着他原谅吴韬的时候，仍然没有觉得自己做错。

吴韬被收监，据哥哥说对方可能会被判死刑或者死缓，但是，那与他又有什么关系？

他少了一条腿，他为了洗清冤屈为了报仇，拖着一条腿蹉跎了四年。

没有人向他道歉。

大家都有自己的立场，哪怕是吴韬，说起来都有漫天的委屈。

他也很委屈。

所以，他看什么都不顺眼，看什么都脾气不好，有一点点不顺着他的心意，他就暴怒。

像个小孩子一样发脾气。

小孩子委屈的时候，总是希望能有人看看他的。

他委屈了那么多年，唯一一个真的看到他的，只有陆一心。

幸好。

还有人能够看到。

“那就……抱抱？”陆一心鼻音很重地提了个建议。

“等你爸走了。”方永年转头，居然冲她皱皱鼻子，一脸的委屈。

陆一心瞪大眼睛，在心里骂了句脏话，说：“你怎么非得在这种时候！”

非得在她爹站在门口，她虚弱无力的时候，做出这样让人心疼的表情！

方永年笑出声。

他总算是，没有孤独到底。

除了那只一直骄傲的肥猫，他身边还有个一直能很准确地知道他心思的陆一心。

他的运气，总算没有一坏到底。

陆博远在抽第四根烟的时候，在急诊室的病房里遇到了老熟人。

“你还记不记得刘庆？”陆博远第四根烟只抽到一半就摁灭了，回来的时候，两眼放光。

正坐在陆一心对面假寐的方永年皱了皱眉：“谁？”

“就是说话喜欢一半中文一半英文，之前做过抗默项目科学战略顾问的那个。”陆博远比画，“在遗传学上很有研究的那个家伙。”

“他不是去瑞典了吗？”方永年想起来了。

“又回来了！”因为兴奋，陆博远这句话说得挺大声。

已经睡着了的陆一心动了动，身上的毯子掉下一大半。

方永年下意识地抓住毯子想要帮她盖好，拿到一半看到两眼放光的陆博远，心底叹了一口气，硬着头皮把接下来的动作做完。

陆一心在睡梦里咂咂嘴。

满腹心思都在刘庆身上的陆博远，压根儿没有注意到方永年的小动作。

觉得自己刚才的犹豫实在太多余的方永年清了清嗓子。

是他想太多了。

他在这父女俩面前总是容易想太多。

“我刚才还以为我认错了。结果真的是他，大半夜的因为心律失常叫了救护车，到了医院就好了，现在正在病房里做观察。”

陆博远这语气在医院里实在是有些不合适，难得的是他自己也发现了，压低了嗓子。

“他还是一个人，没老婆没孩子，因为要在医院过夜所以打算请一晚上护工，在外面打电话的时候正好遇上了。真是巧了！”

方永年没说话。

他当年年纪还小，在项目组里是个不怎么说话的研究员，和刘庆几乎没有什么交集，但是遇到一个让他这么两耳不闻窗外事的人都有印象的人，也难怪陆博远会那么兴奋。

这人是真的有本事的，当初离开研究院去瑞典闹得挺大，他记得陆博远因为这事还喝醉过。

说的都是老一套，国内硬件水平不行，留不住人才之类的。

“我问过他了，他不是独子嘛，虽然瑞典制药那边把他父母都安顿好了，但是异国他乡的，他父母年纪大了一直想落叶归根。

“他说现在国内制药环境比之前好太多了，他这样的人在瑞典不算特别突出，但是在国内目前的情况下，他能做的要比在瑞典多很多。所以他就回来了。”

“你说……”陆博远用手肘捅了捅方永年，“我们请不请得起他？”

“我们公司很小。”方永年不得不提醒陆博远，“才成立了不到三年，甚至没有拿得出手的药品。”

“那三款药上市了不就有了嘛。”陆博远不以为然，“不是我说，这样规格的仿制药我只在我们这里见过，如果这还不算拿得出手，我还真不知道有什么是拿得出手的。”

“要不我先去问问？”陆博远又有了新的主意，“他一个晚上都在这里，哪儿都去不了，我趁这机会跟他好好聊聊？

“他回国也是想做出一番事业，没有地方比咱们公司更适合他施展拳脚了，难不成他还打算再回研究所吗？那么庞大复杂的环境，他这种中途出走的人再回去，捞不到什么大项目的。”

陆博远越说越觉得有戏。

他看了一眼陆一心的挂水，又摸了摸陆一心的额头，这丫头身子底子好，盐水还没挂完就已经退烧了。

“要不这样。”他放心了，“一会儿你送一心回去，我留在这里和刘庆再聊聊。”

哪怕没办法把刘庆拉进公司，听对方谈谈瑞典制药环境也挺好的。

再不然，挂个名都好呀。

方永年看着兴致勃勃的陆博远。

陆博远对这家公司非常用心，和他只专心做三款签了约的仿制药不同，陆博远更关心这家公司的未来发展。

所以陆博远用自己的人脉招了好几个骨干。

所以陆博远在公司建了资料库，和人力资源的人一起整理了每个工种的升职通道。

所以不管他方永年的要求有多苛刻，也仍然会有年轻人愿意留下来吃苦做研究。

陆博远并不会说太煽情的话，他是个很单纯的人，觉得对方永年有愧，觉得之前并没有尽到做师兄的责任，所以在非常努力地补偿。

哪怕他之前一而再、再而三地提醒陆博远，这家公司并不是他的，他并没有打算在俞含枫这里长做，陆博远也仍然乐此不疲。

虽然用的方式很费力很傻，但陆博远是真心希望他能回到正轨的。

陆家的人，似乎都非常擅长让人感动。

方永年不由得接着陆博远的话说：“俞含枫愿意给的专家年薪大概是我们的一点五倍，上下浮动不会超过百分之三十，当初成立公司的时候就有技术入股的规划，他如果有兴趣，还可以坐下来面谈。”方永年按下护士铃。

“刘庆擅长的是遗传学，我们现在做的药研方向是身体免疫，专业方向是对口的。”他在等着护士来的时候，在手机上点了两下给陆博远发了个邮件，“你可以把这封邮件给他看看，看他有没有兴趣加入。

“这封邮件是去年年底俞含枫从其他制药公司弄来的融资规划，我当时没有考虑得太长远，所以只是看过了，并没有给她答复。”方永年看着陆博远，“以公司目前这个进度来看，这个规划是可行的。”

急诊室的护士已经过来给陆一心拔针，一直在装睡偷听的陆一心半眯着眼睛看着自己的爸爸和自己的男人。

她觉得她这次发烧发得挺值。

她又在方永年身上看到了他当年的影子，只是聊的内容不是她听不懂的专业术语，而是公司规划。

她的男人终于和她的爸爸能够心平气和地坐下来，一起做他们都有兴趣、有能力做的事。

飞黄腾达……

陆一心揪着眉头看着护士小姐姐十分冷血地抽掉她手背上的针头，虽然不痛，但视觉效果还是让她哭唧唧地扁起了嘴。

“血都要流出来了。”她带着鼻音和哭腔，第一个诉苦的对象就是方永年。

在一旁打算半夜三更在急诊室挖人的陆博远挠挠头，第一万次感叹自己的女儿和方永年更亲这个事实，把生病的女儿抛给方永年就更加没有心理负担。

“你跟你方叔叔先回家，我今天不回去了。”他看了一眼护士刚给陆一心量的体温，已经降到了正常值。

“你回去以后洗个澡赶紧睡觉。”陆博远并不擅长照顾人，说完了之后觉得，好像除了让她睡觉也没别的事了。

“这样，家里有个电饭煲。”他绞尽脑汁想起一件事，“可以预约烧粥，你要是不会弄就让你方叔叔帮你预约好，冰箱里有小菜，明天早上起来喝点粥再自己量个体温。”

他觉得自己交代了吃和睡，足够了。

所以他拍拍方永年的肩膀，迫不及待地就想走。

这是他在这家公司一年多以来，方永年第一次松口，第一次没有拒绝公司下一步的规划。

他很激动。

这种激动甚至盖过了刚才刚进急诊室的时候，心里面的怪异感。

他走的时候，还是没有回头，就像这九年来，每一次让方永年做保姆那样，急匆匆的，特别放心。

所以他没有看到方永年无语的表情。

“你爸好像一直没发现你已经快二十岁了。”陆博远这丢孩子的方式，真的几十年如一日。

他还真的一点都不在意男女之别，到底是没把他当男人还是没把陆一心当女人。

“对啊，上次他发现我房间里的小黄书，还吼我未成年人怎么能看那么乱七八糟的东西。”陆一心还低着头摁着自己挂水的针孔，回答得很顺口。

方永年：“……”

并不知道自己到底说了什么的陆一心抬头，十分无辜地看了他一眼：“我饿了。”不发烧了，晚上那半碗稀饭就不抵用了。

“回去点外卖吧。”方永年低头拿手机叫车，抬头的时候，又摸了摸她的额头。

陆一心顺势就抱住了他的胳膊。

刚才说过了要抱抱他的，她还记得。

只是这大庭广众之下，她爸爸和他们就隔着一堵墙，她的抱抱就变成了抱胳膊。

“方年年，我想你了。”快十天没见了，小姑娘本来性格就黏人，生了病以后就更加肆无忌惮。

她的额头因为发烧有点汗湿，身上包着毛毯，脸色不像健康的时候那么红润，有些苍白。

她楚楚可怜地仰着脸看他，抱着他的手臂，还晃了晃。

方永年不动声色地抽出手臂。

“车来了。”他解释了一句，并没有看向她。

上车的时候，他打开车门，把手放在车顶上防止陆一心撞到头，然后，关上了车门，自己坐到了副驾驶座。

一直等到车子开动，他才动了动刚才被陆一心抱着的胳膊。

坐在后排的陆一心摸出手机，不甘心地再次尝试了下开机，发现竟然可以了，她瞬间精神了，不过屏幕出现了一块黑屏，触屏也不太灵敏了。

方永年能听到她戳着手机打字的声音，不知道为什么，只是听着打字频率，就隐约觉得不太妙。

她的微信果然是发给他的。

她说：“你刚才，是不是碰到我的……你是不是嫌弃了？他们说十九岁仍然可以二次发育的。”

她说：“你这样安安静静地坐在前面，到底是在害羞还是在抗议？”

她说：“你碰都碰到了，必须得负责的，不带这样冷处理的。”

她说：“喂！到底怎么样啦！”

方永年：“……滚。”

不知道到底是害羞还是抗议的方永年，一直没说话。

他沉默地下了车，沉默地点好了外卖，沉默地一起吃完，还沉默地淘米煮粥帮陆一心把家里的电饭煲设置了定时。

“洗完澡赶紧睡。”这是他回家后同陆一心说的第一句话。

陆一心躺在床上，被子拉到下巴下面，眨巴着眼睛看着方永年。

她其实，仍然有些怕他。

他不说话的时候，她还是会在想，他是不是生气了，她之前是不是做得过分了。

哪怕他亲了她的额头，哪怕她知道他这样的人，一旦和她有了这些肢体接触，他们之间就肯定已经和以前不一样了。

但是，积威还在。

所以，陆一心十分忐忑。

她担心刚才在出租车上发的那些话是不是过分了，她担心方永年是不是真的生气了，所以自从回家之后，她也很乖，没有蹬鼻子上脸，也没有再故意调戏方永年。

方永年沉默，她就也跟着沉默，一双大眼睛欲言又止，闪闪烁烁。

方永年叹了口气。

回来之后，他一直没有走进陆一心的房间。

他在陆一心家的客厅里忙忙碌碌，研究了半天的电饭煲，还打开冰箱看了一眼陆博远说的小菜。

他也知道自己的沉默吓着了陆一心，但是，他并不知道自己现在应该要说什么。

他的手臂内侧仍然有刚才陆一心在微信里强调的若有若无的触感。

这种感觉对于他来说过于陌生，陌生到让他觉得，他们现在这样半夜三更孤男寡女，十分危险。

有一些感觉，正在逐渐失控。

他在陆一心面前一直是游刃有余的，就算当年被陆一心追求的时候被她的孟浪弄得有些狼狈，但是该做什么不该做什么，他一直都非常清楚。

他们之间一直都是他在把握节奏，陆一心还小性格又皮，很多话说出来只是图个嘴快或者只是想看到他无可奈何的样子，她并不知道她很多调戏的话背后的真正意义是什么。

就像她根本不明白，所谓的触感，对于一个成年男人来说，到底意味着什么。

他在陆一心房门口踌躇了半分钟，终于走进，目不斜视地走进，然后坐到了陆一心的床边。

陆一心床上的被套是薄荷色的，很衬皮肤。

高烧刚退，她看起来比平时更白，因为猜不透他想说什么，所以看起来有点楚楚可怜。

方永年还在踌躇。

他教会陆一心很多东西，潜移默化的，强行灌输的。

他现在和她已经不是长辈与小朋友的关系，他还需不需要摆出个长辈的样子，教会她男女之别？

“我有时候在想，我们两个之间应该怎么相处才能比较自然。”方永年思考的时候，说话的语速会比平时更慢。

他的音色偏低，语速很慢的时候，咬字清晰声音低沉，十分吸引人。

陆一心悄悄地咽了一口口水。

“我更习惯做你的长辈，在你做错事或者不懂事的时候说你两句。”

方永年并没有注意到陆一心的小动作，他觉得他现在要说的事情十分重要，所以表情严肃，眉头微蹙，“但是这样，会让你怕我。”

他一点都不想让陆一心怕他。

陆一心的手从被子里伸了出来，塞到了方永年的手心里，很固执地和他十指交握。

方永年顿了一下。

就是像现在这样，他其实明明是想跟她讲道理的，但是被她这样一打岔，他就开始无所适从。

十指交握还要摆出长辈的样子，也太诡异了。

可是，他还是很想教训她……

她微信里说的“触感”这个词，太让他震撼，以至于他的手臂内侧到现在还是有点麻。

真的接触到才明白陆一心到底在担心什么。她确实是不丰满，但是仍然是有触感的。

方永年眯眼。

“你听我把话说完再作！”他语气阴森森的。

陆一心眨眨眼。

方永年一开口，她就不怕他了。

尤其是他又做出长辈的样子，要开始教育她的时候，她就彻底不怕了。

还肯教训她，就说明方永年其实并没有生气。

他没有生气，那她怕个屁。

“我没有作。”她皱着鼻子委委屈屈，“你都不理我。”

“刚才在出租车上我微信发给你的那些话，我本来是想直接开口问的。”她每次倒打一耙的时候，总是能非常准确迅速地抓到自己的立足点，“但是我忍住了，我特意用微信发给你了。

“这是只有我们两个人才看得到的话，就算可能有点过分，那也是只有我俩才知道的呀。”

因为感冒，她说话仍然带着鼻音，因为鼻音，她这点委屈的小情绪听起来就特别真诚。

“可是你什么都没说，就直接不理我了。”她皱完鼻子皱眉头，头放在枕头上蹭了蹭，觉得不够过瘾，索性把头搁到了方永年的腿上，继续蹭了蹭。

和他家那只肥猫一样。

方永年下意识地把自己的右腿往边上挪了挪，不想让陆一心碰到义肢。

陆一心瞪了他一眼，伸手抓住他的右腿裤管又给拉了回来，还特别愤愤地拍了拍。

肢体语言十分明白。

她很委屈，所以暂时懒得管他那点自卑情绪。

“又不是没看过。”她还咕哝，理直气壮地提醒他，“我感冒还没完全好，你别作！”

方永年：“……”

那么接下来，应该怎么办。

“你不会打算就这样睡着吧。”方永年已经没有教训她的心情了，他现在更关心的是她打算这样睡到什么时候。

这样抱着他睡到天亮这种事，他觉得陆一心做得出来。

陆一心又蹭了蹭。

因为从小和父母在一起的时间很少，她对人际关系其实很敏感，她能很清楚地感觉到，她刚才倒打一耙成功了。

她就是委委屈屈地撒了个娇，就掌握了话语权。

“你为什么不理我？”她非常乖巧地把话题拉了回来，重新拉回到方永年打算训她的那一刻，只是，这一次开口问的人是她。

方永年失笑。

陆一心那点弯弯绕绕，他向来很清楚，小姑娘心情好的时候很懂得见好就收，大人只要软化一点点，她就绝对不会和大人对着干。

这种懂事，都是从小看眼色看出来的。

所以他眉眼柔和了之后，揉了揉她的头发。

“你呢？为什么会心虚？”为什么回到家之后就不敢正眼看他，一副闯了祸的样子。

陆一心微微抬起头白了他一眼：“你又用问题来回答问题！”

鸡贼得要死！

但是她原谅他了。

“我怕你觉得我太流氓了……”她坦白的时候，微微红了脸。

她当然知道方永年绝对不会嫌弃她的平胸，她太清楚她和方永年之间的感情了。

他们和外面的那些人不一样，他们累积的感情和信任，绝对不会因为外表或因为外界的诱惑而变质。

就因为知道，所以她才越来越肆无忌惮。

“你知不知道什么叫作流氓？”方永年苦笑。

年轻的孩子因为经历得不多，总喜欢用一些特别极端的形容词来表达自己的感情。

他们其实根本就不明白这些词背后的真正意义。

就像陆一心说的流氓，就像陆一心说的触感。

“流氓的人不是你。”他一直到现在，才敢伸手去摸自己的手臂内侧，“流氓的人是我。”

陆一心瞪大眼，一脸懵懂。

“这是我第一次进女孩子的房间。”方永年却已经说到了另外一个话题，“在进来之前，我很犹豫。”

陆一心的眼睛瞪得更大了。

“因为我脑子里的想法很流氓，所以我甚至有点怕进来。

“男人的脑回路和女人是不一样的。”方永年看起来明显不打算解释自己的流氓想法，“我之前并不是不理你，而是在消化我自己的脑回路。”

他说完，拍拍陆一心的头。

“赶紧睡吧。”他决定今天点到即止就可以了。

他这个人的节奏向来慢吞吞的，陆一心应该也很习惯了。她挺聪明的，有些话也不需要说得太明白，他知道她回头自己想想，也能想清楚。

所以今天就到此为止吧，陆一心烧了两天，应该也很累了。

“稀饭我预约好了，你明天吃完了再量个体温。”他打算站起身，所以又拍了拍陆一心的头。

陆一心直接坐了起来。

“你……”她披头散发，身上还带着刚刚洗完澡之后沐浴露的香味，“想了些什么？”

开玩笑吗？难得方永年招供自己很流氓，她怎么可能就这样放过他！

说完了就想跑，别以为装得一本正经的样子，她就会被糊弄过去。

她认识他多久了！她打小就跟他泡在一起好不好！

方永年：“……”

“进我的房间，会有什么流氓的想法？”

方永年不说，陆一心就打算自己找，她昂着脖子环顾了半天：“太可惜了，我内衣裤都收起来了……”

她记得浪漫电影里，男主角来女主角房间，总是能不小心看到内衣裤，然后两人红着脸相视一笑。

“你不说我很难控制住我自己的想象力。”陆一心没办法在屋子里找到可以耍流氓的点，瞪着眼睛开始威胁。

“我错了，你懂什么是流氓。”方永年幽幽的，“所以你放开我，我要去睡觉。”

他总是学不乖，总是想太多。

他就不应该那么坦白，他一直都是控制进度的那一个，万一让另外一个知道他失控了，那么接下来，简直是一场灾难。

“我困了。”刺激太多，方永年恢复到面无表情。

“嘿嘿嘿嘿嘿嘿……”高烧刚退的陆一心，笑得像个小巫婆。

“晚安！”她松开手，冲着方永年挥挥手。

“我会继续放飞我的想象力的！”她快乐地躺回到床上，包住自己的半张脸。

方永年弯腰，低头，和陆一心靠得很近。

刚才还特别嚣张的陆一心瞳孔一缩，瞬间不敢呼吸。
方永年亲了下她的额头，觉得不够过瘾，又屈起手指弹了一下。
“晚安。”他站起身，帮她关好灯。
虽然都懂，但她还是有贼心没贼胆。
再等等好了，按照他的节奏，也按照她的节奏。

有爱的青春陪伴者

许的胡子我的围巾

下

映漾 著

四川文艺出版社

第十二章 他们终于恋爱了，不是单方面的

陆一心的感冒很快就好了，但陆博远还是差点被刘米青骂成猪头。

刘米青对于散养的女儿一直心存愧疚，借着这次事情，她咬咬牙把自己今年剩下的几天年假都给请了，提着大包小包赶到华亭，打算给陆一心好好补补。

因为方永年就住在对面，于是给陆一心好好补补，就变成了顺道叫上方永年一起补补。

很普通平常的事情，陆一心却开始犯难。

她变卦了，她并不想这么早就让父母知道她和方永年的事。

“我们还只是刚开始！”她的歪理邪说向来手到擒来，“哪有人一开始就见家长的！”

方永年对她太好，她现在害怕并且拒绝一切改变。

“而且，你不觉得这样更有情趣吗？”她更加兴致勃勃，“我这辈子最大的梦想，就是谈恋爱的时候偷偷摸摸的，桌子上面看起来一切正常，桌子下面手牵手！”

也不知道是不是被陆一心这辈子最大的梦想震住了，本来打算等刘米青来华亭就公开的方永年考虑了一下，回了一句：“再说。”

“我觉得我变成了我家方年年的弱点！”陆一心在给郑然然打电话的时候，语气骄傲得都能上天，“他以前向来说一不二的，这次居然被我说通了！”

“而且，你说他是不是其实也在害怕？”陆一心双手捧腮，“他是不是也和我一样，担心我爸妈会强烈反对，所以也在犹豫！”

“废话。”郑然然对天翻了白眼。

连她这个旁观者都觉得那一幕可能会过于刺激，不适合未成年人观看，更何况当事人。

“反正……”陆一心满脸春色下了结论，“我觉得方年年答应我之后，他慢慢地变得不一样了。”

他像是突然有了七情六欲，一点点地活了。

她的爱情一直都不是单方面的，方永年也绝对不是因为被她痴缠得怕了，才投降的。

“我太喜欢他现在这种样子了。”恋爱快三个月，她还是觉得，只要一想到他就心跳加速。

“你们只有一次额头吻。”郑然然泼她冷水。

“三次！”陆一心反驳得理直气壮。

“两次零点三秒一次三秒？”郑然然对陆一心贫瘠的恋爱过程简直倒背如流。

“你们也只有一次牵手。”吵不过的陆一心，决定反咬一口。

论进度，她们两个谁也别想赢！

两个姑娘都安静了一下，默默地挂掉了电话。

她们都才刚刚碰触到爱情的美好，小心翼翼、胆战心惊。

幸运的是，她们喜欢的那个人，和她们的感受一样，因为太过美好，因为前路还长，他们也一样放慢了脚步。

爱情是双向的。

试探，相爱，都是双向的。

刘米青又做了面点，紫薯馒头里面放了细腻的豆沙，做成了玫瑰花的形状。

方永年他们正在做的仿制药 I 期临床试验结束，公司需要接受药监局专家对仿制药质量和疗效一致性评价临床试验数据现场核查，为期四天。为了保证数据的真实性和完整性，这四天时间项目组和核查组都需要全线封闭。

在封闭的前一天，他们都准时下班。电梯门刚开，陆博远和方永年就闻到了食物的香味。

陆一心围着浅黄色的围裙，围裙上面都是面粉，在客厅里跟刘米青争论自己包的紫薯馒头是玫瑰不是拳头，她声音很清脆，叽里呱啦的语速快得跟放炮仗一样。

刘米青惯常的轻声细语，见到陆博远回来了，迎上前拿走了陆博远的公文包。

陆一心双手背在身后，冲跟在陆博远后面进屋的方永年眨眨眼。

方永年低头换鞋，掩下了眼底的笑意。

他一直很喜欢陆一心家里的氛围，现在关系特殊，这种喜欢居然变成了欢喜。

会让人嘴角上扬的那一种。

“我也做了紫薯馒头。”陆一心趁着爸妈正在说话，偷偷溜到方永年面前，“包得难看的都是我做的。”

方永年笑看了陆一心一眼，点点头。

刘米青眼角余光瞥到陆一心，嗓门变大：“你别去烦方叔叔，赶紧去洗洗手，今天家里还有其他客人。”

陆一心一脸问号：“谁啊？”

“俞含枫。”陆博远骄傲地揭晓谜底。

方永年那天半夜三更陪着他们去挂号看急诊的事情，对他触动很大，他觉得自己需要对这个师弟投入更多的关注，第一个想到的，就是方永年的个人问题。

所以他和刘米青商量了一下，把今天晚上的晚饭做成相亲宴。

这是读书人陆博远第一次做那么八卦的事情，表现得热情高涨、兴致勃勃。

陆一心迅速地看向方永年。

完全被蒙在鼓里的方永年回给她一脸木然。

“你们……怎么擅自做主啊！”陆一心气到跺脚。

“你方叔叔又不是别人。”刘米青忙着摆菜上桌，随口吐槽了一句，“再说了，这事跟你有什么关系？”

方永年在视觉死角里冲着快要变成喷火龙的陆一心摇了摇头。

“俞含枫同意了？”他皱着眉。

“同意了呀。”陆博远很开心，“我就发了个短信想试探一下，结果她马上就同意了。”

“你别说，俞含枫对你是真的挺上心的。”刘米青和丈夫一唱一和。

陆一心就快要跳起来了，却因为方永年拧着的眉心只能硬忍着。

“等她来了再说吧。”方永年不再说话。

俞含枫这个大忙人无事不登三宝殿，她不会低级趣味到觉得这个相亲宴挺好玩的就过来。

她答应了，肯定有其他事。

在父母面前不敢太明显的陆一心，冲到房间里拿出手机开始戳。

方永年先把手机调成了静音，过了一会儿，才打开。

他忽略掉了上面一连串的问号、感叹号、省略号，手指在陆一心发过来的胸口碎大石的表情包上停顿了一下。

“乖。”他对这个表情很有同感，就输入了一个字，点了发送。

在房间里快要狂暴成食人兽的陆一心瞬间安静了，吸了吸鼻子，从房间里探出一个脑袋：“她怎么还没来啊！我快饿死了！”

还是生气，不过这次找了个可以大声说话的生气的点。

方永年坐在沙发上，眼底有笑意。

她真的很乖，乖得让他心尖痒。

俞含枫来的时候很西式地带来了一瓶红酒，她仍然是工作时的打扮，化着全妆。

她冲着来帮她开门的陆一心点头笑了笑，用说秘密的音量在她耳边问了一句："要不要我帮你？"

陆一心一怔，突然想到方永年从刚才开始就一直蹙着的眉头。

"不要。"她也用说秘密的音量，在俞含枫耳边拒绝，十分坚定，半分犹豫都没有。

俞含枫笑了起来，眼睛很好看地眯成了月牙形："那怎么办？"她还是压低着嗓子，"我今天必须得帮你。"

陆一心："……"

"所以你得记着要还我人情。"俞含枫最后那句话说得很快，说完之后就站直身体，用无懈可击的礼仪同刘米青还有陆博远打招呼，就仿佛刚才流氓一样的强买强卖根本没有发生过。

陆一心半张着嘴把俞含枫刚才说过的话噼里啪啦地用微信发给方永年。

方永年隔了一会儿才回，这回是三个字："交给我。"

陆一心于是又被顺毛了，抱着刚买的新手机蹦蹦跳跳地走进客厅，热情地帮俞含枫又是倒水又是端茶。不知道为什么，她一见到俞含枫就想当主人，她觉得这也属于地盘意识。

"先吃饭吧。"刘米青见气氛正好，把最后一个蒸黄鱼端上桌，"都是家常菜，俞小姐别嫌弃。"

"不会。"俞含枫落座，微笑，"方总说过，你们家的饭菜很好吃。"

陆一心瞅了俞含枫一眼，又瞅了方永年一眼。

方永年咳嗽了一声，给自己倒了杯水。

刘米青把本来准备端给俞含枫的汤放到了女儿面前，重重的。

根据她们母女俩多年来的默契，陆一心知道，她娘亲的意思是让她多吃东西少管闲事。

但是，她这能叫多管闲事吗！

她现在觉得这一整个餐桌，就是一个刀光剑影、心思各异的修罗场！

"我今天来，主要是有件事想要和你们确认。"俞含枫喝了一口汤，主动挑起了话题。

她再不说话，这小姑娘看起来真的要掀桌了。

她再不说话，她觉得方永年为了这小姑娘，估计要先她一步把话挑明了。

那样就弄巧成拙了。

这个人情，她必须得留着。

“最近这几年大环境的经济形势不太好，老爷子手下部分产业准备重组做IPO，为了上市版图，他把我们这家制药公司也划进去了。”她一开口，就是工作。

“所以我想来和你们确认一下，这三款仿制药上市后，我打算明年年初再申请五款仿制药，下半年启动原研药立项，这样的进度以公司目前的规模，能不能承受得住。”

饭桌上顿时鸦雀无声。

刚才还想看情况掀桌子的陆一心咬着筷子，突然就懂了方永年皱眉的原因。

她知道她的方永年不会喜欢俞含枫，他的个性不会喜欢那么强势的女人，他会对俞含枫皱眉，只有可能是因为工作。

俞含枫，为什么要挑这个时间点来聊工作？

对方明显是知道她和方永年的事情的，所以刚才才问她要不要帮她，所以才说打算讨了这个人情。

为什么，要跟她讨人情？

陆一心咬着筷子，看着方永年。

方永年一直没说话，他安安静静地吃饭，吃紫薯馒头的时候，挑的都是长得丑的，都是她做的。

“吃饭吃饭，公司的事应该留到公司聊……”刘米青先开口了，她因为俞含枫不按常理出牌微微有些尴尬，坐在这里吃饭的毕竟还有她和陆一心两个外人，聊这些，总归不太合适。

俞含枫笑了笑：“方总知道的，我是独身主义者。”她耸耸肩，“我在二十四岁的时候就冷冻了自己的卵子，打算等拿到继承权后再抽时间生个孩子。我的人生规划里，没有谈恋爱结婚这件事。我的家庭太复杂了，恋爱结婚前要签的协议太多，所以还是算了。”

她的中文还是带着奇怪的腔调，说大段话的时候，就好像中文不是她的母语。

但是，她用词很准确，表达能力很好。

反正，陆博远和刘米青都听懂了，因为听懂了，所以微微张着嘴，一下子不知道该说什么。

这一顿饭，本来是相亲饭，他们还打算吃完了带着陆一心出去看场电影，把空间留给方永年和俞含枫。

结果，人家当着他们的面拒绝了，用词一点都不委婉，她说得很明白，她过来，就是来谈公事的。

难怪方永年刚才问了一句俞含枫是不是同意了。

他一开始就知道，俞含枫根本没打算和他在一起的吗？

陆博远摸摸鼻子。

这下，尴尬了。

陆一心一直在观察方永年。

他真的是在很认真地吃饭，动作慢吞吞的，碗里的饭却很迅速地见底了。

一桌子的大人都没怎么说话，俞含枫喝了两口汤之后就开始数饭粒，她爸妈因为太尴尬了，两个人在餐桌上眉来眼去了几次，决定很不负责任地闷头不说话。

陆一心一个人低头挑干净了一条黄鱼身上所有的刺，很顺手地就放到了方永年的旁边。

刘米青："……"

陆博远："……"

"我又不爱吃鱼，你们不也不吃黄鱼嘛。"陆一心舔了舔筷子一脸莫名，干吗这样看她，这菜不是给方永年做的吗？方永年懒得要死才不会主动吃刺那么多的东西。

刘米青咳嗽了一声。

这是陆一心常常会做的事。陆一心最出格的时候，一个人抱着一盘黄鱼挑了一个小时的刺，然后整盘包起来带给了方永年。

可是那时候陆一心才十五岁，她现在都快二十岁了！还是当着俞含枫的面！

他们家是不是应该要加强男女之别的教育了！

方永年还是没说话，他把那碟鱼肉放在边上，自己站起来去盛了半碗饭，坐下来继续安安静静地吃。

刘米青欲言又止。

俞含枫几乎要被这幕哑剧逗笑。

她都看懂了。

陆一心这小丫头是在心疼方永年心情不好，父母在现场又不好多说什么，只能闷头给他弄吃的。

好笑的是方永年，他嘴挑食量不大在公司是出了名的，结果现在在陆博远家里，倒是能一顿吃掉一碗半饭了，也不怕胃撑得慌。

他们两个，这是已经在一起了吗？

俞含枫眯着眼。

她不否认，自己有一点点羡慕。

任何一个人被陆一心这样的姑娘放在心上，都是值得被羡慕的。

但是她没有这样的命。

她的身世、她的身价，注定了不能在现实社会里拥有纯粹的爱情，就算有，她也不会信。

不纯粹的东西，她向来不爱要。

她低头喝了一口汤。

刘米青的手艺不算特别好，只是家里的饭菜始终都会有家里的味道，不那么精致，却会有烟火味。

这也让她有一点点羡慕。

可是终究，离她的世界太远。

“陆副总给我的那份项目资料，我已经找人做了前期准备，数据详实，可以立项。”她擦了擦嘴，“IPO 这种事里面复杂的东西太多，对于制药公司来说，现阶段最重要的还是版图。

“阿尔兹海默制药研究这件事本身，就很吸引眼球。

“这个项目只要立项，就代表公司资金雄厚。老爷子 IPO 的规划是五年，我们只要五年内能把制药公司维持在现在这样的盈利曲线，手上有一个原研药项目就够了。”

这不是一件很难的事。

尤其对于方永年和陆博远这样国内顶尖的神经退化性疾病研究专家来说，维持五年，太简单了。

方永年吃掉最后一块鱼肉，放下筷子。

“所以你的意思是，这个项目仅仅只是需要立项并且维持五年，五年后 IPO 结束，这个项目是否还会存活，还得看整个集团到时候的版图？”方永年慢吞吞地、一字一句地说，“抗默项目对于你来说，就只是前期投入用来作为 IPO 的筹码用的？”

俞含枫笑了笑：“方总。”她习惯在有外人的时候喊他的头衔，“在国内目前这种情况下，有能力独立研发阿尔兹海默原研药的制药公司几乎没有，能立项就已经很了不起了。我是个商人，一个项目如果投入五年都无法看到阶段性进展，被砍掉也是理所当然的。”

她说这些话的时候，嘴角微微翘着，眼尾上挑，不紧不慢。

她计划好了要在这顿饭上把这件事挑明，她预料到了方永年可能会有的所有反应。

方永年最近的口风有所松动，和他提公司未来发展，他的反应没有之前那么抵触，偶尔还会提点自己的意见。

但是这个人性格太慢、太谨慎了，想要听到他一句准话，她觉得她还得再磨个半年。

她没有那么多时间跟他磨。

所以只能选在这种时间点，她就是想看看方永年在陆一心和陆一心的家人面前，还能不能像单独在一起的时候那么傲气，说不要就不要，说沉默就沉默，说走人就走人。

他就算不为自己的将来考虑，也得为了陆一心考虑。

她不做亏本买卖，对着方永年送钱送人，到最后都是得收取利息的。

这一点，方永年很了解，她也从来没有隐瞒过。

她很耐心地坐在这里，等着面无表情的方永年接招。

他应该知道，她这一次势在必得。

老爷子重组版图是她等了多年才等到的机会，为了这一步，她已经博弈了很多年，所有的棋子都演算过很多遍。

制药公司，是棋盘里的将军。

而方永年，是她这么多年来演算了那么多遍之后，唯一适合这个位置的人。

所以她才会不计成本，甚至把公事和私事混在一起。

“我知道你为什么要选这个时候提这件事。”方永年终于开口，“但是不管你在哪里提，我的答案都是一样的。”

俞含枫眯着眼。

“原研药研制项目的立项，绝对不能是因为筹码。

“你不用偷换概念，一个项目立项五年和立项是完全不同的前期准备。你是个商人，你不会给一个预计只做五年的项目投入太多的资源，这样的项目从立项的那一天开始，就注定只是一场秀。

“我不会拿原研药研发跟你作秀，哪怕是为了帮你争夺继承权，我也不会做这种事。”

方永年说到这里，突然停顿了一下，像是被呛到一样，咳嗽了两声，然后就不说话了。

俞含枫还是眯着眼。

“所以说，饭桌上不要谈公事。”刘米青出来打圆场，她又给俞含枫盛了一碗汤，劝道，“先吃完了再说。”

她真是信了她老公的邪，俞含枫这样的人，怎么可能会和方永年有什么后续发展。这两人三观就没有一个点是对得上的，她老公到底为什么会觉得这两个人有戏的。

方永年也不说话了。

他也没有继续吃，只是坐在那里，右手放在桌上。而他的左手……正在完成陆一心这辈子最大的梦想。

他真没料到这丫头的胆子那么大，当着她父母的面，她的手就这样溜了过来，还在他手心里画圈圈。

他真的是用尽了所有的自制力，才没有让刚才最后那句话破音。

明明很严肃的事情，被她这样一打岔，他瞬间就有点不知道该从哪里开始气的感觉。

所以他只能僵硬地坐着，手指用力卡住陆一心的爪子，恶狠狠地收紧，然后又因为心软，放松。

算了，她这辈子最大的梦想呢……

成全她吧。

虽然现在的情景实在不太适合做这样的事，但是陆一心什么时候在适合的情景里做过适合的事？

他认命地拿起筷子，单只手尽量自然地继续吃这顿要了他老命的晚饭。

俞含枫还是眯着眼。

方永年叹了口气："后续的事情，我们等审查结束后再谈吧。"

他很不喜欢俞含枫挑这样的时间点谈这件事，可陆一心把他本来打算硬碰硬的情绪打个岔，他现在说出来的话他自己听起来都觉得软塌塌的。

"我……也不会同意的。"俞含枫没说话，这次说话的人换成了陆博远。他之前为了避免方永年一言不合又要跟他说这公司不是他的，很少会在俞含枫面前表达意见。

但是今天的话，他听了全程。

他没有方永年那么多弯弯绕绕，也不明白俞含枫为什么会挑这种时候聊公事，但是他们说的话，他都听明白了。

"对于做原研药这件事，我的立场和永年是一模一样的。"他说得很坚定，没有任何转圜余地，"如果项目立项的目的只是为了上市版图，我也不会进入这个项目。"

俞含枫几乎要被气笑，这两个八股的老学究！

"立项目的是可以谈的。"她皱着眉。

她确实没算到一直希望方永年能重做原研药的陆博远会临阵倒戈，为什么这些人都不懂得变通？

"只要立项前期调研足够，你们给我的项目计划足够详细，立项和上市版图是完全可以不冲突的。而且……"

俞含枫还想再继续说些什么，桌子底下陆一心的爪子又开始画圈圈，方永年安静地吸了一口气，打断："审查结束后再谈吧。"

他真的谈不下去了，这丫头的爪子快塞到他袖子里了。

他袖子里又没东西，塞进去干什么！

被打断的俞含枫眯眼，突然就把手里的筷子往旁边推了一下，筷子落地，她跟着非常迅速地弯下腰。

陆一心一边喝着汤，一边在方永年的手心里面对着弯下腰的俞含枫比了一个中指。

方永年咳嗽了一声，耳根红了。

俞含枫神色复杂地直起腰，刘米青已经站起身帮她重新去拿筷子，但是她已经没心思再继续了。

她没有算错方永年的反应，但是她漏算了陆家父女。

陆博远这个人轴起来比方永年还要命，更何况还有个胆大包天的陆一心。

她没料到他们两个居然那么快就在一起了，也没料到陆一心这个小姑娘胆子大到当着父母的面都敢在桌子下面搞小动作。

算了，俞含枫有些讪讪的，不再说话。

反正开了个头，她也大概知道了这两人的反应。

不管还愿不愿意留在制药界，他们两个人对制药的原则始终没变过。

看来她又得妥协，又得天天去方永年的办公室里，求着他一点点地做细项目计划和预算。

商业和学术的权衡，又得让她一个人去做了。

所以说，她讨厌合作！

“陆一心你坐好。”刘米青拿完筷子，终于发现自家女儿坐没坐相地瘫在桌子边，低声斥了一句。

陆一心吐吐舌头，坐直了身子。

她到现在，脑子还是蒙的。

她都没料到自己胆子能那么大，大到敢在这种时候和方永年手牵手，大到敢冲着俞含枫比中指。

刚才那一瞬间，她只是单纯地不喜欢方永年皱着眉头不开心的样子，她只是单纯地想要安慰他。

可牵了手之后，她看到方永年因为她的动作眉眼平和了下来，她感受到方永年干燥温暖的掌心，然后，她就开始不受控制。

她大概听懂了俞含枫的话，也大概理解了俞含枫让她记得人情的原因。

俞含枫想让方永年继续做原研药。

陆一心喝了一口汤。

她才不要帮俞含枫！

方永年想做什么就做什么，能赚钱最好，不能赚钱大不了她累一点。

她现在，真的有点明白她妈妈说的那些话。

有些付出只是喜欢的代价，因为太喜欢了，所以甚至都不会觉得这些代价苦。

她觉得，她可以为了方永年的幸福，竭尽所能。

她乐颠颠地又给自己盛了一碗汤。

不过，她一边喝汤一边偷瞄方永年。

他刚才的耳朵红了……

是因为她吗？

这顿饭，吃得宾主尽“尬”。

俞含枫没有再提那件事，但是架不住她不工作就全身难受的性格，饭后吃水果的时候就已经忍不住和方永年还有陆博远一起跑到对面方永年家去核对审查内容，只留下了陆一心和刘米青在家里收拾残局。

“你爸真的是不靠谱，我还真以为你方叔叔和俞含枫好上了呢。”刘米青一边洗碗一边摇头，“这两人个性差那么多，能好上就怪了。”

陆一心在一旁擦盘子，点头如捣蒜。

“不过你方叔叔最近状态不错，我看他脸色好了不少。”刘米青是真的关心方永年，看到他脸色好看了不少，也是真心觉得高兴。

“他戒烟了。”陆一心见缝插针地给方永年加印象分。

“是吗？”刘米青这下是真的惊讶了，“他的烟瘾比你爸还重呢。”方永年车祸之后几乎把烟当成止痛药在用，居然能戒了。

“他是不是谈女朋友了？”刘米青反应很快。

陆一心擦盘子的手崴了一下。

“也不对。”刘米青自问自答，“他们公司忙成这种样子，能谈就怪了，我听你爸说，他们公司一个单身女孩子都没有，连前台都是男的。”

陆一心见过前台的小哥哥，长得膀大腰圆的，一手能扛四个医药箱。

“说起来……”刘米青把注意力放到自家女儿身上，“你的大学生活怎么样？”

“就这样呗。”陆一心擦着盘子，“专业课都忙不过来，还得每周三去社团看电影。”

看的还都是艺术片，她这样的悟性让她看艺术片，她真的没办法从那半个小时的长镜头里看出角色的内心挣扎，她只会觉得尿急。

刘米青笑着瞅了陆一心一眼：“没有看上的男孩子？”

陆一心手一滑，差点把盘子丢出去。

“没……”她先是否认，然后犹豫了一下，“要有怎么办？”

“有就谈呀。”刘米青笑了，“你都快二十岁了，也该开始了。总不能把你留在家里做老姑娘啊。”

陆一心拿着盘子，犹豫了一下，又犹豫了一下，问：“你们喜欢什么样的啊？”“男孩子”这三个字实在不适合方永年，她自动把这三个字屏蔽了。

“人真诚一点，对你好就行。”刘米青洗完碗，擦干净手，觉得女儿问这个问题挺有意思，“你是不是真的有看上的了？”要不然怎么突然那么娇羞?

“没……”陆一心继续否认。

人真诚一点，对她好就行，方永年简直完美契合。

可是她不敢说……

她们现在在厨房，厨房里有菜刀、剪刀、剔骨刀……

“那其他的呢？”陆一心问得小心翼翼，“比如职业啊，年龄啊……什么的。”

刘米青微微蹙起了眉：“你喜欢已经工作了的？那会不会太大了？

“我对年龄差倒是没有太大的想法，我跟你爸爸就差两岁，大部分时候跟带孩子似的还得哄着他，所以我有时候会觉得，是不是大一点的比较会疼人。”刘米青一边说一边观察陆一心的表情，“我就是有点担心，如果已经工作的话，环境会不会太不单纯。”

陆一心是个单纯的孩子，学的专业是她能帮得上忙的专业，所以她一直以为，可以很幸运地让女儿一路在他们的保护下结婚生子。

要是她喜欢上社会上的人，她还真有点不放心。

“我就是随口那么一问。”陆一心被看得很不自在，“我上哪儿去认识社会上的人啊。”

除了方永年。

但是方永年又不算社会上的人，方永年就是方永年！

“找男朋友，人品第一。”刘米青看着女儿突然爆红的脸，叹了口气，“其他的都是次要的。

“如果你真的有喜欢的，要尽早带过来给我们看看，我们的人生经历丰富，帮你参谋参谋总是好的。”

刘米青没有再逼问女儿。

陆一心毕竟已经在读大学，很多东西，她得要慢慢学会放手。不过，她得抽时间问问陆博远或者方永年。

陆一心有机会接触的已经工作的人，应该就只有制药公司里的人。

如果是制药的，那倒是也不错。

要是研究员，就更不错了。

刘米青一个人想了很多很远，留下了被吓出一身冷汗的陆一心。

她还是不敢说。

她以为她可以像当初喜欢方永年那样，肆无忌惮地说出口，但话到了嘴边就是说不出口。

她说了，她爸爸妈妈会怎么样对方永年?

她说了，她爸爸妈妈要是就是不同意他们在一起，她要怎么办?

她越来越明白方永年当初的挣扎。

他真的不是矫情，他只是比她更早明白这些障碍，他那么骄傲的一个人，在这件事情上，不得不低头，不得不被评判。

恋爱结婚这件事在这个世界上，是有规则的。

就像他当初告诉她的那样。

他如果要经历，就必须得向规则低头。

陆一心有些难过，她并没有自己想象的那么勇往直前，真的等要被评判的时候，她其实比方永年还害怕。

她把擦好的盘子一个个摆好，抿着嘴，心里酸酸的。

她想他了……

哪怕他只是刚刚走开一会儿，哪怕他现在就住在她家对面……

送走了俞含枫后，陆博远和刘米青准备按照原计划拉着陆一心去看电影，结果却被陆一心义正词严地拒绝了。

“你们太不懂事了，没看到我还有多少作业没做嘛！快期末考了呢！”她啪啪啪地拍着桌子上的书。

陆博远被女儿吼得十分心虚，搂着一个多月没见的老婆去电影院过二人世界去了，留下抱着作业本的陆一心冲着方永年家的密码锁咂巴咂巴嘴。

他家的密码太好记、太诱人了。

她打开密码锁的盖子，搓搓手指，第一个“4”字还没摁下去，门就开了。

“你不是要做作业吗？”方永年站在门内，半敞着门冲她笑。

她吼得整层楼都听到了，虽然整层楼除了她和父母，只有他一个人。

陆一心抱着作业本歪着头。

她和方永年只是一会儿没见，他身上的衣服还是上班的那一件，他看起来什么都没变，可是为什么，她会那么想他。

“方年年。”她现在爱上了这个称呼，一个名字被她叫得越发黏黏腻腻，“你才是那个女妖精吧。”

她才是那个为了怕自己沉迷迫不得已请了道士的卖货郎。所以她才被他迷得不要不要的，看到他就想扑上去。

方永年怔了一下，咳嗽了一声。

“进来吧。”他发现他被调戏了。

真是没天理了。

她都调戏他一晚上了。

没大没小的。

陆一心进屋之后就踮着脚，盯着他的耳朵。

“又怎么了？”他真想拍苍蝇一样把她拍到墙上去，不是因为烦，而是因为，他自己都能感觉到自己的耳朵根又红了。

“你为什么只有耳朵会红？”陆一心的声音就在他耳边，因为踮着脚手里还抱着作业本，一副摇摇晃晃站不稳的样子。

方永年忽略掉这个无法回答的问题，想要后退一步让陆一心站直，结果后退的步子大了，摇摇晃晃的陆一心因为太专心地观察他的耳朵，跟着他往前倾，整个人直接扑到他怀里，他的下巴被她厚重的作业本砸到，闷哼了一声。

陆一心在一堆作业本中抬头，看到了方永年红了一片的下巴。

她的反应很下意识，两手都抱着作业本，身体靠在方永年身上没有着力点，方永年又明显被砸痛了。

于是，她盯着那个红彤彤的地方，下意识地凑上前，对着伤口吹了一口气。

她外婆教她的，伤口吹吹就不痛了。

方永年不可置信地低头。

陆一心鼓着嘴吹气的表情还没有收回去，看到他低头，就很“顺手”地踮脚，顺便亲了一下。

她外婆教她的，伤口吹吹亲亲就不痛了。

“吧唧”一声，特别响，响得房间里都有回声了。

“把作业本丢了。”方永年被她撞得靠在玄关的鞋柜上，姿势没动，搂着她的腰防止她摔个狗吃屎的手也没动。

他的声音听起来十分正常，没有波澜。

陆一心很老实地丢掉手里的作业本，她脸皮很厚了，这种事情又不是第一次做，在方永年面前闯祸简直是日常。

她做好了被训的准备。

毕竟今天晚上，她又是桌子下面牵手又是口头调戏又是揩油。

严格来说，她觉得今天很赚了。

起码她和郑然然谈自己的恋爱史的时候，可以从一百字的内容变成两百字的内容了。

她脑子里乱七八糟地想着一些不着边际的事。

她刻意忽略掉自己刚才嘴唇碰到方永年下巴的触感。

因为胡楂有点扎扎的。

因为扎扎的，她的嘴唇有点麻。

“闭眼。”方永年的嗓子哑了。

陆一心眨眨眼，懵懵懂懂地闭上了眼睛。

她在想，这是接吻的姿势呀。

方永年要用接吻的姿势揍她吗?

好猎奇哦!

她满脑子都是奇奇怪怪的想法，所以方永年的气息慢慢靠近的时候，她眼睛闭得紧紧的。

这算不算家暴?

她在方永年的嘴唇贴上来的时候，还在想这个问题。

她毕竟是真的被他揍过的，用尺子，啪啪啪地打她的小腿肚子。

过了一会儿，她整个人僵住。她甚至因为太过惊讶，又一次睁开了眼睛。

方永年闭着眼，他眼睫毛很长很长，拂得她脸颊痒痒的。

他的嘴唇很软很软，屏着气贴着她的，和下巴的触感完全不同。

陆一心“唔”了一声，两只手下意识地握拳。

方永年并没有深吻。

和上次额头吻一样，他只是轻轻碰触了一下，唯一不同的，这一次，他留恋了一秒钟。

再次睁眼，他就看到陆一心睁大眼睛瞪着他。

“作业本捡起来。”他红着耳根，手指弹了她额头一下，“哪一题不懂的，我教你。”

陆一心还是傻在玄关处。

她一直等到方永年走到客厅，才弱弱地用蚊子的声音感叹了一句：“好……飒哦……”

“那我们现在就是恋爱了吧？”摊开线性代数后，陆一心后知后觉地觉得自己需要确认一下。

方永年：“不然呢？”

陆一心咬着笔杆子：“之前是我单方面宣布恋爱的呀。”

方永年放下手里的书，皱着眉：“跟谁宣布？”

“郑然然和我自己。”陆一心挪挪屁股。

她必须得说话，一直说一直说，不然她会忍不住一直回想刚才的画面，方永年亲她了！还是嘴巴！

“那我……”她张着嘴犹豫了一下，“可以不用去和别人谈恋爱了吧。”

方永年：“……”

“这都是你说的啊……”停不下嘴的陆一心秋后算账，“我当时听到都傻了，哪有那么变态的要求。”

方永年摘下眼镜。

他在思考，陆一心这个一紧张就胡说八道的毛病到底是不是自己惯出来的。

他和陆一心没有血缘关系，帮陆博远带陆一心的时候，陆一心每次闯祸，他虽然都很想揍她，但是到底不合适。所以他只能盯着她看，试图让她自己明白她做错了什么。

然后这丫头在这样的压力下，就开始不停地说话。

方永年叹了口气，好吧，就是他惯出来的。

他揉着眉心，由着陆一心继续叽叽喳喳，等着她紧张过去，等着她恢复正常。

等她渐渐安静了，他递给她一杯泡好的蜂蜜水。

“我们什么时候跟父母说我们的事？”他刚才在检查她之前做的大学作业，两个人坐得很近，肩膀挨着肩膀，腿贴着腿。

陆一心捧着杯子，整个人还在飘：“结婚前？”

生米煮成熟饭什么的，然后就没人敢拒绝了！

方永年拿手上的笔敲了敲陆一心的脑门，满脸的无可奈何。

陆一心啜了一口蜂蜜水，清甜清甜的。她舔了舔嘴唇，上面仍然麻麻的，像过了电一样。

她歪着头看方永年的脸，他微微蹙着眉，嘴角扬着，手里拿着笔就会习惯性地转笔，看到她的作业就会习惯性地拿过去检查。

他们恋爱了。

但是她偶尔会疑惑他们的关系。

太亲昵太自然，反而有些像家人。

“我今天差点跟我妈说了。”她又喝了一口蜂蜜水，把头贴到了方永年的肩膀上。

她可能大概真的有肌肤饥渴症。

她真想就这样黏着他，一直不放手。

“嗯？”方永年动了动，这一次却没有矫情，直接伸手把陆一心搂了过来，“然后？”

“然后我说不出口。”陆一心实话实说，她埋在方永年的怀里，有些自弃，“所以我之前真的就只是一腔孤勇。”

一腔孤勇地说要保护他，结果却连对自己的妈妈都说不出口。

“说不出口就别说了，这事我来说比较好。”方永年的语气太温柔了，一点责备的意思都没有。

陆一心抬头，她的角度只能看到方永年的喉结，她用手指碰了碰。

方永年“啧”了一声，把她手抓住，似笑非笑地说:“别手脚闲不住。”别像上次一样，一不留神就把他的衬衫扣子给抠掉了。

“你不怪我说不出口吗？”她问得傻傻的。

她当初追他的时候，不管他怎么拒绝都不管不顾，她以为这样的勇气这样的喜欢足够支撑她解决后面所有的事情，但这只是第一步，她就露怯了。

“我都说不出口，更何况你。”方永年苦笑，揉了揉她的头发。

他其实一直想说的，因为他和陆一心之间的进度，快得有点失控。

他本来计划陆一心读大学的这四年，他们可以慢吞吞地先学会怎么和对方相处。

陆一心太小，他入社会太久，他觉得自己和她之间应该有很多需要磨合的地方。

可能磨合的时候，陆一心耐不住性子就分手了。

也可能幸运，他们磨合结束感情仍然还在，那时候再通知双方父母，会比较水到渠成。

因为都认定了，所以哪怕鸡飞狗跳也可以处理得比较有底气。

但是陆一心大一第一学期还没结束，她刚才脱口而出“结婚前”那三个字的时候，他发现他居然也没排斥。

他们都还没磨合呢，他就已经觉得，差不多了。

他们可能吵不散，磨合这种事，对他们来说，也有可能只是一件小事。

他都不知道自己的底气哪里来的，就是莫名地觉得，怀里的这个女孩子就是他的。

所以他吻了她。

刚开始的碰触绝对是因为男性本能，被自己喜欢的女人撩拨了一个晚上，说没有点火气那真的是骗人的。

只是碰触了，反而笃定了。

不像上次打雷闪电的那个下午，他一辈子都记得那天的感觉，幻肢痛到麻痒，心里慌到觉得自己可能真的是个禽兽。

他们的感情进展得出乎意料地顺利。

所以，应该要开口了。

不管说不说得出口。

“我们找个时间告诉他们吧。你爸妈那边先解决，然后挑个节假日你和我一起回家。”他好久没有回过老家了，这次带陆一心回去，他父母应该会开心的吧，应该不会再哭哭啼啼，只是盯着他就红了眼眶。

陆一心犹犹豫豫地抬头。

她很了解方永年，之前他还在犹豫他们的感情的时候，每次看到她的表情都是一脸“你真的考虑好了吗”的样子，等他不犹豫了，他一定会开始定计划。

他强势得要死，所以他身边的每一个人都习惯性地听他的话。

见父母这件事，他提了三次了。

他不会提第四次的，第四次，就是他们被她爹单方面殴打的时候了。

陆一心咽了口口水：“那个……”按照她和方永年相处的模式，下面这些话，她其实是没胆子说的。

但是他们亲过了！

“你其实可以不用那么负责任的……”她鼓起勇气，说得有点结巴。

方永年一脸问号。

“你现在想要跟我父母提这件事，是不是就是觉得你如果不提，你对我……巴拉巴拉的时候就很不负责任？”陆一心说这句话的时候，拿出了毕生的莽劲，“其实你可以不用这么负责任的……”

方永年：“……”

陆一心这神奇的、百宝箱一样的词汇量。

“我都成年了，二十周岁就可以结婚了，我完全可以自负盈亏的……”她眨巴着眼睛，越说越离谱。

“我给你一分钟时间重新组织一下语言。”方永年终于忍不住打断她。

越说越离谱。

再说下去难保他会忍不住想抽她。

今天气氛太好，他有点舍不得。

“就是你不用老想着这件事，不跟父母说，其实也是可以的。”小尿包陆一心在高压下再次超常发挥，本来准备好的长长的台词瞬间缩短成了一句话。

不用因为想要对她负责，去承受那些规则，不承受也是可以的。

她不想看他为了这些事对世俗低头，不想要让他去做那些根本没必要的证明来证明他们是可以在一起的。

他们已经在一起了。

她每一天都过得无比幸福，每一天都在称赞自己当初幸好勇往直前没有放弃。

所以，她不要他为难他自己。

方永年拧着眉。

按照他的常识，谈恋爱的时候见家长应该是一件好事，和父母坦白过了，恋爱就可以变得名正言顺。

他提了几次，但是每一次都被陆一心用各种各样奇怪的理由搪塞过去。今天他把这件事当成正事提了出来，这丫头为了拒绝，都开始胡说八道了。

“为什么？”他觉得自己还没有修炼到能完全理解陆一心的脑回路。

“就……不想。”陆一心噘着嘴低着头，手脚闲不住地开始玩方永年的衬衫扣子。

方永年握住了她的手，没说话也没有其他动作。

他的手和他的人一样很瘦，坚硬而有力量，掌心贴着她的手背，她的手背就细细密密地起了一层鸡皮疙瘩。

她太喜欢他了，喜欢到哪怕他只做了一点点肢体动作，都能让她心悸回味很久。

“我爸爸脾气不好……”陆一心还是低着头，“如果他知道了，一定会说些不好听的话。”

“嗯？”方永年应了一声。

“我不想……让他说出那些话。”她不想，让自己的爸爸对着方永年恶语相向。

“而且……我还有很多亲戚，很多对你一点都不了解的亲戚……”一旦公开，那些人背后说的那些话可能会更难听。

她听到好多次了，药房里，他公司里。

她不希望那些话是从她亲人嘴里说出口的。

“你会很累的。”她一直都没有把头抬起来。

“所以？”方永年的眉头还是皱着，“就不说了？”

“因为很累，因为怕别人说不好听的话，所以我们就一直这样偷偷摸摸？”因为始终摸不到陆一心纠结的点，方永年的语速变得越来越慢。

再慢一点，就代表他生气了。

陆一心的手在方永年的手心里很不安地动了一下，被方永年再次握紧，放在身体两侧。

“这些事情，你不管不顾追我的时候，我有没有告诉过你？”他果然生气了，说话一字一句的。

“就算我们在一起了，我也提醒过你很多次。”他慢吞吞的，手越握越紧，“结果你现在跟我说，你害怕了？”

“因为害怕这些事情，连明面都不想过了？”他开始每句话后面都加问号。

他语气没变，表情没变，眼底却渐渐地冷了下去。

陆一心悄悄地抬头看了他一眼。

方永年在她面前动过几次真气，她外婆走的时候她弄坏了他的硬盘，把他辛苦做好的资料都给弄没了的时候，那天躲在他车子后备厢里被他不得已一起丢到钟点房开房的时候，还有这次。

他抿着嘴看着她，眼底没有任何情绪。

“我不是……”她提醒自己不能哭，却一边提醒一边掉眼泪，“我没有……”

太害怕了，所以她接下来的行为完全是下意识，她下意识地抱紧了方永年，恨不得贴到他身上。

“你现在跟我耍赖是什么意思？”怒火中烧的方永年试图把她从身上扒拉下去。

他真的火了。

要追的人是她，打破平衡弄得他那么狼狈的人是她，结果他以为尘埃落定了的时候，她突然说她害怕了。

就算她比他小十四岁。

就算他从小惯着她长大，她也不能这样。

“你给我下去！”扒拉不开，他沉着脸开始吼。

陆一心终于被逼得“哇”的一声哭出了声。

“我才没有不想过明面！”她抽抽搭搭地边哭边号，“我多希望可以正大光明地去你公司里找你，多希望正大光明地告诉我妈妈，我男朋友是你！

“可是他们叫你独角兽！”

她号得上气不接下气，可是方永年没有拍她的背，也没有让她别哭。

他还是那样面无表情地看着她，眼底黑漆漆的，看不懂情绪。

“我又不能跟他们吵，你教我的，残疾了就得认，不认了反而更狼狈。”她因为方永年的冷漠，眼泪掉得更凶，“可是……”

她哭得嗷嗷的，对着空气使劲深呼吸，又因为止不住哭，呼吸到一半又呛到，狼狈得眼泪鼻涕糊成一团。

“可是你好不容易才习惯了这些人的眼光，现在却因为我，又要多一拨人！”她试图用自己的袖子去擦脸，被方永年半途拦了下来。

“不擦要流下来了！”她哭得都快要看不清楚方永年的脸了。

“那就让它流下来。”方永年拽住了陆一心的两只手。

冬天的毛衣，擦了就不能看了，到时候怎么跟刘米青解释。

两只手都被禁锢住的陆一心半张着嘴傻了一下，情绪放空了一些。

“你会很累，然后……”她肿着眼泡撇着嘴，“你会不要我的……”

终于把这句话说出口。

“你本来就很累了，所以你会不要我的。”她开始重复这句最重要的，她最害怕的话。

“我以前追你，都不知道自己猴年马月才能追上，所以根本就没有考虑过你会不要我这个问题。”

那时候，这根本不是主要矛盾。

“可是你现在亲过我了……万一他们说得太难听，你生气了，又不要我了怎么办？”

方永年：“……”

“我要擦脸……”陆一心可怜兮兮地想抽出自己的爪子。

她都说完了，当务之急是擦脸。

她现在这张脸，方永年怎么下得了手。

“你先站好。”方永年让陆一心先从自己的身上下来，“我去给你拿毛巾。”

陆一心“呃呃啊啊”地从他身上爬下来，也不知道有没有听明白。

方永年在卫生间里，先给自己洗了一把脸。

小姑娘哭是正常的，他这个大她十四岁的成年男人，刚才那样的火气，是不正常的。

他记得他还承诺过他们不会吵架，他当时觉得年纪相差那么大，他要是能被她逼出火气吵架，那真的算是白活了。

结果，他果然白活了。

陆一心抽抽搭搭地跟在他屁股后面，没他的同意不敢进来，他让她别用袖子擦脸，她也忍着。

她到底还是怕他的。

“进来洗脸。”他帮她弄了热毛巾。

陆一心吸着鼻子进来，看到卫生间镜子里的自己，倒吸了一口气。

这下她也顾不得方永年了，先洗脸，再梳头，捯饬了一下还是没把自己捯饬回人形。

觉得自己到底为什么要在初吻的当天就变成这种鬼样子的陆一心，选择了自闭。

她把自己的头发都拨到前面遮住脸，就这样直挺挺地站着。

等……消肿了一点，再给方永年看好了。

方永年就这样看着陆一心在他面前做完了一整套的戏，最后选择了这样一个造型站着。

她虽然怕他，但是……以她的脑回路，他想象中的怕和她的怕，可能区别挺大。

“脸肿了不好看？”他倒是能理解她的脑回路了，毕竟上次晒黑了的时候，她第一反应也是这样。

陆一心木木地点头。

她头发浓密，足够遮住整张脸，点头的时候头发上下摆动，效果十分惊悚。

方永年叹了口气。

帮女孩子梳头这种事他从来没做过，所以拿起梳子的时候，犹豫了一下应该从哪里下手。

“扯痛了就告诉我。”

他最后在这一头乱发中，选择了放弃。草草地帮她把头发都梳到后面，然后拧干净热毛巾，弯着腰给她擦了一遍脸。

“连肥猫都在笑你。”弄完了这一切，他也一点火气都没有了。

“它敢！”陆一心瓮声瓮气的。

方永年的眉眼柔和了一些。

陆一心悄悄地伸出手，拽住方永年的袖子，晃了晃。

一张脸哭得红红的，眼睛都快要肿成一条缝。

“下次说话的时候，要有重点。”方永年说话的语速已经恢复到正常说话的样子，“你东拉西扯了那么多，容易让人误会。”

陆一心打了个嗝。

“一会儿你爸妈看完电影回来看到你这个样子，你得怎么解释？”他简直哭笑不得。

一边哭着喊着不要让他们知道，一边不停地闯祸。

陆一心吸了吸鼻子，又想哭了。

“你……”她都不知道是委屈还是气，“到底是我男朋友还是我叔叔啊？”

这种时候，男朋友难道不是应该要安慰她的吗，毕竟是他误会她了，还生气了。

他是真不知道自己生气起来有多吓人。

“你吼我了……”她又开始秋后算账。

他让她松开，他还一脸的不耐烦！

“其实我还是没懂。”方永年又弄了干净的湿毛巾，这次用了冷水，拧干了放在她眼睛下面，“你让我不要跟你父母说，是怕我不要你？”

按照她刚才稀里哗啦地一边哭一边号的逻辑，应该是这样的。

陆一心点头，点完了觉得不够，又使劲点头。

“你……”方永年词穷。

他一个三十好几的残疾人，为什么要在卫生间里和女朋友解释，他不会不要她?

这个世界上除了她，还会有谁把他当宝?

别的人都指望他能站起来，能发挥余热，能不纠结过去的那些爱恨情仇。

别人都把他当成心理变态以虐人为乐的独角兽。

这个世界上除了她，还会有谁会这样拽着他的袖子，说出这样荒唐的话。

“你应该知道，我这个人很不合时宜。”他把冰冷的毛巾贴着陆一心的下眼睑，动作很专注很温柔。

“在出车祸之前，你妈妈给我找过一些相亲对象。”他从来没有和别人提过这件事。

那时候他二十八岁了，所里面也开始帮他解决个人问题，他那时候，挺想结婚的。

他觉得找个温柔一点的女人，家务活分着做，一起经营一个家庭，挺好的。

他因为年少成名，这辈子很多人生大事都提前了，结婚，也不应该太晚。

“但是车祸之后，就没了。”他冲着陆一心笑，“其实有一个谈得还挺不错的，见了三四次面，我本来是打算问问对方是不是可以正式开始的。”

但是知道他出事后，对方直接就拉黑了他的联系方式，连问都没问一句。

无可厚非，他不能强求人家姑娘跟一个残疾、丢了工作的人在一起。

“后来我装了义肢，你妈妈还给我安排了几次相亲。”方永年说到这里，突然有点想笑。

这样想想，陆家人还真的一直都在关心他的私人生活，一直担心他会孤老一辈子。

“但是对方在知道我是残疾人后，都不了了之。”他说这些的时候，语气非常平静。

“对于我残疾这件事，你一直都很清楚我的态度。”

倒霉，碰上了，就认。

他从来都不觉得自己残疾了就低人一等。

“我很讨厌将就，不管是工作还是生活，我都很讨厌因为某些事情妥协。所以在和你恋爱之前，我是打算单身的。”

他可以一个人活得挺好，所以，何必去强求别的女孩子和他这个残疾人在一起。

她们不想接受他的同时，他也一点都不想接受她们。

“你可能是这个世界上唯一一个，觉得喜欢我这件事不是将就的女人了。”

她根本不在乎他是不是残疾。

她把他当偶像崇拜的时候，不觉得他残缺了就不值得崇拜了，把他当喜欢对象的时候，她甚至会因为他回避自己的义肢生气。

她的喜欢太纯粹了，一点点阴影都没有。

只有她，可以毫无保留地，成全他的骄傲，让他感觉到自己除了残疾，仍然是一个值得被喜欢的男人。

“所以我只会和你在一起。”他说完，又转身，把已经焐热的毛巾重新用冷水打湿。

他做这件事的时候很专注，动作很慢，仿佛他刚才说出口的那些话，只是闲话家常。

陆一心的一只手还是拽着他的袖子。

她歪着头，吸着鼻子。

哭得太凶了，她现在后脑勺蒙蒙的。

“那个女的，叫什么名字？”她问，咬牙切齿。

方永年：“……”

“你不是说，你没有和女孩子谈过恋爱的吗？”她又问，因为鼻音太重，她觉得自己这句话可能听起来没有威慑力，所以加了一句，“你这个大骗子。”

结果听起来……更像撒娇了。

“刚才那一段话，你重点就只是这个？”方永年都不知道应该摆出什么表情了。

“我和她只是吃了几顿饭，连手都没牵过。”他迫不得已，还是解释了。

“你还想牵手？！”陆一心嗓门更大了。

“我爸妈为什么老要给你找对象啊？”陆一心还有第二个重点，“你长成这样，工作又好，为什么老要操心你的私生活？”

她义愤填膺：“男人那么早结婚到底有什么好的！”

就差那么一点点，就差那么一点点，方永年真的就永远变成了她的方叔叔了。

她爸妈，怎么老坑娃啊！

“还有……”她低头开始摸手机。

方永年已经关了水龙头。

和陆一心认识那么多年，他大概已经知道，今天后面的路应该都歪了。

“你能不能把刚才那句‘你只会和我在一起’，再说一遍啊……”

她拿着手机，说话的声音还是哭唧唧的，语气却已经逐渐变态，“我想录下来！”

方永年：“……”

“你就不能成全我吗？”陆一心举着手机，“我今天刚刚才得到初吻，你看看你都做了些什么！”她开始数，“你误会我，你吼我，你还公开了自己的情史！

“那要不，你再亲一下吧！”她看着方永年宁死不屈的样子，噘着嘴，选择退而求其次。

嘴唇上麻麻的触感都已经哭完了，她需要重温。

方永年面无表情地推开她，径直走出卫生间。

“做作业。”他一秒翻脸。

“你线性代数都快错光了，再这样期末考要挂科了。”

“那真的太丢人了。”他的女朋友，线性代数挂科，他会被人笑一辈子。

“我看不懂啊……这一段上课的时候睡着了。”陆一心跟在他屁股后面，嘀嘀咕咕，“线性代数老师说话的频率和分贝和我八字不合，一听就能睡着。

“这玩意儿学出来有什么用啊？”她继续嘀嘀咕咕，“我以后肯定用不到，太反人类了。”

方永年：“……”

“你现在是不是一点都不想亲我了？”陆一心很有自知之明。

“我觉得我们相处有点畸形。

“一会儿男女朋友一会儿叔侄，这样我会错乱。

“你果然是个变态！”

她下完结论，揉着自己被方永年弹了一下的额头，老老实实地开始做题。

只是气氛，到底是有些不一样了。

起码，她做到无聊的时候，方永年就在边上，她可以随意地上去抱一抱，像那只肥猫一样撒个娇。

他们终于恋爱了。

不是单方面的。

因为方永年说，他只会跟她在一起。

只会！

俞含枫很意外。

四天的临床数据核查刚刚结束，她办公室里就迎来了稀客。

“这是你第一次主动来找我吧。”她点了一根烟，习惯性地把烟盒递给方永年。

方永年没接，自己给自己倒了一杯水。

俞含枫挑眉："小姑娘让你戒了？"

方永年放下水杯，看了她一眼。

俞含枫被他这一眼看得差点被香烟呛死，咳了两声，投降似的举起手："行了行了当我没问。"

"事不过三。"方永年没多说什么，只是警告了一句就开始谈正事，"核查过了，年底可以进厂了。"

"我知道，核查专家给我打过电话了。"俞含枫挥挥手，"这药的好名声已经打出去了。"

因为方永年比核查组还变态的数据要求，他们这三款药还没进厂就已经做出了名气。

方永年当初跟她提的竞争力的事，还真没忽悠她。

"不过……"俞含枫想想，十分不忿，"我觉得你和那小姑娘之间，我就算要一杯媒婆茶都不过分，干什么还跟我事不过三？"

"就因为这样，所以才事不过三。"方永年纠正她的说法。

就因为她为了留住他把陆一心弄到了他对面，所以他才忍住事不过三。

插手把陆一心弄到他对面是第一次。

跑到陆一心家里吃饭是第二次。

他不会忍第三次。

俞含枫是个很聪明的人，所以自然很快地就理解了方永年的意思。

她无语地吐了一口烟圈。

方永年是真的记仇并且小气，独占欲又强，也难怪那么多人觉得他变态。

"你以前比现在可爱。"俞含枫挺惆怅，方永年以前真的挺好骗的，也没现在那么记仇。

不过，她到底还是成功了，陆一心来了之后，他就再也没有在她面前提过水果店。

"你放心，我的目的已经达到了，所以也不会闲着没事再去插手你的私生活了。"俞含枫见好就收。

让方永年开始思考以后想要做什么，就已经达到目的了。

剩下的事，插手他的私生活没用，一方面方永年会怒，另外一方面，陆一心这小姑娘也是不能招惹的主。

都不爱按照常理出牌，惹了反而节外生枝。

"聊正事吧。"方永年拿到了俞含枫的承诺，语气缓和了一点，"关于抗默项目的。"

俞含枫摁灭香烟，点了点头。

"按照你的说法，明年再申请五款仿制药，以公司目前的人力资源来说，不太够。”他看着俞含枫，“以我的能力来说，也不太够。”

俞含枫双手环胸，示意方永年继续。

“公司现在做的这三款仿制药是我选的题，虽然当时并不打算长做，但是为了后面的人接手方便，我选的都是身体免疫方向的，这类药使用范围广，来钱快。但是，不是我的强项。”方永年说到这里，停了一下。

他这几天封闭核查的时候，想了很多。

制药做到他这个地位的，想要饿死不太容易，像之前一样选择一些受众广泛，医院里需要长期库存的常备药做仿制药，其实是一条很不错的职业路。

后面的项目肯定不会像刚开始这三个项目一样兵荒马乱，骨干人员培养出来了，项目流程磨合健全了，剩下的，就是迭代的问题了。

他可以很快地变成名正言顺的方总，赚钱是一方面，社会地位也不会太低。

起码，到时候应该不会有人敢当着陆一心的面叫他独角兽了。

那样也能很好地照顾陆一心，这丫头很容易知足，养她从来都不是大问题。

但是……

每一个制药的人心目中，真的都会有一个原研药的梦想。

哪怕这个梦想其实有可能这一辈子都无法实现。

吴元德因为太想要做原研药而走火入魔，陆博远当年也因为想做原研药的项目经理选择了对那场事故的真相不看不听。

而他，因为太想，车祸之后连碰都不敢再碰。

他已经三十多岁了，在研究领域或许并不是一个很大的岁数，但是他入行早，将近一半的年龄都在这个领域跌打滚爬，这个领域的规则，他非常了解。

他这样的年龄、这样的身体，其实更应该选择这条一眼就能看到底的路，他已经成功了第一步，后面的所有过程，都是可控的。

但是……

陆一心助长了他的蠢蠢欲动。

她张牙舞爪、横冲直撞，吵不过就要赖的生命力感染到了他，让他觉得，或许，他还可以试试更好的事业选择。

更难的，但是确实是更好的。

不是为了其他人的期待，不是为了所谓的不负天赋、理所应当，他就是想去试试，那条失败率高达百分之九十九点六的路。

那条他曾经刚刚踏入第一步，就直接被砍断了生命之路。

他拿起杯子，喝了一口水。

“陆博远前段时间遇到一位药研方面的遗传学专家，是研究所里的老熟人，履历很丰富，刚刚从瑞典回来。”他再次开口的时候，语气里已经没有了犹疑，“他和那位专家聊了一个晚上，互相留了联系方式。我觉得如果能把他挖过来坐我现在这个位置，会比我坐合适很多。”

俞含枫很意外，但是到底在生意场打滚了那么多年，知道方永年还没有说到重点。

她忍了下来，只是给自己又点了一根烟。

“我并不是一个合格的公司领导人。”方永年看到俞含枫又开始抽烟，苦笑了一下，“这三个项目如果有三百六十度项目评估，我估计我的分数会不合格。

“现在公司刚刚起步，我还能撑得住，但如果明年要做到你说的那个规模，只靠我和陆博远，肯定做不起来。”

“所以？”俞含枫终于忍不住了。

听方永年这样的人一口一个“我不擅长”“我做不了”，怎么就那么别扭。

“你别急。”方永年慢吞吞的，“我还没说到最糟心的。”

俞含枫：“……”

“为了扩大公司规模，找新的领导人是第一步。”他笑了笑，“第二步，就是你说的原研药。

“原研药的研究成本，比你想象中的高很多倍。

“现在做仿制药的那些器材原研药暂时都用不到，实验室肯定也得全部重做，抽调走现在项目中的几个骨干，整个团队也得重新招人。”

“这还只是前期准备。”方永年揉揉眉心，“最关键的是，对于目前公司这种情况来说，原研药的方向最好是选遗传免疫相关的，这样我们有基础，也不至于需要把目前有限的资源分到两个方向上去。

“但是，你选了阿尔兹海默。

“从市场的角度来说，阿尔兹海默病会随着社会老龄化越来越严重而变得越来越普及，全球千亿美金的市场，确实是重利。

“但是事实是，全球已经十六年没有AD新药上市，AD发病机制不明确、发病原因复杂、病程长且发病隐秘，找靶点不容易，找到靶点看药效不容易，人的神经是非常复杂的东西，AD研发失败的例子很多，但是几乎没有同样的原因。

“你那天在饭桌上说中国目前还没有哪家制药公司有实力开发AD药，这话其实不算全对。

“有钱有实力的，可以选择更好的方向，AD药这个方向，虽然是一块没有被瓜分的蛋糕，但是这个蛋糕，一时半会儿根本吃不到。”

“所以？”俞含枫开始敲桌子。

“所以我们做。”方永年放下水杯。

俞含枫：“……”

“你为什么会选这个项目？”方永年没有再继续泼冷水，“我知道你把房子租给陆博远之前，就已经看上了吴元德给的那些资料。”

她做事都有预谋。

租房子一方面是为了看看陆一心能不能留住他，另外一方面，最重要的一方面，是因为她知道了吴元德的那份资料。

所以俞含枫一开始就是打算做阿尔兹海默的。

这也是他今天愿意坐在这里和她聊那么多的原因。

抛开上市版图这个说法，俞含枫一开始建立制药公司，就有这个打算。

“你知道的，我妈是得阿尔兹海默病去世的。”俞含枫说这句话的时候面无表情，“而且还是早期家族性阿兹海默病，走的时候只有五十二岁。

“我的外婆，我妈那边大部分的女性，百分之八十都是得阿尔兹海默病去世的，这你也是知道的。”

当初做抗默项目的时候，他拿走了她家族所有人的患病资料。

“我觉得我也会得。”俞含枫看着方永年，“我知道这东西有概率，但我这个人的命就是这样，倒霉的事情概率再小，我也能轮得上。

“以前没进俞家之前，我倒是没想那么多，这种东西反正都是命中注定。

“但是到了俞家之后，我发现，有时候钱这种东西，可以修改命中注定。

“就像你说的，AD 药已经好几年没有新药上市，很多制药界巨头也因为研发这个项目宣布失败宣布破产，我的希望被一次次地打破，所以就想试试自己来。”

“老爷子有钱得超乎想象。”俞含枫笑了，“我的能力也超乎想象。

“只要这个项目能立项，我就一定有能力能养活它，但前提条件是，你要肯做。”

“那你那天说的五年计划？”方永年说得有些慢。他被俞含枫金光闪闪拿钱改命的理论震撼到了。

“因为短期内，我拿不到立项的钱。”既然都说开了，既然方永年已经同意加入了，她也就不瞒着了。

“老爷子前段时间确实身体不好，但是在医院住了半年又活回来了，现在头脑清楚得很，想等到他放权，估计还得好几年。

“立项如果不借着 IPO 这个东风，那就得等到我拿到继承权后。

“所以，这个项目要做，要用 IPO 的名头，立项的时候做的所有的项目预算，每一条每一项我都得跟你过。

“我能拿到立项的钱，我也可以告诉你这个项目我绝对不可能只做五年，但是，你要跟我保证，这家医药公司的盈利曲线一定要是今年的两倍以上。”

方永年喝光了杯子里的茶。

“这就是我要跟你说的最后一件事。”他慢悠悠地说，“抗默项目，我不会做项目经理，一旦进入这个项目，我也不会去管医药公司的盈利曲线。

“我专业能力很强，百分百投入之后，说不定可以救你一命。”

他最后这句话，是笑着说的。

和车祸前的方永年一样。

他当年找到她的时候，也是用这样的表情。

他告诉她，抗默项目立项了，他觉得他可以成功。

一模一样的自信，哪怕中间隔了沧海桑田。

俞含枫是个生意人，方永年的提议太过颠覆，她打算给自己留一个月的思考时间，并没有马上答复方永年。

公事聊完了，她就忍不住有点好奇方永年的私生活。

“我以为你会推荐陆博远来顶替你现在的位置。”俞含枫的表情很玩味，“没想到你居然找了个外人。”

方永年笑笑，没说话。

俞含枫永远都不会理解，他们这些她眼中不懂得变通的老学究有多讨厌做这些项目管理，那都是为了能让自己安心做研究不得已才做的。

他和陆博远，如果能有个简单纯粹的环境让他们只需要专心研究，这可能才是他们的完满。

“我下班了。”方永年站起身。

他知道俞含枫最终一定会答应他的要求，把合适的人放在合适的位置上，是每个公司高管都要学的必修课。

他说的那些都是实话。

和俞含枫这样的聪明人说话，说实话是最省事的。

“去接你的小姑娘？”俞含枫忍不住嘴欠。

她和方永年正面交锋，很少有能大获全胜的，这让她很不爽。

她决定也让他跟着一起不爽。

“你这岁数往学校大门口一站，那估计就是一道风景线。”她嘴巴欠起来也是一把好手，“小姑娘身边就没有闲言碎语？”

方永年打算开门的动作顿住，回头。

俞含枫好整以暇地坐在那里，一副“有种你就打我”的欠揍样子。

“我心理素质不太好。”方永年说话仍然慢吞吞的，听不出情绪，“这种闲言碎语，会影响我工作效率。”他说完就没有再停留，打开门头也不回地走了。

再次没有捞到任何好处的俞含枫：“……”

这男人，太小气了！

方永年确实有点不爽。

过去这四天搞数据核查是全封闭的，手机都是二十四小时关机状态，他走之前交代陆一心，如果有急事，就到公司前台找他。

结果，一点急事都没有。

陆一心这四天乖得毫无存在感，除了每天晚上睡觉前固定给他发的那条晚安语音，他开机之后，微信也没有被刷屏。

方永年抿着嘴。

四天数据核查时间提前半天就结束了，他本来是打算等俞含枫这边办完公事就直接去陆一心那边找她的。

但是俞含枫那一番话，又让他犹豫了。

确实，他出现在学校门口，太不合适。

陆一心才大一，又没有在学校里交到什么朋友，真要有闲言碎语，估计也不太好听。

他拿出手机，纠结了一下。

相比打电话，陆一心似乎更喜欢用微信。

方永年调出微信页面。

自从和陆一心在一起后，他就没有清过他们之间的聊天记录，聊天记录很长，他顺手划了几下，发现大部分时候，他都只回几个字，偶尔有长的，还是心情很好或者很闲的时候。

他从来都没有主动在微信里找过她。

方永年蹙眉，手指在输入的时候，来来回回删删改改了好多次，最终，还是只发了几个字。

他说："我核查结束了，要不要一起吃饭？"

主谓宾标点符号都很齐全，发出去之后，他眉头蹙得更紧了。

他似乎……只要陆一心不主动，他就有点不知道应该怎么和她聊天。

他坐在车子里看向窗外。

工作日，商业区上班的人潮车水马龙，他不太喜欢人多嘈杂的地方，现在看到，更觉得烦躁。

他觉得自己的情绪有点陌生。

他和陆一心十几天甚至一个月没见都是常事，为什么唯独这一次，他特别地心浮气躁。

他甚至在微信发出去之后，开始读秒。

微信并没有马上出现"对方正在输入中"，方永年的手指开始下意识地在方向盘上敲。

今天周三，陆一心下午这个时间点并没有课。

他等了两分钟，蹙起眉头发动了车子。

电话就是这时候响起来的，来电显示的是陆一心。

方永年的车子刚刚开出停车位，看到来电显示，又倒了回去。

他还是拧着眉，摁了免提。

陆一心的声音气喘吁吁的：“方年年！”

她的声音听起来好开心。

“嗯。”方永年应了一声，维持想要把车子熄火的动作。

“我刚才在图书馆不能打电话，跑出来了才打。”她还是气喘吁吁上气不接下气的，“你现在在哪儿？你要来接我吗？”

她话语里的每个字都在跳跃，喜悦和兴奋都快要满溢出来。

“我来接你。”方永年重新把车子开出了停车场，“到了再给你电话。”

“等一下！”陆一心在那头大吼了一句。

声音很大，他车子的音响很好，透过喇叭一声大吼，方永年觉得周遭一下子就安静了。

车水马龙人声嘈杂，都被陆一心这一嗓子给压下去了。

“怎么了？”他声音听起来还是波澜不惊的，但是他瞥到后视镜里的自己，这四天以来第一次，嘴角扬了起来。

方永年咳嗽了一声。

他很不自在，刚才的心浮气躁和现在的眉眼舒展，都不是他习惯的情绪。

“我有没有很懂事？”偏偏陆一心还在电话那头问得娇滴滴的，“我这几天死命憋着没给你发微信也没找借口去公司找你！”

方永年没接话。

他沉默地把车子开出了路边停车场，沉默地滑入了快车道。

“方年年？”车子里都是陆一心软糯甜腻的声音，因为安静，所以能听得出她尾音有一丝忐忑。

方永年握着方向盘的手紧了紧，又看了一眼后视镜。

“陆一心。”他听到自己的语速有点快，咬字却很清楚，“你不用变得那么懂事。”

“啊？”陆一心那边的杂音很多。

可是方永年听到她这声“啊”，突然就想到了她圆圆的眼睛、圆圆的脸，半张着嘴傻乎乎的样子。

罢了。

他微笑。

“你不用变懂事，因为我一直在等你来找我。”他恢复到正常的语速，不再压着自己已经扬起的嘴角。

因为，他在数据核查一结束，第一件事就是打开手机查看微信。

因为，这四天，他只要会议间隙就会溜达到公司前台翻看访客记录，弄得他们公司的前台神经兮兮地以为自己犯了什么大错。

他早就已经沦陷，只是因为对自己的变化感到陌生、别扭，所以一直在回避罢了。

陆一心很难得地安静了很久。

方永年听着她那边传过来的脚步声，经过的路人说话的声音，还有，她的呼吸声。

“小别……小别胜新婚吗？”陆一心绞尽脑汁，终于超常发挥。

她不习惯肉麻，但是又抵抗不了这个甜度。

于是，她又开始叽叽喳喳。

这四天为了懂事，她是真的憋得狠了，开了个话头就开始没完没了。

从俞含枫公司开车到陆一心学校其实有点远，还得经过几个日常拥堵的路口，但是一直开到陆一心学校门口，陆一心的叽叽喳喳还没有结束。

“我到了，你出来吧。”方永年在校门口的停车场里停好了车，又等到叽叽喳喳的陆一心说自己说了太多话得去买瓶水的时候打断她，“水我去买，你直接来东门口的停车场，我在车子里等你。”

“你不到学校门口来吗？”兴致高涨的陆一心愣了一下。

学校门口经常会有外校的男孩子等女朋友，她经过的时候还幻想过方永年站在学校门口等她的样子。

“不了。”方永年已经准备下车买水，把手机免提摁掉。

手机被陆一心这一路叽叽喳喳打得有点烫，他换了一个手。

“可是……”陆一心踌躇了一下。

她和方永年自从在一起之后，就发展得非常顺。

方永年本来就对她很好，现在这种好又加了一层男女关系，那些关心体贴都蒙上了一层粉红色，陆一心现在生活的每一天都在幸福和极其幸福中间无缝切换。

方永年一直在靠近，虽然慢，但是他走的每一步都特别坚实。

她从最开始担心自己会不会皮起来收不住被方永年骂，到现在慢慢地开始适应方永年女朋友这个身份，她发现，她对方永年的想法也有些不一样了。

她以前更关心的是方永年喜不喜欢她，她所有的心思都放在了怎么样让方永年更喜欢她上面，她总是会在意自己说的每一句话，会让方永年有什么反应。

会不会更喜欢她，会不会因为这句话嫌弃她。

可是随着方永年的靠近，她渐渐地发现她开始不在意了。

她现在更在意的是方永年。

她已经那么幸福了，那么方永年呢？

“没事！”她迅速地改口了，“我去停车场找你。”

方永年不喜欢人多的地方，站在学校门口，太招摇了。

她的语气听不出任何的不对劲，仍然朝气蓬勃，每个字的尾音都在跳跃上扬。

方永年在买水的时候，停顿了一下，手机却一直保持在通话中。

“我读书的时候，大学里的女孩子如果和校外的社会人士恋爱，似乎是会被说的。”八百年都没有八卦过的方永年，说这句话的时候十分不确定。

应该是吧，他觉得这应该是人之常情。

“还没有通知你父母，这样公开万一传到你父母耳朵里了，总归不太好。”他这句话，是等付完了钱走出便利店的时候才说的。

偷偷摸摸的，让他觉得十分不舒服。

“所以，我们周末就告诉你父母吧，我请他们吃饭。”他这一次，一点都不打算听陆一心的反驳了。

找个火爆一点的餐厅，不要包间。这样万一陆博远怒了，也有服务员能帮忙拦着。

人发火的契机很重要，火气一过，后面就能说得通了。

“陆一心。”他回到停车场，“我想公开了。”

他想站在学校门口等她放学，他想在公司前台查看名单的时候，可以名正言顺，他也想陆一心面对那些闲言碎语的时候，他可以腰板挺直地站在她的身后。

他坐在车里，看着已经找到了他的车，拿着手机快速跑过来的少女。

他听到她气喘吁吁地承诺：“好！”

她隔着几辆车的距离冲他挥手，语气坚定：“我也不怕了！”

第十三章 她那天晚上在走廊里掏出来的，确实是她的心

因为陆一心周三晚上需要参加社团的电影之夜，他们那天晚上那顿晚饭最后选择了学校周围的小饭馆。

“电影之夜不是在学校里看的？”方永年皱着眉把陆一心送到了她说的地点，皱着眉看着窗外。

很普通的居民住宅楼，老式的那种半封闭小区，监控什么的都没亮着灯，一看就是摆设。

“副社长家的音响比较好。”陆一心背着一个半新不旧的帆布包，“这几个礼拜都是在他家看的。”

“看到几点？”方永年开始观察小区周围，“我来接你。”

华亭的治安不算差，但是半夜三更这种人迹罕至的老式小区还是有点危险。

“不用了啦，这里一路过去都是夜市摊，晚上很热闹的。”陆一心笑嘻嘻的，在车外冲方永年挥手，“而且，我会和李小安一起回宿舍。”

她和李小安一直没有变成朋友，但毕竟是一个宿舍一个社团的，虽然没有变亲密，但是倒也没有再撕。

她并不关心李小安的私生活，而李小安也再也没有和她针锋相对。

“你回去好好休息。”她比了比方永年的黑眼圈，走了两步又蹦蹦跶跶地退了回来。

“怎么了？”方永年眉眼柔和。

“这个……”陆一心从帆布包里掏出一盒巧克力，“放你车上，低血糖的时候可以吃。”

“还有……”她犹豫了一下，“如果我爸妈坚决不同意，你也不可以跑。”

她说这话的时候，终于不再忐忑，不再用疑问句。

“好。”方永年点头。

他应得很快，毫不犹豫。

陆一心咧着嘴笑了，圆眼睛眯眯的。

“那万一你爸妈不同意呢？”她开始有了新的害怕。

“那你也不可以跑。”方永年也笑了，学着刚才陆一心的语气，没有用疑问句，没有忐忑。

陆一心靠近两步，弯腰。

“我想亲你。”她眼睛亮晶晶的。

华亭的隆冬，傍晚时分，华灯初上。

陆一心小半张脸包在红色的毛线围脖里，为了要亲他，把围脖往下拉了一点，露出了小巧的下巴。

她的脸在灯光下还有细小的绒毛，脸颊肉嘟嘟的，依稀还有儿时的轮廓。

她弯着腰闭着眼睛嘬着嘴唇，眼睫毛一颤一颤的，嘬着的嘴角也是上扬的。

方永年解开安全带，从驾驶室的车窗里半探出身体，左手扣住陆一心的后脑勺，嘴对嘴地碰了一下。

觉得吻得太清水的陆一心没睁开眼睛，跺了跺脚，嘴里不清不楚地埋怨了一声。

方永年笑了笑，屈起食指弹陆一心的额头：“到宿舍了记得给我电话。”

他还是不放心她大半夜的和一个女孩子同行回学校，虽然这个小区离她的大学步行并不是太远。

“哦……”索吻只成功了一半的陆一心敷衍地应了一声，睁开眼睛，“我们要保守到什么时候啊？”

这个进度，让她觉得她给新时代的独立女性丢脸了。

“我本来是打算等你大学毕业后再牵手的。”慢吞吞的方永年慢吞吞地系好了安全带。

陆一心：“……”

难得把陆一心堵得哑口无言的方永年笑了，发动车子前，他又不放心地叮嘱了一句：“回宿舍路上小心。”

“哦……”新时代的女性陆一心没精打采地冲方永年挥了挥手，站在原地看着方永年发动车子，看着方永年的车子开出了小区。

她重新拉好了围脖，半张脸缩在围脖里，跺了跺有点冷的脚，转身的时候，看到了李小安和影评社社长就站在离她不远处，昏黄的路灯下，看不到表情。

陆一心脚步一顿，裹紧了外套迎面跑了过去。

“有人送你来的啊？”影评社社长今年大三，是个人高马大的北方人，说话带着东北腔。不知道是不是最近文艺电影看多了，问的时候语气有些晦涩。

“是啊。”陆一心毫不避讳，“我男朋友。”

李小安意外地看了陆一心一眼。

“你们不进去吗？”陆一心打了个寒战，“外面好冷！”

“你男朋友……”影评社社长犹豫了一下，“年纪是不是挺大的了？”

陆一心皱着眉：“他看起来很大吗？我还以为他看起来应该比他的实际年龄小。”

影评社社长：“……”

李小安跺了跺脚：“进去吧，冻死了！”

他们刚才看到了陆一心和车子里的那个男人接吻。

本来陆一心如果讳莫如深遮遮掩掩，她还蛮想知道那个穿着正装一看就是社会人士的男人到底是谁的，但是现在，她反而没兴趣了。

陆一心这个人太正大光明，正大光明得都让她失去了窥探的乐趣。

“我们刚才看到你们接吻了，好奇才多问了两句。”李小安看到影评社社长一脸尴尬，又补充了一句，也不知道是在帮谁。

“大冬天的你们也不嫌冷。”陆一心在围脖里翻了个白眼。

刚才转身突然看到这两个人，她其实是紧张的。

刚才的毫不避讳完全是陆一心的莽货直觉，说出来了，反而觉得轻松了。

不过就是谈恋爱而已，男未婚女未嫁又两情相悦的，有什么好避讳的。

“我男朋友说我们看完电影回去太晚了挺危险的。”反正都公开了，她就很顺便地开始秀恩爱。

那天看完电影回到宿舍已经十点钟，陆一心窝在床上给方永年打报平安的电话。因为跟室友公开了恋情，肆无忌惮的她还腻乎了一会儿，成功地把方永年撩到面无表情地挂断了电话，她在上铺贱兮兮地翻了两个身。

然后就听到李小安惊慌失措地“啊”了一声。

陆一心从上铺探出了一个头。

“我的手链不见了！”李小安脸色苍白，举着自己空空如也的右手。

“会不会掉在副社长家了？”陆一心拧着眉，“你打电话问问？”

李小安的手链她是有印象的，一条银色的细链子串着一块白色的玉石，小巧玲珑的。

李小安很宝贝这条链子，连睡觉、洗澡都不脱下来，当护身符一样戴着。

“应该没有，我出门的时候还看到的。”向来很傲气的李小安这次都带上了哭腔，“我打电话问问。”

结果当然是没有。

“我出去找。”挂了电话后，李小安一丝犹豫都没有地站起身，开始穿外套。

“很晚了啊。”吴齐在被子里弱弱地说了一句。

都晚上十点多了呀，还有一个小时宿舍就要关门了。

“那是我爸爸留给我的。”李小安抿着嘴，眼眶红了。

吴齐和陆一心同时沉默。

“我陪你去吧。”陆一心跳下床，“两个人一起找快一点。”

她们一起回来的，她还记得她们回来的路线。

李小安怔怔的，眼眶更红了。

“我也去吧。”吴齐从被子里钻出来，瑟瑟发抖地开始穿外套。

“你留下。万一我们没有按时回来，帮我们跟舍管阿姨求个情。”陆一心已经穿好了外套，拿上手机，“你跟舍管阿姨关系最好。”

吴齐是她们宿舍里社交做得最好的，和动不动就外宿的陆一心还有冷着脸的李小安不同，吴齐和舍管阿姨已经是节假日互相送东西的关系了。

吴齐穿外套的动作停住，点了点头。

她有点意外，没想到平时看起来一点事情都不管的陆一心，在关键时候居然挺靠谱的。

“那行，手机联系。”吴齐也干脆。

同在一个宿舍里睡了快一个学期，虽然吵过，也打过，但是都没有多大仇。

在李小安爸爸的遗物面前，都不是大问题。

李小安甚至都没说谢谢，她只是下楼的时候拉了毛毛糙糙的陆一心一把，防止她一边穿鞋子一边走楼梯直接滚下去。

陆一心在隆冬夜半的寒风里哆哆嗦嗦地笑，她终于有点理解她妈妈让她住宿舍的初衷，起码，这个夜晚，她会记得。

原来长得那么好看见谁撑谁的李小安，也会哭，也会别别扭扭地在找东西的时候用自言自语的声音跟她和解：“我没想到你会帮我。”

李小安没想到陆一心会主动说要跟她一起出来，一点犹豫都没有。

“你如果只是丢了块普通石头，我就不帮你了。”陆一心回答得也别别扭扭。

两个同样都不习惯跟对方太亲昵的女孩子相视一笑。

“赶紧找吧！”陆一心整颗脑袋都缩在了围脖里面，“冻死了！”

“我找这边你找那边。”李小安也不再和她客气，“你见过的，银色的链子白色的坠子，坠子上面刻着一个‘安’字。”

陆一心打开手机的闪光灯，挥挥手。

从影评社副社长家的小区到学校，要经过一条夜市街。

大冬天的，夜市街九点钟就收摊了，留下了一地狼藉，原本很热闹的一条街现在空无一人。

李小安的那条手链实在太不起眼，陆一心和李小安两个人几乎半蹲着顺着每一块地砖找。

“我们回来的时候没有太大的动作啊。”陆一心边找边嘀咕。

她们散场的时候夜市已经收摊了，那时候街上还不至于那么空旷，她们两个人的关系没有好到大冬天的在室外一边走路一边说话的地步，两个人都是闷着头快步回宿舍的。

“会不会被钩在哪儿了？”聚精会神找东西的陆一心开始关注路边的树丛。

“陆……一心……”李小安的声音发着抖。

陆一心扭头。

刚才还空无一人的街道凭空多出了四五个大男人，李小安已经被逼到了墙角，冲着陆一心大吼了一句：“跑！”

陆一心坐在派出所里，整个人都是木的。

她的鞋子跑掉了一只，头发在扭打拉扯的时候被扯下了一大把，外套的拉链坏了，里面的毛衣被扯成了流苏，手掌因为被推到了地上，划破了好几道口子，但是她感觉不到痛。

李小安让她跑，她第一个反应是真的跑了。

跑的时候还注意到后面有两个男人追了上来，她因为太害怕，咬着牙跑出了应该是自己这辈子最快的速度。

她跑到了主干道光亮处，那两个男人并没有追上来。

她第一个反应是报警。

哆哆嗦嗦地把话说清楚报完警，她就想到了李小安刚才让她跑的时候的眼神。

李小安让她跑，但自己留在了那里。

四五个成年男人，李小安这样彪悍的女孩子，说话的声音都在抖。

冬天午夜的主干道上其实也没有什么人，偶尔经过的路人看到陆一心跑丢了一只鞋披头散发的样子，第一个反应是离她远一点。

陆一心回头。

她刚刚跑出来的那个巷子，黑漆漆的，像是吞噬生命的野兽。

她在原地跺了跺脚，随手捡了一块大石头，赤着一只脚又冲了回去。

再后面的事情，她其实就有点记不清楚了。

她应该是一边大叫着“警察来了”一边冲进去的，但四五个男人的力量是她们两个女孩子根本没办法抵抗的。

她到的时候，李小安已经被脱得只剩下内衣内裤，蜷缩在地上，抱成了一团。

陆一心并不知道这些人想要做什么，她赤红着眼睛举着石头就冲了进去，在推搡拉扯中，她还听到那些人说她多管闲事。

她觉得，她很赞成。

她跟李小安根本没有好到可以为对方豁出一条命的程度，她连半夜三更为对方出来找手链都嫌冷。

但是……

如果她不回头。

黑漆漆的巷子会吞噬掉她的所有，从她的良知开始。

那些人在警察来之前就已经走了，骂骂咧咧地让李小安小心一点。

“他们认识李小安。”陆一心一边木木地帮李小安捡衣服，一边木木地想。

警察来的时候，她已经帮李小安穿好了上衣和裤子，甚至在草丛里找到了李小安那条手链。

然后，她就一直没说话。

只在警察小姐姐问她有没有人可以联系的时候，报出了方永年的手机号。

她在那一刻，其实都不知道报上手机号是用来做什么的。

她只是一直在找她的鞋，她觉得她袜子应该也破了，脚底板痛得要死。

然后，她扭头看着坐在她旁边的李小安。

李小安一直在和警察说话，她脸上破了一道口子，手脚冻得青紫青紫，一只手握着陆一心的手，另外一只手，一直握成拳。

“他们想脱光了我的衣服拍照。”

陆一心从头到尾只听懂了这一句。

有病。

她乱七八糟的脑子里冒出了那么一句话。

这世界上有病的人怎么那么多。

方永年接到通知冲到派出所的时候，看到的第一幕就是陆一心一脸呆滞地坐在大厅正中间的椅子上。

她脸上有血迹，头发被扯成了疯婆子，红色的围脖要断不断地挂在她身上。

派出所里开足了暖气，她却一直紧紧地裹着她那件外套，一只脚没有穿鞋，白色的袜子已经看不出原本的颜色。

“陆一心？”方永年试图蹲下，却因为义肢，皱着眉直接在灯火通明的大厅里坐在了地上。

周围的民警都在看他，而他，只看到了陆一心。

陆一心看着方永年，又把自己的外套裹得更紧了。

方永年伸手，把陆一心头发上的碎叶子丢掉。他声音很温柔，表情看起来也很柔和：“怎么脏成这样？”

他的声音低沉，尾音很“苏”。

陆一心眨了眨眼。

“我……跑丢了一只鞋。”她终于开口了，嗓子因为刚才一路大喊着“警察来了”“救命”，现在已经哑得快要听不清楚她在说什么。

“嗯。”方永年把她那只脏兮兮的脚放在自己的腿上。

黑漆漆的泥巴弄脏了他的裤子，他皱着眉，看到了上面的血渍。

“我外套的拉链也破了。”陆一心扯开了拉链给他看。

金属的拉链头被拉扯飞了，不再裹着外套，就露出了里面都变成了一条条的毛衣。

“所以我不敢脱掉。”陆一心跟方永年解释，“里面的衣服都扯破了。”

“好。”方永年点头。

他身上穿了一件黑色的巨大的羽绒衣，直接脱了下来，把陆一心整个裹好。

“这样就行了。”他摸摸她的头。

陆一心吸了吸鼻子。

方永年里面穿着睡衣，是他爸妈给他买的T恤和运动裤。

运动裤是软的，所以可以很清楚地看出他哪一条腿是好的，哪一条腿是不好的。

不好的那条腿，直直地放在地上，一眼就能看出是义肢。

“我闭着眼睛，你坐到我边上来好不好？”陆一心觉得自己凄惨极了。

她已经惨成这样了，结果方永年比她更惨。

“好。”很凄惨的方永年却出奇的好脾气，他看着陆一心，叮嘱她，“你闭上眼。”

陆一心闭着眼睛，脏兮兮的脸上眼睫毛一直在颤动。

她知道方永年撑着椅子站起来了，她木木的脑子在想，周围好多民警都看见了。

他最讨厌让人家看见的。

“对不起。”她开始想哭。

方永年安静了半秒钟，又理了理她的头发，面无表情地说了一句：“闭嘴。”

陆一心睁眼。

她整个人包裹在方永年的衣服里。

这件外套可能是他随手从衣柜里面拿出来的，樟脑丸的味道混合着方永年身上的味道，让她觉得安全。

她缩得更加小，整个人靠在了方永年身上。

“你冷不冷？”她穿了他的衣服，他现在只穿了一件单薄的 T 恤坐在大厅里，虽然大厅里有暖气，但还是会冷的吧。

“闭嘴。”方永年一边帮她理头发一边继续面无表情。

陆一心不动了，规规矩矩地靠在他怀里，闭上了眼睛。

其他的，都与她无关了。

“我不能不回去。”她闭着眼睛，声音轻轻的，“我跟路人求救，他们看到我就跑。如果李小安没有让我跑，我可能就会跟她一样了。”

那两个男人，明显是怕她报警想抓她回去的。

“我不能不回去。”她的头在方永年的身上蹭了蹭，“但是……我吓死了。”

她这辈子都没经历过那么残酷的时刻。

拳打脚踢都是真的，男人的力量，也都是真的。

“我知道。”方永年吻了吻她的额头，大手盖住了她一整张脸，“别想了。”

陆一心在方永年宽大的衣服里窸窸窣窣的，伸出了自己的手，抓住了方永年的 T 恤。

“我们早点回去好不好？”她可怜兮兮的，“我身上都是擦伤，我不想去医院，我们早点回去吧。”

她刚刚听到警察叔叔说一会儿得去医院验伤，还要接受问询，还要签字。

她不想经历问询，不想去回想刚才发生的事情，她只想回去睡觉。

方永年干燥的掌心安抚性地拍拍她的脸颊，有求必应：“好。”

陆一心嘴角翘了翘，两只手都握住了方永年身上的T恤，安心了：“那我闭一会儿眼睛。”

她百米冲刺，拿着大石头冲进了几个大男人中间护住了李小安，她被推来拉去，差点也被脱掉了衣服。

她很累。

她现在身上都是方永年的味道。

方永年的手掌捂着她的眼睛，她的眼睑可以感受到他手指的形状。

她觉得安心，身上的酸痛和脚底板的刺痛都淡了。

她很累很累，迷迷糊糊地在人来人往的大厅里浮浮沉沉，稍微动一下，方永年就安抚性地拍一拍。

她觉得自己可能神经真的比大象还粗，好像真的睡着了。

被拍醒的时候，都已经不知道现在是几点钟，自己在哪里。

“回家了。”她喜欢的方永年看着她微笑。

"你爬到椅子上，我背你上车。"方永年拍拍他身后的椅背。

陆一心伸手试图揉眼睛，却因为扯到手掌"嘶"的一声。

"别揉眼睛，你手上脸上脏得不成样子。"方永年蹙眉，拉下了她的手。

"痒……"陆一心睡得迷迷糊糊的，说话的声音像是小猫叫。

方永年就又笑。

他凑过去，对着她的眼睑亲了一下。

"不脏吗？"陆一心傻乎乎的，瞬间忘记了痒。

"脏。"方永年一如既往的诚实，又拍了拍他身后，"上来，我背你回去。"

"我可以走啊。"还是有些迷糊的陆一心赤着脚踩地，然后又"嘶"了一声。

方永年拍拍身后，不再说话。

方永年，背她。

这个认知让她变得磨磨蹭蹭的。

"公主抱不行，背还是背得动的。"方永年看出了她的磨蹭，屈指弹她的额头。

"我很重。"陆一心趴在方永年的背上，开始忏悔。

"嗯。"方永年颠了颠她的分量，维持着诚实的美德。

"真的不用问询、签字、验伤了吗？"她还是有点不放心，扭头看向大厅，"李小安还没走。"

"我们先回家。"他没多说什么。

为了这事，他半夜三更的叫来了他哥。

然后，他顶着他哥诡异的眼神，背着陆一心头都不回地走出了派出所大门。

外面没有暖气，只穿了一件T恤的方永年哆嗦了一下。陆一心扯着方永年的外套试图把他一起裹进去。

两个人在派出所门口拉拉扯扯，远处看起来亲昵得像是一个人。

"一心？"刘米青的声音。

陆一心和方永年同时回头。

方永年的衣服实在太大了，因为回头，整件衣服都掉到了地上。

刘米青和陆博远两个人都站在派出所大门口，目瞪口呆地看着这两个人。

"你们是陆一心的父母吗？"警察小姐姐跑到门口，嗓门很大，"幸好你们来了。

"陆一心的情绪不太稳定，而她的同学李小安又不愿意提供她爸妈的联系方式，大半夜的我们联系了学校，学校给了你们的联系方式。"

"你们能来实在太谢谢了。"警察小姐姐一迭声的，"陆一心也还在里面呢！”

她一扭头，看到准备回去的两个人：“咦？你们两个打算走了呀？字签了吗？”

陆一心和方永年：“……”

陆博远和刘米青：“……”

气氛尴尬到了极点。

除了那个什么都不知道的警察小姐姐，其他四个人站在派出所大门口，张着嘴，都发不出声音。

“能不能帮忙捡下外套？”最先开口的是方永年，他是对着陆博远说的，“陆一心的衣服被扯烂了，会冷。”

到底是女儿重要，陆博远和刘米青一个指令一个动作，刘米青的眼圈都还是红的。

他们两个从来没有在半夜三更接到过派出所的电话，对方说得很严肃，说陆一心和她同学在外面遇到流氓现在正在派出所，其他的语焉不详，可就这几个字，就能把人给吓死。

“伤到哪儿了？”刘米青开始检查女儿的情况，“要不要去医院看看？”

“真是麻烦你了。”刘米青红着眼眶看着方永年，“把一心交给她爸爸背吧，她重。”

陆一心想开口说话，还没张嘴就被方永年拦了下来。

“不用了。”方永年看着刘米青的眼睛，“我来背比较合适。”

刘米青一声不吭地回看他。

“我们恋爱了。”方永年没有回避。

刘米青的眼泪就这样流了出来，手脚冰凉。

陆博远一直维持着这样瞪着眼睛张着嘴的姿势，喉咙里面咕噜噜的，却发不出声音。

“但是现在谈这些不合适。”方永年的声音仍然冷静，“今天那伙流氓是冲着陆一心室友去的，笔录和后续的跟踪我让我哥帮忙在走程序。”

“陆一心很累了，我想先送她回去。”他把一个晚上鸡飞狗跳的事情说得很简单，陆一心却从他越收越紧的手臂里感觉到了他的紧张。

他们本来打算周末坦白的。

以方永年的脾气，他一定会为这个周末做好万全的准备，她不知道他打算怎么说服她的父母，但是她知道，到时候他一定可以说服她的父母。

但是，不是现在。

现在的时机太糟糕了，她看到方永年说出他们恋爱后，她妈妈眼底的失望。

方永年没有让她开口，他自己揽下了所有的事情，这和她说好的她来保护他不一样。

但是她现在，不管说什么都是火上浇油。

她只能更紧地抱住方永年的脖子，她会跟妈妈道歉的，但是现在，她只想站在方永年这边。

所以，他们四个人就这样站在派出所大门口，没人进去，也没人能走。

“那个……”警察小姐姐依稀仿佛感觉自己可能正在人伦大戏的现场，说话的语气不自觉地弱了一点，“你们不进去吗？”

“是这样的。”她尴尬地干笑了一下，“这两位同学今天晚上经历了这些事，情绪都不太稳定，李小安不愿意叫父母，她们学校的班主任住的地方比较远，现在已经在打车赶过来的路上，我觉得一会儿还是得要有大人在比较好。”

她说得很委婉。

其实就是希望班主任来之前，李小安这边最好能有个大人陪着。

刘米青一直在盯着陆一心看。

她看着自己的女儿用非常信赖的姿态趴在方永年身上，脸色苍白，脸上有擦伤。

刘米青的心沉得越来越厉害，到最后只能握着丈夫的手寻求一点点安慰。

“这样吧。”刘米青强撑着把话说完，“博远你留下陪陆一心的同学做笔录，我和一心先回去。”

刘米青看着方永年：“你哥哥都安排好了吧，不需要一心留在这里了吧？”

“不需要了。”方永年大冬天的就穿了一件薄T恤，嘴唇冻得有点发紫。

“那我们先回去。”刘米青说得很慢，“坐你的车还是坐我的车？”

她这句话说得异常清晰，她知道陆一心听不懂，但是方永年肯定懂她的意思。

“残疾”那两个字她说不出口，在失望至极的时候，她能开口说的最恶毒的话，也不过就是提醒他，他们连开的车都是不一样的。

方永年果然听懂了。

他本来就深的眸色，此刻黑沉沉的一片。

“开我的车。”他回答刘米青，没有迟疑，语气也没有起伏。

“上车之后先别睡，可能会有点冷。”他拍拍在他背后很听话的陆一心，语气柔和了一些。

刘米青使劲拉住快要爆炸的陆博远。

她不想在外面闹起来，一心确实像方永年说的那样有些惊吓过度，而她，需要时间消化她的愤怒。

那是陆一心当作偶像的男人，她接下来说的每一句话，做的每一件事，都有可能会成为她们母女之间无法修复的裂痕。

她安静地坐上了方永年的车。

方永年到底没有强硬到直接把陆一心塞到副驾驶座。

他让陆一心坐在了车后座，把车后备厢所有的毯子都拿了出来，将她裹得严严实实。

“回家再说。”他看着陆一心一脸欲言又止十分担心的表情，想拍拍她的脸，忍住了。

他在心底叹了口气。

避着避着还是遇到了最糟糕的情况。

唯一庆幸的是这件事发生之前，他们两个已经笃定了，只要笃定了，就好说。

他低头看了一眼自己的义肢。

他接到电话出来的时候佩戴义肢太着急摔了一跤，现在运动裤里面的接受腔卡着大腿的部分皮肉，刚才又是坐又是站的磨出了血，血渍正在慢慢从运动裤里面渗透出来。

难是真的很难。

太狼狈太凄惨了，他车祸从医院出院之后就跟自己保证过，以后不会再把日子过得那么凄惨，结果，还是避无可避。

只是和上次满身疮痍、满腹委屈相比，这一次，他不是一个人。

陆一心这样莽撞的脾气，刚才居然能忍住一言不发。

她真的长大了，知道这时候不管说什么都会伤人，不管说什么，都会错上加错。

和他恋爱，被迫成长是他最不愿意看到，也是他最无法避免的代价。

过了这一关，就好了。

他在心里安慰他的姑娘。

过了父母这一关，后面的，就没有那么诛心，后面的，就可以手拉手理直气壮。

刘米青一言不发。

她在车上一言不发，进了电梯一言不发，到了家门口打开门，动作迅猛地把陆一心往屋子里拽，直接关上了门。

“砰”的一声。

“先去洗澡，把衣服换了，我给你擦药。”刘米青换了鞋子之后就开始找医药箱。

屋子里还开着灯，暖气也没关，她爸妈估计是接到电话之后吓坏了，半夜三更的，外套里面穿的也是睡衣。

“妈妈……”陆一心低着头站在玄关，“我是因为怕你们担心，所以才没有通知你们的。”

刘米青找医药箱的动作没停。

“我和李小安不一样……”陆一心犹豫了一下，“我没有因为你们经常不在我身边，出了事情就不想找你们了，我只是怕你们担心。”

刘米青放下了手里的东西，乒乒乓乓的，忍了好久的眼泪终于流了下来。

“我去换衣服。”陆一心还是低着头，一瘸一拐地走进房间。

“换床上那件。”刘米青抹着眼泪，“洗澡的时候小心一点别碰到伤口。”

“哦。”陆一心嗓子还是哑的，但是心情终于好了一点点。

除了她和方永年的事，她最想向父母道歉的就是这件事。

她爸妈赶过来的时候，心里一定很难过。

“算了，你换这件吧。”刘米青走进房间，到陆一心的衣柜里翻出一条棉质的裙子，短袖，不会碰到伤口，“我把空调调高一点。”

陆一心蔫耷耷地接过裙子，刘米青犹豫了一下。

“一个人洗澡会不会怕？”她心早就软了。

陆一心回来的路上一声不吭，到家的第一件事就是跟她道歉。

她女儿已经很懂事、很懂事，所以她早就心软了。况且，女儿今天晚上还遇到了这样的事。

“会……”陆一心红着眼眶扁着嘴。

“你怎么就想起来冲回去的？随便抓个路人跟你一起去不好吗？”等陆一心脱掉了衣服，看到她身上的青青紫紫，刘米青的眼泪就一直没停过，“我怎么把你生得那么蠢啊！”

“路人都不理我……”陆一心哑着嗓子委屈，又因为水碰到了伤口，咿咿呀呀地喊痛。

“你那个宿舍，要不不住了吧？”刘米青拧着眉。

这才大一呢，这李小安也太复杂了一点。

“我才不要，我这段时间好不容易才感受到一点集体生活的乐趣。”陆一心摇头，摇到一半突然瞪大眼。

“完蛋了！”她尖叫一声，“我的手机、我的手机。”

“怎么了？”刘米青快要被她吓死，两手全是肥皂飞奔出去帮她找手机。

“我忘记跟吴齐说我们晚上回不去了，她不会还在舍管阿姨那儿吧。”陆一心擦干净手，湿着身体开始发微信。

“我们的电话是你班主任给派出所的。”刘米青无语，“闹成这样了你还指望你们学校什么都不知道？”

“对哦。”陆一心拿着手机干笑。

“还好现在是冬天。”刘米青检查完陆一心身上所有的伤口，“都是擦伤，伤口都不深，你真的吓死我们了。”

“意外嘛。”陆一心讪讪的。

她在擦干身体的时候，偷偷地瞄刘米青。

刘米青没理她。

她在穿衣服的时候，又偷偷地瞄刘米青。

刘米青还是没理她。

“妈妈……”她开始拽着刘米青的衣服撒娇。

“你先管好你自己，这事我肯定不同意！”刘米青冷下了脸。

陆一心苦着脸，还想再接再厉。

门外却响起了敲门声。

“是我，方永年。”陆一心听到她的男人沉稳安静的声音。

她觉得她心跳停了半秒钟。

方永年，来了。

刘米青没有让方永年进来。

她半开着门，堵在门口，面无表情。

“你们房间没有医药箱。”方永年把手里的医药箱递过去。

刘米青接过医药箱，没打算说谢谢，直接就想关门。

方永年用手抵住了门板。

“在研究所里的时候，我喊你嫂子。”方永年看着刘米青，“后来和陆博远闹翻了，我改口喊你米青姐。”

“我出事这几年，你一直非常照顾我，所以我很理解你的愤怒。”方永年顿了顿，“隐瞒你们，我很抱歉，但是我不希望这种愤怒影响你的判断力。”

刘米青瞪他。

这种时候了，他跟她提判断力？

“你到底是觉得我对你隐瞒和陆一心谈恋爱这件事比较生气，还是我和陆一心谈恋爱这件事本身，比较让你生气？”他问得特别拗口，慢吞吞的，却很慎重。

刘米青皱眉。

她下意识地排斥方永年说的所有话，但是方永年刚才那句话太拗口，所以她忍不住思考了一下。

然后，眉头皱得更紧。

她本来不打算和方永年聊的，最生气的时候，她是打算让陆博远直接辞职，他们第二天直接搬家，然后和方永年这个人从此老死不相往来的。

回来之后，她一肚子的气被陆一心软乎乎地戳破了一个小洞，现在又被方永年这句拗口的话，弄得有些有火没处撒。

她确实被愤怒影响了判断力。

如果方永年是个她不认识的陌生人，她现在应该震惊多过愤怒，她可能会花更多的时间去了解自己的女儿为什么会喜欢上一个大她十四岁、身体有残缺的男人。

就是因为这个人是方永年，他们那么相信、一直把他当成家人的方永年，所以她在知道的那一瞬间，第一个感受就是背叛感，仿佛被最亲近的人在后脑勺打了一闷棍的背叛感。

她终于后退了一步，侧身让方永年进屋。

方永年进屋的时候看了一眼陆一心的房间，房门紧闭。

“我让她不要出来。”刘米青挡住了他的视线，“我觉得我们之间要聊的内容，并不适合小孩子参与。”

方永年苦笑。

刘米青是很温和的人，他认识她那么久，从来没有见过她发脾气，不管陆一心多皮、陆博远多不靠谱，她也总是笑笑的。

这样好脾气的人，今天为了她唯一的女儿，也终于穿起了铠甲。

“今天晚上陆一心没有通知你们，是怕你们担心。”方永年落座后的第一句话，和陆一心进屋后说的第一句话一模一样。

无力感又一次涌了上来。刘米青有些颓然。

刚才陆一心趴在方永年背上的时候，她就有这种感觉，一直到现在，她才明白这种感觉是什么。

方永年教给陆一心太多的东西，包括三观。

她今天晚上会觉得女儿太懂事，那都是因为她女儿成长的道路上，一直都有方永年。

他们已经那么亲密。

她拿什么去拒绝方永年?

“一心对你交女朋友这件事一直非常排斥，所以我确实担心过，万一她对你的感情从崇拜变成其他，我应该怎么办。”刘米青看着方永年，“但是这种担心并没有持续太久，因为我想，不管一心怎么胡闹，总是还有你在。”

她很放心，因为她知道，方永年那么聪明骄傲的人，是不可能会对这样的感情动心的。

他应该非常明白，陆一心可能只是青春荷尔蒙的移情。

他经历过那么多的事情，看过那么多人世百态，他不可能不知道他们两个如果在一起，他需要经历什么。

那么，为什么今天晚上，他会半搂半背地抱着她的女儿，告诉她，他们在恋爱。

“我是拒绝过。”刘米青想的那些，曾经是他的心路历程，“但是现在回过头来想想，我的拒绝一直给她留了后路。”

他其实只要把这件事告诉陆博远和刘米青，那时候高二的陆一心就再也出不了什么幺蛾子。

他其实只要拉黑陆一心，和陆博远和刘米青详谈，彻底地和他们家不再往来，当时只有高二的陆一心，根本没有能力再次找到他。

他可以有很多很实际有效的方法，但是他都没用，他只是一次次地告诉陆一心，他们在一起后会很艰辛，他们这段感情并不会被祝福。

“所以我应该从来没有拒绝过她，我只是告诉她我和她在一起会有多难，剩下的让她自己选。”

就算他当时其实不是这么想的，但这确实是他下意识做的。

他辜负了刘米青夫妇对他的信任，他也高估了自己的自制力。

刘米青因为方永年的厚脸皮，哑口无言。

他又和刚才在派出所门口那样，直白而又强势地告诉她，他就是和她女儿恋爱了。

他都没打算为自己辩解，他甚至还告诉她，陆一心之所以会跟他在一起，是因为他根本就没有认真地拒绝过陆一心。

“如果博远在这里，你现在可能已经要被他打死了。”刘米青张着嘴，语气无奈。

方永年这个样子，她反而不知道应该说什么了。

“我知道。”方永年苦笑，他确实做好了这样的思想准备。

“我很生气，但是确实是因为那个人居然是你这件事，更让我动气。”刘米青到底不是脾气火暴的人，被连着戳了几次，那一肚子气早就再也聚不起来了。

“你是一心的叔叔……”她说到一半闭了嘴。现在说这些还有什么意思，背都背了，看方永年现在的态度，牵手拥抱估计也没少做。

“什么时候开始的？”刘米青觉得自己问出这个问题，真的是心如死灰。

“高考结束后。”方永年有问必答。

刘米青：“……”

陆一心现在大一第一个学期都快结束了，他们恋爱都快半年了。

“你本来是打算等稳定了再告诉我们的？”她和方永年认识那么多年，对他的性格也很了解。

虽然不想承认，但是他既然已经和她女儿在一起了，就肯定是认真的。

方永年认真对待的事情，一直都很稳妥。

“嗯。”方永年承认，“我本来打算这个周末请你们吃饭的。”

刘米青：“……”

所以方永年认为，他们的感情已经稳定了。

“车祸以后，我给你介绍过几次相亲。”刘米青说得很慢很慢，“找的女孩子都是各方面条件还不错的，虽然都没有成，但是我和博远确实没有觉得你车祸之后就不如人了。”

方永年的人品、学识甚至样貌，都是很出众的。

前途也稳定。

她从来都没有觉得方永年少了一条腿，就没有办法当一家之主了。

“现在换位思考，我仍然不觉得你的身体情况会是我们犹豫的主要原因。”刘米青笑了笑，“在外表这方面，我的想法向来是只要一心觉得没问题，那应该就没问题。”

她把他的残缺，归到了外表这一类。

方永年很意外，也很释然。

也难怪，只有这样的家庭才能培养出陆一心这样的孩子。

“我介意的是你的经历和你的年龄。”午夜一点多，刘米青终于从一个晚上的混乱中找到了平衡点，梳理出她听到这个消息后，心里一直的不安到底是什么。

“一心还在读大一，她的人生都还没有开始。

“但是，你不一样。

“如果你还是车祸前的那个性格，你们今天真的走到一起了，我的反应可能不会那么大。”

年龄辈分这种事，说到底了，都是外在条件。

他们又没有血缘关系，陆一心能找到方永年这么稳重的男人做男朋友，她应该是不会反对的。

“永年。”刘米青看着方永年，说得很恳切，“我不能把一张白纸一样的一心交给你。

“一心不可以跟一个对人性已经绝望，觉得活着的每天都只是为了活着的人在一起，她的人生都还没有开始，我不能眼睁睁地看着她跟着你一起暮气沉沉。”

这是一整个晚上，刘米青说得最重的一句话。

方永年没有说话。

刘米青也没再开口。

话说到这里，他们两个人想要表达的意思对方都已经知道。

陆一心和方永年在一起这件事，刘米青无法反驳。

但是方永年对人性已经失望，对未来毫无想法这件事，方永年也同样无法反驳。

哪怕他已经找过俞含枫答应留下来。

哪怕他已经开始着手抗默项目的前期准备。

但是他没有办法昧着良心说，他做这个项目，是因为他有使命感，是因为他想要治愈那些被疾病折磨的人群。

就和他对仿制药的数据几近变态的要求一样，他做这些，只是为了一口气。

哪怕蹉跎了五年，他方永年仍然可以做出他们望尘莫及的成就。

哪怕他少了一条腿，他也仍然可以幸福。

他做所有的事情之前，都逃不开这两个哪怕。

他想过一百种刘米青和陆博远会拒绝的理由，但是万万没想到，刘米青介意的点，是他的命门。

他确实厌世。

车祸之前，因为没有入世，所以毫无感觉。

车祸之后，世界对他全是恶意，他一人踽踽独行，看过的经历过的都是人间极恶，所以他根本找不到不厌世的理由。

他可能是需要有一个伴，像肥猫那样的互不影响的动物，或者，像俞含枫这样各自生活的人。

所以刘米青不想把美好的陆一心交给他，在明明知道他以后的生活也一样会和这个世界隔离的前提下，肯交给他就怪了。

方永年低头。

这可怎么办呢?

被掐着命门，他还是不想放弃，该怎么办呢?

他真应该找道士收了这个小妖怪的，现在他看到了小妖怪的心，怎么可能还能说放弃。

陆一心探头探脑地从房间里出来的时候，客厅里正陷入沉默。

方永年不说话，她妈妈也没说话。

“那个……”洗干净之后，她有小半张脸肿着，手肘破了，膝盖也破了，穿着棉布裙子站在那里，怯生生的。

方永年和刘米青同时看向她，同时皱着眉。

“我就是有件事想确认下……”她赤着脚跑到客厅，蹲在了方永年面前。

方永年从她出来后就一直盯着她，她走近了，他直接伸手把她的头发撩起来看了一眼。

“他们还扇你耳光了？”声音冷得让人打哆嗦。

陆一心长发披着的耳朵边上，有个很清晰的五指印。

“这群人还有没有王法了？”刘米青直接扑了过来。

陆一心刚才洗澡之前太脏了，洗的时候又一直被陆一心打岔，刘米青都没注意到这个五指印。

“我不记得了。”陆一心回答得很敷衍，她避开她妈妈想要细看的手，注意力都在方永年的腿上。

她明明记得他去派出所的时候，穿的是灰色的运动裤。现在怎么换成平时的西装裤了？

“你的接受腔是不是戴歪了？”她皱着眉。

她在他裤子上看到了血渍，刚开始以为是她脚底板的，可是刚才洗完了澡她检查了一遍脚底板，只是蹭破了皮，袜子上面有一点点红色，绝对没到她看到的那个程度。

“你的手也很冷。”她捏着方永年的手。

他手心惯常的都是暖的，现在手指冰凉，手心也没什么温度，甚至还有点潮湿。

“你不会幻肢痛了吧？”她眉头拧得更紧了。

“你先管好你自己。”方永年都不敢去看刘米青的表情，“医药箱我拿过来了，伤口消毒完再睡。”

他站起身，觉得此地不宜久留。

再留下去，他会想吻她。

他这一个晚上都想要确认她到底伤在了哪里，她怕不怕，她晚上一个人敢不敢睡。

但是因为她父母在，他一直忍着。

可是这丫头居然在这样的情况下，发现他接受腔戴歪了，发现他换掉了那条带血的运动裤，发现他身体有些不对劲。

她那天晚上在走廊里掏出来的，确实是她的心。

“你们刚才说的那些我都听到了。”陆一心仍然牵着他的手，“俞含枫挺抠门的，这屋子装修的隔音效果不好。”

她习惯性地带歪跑题。

这一次，方永年却发现，她其实只是有些紧张。

“我其实一直不明白，你们为什么总觉得，方永年还可以做得更好？”她看着她妈妈，眼睛红红的。

刘米青的眼睛也红红的。

“他经历了那么多的事，他还愿意对亲近的人好，他还愿意维持着表面平和，他甚至还陪着我爸在制药，为什么你们还觉得不够？”

这句话可能是她疑惑了很久的问题，问的时候一迭声的。

刘米青张着嘴，哑口无言。

“我知道，他如果只是方永年，你一定觉得这样已经很好了。”

她还记得她妈妈夸方永年的那些话，每一句都记得。

“但是因为他要和我在一起，所以你的要求又高了。

“可是妈妈，你这样，我好难受。

“我知道你说那些话是为我好，是因为你觉得我没有经历过自己这个年龄应该要经历的事情，太可惜了。

“可是我和他在一起，一直都在经历我这个年纪应该要经历的事情。

“和他在一起之后，我每一天都很快乐。

“有压力的那个人一直是他，我不希望我最亲的亲人，也要给他压力。

“好多好多人都在欺负他，为什么你们也要？”

她眼泪要掉不掉的，咬着嘴唇，逼着自己不哭出来。

她本来想乖乖地待在房间里的。

她知道方永年会处理好，她听方永年说他从来没有拒绝她的时候，她还偷笑了很久。

他终于承认了。

这个死闷骚。

可是她妈妈说他暮气沉沉。

她妈妈说完这句话，方永年就再也没有说过话。

然后她一个人在房间里，心就开始一点点地揪着痛。

她有些明白方永年说的委屈，他说他想飞黄腾达的时候，那种带着孩子气的负气感。

方永年的七情六欲和普通人是一模一样的，就因为他天赋极高年少成名，就因为他被迫遭受了惨事，所以大家都觉得，他变了。

他为什么不能变?

他一没有撑天撑地，二没有怨天尤人，他少了一条腿，但是他从来都没有成为任何人的负担。

那么，他为什么不可以变?

她一个人在房间里越想越气越想越委屈，所以忍不住开了门。

她本来想趁她爸妈睡着了再偷偷溜到方永年家里去看他的义肢是不是有问题的，结果现在，她忍不住了。

“反正我爸还没回来。”她揉了揉眼睛，很倔强地就是不哭，“我陪方永年去看看他的腿，他刚才出了好多血，连裤子都换了。”

“你们要打要骂等我回来再说，我会道歉的！”她气呼呼地拽着方永年往门外走，走到一半，回头。

刘米青还是站在原地，一动不动。

“妈……”陆一心红着眼眶，“我现在这样，也不过就是仗着你们宠我。”

所以你，不要伤心了。

我要保护方永年。

所以，暂时只看得到方永年。

但是你们也不要伤心。

因为如果没有你们的宠爱，我不敢那么肆无忌惮。

我爱你们。

只是此时此刻，方永年更需要我。

可能是被陆一心的强盗逻辑彻底震住了，也可能是还没反应过来，反正刘米青真的没有拦他们。

陆一心像个雄赳赳气昂昂的女战士，拉着方永年的手，径直按下密码，开门，进门，关门。

然后，她像一个被捅破了的气球，迅速地萎了。

“我妈居然没拦我！”她吓死了。

方永年没动。

说真的，她刚才的那一顿操作，换成任何一个人都不知道应该做出什么反应。

什么话都被她说光了，别人还能有什么反应。

“你是不是真的幻肢痛了？”冷静下来了，她才发现方永年的脸色比正常的时候白。

他一动不动地站在玄关，维持着被她牵着手的姿势。

陆一心为了观察他的表情，几乎要贴着他的身体。

他松开了陆一心的手，扣住了陆一心的后脑勺，一声不吭地吻了上去。

这一次，是深吻。

他对她向来极其温柔，从来没有像现在这一刻，每一个动作都带着侵略性。

男人对女人的那种，因为力量，因为欲望，完全成人的侵略性。

陆一心被困在墙壁和他之间，被吻得有些不知所措。

他一直辗转地啃咬着她的嘴唇，等她呼痛，直接长驱直入。

向来只是纸上谈兵的陆一心彻底蒙了，呜咽了一声，放弃抵抗。

有点缺氧，浮浮沉沉的，她的手也不自觉地勾到了他的脖子。

晚上被拉扯殴打的地方还是有点痛，方永年说她被人扇巴掌了，她在接吻的时候发现应该是真的。因为张着嘴，耳朵那边拉扯到了，就会觉得痛。

除了痛，就都是让人窒息的男女之别。

她听到了方永年的呼吸声，她感受到了方永年的味道，他的嘴唇很软，他的嘴里有很淡很淡的苦味。

她渐渐地觉得脚上没有了力气，整个人都靠在了方永年身上，手开始无意识地握成拳，呼吸越来越急促。

太……成人了。

她迷迷糊糊的，十分满足。

等方永年终于吻完了，离开她的时候，她还特别不爽地“嗯”了一声。

方永年通红着一整只耳朵，对陆一心的这声反应很大。

他又吻了上来，这次，恶狠狠地咬了一口。

“痛！”陆一心哭唧唧的，伸爪子想挠他。

方永年松口，把头埋在她的颈窝，无声地笑了。

“接吻……可以治疗幻肢痛吗？”陆一心觉得方永年的手开始回暖。

如果可以，那简直太好了！

“不可以。”方永年还闷在她颈窝里，“但是可以改变血液循环。”

幸好他换了西装裤，现在要是运动裤的话，估计会被这丫头当场逮到。

没有反应过来的陆一心傻乎乎地“哦”了一声。

“那你的腿，是不是真的出血了？”她还记得正事。

“嗯。”方永年没瞒着她，“派出所电话打过来之后，我差点直接单腿跳过来。”

他能戴上义肢过去，已经很不错了。

就别纠结接受腔有没有戴歪，大腿有没有出血了。

方永年的回答奇异地取悦了陆一心，她像个傻姑娘一样乐呵了半天，也不想哭了。

“我妈妈说的话，只是想要保护我。”她停不下来的脑子很快地又有了新的烦恼，“你不要生她的气。”

“你妈没说错。”方永年微微站直，“我确实暮气沉沉。”

方永年确实没什么积极的想法，出了车祸之后，除了报仇天天得过且过。

陆一心想皱鼻子，却因为脸肿皱不起来。

“你跟我在一起之后才没有暮气沉沉。”陆一心踮起脚去弄方永年的耳朵，“它会红了之后，你就变成正常人了。”

陆一心又用了奇奇怪怪的比喻，把他的耳朵说得跟匹诺曹的鼻子一样。

“坐那边去，我给你擦药。”他似乎也被她这样的比喻取悦到，拍拍她的头。

他终于可以做这一个晚上以来一直在想的事情，检查她的伤口。

“下次遇到这种事你再冲过去我真的会揍你。”伤得最重的还是手，左手手心被石头划破了一道很长的口子。

“你说……等我爸爸回来，我会不会真的挨揍啊？”陆一心压根儿就没在意方永年的威胁，她勇猛完了之后，就开始慌。

“有我呢。”方永年一脸凝重地帮陆一心上药，陆一心没叫痛，他自己的眉心抽了好几下。

“我们现在两个都是伤残兵……”陆一心指出了显而易见的事实，“我爸见一个打一个，见两个打一双。”

方永年叹了口气。

“怎么了？”陆一心好奇。

“气氛变得太快，我有点麻木。”方永年老老实实地回答。

上一秒，他还在担心他说服不了她的父母。

下一秒，他就被陆一心用喷火女英雄的姿态，直接从房间里拽了出来。

“今天事情好多。”麻木的他，开始抱怨。

“你的鞋是不是不合脚？”他又抱怨，“那条巷子从头跑到尾又不长，怎么能把鞋都跑丢了。

“你的胳膊肘往上面扭一下，这里擦不到。

“你才二十岁不到，筋怎么那么硬啊。”

……

“方年年……”

“嗯？”

“你暮气沉沉个鬼！”

“我们可能把一心教得太好了。”半夜四点多，陆博远夫妇还坐在客厅里，毫无睡意。

陆一心很快就从方永年那里回来了，全程没超过半个小时，她明显被顺毛了，回来的时候，眼睛亮晶晶的。

陆一心虚心接受所有的责备，顶着半张肿着的脸，可怜兮兮地眨巴着大眼睛。

陆一心今天晚上经历了她人生中最可怕的时刻，她身上每一个伤痕都在提醒刘米青，自己女儿是个会为了良心大半夜地拿着石头冲进流氓堆里的傻孩子。

他们把她教得太好，的确责备不出口。

所以在陆博远回来前，很无语的刘米青就已经让陆一心先去睡了。

等陆博远梦游一样回到家，夫妻俩就这样一声不吭地坐在客厅里，表情空白。

刘米青已经把今天晚上发生的所有事情都告诉了陆博远，包括方永年的态度，包括他们自己女儿的哭诉。

陆博远从怒气冲冲，到目瞪口呆。

他坐在沙发上傻了很久很久，哑着嗓子问出了第一句话：“你真的不介意永年残疾？”

刘米青叹了口气：“这不是主要问题。”

“可我有点。”陆博远大概也觉得这话说出来有点丢人，摸摸鼻子，“介绍别的女孩子会客观一点，但是自己的女儿就……”

可是现在说什么都晚了。

他就说他最近老觉得他们两个有点怪怪的！

“永年今天早上去找过俞含枫，他打算说服她把公司负责人的职位交给别的专家，这样他和我都能进抗默项目做研究员。”

这件事，方永年是找他商量过之后再去找俞含枫的，他当时还因为方永年这次居然先找他商量而沾沾自喜。

“所以他也不算暮气沉沉，我觉得他最近改变挺大的。起码他应该比我们还想找回以前的状态，你用这点指责他，不太公平。”陆博远用碎碎念的语速和音量。

刘米青烦躁了：“所以呢？你同意？”

“我当然不同意。”陆博远耙头发，“我这不是也乱着嘛！”

谁能想到他们居然会在一起呢。

方永年在派出所门口承认的那个瞬间，他第一个感觉不是震惊而是荒唐。

这话如果是从陆一心嘴里出来的，他可能都不会相信。

他在派出所的时候一直在想，回去以后一定要砸开方永年的门，一定要揪着方永年的脖子问问，怎么能这样对他们。

但是真的回家了，他瞪着方永年的门，这手怎么都敲不下去。

他连确认的勇气都没有了。

这太荒唐了，他们两个还差着辈分呢！

方永年要是跟他女儿在一起了，那方永年得管他叫什么？！

“这都叫什么事啊！”陆博远觉得自己要秃了。

“老陆。”刘米青握着自己丈夫的手，“你有没有幻想过我们家一心以后的男朋友会是什么样子的。”

“没有，从来没有。”陆博远使劲摇头。

这个画面让他很不舒服。

他在今天之前，还一直觉得自己的女儿还小！

谈什么男朋友结什么婚！

“我想过。”刘米青被丈夫一脸抗拒的表情逗乐，表情明朗了一点。

“一心其实很敏感，谁对她好谁对她不好，她心里很清楚。

“所以我想，她以后的男朋友必须得是一心一意的，要不然这丫头性格那么刚烈，男朋友真出什么幺蛾子，她估计得闯祸。

“再后来，我又心疼一心以后得去做别人家的媳妇，所以想，男方最好家庭情况要简单，父母都不要是强势的。”

“我想了很多，后来想想，这世界上哪有那么好的男人。”刘米青说完，自顾自地又笑了。

“现在的社会那么浮躁，大部分人都只顾着自己能活得好，一心这样的丫头，只要能找个真正对她好的就行，其他的我都不挑。”

刘米青叹了一口气。

“但是真的发生了，我发现我还是挑的。

“我嫌方永年的年纪太大，我嫌他城府太深，他今天晚上坐在那里，我连他的坐相都嫌弃。”

坐得太直，防备心太重。

“我挺惊讶的，我平时不是那么不讲理的人。

“方永年和一心今天晚上真的做得特别好，但就是做得太好了，所以我就又在想，一心为了方永年，到底是吃了多少苦，才能有现在这样的成长。”

“老陆，我心疼我们家一心。”刘米青靠在陆博远肩膀上，很长很长地叹了一口气。

“你没有看到一心今天说那些话时候的表情。

“我从来没有想到我们女儿看问题的角度会那么成熟，她在那种情况下也没有胡闹，她拉着方永年走的时候，还特意回头告诉我，她能这么肆无忌惮，不过是因为知道我们疼爱她。

“她今天的表现比我还像个大人。

“你说，她的成长过程中如果只有我们，没有方永年，她还会不会像现在这么出色？”

陆博远沉默。

刘米青苦笑：“你也不知道对不对……

“我今天坐在这里，一个人思前想后，我想了无数种可能。”

“如果一心今天恋爱的那个人不是方永年，而是另外一个大她十四岁少了一条腿的残疾人，你会同意吗？”她问丈夫。

陆博远皱着眉：“我连方永年都不会同意了，更何况其他人。”

“你看，你也觉得方永年相对能接受一点。”刘米青声音很轻，“我在考虑这些可能的时候，总是在下意识地想，如果这人不是方永年，我们拒绝起来肯定不会那么为难。”

那是带大陆一心的方永年。

那是他们知根知底，知道他绝对不会亏待他们女儿的方永年。

哪怕发生这样的事，他们想到方永年想到的第一个词，也仍然是正派。

连陆博远都会忍不住辩护两句的人。

“我想了很多种阻止他们两个在一起的方法，搬家，你辞职，或者我们强硬一点，把这事闹大，闹到两家都知道，闹到方永年名声扫地。

“这事是方永年不占理，真的闹大了，他的抗默项目也别想做了，勾引师兄的女儿这种八卦传出去，他现在本来就不太好的名声估计就彻底毁了。

“而且我觉得，这事要让一心知道，只要让她知道他们如果恋爱就得付出这样的代价，她也会退缩的。

“我就一个人坐在这里，想着，如果这样做了，他们两个说不定就真的可以分开。”

刘米青看着陆博远。

“但是，接下来呢？”

陆一心会怨他们一辈子。

他们会毁掉一个制药天才好不容易挣来的第二次机会。

他们如果强行把那个从小带大陆一心的男人从陆一心的生命里剥除，那么陆一心，还能是现在这个她只要想起来，就觉得骄傲的女儿吗?

“我们不能这样。”一个晚上都很想把方永年从窗户丢下去的陆博远被妻子的话一下子吓清醒了，“这事还不至于这样。”

这样做，会毁了好多人，毁了方永年，毁了他们的家庭，还有那些可能会因为他们抗默项目受益的人。

一场恋爱。

不能这样。

不至于。

“对，不至于这样。”刘米青红着眼眶，“所以，如果我们接受呢？”

陆博远又下意识地摇头：“接受……这也太荒唐了。”

方永年啊!

他上司啊!

刘米青不再说话，就这样红着眼眶看着他。

陆博远非常不安地在沙发上挪腾了两下。

“就没有不那么极端的方法吗？”他十分不甘心地瞪着眼睛。

“让一心离开方永年？”刘米青甚至苦笑了一下，“我想不出。”

那是她女儿喜欢、崇拜了快十年的男人啊，不伤筋动骨，根本剥离不了。

“所以你说那小子怎么就能答应了呢！”陆博远气死了，“一心不靠谱，他怎么能跟着胡闹！”

刘米青抹了一把眼泪。

“你别哭啊。”陆博远又只能苦着脸给刘米青擦眼泪。

他们两地分居，一个月难得见几次面，眼看着老婆眼角的纹路慢慢变深了，他心里面揪得特别难受。

所以他开始安慰妻子。

“其实，也不是完全没有好处。

“起码知根知底，而且，别的不说，他对一心是真的好。

“他家的那些情况你也都了解，一心不是逢年过节的都会打电话过去吗，你担心嫁过去当媳妇的事情，估计也不会发生。

“这样一想，其实都满足了啊……”

他安慰着安慰着，语气就变了形走了样。

越说越觉得，他老婆要的不就是这样的女婿嘛。

“我有说得那么远吗？”刘米青眼泪越掉越凶，还结婚，还媳妇!

“老婆……”深更半夜的，陆博远的称呼也亲昵了一些，“说真的，他们恋爱要不是奔着结婚去的，我现在就拿着刀出去砍死他。”

“你女儿才大一！”刘米青气得头都昏了。

“我没说那么早！”陆博远都不知道他为什么要说这些话，他不是不赞成的立场吗，为什么会变成这样，“但是谁谈恋爱不是以结婚为目的的啊！”

刘米青：“……”

“而且为什么现在我的手机会响？”陆博远黑着脸，拿出了手机。

微信。

他皱眉，快五点了，谁给他发的？

方永年：“我在门外，麻烦开个门。”

“你等等。”陆博远跳起来，冲到门口打开门。

方永年果然站在门外，方永年比他高半个头，低头看他的姿势让他十分不爽。

于是，陆博远很顺手的就又把门给关上了，当着方永年的面，贴着方永年的鼻子。

陆博远的手机很快地又振动了一下。

方永年的微信，只有一个标点符号：“？”

陆博远恨得牙痒痒，却到底还是打开了房门。

“干什么？”他压低了声音，“你也不怕吵醒别人。”

这幢楼就住了他们两家人，吵醒谁？

“我等陆一心睡了才过来的。”方永年说话还是慢悠悠的，“我有东西要交给你们。”

他担心陆一心晚上不敢睡觉，让她开着通话陪她聊了一会儿，听到她打鼾了，才来敲门。

这件事，他暂时不想让陆一心知道。

“这张黑色的是我的工资卡，另外一张绿色的，是禾城药房的分红。”他把两张银行卡交给陆博远，“密码都用便利贴贴在后面。

“我本来是想周末跟你们吃完饭再给你们的，不过现在给也行。

“我知道你们家向来都有工资全部上缴的习惯，工资卡我办了一张副卡，消费的手机短信设置成了米青姐的。

“每个月工资都会打在主卡里，我平时用这张副卡消费，你们也都能看得到。

“陆一心现在太小，交给她理财我不放心，所以暂时先交给你们。”

“很晚了，睡吧。”他说完，就顺手带上了门。

陆博远拿着银行卡发呆的工夫，对门的密码锁就已经响起来又安静下来。

陆博远烫手山芋一样地把这两张卡丢给刘米青，自己抖了抖肩膀。

虽然方永年用这办法明确和他女儿的恋爱的态度，但是这都叫什么事？！

他女儿才大一！

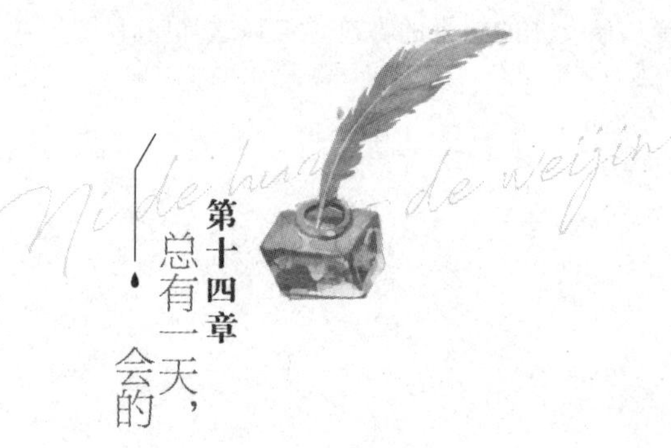

第十四章 总有一天，会的

李小安的事情很快就水落石出了。

那一伙人确实是冲着李小安去的，本来计划周三晚上守在李小安回宿舍的路上堵人，结果那天影评社因为陆一心一直念叨着她男朋友觉得这样不安全提早解散了，她们两个人回宿舍的时候，夜市摊都还没有收。

那伙人就在附近喝了点酒吃了点夜宵，趁着酒意回到巷子里一看，他们之前错过的姑娘正撅着屁股在空无一人的巷子里找东西。

于是就有了后面发生的事情。

本来的意图就只是打算教训教训李小安，结果这伙流氓看到李小安长得挺好，脾气还呛，酒意上头之后就开始脱她的衣服。

陆一心及时报了警再加上拿着石头冲进去的样子，着实有点唬人，虽力不敌众吃了亏，对方也不敢恋战，不幸中的万幸是并没有酿成更大的惨事。

那伙人很快就被抓了，他们找李小安寻仇的原因，让人目瞪口呆。

“就……因为军训的时候你跟她男朋友借了矿泉水？”陆一心的脸消肿了，耳朵根边上还有一点瘀青。

相比她，李小安伤得重得多，嘴角还是肿的，眼睛旁边的瘀青很吓人。

“她上个礼拜跟男朋友分手了，她男朋友用的分手的理由是他想追我。”李小安拿着一枚小镜子检查自己的嘴角，爆了一声粗口。

“她男朋友一直都想跟她分手，但因为知道这姑娘认识一些不三不四的人，又屃得没胆。

“结果他不知道从哪里听说我爸爸是黑社会老大，他想着把这事推给我应该没问题，于是……”

吴齐："有病。"

陆一心缩回到上铺，想了想，又探出个脑袋："军训的时候你为什么老找有女朋友的男同学要矿泉水啊？"

因为这件事，她对李小安的印象直接变成了负分。

"我不是要的，我是花钱买的。"李小安翻了个白眼，"女孩子都不肯卖给我，找单身的男孩子他们话又特别多，只有有主的那种比较干脆。"

吴齐张着嘴："你要那么多矿泉水干什么？"

军训的时候每人每天都会发五瓶，回宿舍了还有饮水机，很多人每天都能剩几瓶水。

"洗脸，做面膜，防晒啊！"李小安瞪着自己肿肿的眼睛，"你们没发现军训结束后我一点都没有变黑吗？"

糙女人陆一心和吴齐面面相觑，陆一心默默地缩回到上铺。

她天真了，她以为美女都是天生的。

"但是打架那件事，我还是不能原谅你。"陆一心看着天花板，李小安撕了方永年的照片，此仇不共戴天。

"这事是我的错。"李小安承认得特别爽快，"我那时候看你很不顺眼。"她停顿了一下，"而且，你把照片塞在身上的时候我看了一眼，看岔了。"

"你看成什么了？"陆一心好奇。

"我们系有个小语种老师，长得很帅……"李小安支支吾吾的，"我以为你偷偷藏了他的照片。"

陆一心："啊？"

"那个欧阳老师对不对！"吴齐突然兴奋了，"我也觉得他很帅！"

陆一心："啊？"

"欧阳老师好受欢迎，你没见过？"吴齐不怎么大的眼睛瞪成了圆形。

"我……没啊。"陆一心讪讪的，"而且，怎么可能有我男朋友帅，你什么眼神啊，还撕了我的照片！"

"这确实是我不对……教官踩碎的口红色号我再也买不到了，所以一时激愤……"李小安挠挠头，决定转换话题，"不过你男朋友真的好帅。"

方永年穿着黑色大棉袄冲进派出所的时候，她都没发现他的腿有问题。

她就坐在陆一心旁边，所以看到陆一心的男朋友那条奇怪的腿流着血，脸上却挂着笑。

他细细地听陆一心絮絮叨叨，语气温柔得让在一旁的她都觉得鼻酸。

"我都没见过。"吴齐有点遗憾。

"我还有他的照片。"陆一心来劲了，拿出手机跳下床铺。

青春年少的隔阂有时候只是因为没有靠得太近。

女生宿舍的魔力在于，不管有没有脸红脖子粗扯头发掐脸蛋，很多年之后回忆起来，仍然会带着笑，那些吵过架、打过架的对象，会变成室友。

室友，一室的朋友，凝结了所有的回忆，最终仍然带着“友”字。

陆一心并不十分明白自己父母对她和方永年恋爱的态度。

她妈妈看起来并没有同意，但是，也没有拦着。

她爸爸暴躁了好几天，对着方永年横挑鼻子竖挑眼，还私下里问过她是不是脑子坏掉了，但是，也没有真的拦着。

甚至今天她妈妈年假结束回禾城，还是方永年开车送去禾城的。

方永年回来的时候绕到陆一心学校，大老远的就看到陆一心在路边冲着他招手。

她穿着一件很大的红色高领毛衣，头上戴着黄色绒线帽子，很显眼，也很热烈。

打开车门的时候，带进来一阵寒风，热热闹闹的。

“怎么样？”她屁股还没坐稳就开始问。

方永年慢悠悠地把空调温度调高，慢悠悠地把车载收音机音量调小。

“安全送到了。”他回答得也慢吞吞的。

陆一心脱帽子的动作就停在了半空中，鼓着腮帮子瞪他。

方永年笑，伸手揉了揉她刚刚脱掉帽子毫无发型的脑袋。

“你妈妈没说什么。”他不再逗她，“就是比以前客气了。”

陆一心皱着鼻子。

“倒是你爸……”方永年看了陆一心一眼，“他今天早会又把我的咖啡换成红糖水了。”

陆一心：“……”

“这种时候，你和你爸真挺像的。”方永年回想到早上那杯齁甜的糖水就忍不住皱眉头。

“他应该只是不想你喝太多的咖啡。”很像陆博远的陆一心很懂父亲的脑回路，“但是换成普通红糖水又太便宜你了，所以会特意弄得特别甜。”

真是一家人。

方永年笑了：“我懂，这件事毕竟太突然了，他们就算要接受，也需要时间。”

现在这种默认的情况，已经比他想象中的好太多了。

“其实……”陆一心靠在车椅背上，有点难过，“我觉得我妈妈挺伤心的。”

“嗯。”方永年在车载导航上输入了一个地址，“她很介意我的年纪。”

“为什么呢？”陆一心歪着头，问得郁闷，“相差十四岁也没有那么夸张啊。”

“因为我比你聪明。”方永年拍拍她的头，跟拍肥猫似的。

陆一心：“？”

“比你聪明，经历比你多，想事情又比你全面。”他面不改色心不跳地夸自己，“所以不是个好对象。”

陆一心龇牙咧嘴：“好好说话，不然我揍你了。”

方永年斜斜地看了她一眼。

小屎包陆一心迅速地闭上嘴，端端正正地坐好，眼观鼻鼻观心。

“就像现在这样。”方永年又拍拍她的头，“你妈妈会不放心。”

“她觉得你会揍我？”陆一心瞪大眼。

方永年：“……”

陆一心还是瞪着眼睛。

她没有在耍宝，她是认真的，她妈妈不会觉得方永年以前揍过她，现在还会揍吧？

不过话说回来……

“你现在……不会揍我了吧？”她问得很不确定。

因为她还是很皮，有时候管不住嘴，做事冒失。那天晚上的事，事后想想也挺值得被揍的。

她其实还在适应从侄女到女朋友的转变，她那天说她会错乱，还真的不是在撒娇。

“我现在揍你，算家暴。”方永年无奈了。

更无奈的是他说完这句话，这丫头就跟吃了兴奋剂一样，捂着嘴红着脸，笑得眼睛都要看不到了。

“吼吼吼吼吼。”她用巫婆的笑声来表达自己现在的心情，“好幸福哦！”

方永年决定不再细问她到底为什么又突然觉得幸福了，坚强地把话题转了回来。

“你妈妈应该是担心你会吃亏。”这其实不是一个让人愉悦的话题，他能理解刘米青对女儿的担心。

毕竟是陆一心先追的他，陆一心这样掏心掏肺地对他，有时候连他都会觉得揪心。

被打开幸福开关的陆一心已经没有办法用正常思路想问题了。

她满脑子的家暴。

方永年现在揍她，算家暴呢！

“吃什么亏？”还在冒粉红泡泡的陆一心说得特别真诚，“我在这里天天等着你让我吃亏呢，你倒是来啊！”

觉得已经聊不下去的方永年不再说话，他把导航的声音开大，看都不看她一眼。

算了。

也不需要她懂。

从电闪雷鸣回抱了她的那个下午开始，他就已经打定主意要守着她，让她平平安安地变成大一点的陆一心。

刘米青的担心，永远都不会变成现实。

更何况……

“我们去哪儿？”闲不住的陆一心又有了新的好奇。

“找个地方聊天。”车子已经渐渐地开到了华亭郊区，大冬天的，树叶都落光了，显得特别萧索。

陆一心更好奇了：“回家不能聊吗？”

为什么要特意找一个地方聊天。

刚才的家暴余韵还在，她捂着脸问：“难道你要求婚？”

方永年：“……”

“你爸爸今天在家。”他太阳穴突突直跳，“在家聊天不方便。”

“哦……”陆一心还有点失望。

方永年捏着方向盘手松了又紧，到最后还是没忍住：“你才十九岁，还没到法定结婚年龄。”

现在提结婚，陆博远真的会剁碎他。

“谁说不是呢。”陆一心叹了口气，幽幽的。

方永年被她这口气叹得肺疼。

“我只会比你更急。”他终于在到地方停好车熄了火之后，恶狠狠地说了一句。

一直在感叹风景的陆一心一时半会儿还没有反应过来。

她跟在他后面左右张望到一半，突然顿住。

“你刚才说什么？”她眼睛唰地亮了。

“没什么。”方永年才不要如她所愿，“先点吃的，进去聊。”

这个地方，他找了很久。

山上，有火炉，有美食，私密。

他想在这里好好地和陆一心聊聊未来，他的，和她的。

方永年带陆一心来的这个地方很别致。

这是华亭郊区一座小土坡上的私家菜馆，院子里养了很多家养的鸡鸭，后院还有不少清水鱼。吃饭的房间都是隔开的小木屋，每个屋子里都装了壁炉，装修成了欧式客厅的模样。

陆一心一进院子就被院子里的两条阿拉斯加吸引了，又搂又抱的，不亦乐乎。

“陆一心。”方永年点菜点到一半突然回头。

“啊？”陆一心黄色毛线帽子从两只阿拉斯加的脑袋中间蹿出来。

“这里的鸭子还不错。”他问她，“想吃姜母鸭还是啤酒鸭？”

陆一心一脸纠结。

方永年笑了笑：“鸭子切一半，两种做法都尝尝吧。”

身后的陆一心一声欢呼，夹杂着阿拉斯加的狼嚎。

“小媳妇啊？”老板娘很懂地冲方永年眨眨眼，“宠得很啊！”

方永年咳嗽了一声。

“所以说找男人还是得找个年纪比自己大的。”老板娘谈兴正浓，“像我们家那个就不行，我以为找个年纪小的年轻力壮能干活，结果跟多带了个孩子似的。”

方永年没接话。

小媳妇陆一心从阿拉斯加中脱身，搂住方永年的胳膊：“我想喝酒！”

方永年蹙眉。

陆一心跟着蹙眉。

老板娘在旁边煽风点火：“我这里有自家酿的果酒，很甜，度数不高，要不要来一点？”

“为什么想喝酒？”方永年一直到进了小木屋，老板娘点燃了壁炉，帮他们关好门之后才问。

陆一心坐没坐相地趴在沙发上：“我这辈子第一次喝酒的时候你不在，我那天很难过，所以啤酒就变得很苦。”

高考放榜当天，她终于意识到方永年打算彻底远离她，喝下去的酒都是苦的。

“啤酒本来就是苦的。”方永年也坐到了沙发上，低头看着陆一心拱啊拱的拱到他怀里，“少喝点，我要开车，今天只能你一个人喝了。”

“不能住这里吗？”陆一心声音黏黏的，“我看后院有住宿。”

方永年慢悠悠地说：“两个人都喝酒，然后晚上住这里？”

陆一心的头从他的怀里抬起来，用力地点了两下。

方永年伸手把她的小圆脸搓成一颗球，挤成了一团之后，瞪了她一眼。

“小说里都是骗人的。”他语气淡淡的，手里的动作却没有停。

被挤成一团的陆一心支支吾吾地试图发出自己的意见。

“男人喝了酒以后，一般都不会乱性。”他的语气还是淡淡的，耳朵根却不由得开始泛红。

陆一心瞪大眼睛，挣扎着救出了自己的脸，用无知无畏好奇宝宝的语气：“为什么啊？因为硬不起来吗？”

方永年：“……”

陆一心又缩回到他怀里，嘀嘀咕咕：“你不能揍我，揍我算家暴。”又娇又软，肆无忌惮。

“今天不行。”方永年没有揍她，只是抱着她晃了晃，“我最近自制力不太好。”

陆一心：“？”

“不是因为保守。”方永年读懂了陆一心的问号，失笑，“我还没准备好，有些东西，我比你介意。”

陆一心怔住。

“我不是老古板。”方永年说这些话的时候，是笑着说的，“最开始发觉我对你的感觉有些不对劲，就是因为我开始不愿意对你露出残肢。

“车祸之后你经常来医院，你看过我残肢的样子，你本来是我最不介意露出残缺的人。”方永年看着陆一心，“但是现在，我越来越介意。

“我身上有很多伤疤。

“我知道你那天抠我扣子，就是因为看到了胸口的伤疤。

“倒不是说今天晚上如果住在这里了，一定会发生什么。

“只是最近我们两个只要单独在一起，就总是会有一些东西失控。我暂时，还没有准备好，暂时，还不想失控。”

陆一心呆呆地看着他。

老板娘上菜的敲门声适时地响起。

方永年起身开门，老板娘和服务员端着菜盘走进来。方永年点了不少菜，还点了她刚才嚷着要喝的果酒。

屋子里因为壁炉暖洋洋的，方永年等菜都上齐了，服务员转身带上门之后，一回头，发现陆一心已经泪流满面。

“怎么了？”他哭笑不得。

陆一心就这样流着眼泪赤着脚跑下沙发，颠颠地跑过来搂住他的脖子：“呜呜呜……”

方永年无奈地抱住她：“你不去演戏真是可惜了。”

也就两分钟不到，这情绪真饱满。

“害你的那些人……”陆一心一边哭一边咬牙切齿，“都是王八蛋！”

方永年叹了口气，站在原地，把陆一心嵌进怀里。

那些人，都恶有恶报了，他亲手送进去的，包括吴元德给他的那份假造数据的名单，那里面的每一个人，都受到了惩罚。

可是在他心里，那些惩罚，居然都比不上陆一心在他怀里哭着骂的那一句王八蛋。

贴着肉贴着耳朵骂的。

骂得他莫名其妙地也觉得眼睛扎扎的。

“其实也没什么大不了的。”他不想丢人，干脆转移话题，“我只是还有点别扭，就像你晒黑哭肿了就不愿给我看脸一样。”

陆一心抽抽，伸手抚摸他的头发：“我以后都给你看。”她用安慰的语气承诺，“不管多丑都给你看！早上起来不洗脸也给你看！”

方永年失笑，眼睛却扎得更厉害了。

“我还可以不画眉毛的时候把刘海梳上去给你看！”她在绞尽脑汁地安慰他，“那样可丑了，看起来跟外星人一样。”

方永年没说话，只是把她越抱越紧。

陆一心抬头。

她看到方永年红着眼眶，因为被她逮个正着，直接伸手捂住了她的眼睛。

“这个……也不可以看吗？”她第一次看到方永年红着眼眶的样子，还没开始回味，就被遮住了。

“那等你准备好了再看。”陆一心很快又说服了自己。

“看个屁。”方永年粗声粗气，扶着陆一心的肩膀转过她的身子，“吃饭，这家菜风评不错。”

“你来过哦？”陆一心吃了一块鸭翅膀，含含糊糊地称赞，“好吃！”

“俞含枫推荐的。”方永年喝了一口鲫鱼汤，想起刚才陆一心说的话，“你画了眉毛？”

陆一心吃完鸭翅膀，擦了擦手，撩起刘海：“我眉毛之前不是特别多嘛，后来李小安就帮我都拔了，这眉毛是她画的，好看吧！”

“据说是很流行的柳叶眉。”她拖着凳子挪到了方永年面前，直接把脸凑到他眼前。

方永年默默地放下勺子。

“都拔了？”他更关心这件事。

“嗯！用剃刀嚓嚓嚓！”陆一心很兴奋地比画。

她今天出来化了淡妆呢，方永年这个大直男居然没看出来！

“那把眉笔擦干净之后，你就没有眉毛了？”方永年问得慢悠悠的。

“是啊。”陆一心咧着嘴比着额头那一大块空间，“如果卸了妆，我这里就没东西了。”

方永年：“所以，你凑过来只是想看看我眼眶有没有继续红对吧？”

演技拙劣，眼珠子都瞪出来了。

被揭穿的陆一心放下刘海，嘿嘿直乐。

“我从来没见你哭过嘛。”她坐在他面前就不愿意退回去了，索性把自己的碗筷都扒拉过来贴着吃饭。

方永年帮她盛了一碗汤。

男人哭多丢人。

他又把另外一只鸭翅膀放到陆一心的碗里。

他只是从来没有被人这样哄过，他们家只有兄弟俩，他父亲半辈子军人、半辈子体制内的老厂长，家里的氛围一直很严肃。

不管是他出事前还是出事后，他们家的家训一直都是严于律己。他少了一条腿，他的老父亲抽光了一包烟，然后告诉他，战场上缺胳膊少腿的士兵多了去了，只要留条命就行。

这是他们家安慰人的方式，也是他习惯的方式。

陆一心这样黏黏糊糊哄小孩一样的方式，他很陌生。

但是这样陌生的方式，让他有些上瘾。

他又一次放下勺子，撩开陆一心的刘海，看了一眼她的眉毛。

啃翅膀啃得正开心的陆一心叼着骨头瞪大眼睛。

“你化妆了？”方永年放下她的刘海。

他们见面两个小时后，他终于发现了。

陆一心叼着骨头使劲点头。

“哭花了。”方永年慢吞吞地拿出手机，调出前置摄像头递给她。

陆一心：“……”

“这里为什么是红色的？”方永年一边喝汤一边看陆一心收拾自己，又一次忍不住自己的好奇心。

“那是眼影。”陆一心面无表情。

“那这个红黑色的呢？”方永年又在她脸上发现了新的颜色。

“那是眼线，和眼影在一起之后晕开了。”陆一心持续着面无表情。

“哦。”暮气沉沉的男人点了点头，恍然大悟。

陆一心丢下粉饼，瞪他。

“怎么了？”方永年已经在喝第三碗汤了。

“你一直喝汤不吃鱼是不是懒得挑刺？”陆一心白眼快要翻到天上去了，“还有，我第一次在你面前化妆，你就不能说点好听的吗？我花了快一个小时才弄好的。”

方永年心满意足地看着陆一心一边唠叨一边帮他挑好一大块鱼肉放到他的碗里。

“挺好看的。”他实话实说。

如果没告诉他代价是剃光了眉毛的话。

所以他忍不住手欠又掀开了陆一心的刘海，然后在她彻底爆发之前，笑出了眼角的纹路。

真的挺好看的。

哪怕现在她的眼睛晕成了熊猫。

老板娘推荐的果酒，陆一心一直到吃完了饭才倒出一小杯抿了一口。

车厘子口味的，甜的。

她眯着眼睛抱着小酒盅坐到沙发上靠近壁炉，又抿了一小口。

方永年招呼服务员收拾完餐桌关上门回头一看，这丫头已经自得其乐地给自己斟上了第二杯酒。

“少喝点。”他不太清楚陆一心的酒量，这种果酒虽然度数不高，但是喝多了还是会醉的。

她高考放榜那天喝醉了都做了些什么，他还记忆犹新。

吃饱喝足的陆一心眯着眼睛笑，乖乖地开始一小口一小口地抿。

方永年从随身的公文包里面递给她一张纸。

全是英文。

陆一心拿起来看了一眼，宣布放弃："看不懂！"

"大一英文看这些绰绰有余，别偷懒。"方永年秒变叔叔，老学究一样的开始给自己泡普洱茶。

陆一心撇嘴，老老实实地开始看那张纸。

这是一封制药公司的offer，设计精美，内容和她的大学通知书差不多，都是恭喜、贺喜、大喜特喜。

陆一心果然看得懂，看到最后，揉了揉眼睛，又看了一遍。

这次，用数的。

"妈呀，这年薪是人民币还是美元？"陆一心数清楚几个零之后，吓得喝光了一杯酒。

"美元。"方永年慢悠悠地温杯投茶洗茶泡茶，喝了一口，皱眉。

"不好喝？"陆一心捧着酒杯就快要笑死。

装什么啊，他以为她不知道他最讨厌喝茶了，她爸爸每次给他倒茶他都会皱眉头。

尝试失败的方永年咂咂嘴，自己给自己倒了杯热水喝了一口。

"我们之前做的仿制药数据核查通过之后，在业界的风评很好，所以这两天我和你爸都收到了这家公司的offer。"

"年薪那么高吗？"陆一心瞬间变成小财迷，"制药那么赚钱的吗？"

她一直以为她爸爸是个穷得要死的研究员咧。

"这家公司是全球前五，工资肯定不会低。"方永年被她财迷的样子逗笑。第一次发现，自己能赚钱，也是一件值得愉悦的事情。

"不是中国的吗？"陆一心瞬间萎了，"那没戏了，我爸肯定不会去。"她迅速放弃，再也不看那张纸。

"制药这种东西本来就是全球性的。"方永年差点被陆一心带歪，清了清嗓子又把话题拉了回来，"我今天就是想跟你聊聊这件事。"

"你要去吗？"陆一心拿起纸又研究了一遍，"这上面说要做仿制药哎。"

"英文不错。"方永年夸奖她。

制药的英文专业词汇，陆博远和方永年恨不得都刻到她脑子里，她怎么可能会认错。

"数据核查结束之后，我去找过俞含枫。"方永年慢吞吞地把之前和俞含枫聊的内容又原封不动地说了一遍，"然后昨天，我和你爸又收到了这封offer。"

"所以我想问问你的意见。"方永年看向陆一心，"做原研药的研究员，俞含枫给我开的年薪大概只有这份 offer 的十分之一。”

“那也很多了啊。”陆一心瞪大眼，“俞含枫好有钱。”

方永年：“……”

“我重点错了？”陆一心自觉得方永年牙疼。

“为什么要问我呀？”她很不习惯。

这种事情，方永年不是向来自己决定的嘛。

连她爸爸遇到这种事，也是找方永年商量，听方永年的意见的呀。

“因为这和你有关。”方永年终于放弃他想要尝试的普洱茶，贴着陆一心坐在了壁炉边。

壁炉烧得正旺，柴火的声音噼里啪啦的。

陆一心懵懵懂懂地眨眼睛。

“之前去找俞含枫没有事先找你商量，是因为这件事对我们以后的经济不会造成很大的影响。我欠俞含枫钱并不是像你想象中那样每个月扣我工资的还法。”

这种还法，估计得还一辈子。

“我和她签了协议，我们现在做的这三款仿制药上市后，我把我本来应该拿的每年百分之五的分红全部给她，等五年后债务还清，我每年还是可以拿到百分之五的分红。”

虽然药物销售五年后可能会有大的变动，但只要是一个系列、一个类型的药，他参与了修改过程就一样可以拿到钱。

“在俞含枫这里，不管我是在现在这个位置还是去做研究员，给的年薪上下浮动都不大。”

短期内，他的经济情况不会有太大变化，而且俞含枫也还没有点头，所以他就一直没说。

“但是现在有了这封 offer，经济相差就太大了。”他看着陆一心，“所以，我必须得听听你的意见。”

陆一心觉得渴，于是又给自己倒了一杯酒。

“做仿制药很赚钱。”因为陆一心刚才小财迷的样子，他觉得有些话他需要说得更清楚一点，“哪怕是留在俞含枫这里做仿制药，按照她那天在饭桌上的说法，我以后也可能很快就能变成有钱人。”

“但是原研药不行，研究十几二十年，也有可能只是以失败告终，除了工资，什么都没有。”他尽量从经济的角度，让陆一心能够听得懂。

陆一心喝光了杯子里的酒。

“可是那些工资……也已经很高了啊。”她先是小声表达了一下她和方永年完全不同的经济观。

在她看来，方永年现在的年薪再加上不用还钱，他已经好有钱了……

他根本就一直在飞黄腾达啊。

“做原研药，是研究阿尔兹海默病吗？”她歪着头问。

“嗯。”酒精作用，陆一心的额头变得微微发红，方永年忍不住用拇指去摩挲那块粉红色的皮肤。

她还是不要化妆摸起来手感好，他在壁炉的烘烤下，有点心猿意马。

“会很难吗？”她在他的掌心里，乖巧得像个好奇宝宝。

“会。”方永年声音也慢慢地轻了，“会很难。”

“那你……会开心吗？”她黏声黏气的。

方永年的拇指停住，挑眉：“你想我做原研药？”

她问都没问仿制药的事情。

他觉得他刚才已经说得尽量客观了，那毕竟是一笔不小的钱，金额大到他都有些犹豫。

陆一心摇摇头：“我只想你开心。”

“你做仿制药不会开心的。”她说得很肯定，就像告诉他明天太阳会从东方升起来一样。

“为什么？”方永年觉得惊奇。

“那太简单了。”陆一心被烘得暖洋洋的，打了个哈欠，“好像除了赚钱就没有其他的乐趣了。”

“你喜欢难的。”她的结论下得斩钉截铁，末了补充了一句，“我也是难的。”

所以他喜欢她。

“我喜欢你喜欢难的。”她重复。

方永年克服困难的样子，一直在她的记忆里面闪闪发光。

那是她少女时期崇拜的偶像的样子。

方永年这下是真的愣住了，以至于没有注意到打着哈欠的陆一心在他怀里又偷偷倒了一杯酒，这次没有用抿的，而是一口就闷掉了，还捧着空杯子咂了咂嘴。

“好热哦。”陆一心嘀咕了一句，在他怀里动了动。

“你……”真的是通透到让他意外，“那可是很多的钱。”

“现代社会，钱算是衡量成功的主要标准了。”这下轮到他开始喋喋不休了。

“你的工资比我爸高四倍……”陆一心伸出了四根手指，“我的妈呀，你还说你自己没钱？”

方永年：“……”

“好渴。”陆一心一口喝掉了方永年杯子里剩下的水，又给自己倒了一杯酒。

“你喝了几杯了？”方永年终于发现不对劲。

陆一心捧着酒杯开始掰指头，低着头认认真真的，刘海遮住了半张脸。

仔细看，就会发现她连坐姿都很端庄。

贤良淑德的。

醉了。

方永年："……"

他先是撩起了她的刘海，想看看她的额头到底红成什么样子了。

一个晚上被撩了好多次刘海的陆一心非常郁闷地叹了一口气，她抓住方永年的手，语重心长地告诉他："你现在如果不是我的男人，我早就揍你了。"

"这个东西。"她宝贝似的摸着自己的刘海，"是我的本体！"

"你喝醉了。"他真没想到，他居然让她在他眼皮子底下喝醉了。

陆一心眨巴眨巴开始失焦的眼睛，小声说："是吗？我没喝多少呀。"

"但是很热。"她开始想脱衣服，动作做到一半，把脸凑近方永年，很乖巧的又放好了手，"不行，方年年不喜欢我脱衣服，就算长痱子也不可以脱！"

方永年的太阳穴开始突突直跳。

陆一心到底为什么，喝醉了酒就会开始自我批判……

平时也没见她那么有良心啊。

"方年年。"陆一心这次其实喝得比上次高考放榜还要醉，所谓的自制的低度数果酒，其实后劲比一般的啤酒还要大。

"我们真的在一起了对不对？"她有点点大舌头，但是很坚强地抬起了开始头晕的脑袋。

她醉到看不到方永年点头。

在她的认知里面，喝醉了酒抱住方永年然后被方永年丢在家里的那个场景，太过印象深刻，所以她此时此刻，突然就没有了安全感。

她眯着眼睛把酒杯里剩下的酒喝光，然后伸手摸了摸方永年的脸。

用她以为的端庄的姿势实际上整个趴在他身上，闭着眼睛吻了上去。

直接就是深吻。

横冲直撞的那种。

她在这方面不是个好学生，只学了一次，做起来动作非常青涩。

可是对于男人来说，青涩并不代表不撩人。

方永年眸色深了，他在壁炉噼里啪啦的烘烤声中，觉得很热。

陆一心吻完，撑起了上半身，抹了抹嘴。

"晚上睡这里吧。"她宣布，"你也喝酒了，不能开车。"

喝醉了的陆一心像那只偷腥成功的肥猫，眯着眼睛，指了指方永年的嘴。

"我刚才，喂了你半杯酒！"她嘿嘿嘿地笑。

没有了安全感，让她的脑子开了挂。

第一个反应就是一定要黏着他直到天涯海角！

她也没料到方永年真的会喝下去。

那个酒，甜的！

酒后乱性这句话真的是骗人的。

方永年忙出了一身汗，先是去前台重新开房，然后用陆一心的手机跟她室友说了一声，全部忙完，陆一心已经趴在床上睡着了。

他看着这个不负责任的始作俑者，叹了口气。

他当然知道陆一心喂他喝了什么，他也当然知道，喝了酒，意味着什么。

只是那一刻酒太甜，那一刻他怀里的女人太软。

他揉了揉陆一心的脸，被她咕哝一声用手拍开，他笑，站直。

今天晚上他想说的话都还没有说完，不过，不急。

时间还早，他进卫生间洗了一把脸，又看了一眼躺在床上人事不知的陆一心，房间里壁炉火烧得正旺，她踹掉了一半的被子。

方永年耐耐心心地帮她重新裹成了一颗球，坐在床边，打开了笔记本电脑。

陆一心看问题的方式简单纯粹，她只关心他会不会开心，她衡量他选事业的标准，就是开不开心。

原研药更难，所以她觉得他应该会更喜欢原研药。

他喜欢的，她就没有意见。

也难怪刘米青会觉得心疼，这丫头真的太纯粹了。

也难怪刘米青和陆博远虽然不想赞成却也不得不赞成，这个世界上能保护陆一心的纯粹的人，除了他们，剩下的可能就只有他了。

别的人，理解不了陆一心。

她就是个痴儿。

眼下这个痴儿正不知道为了什么原因非要拉着他留宿一宿，他拒绝不了也没办法拒绝。

所幸俞含枫推荐的地方很靠谱，住宿的屋子比吃饭的大了一圈，布置温馨，里面的东西一应俱全。

陆一心在床上打了个滚，估计是觉得太热了，又开始踹被子。

“别踹了，当心感冒。”方永年一边看资料一边一心两用。

陆一心嘟囔了一声，倒也就真的乖乖不动了。

方永年嘴角扬了起来。

他发现，这样，也很好。

有人陪伴，哪怕这个人处在昏睡状态，屋子里的气氛也会变得不一样。

陆一心的呼吸声，她在床上翻身的时候床单窸窸窣窣的摩擦声，这些平时他很少会注意到的事情，等到两人在深夜独处的时候，都变得很清晰。

他看资料的速度不自觉地慢了下来，嘴角扬起的弧度却越来越大。

车祸以后第一次，他居然对以后的生活产生了一丝憧憬。

如果往后余生都是这样，就挺好的。

或许会比他四肢健全什么都不懂的时候随便瞎想的那些画面还要好一些。

陆一心是被热醒的。

睡梦里面有个熟悉的声音一直叮嘱她不要踹被子，她被那个温柔的声音蛊惑得一动不动。

然后，就醒了。

一头一脸的汗。

方永年就坐在床边上，背对着她，端着他到哪儿都带着的笔记本电脑，看得很专注。

陆一心抱着被子欣赏了一会儿，挪了挪上半身，换了个角度又欣赏了一会儿，然后偷偷摸摸地摸出手机，找了个角度，“咔嚓”一声。

方永年：“……”

他想起了陆一心军训时候带进去的照片。

“拍了不要洗出来。”他现在的要求越来越低了。

“好！”陆一心刚睡醒的声音奶声奶气的，蹭到他身边，看了一眼他的显示屏，然后迅速地闭上眼睛，“我瞎了。”

这满屏的化学方程式让她瞬间回到了高三。

方永年被她气笑，拍拍她的头：“水在床头柜上。”

“好！”陆一心维持着奶声奶气的嗓音，又从他身边挪腾到床头柜，坐起来抱着水杯一口气喝掉半杯水。

“酒醒了？”方永年想掀起陆一心的刘海看看她的额头还红不红，手刚刚伸过去，就想到了陆一心说过，这玩意儿是她的本体。

于是，他的手拐了个弯，拿走了她手上的水杯。

“醒了。”陆一心老老实实的。

她注意到，方永年开房了。

她想起来了，她趁着喝醉了做了一件非常了不起的事情，在方永年跟她说他还没有准备好之后，她勇敢地逼着方永年开房了。

真的是太有出息了！

“我不会对你怎么样的！”她终于又说出了那句经典台词。

方永年面无表情地看了她半分钟：“你妆花了。”

彻底花了。

然后，他继续低头啃他的资料：“先去洗澡，东西都买好了放在卫生间里。”

“你什么时候买的？”陆一心果然迅速地被转移了注意力。

卫生间里放了一个挺大的塑料袋。

“网上外卖的。”方永年重新打开笔记本。

“你……”陆一心拎着一袋子的衣物，“还给我买了内衣裤？”

“一次性内裤。”方永年纠正。

陆一心咽了一口口水：“为什么那么多？”

“我不知道你的尺码，也不知道一次性内裤的尺码。”方永年面不改色，“所以我都买了。”

五个尺码，一个不落。

所以难怪里面会有 XXL 的……

陆一心吸了口气：“那为什么内衣只有一件？”

还是半截小背心，S 号的。

方永年这回没说话，他只是抬头，看了陆一心一眼。

“好的，是我自取其辱。”陆一心悲愤地扭动着塑料袋，气呼呼地进了卫生间。

“里面有睡衣。”方永年补了一句，“均码的。”

“你走开！”陆一心气哼哼地又探出了半个脑袋，久违地冲他做了个人畜不分的鬼脸。

“为什么我们的对话都不甜蜜？”陆一心刷着牙又从卫生间里探出了头。

“我觉得挺好。”那些资料刚刚看到最关键的部分，一心二用的方永年头都没抬。

“甜吗？”陆一心拧着眉。

“嗯。”方永年应了一声。

陆一心刷着牙又缩了回去。

很甜。

她看着镜中的自己。

都说恋爱中的女人会容光焕发，她觉得她现在何止是容光焕发，她都快要变成探照灯了。

方永年买了很多东西，洗澡用的旅行套装，护肤用的旅行套装，甚至还有卸妆水。

都不是特别贵的牌子，但难为的是，他记得。

他们聊的内容和风花雪月也没什么关系，方永年喜欢面无表情地吐槽她，这一点恋爱之前为了避嫌他已经很久没做了，恋爱之后，又一点点地变了回来。

他们是男女朋友，因为多了快十年的纠缠，多了一点别的情侣没有的亲昵和信赖。

只是同住在一个屋檐下，哪怕什么都不做，都是甜的。

“方年年。”陆一心在洗澡前又探出了脑袋。

“嗯？”方永年还在研究方程式，这次答得有点心不在焉。

“一会儿洗澡的时候，会有水声，”陆一心笑嘻嘻的，“你要不要脑补？”

方永年：“……”

“那我洗了！”她快乐地关上了门。

一分钟之后，果然就有了水声。

本来真的什么都没想的方永年面无表情地瞪着卫生间的门。

卫生间的门是毛玻璃做的，陆一心在里面开着浴霸，所以……

他迅速地别转头，差点儿又着了她的道。

她就是冲着他无论如何都得把持住，所以肆无忌惮地越来越欠揍。

只可惜，现在揍她，算家暴。

他皱着眉又一次打开了一份新的资料，这次选了法文的。

他在把这些宝贵的医药资料当成《清心咒》在看……

真是……

陆一心洗完澡吹干头发出来的时候，坐在沙发上的方永年刚刚挂断了电话。

“你觉不觉得我现在闻起来就像是花露水加上风油精的混合体。”陆一心吸着鼻子，收回刚才在卫生间里的感动。

直男买东西真的就是随便乱买的，只看包装其他全部凭感觉，她长那么大从来没用过味道那么奇怪的洗发水。

“这味道醒酒。”方永年放下手机。

“谁的电话？”陆一心颠颠地跑过来，带着一身醒酒的味道。

“我哥。”方永年揉揉眉心。

陆一心坐到他边上，觉得坐得远了，又往他那里使劲挤了挤，贴得密密实实：“怎么了？”

她觉得方永年有点不开心，不像刚才她进浴室前那么放松。

“我在想你妈妈那天晚上说的那些话。”凑得近了才发现陆一心头发上的花露水味道有多重，他微微皱眉，“这个牌子的洗发水以后不要买了。”

他看着包装挺简洁，没想到内容那么花里胡哨。

“我妈那天晚上说了好多话。”陆一心嘿嘿笑，故意晃头晃脑，晃得方永年满鼻子的花露水风油精味道。

“关于我的经历。”方永年大手摁住她的脑袋，“关于我的那些经历可能会对你带来的影响。”

陆一心不晃脑袋了。

这个话题有些严肃，这几天她沉浸在父母默认的喜悦中，并没有再去回想那天晚上她偷听到的她妈妈说的那些话。

“那些话其实有很多都是气话。”陆一心有些急切，“我妈妈那天晚上真的是气坏了。”

她还从来没见过她妈妈那么失望那么生气的样子。

“我知道。”方永年拍拍她的头。

这丫头是担心他会记仇吧。

“但是她的担心，其实也是我的担心。”他叹了口气，把已经开始有些不安的陆一心搂到怀里。

不知道从什么时候起，他们两个只要在私密空间里，就习惯这样搂着。

肌肤相亲。

互相都觉得安心。

“不管你爸妈说什么，我都不会往心里去的。”他先安慰她，“更何况你爸妈已经是很讲理的人了，他们说的那些话，都是有道理的。”

“刚才我哥打电话给我，说那天晚上那伙流氓已经立案了。”他亲了亲陆一心的头顶，“只靠那天晚上做的那些事，这些人只够拘留几天，但是我觉得这样不行。

“所以这几天，我哥收集了那伙人之前做的一些事，再加上那天晚上的寻衅滋事罪，这次应该可以入狱。”

“还有那个教唆他们闹事的女孩子。”方永年顿了顿，“她退学了，但不是因为你们这件事，而是因为考生入学程序有问题再加上她自己曾经有过一些校园霸凌的历史。”

陆一心半张着嘴巴。

“事情都是真的，但是如果这些人那天晚上没有这样对你，他们的下场不至于会变成这样，或者说，不至于现在就变成这样。”方永年说得很慢，“所以挂了电话之后我一直在想，我是不是已经习惯睚眦必报了。”

对于那些社会渣滓，对于那些得罪了他的人，他是不是已经习惯死咬不放，非得要对方得到应有的惩罚才会觉得安心。

“有时候为了睚眦必报，我用的手段也并不是光明正大的。”

他习惯用一些极端的方式，让对方自己入套。

“我防心很重，所有的朋友都是从小就认识的，对交新的朋友没有任何兴趣。”

现在没有，以后估计也不会有。

“工作上面就像你说的，我喜欢难一点的，有挑战一点的，但是其实我很少会去考虑我做的这件事，会造成多大的社会效益，会给多少人带来帮助。

“所以你妈妈的担心，我也有。

“我倒是并不担心你会变得和我一样暮气沉沉，我只是担心，我这样极端的处事方式会影响到你。”

陆一心还是半张着嘴，呆呆的。

要不是她额头已经恢复白皙，方永年简直要怀疑她是不是根本就没有醒酒。

“就像你以前把我当成偶像的时候……”方永年清了清嗓子，这样的话从他自己嘴巴里说出来，终归有些羞耻，“我会很刻意地在你面前只展现好的那一面，那些背地里阴暗的东西，我会藏起来。”

“但是现在恋爱了，这些东西是藏不住的，我担心这些东西会影响到你。”他耐耐心心的，用以前辅导她功课的架势，把事情用浅显易懂的方式再说了一遍。

陆一心这回有反应了，她合上了嘴。

“那个……”她揉了揉鼻子，“你知不知道在女孩子的世界里，上等男人就应该是你这种。”

方永年：“？”

“就是，你和这个世界为敌，但是你只喜欢我。”陆一心捧着心，“你对其他任何事情都没有兴趣，你只对我有兴趣，我就是你的唯一。”

“我有工作。”方永年凉凉地提醒她。

“这不重要。”陆一心挥挥手，“在爱情小说里面，你这样的，通常都是主角！”

方永年：“……”

“所以你刚才那些话太不要脸了。”陆一心捂住了自己的脸，“哪有这样夸自己的。”

方永年：“？”

“我怎么可能会被你影响。”她捂住了自己的脸之后觉得不够过瘾，伸长了爪子开始去捂方永年的脸，“我哪有那样的脑子。”

这个世界上只有方永年能做得到，把单纯的流氓寻衅滋事闹大，让他们罪有应得，把始作俑者赶回他原来的地方，怕他打击报复还特意用了其他的方法。

她怎么可能有这种脑子。

她的脑子只能够理解方永年做这一切事情背后的暖意，只够理解她的男人到底有多完美。

她掐住方永年的脸，堆起来往中间挤，对着方永年的嘴“吧唧”亲了一口。

然后，她松开方永年的脸，搂住了他的脖子。

“我头发是不是很难闻？”她又把话题绕回了原点。

“乱买东西！”她气哼哼地又甩了甩头发。

一屋子的花露水味道，闻得久了，甚至变成了甜。

一个晚上被强吻了两次的方永年闭上了嘴。

他被说服了。

车祸后他其实一直都阴沉沉的，但也没看到陆一心因为他的阴沉沉就变得不跳脱了。

陆一心也确实没这个脑子用他的处事方式去处理问题，那天晚上她居然敢拿着石头就回头，这份蠢劲真的震撼到他了。

他教了她那么多年的凡事要用脑子，遇事要冷静，但是真的遇到了，她还是陆一心，一根毛都没变过。

他让她不要没大没小，她现在都敢直接上脸揉了。

他跟她说他心理还有障碍，她直接喝了酒往他嘴里灌。

不管是十岁，十八岁，还是十九岁，她的保证从来都不值钱，莽劲上头不管不顾，闯了祸就直接跟他撒娇。

反正，他宠着。

恋爱前宠着，没道理恋爱后就不宠了。

所以他放弃这个可能对于成年人恋爱来说其实是很重要的话题，在壁炉里柴火噼里啪啦的燃烧声中，有些惬意地摸摸她的头，搂着她坐在沙发上，回想自己刚才看的那份资料里的分子式。

“你帮我跟宿舍的人请假了？”低头捣鼓手机正准备跟宿舍里的人宣布自己要夜不归宿的陆一心抬头。

“嗯。”方永年微蹙着眉头，心里在想那个分子式的形成条件是不是存在问题。

“噫……”陆一心拖着长音，十分失望，“我本来还打算秀恩爱的。”

结果方永年就给她室友发了一条有事晚上需要住在家里的微信，毫无感情。

方永年脑子里的分子式卡住了，他放弃，顺着陆一心的思路：“大一新生就和男朋友外宿并不是一件值得夸耀的事。”

“嘁！”新时代女性陆一心嗤之以鼻，“你知道学校门口那么多出租房里住着多少小情侣不？谈恋爱就得要朝夕相处才能加深感情，才能开花结果。”

方永年决定不再细问她打算开什么花结什么果。

“打不打算考研？”他换了个话题，也是今天晚上如果陆一心没喝醉，他打算聊的第二个话题。

陆一心皱着脸，说：“如果我说不想，你会不会觉得我胸无大志，学历配不上你这个学霸？”

“不会。”方永年突然想起一个一直好奇的问题，“说起这个，你当初为什么一定坚持要考大气科学？”

他也是在一起之后才发现，这丫头对大气科学的了解为零。

以她高三的成绩，其实真的是可以选择一个更好的专业的。

“一开始真的是因为你。”陆一心皱着鼻子，想到了那段她追他跑的日子。

方永年也想到了，苦笑着亲了亲她的额头。

皱着鼻子的陆一心被顺毛了。

“后来，我发现我妈妈很开心。”陆一心笑了，“是真的特别开心，知道我的志愿后，她一直给各种亲戚朋友打电话，还联系了好多八百年没有联系的留在学校里任职的同学。

“我妈妈很喜欢她的工作，她这几年其实是有机会调职到相对清闲的岗位上的，但是她和爸爸商量了好几次，最后还是放弃了。”

可能也是因为这样，她妈妈一直觉得亏欠了她。

“她的工作不像你和我爸爸的工作，听上去没有那么高大上，气象预报这件事对于普通人来说大多都只会嘲笑一点都不准，每次黄色预警了就没事，不预警了就有事，我妈妈以前经常自嘲说自己这份工作灰头土脸的，一说自己是气象局的，别人问得最多的就是明天下不下雨。”

方永年笑了。他第一次知道刘米青的工作的时候，也想问问她明天下不下雨。

“因为我选了这个专业，我妈妈私下里跟我爸炫耀，她的工作还是有人认同的，起码自己的女儿理解她。”陆一心抬头，笑得眉眼弯弯，“所以我就选了。

“我不像你们，我没有那么明确的梦想。我的梦想就是希望我身边的人都能开心，只要能让你们开心，我就很开心。”她翘起了嘴角，小圆脸冲着方永年，“而且现在学了一个学期，我觉得挺好玩的，多学一点，好像就能多理解我妈妈一点。”

理解她妈妈为什么会沉迷于大气科学，为什么会对自然灾害那么关注，那么爱家的妈妈，为什么每年季节交替的时候，都不能回家陪她。

她说这些话的时候，其实还是孩子气的。

民宿房间里昏黄的灯光下，孩子气的她在这一刻，美得有些惊人。

“你的梦想很好。”方永年怀疑自己是不是被陆一心那一口果酒熏晕了头，他居然又觉得他的眼睛有点扎。

今天第二次了。

那么纯粹的梦想，很好。

那么纯粹的陆一心，把他也放在了身边的人这一类，很好。

他摩挲着她的脸颊，在这一瞬间，突然有了一种实感。

怀里的女人，是他的。

这么美好的女孩子，现在穿着他买的睡衣，他买的内衣裤，身上都是他买的洗发水的味道。

娇娇小小的。

“闭眼。”他手指摸着她的眼睑，“我想吻你。”

或许更加亲密的接触，更加零距离的碰触，能让他的实感变得更为具象，能让他现在心里满满涨涨的那些东西，有个发泄的出口。

他吻上去的时候，这样告诉自己。

他们恋爱之后，独处的次数并不多，这样的亲密接触屈指可数。

每一次接触，他都记得很清楚，也很明白自己是基于什么原因想要碰触她。

因为她让他心疼，因为她太可爱，因为她太皮，也因为……她太爱他。

只有这一次，他吻上去的时候，什么都没想。

他满鼻子花露水的味道，他的唇碰触到她的，陆一心习惯性地握拳，紧张又期待的样子。

她的唇很软，平时叽叽喳喳的，但是接吻的时候，她会下意识地抿紧。

这一次，他耐耐心心地含着她的嘴唇，辗转吮吸，直到她自己为了呼吸，放松了嘴唇。

他一点点地入侵，有点温柔，有点强硬。

脑子里面什么都没想的时候，感官会变得异常清晰。

所以他尝到了他自己买的牙膏的味道，他发现陆一心的舌头很小，味道很甜。

她胆子也很小，怯生生地碰一下，又赶紧缩回去。

方永年吻着吻着就扬起了嘴角，离开了一点，带着笑意命令陆一心："别躲。"

有贼心没贼胆的陆一心一张脸爆红，手足无措。

方永年又一次毫无想法地吻了上去，只是因为刚刚吻完的她，嘴唇艳红艳红的。

然后，情况就有些失控。

他让她别躲，她也就真的没躲了。

一两次的试探之后，她的胆子也大了，跟着方永年本能地有样学样。

陆一心身上穿着他买的睡衣，棉质的白色裙子，他在网购时唯一点进去看了详情的东西，质地很不错，柔软轻薄。

他渐渐地能够感受到陆一心身上的体温，他也渐渐地开始遵循本能。

反应过来的时候，他的手已经放在了陆一心身上，她一直以来号称吃了木瓜就能变大的地方。

方永年停了下来，这次不仅仅只是耳朵红了，连眼尾都有些红。

"我……"他嗓子很哑，清了清嗓子，"我去洗手间。"

陆一心全身都红了，她看过很多书，当然明白刚才发生了什么。

她抱起抱枕遮住脸。

遮了一半，想起来自己还没有答复方永年，她又把脸埋在抱枕里点了点头："你去吧去吧去吧。"

方永年轻笑，揉了揉她的头。

“遮住了就别看了，有点明显。”方永年声音还是哑的，性感得让陆一心整个人都在起鸡皮疙瘩。

她又在抱枕里点了点头。

她听着方永年站起身，她听着方永年走进卫生间，然后她偷偷摸摸地从抱枕里面探出了半只眼睛。

方永年正靠在卫生间门边，转头看她。

他站姿痞痞的，斜靠在门边，一副就等着她抬头的样子。

被抓包的陆一心迅速地缩回到抱枕里，娇里娇气地“噫”了一声。

“让你别看了。”方永年声音带着笑，他就知道她没那么听话。

“你再不进去我就拍照！”恼羞成怒的陆一心闭着眼睛举起手机，凶巴巴地威胁他。

方永年笑出声，终于走进卫生间，关上了门。

陆一心悄悄抬头，对那个方向喊：“你顺便洗个澡吧。”她红着脸，“淋浴间挺大的。”而且她在里面放了一张塑料凳子，她坐着洗了一下，发现挺好用。

她还把所有的洗漱用品都放在了坐着能够得到的架子上，把民宿收起来的防滑垫子垫好了。

她在想方永年本来有可能是打算凑合一晚上的，因为那一袋子东西里面，没有他的东西。

“那里面有浴袍，我检查过了挺干净的。”她喋喋不休，“你洗了澡就穿那个吧。”

“我先上床，把眼睛蒙起来，你上来之后关上灯，我就看不到啦。”她又开始哄孩子，尾音上扬。

她一边说话一边往床上走，一边走一边实况转播。

“我上去啦。

“我盖好被子了！

“我用枕头捂住眼睛了，这一次我保证，我什么都不看。

“睡觉要舒服，不要穿着衬衫长裤上床，这样会睡不好！”

……

“陆一心。”在卫生间里的方永年不知道为什么，语气有点咬牙切齿。

“啊？”用枕头遮着脸的陆一心又忍不住探出了头。

“你知不知道我到洗手间要做什么？”方永年在无语和崩溃之间，选择了平静，“你那些书都白看了。”

“哈？”

“算了。”方永年放弃，“你闭嘴。”

“那你洗澡吗？”陆一心马上回到之前的纠结。

“洗。”她都布置成这样了，他当然得洗。

他只是有点心疼，她背着他了解了好多残疾人的知识，包括洗澡，包括他从来没有跟她说过的接受腔。

“那我等你哦！”陆一心马上快乐了，快乐之后就开始飘，“我在床上等你哦！”

“闭嘴！”方永年无奈，嘴角却一直扬着。

提到这些事，他居然并没有太尴尬。

就像她妈妈把残疾归类到外表一样，他们家的人，很神奇地把这件事看得很普通。

他也不过就是洗澡的时候会行动不便，他也不过就是，有一条腿是金属做的。

陆一心趴在床上，枕头遮着脑袋，通过缝隙看着卫生间的方向。

其实还很早，晚上十点多，她刚才喝醉了酒睡了一觉，现在整个人很清醒。

透过卫生间的毛玻璃门，她能隐隐约约地看到方永年在里面的身影，他向来沉稳，不像她，会在里面弄出乒乒乓乓的声响而显得存在感那么强。

这不是他们两个人恋爱后第一次在一个屋檐下睡觉，但是这一次，他们会睡在一张床上。

他们其实有很多种可以回去的方法，这个地方连超市外卖都有，那也一定能叫到车，但是方永年没有。

他开了房，她醒来的时候他就靠在床边，全然放松地在看资料。

他们恋爱了。

普普通通的那种恋爱，男朋友宠她，尊重她，并且和她一样，也想要一直腻在一起。

陆一心闷在枕头里咧着嘴傻笑，实在抑制不住了，闷头闷脑地在床上颠了两下。

“床榻了。”方永年洗完澡开门就看到陆一心闷着头在床上青蛙一样蹦跶，调侃的时候，声音带着笑意。

他没有关灯，走过来的时候，带着一头的“花露水”味道。

陆一心迅速躺好，枕头遮住半张脸，露出来的半张脸红通通的。

方永年掀开被子躺了进来，仍然没有关灯。

陆一心拽着枕头，露出一只眼睛。

方永年并没有换成浴袍，穿的还是来时穿的衬衫长裤，只是衬衫的扣子没有再扣到风纪扣。

“你没换浴袍吗？”

陆一心两只眼睛都露了出来，然后发现，方永年居然和她分睡了两床被子。

“这样习惯了。”方永年的头发有点长了，吹干之后蓬松松地耷拉在耳边。

他在公司宿舍睡觉的时候都是这样睡的，一个大男人，没有那么多讲究。

陆一心抿着嘴，一只脚偷偷地伸出来塞到方永年的被子里。

“义肢没脱。”方永年伸手把笔记本电脑拿过来放在腿上，解释，“这里没有拐杖或者轮椅，起夜不方便。”

陆一心还是没说话，一只手也伸了出来，塞到了方永年的被子里。

方永年无奈地看了她一眼。

“你洗过澡了。”他终于知道她在介意什么了，“我这身衣服毕竟是白天穿的，太脏。”

陆一心不动了，一只手一只脚塞在他的被子里，大半个身体在自己的被子里，头埋在他身侧的枕头里。

“满意了？”方永年拍拍她的头。

陆一心埋着脸点点头，在他被子里的手悄悄地环上他的腰。

“我和你一样，都希望我们谈的恋爱可以普通一点。”他的声音在安静的夜里，低低沉沉的，“没有那么多外在条件，不计较那些规则，就只是恋爱。”

陆一心搂他搂得更紧了一点。

“我不是因为你缠得紧了追得凶了才点的头。”他摸着陆一心的头发，“你先追我，只是因为你想问题的方式向来比我通透。”

虽然他动心的时间比她晚，但是也并没有晚多少。只是那个时候，他选择了视而不见，而她选择了勇往直前。

“不是通透，是不懂事。”陆一心总算把头抬了起来。

经历了父母那一关，她才知道自己当初的肆无忌惮如果没有方永年的包容，会糟糕成什么样子。

方永年嘴角弯了起来。

陆一心躺在那里看着方永年，看着他对着她微笑，看着他近在咫尺。

“方年年。”她在被子里的手找到了方永年的手，十指相扣，“我们会幸福的。”

一定会的。

不是她不懂事的时候幻想的那种言情故事，而是踏踏实实地带着温度的幸福。

“会的。”方永年空着的一只手打开了笔记本电脑。

刚才还很感动很幸福的陆一心：“……”

“阿尔兹海默的东西我有好多年没碰过了。”方永年被陆一心整个鼓起来的脸颊逗乐，“工作的时候没时间看，也就现在有点空了。”

“我是一个即将期末考试的大一新生。”陆一心字字泣血，“你这样我的良心怎么办。”

他这几天一直在见缝插针地工作。

只要让他独处，他就一定会拿出手机或者笔记本电脑看资料。

“我起来复习。”实在没办法说服良心的陆一心认命地爬起来，“我起来做作业。”

“外套穿上。”方永年赶小鸡一样，“不懂的问我。”

陆一心噘着嘴凑过去亲了下方永年的脸颊，翻身下床的时候，方永年头都没抬，说：“把鞋子穿上。”

陆一心回头又亲了他一下，这次跟小鸡啄米一样，“吧唧”一声。

方永年总算抬头了，他的眼镜都被陆一心亲歪了。

“现在才十点多。”他扶正眼镜，“不找点事情做一直聊天，会闯祸。”

陆一心歪着头。

“说着说着，就会亲在一起。”方永年看着她，皱着眉，“而且，我给你买的睡衣太薄了。”

他应该给她买个大棉袄的。

他说完就没有再说话，低着头微微蹙着眉，再次打开一份艰深的法语资料。

刚才就聊了那么两句，他就又忍不住想抱她。

在陆一心面前，他一直都太高估了他的自制力。

现在，还不行。

他刚才在浴室里看着自己的身体，残缺，苍白，疤痕密布。现在，还不行。

他还没有彻底地从那个下雨的高速上走出来，他离他们都想要的普通的恋爱，还有一点点距离。

他很别扭。

但是他不希望在那一刻，他还想着要遮掩身上的疤痕。

陆一心把歪在左边的头又歪到了右边，在床边站了一秒钟，前倾又亲了方永年一下。

“我去看书。”她眯着眼睛笑。

她不懂他的纠结，但是她能看出他的不想。

他们两个这辈子同床共枕的第一天，在壁炉里柴火噼里啪啦的燃烧声中，看书看到了半夜。

陆一心最后是趴在床上背单词的时候睡着的，迷迷糊糊的时候感觉到方永年下床帮她把书都放好，然后帮她盖好了被子。

“晚安。”她半梦半醒的。

“晚安。”方永年关了灯，亲了亲她的额头。

半夜电话响起来的时候，方永年睁着眼睛愣了一会儿。

陆一心睡相很差，已经大半个身子都钻到他的被子里，把他当成抱枕抱得严严实实的。

她睡裙撩起来一大半，光秃秃白嫩嫩的腿就放在他的腰上。

下次一定得买大棉袄。

方永年皱着眉看着手机，接通的时候火气有点重。

半夜两点钟，俞含枫这个工作狂。

“抱歉。”俞含枫的声音听起来没什么歉意，“我想问问你有没有认识的医生可以做阿尔兹海默病早期的生物标志物诊断？”

“华亭大学附属医院可以做，他们去年买了一批仪器，体液标志物和影像标志物都可以。”方永年压低了声音，“谁要做？”

“我堂姐。”俞含枫的声音在深夜里听起来仍然十分干练，只是说完了这三个字，就没有了下文。

“有症状？”方永年已经彻底醒了，他半撑起身体靠在床上，调整了一下陆一心的睡姿，以免她扭着脖子。

“暂时没有。”俞含枫沉默了一下，“只是今天下班回家的时候突然找不到回家的路，开出了绕城。”

“也有可能只是短暂的情绪波动导致的暂时性认知障碍。”方永年揉了揉眉心。

“我不赌自己的运气。”俞含枫在电话那头苦笑，“我考虑好了，抗默项目就按照你说的做，只是在找到更合适的项目经理之前，除了做研究你还是得兼职负责项目管理。”

睡梦中的陆一心挠了挠脸。

“好。”方永年低头，拇指在陆一心的脸颊上反复。

“前期需要做什么准备？”半夜两点钟，怀疑从小带大她的堂姐是否得了阿尔兹海默病的俞含枫，连颓丧的机会都没有给自己，“如果我堂姐真的得了，能不能提前试验治疗？”

“吴元德给的那些资料可以让我们在制定新药研制计划的时候节省时间，但是 nlrp3 炎性靶点到底能不能真的抑制 AD 还需要大量的试验证明。

“这中间可能会耗时好几年，临床试验也需要提交 IND 申请，就算你堂姐真的不幸得了 AD，她是否典型病患，能否进入试验流程还得另外检查。”

“从立项到临床试验需要几年？”俞含枫在电话那头用手指一下下地敲击桌子。

“顺利的话，三到五年。”方永年沉吟了一下，“但是如果靶点方向错误，这三到五年就等于白做。”

这是一场豪赌，他必须把所有的风险都和投资人说得清清楚楚。

“前期需要哪些准备？”俞含枫安静了很久，重新问了一次。

“项目成员需要再招募，人员名单我都列好了，一会儿发给你。”

方永年声音压得再低也仍然吵醒了陆一心，她揉着眼睛仰头看他。

方永年冲陆一心笑了笑。

“还需要有一个长期合作的AD三甲医院提供足够多的临床数据，候选名单我也都列好了。其他的……”方永年顿了下，“药研需要临床医生，现在在公司的那几个专业都不对口，除了我给你的那份名单里的那些人，我还需要郑飞。”

“和你一起开药房的郑飞？”俞含枫一怔。

“对。”方永年点头，“他是神经退行性疾病临床医学专家，他的简历我也会发给你。”

陆一心惊讶得睁大眼睛。

郑飞不是土郎中吗？

电话那头的俞含枫倒是笑了：“你们那个药房供着两尊大佛，还真是屈才了。”

“他只想做AD药。”方永年没否认。

每个人都有自己的故事，每个人也都会有自己的救赎，对郑飞来说，做AD药就是他的救赎。

“行。”俞含枫点头。

“其他的，明天我们开会的时候再梳理。”方永年准备挂电话，“你堂姐的事情，等检查结果出来再说，早期发现还是有药物可以延缓的。”

“方永年，项目成功的概率是多少？”一直很镇定的俞含枫，在最后挂电话的时候，还是问了个急切的问题。

方永年沉默了一瞬，然后说：“百分之百，或者百分之零。”他没有给她希望，“但是我会尽力。”

俞含枫挂了电话。

陆一心在黑暗中，整个人都钻进了方永年的被窝，贴得紧紧的。

“晚安。”她没有问他这个半夜三更的电话的内容。

“晚安。”方永年发完邮件放好了手机，躺了回去。

“会百分之百的。”她在黑暗中，拍拍他的头。

“嗯。”方永年隔了很久，才应了一声。

会的。

就像他十年前告诉陆一心的那样，总有一天，会的。

第十五章 他终于活出了一点人样

那天早上他们很早就退了房，方永年在送陆一心去学校的路上给她买了鸡蛋灌饼和豆浆，一半进了陆一心的肚子，另外一半在开车的时候被陆一心撕成一小块一小块地喂进了他的肚子。

“我最近会变得很忙，不会经常回去睡了。”他咽下了陆一心喂给他的最后一块鸡蛋灌饼，“你有事就打我手机或者办公室的座机，再不行直接来公司找我也行。”

陆一心擦完了自己的嘴，又撕了一块餐巾纸帮方永年擦了嘴。

“我最近也会很忙的。”她一本正经地说，“要期末考试了，我觉得我物理会挂科。”

“把不懂的拍下来发到微信里，我空了就看。”方永年斜了她一眼，“不能挂科，挂科了你爸爸会把我的咖啡换成敌敌畏。”

陆一心被方永年的假设吓皱了脸。

“跟我谈恋爱你的责任变得好大……”她又一次良心发现了。

她要是跟别人谈恋爱，考试挂科了学坏了甚至夜不归宿了，她爸妈肯定不会找男方算账。

但是跟方永年谈，就不一样了。

方永年看了她一眼。

“但这就是爱的代价嘛。”陆一心果然又找到了平衡点，“毕竟我这么可爱。”

方永年没忍住，抬手敲了她一个栗暴。

“记得找我。”他把陆一心送到学校门口，在她解安全带的时候，又叮嘱了一句。

“没事也可以找吗？”陆一心歪着头。

“嗯。”方永年摸摸她的脑袋，“下去吧。”

陆一心吻上来的时候，还带着鸡蛋灌饼的葱花香气，一个晚上同床共枕，他们两个的亲密程度直接就突飞猛进了。

方永年眯着眼睛看着陆一心快乐地晃着她姜黄色的毛线帽，蹦蹦跳跳地走进校门，眯着眼睛发动了车子。

自己可能确实是越来越变态了，他看着后视镜里陆一心大学的校门想。

一个晚上而已。

他居然开始考虑穿身软猬甲挨一顿揍，是不是就能直接把陆一心拐到家里住。

他喜欢上了晚上睡觉的时候，边上睡着个睡相很差的陆一心。

他确实比她更急。

方永年叹了口气，舌头顶了顶上颚。

嘴里还有豆浆和鸡蛋灌饼的味道，他们口味相近，加了甜面酱和很多的葱花。

陆一心身上经常带着这样市井的食物香气，第一次抱住他的时候，身上也带着龙虾啤酒烧烤摊的味道。

这种味道太贴近生活，所以，很容易上瘾。

方永年和陆一心都没有料到，所谓的忙，会忙到两个人几乎没有办法见面。

俞含枫的堂姐在几次检查后确诊为早期阿尔兹海默病，因为发现得早介入治疗得早，医生说对于延缓病情很有帮助，但是只能延缓，而不是治愈。

俞含枫向来不相信自己的运气，所以对这样的诊断结果接受得很快，她把她大部分的精力都放到了抗默项目上。

她花了两天的时间说服了陆一心发烧的时候陆博远在医院里面遇到的遗传学专家刘庆，又花了一个星期时间，让方永年和刘庆完成了大部分的工作交接。

她雷厉风行地让一个开了三年制药公司的总经理用一个星期时间就完成了无缝切换。公司里那帮背后喊方永年独角兽的年轻人突然被空降兵刘庆直接打蒙了，要什么没什么，这几天吓得走路都恨不得赤着脚不要发出声音。

然后，她开始和方永年还有陆博远死磕。

起因在于不管是方永年还是陆博远，这两个人都坚决不同意直接使用吴元德的立项数据，坚持要从靶点确认开始。

“我已经找人确认过了，这批数据确确实实都是从实验室里出来的，为什么就不能直接用？”俞含枫在会议室里面撸袖子。

会议室里面就坐了他们三个人，方永年面前放着一杯甜得要死的红糖水，面无表情，而陆博远，则远远地坐在角落沙发上，一脸“我要说的都已经说完了，剩下的你不懂就不要瞎掺和”的表情。

俞含枫觉得，他们简直是在仗势欺人。

所以她把高跟鞋踹开，赤着脚在会议室里困兽一般来来回回地走。

“制药没有小事。”她气得都想把裙子打个结弄成短裤方便她发飙，“你们坚持要重新开始确认的靶点，需要一千万美金的成本和将近一年的实验时间，我作为投资人，会一再地跟你们死磕这件事，绝对不是意气用事。”

就算俞家钱多，但也不是大风刮来的，项目刚开始就直接烧掉一千万美金，她总需要一个理由。

“AD 药研发之前的热点一直都在如何降解粉状蛋白上面，有人说整个 β 淀粉样蛋白理论都有可能是新药发现史上最大的一个坑，全球的制药公司在这条死胡同里面投入了十几年的时间，可至今还有公司没有放弃。

“他们并不是死钻牛角尖不放弃，而是迄今为止 AD 仍然是一个临床前模型不可靠、早期临床缺少可靠疗效代替终点的高难领域药物开发，所有研发的前提，都是实验猜测，机理多样化仍是目前为止能做到的最可靠的策略。

“吴元德给的资料只是一个靶点方向，这个方向已知的就是德国波恩神经退行性疾病中心提出的大脑的免疫系统在 AD 中起着至关重要作用理论，他们团队以一个通常会发生 AD 症状的小鼠品系为模型，敲除它的一个关键的炎症基因，基因被敲除的小鼠能通过记忆测试，并且几乎没有出现淀粉样斑块。

“这就是目前这个靶点方向能获取到的全部资料，我们不知道 AD 不同阶段是否需要增强或抑制免疫系统，小鼠模型不完善，早期招募患者困难，没有足够的实验数据支撑，我们甚至无法提交临床申请。”

方永年说完这长长的一段话，拿起那杯红糖水抿了一口。

他早饭中饭都没吃，这杯糖水倒还真的救了他一命。

“简单来说，我们现在要做的是一个连发病机制都没有确定的疾病药物研究，你让我们仅仅使用吴元德给的那些数据就进行化合物和成，是不可能的。

“用这样的态度制药，也是不可能的。”

他又抿了一口红糖水。

俞含枫看向陆博远。

陆博远在角落里一脸无奈，说：“虽然我最近看这个人很不顺眼，虽然手把手教我们的教授不太会教儿子，但学生教得是确实不错的。他的意见就是我的意见，我也没办法用更加浅显易懂的方式告诉你，我们为什么要坚持做靶点确认了。”

方永年一口红糖水差点呛到肺管里。

俞含枫愤愤不平，赤着脚又转了两个圈。

“还有人员名单。”她又有了新的炮轰方向，“你们在靶点确认上面不给我省钱，为什么要在项目成员上面给我省钱？”

方永年给她的人员名单百分之八十都是新人，有一些甚至还只是本科在读。

“抑制炎症治疗 AD 这件事在制药界算是一个非常激进的想法了，项目组里专家多，容易打起来。”这个陆博远倒是有话说了，“而且我们需要人帮忙洗试管，这个工作不比饭店里的洗碗工轻松。”

俞含枫：“……”

“实验室里一个试管几万块，我得选本科在读的来洗，大家都是这么过来的。”方永年补充了一句。

“我知道你并不是真的要跟我争专业度。”方永年语气缓和了一点，“你是担心我和陆博远在一起容易变得更轴，为了某些学术性的证明做很多不必要的研究。”

“你放心。”方永年看着俞含枫，“我很明白研究和制药的区别，我也知道这个项目立项的目的是什么，我说过我会全力以赴救你一命，我说过的话，我都记得。”

俞含枫重新穿上了高跟鞋。

“还有郑飞。”她走出会议室又绕了回来，“他什么时候能到岗？”

“下周一。”方永年敲敲桌子，“药房需要找人看着，他到华亭还需要去拜访几个人。”

“以后临床相关的东西，都由他负责。”俞含枫在门口下了结论。

她研究了郑飞的历史。

只能再一次感叹，禾城那个益民药房，简直是在浪费国家资源。

“行。”方永年又喝了一口红糖水。

“需不需要帮你们关门？”公事聊完了，俞含枫开始生事。

方永年：“……”

陆博远：“……”

“你们两个是项目核心，一直不和会影响项目质量。”俞含枫一本正经，“你们继续开会吧，我让秘书别打扰你们。”

方永年：“……”

陆博远：“……”

“我确实要跟你聊聊。”陆博远一直等到在会议室里面撸袖子脱鞋子的俞含枫摇曳生姿地离开了办公区域，才开口。

方永年只能压下想要看手机的欲望，点了点头。

“这是你的卡。”陆博远把方永年交给他们的那两张卡又还给了他，在方永年皱眉之前，挥了挥手，“你现在给这东西算怎么回事，不伦不类的。”

方永年没吭声。

“而且，米青说你最近消费也没用这张工资卡，你还有自己的小金库。”陆博远说得很别扭。

“之前在药房的时候股票投资赚了点钱，我习惯用那张卡做日常消费。”方永年掏出了皮夹，“只是这张卡经常会有资金周转，我怕里面的金额经常大变动所以才没交出来。”

方永年把那张金色的卡放在桌上，连同另外两张一起，又推给了陆博远。

陆博远目瞪口呆地抹了一把脸。

“你说我跟你怎么就说不通呢！”陆博远简直不可思议，“我老婆让我必须把这两张卡还给你，你又多给我一张，你是想我死还是想你死啊！”

方永年看着陆博远。

陆博远看着方永年。

在极度尴尬的气氛中，陆博远用非常不甘心的语气嘟囔了一句：“我老婆还没同意呢！”

方永年：“……”

“我也还没同意呢！”陆博远大声了一点。

方永年还是没接话，捧着咖啡杯又喝了一口红糖水。

“我知道现在这个时代父母不同意其实也没什么用，但你和我们是一个时代的，我们这个时代的人，还是希望子女能够在父母的祝福下恋爱的。”陆博远觉得自己挺苦口婆心的。

他想来想去，还是觉得方永年和他女儿在一起不是个事。

这辈分应该怎么算?

让女儿和自己的上司谈恋爱，这要换到古代，他就是在卖女求荣!

方永年把玩着手里的咖啡杯。

陆博远说话都很难接，他跟陆博远真的不是一个时代的，他比陆博远小了整整一轮。

但他觉得不管在什么时代，父母的祝福都很重要。

“和我恋爱，一心会很艰难。”他看着陆博远，“所以她真的非常需要你们的祝福。”

“我又没说不祝福！”护短的陆博远下意识地反驳。

方永年：“……”

这还怎么谈下去?

“你们不同意，或者觉得暂时接受不了，我觉得都很正常。”方永年只能硬着头皮把话题重新带回来，“我毕竟不是个四肢健全的人，我和她还差着辈分，我大她十四岁。”

“但现在的事实就是我们两个真的在一起了。”方永年停顿了一下，“相处得很好，我很认真地在考虑我和她的将来。”

陆博远的眼睛瞪得老大。

“她还在读大一，身上还有点小孩子脾气，莽劲上来了就不管不顾。

“在她的眼里，她从来不觉得我的残缺是问题，所以当别人提到我的残缺的时候，她会觉得特别委屈。

“她并没有看起来的那么没心没肺，有些委屈她没有办法跟别人说，如果连你们都不祝福她，她会很难。”

陆博远张着嘴。

方永年继续说:“以后的路还很长，抗默项目立项之后我们都会很忙，一心可能会经常来公司找我，如果那时候我们还是现在这个样子，她夹在中间会很难做。”

“你……”陆博远目瞪口呆，“你这是道德绑架！”

听听这说的一句句，哪一句像是人话!

“是。”方永年点头承认，“可是我真的没有其他办法了。她跟我在一起已经很委屈，我现在只能尽力把那些没有必要的障碍消除掉。”

“我们是没有必要的障碍？”陆博远觉得自己手都在抖。

方永年没回答，他又低头喝了一口红糖水。

陆博远给他泡的红糖水，齁甜齁甜的那种。

没回答，就是默认。

陆博远深呼吸。

这样的方永年，他很陌生。

厚颜无耻、示弱服软到最后甚至开始耍赖。

没有什么逻辑，只是十分坚定地表达了他不会和陆一心分手的立场，并且十分不讲究地让他们干脆也别纠结了。

不管是车祸后还是车祸前，陆博远一直都希望方永年能多学会变通，学会低头。

方永年以前太刚，被冤枉了一声不吭，遇到问题绝对不会求助，能做的不能做的都一个人扛着做完，和其他所有的人都保持距离，方永年和世界，界限分明。

他最讨厌的就是方永年这种性格。

他当初最希望方永年能改变的，就是他能学会软化。

而现在，当方永年真的软化了，他却恨不得能直接掐死方永年。

“为什么一心跟你在一起会变得艰难？”陆博远乱得一塌糊涂的脑子里，第一个想到的疑问还是关于女儿的，“你现在重新回来做研究员，公司里那些乱七八糟的人事都丢给了刘庆，应该不会再有人在背后说三道四了。”

“至于其他的。”陆博远皱着眉头上下打量方永年，“你锻炼一下身体不就行了。”

方永年什么水都没喝，这一次差点被自己的口水呛死。

“我看那些残疾人运动员的力气一点都不比普通人差啊！”陆博远大概是完全没意识到自己的话有多容易被人误会，“你现在这样确实不行，年纪大了那么多，身体还那么弱。”

“建新实验室的图纸里面有健身房。”方永年为了忍下这个咳嗽，脖子都红了。

“那还能有什么艰难的？”陆博远叹了口气，“日子都是自己过出来的，我跟一心她妈妈也不是一帆风顺地到现在的。”

方永年顿住，应该接什么？

他现在甚至都搞不清楚陆博远到底是想反对还是要赞成。

“其实你一直没明白我的意思。”陆博远大概也知道这样来来回回会把方永年弄得神经，他咬着牙蹦出几个字，“你就不觉得，你们俩在一起很荒唐吗？

“你有没有考虑过你得改口叫我什么？你要跟着一心的辈分管我和米青叫叔叔、阿姨吗？

“你在工作上是我的上司！

“现在有了一心这层关系，别人会怎么看我！我这不是卖女求荣嘛！”

陆博远终于把自己最纠结的地方吼了出来。

吼出来后，会议室里鸦雀无声。

方永年彻底傻了，他没料到陆博远一没纠结他的残疾，二没纠结他的年龄，纠结的居然是辈分！

“我……我是跳级。”方永年居然结巴了。他也不想那么年轻就做陆博远的学弟的！

“抗默项目的项目经理，我也只是暂代……”生平第一次，方永年自己都不知道自己在说什么，“你如果不排斥和俞含枫沟通，你也可以暂代的。”

“我没有想跟你抢做项目经理！”陆博远急了，“你怎么每次都能把事情想得那么功利呢！”

方永年：“……”

陆博远真的冤枉他了，他刚才真的什么都没想，他这辈子都没有那么大脑空白的时候。

“我就是怎么想怎么觉得荒唐，你知道吗！”陆博远也觉得生无可恋。

他跟方永年一直有沟通障碍，他们两个天生不和！

“难道你不觉得很荒唐吗？”他气得都开始寻求方永年的认同。

方永年这一次，点头了。

是很荒唐。

最荒唐的是他仔细想了想陆博远纠结的这个点，居然是最无解的。

他也很在意改口这个问题！

当初郑飞调侃他的时候，他就恨不得掐死郑飞！

“所以你说说看，你为什么放着好好的俞含枫不要，要去招惹我们家一心！”得到了赞同的陆博远终于顺了一口气。

已经彻底不知道该说什么的方永年在这件事情上得到了一个受益终身的教训——和陆博远沟通这件事，需要交给陆一心。

他们父女俩才是一个频道的。

“你饿了吗？”方永年放弃聊天，“我点外卖。”

“就那家炒粉，让他们多搁点辣。”陆博远疲累地挥挥手。

方永年终于拿出了大半天塞在文件夹里静音的手机，先点了外卖，再切到微信界面。

陆一心给他发了十几道物理题，但是并没有说想他。

也没黏着他。

她说她觉得大一比高三更累，昨天背了一个通宵的马克思主义哲学，今天睡到下午才起来，一爬起来第一件事就是给他发物理题。

他没有回给她，她也就算了。

发最后一道物理题的时候补了一句她去图书馆了，就再也没有了下文。

方永年抿着嘴，又把手机重新塞回文件夹。

他打开笔记本电脑打了两行字，又抿着嘴重新把手机拿了回来，先帮她把那些物理题都给解了，然后打了一句：“我一整天都在会议室里，刚看到你的消息。”

发完之后，他又把手机塞回到文件夹里。

手机被调成了振动，振动了两三次之后，就又不响了。

方永年这次没有再拿回手机，他盯着电脑屏幕噼里啪啦地打字，速度飞快。

“一心在问你化学作业？”陆博远围观了全程，瞥到了方永年手机上面满屏的试卷截图。

“物理。”方永年回邮件的动作没停。

陆博远抽了抽鼻子。

方永年回完了邮件又开始做靶点确认计划，外卖到的时候，只是拿着筷子往嘴里草草地塞了一口，就着那杯甜得要死的红糖水。

陆博远就这样一边嘬着粉一边看方永年面无表情地在吃饭的时间做

了一堆的工作，敲完最后一个回车。

“我今天回去一趟。”方永年合上笔记本电脑，起身。

“需要紧急处理的工作都弄好了，其他的我晚上在家做，有事给我电话。”他把笔记本电脑往公文包里一塞，从文件夹里拿出手机，急匆匆的。

“一心的物理题很难吗？”老父亲陆博远内心十分复杂，“需要你跑过去亲自辅导？”

急匆匆的方永年手一滑，差点把手机丢出去。

“行了，你去吧。”陆博远心灰意冷地挥手，“我就希望你好好想想，这称呼的问题怎么解决。”

方永年：“……”

陆博远又挥了挥手。

陆博远知道，这场抗争最后胜利的那一方肯定不是父母。

刘米青其实已经默认了，而他，再挣扎再扑腾，估计也翻不出花了。

陆博远今天眼睁睁地看着方永年为了陆一心的事跟他服软，眼睁睁看着方永年因为陆一心的几条微信一整天没吃饭扒了一口米线就直接走人。

他不知道自己心里是欣慰多一点，还是难受多一点。

女儿到底是长大了。

其实，她喜欢的人是方永年，还不赖。

是真的，还不赖。

那天，方永年一时冲动想要制造的见面机会最终变得十分曲折。

他车子刚刚开出停车场就接到一个电话，只说了两句，他就又绕回了停车场，熄火之后，第一件事就是给陆一心打电话。

第一个电话陆一心没接，方永年蹙眉，又打了一次。

这一次，陆一心在最后一刻接通了，似乎是清了清嗓子才“喂”了一声。

“哭了？”方永年安静了片刻，才问。

“没有啊！”陆一心先是否认，然后开始语无伦次，“不是啦……刚才在看悲剧电影。”

“什么电影？”方永年眉心越蹙越紧。

陆一心撒谎太容易被揭穿了。

“就……要写影评。”她支支吾吾地转移话题，“你不在会议室里了吗？”

方永年没有马上回答，他在想今天这个时机是不是有点不合适。

“我真的没哭啦！”陆一心那边大概是缓过来了，语气恢复到平时上扬的模样。

只是方永年觉得，她是在装。

“你今天晚上有没有时间？”他不想在电话里跟她纠结哭没哭过的问题。

“我要……”陆一心下意识地答了两个字，然后迅速地改口了，“没有啊，反正在哪里都能复习，怎么了？”

方永年的眉头皱得更紧了。

“我爸妈过来了。”他犹豫了一下，“我现在去机场接他们，陪他们吃顿饭安顿好。大概九点左右到你学校门口，可以吗？”

算了，今天不适合见他的父母，陆一心今天非常不对劲。

“啊……”陆一心急促地小小声喊了一句，“那我……那我跟你一起去机场吧。”

“不用，他们今天下飞机估计会很累，见面的时间再另外安排好了。”方永年没有提他父母过来就是为了见陆一心，也没有提他爸爸在电话里的语气听起来并不是十分乐观。

“这样太不礼貌了。”陆一心可能是急了，忘记掩饰，鼻音又出来了，还能听到她无意识擤鼻涕的声音。

方永年看着空无一人的地下停车场，他父母上飞机前给他打的电话，大概三个小时后到华亭。

他非常不放心陆一心，刚才急匆匆地从办公室出来，也是因为他觉得她今天的情绪不太对劲。

那天早上送她到学校后，他们已经有两个多礼拜没有见过面，他忙着交接工作忙着建实验室，而陆一心一直在准备期末考试。

她从来都不是个情绪低落的人，也从来没有像今天这样，心虚到都不敢正面回答他的问题。

他今天必须得和她见面。

“我大概半个小时后到，你在学校门口等我？”他决定不再纠结，他父母那边不管怎么说都还有他在。

“好……”陆一心犹犹豫豫的，“半个小时吗？”

“你……慢点开，现在路上堵，我不急。”她结结巴巴道，“到了给我电话，那我先挂了。”

她挂了电话。

方永年没吭声。

这是她第二次自说自话地挂电话，第一次的时候她喝醉了，这是第二次，她明显哭过了。

他沉默地把车子重新开出停车场，面无表情。

他脑子里无法控制地划过了无数种可能，她又跟宿舍里的人吵架了，她被人欺负了，她身体不舒服。

今天真的不是个好时候，他爸在电话那头的语气和架势，都像是要过来棒打鸳鸯的，可偏偏这种时候，向来立场最坚定的陆一心，居然有些不对劲。

方永年在第二次差点儿闯红灯之后，黑着脸把车子停在了路边停车场。

他眼皮突突直跳，第一次发现一直以来，陆一心的坚定才是他对这件事立场毫不动摇的根本原因。

他又一次拨通了陆一心的电话，这一次她接得很快。

“你那么快就到了吗？”她气喘吁吁，声音很急切，“你开那么快干什么啊！多危险啊！”

她语气已经恢复正常，不仔细听都察觉不到她声音里的颤音。

“为什么哭？”他一句废话都没有，单刀直入。

陆一心哽了一下。

“你再跟我说你是看电影看哭的试试。”方永年在陆一心开口前，又补充了一句。

陆一心不敢试试。她已经好久没有听到方永年用这样的语气跟她说话了。

“我……”她欲言又止。

方永年没说话。

陆一心都能想象到他双手环胸面无表情地等着她的下文。

“我们好久没见了……”她支支吾吾，不知道该从何说起，“我就想去你公司找你。”

“嗯？”方永年蹙着眉，感觉陆一心又快要哭了。

“我爸爸说你最近忙得三餐都快要没时间吃了。”她吸了吸鼻子，果然又想哭了，“所以我就去我们家楼下那家粤菜馆……”她停住了，嘀咕了一句，“那地方跟我八字不合吧！”

方永年：“……”

不知道为什么，他紧绷的情绪因为陆一心这一句插科打诨放松了不少。

“然后来的路上过马路的时候出了点事……”陆一心又开始支支吾吾。

方永年刚刚放松了一点的情绪瞬间又绷了起来：“什么事？”

“就……”陆一心“就”了半天，“被摩托车蹭了一下……”

“我人没什么事！”陆一心生怕方永年多想，语速特别快，“那车子就是车头蹭到了，我摔了一跤。大冬天的衣服穿得那么多，也没摔多厉害。”

“就是……打包的稀饭都洒了。”陆一心微微停顿了一下，“我……手烫到了。”

“已经去过医院了，医生就配了点药膏，说其他一点事都没有。”

陆一心语速越来越快，“我都快到学校了，你在那里等我一下，我马上就到了。”

她一边说一边跑，气喘吁吁的。

“你先站住。”方永年说话变得很慢很慢，“我还没到。”

“从哪家医院跑出来的？”他问得更慢。

问得奇奇怪怪的，下意识地站住的陆一心却马上听懂了。

“在你们公司门口撞的……”她挠着头，“所以就去了就近的那家医院。”

“现在下班高峰车子打不到，我都跑到一半了。”她匀了口气，“你到了等我一下，我应该还有二十分钟！”

“你给我站着别动！”方永年终于爆了粗口，“位置共享给我！”

“我这边单行线，现在在堵车。”陆一心被吼得缩了缩脖子。

“位置给我。”方永年压着脾气又说了一次，一字一字的。

难怪他觉得陆一心今天不对劲，难怪刚才打电话的时候，她支支吾吾的。

“别挂电话。”他在她共享位置的时候，又叮嘱了一句。

“哦。”开着免提共享位置的陆一心忍不住嘀咕了一句，“我真的没事啊。”

能跑能跳的，就是衣服脏了。

她本来还想赶紧重回宿舍换件衣服最好让李小安帮忙化个妆。

早知道就不去那家粤菜馆了，上次弄坏了手机又发烧，这次被摩托车撞了又被烫了。

大概就是八字不合。

她下次再也不去那家店了。

要见公婆啊，这可怎么办！

方永年到得非常快。

他本来就是从公司去的学校，方永年掉头开了五分钟就看到了陆一心。

她百无聊赖地蹲在马路边，身上那件鹅黄色的羽绒服脏兮兮的，牛仔裤不知道是本来就破洞还是摔破的，大冬天的露出了一大截膝盖。

“上车！”方永年车子停在她身边，摇下了车窗。

蹲着的陆一心抬头，眼睛肿肿的，脸上也有些污渍，脏兮兮的，像路边的小要饭的。

第二次了。

方永年太阳穴突突的。

“我……身上很脏。”她身上还有粥黏糊糊的残渣，所以她刚才在医院门口都不敢打车。

方永年一声不吭，下颚咬得死紧。

很会看人脸色的陆一心秒怂，乖乖地打开车门，乖乖地上车。

开车门的时候她左手碰到刚才烫伤的地方，想叫又不敢叫，她皱着眉头委委屈屈地缩在副驾驶座。

“一会儿你爸妈要过来……”她像是在解释自己刚才的犹豫，“看到车子脏了多不好。”

方永年好久没回老家了，他父母一过来就看到车子脏兮兮的，算什么事。

“安全带。”方永年看都没看她。

陆一心委委屈屈地又给自己系上了安全带。

明明摔跤被烫的那个人是她，她现在却莫名其妙地心虚着。

“其实……”她一心虚就开始话多，“你就让我回宿舍洗个澡换件衣服就没事了。”

很轻的烫伤，比起疼痛，更难受的是她本来想见他一面结果却被现实打击到去急诊室的挫败感。

“这样多丢人……”她讪讪的。

本来快三个礼拜没见，他们应该小别胜新婚的，就和上次一样，只是对视就觉得幸福。

但是现在方永年看都不看她一眼，从侧面看，他五官冷峻得跟雕塑一样。

陆一心惴惴不安，还想再说点什么，却被方永年打电话的动作吓得缩着脖子一声不吭。

方永年在给他哥哥打电话。

电话一接通，方永年连称呼都没叫，直接报出了他爸妈到华亭的航班号。

“你或者嫂子抽个时间去接一下，今天晚上安顿好，我明天再找他们。”他说得特别慢，慢得陆一心脖子越缩越短。

电话开的免提，陆一心能很清楚地听到方永年哥哥在电话那头的意外。

“我知道他们是来找我的。”方永年皱着眉，“一心出了车祸，我带她去医院检查。”

出了车祸的陆一心张着嘴呆呆的。

“行。”方永年哥哥很了解方永年的语速，语速慢成这样，基本就是说啥都没得商量了。

方永年又一声不吭地挂了电话。

陆一心很不安地在位子上挪了挪：“我……都检查过了，连 CT 都拍了。”

“那个摩托车闯红灯，很怕出事，一进去就带我做了全身检查。”

她终于也皱起了眉头，“我不要去了，我讨厌去医院。”

方永年转了个方向，把车子绕到附近建筑的停车场。

“报告单。”他车子刚刚停稳就伸出了手。

陆一心：“……”

方永年看着她，冷着脸，皱着眉。

陆一心慢吞吞地解开安全带，侧身到方永年这一边，打开了车锁。

因为靠近方永年，陆一心顿了顿，咬着牙，还是按下了那个按键。

然后，陆一心打开车门，一声不吭的，头也不回地背着她的包包就下了车。

脏兮兮黏糊糊的稀饭还黏在她头发上，下车的时候，甩了方永年一脸。

她边走边气！

她那么想他！

他呢？没有拥抱！连个眼神都不给她！

不去见他父母了，连问都不问她一句！

他以为他还是她叔叔吗！

陆一心算了一下，她那天走出去八步。

第二步的时候，她就开始后悔。

方永年的反应很容易理解，她自己的爸爸就是这样，她每次生病她爸爸的反应都很“直男”，觉得她太不会照顾她自己，觉得她病恹恹的样子看着心疼，然后就粗声粗气。

她从来没有气过她爸爸，所以其实，她也不应该气方永年。

方永年在她跨出去第三步的时候开了车门，她闷头闷脑地往前走了五步，就被他抓住了袖子。

然后她就不动了。

方永年也没动，两个人站在停车场里吹了一会儿冷风。

“上车吧。”方永年站着没动，用的是陈述句，可是语气很奇怪。

不是他一发火就会不自觉蹦出来的命令语气，也不是平时说话的时候慢吞吞平和的语气。

他说得很不确定，仿佛她一摇头，他就会松手。

陆一心回头。

方永年脸上有点脏，是她刚才下车的时候蹭上去的，米粥干了黏上之后，变成了灰色。

她咬着嘴唇。

方永年拽着她袖子的手动了动。

不是晃，不是撒娇，而是非常不安地动了一下。

陆一心没有被拽着的那只手拉住了方永年另外一只手的袖子。

方永年怔了一下，叹了口气，把她拽了过来，搂到怀里。

“你吓着了？”陆一心问得很不确定。

方永年没回答，只是把她抱得更紧了一点。

“上车吧。”他最终还是没回答，只是拍拍她的头。

他帮陆一心打开车门，看着她上车。

他一直没说话，自己也坐上车之后，只是调大了暖气，并没有发动车子。

陆一心低着头在方永年的车子里熟门熟路地找到了她放的巧克力，只剩下一颗了，她塞到嘴里，然后拽住方永年把他硬拉了过来。

她觉得他们两个都急需补充糖分。

她嘴巴凑了过去，嘴对嘴地把巧克力一分为二。

巧克力很甜很甜，唇齿相依的时候，她听到方永年微微吸气的声音。

他眼睫毛很长很长，微微下垂，变成了很悲伤的弧度。

他在陆一心要退开的时候扣住了她的后脑勺重新吻了回去，来势凶猛，带着巧克力甜到齁的威力。陆一心闭上了眼睛，两只手习惯性地握成拳，抵在方永年胸前。

那个吻，时间很长。

巧克力最终融化在舌间，吻完了之后，两个人都很久没有说话。

“检查单。”方永年开口说的第一句话，仍然是那句莫名其妙彻底激怒了陆一心的话，三个字，语气完全不同，这次声音带着吻后的沙哑。

陆一心吸了吸鼻子，从包里拿出一沓检查单，夹在急诊的时候临时买的病历本里。

方永年接过去，一张张地看，从检查数据再到医生诊断，他最后又把陆一心的包整个拿了过去，翻看给她配的药。

“撞我的人是个送外卖的外卖小哥。”陆一心看方永年又不说话了，拉了拉他的袖子，“我觉得说不定比我还小。

“他吓坏了，我本来没哭的，结果看到他号啕大哭，看起来太可怜了，也跟着哭了。

“他和我一起去的急诊室，我们两个都做了检查，然后在急诊室里面他哭得比我还大声。

“检查结果出来医生说没什么事，我就付了我自己的检查费用，他坚持要把烫伤药的钱付了，我就收了。

“就……除了撞到那一刻被吓着了之外，后面其实都蛮平和的……”陆一心轻声轻气的。

所以她才没有当回事。

方永年把那一沓报告单重新塞回包里，把陆一心身上那件脏到不行的外套脱掉丢到车后座。

“都伤到哪儿了？”他第一眼看到的是被磨破的牛仔裤。

本来就是破洞牛仔裤，摔了一跤更是找不到受伤的地方。

“手肘，还有手腕。”陆一心低头看了看腿，“我屁股着地的，所以裤子上就只是脏，没有伤。”

方永年一声不吭地把陆一心的衣袖撸上去。

“别动。”方永年给她擦药的时候，看到她的伤处，忍不住“嘶”了一声。

她手肘破得厉害，急诊室里的医生已经清创消毒了，可是她为了消灭证据穿上毛衣在马路上狂奔，出了汗再加上毛衣的摩擦，现在看起来又肿了。

她是不是对疼痛没有什么感觉?

他们恋爱半年，这都是她第三次受伤了。

“这好像是第三次了。”乖乖擦药的陆一心也想到了这件事，干笑了一声，“我今年是不是犯太岁……”

方永年没理她。

擦好药，他从车后备厢里拿出备用的毛毯，避开伤口把她小心地裹好，帮她系好安全带，终于发动了车子。

“方年年……”陆一心裹在毛毯里开始撒娇。

她已经消气了。其实不管方永年下不下车拉她，她都一定会回头，方永年下车拉她，她走了八步，不拉的话，她估计第五步就回头了。

他们有抱抱也有亲亲，对于她来说，早就没有气了。

但方永年好像并不是。

他一直没怎么说话，可能怕她逼急了又像刚才一样要下车，这一次他没有再用命令的语气，他只是尽量少说话。

“我刚才下车的时候，你是不是被吓着了？”她又旧事重提。

方永年刚才的反应太出乎意料，所以陆一心耿耿于怀。

方永年看了她一眼。

“如果我今天没有找你，你打不打算把这件事告诉我？”他问她。

陆一心先是摇头，然后点点头：“可能等下一次见面的时候。”

她还是会说的，只是不想在当下。他已经那么忙了，这种事拿出来当成情侣之间撒娇的调剂还行，让他为了那么一点点擦伤跑一趟医院，她才不要。

她知道他讨厌医院的。

“和你恋爱以后，我戒了烟。”方永年沉默了一会儿，才重新开口，“之前经常因为工作忘记饭点，我最近也调了闹钟，让自己尽量定点吃饭。

“公司要新开一个实验室，我在实验室的图纸里面加了一个健身房。

“因为我的年纪比你大很多，我需要照顾好我的身体，不为了别的，只是因为不想让你担心。

“我明白人总是会有意外，你今天发生的事情，你军训受的伤，还有那天晚上遇到流氓，其实都是意外。

“但是你在军训的时候被划破了那么大一道口子，一声不吭地负重跑了五公里，伤口发炎了也没有请假，硬扛到军训结束。

“今天也一样，确实不是大事，我看过检查单，差不多就是在马路上摔了一跤蹭破点皮，手腕有些烫伤。

“我看到医生在病例上是要求你观察三个小时后再离开医院的，但是你在电话里什么都没说，甚至穿好了衣服想冲到学校里洗澡毁灭证据。

“那伤的都是你自己的身体。

“你想着不要让我担心，你怕我不喜欢医院，所以接到电话也不告诉我发生了什么，但是你有没有考虑过，你这样对待你的身体，我会有什么感觉？”

方永年说话语速本来就比一般人慢，有情绪的时候会更慢。

那么长的一段话，他一个字一个字地说，说完的时候，车子已经开到了他们住的地方的地下停车场。

“我们这个年纪的人，得到了幸福，会开始惜命。”方永年把车子熄火，看着陆一心，“因为我想要幸福得久一点，因为我也想让对方幸福得久一点。

“我知道你性格莽撞，所以你那天晚上冲回去救李小安，我什么都没说，我想哪怕再来一次，你可能还是会那样。

“但是，其实是可以有更好的方法的。

“你受伤的时候第一时间找教官，你的伤口就不会发炎那么长时间，刚才我给你打电话的时候，你告诉我事情经过，你就不需要穿着衣服跑那么远的路，弄得本来清创好的伤口又得重新消毒一次。

“本来可以不用这样的。”方永年看着陆一心，一字一字地又重复了这句话，“本来，你可以不用那么痛，也不用那么长时间伤口都好不了的。

“我也可以不用那么难过，难过到你下车的那一瞬间，我才意识到我做了什么。”

他对一个刚刚差点发生车祸的十九岁的小姑娘冷着脸用命令的语气吼了好几句，没有安慰，没有关心，三个星期没见，他却连看都没看她一眼。

“所以今天，你生气是应该的，我生气，也是应该的。”他最后叹了一口气，解开安全带，“下车吧。”

她身上有烫伤，晚上煮点稀饭点几个清淡的外卖小菜吧。

“下车了。”他看着一动不动的陆一心。

他以前也曾经这样教训得她哑口无言，这丫头有个习惯，自己没错的时候，她鬼哭狼嚎闹到人脑仁疼，但是真的错了，她就会像现在这样，一声不吭，红着眼眶，但是不哭也不说话。

她就这样低着头解开自己的安全带，低着头跟着他进了电梯，然后低着头跟着他进了屋子。

等他换鞋子的时候，她从背后抱住了他。

她身上还披着毯子，露在外面的胳膊凉凉的。

“我先去开空调。”他搓了搓她凉凉的手臂。

陆一心闷头闷脑地抱着他，他走到哪里，她就黏到哪里。

方永年就这样拖着陆一心，到房间里给她拿了一件大外套先包好，然后进厨房开始淘米煮粥。

她彻底黏成了他的“背后灵”，一声不吭的。

沉默的方永年又开始心疼：“我没有很生气。”他只得又开始安慰她，“我知道你的性格。只是……”他犹豫了一下，“如果能改一点就好了。”

如果能在冲动之前，想一想他，就好了。

陆一心在他背后，使劲地点了点头。

方永年失笑，把她从背后捞到了前面。

陆一心低着头不让他看脸，他们两个就这样在厨房里身体贴着身体较了一会儿劲。

“你身上有一股虾粥的味道。”方永年被磨得半点脾气都没了，“先去洗澡好不好。”

低着头的陆一心使劲摇头。

“那就这样黏着？”方永年放弃和她讲理。

低着头的陆一心下意识地就要点头，点到一半，突然抬头。

“我去洗澡。”她可怜兮兮地说，“洗了澡你帮我擦药。”

她发誓，她再也不会这样了。

方永年说，他想要幸福得久一点，所以才会戒烟，才会开始健身，才会那么在意她的身体。

“我也想要幸福得久一点。”小姑娘终于露出了小姑娘的样子，红着眼眶拽着方永年的毛衣。

“我想在这里洗澡。”她黏黏糊糊地开始撒娇。

“嗯。”方永年有求必应。

“那你陪我去拿衣服。”黏黏糊糊的小丫头撒娇成了鼻涕虫。

“好。”方永年拍拍她的头。

“我想你了……”小丫头带上了哭腔。

“嗯……”

“我下次再也不去那家粤菜馆了！”

“好。”

“方永年。”

“嗯？”

“我爱你。”

"真的不用去机场接叔叔阿姨吗？"陆一心洗完了澡一身清爽，又想到了今天早些时候导致她情绪高度紧张的原因——方永年的父母。

她看了一眼客厅里的时钟："现在开车过去应该还赶得上。"

"不用了。"方永年把已经烧好了稀饭的电饭煲按到保温，皱着眉，"你以前不是叫他们爷爷奶奶的吗？"

方爷爷方奶奶什么的……

他换掉了那身脏衣服，晚上不打算再出门，所以穿得很居家，浅灰色的卫衣和浅灰色的运动裤，整个人看起来年轻不少。

"你穿这样好好看。"陆一心被美色耽搁了一秒钟才想起来正事，"当然要改口了啊，现在再叫爷爷奶奶那算个什么事。"

方永年开始拆外卖的小菜外包装，让陆一心一份份分装到家里的盘子里，没作声。

今天一天他都在面临改口这件事，为什么陆一心做起来那么自然……

"他们怎么突然就过来了？"陆一心把小菜放到餐桌上，方永年盛稀饭的时候，她就负责拿筷子调羹。

"我哥把我们的事跟他们说了。"方永年把盛好的稀饭放到陆一心面前，"小心烫。"

"来之前没跟你电话过吗？"陆一心眼睛圆溜溜的，眉头一本正经地皱着。

虽然她已经是他的女朋友了，但他偶尔还是会不太习惯对着这样一张娃娃脸聊正经事。

"打过电话了。"他坐到了陆一心对面，斟酌了一下，"我有点担心。"

"我也……有点担心。"陆一心学着方永年的语气，皱起了脸。

方永年父母都是很严肃的人，和她家父母不一样。这么多年了除了方永年车祸的那阵子他们一直在华亭照顾他以外，就再也没有出现过了。

这些年虽然她逢年过节都会打电话过去说吉祥话，但那毕竟都是隔着辈的，她的角色就是个讲吉祥话逗长辈开心的小孩子。

可是现在，身份完全不一样了。

这么多年都没有再来华亭的方永年父母，一听到他们恋爱了立刻就飞过来了。

这样紧迫，让人感觉有些不妙。

"我们家很严肃，我爸爸做了半辈子军人，又生了两个儿子，从小就是军事化教育。"方永年夹起一块蒸糕，外卖送过来的时候蒸糕被热气闷过，两块蒸糕黏在了一起，他夹着蒸糕在空中晃了晃，正在喝粥的陆一心很顺手就夹走了他筷子上的另外一块黏着的蒸糕。

方永年顿了顿。

他和她之间，有一些习惯是这十年来叔侄相处日积月累后的下意识，有一些却是这几个月恋爱的时候不知不觉养出来的亲昵感。

不管是恋爱前还是恋爱后，他们从来都没有把彼此当成外人过。

车祸之后，他会在说话前先斟酌语气用词，开口之前会先思考这句话说出来之后对方会如何应答，这种说话方式他自我锻炼了好多年，现在已经变成了习惯。

他刚才一边说话一边斟酌，是想要告诉陆一心，这件事可能会有点难。

他想要看看陆一心对这件事情的反应。

他想要根据陆一心的反应去做下一步的计划，如果她排斥，那么他就尽量避免他父母和她做过多的接触。

所以他很严肃，连带着让陆一心也跟着严肃着一张脸，如临大敌。

“怎么了？”陆一心没心思喝粥了。

方永年说着说着就突然停了下来，没头没脑的。

她突然开始害怕，害怕她从来没有接触的军事化教育会不会对他们造成致命一击。

“我刚才确实吓着了。”方永年笑了笑，放下筷子开始帮陆一心剥水煮蛋。

完全摸不着头脑的陆一心：“哈？”

“你下车的时候，我吓着了。”方永年耐耐心心地把那颗水煮蛋剥得晶莹剔透，伸手放到陆一心的碗里。

“你从来都没有对我这样过。”方永年看着陆一心，“所以我当时……有点害怕。”

陆一心瞪大眼：“哈？”

“我在那个时候摆出长辈的架势很不合适，但是如果你当时没有突然打开车门走出去，我可能都意识不到这种不合适。”方永年已经把刚才父母的话题偏到了太平洋，“因为突然意识到了不合适，所以对于要不要下车追你，我还犹豫了一下。”

陆一心张着嘴。

“我们以后，不要这样了。”方永年喝光了一碗稀饭，下了一个结论。

“好……”虽然不知道为什么话题会重新回到吵架那段，陆一心还是被方永年刚才的话弄得心里揪揪的。

“那件事本来就是我的错，我不应该发脾气的。”她因为心里难受认错认得特别快，“我以后再也不会那样了。”

再也不会一声不吭地掉头就走。

“不是对错的问题。”方永年摇摇头，“我脾气不好你性格莽撞，遇到事情难免会有火气，老压着火气总会有爆发的一天，那样更不好。”

陆一心咂咂嘴，决定先不说话了。

她不知道方永年为什么会从他父母的话题突然转到这里，她觉得他自己也是临时起意，所以说的速度比平时慢很多，他像是在一边说一边理。

他像是把平时放在脑子里的那些思路都说了出来，有些乱，一点都不像是那个条理清晰做什么都胸有成竹特别强势的方永年。

可是她喜欢这样的方永年——

穿着柔软的衣物，头发有点乱，拿着筷子皱着眉头絮絮叨叨地说着没有什么逻辑的话。

这样的方永年，和她很像。

“你爸妈是怎么解决这个问题的？”方永年想了很久都没有想出可以解决两个暴脾气起冲突的方法，决定求助。

陆一心咬着筷子歪着头。

“我妈妈有时候会家暴。”陆一心边说边笑，“有时候我爸爸很不靠谱的时候，我妈妈会捶他。”

方永年：“……”

陆一心想象了下自己捶方永年的画面，哆嗦了一下：“我们家的方法不能用在我们身上，我爸爸怕我妈怕了一辈子了，你又不怕我。”

反正，她是没胆子捶他的。

她也无法想象方永年像她爸爸一样低声下气地跟她求饶。

那个画面……不是他们的画面。

“其实……”陆一心吞吞吐吐。

方永年挑挑眉。

“我说了你不许骂我！”她先给自己讨个免死金牌。

“难道我骂你你就不说了吗？”方永年觉得陆一心是不是对自己有什么误解。

“也对。”陆一心搓搓鼻子。

“你一开始还跟我说你这个年纪了一定不会跟我吵架的……”她把早就记好了的旧账翻出来，怕方永年恼羞成怒，先把自己笑成了一朵花。

方永年哭笑不得地瞪了她一眼：“所以？”

“所以顺其自然就好了呀。”陆一心两手一摊，“你跟我爸爸一模一样，遇到问题就想要找到解决方法。

“可是这种事情，怎么可能马上就有解决方法。

“就像现在这样，我跟你保证我下次一定不会掉头就走，那下一次吵架，我可能会变成大吼大叫……”

陆一心顿了下，摇摇头：“不对，我可能会爬你身上把你压着亲……”

方永年：“？？？”

“我爬到你那边摁开锁键的时候，犹豫过的。”陆一心坦白，“我犹豫了一下那个时候亲你到底是便宜了你还是便宜了我，只是当时你的脸太黑了，所以我觉得还是直接跑路比较好……”

方永年回想了一下当时的场景，实在是无法想象陆一心居然在那种气氛下犹豫过这种事。

他有种熟悉的释然感。

“那下次，我就锁门了。”他居然顺着陆一心的思路想了想，“你退回去的时候，我其实是有时间可以把门重新锁回去的。”

他当时完全没往这个方向想，只是投入到自己确实做得过分了，这下要怎么哄回来的焦躁中。

这样想想，顺其自然确实挺好的。

他现在顺着陆一心的思路再去回想刚才在停车场的那一段，突然觉得，吵架也挺好。

他如果知道陆一心居然在那种情况下犹豫过要不要亲他，他可能会在她过来的时候就抱住她。

这样，就算刚才他真的动了气，再回头去想，也觉得挺甜蜜。

“方年年。”陆一心终于吃掉了那个她最讨厌的水煮蛋，“你今天……很不一样哎。

“不对，你最近都很不一样。

“你好像每一天都在变得更厉害。

“我本来以为高中的时候对你的喜欢已经到顶了，但是现在发现，那时候的喜欢真的不能算喜欢。

“你好厉害哦！”

她就这样笑嘻嘻的，一点都不害臊地腻着嗓子夸他，毫无营养地夸。

方永年在自己的耳根再次红起来之前，又给她剥了一个水煮蛋。

“我不要吃蛋黄！”陆一心终于悲愤了，“你今天用美色和温柔逼着我吃了一整个蛋了！”

“一人一半吧。”方永年笑着把鸡蛋分成两半。

“我不要吃蛋黄！”觉得自己这次无论如何都不能被迷惑的陆一心梗着脖子拒绝。

“过来。”方永年拿着鸡蛋冲她招招手。

最恨吃蛋黄的陆一心不情不愿一脸戒备地走到他面前。

方永年没有逼她吃鸡蛋。

他只是笑着把她搂进怀里，用刚才她喂巧克力的方式，哄着她吃掉了剩下的那半个蛋黄。

“讨厌！”天不怕地不怕脸皮比城墙还厚的陆一心终于被撩得娇羞了，埋在他怀里半天不愿意出来。

“叔叔阿姨那边怎么办啊？”

刚才这个话题才谈到一半，方永年就不愿意再提了。

“等见了再说。”方永年拍拍她的头。

反正，他们都不打算分手。

反正，他父母会担心的那些问题，估计都不是问题。

他们的感情能冲破他的防线，又怎么可能没办法冲破他父母的防线。

他从来没有想到，他一开始以为的不健康的甚至是有些变态的感情，到最后会发展得那么健全。

他也从来没想到，做任何事情都先考虑好后路的他，居然在这段感情上，没给自己任何后路。

陆一心这个不靠谱的跌跌撞撞的小姑娘，居然，成全了他的圆满。

那顿晚饭吃了很久，三个礼拜没见的小别胜新婚在他们两个这样絮絮叨叨的日常里面慢慢复苏。吃完了饭，两个人又腻在了客厅的沙发上，没脸没皮的陆一心号称自己有肌肤饥渴症，非得贴着。

“我觉得肥猫一点都不想你。”陆一心窝在方永年怀里，看着趴在方永年卧室床上睡觉的肥猫。

他们回来好久了，它出来看了一眼他们在吃什么，就竖着尾巴自己玩自己的了。

“它独立太久了，性格都养成了。”方永年在回邮件，一心二用的，“所以我才养的。”

这只猫只需要衣食无忧，它对来来去去的人类不会有过多的好奇，也不会投入过多的感情。

它就像是以前的他。

陆一心拿着逗猫棒逗了两下没有获得任何关注，注意力就又被转移了。

“你好忙。”她感叹。

比高三生，比大学生都忙，每时每刻每分每秒都工作不离手。

方永年亲了亲她的额头：“要是无聊就不要抱着我，自己去看书复习。”

“我们第一个晚上就是这样过去的……”陆一心噘着嘴，“第二个晚上还要这样吗？”

方永年的视线从电脑屏幕转到了陆一心脸上，手指屈起来敲了下她的额头：“你今天晚上没办法睡这里。”

陆一心嘴巴噘得更厉害了：“为什么啊？这里比民宿方便多了！”

“因为你爸爸今天晚上肯定会回来。”方永年苦笑。他也喜欢这样黏着，但是陆博远知道了会爆炸。

“他知道你今天晚上会回家睡。”方永年说得挺隐晦。

陆博远知道他们两个今天晚上会孤男寡女，所以肯定会回来。

以前是陆博远想法简单，压根儿没将他俩的关系往男女方向想，现在既然已经知道了，愿意放任他们两个孤男寡女到现在，他已经十分感激。

陆一心有些讪讪的，抱着方永年半天没吭声。

“怎么了？”方永年回完了下午离开后需要处理的邮件，合上了笔记本。

“我想抱抱睡……”她脸埋进他柔软的卫衣外套里，用小猫叫一样的声音耍赖，“我爸爸好讨厌！”

“抱抱睡会闯祸。”方永年苦笑，“你爸爸比较懂男人。”

抛却他的心理障碍，十九岁到底还是太小了。

太小的陆一心不甘愿地在他怀里蹭。

她其实想得很简单，男女朋友之间的撒娇而已，她表达亲密的方式就是这样，对郑然然这样，对她妈妈也这样，所以做的时候特别流畅特别自然。

直到她被方永年固定住。

直到她再一次感受到不应该出现在方永年身上的滚烫感。

“所以说……不能抱抱睡。”方永年觉得自己真是言传身教。

陆一心整个人变成了红虾，但是仍然求知欲很强：“你以前不是这样子的啊……”

她又不是第一次蹭，她以前怎么从来没有感受到。

“也有，只是躲开了。”方永年回答得不太自在。

他习惯对陆一心有问必答，但这样的问题，总是……

“可是最近很频繁。”陆一心忘记自己全身还红着，皱起眉，求知欲旺盛得让方永年都想抽她。

因为最近，他开始把陆一心当成了女人，因为最近，他终于突破了那一层心理障碍。

“男朋友对女朋友产生这种反应，本来就很正常。”方永年不想实话实说，怕说了她又嘚瑟地在他怀里继续蹭，“起来，我去卫生间。”

“等我爸爸来了你再去好了。”不想被丢在客厅的陆一心说了一句石破天惊的话，“省得一会儿回来蹭蹭你又得去。”

方永年：“……”

“为什么回来了你还要蹭？”一次不够你还想来两次？

“不是，什么叫作省得我又去？”这种嫌弃的语气是想表达什么？

“男人通常一次之后……”方永年迅速地闭上嘴，他气昏头了差点给她科普一些不该科普的东西。

“起来！”他拍她的屁股，用了点力，啪的一下。

陆一心捂着屁股站起来，她的脸还是红的，眼睛却亮得让方永年头疼。

“通常一次之后怎么样？”她果然不打算就这样放过他。

门铃响起来的时候，方永年正磨刀霍霍地打算家暴——皮成这样，偶尔家暴一次应该也没事。

陆一心正想要尖叫着逃跑，听到门铃响起吓得脚下一滑，要不是方永年动作快，她差点又摔一跤。

“站好。”方永年脸上的笑意还没有消失，他又拍拍陆一心的屁股，“衣服拉好。”

他算着时间陆博远也应该要回来了，只是没想到陆博远会那么礼貌地按门铃——这幢楼虽然以后会分给抗默项目组的核心成员做宿舍，但是现在仍然只住了他们两家人，以陆博远的脾气，这个点陆一心还没回家，对方其实应该更想砸门。

他一直到开门的时候，心情都还很好。

门打开的时候，他知道他可能嘴角还带着笑，因为陆博远的表情像是看到了鬼。

“我马上回去！”陆一心抱着自己的书包，迅速冲到了门口。她还是怕她爸爸会揍方永年，时时刻刻警惕着。

陆博远不是一个人回来的，他身后还跟了一个人，一个大家都认识，但是除了方永年，其他人都不太熟的人——方永年的哥哥方永岁。他手里拎着几个白色的塑料袋，看到陆一心还冲她笑了笑。

“刚才在楼下碰到的，就一起上来了。”陆博远表情很自然，也没觉得半夜三更方永岁来找方永年这件事有多不正常。

陆一心的脸迅速地红了。

她在自己爸爸面前可以没脸没皮，但是在方永岁面前，她还是少见地感受到了一点点羞耻之心。

“方哥哥好。”她乖巧地打招呼，完全无视自己喊出来的称呼让现场的三个大男人同时露出了一言难尽的表情。

“赶紧回家！”陆博远决定挺身而出，不能放任自家女儿再在这里继续吓人，“都几点了，你明天不上课了？”

“明天中午才有课！”陆一心和她爸爸的相处模式，一如既往地充满了火药味。

“我好几天没回来了，你就不能顺手把沙发上的脏衣服洗一下？”打开了房门的陆博远，嗓门又大了。

“我也忙死了，我快考试了！”陆一心的声音也不小。

“就你这样临时抱佛脚能考得好才有鬼。”父女两个一边互骂一边关门，陆博远到最后只跟方永年兄弟两个人点了点头，算是打过了招呼道过了晚安。

“他们家还是那么热闹。”方永岁比方永年大四岁，他长得更像爸爸，五官比方永年更冷冽。

方永年侧身让方永岁进屋，关上门。

方永年什么都没说，从方永岁出现的那一刻开始，他的好心情就消失不见了。

这不是一个好兆头，他哥哥刚接了父母就连夜赶过来找他，他怎么想都觉得，这不是一个好开局。

“我们兄弟俩很久没有在一起喝过酒了。”方永岁把几个塑料袋放到餐桌上，有些意外方永年家的厨房里居然锅碗瓢盆都是齐全的。

他见过方永年在禾城的样子，住了那么多年，家里一个锅都没有，唯一能用的锅碗瓢盆都是陆一心和她妈妈送吃的过来的时候丢在那里的。

方永年终于活出了一点人样。

今天打开门的时候，方永年表情明朗得让他恍惚以为方永年还是车祸前的那个方永年，天天穿着软塌塌的衣服，头发乱七八糟，除了实验室和吃就没有其他感兴趣的东西。

方永年打开方永岁带过来的啤酒，喝了一口，笑了笑：“我们从来没有在一起喝过酒。”

方永岁一愣，也笑，举起易拉罐和方永年碰了碰。

他们家和陆一心家是两个极端，他们家的人都不擅长表达感情，来往得也少。

“爸妈都安顿好了？”方永年放松地坐在沙发上，运动裤下，右腿义肢的轮廓很明显。

方永岁又喝了一口啤酒，点了点头。

他永远习惯不了他弟弟这个样子。

他以前其实很讨厌这个弟弟，对于一个普通家庭来说，一个天才小孩绝对是家里的重心，他父母把大部分的精力和金钱都留给了方永年，小学的时候他和方永年在同一个年级读书，全镇的人都知道他方永岁有一个天才弟弟，小小年纪就去了市里读书。

他在很长一段时间里，没有名字，所有人提到他都叫他“方永年的哥哥”。

所以，叛逆期的时候他讨厌过弟弟。长大以后懂事了，他也想过如果他没有这个弟弟，他可能可以考个更好的大学。

方永年聪明，所以他从小就知道，哥哥不喜欢他。

方永年孤僻，知道别人不喜欢他，他绝对不会主动去示好。

所以他们兄弟俩的感情一直不咸不淡的，直到五年前方永年出了车祸。

向来强大的，别人口中以后可能会变成很有名的科学家的方永年，一夕之间变成了一个失去了右小腿，连上厕所都困难的残疾人。

他们家的重心塌了。

他那时候刚刚当上刑警大队副队长，每周来往医院忙前忙后，看着方永年越来越沉默、越来越消瘦，到最后整个人已经不成人样的时候，他突然就爆发了。

他觉得他弟弟不应该如此，他的弟弟，不应该会被一个车祸打倒。

出车祸的时候弟弟才二十八岁，人生才刚刚开始。

所以他开始对方永年冷嘲热讽，用各种话激方永年。方永年不愿意吃饭，他就说方永年是个废物；方永年不愿意用拐杖，他就在走廊上打掉方永年的拐杖，让方永年一个人单着一条腿狼狈地站着。

那段日子对他们家来说，就是地狱。

方永年最终真的站起来了，变得更加强大，变得更加孤僻，变得连家都不愿意回。

方永年坚持那场车祸不是意外，在幻肢痛到高烧不退的时候，拉着他的手求他去查那个司机的背景，他拒绝了，却一直都记得方永年当时的眼神。

他的弟弟，是靠着仇恨重新站起来的。

不是靠着爱。

他们家的人贫瘠得给不了方永年那么多的爱，也不知道应该怎么给。

所以他们兄弟俩，三十多岁了，居然一次都没有像现在这样，坐在一起安安静静地喝一杯酒。

“爸不同意？”方永年喝光了一罐啤酒，又给自己开了另外一罐。

方永岁也一饮而尽。

“他坚持要见陆一心的父母，我拦下来了。”方永岁看着方永年，“爸让我给你传一句话，他说老方家的人，不能占别人的便宜。”

这句话很重。

重得方永年拿着啤酒易拉罐的手都抖了抖。

他什么话都没说，闷头喝掉了第二罐酒，面无表情地又开了第三罐。

他只是在阴暗处动了动右腿，把它和他一起，藏到了方永岁视线看不到的地方。

眼底那一点点的笑意终于消失无踪。

他的爸爸认为他和陆一心的恋爱是在占便宜，因为他少了一条腿。

陆一心家里一点都没有纠结的问题，在他爸爸这里，却变成了致命一击。

方永年心底一片寂静。

这种感觉他太熟悉了，变成残疾之后，最难的不是面对自己，而是面对父母。

他父母比他更难接受这个事实，他不擅长表达不知道该如何安慰，而他的父母除了叹气和眼泪，也不知道应该怎么和这个在他们心目中曾经是无所不能的儿子相处。

血亲之间的隔阂有时候不是大吵大闹吵出来的，有时候只是因为一个眼神一句话或者一声叹息。

第三罐啤酒即将见底，兄弟俩都没有再开口说话。

肥猫睡醒了，在方永年房间里伸了个懒腰慢腾腾地挪出房间，一抬头发现客厅里坐了一个它不认识的成年男人，它弓着背爹着毛绕过方永岁，用爪子把自己放在沙发下面的玩具扒拉到方永岁碰不到的地方。

“你养了一只猫？”方永岁惊讶了。

“嗯。”方永年坐的沙发上还放着陆一心刚才逗猫的逗猫棒。肥猫并不放心把这些宝贝暴露在陌生人面前，走上前试图把逗猫棒叼走，结果动作太大被逗猫棒的棒子砸到头，方永年拍拍它的头，它昂起了肥硕的猫屁股前后晃了晃。

很和谐的场面。

方永岁更惊讶了。

他的弟弟这段时间似乎真的变了很多，这让他本来很难说出口的那些话，变得有些蠢蠢欲动。

“爸那句话，不是你想的那个意思。”他终于还是把这句话说出口，因为不习惯，说的时候表情很尴尬。

方永年停下逗猫的手，看了方永岁一眼。

“你没来机场，他们很失落。”开了个头，后面的话就简单了，“他们很喜欢陆家这个小姑娘，你也是知道的。

“其实还不完全是因为她嘴巴甜人乖巧，他们喜欢陆家小姑娘，主要还是因为当年在医院要是没有这个小姑娘，他们曾经有一度都不知道应该怎么跟你沟通。”

方永年怔了怔。

医院的那段过往，他能记得的不多，那段日子他陷入了疼痛和麻木的死循环，根本没有心思去管其他人的感受。

他只记得陆一心那时候只有十四岁。

“小姑娘很懂事，他们在病房外面哭的时候，都是小姑娘陪着他们。你有阵子不愿意从床上爬起来，看到家里人过来就砸东西，也是人家小姑娘怯生生地问你要不要吃饭，要不要上厕所的。”

方永年心有点揪。

陆一心从来不提当年在医院的事情。

她真的看过他最惨的时候，彻底跌入谷底根本不想爬起来的时候，但她没有走。

那场噩梦其实也蔓延到了她身上，而她当时，只有十四岁。

“所以我在派出所看到你们两个的时候，其实挺开心的。”方永岁打开了话匣子。

他长得很魁梧，因为工作的原因常年练自由搏击，身材结实。絮絮叨叨说的这些话，和他的体形很不相称，也很陌生。

方永年却因为他这样的陌生，又给他俩各开了一罐酒。

“你这狗脾气再加上性格，能忍你的姑娘不多，爸妈私下里让我帮你找找靠谱姑娘的时候，我都觉得你这人的脾气，弄不好是打算单身一辈子的。

“你有本事，单身也不至于会过得很差，所以我也就一直没催。”

“但是陆家小姑娘就很好。”方永岁笑着指了指方永年客厅茶几上放的两个粉红色的小猪，“她能让你把这么不符合审美的东西放在那么显眼的地方，就很好。”

方永年低头，喝了一口啤酒。

“所以我才火急火燎地把这事告诉了爸妈，我以为他们的立场应该和我是一样的。”方永岁和方永年碰了碰易拉罐，“结果没想到他们居然马上就飞过来了，也没想到见了面第一句话，就是要见见陆家父母。”

“我死活拦了下来。爸让我传这句话给你的时候，我跟你刚才的想法一样，觉得他是在说你的残疾配不上陆家小丫头。”酒劲慢慢地上头，方永岁说话开始没那么讲究，“残疾”这两个字，也终于能够说得出口。

“我在你家楼下晃了好几圈了，一直都在想这事是我多事了，这事整成这样要怎么善后。”方永岁说话语速挺快，慢慢地，普通话就开始带上了老家的腔调。

“然后，我收到了咱妈的短信。”方永岁抹了一把脸，把自己的手机递给了方永年，“没想到吧，咱妈会用手机打字，还打了很多。”

是打了很多字，密密麻麻的好几屏。

一开始只是问他有没有把他爸说的那句话传达给方永年，没有得到回复后，就开始大段大段地打字。

有很多错别字，标点符号用得也不对，很多话用的都不是普通话而是他们家乡的土话，很难读懂，方永年的眼眶却慢慢地红了。

他妈妈担心他听了那句话会想不开，想要让方永岁说得更委婉一些，她说她没文化他们的爸爸人又太严肃，说出来的话容易让人误会，所以她思前想后，觉得这样说不太对。

她说陆家那小姑娘太好了，逢年过节都是第一个打电话给他们说吉祥话的，性格又好，家里条件也好，各方面都好，这样的女娃娃，以后要是嫁到他们家会不会太委屈了。

她说他们听到这个消息的第一个反应，就是他们家高攀了。

她说，陆家丫头的爸爸妈妈都是科学家啊，和我们家永年一样，这以后沟通上面会不会出现问题。

她到最后反悔了，让方永岁千万别把这句话说出来，她让方永岁一定要想办法让他们见见陆家丫头的父母。

他们做父母的，不能给方永年拖后腿，他们要跟陆家父母见个面，看看陆家父母的意思，看看他们会不会为难方永年。

断断续续的文字，每一行都是心焦，都是忐忑。

“他们说的占便宜不是说你的残疾，他们说的是他们自己。”方永岁喝了好几罐啤酒，语气已经带着酒气。

方永年还是低着头，反反复复地看着那几屏话。

“我知道，你跟我们都不亲。”方永岁有点大舌头，憋了几十年的话终于借着酒劲开了个闸，“你感兴趣的东西父母都教不了你，你七岁时候的作业，咱爸妈就已经看不懂了。”

“你是个非常不讨喜的小孩，太聪明，大人说什么都没办法忽悠住，我从小就没想过要跟你亲近，因为你看我的眼神就跟看隔壁还不会说话的小屁孩的眼神一模一样。”方永岁看着方永年，“你知道我一直都不怎么喜欢你的吧。”

“嗯。”方永年没否认，他手里捏着他哥哥的手机，掌心发烫。

“我们家的人，都不知道怎么跟你相处。”方永岁大着舌头，伸手敲了一下方永年的头。

挺用力的。

“车祸以后，就更不知道了。”方永岁突然就颓了，跌坐回沙发。

“你求我去查那个肇事司机的背景，我拒绝了。”他撸了一把脸，“我居然觉得你大概是幻觉或者太痛了想要找个发泄的出口，想都没想就拒绝了。

“你应该很嫌弃我们吧。”方永岁笑得跟哭一样，“作为家人，从小到大都帮不上什么忙，最需要帮忙的时候，还被亲哥哥拒绝了。”

方永岁又打算开一罐啤酒，却被方永年拦了下来。

“我没醉。”方永岁瞪着眼睛。

“我知道。”方永年声音还是慢吞吞的，“但是你再喝，就要醉了。”

方永岁执着地拿着那罐啤酒一动不动。方永年也执着地摁着那罐啤酒，一动不动。

方永岁骂了一句脏话：“你怎么就能那么不讨喜呢！”

哪怕互诉衷肠，也能那么冷静，那么欠揍。

“我一直以为是你们不喜欢我。”方永年自己倒是又给自己开了一罐啤酒，“没想到是因为我不讨喜。”

方永岁：“……”

“我挺烦这样的。”方永年一字一字地说，“让你查司机这件事情明明就是你错了，你却非得东拉西扯到小时候。为什么就不能直接道个歉说你错了，为什么非得要扯到我不讨喜上面？”

他问得很认真。

他终于把这句话问出口，直接问的当事人。

问得方永岁目瞪口呆。

“你不就是因为那件事心里一直不舒服，一直觉得亏欠我吗？”方永年没理他哥哥的目瞪口呆，“为什么不直接道歉呢？”

“对不起”三个字发明出来是有意义的，那可以为一件事情画上句点，那可以让人开始学会往前看。

“现在……不是在聊这个啊……”方永岁恍惚地有种回到小时候被自己的弟弟智商碾压后哑口无言的感觉。

“但是你这几年确实一直都因为这件事过不去。”方永年很反常地居然开始不依不饶。

“爸妈那边，我会去道歉。”方永年话开始变多，“这么多年来，我误会他们了。”

“误会什么了？”后知后觉的方永岁终于发现，其实醉的那个人是方永年。

“我一直以为，他们觉得我少了一条腿，就没有那么厉害了。”方永年确实是醉了，非常认真地有问必答。

因为对方是他哥哥，所以他的用词甚至有些幼稚。

“你制药用的是脑子又不是腿。”方永岁被方永年的逻辑惊着了。

“那如果我不制药了呢？”方永年皱着眉。

“你不制药难道就不是他们儿子就不是我弟弟了吗？”方永岁惊着惊着，鼻子就开始酸，“这几年，你都在想这些？”他突然觉得这顿酒真的喝晚了。

方永年居然一直在担心家人嫌弃他的残疾，他的疏远不是因为觉得他们在医院里没有照顾好他，而是因为他觉得他没那么厉害了。

“爸妈对你有愧。”方永岁突然想摸摸他弟弟的头，“你从小到大都很独立，他们看着你根本不知道应该要做什么。出车祸以后，你又不愿意看到他们，连喂饭喂菜这种事情你都坚持要自己来，爸妈连帮得上的地方都没有。

“你这几年过年都没回去，咱爸有次喝醉了，说咱们家最对不起的人就是你，让你一个人扛着那么多的事，咱们家的人没用，什么忙都帮不上。”

方永年想再喝酒，被方永岁拦了下来。

“以后有的是机会，别一次性喝伤了，我还得清醒地回家呢，你嫂子还在家等我。我今天算是没白来。”方永岁终于没忍住，摸了摸弟弟的头。

“你变了不少。”他看着弟弟，“是因为恋爱了还是因为想开了？”

他带那么多酒过来，只是想来碰碰运气，因为过去的方永年，绝对不会陪他喝那么多的酒，方永年可能会在他说出那句话的时候，就直接站起身下逐客令。

他本来也是这么打算的，如果方永年下了逐客令，那么他也没有机会说出后面的话。

他真的没想到方永年对父母的疏远不是怨而是躲。

方永年耷拉着脑袋坐在沙发的角落，没有回答方永岁这个问题。

都有吧。

他醉醺醺地想。

他今天晚上，听到了第一个对不起，虽然他哥哥到最后还没有说出那三个字，但是他当自己听到了。

画一个句点。

他迷迷瞪瞪地告诉自己。

“一心父母已经同意了，我会带她去见爸妈。”他最后应该还跟他哥哥说了这一句话，语气软软的。

和父母道歉，带着一心去见见他们，让他们也高兴一下。

他给自己的脑子里写上备忘录。

再找个机会，一定要逼他哥哥说出那三个字。

耿耿于怀特别记仇的方永年冲着自己，点了点头。

陆一心蹑手蹑脚地溜进方永年家里，关门的时候不小心撞到了门把手，她痛到捂着嘴在原地蹦了两下，然后做贼一样在一片黑暗中弯腰给自己找鞋子换鞋子。

她很忐忑，听到对面一直没有太大的动静，方永岁走的时候，方永年甚至都没有出来送。

她给方永年发了几条微信方永年也没有回，她憋着憋着，憋到自己爸爸卧室里传出震天响的打鼾声之后，踮着脚溜了出来。

方永年没开灯，连小夜灯都没有，屋子里一股酒味。

“喝酒了吗？”陆一心自言自语。她打开了客厅所有的灯，看到了茶几上还没有收拾的啤酒易拉罐，还有在一堆狼藉里面把头埋在塑料袋里面的肥猫。

“方年年呢？”陆一心问肥猫。

肥猫晃了一下尾巴，把自己整个身体都放进了塑料袋里，打了个哈欠。

“你会把自己憋死。”陆一心跑过去先把肥猫从塑料袋里解救出来，然后抱着肥猫探头探脑地往方永年房间里看。

房间里也是黑的。

“方年年？”陆一心抱着肥猫走进卧室，刚想要开灯，衣服就被一只手拽住。

陆一心吓得一屁股坐到了地上，肥猫从她怀里挣脱，“喵呜”一声跑得没影。

“方永年！”陆一心坐到地上就发现吓她的人是谁了，气得都想咬他，“你吓死我了！”

这人为什么有床不睡要坐在卧室门口的角落里?

“你喝醉了吗？”陆一心打开了卧室的灯，才发现方永年有点软绵绵的，靠坐在那里坐没坐相，义肢被他脱掉丢到了一边，右腿裤管空荡荡的。

他神色倒是很自然,还冲陆一心笑了笑,双手撑着往边上挪了挪:“关了灯陪我坐会。”

“关了灯黑乎乎的……”陆一心一边嘀咕一边乖乖地关灯，摸黑坐到了方永年边上。

方永年酒气熏天地拍拍她的头，夸她：“真乖。”

“你到底喝了多少酒……”陆一心娇里娇气地抱怨，“臭死了！”

臭死了的方永年轻笑了两声，索性躺平了，把头放到了陆一心的腿上。

“头痛吗？”陆一心心疼了，伸手想帮方永年按按头。

方永年闭上眼，抓住陆一心软绵绵的手放在嘴边亲了一下。

“你……哥哥打你了吗？”她开始瞎猜。

方永年被她逗笑，翻了个身，把脸埋到她肚子里。

“我有小肚子……”陆一心在夜色中红了脸，临时抱佛脚般用力吸气，试图把小肚子吸成腹肌。

“我出车祸的时候，你才十四岁吧。”方永年的声音在黑暗中低低哑哑的。

陆一心满脑子的胡思乱想瞬间定格，忘记了吸气，忘记了假装自己是个瘦子。

“怕吗？”方永年问她。

房间里明明黑漆漆的没有任何灯光，但是陆一心知道，方永年在看她。

他问她，怕吗?

“我哥今天跟我提到很多以前的事，也提到了你。”方永年伸手在黑暗中摸了摸陆一心的脸，“我当时没有空管你，所以你应该……很怕吧。”

陆一心的眼眶迅速红了。

“我那时候是不是很可怕？”方永年问得很温柔。

陆一心使劲摇头。

“护士都说你很厉害。”她其实清楚地记得在医院里的每一个细节，“她们说你很配合治疗，每次换药都会和她们说谢谢。”

她急切地想要告诉方永年他不可怕。

“而且……”她犹豫了一下，“我那时候不知道应该怎么安慰你，偷偷拿了医院里的那个蓝色的防漏垫子折了一只青蛙给你，你也跟我说谢谢了。”

在那样的情况下，他说“谢谢”的时候仍然看着她的眼睛。

所以，他怎么可能会可怕。

方永年怔住：“医院里的蓝色垫子？”

“嗯。”陆一心点点头。

“那东西很大一张啊……”防漏手术垫子，垫在床上防止手术后血渗到床上的垫子，那东西长宽起码有五十厘米。

“所以我就折了一只很大的青蛙。”陆一心用手比画了一下。

方永年失笑：“难怪我会谢你。”

哪怕在那样的情况下，看到用那东西折出来的青蛙估计也会觉得荒谬。

陆一心吸吸鼻子，傻乎乎地跟着他笑。

方永年捏了捏她的鼻子，黑暗再加上酒意，他对她比平时更亲密。

“我其实都不太记得了。”他有些沉迷于陆一心脸颊的触感，来来回回地眷恋，“现在想想，那时候你们也很苦吧。”

他刚才一个人坐在这里一直在想这件事。

他一直以为他孤身一人，他一直以为所有的事情都是他一个人承受下来的，车祸、截肢、残疾、义肢，这些其他人都无法感同身受。

但是其实他已经拉着很多人跟他共沉沦了，他父母，他兄弟，甚至还有当时才十四岁的陆一心。

“叔叔阿姨比较苦。”本来很怕提到那段过往的陆一心因为方永年平和的态度壮了点胆子。

她从来没有提过那段往事，但是不知道为什么，当时才十四岁的她默默地记下了每一个细节。

“知道你出车祸的时候我还在学校上课，我妈妈来学校接的我，赶到医院的时候，你已经从手术室里出来被送到了重症监护室。”陆一心在黑暗中说得慢慢的，“叔叔阿姨还有你哥哥一直守在病房里，叔叔半夜的时候还晕过去一次，送到急诊室说是血压太高了最好能住院观察。

“那个时候我还太小，这些事情都是后来我爸妈说的时候我听到的。叔叔后来没有住院，我妈妈说你哥哥当时刚刚当上刑警大队副队长，工作太忙，可能顾不上两个老的，就跟我爸爸商量着帮忙给你们送饭，我爸爸一边骂我妈妈多管闲事，一边跟同事借了几千块钱让我妈妈买菜。”

陆一心吸着鼻子补充了一句：“那时候我家很穷。”

方永年摸了摸她的头。

“你在重症监护室住了六天，那六天叔叔阿姨吃得都很少，但是很奇怪，他们都没哭。

“阿姨就每天往医院里搬东西，住院部家属不能用电器，阿姨偷偷摸摸用被子包了一个电饭煲进来，被护士看到了，还训了很久。

“那时候我就在边上，阿姨还有点尴尬，跟我解释说你可能要躺很长时间，她怕医院里的饭菜不合你的口味，她说你嘴有点挑。

“她跟我说了很多你的事，说你幼儿园的时候就跟别的孩子不一样，老师教的东西只听一遍就听懂了，然后就开始无聊地四处闯祸，跑到高年级的班里去上课，偷偷抓一些奇怪的虫子放在书包里拿回家想看看它们都是怎么长大的。”

陆一心也摸了摸方永年的脸，低笑：“其实你也好皮。

“她说你读小学二年级的时候，你们班主任把她和叔叔叫到了学校里，说你的智商可能和一般的小孩不一样，说可以尝试去市里面的小学联系一下，看看有没有什么考试或者针对天才儿童的检测方法，班主任说你不能在小镇上面继续读书，会埋没了你。

“然后她就哭了，我记得很清楚，那一天是你在重症监护室待的第四天，好像有一些并发反应，医生说能不能挺过去就看那天晚上了。”

她说到这里，声音开始抖。

“阿姨一直哭，我已经哭了好多天了，她一哭我也跟着号啕大哭，叔叔从病房里出来把我们两个搂到病房里，关上了门，然后叔叔也哭了。

“可能是我们哭得太惨了，那个训了阿姨半天的护士吓得又偷偷摸摸地把电饭煲送回来了，她跟阿姨说如果实在要做饭，可以放到护士站那里，就说是跟她认识的，偶尔做个一两次应该还是可以的。”

“好奇怪……”陆一心轻声嘀咕，“为什么我记得那么清楚。”

当时的每一个场景，当时大人们的每一个表情，甚至当时那个电饭煲的样子，她都记得清清楚楚。

“后来，你从重症监护室里面出来住到普通病房，我当时还在上课，放了学赶到医院的时候，你就躺在病床上了。”陆一心眯着眼，想把涌上来的眼泪憋回去，“就……碎了……”

她找不到别的形容词，当时十四岁的她看到那个平时骑着自行车带着她到处找吃的的方叔叔的时候，第一个反应，就是碎了。

支离破碎的。

身上插着好多管子，脸肿得看不出原来的样子，病号服虽然是新换的，但是上面仍然有一些血渍。

还有那半截被白色纱布包裹得严严实实的腿，半吊在病床上，一动不动。

她都不敢走上前，耳边都是生命检测仪器的嘀答声，她的方叔叔，一动不动。

眼泪还是滴了出来，从方永年的手指上滑落，滴到了方永年的脸上。方永年坐起身，把陆一心搂到怀里，一声不吭。

“但是其实你在慢慢变好。”她声音闷闷的，“你从一开始一句话都说不完整，到后面都可以和护士说“谢谢”了。

“你慢慢地能够坐起来，能够发脾气，第一次用自己的力气把餐盘推到地上的时候，叔叔阿姨在外面偷偷地哭了，阿姨跟我说他们哭不是因为难过，而是因为你终于有力气了。”

陆一心说到这里抬头：“你那时候，对叔叔阿姨好凶。

“可是阿姨跟我说，你心里头的火没地方发泄，总是要有个能发泄的地方，对别人发泄不合适，也只能对着爸妈吼两句了。

“所以……我挺喜欢叔叔阿姨的。”陆一心慢慢地拉回到了现实，“他们真的反对我们在一起吗？”

她一直在忧心忡忡。

她还以为，她以后应该不会有婆媳问题，她印象里面方永年的妈妈是个比她自己的妈妈还要温柔的女人，话不多，但是经常会握着她的手细细地问她冷不冷，问她晚饭有没有吃饱。

“他们不反对。”方永年头靠着墙，一下下地摸着陆一心的头，“有问题的那个人是我。”

是他一直没有从那场车祸中走出来，敏感地认为全世界都抛弃了他，认为自己的亲生父母看不上少了一条腿的他。

他没有放开胸怀，所以，他木讷的父母只能用他觉得舒服的方式，远远地看着他。

陆一心困惑地歪着脑袋。

“以后有时间经常陪我去老家看看吧。”方永年吻了吻陆一心的额头，“我老家有不少好吃的。”

“卷子鸡炒炮牛肉小饭！”吃货陆一心迅速地接下了话茬。

方永年问：“又是我爸妈告诉你的？”

“你哥告诉我的。”陆一心皱鼻子，“其实我跟你们家的人关系都挺好的。”

方永年叹了口气：“是啊，你是个好媳妇。”

陆一心：“？？？”

“我们家需要你这样感情外放的。”方永年说得很正经。

“不是，我怎么就变成媳妇了？”陆一心脸全红了，梗着脖子，在黑暗中使劲瞪他。

“你明天都要见公婆了。”方永年带着酒气的声音里已经带上了笑意。

“哪有这样的！”陆一心激动了，“哪有不跟我商量就让我变成媳妇的！”

方永年不说话了，抓着她的手放在嘴边，一言不发地看着她：“我今天喝了不少酒，但是没有醉。”

“我现在可不可以跟你商量，让你做我的媳妇？”他说得很慢很慢，声音很哑很哑。

“不是马上。”他们早就适应了卧室的黑暗，方永年能看得到陆一心脸上意外的表情。

她脸颊圆鼓鼓的，他忍不住又亲了一下。

“我们老家有订婚的习俗。”方永年把自己坐在这里想了一晚上的话一个字一个字地说出口，“我们可以先订婚，等你大学毕业了，就结婚。”

陆一心咽了口口水，在黑暗中，声音特别响。

她瞪着眼睛，张着嘴，因为惊吓过度，傻乎乎地开始语无伦次。

“哪有……在卧室角落求婚的！”她又想咬他了。

“还黑灯瞎火的！

“我都不知道你到底是清醒的还是喝醉了，万一你明天早上起来不认账了怎么办！

“不是，现在不是纠结你会不会认账的问题！

“你这样你觉得我爸爸会不会把你剁成块，他今天晚上洗澡前还跟我说要把厨房的菜刀磨一下。”

她开始胡说八道。

“我的木瓜丰胸计划还没奏效呢！

“我这几天都在做仰卧起坐，要结婚也起码要等到我有腹肌啊……”

她那声“啊”最终消失在方永年的叹息声中。

方永年吻住了她，和往常一样扣住了她的后脑勺，辗转反复。

“好不好？”他微微离开了一点，两人都稍稍有点喘。

“你这是赖皮！”比她大十四岁的老男人用美色诱惑可还行！

“嗯。”方永年承认得很快，“我变态。”

陆一心：“……”

“好不好？”他又问了一遍，这次是贴着嘴唇问的。

“好！”她半分犹豫都没有，使劲点了点头。

方永年笑了，额头贴着她的额头，眼睛弯了起来，低低地笑出声。

“真好。”他声音听起来像自言自语，“我有媳妇了。”

陆一心刚刚收回去的眼泪又因为他这句话给逼了出来。

“我媳妇真傻。”他摸着她的头，“什么都没有给她，她就同意了。”

陆一心含着眼泪又哭又笑。

“我妈给我们两兄弟一人留了一个玉镯子，明天见他们的时候，我帮你跟他们要。”他都不知道是在安抚谁，“那东西应该不错，我看我嫂子挺喜欢的。”

陆一心：“哪有一去就跟人要镯子的。”

方永年就又笑，在黑暗中，笑得宛如少年。

“方年年……”陆一心心里又酸又软，“你今天怎么了？”

他好像一个人坐在这里想了很多东西，他好像想通了一些事，他看起来很开心，却又有点惆怅。

“我想你了。”他靠回到墙壁上，把她搂到怀里，“很想很想。”

这个傻乎乎的从来只会为他着想的女孩子，带给他太多太多的东西了。

他没有的那条腿，他心里面的空洞，他因为残缺而变得暴戾乖张的性格，都被她用奇奇怪怪的方式，一点点妥帖地抚平按上了她的印记。

于是，就变得不那么痛。

于是，他就有了余力去看看周围，去看看这个他曾经以为抛弃了他的世界。

他仍然被爱。

他以为抛弃了他的师兄在那个时候跟人借了几千块钱，只为了让他父母在医院里能吃点好的，他以为抛弃了他的父母因为害怕他们家的文化层次配不上陆一心家，忐忐忑忑地一定要和女方父母见一面。

他仍然被爱，只是很多人的方式和他一样，木讷而不为人知。

他失去的东西，他的亲人其实和他一样，感同身受。

酒意上头，他就突然很想很想陆一心。

她就好像是无边炼狱里唯一一个异端，她其实也经历了所有，可她，一直微笑。

她让他看到了炼狱另一端。

负重前行的人，最终归宿不过也仍然是那些柴米油盐、食物香味、市井爱情。

根扎得深了，就学会不惧风雨。

“我想向你求婚。”他抱着她，细细碎碎的，慢悠悠地告诉她他今天晚上都在想些什么，“我试着想单膝下跪，但是试了很多次都没有成功。”

喝多了再加上接受腔抵着骨头，他觉得自己跪得摇摇晃晃的，不好看。

“所以我就把义肢脱了。”他敲了敲被他丢在一旁的义肢，金属做的，敲上去梆梆作响。

“可这样也不太好看。”他蹙起了眉头。

他仍然不喜欢看自己残破的身体，所以也不想让陆一心看。

“然后我就关了灯。”他抱着陆一心晃了晃，“我喜欢黑漆漆的，人的胆子会变大。”

他就可以有勇气问她，她愿不愿意嫁给他。

“我想了很多种求婚的方式，甚至想着要不然让肥猫配合一点脖子上挂个你愿不愿意嫁给我的牌子，我觉得用那样的方式，你应该会很开心。

“你是个傻姑娘，特别好哄，特别容易开心。”

“哪怕我坐在这里什么都没做，只是说了一堆乱七八糟的话，你都能哭成傻子。”方永年最后都无奈了，“你明天要见公婆，眼睛肿了就不好看了。”

“你明天要是跟我说你喝醉了、断片了、不记得了，我就阉了你！”陆一心咬牙切齿，一边哭一边威胁。

“你现在越来越没大没小了。”方永年这辈子第一次收到这样的威胁，对方还是自己未过门的媳妇，有些哭笑不得，“阉了我你有什么好处？”

陆一心泪眼模糊地伸手掐他的脸皮：“你是喝醉了还是被人调包了？”

怎么突然就……变了一个人似的。

“没醉。”方永年拉下她的手。

他只是用酒精和黑暗壮了胆，说出了自己最近一直想说的话。

“那我就当你真的跟我求婚了！”她很不讲究地拿他的衣服擦了擦眼泪，伸出了右手，“我们拉钩！你不可以反悔！”

方永年犹犹豫豫地伸出了右手，他觉得拉钩这个动作做起来太雷人了，忍了一下，决定和陆一心商量：“要不我立个字据给你？”

这样比较成人。

陆一心：“……”

“你喝了酒以后真的……”她都找不到形容词，“我们以后经常喝酒吧！”

做酒鬼夫妻。

天天这样抱着坐在卧室角落里。

她突然觉得可能这才是世界上最浪漫的事。

“喝酒伤身。”方永年弹了下她的脑门，“我们明天去买戒指吧。”

“我要光面的，戒指里面刻上我们的名字。”陆一心一秒钟都没有停顿，立刻接上了话茬，“我找了好多，你等下。”

她撅着屁股从方永年的身上爬下来，在黑暗中摸索了半天才找到自己刚才被方永年吓到以后丢掉的手机。

然后，她又撅着屁股爬了回来，拿着自己的手机，献宝一样地给方永年看：“我要这样的！”

“这种男女戴了都好看，平时也能戴。”她兴致勃勃地说，“而且背后可以刻名字，我刻‘一心’，你刻‘永年’好不好？这样我们就‘一心永年’了！”

她的购物 App 里有一个叫作一心永年的心愿单，方永年趁着她用导购小姐的语气推销自己喜欢的戒指的时候拿过了她的手机，翻开了她的心愿单。

“哎呀，你不要看！”陆一心瞪大眼睛遮住了手机屏幕。

方永年亲了亲她的手背。

陆一心手背酥酥麻麻的，毫无原则地离开了手机屏幕。

“你看了不许笑我。”她红着脸，想着黑暗中反正也看不见她的反应，索性厚着脸皮跟他一起看。

心愿栏里有很多东西，一些他们都爱吃的零食，一些方便残疾人在家里用的沐浴椅轮椅，一些缓解肌肉疼痛的喷雾，一些女孩子结婚用的保养品、服装，还有一些营养品，家装用的软装。

密密麻麻的好几屏。

“后面不给看了！”跟着一起看了半天心愿栏的陆一心突然想起自己还收藏了什么，吓得直接抢过了手机。

后面都是计生用品，给他看了还了得！

方永年由着她抢走了手机。

她一个人在心愿单里存起了一整个人生，他的，还有她的。

如果再去想象一下她存这些心愿的时候心里的想法，方永年觉得他的心就满得快要溢出来了。

“你那个卖货郎和女妖精的故事，有没有结局？”他看陆一心防贼一样地藏起了她的手机，没告诉她他随便划了一下就已经看到了她存的那些计生用品。

这丫头在那方面的审美……有点直男。

“没有结局啊，我就只看了一段。”陆一心盘算着回家一定要删掉那些鬼东西，她现在有真人了，不需要那些虚幻的了。

“不过结局肯定是幸福快乐地在一起了。”她挥了挥手，“现在大家都不看坏结局了。”

“我们也会有好结局的。”方永年摸摸她的头。

像卖货郎和女妖精一样。

陆一心愣了下：“我们才不是卖货郎和女妖精。”

“你是没看过那个视频，那个女妖精的胸有这么大！”她比画了一个巨大的碗。

“你看的什么视频？”方永年词穷了。

“就不太好的视频，所以后来被和谐了。”她还挺惋惜，“害我没看到结局。”

“我以为那是个浪漫的爱情故事。”方永年抑郁了。

“成人向的也可以很浪漫啊。”陆一心笑嘻嘻地把话题转了回来，“戒指就买那一种好不好？”

“好。”方永年又亲了亲她的额头。

“你今天……为什么都那么‘清水’？”陆一心问得犹犹豫豫的。

他们两个抱在一起很久了，他只亲了她的手，吻了她的额头，唯一的接吻还是求婚用的。

可是，又不能算是“清水”。

因为每一次碰触，她都会起一层鸡皮疙瘩。

她总觉得今天晚上不是“清水”，而是方永年在克制。

方永年安静了一下。

“酒后乱性这件事，有可能不是骗人的。”他说得慢吞吞的，说完之后就没有了下文。

“会……控制不住吗？”成人向女妖精突然就抓到了重点。

“你可以回去睡了。”他开始赶人。

“我不！”陆一心直接吻了上来，甜腻腻的，还有牙膏的味道。

方永年是在失控前紧急刹了车，他看着她：“回去睡。”

“乖。”他声音已经很哑了。

“我帮你好不好？”她很羞涩，她觉得自己快要爆炸了，但是，就是舍不得动。

方永年没有戴义肢。

他今天一个晚上都很柔软，他今天叫她媳妇儿。

她知道她自己又莽劲上头了，不知道说出这样的话，会不会被方永年揍。

揍就揍吧。

她想。

反正她的尺度方永年是知道的，她在他面前，向来想做什么就做什么。

“我帮你好不好？”她又问了一遍，这次语气笃定了很多。

方永年的喉咙发出了模糊不清的呜咽，他重新扣住了陆一心的头，吻了下去。

“我爱你。”他终于把这句藏在心里很久，他觉得自己可能一辈子都说不出口的话说出口。

他爱她。

这个世界上，他只爱她。

陆一心见公婆的那顿饭，吃得跌宕起伏。

最开始的时候气氛很僵，方家的人都很木讷，方永年和父母好几年没见，刚一见面方永年喊了一声爸妈，方爸爸就哼了一声。

方永年下意识地就把陆一心拉到了身后，而扒着门框的小屃货陆一心，被方爸爸的这声哼吓得把刚刚想要叫出口的“叔叔阿姨”四个字给吞了回去，藏在方永年背后，有点贼头贼脑的。

几个人就这样站在饭馆包间里大眼瞪小眼瞪了一分钟，陆一心发现方永年的手心都开始出汗。

可就是谁都不肯先开口……

最后还是方妈妈实在是看不下去了，冲着躲在方永年身后的陆一心招招手，说了一句：“小一心真的长大了啊。”

给点阳光立刻就灿烂的陆一心那一刻眼睛都亮了，她毫不犹豫地抛弃了直挺挺站着的方永年，跑到了方妈妈面前，委委屈屈地喊了一声："方阿姨……"

最先绷不住笑出声的是方永岁的老婆杨安，再之后是方永岁，再再之后，是方永岁那个刚刚三岁的小娃娃，看到父母都笑了，他也抱着调羹嘿嘿嘿地笑出声。

陆一心红着脸冲小娃娃做了个鬼脸。

方妈妈悄悄背过身去抹了抹眼睛，拉着陆一心的手招呼她："来来来，先吃饭。这饭店是永年他哥哥订的，也不知道味道怎么样。"

气氛就这样好了起来，陆一心红着脸把该改口的称呼都改口了，还从自己包里掏出一根棒棒糖，没有拿给小娃娃，先递给了杨安：“我不知道他能不能吃，牛奶口味的。”

杨安笑了。

就冲着陆一心这样的性格，她们以后的妯娌关系肯定不会太差。

“我觉得挺好的。”杨安借着喝汤的工夫，偷偷摸摸地和婆婆交头接耳，“性格多好啊！”

进退得宜，开朗大方。

那顿饭一开始并没有很热闹，方爸爸一直没说话，方永年落座以后就在陆一心旁边帮她布菜，方妈妈问什么，他就答什么，本来就不是擅长聊天的人，一来一回地问了几句，就把天聊死了。

方永岁对这样的气氛爱莫能助，他也不太会调节气氛，等方妈妈把天聊死了之后，他试着也问了几句，然后不出所料，也安静了。

陆一心吃得都有点胃痛。

方永年来之前在车上给她打过预防针，他说他们家就是这样的，和她家不一样。

他让她别担心，也不用为了调节气氛硬挤出话题来尬聊。

“只管吃就行了，我哥订的那个饭店味道还不错。”他下车的时候还特意叮嘱她。

但是饭桌上的几个人在再也挤不出话题之后，都开始把话题转向了她。

方爸爸问她读的什么专业，方妈妈问她大学几年级，方哥哥就下意识地问了一句学习成绩怎么样。

然后就是一阵沉默。

三十多岁的儿子把女朋友带回家，他们问话的语气却越来越像是过年过节的时候准备给孩子们红包的长辈。

方永年放下了筷子。

“我们想先订婚。”他慢吞吞的，“但是不太懂老家那边的规矩。”

这是一句很普通的话，本来是应该接在你们打算什么时候结婚这个问题后面的。

方永年等了很久都没有等来这个问题，最后决定自力更生。

然后，就是一阵鸡飞狗跳。

最先暴怒的是方爸爸，他摔下筷子叽里呱啦说了一大堆，陆一心才终于知道昨天晚上方永年表现得有些惆怅的原因——方爸爸觉得他们方家占了他们家的便宜。

方爸爸觉得他们家条件不好，家里两个男孩子，父母年纪也比陆家父母大很多，本来应该好好见个面坐下来聊一聊，看陆家父母到底是什么意思的。

结果方永年屁股还没坐热，就说要订婚。

陆一心觉得方爸爸因为她在场咽下了很多脏话，导致一长串的叽里呱啦中间断了好几次，没有了气势。

“怎么……那么急啊？”方妈妈也被吓到了，眼睛下意识地就往陆一心肚子上看。

陆一心差点被方妈妈的眼神吓死，她今天还好巧不巧地穿了一条娃娃裙……

“我今年三十三岁了。”方永年回答得又很平凡，“先订婚，等一心大学毕业了再结婚。”

他当刚才的鸡飞狗跳不存在，回答的语气就像是在和父母沟通结婚议程。

“而且我这边项目快立项了，立项之后可能就没有时间回老家办订婚宴了。”他想了想，又补充了一句。

方爸爸一肚子火全打到了棉花上，吭哧吭哧地喘了一会儿粗气，皱起了眉头：“那不行！订婚一定得回老家！”

陆一心：“……”

她家方永年不声不响地就把自己的亲爹绕坑里去了。

“嗯。”方永年很赞同，“所以要尽早。”

“那一心的父母呢？也同意？”方永岁没有被方永年绕进去，他这几年为了方永年的案子和他打过好多次交道，吃了好几次亏，现在总算是学乖了。

方永年看了方永岁一眼。

“他们一会儿过来。”方永年慢吞吞地丢下炸弹，“爸不是说无论如何也要见见嘛，所以我给他们打了电话。”

“一心妈妈不在华亭，过来需要时间，大概半个小时后到。”他还是用的稀疏平常的语气。

陆一心在桌子底下捏着他的手给他加油打气。

他们两个人昨天晚上讨论了很久，觉得这事还是一次性解决比较好，饭桌上面解决掉她爸爸，饭桌下面她再单独去和她妈妈聊。

反正都是反对。

反正，他们两个都得做一次熊孩子。

方爸爸的胡子翘了两下，要骂的东西太多，他一时半会儿抓不到重点。

方妈妈是个很有趣的人，她在多重惊吓下居然就镇定了，陆一心听到她偷偷地问杨安她的妆需不需要再补一下。

明明应该是剑拔弩张的场景，陆一心却不知道为什么，突然就松了一口气。

"叔叔阿姨人好好哦。"她也悄悄跟方永年咬耳朵。

方永年对她笑了笑，桌子下面的手交握得更紧了。

陆一心笑弯了眼睛，转了一下餐桌上的转盘："阿姨，这个熏鱼红烧肉很好吃。"

他们都没有为难她。

方爸爸在怒火冲天地骂方永年的时候，一句含沙射影骂她的话都没有。

他们真的在意的是她爸妈会不会为难方永年。

他们都是好人，和她爸妈一样，在意的是子女会不会觉得委屈。

他们当着她的面，把所有觉得这段感情配不上的地方都放到了家庭上面，他们没有提方永年和她的年龄差，也没有提辈分，更没有提方永年最痛的那条腿。

她家的方年年，其实一直在被爱。

方家不懂事的小儿子。

陆一心笑眯眯地把刚刚剔掉了鱼刺的黄鱼放到了方永年的碗里，和红着眼眶看着她的方妈妈相视一笑。

"一会儿我爸爸过来可能会打他。"陆一心又偷偷摸摸地和方永岁咬耳朵，"你得拦着，不然方永年打不过。"

在一旁听得很清楚的方永年没忍住，屈着指头在她头上敲了个栗暴。

一肚子火没地方出的方爸爸一下子就泄了气。

"丫头。"方爸爸站起来，给陆一心夹了一块红烧肉放到她碗里，"谢谢你。"

他五官正气，身材魁梧，声音洪亮，这三个字，说得无比郑重。

方妈妈一直红着的眼眶终于憋不住了，捂着嘴背过身。

陆一心吸了吸鼻子。

方永年在桌子下面和她交握的手，越来越紧。

陆博远和刘米青就是这时候走进包厢的，推门进来看到这个气氛，都愣了愣。

被感动到不行又不敢真的大哭的陆一心一看到她妈妈就彻底忍不住了。

她松开和方永年拉着的手，冲到她妈妈的怀里，一边号啕大哭，一边口齿不清地告诉她妈妈：“我……要和方年年订婚！”

她哭得嗷嗷叫：“我大学毕业就要嫁给他！”

接着，就是另外一场鸡飞狗跳。

刘米青和方妈妈的第一反应是一模一样的，直接就盯着女儿的肚子，当着那么多人的面她也问不出口，只能把陆一心拎到了角落里，抖着嘴唇问她：“你……有了？”

“我有个屁。”陆一心一边哭一边翻白眼。

她下次再也不穿娃娃裙了。

“那你那么急干什么？”刘米青松了一口气。

台词还是一样的。

他们两个大半夜在卧室角落里演练了好多次，方永年教的，比郑然然教的还要靠谱。

因为陆一心在陆博远和刘米青刚刚到的时候就来了那么一出，方家父母除了尴尬之外，反而放松了一点点。

他们很别扭地见了面，很别扭地喝了一点酒。

方永岁全程都坐在陆博远边上，防止他喝了点酒就忍不住把筷子往方永年身上戳。

关于订婚的习俗问题，最先开始问的人是方妈妈，她说南北方的差异可能有些大，她觉得方永年工作在华亭，主要还是以南方这边的习俗为准。

刘米青先是下意识地谦让了一下，然后两个女人就着南北的订婚习俗聊了很久，刘米青每次眼眶红的时候，就瞪陆一心一眼。

见了公婆大闹了一通的陆一心红着眼睛红着鼻子被方永年抓到包间角落的沙发上擦脸。

“怎么哭成这样。”他皱着眉头又心疼又好笑。

她昨天晚上已经哭肿了一次，今天又开始止都止不住。

“就……好好哦。”陆一心哭出了港台腔。

“我现在抱你会被揍。”两家的爸爸都不会放过他。

“你不抱也会被揍的。”陆一心提醒他，没脸没皮地抱了上去。

“生个女儿真没啥用！”刘米青气得牙都痒了。

“都快成亲家了你拦着我干什么！”陆博远还是一如既往的立场模糊。

方爸爸好像也在骂人，停顿的间隔都是到了嘴边又咽下去的脏话，方妈妈好像又哭了。

这一场乱七八糟的、带着眼泪的“见公婆”，终于在陆一心厚脸皮地抱住方永年后，达到了高潮。

真好。

陆一心缩在方永年的怀里，风平浪静。

她这辈子最大的愿望，就是她爱的人，都能幸福快乐。

真好！

第十六章 他对她，没有那么多乱七八糟的条件

张珩一直在观察这个新来的实习姑娘，圆脸圆眼睛，个子不高，对谁都笑眯眯的，虽然做的工作都是打印跑腿抢会议室这种杂事，但是她做起来就特别朝气蓬勃。

年轻的女孩子有这个年纪特有的魅力，只是看着就能被感染的那种积极向上的生命力。

“新来的实习生干劲不错。”张珩敛下眉眼，夸了一句。

“谁？”忙得昏天黑地的李昭抬头，看了一眼，“哦，陆一心啊。”

“是挺好的。”李昭继续在键盘上噼里啪啦，“走关系进来实习的，我一开始还不想要来着。”

“什么关系？”张珩不意外。华亭市气象局不是那么容易进来的，他看过陆一心的简历，本科在读，也不是特别优秀。

“她妈妈是刘米青。”李昭言简意赅。

张珩挑挑眉：“刘主任女儿都那么大了？”

“所以我们老了。”四十几岁的李昭指了指自己快要谢顶的脑袋，“你怎么对实习生那么有兴趣？”

挺反常的。

张珩这个人向来不怎么和新人打交道。

“挺有趣的。”张珩看着陆一心对着打印机发蒙的样子，笑了笑。

家庭条件也不错。

他记得刘米青的丈夫是制药的，一家子高级知识分子。

李昭停下了手上的动作，凑近。

“别的我不知道。”李昭下巴对着陆一心的方向点了点，“但是她从来实习的第一天开始，无名指就戴着戒指。”

“她才几岁？”张珩皱眉。

“二十二岁还是二十三岁？”李昭也不确定，“可能是大学里谈了吧，现在年轻人那一套我们都看不懂了。”

张珩笑了笑，没接话，只是注意力又重新回到了工作上。

他倒是无所谓这姑娘有没有正在交往的男朋友，男未婚女未嫁，总是有竞争机会。

只是他还不确定这姑娘有没有让他投入精力的资格，只看外表和家庭条件确实不错，不过小姑娘大多不懂事，腻腻歪歪的，黏得人心烦。

“你有兴趣？”李昭八卦兮兮的。

陆一心实习是挂在他们部门下面的，近水楼台挺方便的。

“再说。”张珩笑笑，不再说话。

一直在研究打印机的陆一心茫然地抬头看了他们那里一眼，打了个哈欠。

她好困。

她最近被毕业论文逼死了，偏偏方永年这段时间太忙，能帮上的不多，昨天晚上两个人好不容易有机会独处，她跟同组的同学开了个微信会议，挂了电话就发现方永年已经倚在沙发上睡着了。

她很心疼。

方永年和她爸爸主导的抗默项目最近频频上主流媒体，三年时间，他们终于锁定了可以顺利通过血脑屏障的 nlrp3 抑制剂，还在走临床审批流程，媒体就已经在大肆渲染。

这中间有投资人俞含枫的功劳，也有阿尔兹海默病已经渐渐成为社会热点问题的原因。

媒体也好社交平台也好，都说方永年是制药天才，很多人都在传他传奇一样的前半生，因为俞含枫给的资料并不全，遮遮掩掩的，反而有了很多神秘色彩。

方永年变成了红人。

可陆一心只觉得他最近瘦了很多。

春天是方永年最难熬的季节，他开始频繁幻肢痛，咳嗽了半个多月也没什么好转。

她拿着刚刚打印好的那一沓资料放到领导的桌子上，等待下一个任务空当的时候，拿出手机想要查查有没有什么治疗咳嗽的偏方。

“家里有人咳嗽？”张珩拿走了陆一心刚刚打印好的资料，翻看的时候顺便看了一眼她的手机。

陆一心上班摸鱼被领导逮个正着，脸一红，放下手机。

“张主任好。”她红着脸站直立正，喊得十分洪亮。

“行了，这新来的 HR 什么毛病，我们又不是在部队。”张珩被她喊得浑身不舒服，“去年第四季度的数据再打印一份出来。”

他叮嘱她：“咳嗽有痰的话可以试试鱼腥草煮沸冲鸡蛋，我用挺有效的。”他走之前，分享了自己的秘方。

陆一心嘿嘿地笑了，又一次站直了：“谢谢张主任！”

这次更嘹亮了。

张珩咳嗽了一声，瞪了一眼偷笑的李昭。

公司最近新来了一个外企挖过来的 HR，对新人整了一堆的军事化教育，天天吼得他耳朵疼。

不过……

他回头看了一眼又颠颠地往打印室跑的陆一心。

她吼起来，倒是挺有意思。

“找个时间部门聚餐吧。”张珩敲敲李昭的桌子，“这个季度团建费应该还有不少。”

他觉得挺有意思，要是小姑娘左手无名指的戒指能摘了，应该更有意思。

方永年皱着眉头看着陆一心拎了一大塑料袋的杂草上车，一开车门就是一股带着腥味的泥土味道。

“鱼腥草？”他打开车窗散味，很嫌弃地把那袋东西丢到了车后座。

“据说煮沸了冲鸡蛋吃可以治咳嗽。”陆一心趴在车椅背上，把被方永年随手一丢丢乱的鱼腥草又重新塞到塑料袋里，“不要乱丢，我找了好久才找到可以当日送的外送。”

方永年懒得提醒她他自己就是制药的，这种偏方在他看来一点科学依据都没有。

他现在正忙着把陆一心因为动作太大掀起来的 T 恤拉正：“肚子露出来了。”

他又拍拍她的屁股：“坐好，安全带系好。”

陆一心捂着屁股弯着眼睛凑过去亲了方永年一下：“尝尝看嘛！”她软声软气的，“你咳嗽好久了，昨天还有点低烧。”

去医院检查了也没什么用，前几年他身体亏空得太厉害，这几年虽然坚持锻炼按时三餐也仍然养不回来。

而且工作压力太大，她爸爸这段时间都有点扛不住，私下里跟她妈妈抱怨自己可能真的要秃了。

方永年刚才一直皱着的眉头软化了一点点，发动车子的时候，五官也柔和了一点点。

“工作不顺利吗？”陆一心等方永年脸色又好看了一点，才问。

她没上车就发现了，他阴沉沉地坐在车里面，满脸的不开心。

“最近媒体采访太多了，烦。”方永年没隐瞒。

今天他是溜出来的，俞含枫又找了一拨人来实验室参观，事后还安排了采访，他被烦得不行，索性找了个借口提前下班来接陆一心。

他快有两个月没有和陆一心好好吃顿饭、聊聊天了，昨天好不容易见了一面，却因为发着低烧身体没扛住直接睡了。

他存了两天的火气，被陆一心弯着眼睛亲了一下消了一大半，再开口的时候，语气里就带着点赌气。

“俞姐姐说你们前两年花了太多钱，她没钱了。”陆一心这几年频繁地往方永年实验室跑，和俞含枫已经很熟，“她得卖了你多弄点后期的投资。”

“你听她胡说八道。”方永年车子拐了个弯，“她只是发现这项目有成功的可能，想要加大投资多拿点钱罢了。”

俞含枫是商人，商人趋利到哪里都不会变。

“真的能成功吗？”陆一心这两天看了好多和方永年及阿尔兹海默病有关的报道，新闻撰稿都是一面倒地夸，但评论里还是会有比较中立的声音。

有人说现阶段还没有开始做活体实验，临床审批还不知道能不能批下来，现在就大张旗鼓地庆祝太早了。

还有一些专业方面的质疑，陆一心只能看懂方永年他们当初立项选的靶点还是很激进的，和其他传统的靶点比，数据支撑少太多了。

当然还有那些哪里都不能少的键盘侠，说方永年团队想出名想疯了，居然敢号称自己攻破了阿尔兹海默病，国内制药环境现在那么乱，谁知道数据是真是假，等临床试验过了能过 FDA 那才是真本事，巴拉巴拉。

什么声音都有，看得陆一心有些忐忑。

“现在谈成功还太早了。”方永年看了陆一心一眼，“媒体报道都是俞含枫为了投资弄的，别太当真。”

“你也不当真吗？”陆一心歪着头。

死丫头。

“会影响，所以烦。”方永年到底还是说了真话，颇有些无奈的，“逼着我承认这个你有什么好处？”

“我会爽。”陆一心咧着大白牙，“我最近被毕业设计折磨得不成人形，看到你也一样，我会爽。”

比惨成功的陆一心乐颠颠地下了结论：“夫妻一样惨，就可以一惨惨一家。”

方永年把车停到地下停车场，忍不住给了陆一心一个栗暴。

陆一心笑嘻嘻地抱着她好不容易买来的宝贝鱼腥草。

“你听谁说这玩意儿有效果的？”方永年仍然一脸嫌弃。

太难闻了，虽然陆一心抱着那袋东西之后，他觉得他也没那么嫌弃了，但还是太难闻了。

“我们部门主任。”陆一心头埋在鱼腥草里闻了一口，“我觉得挺香的啊。”

“你们部门主任？”方永年注意力已经不在鱼腥草身上了，“张珩？”

“你记性真好。”陆一心忍不住想夸他。

她记得刚刚进去实习的时候她妈妈来过一趟，吃饭的时候提起过张珩，没想到方永年居然就记住了。

方永年没接话。

他不但记得，他还记得刘米青说过张珩也是青年才俊，年仅三十五岁就坐上了部门主任的位置。

比他还小一岁。

“他为什么要告诉你咳嗽偏方？”进了屋子，方永年洗干净手准备洗菜，状似不经意地问了一句。

“我拿手机搜咳嗽偏方被他看到了，他就告诉我了。”陆一心咬着黄瓜正在洗米，回答得漫不经心的，“我一开始还有点怕他，现在感觉他人好像也不错。”

还知道关心下属。

“他为什么要看你的手机？”方永年皱着眉拿走了陆一心的黄瓜，“还没洗你就往嘴里塞。”

“我饿了……”陆一心巴巴地看着那根黄瓜。

他们这一年多都在努力学做菜，因为刘米青嘲笑他们以后结了婚估计得请保姆，方永年被激到了，决定自力更生。

自力更生是很好，可是方永年做菜就跟做实验一样，必须得看着方子精确到克。

烧一顿饭能饿死一个陆一心。

方永年洗了一个西红柿递给她，又问了一遍：“他为什么要看你的手机？”

“经过的时候偷看到的吧。”陆一心不太明白方永年为什么在纠结这个问题，“怎么了？”

“我不管什么时候都不会偷看别人的手机。”方永年看着料理台上放着的那袋鱼腥草，“我觉得他心术不正。”

陆一心：“？？？”

“而且鱼腥草里面含有马兜铃内酰胺。”方永年说出了一个正常人不会说出的话，“那东西和肾脏损伤有直接关系。”

陆一心张着嘴。

方永年犹豫了一下。

陆一心好不容易买的，丢了太可惜，放着又硌硬人。

“我明天拿去给郑飞吧。”他下了个结论，“他肾脏好。”

“你在吃醋哦。”陆一心终于后知后觉。

正在称去了皮的黄瓜重量的方永年哼了一声。

“可是那是主任哎，都那么老了……”陆一心立刻捂住嘴，笑哈哈地看着面无表情转身看着她的方永年。

“我就没有觉得你老呀。”小马屁精火力全开，“好奇怪，我看着主任就觉得他是我爸爸辈的，可是看着你就只想扑上去是为什么啊？”

方永年：“……”

“我们好久没亲亲了。”陆一心开始贴着他做他的“背后灵”。

“你瘦了好多。”她又开始心疼，“衣服又大了。”

“那个主任，离他远一点。”方永年终于被顺毛，“心术不正。”

“好！”陆一心软绵绵的。

“手不要伸到衣服里，我怕痒。”方永年一本正经。

“怕痒的人怕老婆。”陆一心笑嘻嘻。

方永年扭头给了她一个栗暴。

“一会儿帮你看下论文。”他开始称鸡蛋的重量。

“一会儿我陪你睡觉觉。”他的小小未婚妻，笑眯眯地仰着脸说。

陆一心有时候觉得，方永年长了一张特别灵的乌鸦嘴，而且经常好的不灵坏的灵。

他看人太准了。

她只是无意识地说了一句张珩路过偷看了她的手机，方永年就觉得这个人不对劲。

她一开始还觉得那只是方永年心情不好乱吃飞醋，现在却有些心服口服。

她实习的部门是市气象局政策法规处对外气象咨询的部门，平时和各类媒体打交道比较多，负责和记者还有气象自媒体对接天气预报结果，她一个实习生在这里主要的工作还是打杂，基本不加班。

但是那天负责带她的李昭有些神秘地让她下班后留一下，说是有惊喜。

陆一心留下了，却发现这个惊喜让她有些受宠若惊。

他们部门要搞部门聚会，理由是欢迎陆一心这个实习生加入他们的团队。

陆一心并不是一个人来局里实习的，四五个同班同学被分到了不同的部门，其他人都没有这样的待遇，唯独她有，她觉得很不自在。

吃饭的时候，她就更不自在了。

吃的是烤肉，一整顿饭的焦点都是她。

一开始谈的是刘米青，陆一心听得还挺开心，她这才知道她妈妈在气象系统里那么有名，很多人提到她妈妈都会竖大拇指。

再然后，他们开始说虎父无犬子，把只是在部门里打印资料、抢会议室、打杂的陆一心夸成了气象奇才。

陆一心开始有些坐不住。

无功不受禄的道理她还是懂的，她知道自己几斤几两，在系里成绩只能算是中等偏上，专业课还行，物理高数这些东西，要不是有方永年在，她都不知道挂科几次了。

“想回家了？”张珩坐在陆一心旁边，别人烤肉，他有时候会用公筷帮陆一心夹肉，“还是和男朋友有约会？”

无奈陆一心这个人这种时候特别死心眼，他夹一块肉陆一心就站起来大吼一声“谢谢张主任”，夹到后面，他就觉得有点无趣。

“想回家了。”陆一心很老实，“男朋友还在上班。”

她其实更想说未婚夫的，但是不知道为什么，自从方永年让她离张珩远一点之后，她就不太想和张珩多聊天。

“你真有男朋友啊。”李昭嗓门很大，“我以为你那戒指戴着玩的。”

陆一心看了一眼自己当时千挑万选的“一心永年”，抿了抿嘴：“已经订婚了，这是婚戒。”

饭桌一下子安静了下来。

张珩动了动身子，嗤笑：“你才几岁啊？你以为结婚是小孩子过家家呢。”

他就说小姑娘总是不太懂事的，买个戒指就以为自己已婚。

陆一心真的有一阵子没有被人这样当孩子看了，她很想回一句关你屁事，但是想到自己妈妈为了她的实习私下里跑了多少次，欠了多少人情之后，她抿着嘴忍了下来。

“要不把你男朋友叫出来一起玩？咱们部门团建费还剩下不少，我们还有下一摊，他应该赶得上。”张珩也不知道为什么，突然冒出了那么一句话。

他觉得自己今天已经表现得很明显了，坐在她旁边，有事没事给她夹菜，嘘寒问暖的。

他怎么说也是个年轻才俊，华亭市气象局的部门主任，体制内的，大小也算是个干部。虽然年纪不小了，但是三十多岁的男人在这个社会上有的是挑选机会。

他无非就是看上她的朝气蓬勃，眼神清澈，家庭情况良好，所以想进一步试试看。

这几年他已经很少有这样的冲动，难得有看上的，没想到当着部门人的面给他吃了那么大一枚硬钉子。

挺不识趣。

更不识趣的是给了她梯子，她居然不肯要。

“他很忙的，还是算了。”陆一心自己给自己夹了一块牛心。

下次和方永年一起来吃，方永年爱吃牛心。

“在座的谁不忙啊。”李昭硬着头皮接过了话茬，“怎么那么大架子？”

领导的脸色已经越来越难看了，这丫头太不会看人眼色了。

“你打个电话试试，我们第二摊估计要在KTV唱到半夜，他来露个脸总是行的。”李昭一边给棍子一边给枣子。

领导都把话说到这份上了，这人她无论如何得请来，要不然太尴尬了。

陆一心放下筷子。

她根本就不想参加第二摊，但是李昭现在的眼睛已经开始喷火，光溜溜的头上已经开始冒烟。

“他真的很忙的。”陆一心咕哝着拿出了手机，感觉今天要是不打电话，估计会被李昭丢到烤肉架子上去。

真奇怪，为什么非得要见方永年。

一群大叔为什么非得要对她的男朋友那么感兴趣，变态。

方永年接电话接得很快，陆一心听着他的声音就知道他又皱着眉。

这人老皱眉头，眉心都快有皱纹了。

“还没结束？”方永年是知道她今天晚上有部门聚会的，听到她那边人声嘈杂，下意识地看了一眼手表。

晚上九点多了。

“我来接你吧，你把地址给我。”他看了一眼冰柜里的实验培养皿，“我今天也早点下班。”

陆一心：“好……”

她默默地挂了电话，然后对着一桌子盯着她看的同事，硬着头皮干笑：“我……未婚夫说太晚了，他来接我回家……”

所有人：“……”

李昭崩溃：“这才几点？你都二十二岁了还有门禁？”

你们刚才还说我这个年纪结婚过家家呢。陆一心腹诽了一句，笑得非常厚脸皮：“我长得好看，所以我未婚夫管得很紧。”

所有人：“……”

张珩其实已经完全没了兴致，看着她这张天真的脸特别讨嫌，挥了挥手让李昭买单。

“第二摊就不带实习生了。”张珩冷着脸，“你男朋友过来要多久？你一个人在店门口等应该没问题吧？”

李昭有点目瞪口呆，虽然现在的行为用买卖不成仁义在来形容不太合适，但是人家小姑娘从头到尾就没有说过自己没男朋友，现在突然翻脸，晚上九点多了把人小姑娘一个人丢在店门口，总是不太合适吧。

更何况，她还是刘米青的宝贝女儿。

“要不这样。”李昭觉得自己就不应该因为八卦好奇揽上这种破事的，“我和陆一心留下来买单，你们先去第二摊，我等她男朋友过来了再走。”

张珩不置可否，只是冷着脸把杯子里的酒一口喝干，率先站起身，走的时候，连招呼都没打。

陆一心这下终于全看懂了。

她都不知道她应该先震惊他们办公室的主任居然对她有意思，还是应该先震惊这个比方永年还小一岁的男人居然会那么幼稚，都不怕丢脸的……

她就这样木木地跟着李昭结账，再木木地站在店门口等方永年，等的时候，还没忘记跟李昭道谢。

她觉得李昭也挺无辜的。

“你是看出来了故意的还是现在才看出来？”四五月份的华亭入夜了还是有点凉，喝了点酒的李昭缩着脖子开始跟陆一心闲聊。

“现在才看出来。”陆一心老老实实的。

“我本来还觉得挺好的，张珩这人有前途，你们家跟他很配。”李昭非常后悔自己的多管闲事，“结果现在两面不讨好。”

陆一心干笑着不敢接话。

“真订婚了？”李昭还是觉得这是陆一心的托词。

“真订了。”陆一心使劲点头，“合了八字喝了酒的。”

挺混乱的，现在想起来都觉得头大，南方和北方习俗凑在一起大杂烩，再加上各家的亲戚对于他们的结合太意外了，那场订婚宴简直是场灾难。

“你妈也真舍得。”李昭点了一根烟，对陆一心比了比，“不介意吧？”

陆一心摇头，换了个位置，让李昭站在出风口的下位。

李昭笑笑，这丫头其实挺精的，不委屈自己，也不主动得罪人。

“你毕了业以后想留在局里？”他问她。

刘米青给她铺好了路，他们部门不做业务不做勘测，不用隔三岔五地值班加班，对女孩子挺合适。

陆一心皱着脸。

“怎么了这是？”李昭的年纪都能做陆一心爸爸了，这小姑娘平时嘴甜做事也认真，除了今天晚上的事，他对她印象其实挺好的。

“我有点想做业务。”她憋了半天，“但是我还没跟我爸妈商量。”

她用的词很平和，是商量。

小姑娘挺早熟。

李昭有了点谈兴：“想做预报员？”

陆一心点头。

“刚毕业都这样。”李昭笑了笑，“不过女孩子，要兼顾家庭，预报员这种工作没有什么节假日，年节弄不好都在值班，女孩子不合适。”

陆一心歪着脑袋。

“你订婚那么早，估计是想毕了业就结婚的。”李昭一根烟已经快要抽完，“男方那么强势，肯定也不会同意你做预报员。”

“他不会的。”陆一心眯着眼睛笑。

她已经看到了方永年的车，她冲着车子挥了挥手。

她看到方永年停好了车，下车向她走来。

她眼睛眯了起来，特别肯定地再次告诉李昭：“他不会的。”

方永年，永远不会要求她兼顾家庭。他给她的空间一直很大，他从来不会让她做出为难的选择。

“回家了？”方永年走近，先拿过了陆一心的包。

“你好，我是方永年。”他伸出右手和李昭握手，表情友善。

“你好，我是她领导李昭。”李昭不知道为什么，就有些局促。

他没想到陆一心的男朋友看起来居然那么成熟。

也难怪人家小姑娘看不上张珩，别看这两人年纪差不多，成熟度差太多了。

他看着方永年不卑不亢地向他道谢，解释了一下路上略微有点堵。

他看着陆一心拽着方永年，笑嘻嘻地跟他告别，叽叽喳喳地拽着方永年告诉对方这家店的牛心很好吃。

他突然有些明白刘米青为什么会舍得了。

挺配的。

“然后呢？”郑然然平躺在双人床上，对着天花板努力在做蹬腿动作，气喘吁吁地问，“那个张主任后来没给你穿小鞋？”

“没有。”陆一心刚刚做完一组蹬腿动作，瘫在床上做死鱼状，“也有可能给我穿了我没发现。”

郑然然挺无语的。

“你男人怎么说？”郑然然翻了个身，把自己折叠在床上做伸展运动。

“他最近太忙了，又一直咳嗽，我就没说。”陆一心皱着眉，鼓着脸。

方永年太忙了，他们两个人能在一起的时间很少很少，每次在一起要聊的话题太多，她觉得聊这种事简直是浪费时间。

“早知道我高中的时候再努力一点，跟你一样考临床医学了。”陆一心想到就有点泄气。

郑然然选择了临床医学研究方向，大三的时候跟了一个导师居然是和抗默项目相关的临床研究，她现在一直在方永年公司里实习，几乎每天都可以和方永年见面。

陆一心觉得自己嫉妒得面目全非。

“你不会想和你男人一起工作的。”郑然然终于运动完，和陆一心一起瘫在床上，“我本来以为被安排在他手下做事会得到特殊照顾，事实证明我自作多情了。”

“你知道我上个月洗了多少个试管吗？”郑然然说起这个就咬牙切齿，“你看看我的手！”

陆一心嘿嘿笑，说得欠揍无比：“好奇怪哦，在家里都是他洗碗的。”

郑然然：“……”

陆一心又翻了个身。

“怎么了？”郑然然觉得陆一心一直欲言又止，一副又想要闯祸的熟悉样子。

“卫星中心最近在招应届生，我想投简历。”陆一心的声音闷在枕头里，闷闷的。

“不去气象局了？”郑然然惊着了。

“气象局里所有的人都叫我‘刘米青的女儿’。”陆一心露出半张脸，“我妈帮我安排的这个部门简直就是养老用的，就大学一毕业立刻请婚假然后再请产假都不会有问题的那种你懂不！”

郑然然拉起了陆一心左手：“你难道不是一毕业就要请婚假，弄不好就顺便请产假的人吗？”

戒指在闪闪发光，陆一心都显摆三年了。

“你觉得我男人今年会有时间请婚假吗？”陆一心一整张脸都露了出来，“而且这不是重点，重点是如果我留在那个部门，我大学四年就白读了。”

郑然然定定地看着陆一心。

陆一心又把脸重新埋进了枕头里。

“你怎么了？”郑然然没有再和陆一心插科打诨。

陆一心不是这样的人。

她连一大早起来有没有顺利上厕所都会告诉方永年，可张珩的事她真的一个字都没有说。想投简历不想去她妈妈安排的部门这件事，她也没有说。

这太不像陆一心了。

“你记不记得我高三填志愿的时候纠结过很久。”陆一心仰面躺着，看着天花板，“那时候我很寂寞，你们都有理想，只有我没有。

“我现在觉得，我又回到了高三。

“你们都有自己的工作，你以后会做临床研究，我们宿舍里的吴齐准备考研，李小安已经拿到了大公司的 offer，连谷历历都考上了师范大学，以后的梦想是做体育老师。

“大家都在为各自的前程奔波，只有我没有。”

她翻身看着郑然然：“我现在是刘米青的女儿，以后会是方永年的太太，再以后，就会变成方某某的妈妈。”

“这样不是不好。”陆一心歪着头，“做方永年的太太是我的梦想，可是那样……方永年就太可怜了。”

方永年有一整个世界，而她，只有方永年。

“那样，会很畸形。”陆一心重新躺回去，看着天花板。

她追了那么久的男人，她用尽全力争取到的爱情，并不是为了想要得到这样一个一眼就能望到底的生活的。

郑然然愣了很久。

陆一心说得颠三倒四立场不明，她仍然每句话都离不开方永年，就像是她青春期的每一天一样。

但是，她长大了。

“我想要做陆一心。”陆一心最后这句话，说得像是在宣誓。

她想要做陆一心，完整的陆一心，拥有自己的世界也拥有方永年的陆一心。

郑然然笑了：“你和方永年聊过这个没有？”

“还没。”陆一心晃脑袋。

“因为他太忙，还是因为你没胆子？”郑然然拽了拽陆一心的马尾辫。她都快秃了，陆一心的头发却仍然那么茂密，真让人嫉妒。

“都有。”陆一心抢回了自己的辫子，“你说，他会生气吗？”

方永年一直把她照顾得很好，尤其是订婚之后。

他和她父母私下聊了很多次，他们的婚房，他们以后的理财，还有一些生活细节。

方永年在订婚宴上答应了很多事情。

包括他们在结婚前绝对不会越雷池，包括他会照顾她一辈子，包括不管以后发生什么事，都会让她衣食无忧。

订婚宴上太热闹了，方永年念那些承诺的时候一直是笑着的，山盟海誓一样。

所以，她也觉得很幸福。

订婚三年，她觉得方永年太累的时候，方永年总是笑着说，他比她大十四岁，这些本来就是一个男人应该做的。

方永年也很幸福。

肉眼可见的是，他笑容变多了，开心的时候会像个被哄好的孩子，他不再委屈，也不再觉得全世界都背弃了他。

可他仍然会睡不好，压力太大，幻肢痛，每年春季的时候，仍然会暴瘦。

他很幸福。

但是她渐渐地觉得，还不够。

方永年肩膀上扛着她的将来，她觉得，这样不行。

郑然然分析道：“你如果要投简历，就等于要从底层业务开始做起。

不管是预报员还是观测员，都不会比我现在做的这份工作轻松，你和方永年可能会和你爸妈一样，不见得会两地分居，但是会长时间分开。所以现在最大的问题不是方永年会不会生气，而是你现在这个选择，会让你脱离你父母还有方永年的保护伞，你会很累。”

“我知道。”陆一心静静地说，“但是所有人都很累，为什么只有我不用？”

为什么只有她被保护在保护伞下面?

郑然然又笑了：“你今天自己主动提了，我才真的放心了。”她像是终于放下了一个很大的心事。

“你和方永年之间不是以后会畸形，而是现在已经畸形了你知道吗?

“他年长你十几岁，思想比你成熟太多。订婚的时候，你们关于未来的事情，都是他和你父母商量好了然后再告诉你的。

“他可能觉得自己娶你占了大便宜，订婚的时候读的那个承诺书，在我看来简直是娶了个碰不得的珍宝。”

郑然然估计是憋得太久了，噼里啪啦地说：“前段时间他做实验的时候伤到手臂，缝了六针，他没有告诉你；你爸爸有段时间重感冒在实验室里面差点晕过去，也没有人告诉你。因为我在实验室里面，他们两个只要出事，第一件事就是跟我说，绝对不要告诉你。

“我很犹豫，因为我看不懂这个绝对。

“我不知道这算不算是让你幸福的一种，你被他们用玻璃罩罩住了，他们给你的都是平安喜乐，就像你小时候你爸妈对你那样。

“可是我觉得，如果方永年只是你的叔叔，这样可能是正常的。可恋爱和婚姻，不应该是这样的。

“你有没有看到谷历历，他连脚指甲长到肉里面这种破事都能跟我哭半个小时。”

郑然然说到这里，停顿了一下：“你以前也是这样的，但是这一两年，你对方永年也慢慢地开始用上了玻璃罩。”

陆一心也开始慢慢地报喜不报忧，也开始慢慢地遇到事情就跟她说，暂时不要告诉方永年。

就像张珩的事情一样。

“你为什么不早点告诉我？”陆一心被郑然然这一连串的话弄得目瞪口呆。

她其实隐隐觉得有点不对，但是和方永年在一起的每一分每一秒都很好，所以每次见了面，她就又会把心里这个疑惑压回去。直到开始实习，直到开始发现自己和别人的不一样，她正在变成“刘米青的女儿”。

“我也在长大，我开始在意那些界限。”郑然然有些惆怅，“大人们告诉我，夫妻和朋友，是不一样的。”

所以，她忍着没说。

因为连她都分不清楚，这样对陆一心到底是幸福还是不幸福。

这种事情，必须得熬到陆一心自己觉得不对了才能说。

“那如果我一直意识不到呢？”陆一心开始后怕。

“你会意识到的。”郑然然说得很肯定，“那个人是方永年，你从来舍不得他受一点点委屈。”

陆一心翻了个身：“我……要怎么跟他说。”

她自己问出了这句话，然后又翻了个身。

“好的，我知道了。”

她居然问出了这样的话。

她居然，会开始不知道怎么跟方永年沟通。

她居然，在被他无微不至地照顾了三年之后，养出了惰性，习惯性地认为，他们的相处就应该是这样的了。

郑然然一直都很清醒。

婚姻不应该是这样的。

或许会有人是这样的，但那个人不应该是她。

“然然。”陆一心埋进了郑然然的怀里，“在我这里，夫妻和朋友是一样的。”

她们都在长大，小心翼翼地维护着这段友谊。

郑然然怕越界，而她，一如既往的粗神经。

“我们不要有界限。”她声音开始抖，“我们不要和其他人一样。”

我们还是做回那个少女。

不懂不会了，就去看去听。

做错了，会有人拉着回头。

今天周末，方永年本来是不打算回家的。

外面下了一整天的春雨，淅淅沥沥的，让他幻肢痛了一整天，不是剧痛，而是更加磨人的，像是有个一直摸不到碰不到的小伤口在另外一个空间不断地提醒他右腿的残缺。

实验结果比预期的差，能进入到筛选阶段的化合物比计划的少了百分之二十以上。

专家的质疑声随着投资的加大变得越来越多，有一些纯粹是为了利益在找碴儿，他懒得理，但是仍然影响了心情。

他觉得他现在的状态回家可能会把坏心情传染给陆一心，因为陆一心最近的状态也一般，这丫头每次换新环境适应期都很长，之前上大学是这样，现在实习也是这样。

他本来一直盘算着忙完这几个实验找个周末和她出去好好玩一趟的，但是今天的进度看起来，似乎有点难了。

方永年揉了揉眉心。

这几年他一直想在工作和陆一心中间找个平衡点，工作上的情绪尽量不要带回家，所有空闲的时间基本都和她在一起，但是他仍然觉得，他错过了一些东西。

陆一心在悄然长大，她慢慢地不再把不懂的作业全都一股脑地丢给他去做，她慢慢地在认识了新的人、有了新的烦恼的时候，不会第一时间告诉他。

他觉得这可能是正常的，但是他并不喜欢这样。

他又揉了揉眉心，觉得可能是因为天气原因，他有些力不从心。

他重新拿起本来已经脱掉的白大褂，几个本来打算等方永年下班就开溜的小年轻瞬间垮下了脸。

“你们先下班吧，我等这几个培养皿结果出来再走。”他看着这几个看起来和陆一心差不多大的孩子，和颜悦色。

“方总。”刚才去外面拿晚饭的小年轻看到方永年又重新穿上了白大褂，愣了一下，“我以为您下班了。”

小年轻说得犹犹豫豫：“那个……我在门口看到您未婚妻了，和陆总在一起。”

方永年的私生活他们私下里传得很多，比他小十四岁的未婚妻，陆总的女儿，就这几个讯息就可以脑补出几十万字的伦理大戏。

不过他们三个当事人从来不避讳，方总的小未婚妻有一次物理挂科被陆总满大楼追着打，最后是方总拿着保证书木着脸从陆总这里赎回了未婚妻。虽然那天是周末，但是那一幕还是被公司很多小年轻当成了年度八卦传得有模有样。

方总和小未婚妻很恩爱，这是全公司人都知道的事。

可是今天为什么……都不知道她来公司了？

方永年愣住。

陆一心并没有跟他说她今天要来公司，她最近忙着毕业论文，已经好几天住在学校宿舍没回家了。

“好，谢谢。”方永年顶着一实验室的好奇目光，穿着白大褂就出了门。

“方总是不是慌了？”小年轻偷偷摸摸地和其他人八卦。

“他应该不会回来了吧？”另外几个打算偷偷溜出去过周末的人争先恐后地开始收拾包，“培养皿放着明天早上来看也来得及！”

知道一切却仍然在苦兮兮地洗试管的郑然然呵呵一声，深藏功与名。

方永年走到公司前台的时候，陆一心正和陆博远对着一沓资料交头接耳，看到他来了，瞪大了眼睛，一脸意外。

“你怎么那么快就出来了？”陆一心说得也很意外，还顺手把那沓资料塞到了自己的包里。

方永年眯眼，没说话。

“你们赶紧回去吧。”陆博远也止住了话题，冲着他们两个挥了挥手，“周日米青会过来，记得来换我的班。”跟赶人一样。

“你不换衣服吗？”陆一心按电梯的时候，歪着头看方永年。

方永年空手就出来了，身上穿着实验室的衣服，手里就拿了一个手机。

“不用。”电梯门开，方永年率先进去，等陆一心进来习惯性地按了地下室停车场的楼层，又犹豫了一下。

“今天打车回去吧。”他按到到达层，“我没带车钥匙。”他现在这个身体状况，不适合开车。

陆一心踮脚摸了一下他的额头，又摸了摸他的手心：“又痛了吗？”

她皱着眉，关切和心疼都一如既往。

“还好。”方永年很不想承认他似乎又被顺毛了，“刚才和你爸在聊什么？”

“回去再告诉你。”她居然没有马上回答，笑嘻嘻的表情里藏着一点点忐忑。

“你不会又挂科了吧？”方永年第一个想到的就是这件事。

他长那么大第一次写保证书，就是为了这件事。为了让陆博远不要再骂陆一心，他吭哧吭哧地写了一整页的绝对不会让陆一心理化再挂科的保证书，现在这玩意儿还藏在陆博远的抽屉里。

“我又没有考试！”陆一心奓毛，跺了跺脚，“回去再告诉你！”

她瞪了他一眼，又跺了跺脚。

他好讨厌，她今天准备了一整套流程，差点从第一步开始就被他破坏了。

方永年靠在电梯里，摸了摸她的头。

他放松了不少，嘴角也开始有了笑意。

虽然不想让陆一心的心情也跟他一样变差，但是和陆一心在一起，他确实能放松。

甚至坐上出租车后，他还靠着椅背闭上眼睛睡着了。

迷迷糊糊的时候感觉陆一心在他旁边想要摸他的右腿，他抓住她的手不知道说了一句什么。

“别扭鬼。”陆一心在他耳边小声呢喃了一句，笑骂的语气，带着浓烈的情绪。

他在睡梦中笑了，靠在她的肩膀上彻底睡熟了过去。

幻肢仍然在痛，像是被蚊子咬了一个包又像是路过桌角的时候撞了一块瘀青，又痒又痛。

但是贴着陆一心，她身上的体温让他觉得舒服。

或者，就不挑时间了，他在睡梦中自言自语，他不想等了。

他迫切地想要知道她最近的反常到底是不是仅仅因为换了新环境，他们好像真的有很久没有坐下来聊天了。

是他的错。

他把过错揽上身，在陆一心的肩膀上蹭了蹭。

“痒啦……”陆一心小声嘀咕，“你今天早上是不是又没刮胡子！”

是他的错。

他闭着眼睛用下巴使劲蹭了蹭陆一心的脖子，在她气呼呼的埋怨中，心满意足。

严格意义来说，方永年觉得陆一心今天晚上的目的应该和他是一样的。

他们都想谈谈。

只是陆一心选择的方法，让他怀疑自己是不是听错了。

“什么意思？”他忍不住又问了一次。

“就是一个游戏！”陆一心解释第三次了，“我们两个人轮流说自己的秘密，一人一个。

“如果我说了一个秘密，你没有别的秘密接上去，你就脱一件衣服。如果我说的秘密你还想继续问下去，那么一个问题脱一件衣服。”

方永年确定自己没有听错，因为陆一心三次解释用的词都是一模一样的。

“为什么要脱衣服？”他也很不想自己变成老干部，但是和陆一心在一起，他总是会莫名其妙地变成老干部。

为什么要脱衣服?

他真的很真诚地想要知道。

“因为我们每次都只是抱在一起聊天，我会被转移注意力。”陆一心理直气壮。

“脱衣服就不转移注意力了？”方永年问得一字一句的。

“而且我没有秘密。”他又想到了更重要的事。

陆一心嘿嘿笑：“所以就你脱啊。”

方永年：“……”

“手表、皮带都算哦。你今天还穿了白大褂，也算！”她觉得自己太仁慈了。

难怪她刚才问他要不要换衣服。

“你有什么秘密？”他决定不和她胡搅蛮缠。

她居然都有秘密了。

“你先告诉我要不要玩！”陆一心才不要照着他的节奏走。

“虽然你答应我妈妈结婚前绝对不会越雷池，但是脱衣服不算雷池啊，你看我和你中间还隔着一只肥猫。”陆一心话音刚落，肥猫就跳下了沙发。

“隔了个抱枕……”陆一心默默地从屁股下面抽出抱枕，放在他和她之间。

虽然不知道是出于什么目的，但她看起来是真的想玩这个游戏。

自己有很久没有陪她了，方永年敛下眉眼。

他脑子里迅速地过了一下自己穿的衣服，她应该没有那么多秘密可以让他全部脱光。

她应该，也并没有想让他全部脱光。

他突然想到了自己左边胳膊前段时间缝的针。

“玩吧。”他突然有点难受。

她可能是知道了什么，想让他脱衣服又怕他拒绝。

她是真的长大了，连这种要求都开始小心翼翼。

长大了的陆一心清了清嗓子，说：“那天部门聚餐给你打电话并不是想要让你来接我的，是因为他们想见你，是因为张珩想追我。”她一点停顿都没有，噼里啪啦地说完，然后就抱住了抱枕。

“你有没有秘密要跟我换？”她一边心虚一边兴奋，“如果没有那就要脱衣服！

“有问题也要脱衣服！

“一个问题一件！”

方永年瞪着她，一声不吭地脱掉了白大褂，摘下了手表，解开了衬衫上面的风纪扣。

他想了想，直接抽出了皮带。

三样东西排在茶几上。

“三个问题？”他阴森森的。

死丫头。

胆儿真肥了！

陆一心咽了口口水。

方永年脱衣服摘手表的动作太帅了，她要是可以再不要命一点，简直想要拍下来珍藏。

这个方法她想了很久，她一直在想比抱在一起还要更加亲密的接触是什么，然后就想到了脱衣服。

方永年没有了屏障，会变得可口。

衣服，光线，或者酒。

她只是想着胡搅蛮缠试一次，没想到方永年居然真的就答应了。

她根据优先级挑选出来的秘密，第一个刚刚开口，就把方永年惹毛了。

“只能问两个问题……”她硬着头皮努力迎难而上，“你刚才没有跟我交换秘密，所以还有一件算是用来抵秘密的。”

方永年是被气糊涂了，居然被她这样拙劣地绕进去了。

“两个问题也够了。”他冷静了一点。

“哦。”始作俑者抱着抱枕一脸乖巧，“你问吧。”

“把那天晚上聚餐发生的事情从头到尾都说一遍，一个字都不要落。”他双手环胸靠在沙发上，面无表情。

那顿聚餐他有印象，都已经过去小半个月了。

真能瞒啊。

真长大了啊。

陆一心：“……”

“你这是赖皮！哪有这样问问题的。”这样问，她能脱他几件衣服啊。

现在才四月底，他身上还穿着薄毛衣和衬衫，里面估计还有小背心。

她统共也没几个秘密！

方永年没说话，也没有动。

陆一心吸吸鼻子。

“就……张珩说部门里来了个实习生要庆祝一下，就一起出去吃饭团建，然后团建的时候我说了我有男朋友还订婚了，张珩就让我给你打电话一起去第二摊。”

“然后你说你要来接我，他就带上其他人去了第二摊。”陆一心高度概括，然后耸耸肩，“没了。”

方永年不动如山。

她并没有一字不落，所以他当作她还没有说完。

陆一心抱着抱枕在沙发上挪了两下，靠近方永年，眨眨眼：“真没了。”

“这事都过去那么久了，我哪能都记得啊。”她开始耍赖。

方永年动了，他伸手把试图在他身上开始蹭的陆一心推开了一点点，并不远，一掌的距离。

“我们之间，已经连这种事都可以不用马上说了吗？”他没什么表情，语速开始变慢。

这是他生气的前兆。

可是陆一心突然皮很痒地追问了一句：“这算在那两个问题里面吗？”

方永年瞳孔一缩。

“你好好问，我就好好答。”陆一心坐直了，勇敢地看回去。

她是怕的。

但是，她觉得她今天晚上要做的事，不能退缩。

撒娇、黏糊都没有用，她希望方永年能够理解她。

“好。”方永年就只回答了一个字。

他又脱了一件，衬衫外面的那件灰色的薄毛衣。

陆一心站起身把空调温度调高，然后给方永年拿了一条毯子。

“回答刚才那个问题。”方永年看着她，决定遵循她的游戏规则。

她有话要说，而且是憋了很久的话。

这莫名其妙的游戏规则似乎能让她觉得安全，她想玩，他陪她玩。

“我想要马上说的，那天你来接我的时候，我在车上就想说的。”陆一心低头，“但是……你在咳嗽。”

他黑眼圈很重，还在咳嗽，甚至因为咳嗽，晚饭也没有好好吃。

“第一次没有说，第二次就不知道该在什么时候开口说了。”她声音变小，“你最近工作不太顺利，到家里又不提这些事，你不提，我也就不想提了。”

所以她第一个秘密，来自他们两个最近这段时间的沟通不良。

方永年没说话。

“你还有一个问题没有问。”陆一心也跟着安静了一会儿，数了数茶几上的东西。

“他后来有没有为难你？”他问了第三个问题。

“没有。”陆一心摇头，“他后来就再也没有提过这事，再后来要搞部门团建什么的，我都找借口没去。”

陆一心这个问题回答得很快。

方永年一开始就想好了三个问题，他躲避规则走捷径也好，被她逼得再脱了一件衣服也好，这个问题，他始终留着。

这是他最在意的问题。

“我们先暂停，抱抱好不好？”陆一心毫无原则地又想要黏糊了，“抱抱的时候，你问我任何问题都不用脱衣服。”

他最在意的问题就只是张珩有没有为难她。

她心软了，觉得今天晚上不应该故意惹火他的，他本来就已经很累，心情也不好了。

尤其抱上去的时候，他还苦笑着跟她讨饶：“你还有几个秘密，我衣服不够脱了。”

他也就剩下一件衬衫一条背心了，再脱就要脱裤子了。

“你不生气吗？”陆一心觉得自己都快要半途而废了。

“不气。”方永年拍拍她的脑袋。

她想要用这种方式才能说出口的话，应该很重要，应该很难说出口。

一个问题一件衣服，无非也不过就是不想让他问太多问题，她怕被他带跑，也怕今天晚上要说的话没有达到她想要有的效果。

“这方法挺好的。”他居然还笑着夸她，也就她能想出这样奇奇怪怪但是可能真的有效的方法了。

陆一心闷在他颈窝里嗯了一声。

“我们继续？”方永年亲了亲她的额头。

他对她接下来要说的话越来越好奇，越来越在意。

陆一心深吸了一口气，从包里拿出了她刚才急急忙忙塞进去的那沓资料。

“我……投了简历，卫星中心通知我下下周周一面试。”她把那沓资料递给他，双手递的。

“我实习结束不想继续待在气象局了。”她说得很快，“你可以问我为什么，这个问题不用脱衣服。”

她看着方永年慢吞吞地翻阅着那沓资料，咬着嘴唇忍不住觉得紧张。

方永年放下资料。

他先解开了衬衫袖口的扣子，然后顺着风纪扣把剩下的扣子全都解了，脱掉。

他里面确实穿了一件同色系的背心，他一声不吭地继续脱掉。

他全程都慢吞吞的，没有让陆一心关灯，也没有说其他的话。

“裤子暂时不行。”他看着陆一心，“下半身我还没有准备好。”

陆一心已经彻底呆了，眼睛眨都不敢眨。

这是她第一次看到方永年的上半身，不管是车祸前还是车祸后。

他很白，这三年健身房锻炼的成绩斐然，他精瘦，但是有肌肉。

也有很多疤。

他当时脾脏开过刀，所以腹腔有手术的刀疤。

还有其他深深浅浅的，包括手臂内侧郑然然说的缝针的新伤疤，以及背后小小的一块当时车祸烧伤的疤痕。

他没遮没掩，在客厅那么大的大灯下，赤裸着上半身看着她。

“我有很多为什么，既然都已经脱成这样了，能全都问吗？”他和她打商量。

“你……”陆一心努力让自己不要像一个白痴一样咽口水，但是她马上说了一个更白痴的话题，“你内裤的牌子跟我的一样……”

他解开了皮带，所以内裤露出了一小截。

方永年的耳根开始泛红。

他实在是不想夸她看到男人裸体的时候，第一眼想看的东西其实挺实际。

反正都这样了，他让自己把注意力放到他想问的问题上。

“能全问吗？”他又问了一遍。

陆一心最终还是没忍住咽了口口水，然后点点头。

事情已经超出她能想象的范畴，她其实已经不知道她今天晚上想要做的事情到底是成功了还是没成功。

不想让他随便问问题，是因为她需要时间思考，不希望被他带跑。

但是他现在这样，她还思考个啥！

“你把这资料先给你爸爸看了，为什么？”他真的就这样一个个开始问了。

“不是给我爸爸看，这资料是他给我的。这个卫星中心其实还是和气象局有关的，我投了简历之后就有人找我妈了。所以今天我爸让我去公司，我妈妈让他把这些资料打印出来给我。”她也并没有想到，她想要投简历的地方最终还是没有逃出她妈妈的关系网。

所以，他是最后一个知道陆一心没打算去气象局，打算自己投简历的人。

“你不想留在气象局，是因为张珩？”他这次没有问为什么。

陆一心低头。

他为什么可以做到上半身全裸还那么自然，她的目光都不知道往哪里瞄了！

“不是因为他，是因为我想做业务。”她眼睛开始乱飘，“这个局里的人都叫我‘刘米青的女儿’，我不喜欢这样。”

方永年沉默了一下。

这件事，他也不知道。

“这是你最后一个秘密吧？”他把她的头摆正，强迫她看着他，“为什么要用这样的方式告诉我？你觉得我会反对你去做业务？”

“不是。”陆一心摇头，“我知道我做什么你都不会反对的，但是这一次，我希望你会反对。”

方永年好看的眉眼皱成了一个问号。

“不是反对。”陆一心改口，“我就是希望你这一次能够不要因为我是陆一心而赞成。”

“也不对……”她又要改口，“就是你不能因为我比你小十四岁，就觉得我应该去经历，就答应我所有的要求。”她总算找到点感觉，瞪了他一眼，“我就是怕被你带跑才用了这样的方法的。”

结果他全脱了。

整段垮掉。

方永年眉眼里的问号并没有变小，反而更大了。

“我妈妈给我安排的实习部门很适合相夫教子。”陆一心深吸一口气，“平时不需要加班也不需要值班，我感觉哪怕我大学毕业了想要马上请婚假请产假，应该都是没问题的。

“没有太大的职业发展，工资不太高，养老很好，部门里的人除了张珩闹出了那么一通事情之外，其他的都挺完美。”

“我如果在那个部门，跟你结婚后，我可以安安心心地在家里学做菜，安安心心地生孩子，然后安安心心地做贤妻良母。”陆一心说这些话的时候，一直在观察方永年的表情。

方永年没有太多的表情，他一直持续着问号的样子。

“可是我觉得，如果这样的话，我大学四年就白读了。

“所以我投了简历，我想去做业务，想试试看我在这个专业靠着我自己能达到什么样的高度。

“但是这样意味着我可能没有办法顺畅地请婚假，生孩子的事情可能也会推迟，我没有办法安心地在家里做贤妻良母，我可能会和你一样，变得很忙，我们两个可能会和我爸妈一样，两地分隔或者每个礼拜才能见一两次。”

“所以你还会赞成吗？”她问他。

问完之后，她急急忙忙地补充了一句：“你抛开我比你小十四岁，抛开你答应我爸妈要照顾我这件事，只是单纯想想我们的将来，你还会赞成吗？”

陆一心问了一个很难的问题。

尤其她还要求他抛开所有的外在条件，仅仅只是考虑他自己愿不愿意接受一个可能会和他一样忙的另一半。

在车祸之前，他曾经希望找一个工作稳定性格温柔的另一半，那时候的他选择另一半带着很多条件，其中有一个条件就是必须要能顾家。

车祸之后，他几乎没有再考虑过家庭这个问题，陆一心横冲直撞地闯入，他们发展迅速，订婚的那一天，他唯一想的就是老天待他不薄，他一定要好好照顾这个姑娘。

他当时看着刘米青一个人在酒席角落掉眼泪，心都是酸的。

他到底还是要把人家捧在手心里的姑娘娶回家，所以他小心翼翼，所有的事情都优先考虑陆一心的感受。

可是陆一心今天用了这样一言难尽的方法，鼓起勇气让他不要再考虑她。

她用对了方法。

今天晚上她如果不是那么小心翼翼，不是那么一言难尽，他可能会直接忽略她这个要求，因为做任何一个决定都先考虑陆一心，几乎已经变成了他的习惯。

因为要脱衣服，陆一心说出来的每一句话他都会多思考一句为什么，为什么她之前不肯说出来，为什么她会不希望他问问题。

他不是她的长辈，他是她的未婚夫，为什么她看着他，还是会露出那么小心翼翼的表情。

她的小心翼翼到底是因为害怕，还是因为他强势惯了，她觉得她的话分量不够。

她现在的话分量很够，虽然颠三倒四，虽然一直改口，但是他这一次真的听懂了。

这是个大问题。

如果她没有用这样的方式说出来，他一定会马上点头，然后扛下之后他们可能会因为彼此太忙而发生的所有的问题。

他其实已经力不从心。

这不是他擅长的领域，他一个人摸石头过河过得已经有点跌跌撞撞。

“我有个问题。”他考虑了很久，反反复复的，“你父母一直很忙，你会不会觉得自己的成长被忽视了，或者觉得如果你父母没有那么忙，你可能还能过得更好？”

陆一心歪着头。

方永年还是没穿衣服……

她现在有点不知道这个方法到底是用来惩罚她的还是用来让方永年好好思考的。

方永年好好思考了，可是她脑子糊了。

“我……”她默默地把毯子拿起来，遮住了方永年身上一大半的春光，手指摩挲了一下方永年手臂的伤口，“痛不？”

“还好。”方永年搂过陆一心，恢复到他们两个都习惯的，他搂着她的姿势。

陆一心觉得安心了一点。

“我小时候是外婆带大的。”这个问题对她来说，其实并没有明确的答案，“长大以后外婆生病了，我被我爸妈带到公司里上班，经常托给同事帮忙照顾，那个时候，我害怕过。但是不至于到觉得自己被忽视了，只是觉得和不同的大人聊天这件事很讨厌，大人们有时候会问我爸爸妈妈的事，我很不喜欢答这些问题。”

所以她对方永年印象特别好。

因为他懒，对他们家的事毫无兴趣。

“我知道我爸妈一直觉得他们没有太多的时间陪我，可是我其实并不觉得这有什么问题，他们只是忙，并没有不爱我。”

方永年若有所思地拍拍她的头。

陆一心很乖巧地埋在他的怀里，一边玩着毛毯上的毛球，一边默数方永年身上的伤疤。

“我一直都希望你能闯一闯。”方永年终于考虑好了，慢吞吞地开口，“不是因为你太小最好能什么事都经历一下，而是因为我希望我自己的另外一半，是一个完整的人。

“我以前很羡慕你父母的感情。你妈妈并不是传统意义上的贤妻良母，她有自己的事业，并且做得很好。

“你爸爸很尊重她，甚至会因为自己事业上的成就不如你妈妈而产生竞争心理。

“我一直觉得这样的感情很健康，算是良性循环。”

“所以最开始你妈妈给你安排到那个部门，我其实是反对的。”他摸了摸陆一心的头，“但是你妈妈跟我说，她能做到的就是能让你多一个选择。”

刘米青说，做父母最骄傲的就是有能力能够让自己的孩子后半生平平稳稳，可是如果孩子不愿意选择平稳，想要出去闯闯，她起码应该要给孩子选择的余地。

“我猜你给卫星中心投简历这件事，你爸妈应该都没拦你。”方永年笑了笑。

陆一心点头：“所以我一直没有觉得我爸妈不爱我。”

她是个幸运的孩子，她自己一直都知道。

“我觉得哪怕抛开你是陆一心这个前提，我也是赞成你离开你妈妈的保护伞自己去闯一闯的。”方永年终于说了结论。

“但是……”他蹙起了眉头，“我并不能保证这样对家庭是好的，我自己没有信心能够做到像你父母一样，哪怕没有时间，也不会忽略家庭和孩子。”

他觉得有点难受。

陆一心应该准备了很久才和他谈这个问题的，他却没有办法给一个肯定的答复。

换成以前，他会给，会告诉她一切都有他。

但是今天陆一心真诚得让他觉得羞愧，这样仅仅只是靠着年龄和社会阅历就直接拍胸脯的保证，他有些说不出口。

他不能再给她这种虚无缥缈的希望了，他真的不是万能的，虽然他很想。

他因为难受因为愧疚，又把陆一心搂得紧了点，心里想着要怎么做才能把她哄开心一点。

既然她已经决定要闯一闯了，后面的问题总是要解决的，要不然就先解决简单一点的，比如结婚这件事交给她去决定时间，等她自己准备好。

他心情复杂情绪不高，甚至有些自我厌弃。

谁知道他怀里的陆一心挣扎着从他手臂里探出一个头，然后再伸出两只爪子，抓住他的脸，恶狠狠地亲了一口，带着口水的那种，吧唧一声响得他都快要耳鸣。

“你怎么能那么聪明呢。”陆一心快要哭了，“我都搞砸了，你怎么还能那么准确地猜到我想要什么呢！”

方永年的眉眼又皱成了一个问号。

“你想要什么？”他觉得他们是不是太久没聊天，都开始产生代沟了。

“就是像现在这样！”陆一心不是装的，她是真的开心，手舞足蹈的，激动得语无伦次。

“我脱光？”方永年想了很久觉得只有这一件事可能让陆一心高兴。

“对！”她毫无原则地使劲点头，“再加上你脱光！”她高兴得都快要飞上天。

“你先坐好。”方永年固定住她，把那段很难承认又不得不承认的话又说了一次，“我的意思是说我同意你出去闯一闯，但是我觉得我们以后的婚姻可能会产生问题，我没有自信能够处理好。”

“嗯！”陆一心使劲点头。

“这是你想要的？”方永年纠结了。

“你站在你自己的角度考虑，想要我出去闯一闯。”陆一心伸出了一根手指。

“你承认我们的婚姻可能会产生问题，并且承认你可能处理不好。”她又伸出了第二根手指。

“你……终于没有跟我说，一切都有你，我只管去做自己想做的事情就行了。”她红着眼眶伸出了第三根手指。

“你终于愿意跟我商量，你没有信心能够单独地处理好这件事了！”她又伸出了第四根手指。

还剩下大拇指，她举高：“你还脱了！”

她今天简直应该被载入史册。

方永年定定地看着她。

他确实不笨，所以在陆一心举出第三根手指的时候，他就已经理解她想要什么了。

“我们很畸形了。”陆一心知道他懂了，没有回避，她看着方永年的眼睛，“我们订婚的所有流程都是你和我爸妈商量的，你不希望我去这个部门实习，可是你找的人是我妈。

“你把所有的事情都扛在身上，跟我说一切都很好，可是我知道你现在幻肢痛到想骂人。”她恶狠狠地把自己的手放在了方永年的义肢上。

方永年抖了一下。

“你每次幻肢痛，这边的汗毛都会竖起来，手心会很冷，越痛，就越冷。”陆一心指着方永年耳朵根下面的皮肤。

“我比你小十四岁，我没有你那么聪明，我可能也没办法做到我妈妈在气象学上的那个高度，可是，你是因为喜欢我才跟我订婚的。”她昂着头，“你喜欢我，所以我们才在一起的。”

——所以，你为什么要一个人扛下来?

——你为什么要表现得像是自己占了大便宜，对我父母，对我都要做到最完美，否则就会觉得对不起我?

她后面的话没有说出口。

但是她知道哪怕没有说出口，方永年也一定都懂。

“我们以后，是要相依为命的。”她的手一直放在方永年的义肢上，“哪怕我们父母都在，哪怕我们以后会有小孩，但是真正要一起走到老的人只有我们两个人。”

她爸妈说，夫妻是这个世界上最最亲密、最最无法分割的关系。

“相依为命的人，不能这样。”她还是看着方永年，眼眶红红的，没有哭。

方永年没说话。

陆一心实习以后白天会化淡妆，不是第一次那种拙劣的剃光了眉毛重新画上新眉毛的淡妆，而是他这种直男看起来觉得很清新淡雅的妆容，干干净净的。

她头发也打理过了，微卷，没有染，平时扎着马尾，在家里的时候会放下来。她的头发多，又黑又厚重，放下来的微卷的长发，居然把她这样跳脱个性的人都衬得有些温柔。

这三年，她五官都已经长开了，脸颊仍然有些肉嘟嘟的，可是原来跟他们家肥猫一样的圆眼睛现在已经变成了眼尾上扬的模样，多了很多女人味，少了很多稚气。

他居然一直都没有好好地，像现在这样看过她。

她变成了他这辈子最重要的人，他却没有花时间好好地看她，只是把所有的精力都放在让她好好长大上面。

这是父母的责任，不是他的。

他抓住了陆一心一直放在他义肢上的手。

“我没有痛到想骂人。”他看着陆一心，声音低沉，“我只是一直觉得这个地方被蚊子咬了一个包。”

他拉着她的手，放到了应该是小腿肚的地方。

“一直挠不到，所以……很烦。”他说这些的时候，没有回避她。

他嘴角微微往下，眼睛耷拉着，也跟着她一起看着那块他大脑以为被蚊子咬了的地方。

“挠一挠会不会好一点。”陆一心下意识地对着硬邦邦的义肢挠了一下。

方永年吸了口气。

“下面一点。”他的语气有些不可思议。

“能挠到？”陆一心的语气更加不可思议。

“我自己不行。”方永年声音有点抖，“但是你可以。”

神奇的大脑认为他已经发现了自己没有了右腿，但是陆一心不在他的大脑范围。

久违的痒了就能挠到的感觉。

“所以我说要两个人一起啊。”陆一心用大人的语气叹了口气，“你真是太倔了。”

“下次痛了我也试着揉揉看？”她又有了新的想法。

“老这样揉像什么样子。”方永年现在的表情有点像肥猫，眯着眼被人摸顺毛的样子。

“像我男人的样子。”陆一心冲他龇牙咧嘴。

“对不起……”方永年亲了亲她的额头。

这畸形，是他造成的。

甚至如果陆一心发现不了，他打算这样一辈子的。

“没关系。”陆一心上扬的眼尾因为微笑，变得有些妩媚，“我特别大度。”

“你说如果挠脚底板，你会不会痒？”她果然一刻都闲不下来。

方永年面无表情地把她搂回沙发上，面无表情地起身。

“又生气了哦。”陆一心跟在他后面像是一条小尾巴。

“我换衣服，冻死了。”方永年的声音、语气和陆一心高低起伏的不同，他只会在尾音扬一下，表示自己已经被哄好了。

“你咳嗽好了没有？”陆一心跟进了卧室。

“好了。”方永年穿衣服的时候声音埋在衣服里，闷闷的。

“那你为什么不亲我？你难道不是因为咳嗽才不跟我接吻的吗？你居然亲额头就够了吗？太畸形了啊！”

“闭嘴。”

“这是什么？”陆一心下巴搁在方永年的肩膀上看着电脑屏幕，上面是一张密密麻麻的表格。

已经深夜，他们都躺在床上。方永年总算忙完了一段，看过了她的论文之后就调出了这个页面。

距离她上次脱衣服的游戏已经过去三天，她觉得以方永年的个性，今天绝对是有备而来的。

“我接下来三十天的工作安排。”方永年在表格每个日期下面都加了一行，“你把你的写上去。”

陆一心捧过笔记本电脑。

方永年的笔记本电脑是十五寸的，他习惯把字体调得很小，日程安排写得都很简单，有很多都是英文的缩写，但是哪怕这样，他半个月的工作安排也已经占了整整一个屏幕。

“你忙成这样哪里还有时间睡觉？”这是陆一心第一次直观地看到方永年的工作量，越深入了解越发现，她以前被罩着的那个平安喜乐的玻璃罩到底有多厚。

方永年忙成这样，居然还尽量每周抽出两三天时间，在家里慢悠悠地学做菜，慢悠悠地帮她看毕业论文。

难怪他那么瘦。

难怪他会失眠。

“挤一挤总是有的。”方永年是真的已经忙习惯了，“所以每周只有两三天时间能回来。”

他和陆一心算是半同居了，毕竟她就住在对面，他每次回来她都会窝在这里，刘米青或者陆博远在的时候，她会收敛一点，不在的时候，她基本都是直接睡在他家的。

刚开始那一两年，刘米青和陆博远还会赶回家阻止，现在两人感情稳定了，他们也默认了。

陆一心也干脆把洗漱用品和换洗衣服都搬过来了。

他喜欢这样。

很多地方都被陆一心用她乱七八糟的审美一点点侵占了，可是他知道，他喜欢这样。

这样会有家的感觉，热热闹闹的。

所以他再忙，每周也总是想抽出时间回家。有时候陆一心还在学校，他只是一个人在家，看到被她强行换成粉嫩颜色的床上四件套，他也会觉得安逸。

“我喜欢回家。”他在陆一心开口之前先堵住她的嘴，“这个行程不能省。”

陆一心收回了蠢蠢欲动的手，嘀咕了一句：“我又不是不想你回来，我只是觉得既然你那么忙，我完全可以去你公司找你的呀。”

陆一心撇嘴：“明明公司也有宿舍。”

老古板。

他们公司明明有人谈了恋爱都直接住在宿舍里的。

“不行！”方永年敲她的头，“我跟你爸一个宿舍。”

第一次听说这个消息的陆一心捂着头：“你们公司好寒碜啊！”

领导都不给单独配个临时休息的宿舍的吗?

“你们……都不尴尬的哦？”她觉得她爸爸的气还没有全消呢，住在一起什么的，不尴尬吗?

方永年瞪了陆一心一眼。

这一眼居然有点委委屈屈的，眼底湿漉漉的。

陆一心马上就投降了，歪着头亲了亲方永年的嘴，心软得一塌糊涂。

方永年撒娇是她的命门，不管什么时候，她都能立刻把命给他。

所以她毫不犹豫地调出了自己的记事本，噼里啪啦地在表格空白行里面敲上了自己的行程。

她的行程肯定没有方永年多，平时除了实习就是学校上课写毕业论文，和方永年密密麻麻的表格相比，她的日程简简单单干干净净地排在方永年的日程下面。

因为字体小行间距小，紧紧地贴着。

陆一心眯着眼睛看了一会儿。

“我是不是变态了，居然觉得这张表格这样看起来好亲密哦。”她扭头寻求方永年的认同。

“好好用词。”方永年笑骂了一句，手指随意地敲了敲陆一心的额头。

他又在表格上加了一行，这次换了个醒目的底色。

陆一心就这样歪着头看着方永年在那一行里面慢吞吞地打字。

“下周一的面试我没办法送你去了。”他皱着眉，“下周一我有两组实验数据需要做筛选比对。”

“面试本来就不需要你去啊。”陆一心理所当然地说，“我打车就行了。”

方永年看了她一眼。

“你想去哦？”陆一心咽了一口口水。

他简直是在犯规，几分钟之内连续撒娇了两次。

“你老这样看我，我小心脏受不了！”陆一心一本正经地把方永年的脸转回到笔记本电脑屏幕上。

“你想去卫星中心这件事，我是最后一个知道的。”方永年虽然脸转过去了，但是声音还在。

他声音低，委屈的时候声音更低。

陆一心撩起了自己的袖子，给方永年看她身上起的那一身鸡皮疙瘩：“你说吧，你要怎么凌迟我？”

又不给扑倒。

又不能越雷池！

方永年心满意足地拍拍她的头。

“本来我是真准备去的。”他声音终于恢复正常，“筛选比对很费时间，我如果送你过去了再回来，那天晚上估计得通宵。

“但是那天聊过之后，我觉得这样硬撑着，还不如直接告诉你我去不了。”

觉得孺子可教的陆一心在一旁使劲点头。

“所以，你果然是不需要我去的。”这是方永年第三次撒娇了，他自己也没崩住，抓着陆一心亲了一口，低低地笑出声。

“所以这真的不是我的问题。”陆一心被撩得红了脸，“我们两个现在是在用做行程当借口调情对吧？”

“嗯。”方永年居然承认了。

陆一心卸了妆，头发用一根筷子插住盘成了一个髻，露出的脖子曲线让他有些心猿意马。

“继续。”方永年清了清嗓子。

这事挺重要的，再撩下去，他自己也快忍不住了。

陆一心大学快毕业了，他觉得越雷池这件事已经快要失去约束力，他们两个差着辈分的恋爱跌跌撞撞，慢慢地比一般情侣谈得还要健康，他现在守着底线根本不是因为承诺，而是因为他觉得陆一心还没有准备好。

这丫头向来都只是嘴巴厉害，嘴上便宜占了不少，但是除了求婚那次，其他时候从来没见她真的敢做什么，连他脱了衣服，她的第一反应也仍然是找个毯子给他盖好。

也不知道谁才是真的“老干部”。

他慢吞吞地打着字，记下了她现在实习这个部门每一次可能会有的加班时间和团建时间。

“这两天你也要做筛选比对啊，为什么要接我下班？”陆一心慢慢地看懂了方永年接她下班的规律。

“你说呢？”方永年皱着眉头喝了一口水。

“我也不敢说，我也不敢问……”很容易猜到为什么的陆一心开始皮，笑得贼兮兮的。

方永年哼了一声，继续捣鼓他们两个的行程。

全部都列出来就能发现，时间挤一挤还是有的，他最低限度想要保证每周能见陆一心两次，全部列出来之后，其实三次也是有可能的。

早该这样了。

方永年有点后悔。

一直以来想着要迁就他的小未婚妻，想着见面应该要有规律，他一个人埋头加班累成狗。

早该两个人一起有商有量的了。

这一点，他真的还没有陆一心想得通透，大男人心理作祟，可能多少还觉得自己既然已经残缺了，就应该要给陆一心比别人更好的爱情。

可事实上，陆一心一直在给他更好的，而他，还在一点点学，还在慢慢追。

“其实张珩根本不算个事。”陆一心下巴又搁在了他肩膀上，说话的时候吐气弄得他脖子痒痒的，“毕竟还有我妈妈那层关系在，他不敢对我怎么样的。”

她毕竟还是关系户，张珩唯一的一次撒气也就是那天晚上打算把她丢在烤肉店门口而已。

“而且……”陆一心歪着头，方永年打字的声音让她觉得放松，她总觉得，她和方永年的感情又进了一步。

很奇怪的感觉。

每次都觉得自己已经很爱很爱了，但是每次都能发现，其实还能更好。

“为什么我只吸引年纪大的男人啊？”她太放松了，所以心里面想的问题没有过脑子就直接问出了口，“你看我在大学里完全没人追。”

方永年：“……”

他也知道陆一心很放松，放松得都快要打瞌睡了。

“跟你同龄的男孩子一般喜欢成熟一点的。”他心软了，耐耐心心地回答她这个欠揍的问题，“张珩这个年纪的，会比较喜欢单纯的。”

“为什么啊？”陆一心打了个哈欠。

方永年笑了笑：“到了这个年纪，心里多少都会有些龌龊，和太成熟的女人在一起容易无所遁形。”

陆一心又打了个哈欠。

她索性抱住方永年的腰，躺在他腿上。

“你都不吃醋的吗？”她其实已经半梦半醒，嘟嘟囔囔的。

他好奇怪，他还帮她分析张珩喜欢她的原因。

“吃。”方永年弄好了那张行程单，关掉了表格，打开了工作页面，“所以我刚才在说他的坏话。”

他说张珩心里有龌龊。

一个见都没见过的男人，他这坏话说得挺没风度，但是，说了会爽。

陆一心呆乎乎地回味了一下，咧嘴笑了。

“你呢？”她实在是太困了，回味了很久，剩下的话像是在梦呓，“你也喜欢单纯的吗？”

所以，才喜欢她的吗？

“我喜欢你。”方永年打字的手顿了一下，帮陆一心把头上的筷子抽出来，揉了揉她的头发，“睡吧。”

他对她，没有那么多乱七八糟的条件。

他的龌龊她看得很清楚，他不介意在她面前无所遁形。

陆一心又回味了一下。

她觉得她被绕得脑子打结了，索性不再追究方永年那句他喜欢她到底是什么意思，她就只是很满足地更紧地搂住了方永年的腰。

“你也要早点睡。”她叮嘱他。

“我调了闹钟，一点钟会响，响了以后你如果还没睡，我就咬死你。”她闭着眼睛假装自己很凶。

“嗯。”方永年拍拍她的头。

“我也喜欢你。”她顾不得想刚才方永年那句甜言蜜语有多重要，先回了一句，然后扬着嘴角睡着了。

方永年那天晚上真的到一点才睡，要提交的资料才改到一半，但是陆一心的闹钟响了。

他动作很快地摁掉了，看了一眼埋在枕头里睡得很香的陆一心。

她在睡梦里仍然拽着他的衣服，小孩子一样，依赖得很。

方永年亲了亲她的额头，悄悄地拽出衣服，把轮椅拿过来放在床头，然后脱掉了自己的义肢。

他留了一盏小夜灯，躺下去的时候，陆一心自动自发地就滚到了他怀里。

“你好乖。”陆一心眯着眼睛看了一眼手机，对现在的时间很满意。

“晚安。”小姑娘噘嘴和他嘴对嘴地碰了下，这幸福让他看到了很久很久以后的将来。

第十七章 悲伤会凝固

天才对于学习这种事，总是能够举一反三。

陆一心脱衣服的游戏给方永年带来了太多的震撼，他反省了很多，行动力极强的他，改得也十分迅速。

陆一心是个非常容易满足的人，方永年每次改变，她总是第一个发现，夸人夸得毫不吝啬。

所以，方永年这段时间的心情很好，甚至好到在实验间隙同实验室里的小年轻八卦男女关系。

“这种事情急不得，感情到了自然就会不一样。”他把培养皿放到冰柜里，推了推眼镜。

坐在一旁看显微镜的陆博远简直想把这一盘细菌塞到方永年的嘴里。

“你最近心情很好？”陆博远很气，虽然他也不知道他自己在气什么。

本来女儿感情顺利是一件值得开心的事情，但他就是很难开心得起来，每次看到方永年打完电话后那张压着笑意的脸都想上去踩两脚泄愤。

“还好。”方永年答得很谨慎。

“那下午的记者发布会你去吧。”陆博远迅速地找到了泄愤的方式，“我心情不好，我怕我会揍人。”

“好……”

陆博远哼哼。

“我也去吧。”陆博远最终还是改口了，“省得你回头就跟一心告状。”

“好……”

方永年有时候觉得，陆一心带给他的还有时光机。

车祸之前，他还穿着白大褂为了豆腐包子和陆博远斗智斗勇。

如果没有陆一心，他可能，对陆博远还心存芥蒂。

他这个人小气，陆博远也小气。

如果没有陆一心，他们不会坐在这里吹胡子瞪眼，也不会在下午的记者招待会上同声同气。

更不会在结束的时候听到陆博远给刘米青打电话，让她周末炖点清火的汤。

“多炖点，永年也得吃，我看他嘴边都快起燎泡了。”陆博远仍然说得鼻子不是鼻子眼睛不是眼睛的。

方永年摸了摸自己微微有些发红的嘴角，低头在微信里打字：“你爸最近火气重，你把我房间的菊花茶拿到你那边去。”

他微笑，无视陆博远绿着的脸，去点拨那位最近追女神追得哭天抢地的男孩子：“对她父母好一点。”

他好像渐渐地回到了那个时候。

研究院门口樱花满路，他还能骑着自行车到处找吃的的时候。

那个时候他还相信自己能攻破阿尔兹海默病，就像现在一样。

他想起自己刚才在记者招待会上宣布的内容：他们的抗默项目已经锁定了化合物，临床试验会在活体试验药物毒性检测完成后开始。

他们离临床，终于只有一步之遥。

陆一心最近也很顺利。

她在卫星中心的面试感觉还不错，面试官问的专业知识，她基本都能答得上来，他们都没有提她的妈妈刘米青，只是在临近结束的时候嘲笑了她的物理成绩。

“你这分数有点丢人啊。”面试官笑眯眯地说。

陆一心就红着脸鞠躬，红着脸告诉面试官，她的专业知识很好，除了物理，她其他的都不错。

“物理……我也会努力的！”她朝气蓬勃地握拳。

面试官们都笑了，挥挥手让她可以回去了。

陆一心走的时候忐忐忑忑地回头看了一眼，坐在最中间的那个面试官冲她十分和蔼地笑着点了点头。

“我觉得笑成这样，应该可以面试通过了吧。”陆一心给方永年打电话的时候花了整整一分钟的时间形容了那位面试官的笑容。

什么跟她妈妈年纪差不多，什么笑的时候还推了推眼镜，什么特别和蔼特别和蔼，她觉得自己都看到了天使。

方永年被她的形容逗得眉眼都是笑意：“应该吧。”

他答复得也不是很肯定。

面试什么的是他的知识盲区，从来只有别人拿着高薪 offer 找他，他自己从出生开始就没有找过工作。

“我觉得我自己好没用。”陆一心兴奋完就又有点颓了，“口口声声说不想靠着我妈妈的关系找工作，但是真的等面试的时候他们提都不提我妈妈，我又有点害怕了。

“要是万一进不去，我是不是还得留在张珩这里上班啊。”她哭丧着脸开始异想天开，“要不我干脆去你们公司实习吧，我帮你们洗试管！不要钱！”

“洗试管不行。”

“为什么啊！”陆一心不服气了，“我虽然没有然然聪明，但洗碗还是很厉害的呀。”

在家里，偶尔还是会洗的呀。

“试管太贵了。”方永年无奈，“郑然然洗试管砸破一个我可以算在项目损失里，要是你洗砸破了，我得赔。”

在一旁记录试验结果的郑然然脸歪了一下。

亲疏有别，她闯的所有的祸，他都得赔。陆一心嘿嘿笑，被方永年这样别开生面的情话顺毛了。

“我觉得面试应该可以通过的。”她又把话题绕了回来，“我觉得我答得挺好。”

“如果我是面试官……”方永年努力让自己客观一点，“要招应届毕业生的话，应该会要你这种个性的。”

“性格开朗配合度高，团队精神不错，而且成绩也还算可以。”他细数了一下，安慰陆一心，“所以应该没问题的。”

陆一心又一次被顺毛了，快快乐乐地挂了电话。

“方总。”郑然然推了推自己的眼镜，一本正经地提醒方永年，“你招我的时候，不是这么说的。”

他当时说，他只要年级第一的，第二第三要么就是努力了登不了顶，要么就是能考第一但是心思在其他地方。

什么性格开朗配合度高。

什么团队精神不错。

放屁。

“他们和我们不一样。”方永年面无表情，“卫星中心虽然是做科研的，但是专业度不需要我们这么高。”

放屁。

陆一心投简历到卫星中心的事情，张珩办公室的其他人是不知道的，只有陆一心的直系领导李昭和李昭的直系领导张珩隐约知道陆一心毕业以后应该是不会留在他们部门的。

所以给她的工作更杂了，一些跑腿订餐订下午茶的事情也丢给了她，专业性相关的除了她实习需要的那一些之外，其他的她基本都已经接触不到。

所幸陆一心这个人在某些方面神经特别粗，她现在满脑子卫星中心，根本没注意到上司对她态度已经完全不一样了。

张珩甚至派给她几次上班时间从城东买东西买到城西的私活，多少有些泄愤的意思。可无奈人家陆一心做得乐颠颠的，连报销贴发票这种令人发指的工作都做得干劲十足。

“这丫头是不是缺根筋啊。”在第 N 次泄愤失败后，张珩就有点悻悻的。

他对陆一心的感觉慢慢地变得复杂。

一开始纯粹就是觉得她拂了他的面子，她是刘米青的女儿，太明显的泄愤他不敢做，只能暗戳戳地偶尔恶心她几下，拿话刺她，或者拿点别人都不愿意干的活激她。

可每次都跟打在棉花上一样。

所以他又怀疑陆一心是故意的，故意这样油盐不进，故意天天朝气蓬勃地在他面前晃悠气他。

所以他顶着李昭不赞同的表情，硬是让她上班时间跑出去买了两次东西，没有记在公账上。陆一心贴发票报销的时候，他把两张打车票都给扣了下来。

“这不是公事，报销不了。”他把那两张打车单丢还给陆一心。

陆一心愣了一下。

“那我把平时吃饭的发票凑一下再贴一份？”她问得憨憨的。

她一点都没觉得这是在故意为难她，明明是他给她的私活，明明是他要她打车来回走公司报销，现在还是他跑过来跟她说报销不了，她居然第一个反应是想办法先解决。

商量的口吻。

就好像他们在做的事情是同一个目标、同一个方向。

“你再弄一份吧。”张珩最终没有再多说什么，回位置上的时候，又回头看了一眼陆一心。

她低着头在做他早上丢给她的工作。

她盘着头发，化着精致的妆。

稚气未脱，青春洋溢。

很烦琐的工作，他让她在一堆风向报表中单独挑出几项数据异常的做一份报告。

其实这种报告他们这里有很多，随便给她拿一份就能凑合着给她当实习报告用，但是他不爽她，丢给她一沓纸质的让她自己整理。

全办公室的人都看出来了，他在整她。

只有她傻乎乎地还把他当领导，他说的每一句话，要她做的每一件事，她都做了，不推诿不搪塞，认认真真地做了。

反而衬得他异常的幼稚，异常“小人”。

张珩眯着眼睛哼了一声。

她可能真的是缺了根筋，也可能是真的没有把他放在眼里，领导就是领导，工作就是工作。

她对这份工作没有任何私人情绪，目的性很强，拿到实习签名就打算换个地方。

就好像当初她妈妈托关系好不容易把她塞进来的事情不存在一样。

她那个男朋友，真不知道天天都在想什么。

女孩子家在这种部门最合适了，居然还由着她的想法出去闯。

张珩又哼了一声。

李昭过来的时候，他正泄愤一样地把那一沓本来打算明天早上丢给陆一心的数据丢回资料箱。

他不想再做小人了。

陆一心皱着眉头认真比对数据的样子，不知道为什么，像烧了他的眼睛，看了烦。

“什么事？”张珩扭头问李昭，态度不太好。

都是李昭，没事跟他说什么这姑娘挺好，让他浪费了那么多不该浪费的时间。

“这个新闻。”李昭把手机给他，“就是之前你跟我说的抗默项目的那个新闻，据说可以开始临床了。”

张珩“啪”的一声站了起来，声音有点响，办公椅差点倒地。

“有没有病人申请进入临床试验的方法？”张珩的声音都带着抖，早就忘记了刚才的别扭。

“暂时还没有。”李昭把新闻调到了视频页面，“但是这个人，这个在新闻发布会上宣布的这个人，是陆一心的未婚夫。”

那个那天晚上来接陆一心的男人。

个子很高，人很瘦，眼神坚定，看着陆一心眼神温柔的那个男人。

抗默项目的负责人。

方永年。

张珩的家庭和陆一心家很类似，他父母都是气象体系的，他自己从小是爷爷奶奶带大的。

他和父母关系一般，他所有的亲情都在爷爷奶奶这里，平时回家也大多是回爷爷奶奶家。

他奶奶七年前患上了阿尔兹海默病，最开始只是轻度的认知障碍，健忘、说话说到一半突然发呆、天天走的路突然不认识之类的，他们家警觉性高，他奶奶算是比较早就介入治疗的AD患者，但是哪怕这样，七年时间过去了，他奶奶还是一天天地恶化了。

她现在已经不是他奶奶了，不认识他，生活无法自理，性格大变，甚至已经开始不认识他爷爷。

所以他一直在关注各种阿尔兹海默病的医药研发，他和李昭不同，他对方永年这个人很熟悉——基于新闻的熟悉。

他知道方永年是制药天才，知道方永年现在所在的抗默项目正在做什么样的研究，也知道方永年主导的这个项目，是国内甚至国际上都进度领先的项目。

当然，他也知道方永年少了一条腿，是个残疾人。

这本来是一个和他的生活完全没有交集的人，新闻上的人，高大的、不可触碰的、身残志坚的科学家。

这样一个人，居然是这个有些憨傻的姑娘的未婚夫。

他记得她怎么形容方永年，她说自己长得好看，所以男朋友管得很紧。

她说男朋友很忙的，虽然当时他以为这句话只是她不想让她男朋友出现的托词。

他还在走廊里听见过她和她男朋友打电话，声音甜腻腻的，跟对方商量晚上要吃肉不吃鱼，小孩子撒娇的语气，他听到都觉得脸红。

这个人，居然是方永年。

他一个下午都在看那个新闻视频，反反复复的。

这个男人坐在记者发布会的主位，说话的语速很慢，眼神坚定，面对记者的提问不慌不乱。

方永年的专业水平毋庸置疑。

方永年是陆一心的未婚夫。

张珩合上笔记本电脑。

他不知道应该怎么形容自己现在的心情，在知道方永年是陆一心的未婚夫之前，他其实已经开始动心。

陆一心的性格太吸引人，他这段时间幼稚得跟个小学生一样不停地惹她，何尝不是因为她的性格太吸引人。

他向来自信，所以他根本就不觉得陆一心的未婚夫会对他造成威胁——一个在读大学生谈的恋爱，条件能好到哪里去。

但是，她的未婚夫是方永年。

张珩又一次打开了笔记本电脑，烦躁地打开了那个新闻视频。

他和视频里的男人对视，然后在公司内部聊天系统里面找到了陆一心的头像——一只肥到看不到脖子的肥猫。

他点进去，手指在键盘上犹豫了很久。

“陆一心，”他说，“能不能麻烦你帮忙引荐一下你的未婚夫方总，我找他有事。”

他看着陆一心鼓着腮帮子看着电脑屏幕，然后又瞪圆了眼睛看向他。

“有正事。”他又敲了三个字。

他看着陆一心皱起眉头，有些为难地打字：“他很忙的。”

又是这四个字，跟没完没了的咒语一样。

“我知道，我找他也是为了正事。”他耐着性子，又敲了一行。

“那……”他看着陆一心低头捣鼓了一下手机，再次抬头，“他说今晚可以。”

张珩缓慢地在聊天框里输入了：“好的，谢谢你。”

他关掉聊天框，再也不去看那只肥到离奇的肥猫的头像。

这是一场还没有开始就注定一定会失败的追求。

张珩知道。

因为他今天，想要求她的未婚夫能够把他奶奶纳入临床计划里。

他得求她的未婚夫。

方永年看着这位久仰大名的张珩。

平心而论，刘米青对其“青年才俊”的评价并没有错。张珩长得不错，身材高大，加上还不错的身家背景，也难怪追求女孩子的时候，会用高姿态先衡量一遍。

只是张珩衡量的目标是陆一心，还因为陆一心驳了他的面子而想把她单独丢在烤肉店门口，所以方永年见他的第一面，没有主动自我介绍，也没有伸出右手。

方永年只是走到陆一心面前，习惯性地拿走了陆一心那个永远很重的包。

她站在风口等他，头发被风吹得毛茸茸的，所以他又伸手帮她理了一下头发。

陆一心的小圆脸笑得红扑扑的，要不是有张珩在边上，她估计早就已经扑上来抱住他了。

“你晚上不开会了吗？”现在对方永年行程了如指掌的陆一心见面的第一句话就是担心她临时要求见面妨碍了他的工作。

她也没有介绍张珩，和方永年故意的不一样，她是真忘了。

她已经有两天时间没有看到他，他从门口走进来的那个瞬间，她就已经看不到其他人了。

“晚点回公司再开。”方永年拍拍陆一心的头，再次把目光看向张珩。

他觉得张珩快要被他们两个人整透明了。

这人脾气那么差居然也能忍，说明找他真的有正事。

“你好。”方永年冲张珩点点头，还是没有自我介绍。

真挺小气的。他在内心腹诽自己。

“你好，我是张珩。”张珩的脸色算不上好，他被晾在这里半天了，虽然他自己心里清楚自己被晾在这里的原因。

“我……看到了你们抗默项目的新闻。”张珩决定缩短开场白，他觉得自己和方永年之间没有什么可以寒暄的东西，“我想咨询一下，如果想要加入你们的临床计划，需要走什么样的流程。”

方永年意外。

陆一心也瞪圆了眼睛。

张珩咳嗽了一声，这两个年龄相差那么多的未婚夫妻，居然有一点点夫妻相。

“我在项目里面不是负责临床研究计划的。”方永年很快敛下惊讶，“你如果需要，我可以把负责人的名片给你。

“而且现在项目刚刚进入活体研究，临床审批还没有下来，没有那么快进入到临床。”方永年因为对方是陆一心的上司，所以多解释了一句，“现在考虑加入临床计划，还太早了。”

临床也分好几个阶段，I 期受试群体的人数并不会很多。

“我知道。”张珩苦笑，“我从你们项目立项开始就关注了，AD病的药物研发我已经关注了好多年，我很清楚制药过程。”

“患者是我奶奶，今年八十四岁了。”张珩拿出了早就准备好的病历资料，“我知道我现在这么做可能不合规矩，但你毕竟是这个项目的负责人。”他说的时候，看了一眼陆一心。

他也是今天才知道，陆一心的爸爸居然也在这个项目里，刘米青的丈夫居然很早就已经从研究院出来单干了。

陆一心的未婚夫，和她爸爸是同事，甚至是她爸爸的上司。

真是乱七八糟的。

方永年没有马上接那沓病例，他侧了个身把陆一心藏在身后，微蹙着眉头看着张珩。

他现在有点不相信张珩对陆一心只做了那么一件坏事，这人看陆一心的眼神，让他很不舒服。

“我把临床负责人的名片给你。”方永年没有接病历，他递给张珩一张郑飞的名片，“项目里每个人负责的内容不同，我帮不了你太多的忙，抱歉。”

张珩也没动。

他知道自己刚才看陆一心的眼神被方永年看到了，他看到方永年侧身的时候，西装裤下面的右腿线条。

方永年是个残疾人。

张珩的理智叫嚣着让自己冷静，但是从小到大一帆风顺加上工作以后一路高升的经历，让他现在浑身雄性荷尔蒙在叫嚣。

陆一心，是他在局里那么长时间以来唯一能看入眼的女孩子，一开始只是看入了眼，但是到后来，好像莫名其妙地入了心。

她的未婚夫是个残疾人，侧身的时候，会微微有点跛。

这是他奶奶等待了很多年的机会，方永年连病例都没有接，直接就婉拒了。

为什么一个比他还大了一岁的残疾人，能站在这里保护着他喜欢的女人，用这样疏离的表情拒绝他?

“我其实可以找刘主任的。”张珩最终还是没有忍住，“我知道刘主任的丈夫也在这个项目组里。”他说这些话的时候，是看着方永年的眼睛的。

他在挑衅。

陆一心还在他部门下面，刘米青虽然高了他一级，但是他在省局，刘米青在地级市。

他希望方永年好好想想，在这样的关系下面，还要不要这么毫不犹豫地直接就拒绝他的要求。

他觉得自己有傲气的资格。

“我是一心的未婚夫。”方永年拉住了瞪着眼睛突然爹毛的陆一心，“你找刘主任和找我都是一样的。

“制药的目的就是为了治疗疾病，我们不会拒绝需要帮助的病患。

“但是临床在什么时期，需要什么样的受试人群，这都是由临床专家和相关医院制订计划的。

“人命关天的事情，不存在走后门的可能，我们同意，药监局也不会同意。”

方永年说得很慢，一字一顿的。

陆一心慢慢地被他顺毛，自家男人帅到整个大厅都在发光，衬得这个张珩突然之间就变得颓丧灰败了。

张珩涨红着脸一声不吭。

方永年把名片放到了张珩手里。

“我晚上还有会。”他准备走了，好不容易能溜出来，他打算和陆一心吃顿晚饭再回公司。

他们两个走的时候都没有回头，把张珩一个人丢在大厅里。

风吹来他们隐隐约约的谈话声，陆一心不知道在说什么，一开始气呼呼的，到后面似乎被哄好了，声音又开始甜腻腻。

张珩捏着那张名片，名片边缘几乎要嵌到掌心里。

他一直都知道自己赢不了。

但是，他没想到自己会输得那么难看。

“除了吃饭把你丢饭店门口那件事之外，张珩真的没有再为难你?”

陆一心前两天嚷着想吃手握寿司，所以方永年把晚饭的地点选在了一家日式居酒屋。

外面的店门很小，里面九曲十八弯的，座位间隔很大，私密性不错。

陆一心东张西望了一会儿，摇了摇头。

“其实应该有。”她自己也不是很肯定，“我感觉我们部门的人看我的眼神都带着怜悯。”

方永年：“……”

“但是他一没有潜规则我，二没有无缘无故地让我加班，三也没有一点事情都不给我做让我晾在那里当咸鱼。”陆一心很困惑地歪着头，“其他的……他还能为难我什么？”

方永年打开菜单，放弃追究。

陆一心说的那些都太下作太明目张胆了，张珩这个人要面子应该不会做。

其他的，反正陆一心也感觉不到。

“别吃凉的。”他一边低头点菜一边把陆一心快要放到嘴巴里的冰水拿走，把自己那杯大麦茶换给她。

陆一心噘嘴。

“你这个月生理期来的时候我要加班，痛了没人管你。”方永年说这句话的时候，头都没抬。

“不要做鬼脸。”他笑着抬头白了她一眼。

刚刚伸出舌头的陆一心又默默地把舌头缩了回去，蹭到方永年这里跟着他点了几个菜，她就又开始闲不住。

“你为什么要把郑飞的名片给他呀？”她还在气张珩刚才看到方永年义肢的时候的眼神，让人恨不得跳起来抽张珩两个耳光。

“临床样本很难找，如果他真的去找郑飞，评估一下也没有损失。”方永年点完菜合上菜单，喝了一口陆一心刚才喝过的大麦茶。

陆一心没说话。

“他只是看了一眼，也没多说什么。”方永年无奈了，开始安慰她。

他的残疾真的是陆一心的逆鳞，摸都摸不得。

“他自己长得那个五短身材。”陆一心恶狠狠地说。

方永年差点被大麦茶呛死，默默地放下茶杯。

“而且我觉得他这种人就算郑飞帮他了，他也不会感谢你的。”因为那一眼，她对张珩的印象分直接变成了负分。

“我要他感谢干什么？”方永年反问。

陆一心愣了愣，这次总算被顺毛了一点点。

“他刚才说他奶奶八十四岁了，递病例的时候我看到了其中一张报告单，AD 中晚期了。AD 这种病在患病过程中造成的脑神经细胞损失是不可逆的，也就是说，我们现在在做的这个药就算能够治疗 AD，也只能抑制住后面的恶化，对她之前已经造成的脑损伤，是没有办法治愈的。”

“就算治好了，他奶奶也仍然没有办法认出他？”陆一心自动自发地把方永年的话翻译成了自己能懂的。

“嗯。”方永年点点头。

就算没有继续恶化，他们也没有办法把他奶奶恢复到健康时候的样子。

“所以AD中晚期的临床样本，我们能拿到的不多。”

既然是不可治愈的，愿意自愿投入到临床计划的患者就少了很多。

“为什么啊？”陆一心不太懂。

“因为有一定的治疗效果，患者家属就得照顾患者一辈子。”这句话，方永年说得很慢，“久病床前无孝子。”

AD中晚期的患者已经失去了自理能力，他们活着就意味着身边得一直有人陪着，不管是家人还是护工，这是一项长期的磨人烧钱的事情。

这也是人之常情。

“可是……”陆一心低头，“如果那时候我外婆有这样的机会，就算是在后期，我还是希望她能接受治疗的。”

除了后面彻底昏迷无知觉没办法自行吞咽的时期之外，外婆还醒着的时候，她仍然是希望外婆能够活下去的。

“就算是在后期，她偶尔还是会觉得我是我妈妈，她还是会抱着我唱小时候教过我的儿歌。

“她偶尔还是会变成我的外婆。

“如果去世了，就连这些都没有了。”

她很早就经历了生死，很早就懂得了亲人的生命一旦真的消失了，你再想他的时候，他不管怎样都不会再出现了。

而且，随着时间越来越久，连那些回忆都会变得模糊。

服务员在这个时候来上菜，方永年一直没说话，陆一心喝了一口大麦茶，也没开始动筷子。

陆一心的想法，并不是每一个成年人都会有的，有很多人对亲情血脉的感情，并没有陆一心那么深刻。

他说的，是社会上的普遍现象，而陆一心说的，是她的。

她的所有，都带着丰沛的感情，都带着暖色调，不管她是十岁、十八岁还是以后二十八岁，应该都不会变。

他就是被这样的陆一心重新带回到这个光怪陆离的世界，因为有陆一心，所以他仍然会相信这个世界上还存在美好。

制药很累、希望很渺茫的时候，他需要这样的信念。

“吃吧。”他给她夹了一个手握，声音温柔。

他没有说很多安慰她的话，只是安安静静地陪她吃饭，帮她把她不想吃的东西挑走，她觉得还不错的，他就再多点一份让她打包带回家当夜宵。

“那个张珩……”陆一心看着方永年，“他是知道的吗？”

他是知道就算加入临床计划，就算一切都顺利，他能得到的奶奶，也只是偶尔的，而他要经历的，是漫长的病床前的陪伴吗？

“他如果一直都在跟踪我们的项目，他如果像他说的那样，一直都在关注AD的话，那他肯定知道。”方永年说得很肯定。

所有这种病人的家人，几乎都久病成医。

他们很清楚AD最残忍的地方就是不可逆。

“那他……”陆一心喝了一口味噌汤笑了笑，“比我想象中的好一点。”

她松了一口气：“幸好你把名片给他了。”

方永年笑了。

“晚上要不要去我公司的宿舍？”他问她，突然不想把她一个人送回家里，孤零零的只有一只肥猫陪她，“我开完会可以去宿舍里陪你几个小时。”

“我爸呢？”那个超级无敌大的电灯泡呢。

“迟早都会被揍的，我还没改口呢。”陆博远那座大山，他还一直没跨过去呢。

陆一心被他逗笑。

“公司有空的宿舍，我把钥匙给他就行。”方永年已经迅速安排好了，“这个周末我们都有半天时间，我陪你去看看你外婆吧。”

“好。”陆一心眉眼弯弯。

方永年对她越来越好了。

不是一开始那种比她大了那么多习惯性让着她的好，也不是订婚后要对她人生负责的那种好。

方永年越来越有恋爱的感觉了。

他开始吃醋，开始对她有占有欲，开始不喜欢晚上一个人。

她在方永年上车之前，先一步跑过去从后面搂住了他的腰。

“怎么了？”她的男人被她吓着了，动都不敢动。

“就是……幸福。”陆一心把头靠在他的背上，微笑。

如果时光穿梭，她真想回去告诉那个在巷子里哭成傻子的十八岁小姑娘——都是值得的。

为了这一刻和以后的幸福，你现在所有的眼泪所有的努力，都是值得的。

陆博远觉得很不值得。

他好不容易拉扯大的女儿，为什么就这么被方永年给拱掉了，而且还被拱得无怨无悔。

现在都敢明目张胆地带来宿舍了。

“她想她外婆了。”晚上的会议早就结束了，方永年和陆博远又苦兮兮地回到了实验室。

晚上十一点多，陆一心应该已经睡了。

陆博远被这个冠冕堂皇的理由气得真的只剩下鼻子出气了。

“我今年是不是不太可能请得了婚假？”偏偏今天方永年不知道为什么，话特别多。

“你想得美！”陆博远嗤之以鼻，“老子今年年假都报不了你还想要有婚假？”

方永年：“……”

“你没婚假别想娶我女儿！”陆博远后知后觉地发现自己立场又变得很奇怪了。

“老陆。”方永年摘下面罩和眼镜，“哪怕没有婚假，我今年也会和一心结婚的。”

“没时间办婚礼就先领证也行。”他看着陆博远，说话的语气就跟平时做实验的时候要求必须要用他定的组做比对一样，一点转圜余地都没有。

陆博远张着嘴，再一次被方永年的厚脸皮惊着了。

为什么这个人，只要牵涉他女儿，就可以如此……没有道德！

“上次我们去看的婚房我还没带一心去看过，这周抽个时间带她去看看，她如果喜欢，我打算直接就买了。”方永年厚脸皮之言还没有结束，“之前米青姐说要付一半的首付，写房产证名字什么的，太麻烦了。俞含枫这次发的项目奖首付足够了，名字直接写一心的，房贷以后我们夫妻两个还。

“我觉得我之前的顺序有点问题，结婚的事，我以后会先和一心商量了再和你们商量。”他看着陆博远，“我得先习惯了，在私事上面，我现在和一心是一个辈分的。”

“所以你喊我‘老陆’喊我老婆‘米青姐’？”陆博远总算是逮着个吐槽的点。

方永年咳嗽一声，没说话。

“怎么突然就那么急了？”陆博远皱着眉。

之前看方永年都还慢吞吞的，他和刘米青私下以为方永年对结婚这件事可能也是个慢性子。

“也该急了。”方永年没多说什么。

小朋友都有人追了，也知道打扮了，长大了。

“结果都打印出来了，我先下班。”他脱掉白大褂。

“那我睡哪儿啊？”陆博远觉得自己都要高血压了。

“钥匙在抽屉里。”方永年回头挥了挥手。

陆博远在心里爆了句粗口，欲哭无泪。

只是这丫头，怎么又突然想起外婆了？

是该去看看她外婆了。

公司临时宿舍很简单，上下铺加一张办公桌的面积，他和陆博远的这个高级一点，还带了一个配套的卫生间。

方永年到宿舍的时候陆一心已经睡着了，抱着他的枕头，睡在他的床上。

她睡得毫无防备，他开门关门都没吵醒她。

她一张脸睡得红扑扑的，长发散乱地披在枕头上，方永年不知道为什么，就觉得屋子里有点香。

这个常年都充斥着陆博远烟味的房间，就因为陆一心躺在他床上掀开了上衣露出了半截还有些小肉的肚子，变得有点热。

方永年进卫生间洗了个澡。

刮胡子的时候，眯着眼睛想起了陆一心露出的那小半截腰，她皮肤白，肉肉的，肚脐是很好看的圆形，和她的人一样，精致但不张扬。

方永年手抖了一下，“嘶”了一声。

下颚被剃须刀刮出了一道小小的伤口，刀片锋利，伤口一开始只是一道白色痕迹，慢慢地氤氲出红色。

他打开水龙头，冲洗伤口止了血，对着镜子里的自己很无奈地笑了笑。

他一个三十多岁的成年男人，自从决定无所谓雷池之后，就有点刹不住车了。

有些东西，不能多想。

男人始终是侵略性动物，越放在心里，就越容易蠢蠢欲动。

他对这种感觉很陌生，和陆一心在一起后的很多感觉都很陌生，他不排斥，甚至还有些喜欢。

他以前以为自己可能这一辈子都给不了陆一心太激烈的感情，他那个时候，从来不认为自己居然会有蠢蠢欲动的一天。

他对男女之事一直没有太多的兴趣，他的生活重心太明确，车祸前就没太大兴趣，车祸后就越发孤僻了。

可能陆一心真的是个小妖精。

她一点点地把他拉到活色生香的生活里，像那个幻肢痛了之后没有忍住的吻，促进血液循环，唤醒一些他以为他没有的温度。

他又用冷水洗了一把脸，刚刚划破的伤口因为他的动作又渗出了一点点血，他看着镜子中的自己，不知道为什么，觉得十分陌生。

这是一张鲜活的，带着欲望的脸。

这张脸背后藏着的，是他自己曾经都不敢去奢想的人间烟火。

“方年年？”陆一心穿着他的拖鞋站在洗手间门口，散乱着头发揉着眼睛，“你回来了？好晚了……”

她声音软得不可思议，打着哈欠踢踏着拖鞋挪到狭小的卫生间，从后面抱着他，晃晃悠悠的，像是站着就要睡着的样子。

“吵醒你了？”他知道自己的声音哑得很不对劲。

“我觉得你在卫生间里很久了。”陆一心有些奇怪地抬头，看到他刚刚划破的那个伤口，“你的脸怎么了？”

她完全是下意识地踮脚，身体都贴在他身上，手指碰了碰他的伤口：“怎么弄的？”

她皱着眉头，声音仍然是软的，可能是宿舍的被子太厚，她脖子有些汗湿，头发缠缠绕绕地黏在上面。

方永年由着她腻着，由着她皱着眉头翻找医药箱，在他下颚贴了一个带着花纹的创可贴。

“你们公司的创可贴好可爱。”陆一心眯着眼睛笑，折腾了一通，她也醒了。

“俞含枫的低级趣味。”方永年低着头，视线一直没有离开她。

“你……怎么了？”清醒了的陆一心终于发现方永年有些不对劲。

她被他盯得整个人从脊椎开始就一路的酥酥麻麻，无缘无故地就红了脸。

“没事。”方永年笑了。

向来行动力极强的他，在这件事情上，居然㞞了。

他给自己找借口。

这不是在家，这里毕竟是公司宿舍。

也不是什么特殊的日子，万一陆一心想要有点纪念性的呢？

女孩子是不是都比较喜欢浪漫，他听他们公司那帮小年轻私下议论的，大多都是红酒烛光什么的。

而且……也没有保护措施。

而且……他没有在宿舍里准备拐杖或者轮椅，脱了义肢行动不便。

而且……

他低头。

他可能还是，有点怕。

真正亲密无间的那一刻，真正碰触到陆一心的那一刻，他可能还是……

“你先去睡，我马上来。”他拍了拍陆一心的头，表情自然。

陆一心一步一回头地看他。

他关上卫生间的门，又用冷水给自己洗了个脸。

那些他奢求的人间烟火就在一步之遥，只要他愿意从头到尾卸下铠甲。

可是有些铠甲穿得太久太久，已经刻到皮肉里面，撕开了太痛，他不想在陆一心面前露出那些丑陋的东西。

他知道陆一心不介意，但是他也知道，自己仍然介意。

在一起快四年，陆一心从来没有在这件事情上逼过他，他自己也没逼过他自己。

再等等吧。

他终于冷静下来。

再逼逼自己，再做一阵子心理建设。

他打开卫生间的门，看到陆一心半躺在床上，眨巴着大眼睛看着他。

“怎么还不睡？”他拿毛巾擦干湿答答的头发，翻身上床，“我义肢没摘，当心碰到。”

那东西硬邦邦的，他怕她磕到腿。

陆一心很熟练地钻到他怀里，给两个人都盖好了被子。

“你怎么又洗脸了。”她嘟囔着碰他刚刚贴上去的创可贴。

“睡吧。”担心好不容易冷静下来可能又会被撩拨起来的方永年亲了亲她的额头，关灯，“晚安。”

他觉得他有点落荒而逃，像是以前她穷追猛打的时候那样，梗着脖子假装没事发生。

那时候都被陆一心看出来了，现在想隐藏似乎更难。

他在黑暗中翻了个身，背对着陆一心，想要遮住今天晚上不知道为什么就突然汹涌起来的感情。

陆一心很是安静了一会儿，时间很久，久到他以为她可能又一次睡着了。

他刚刚想要放松闭上眼睛，就感觉到背后的陆一心很轻很轻地叹了口气。

他又一次瞬间绷紧。

陆一心窸窸窣窣地靠过来，从后面环抱住他，然后很直接就把手放在了他一直隐藏的地方。

“已经很明显了……你刚才走过来的时候简直让我没办法忽略……”陆一心声音都不知道是在叹气还是在害羞。

她发现方永年真的挺幼稚的，他就打算这样关灯背过身然后就没事发生吗?

她都看到了呀，在卫生间里就看到了呀。

“这是在宿舍。”方永年已经有四年多没这样用长者的语气了，简直有些恶狠狠的。

“你……怎么了嘛？”陆一心又问了一遍刚才在卫生间里他没有回答的问题，尾音加了个语气助词。

上扬的，软声软气的。

方永年握着她的手转身。

黑暗中，陆一心的眼睛亮晶晶的。

方永年把她那只作乱的手拿开，放到了自己义肢接受腔的地方，声音很哑，说得很轻：“我……害怕了。”

刚才用来说服自己的借口一个都没有用上。

他爱得太深，等所有的一切都触手可及的时候他突然就推不开那扇门。

近乡情怯。

和陆一心在一起之后，他一直在努力让自己不要去想两人的差距，对父母，对外人，对所有其他的旁观者，他都挺直着腰，厚着脸皮假装自己很镇定。

陆一心家人没有提到残缺，他们认为这不是大问题。

他们家里的人把差距放到了双方父母身上，絮絮叨叨的，也都是一些无关紧要的问题。

他们最亲最近的人，都没有把这件事摊上台面，所以订婚的时候，那些人只能欲言又止眼神交流。

那是来自亲人的善意，但是他不能厚着脸皮真的假装这一切就能那么云淡风轻地过去。

他在逞强，这种逞强又何尝不是一种自卑。

他假装自己仍然是四肢健全的样子，为了让自己看起来强大，这几年他做了一个制药研究员可能要六七年才能做完的试验，他终于快要靠近成功，可是临门一脚，真正肌肤相亲的时候，他仍然会有切肤之痛。

他……害怕了。

他就这样在黑暗中看着他的姑娘，无助地把她的手放在他右腿的截断面，膝盖以下十厘米，他还能留有膝盖，所以适应义肢可以比较快，所以走路的时候，可以更加完美地假装自己是正常人。

但是，他终究不是个正常人。

他被卡在半毁的轿车里，右脚被钢板刺穿，五脏六腑都痛得像是被挪了位置，他清醒地听到施救人员告诉他：“先生，您的右腿已经坏死，必须截肢。”

他从来没有听过那么荒谬的告知，因为在告知的时候，他已经看到了锯子。

他并没有从那场噩梦中走出来，再光鲜亮丽的履历也没有办法把他从那场噩梦中拉出来，也许这一辈子都很难。

他知道他自己的手在发抖，截断面开始疯了一样的疼痛，他呼吸粗重，额头开始出汗。

陆一心翻身坐起来，捧着他的脸亲吻他的嘴唇。

她一点点地帮他把冷汗擦干净，黑暗中，已经长得很有女人味的圆眼睛微微弯起。

“我也很怕。”她声音小小的，贴着他的耳朵。

“我们一直都在找借口。”她娇娇软软的，一边说一边亲吻他的嘴唇。

他们真的一直都在找借口，他的行动力那么强，陆一心那么横冲直撞，但是就冲着刘米青在订婚宴上的要求，他们两个居然老老实实地遵守了。

两个连辈分都顾不上就相恋在一起的人，居然就听话了。

“我怕好多东西……”陆一心用咕哝的音量，“我怕你突然就自卑了然后就站起来走掉。”

这是她想到的最可能会出现的画面。

方永年嘴角扯了一下，他刚才确实有这个打算。

“我怕脱了以后你会突然幻肢痛，然后我们就变成现在这样。”她皱着眉头，皱着脸。

方永年苦笑，拍拍她的头。

“我其实还怕过更具体的……”陆一心把头埋在他颈窝里，“比如……姿势什么的。”

她是纸上的将军，这方面的求知欲从来没有不旺盛过。

方永年对着黑漆漆的夜色叹了口气。

“情侣真的会有默契……”他一言难尽。

“你也想过哦？”陆一心红着脸抬起了一半的眼睛。

“嗯。”他行动力那么强，自然也考虑过。

“还痛吗？”陆一心有点蠢蠢欲动。

方永年额头上的冷汗少了很多，他声音听起来正常了很多，她觉得他现在应该不会跑路了。

方永年：“……”

他在算，陆一心刚才统共说了几句话，就让他从一塌糊涂的噩梦中走到现在这种荒谬的境地的，甚至连他在卫生间里被激起来的冲动都还没有完全消下去。

“要不……”哪怕在黑暗中，他也能听出她的蠢蠢欲动。

“这里是宿舍。”他简直快无奈了，“我……没有保护措施。”

“我们可以一步步来。”陆一心在黑暗中彻底克服了脸这件事。

方永年：“……”

“其实我们之前已经走过第一步了，为什么后面又缩回去了。”陆一心开始手脚闲不住。

“我那天喝了酒。”方永年开始有点喘。

“那要不要再喝一点？”陆一心窸窸窣窣的，“我觉得我爸爸会在衣柜里藏酒。”

“不用。”方永年有点懊恼地警告她，“这种时候不要提你爸爸……”

陆一心吃吃地笑，床有点小，她坐起来的时候还撞到了上铺的床板。

“痛不痛？”方永年有些懊恼又有些喘。

这丫头弄得他不上不下的，他有点骑虎难下了。

“我是不是变得很女人了？”骁勇善战如陆一心，很快就又回到了正题。

“嗯……”方永年不知道自己为什么在这种时候还要回答她这种问题。

“我是不是……不说话会比较好？”陆一心声音也开始哑。

她就知道！男人都是无师自通的！

“紧张？”方永年的声音在黑暗中带着笑意带着沙哑，还有一点点陆一心也说不出来的，撩得她背后鸡皮疙瘩细细密密起了一身的语调。

“嗯……”陆一心不说话了，她拽着方永年的衣服，微微缩起了脚趾。

那天晚上，其实并不是特殊的日子，和节日和纪念日都没什么关系。

那天晚上，他们只是走出了第一步之后的第二步，关着灯，在单人上下铺，行动起来的时候还会咯吱作响。

但是，他们更近了一步。

他们彼此都不敢不忍说出口的那一步。

陆一心在方永年在她身后低喘地喊她名字的时候，蜷起了脚趾。

她在最后那一刻，迷迷糊糊地想，方永年健身的效果真好啊！

摸起来太舒服了……

第二天，他们睡过头了。

方永年的手机闹钟响了一次被陆一心摁掉了，陆一心的手机闹钟响起来的时候，方永年看了一眼时间觉得还能再睡十分钟，于是，就睡过头了。

他们是被陆博远砸门砸醒的。

陆一心睡在外侧，翻了个身直接就往床下滚，方永年动作还算快，可也只来得及护住她的后脑勺，两个人“砰”的一声连人带被地摔下床。

“都快八点半了！陆一心你今天不去实习了吗？”陆博远残存的理智都用来压着自己别开门闯进去，嗓门大得一层楼都快听得见了。

“起来了！起来了！起来了！”陆一心一迭声应着，从地上爬回床上，带着被子和方永年。

“早饭放窗台上了！”陆博远又吼了一句，脚步声远了。

陆一心在一堆被子里手忙脚乱地撑起身体，发现方永年居然捂着脸在笑。

“你还笑！”她气得想咬他。

“你在这里等我。”方永年亲了她一口，“我去楼下给你买衣服。”

内裤肯定穿不了了，被他昨天揉成一团丢到垃圾桶里了。

“我总不能光着坐在这里等啊！”脸皮厚如陆一心的，现在也开始觉得窘了。

他们都没有到最后一步，为什么会刺激成这样。

“要不先穿我的？”方永年问完，又有点想笑了。

“你再笑！”陆一心觉得自己绝对不是娇嗔，她都快恼羞成怒了。

方永年就又笑了，眉眼飞扬的少年的样子。

“快点去！”陆一心红着脸伸腿踹他，最终自己也绷不住了，笑眯了眼睛，“不要再笑了啦！”

这次真的是娇嗔了。

她缩在被子里看着方永年穿衣服，他没遮没掩的，站起来的时候拿枕头堵住了她的脸。

“小色狼。”他笑骂了一句，自己穿好了衣服，递给陆一心一件他的衬衫。

“我这里没有其他的衣服了，你先穿着。”他低头系皮带。

他确实过分了，他看了一眼昨天被他扯掉的陆一心的衣服，都扯变形了。

陆一心毛茸茸的脑袋在枕头里点了点，侧了脑袋眯着一只眼瞪他。

虽然昨天是她先撩的，但是现在瞪他总没错。

方永年弯腰亲了她一下，揉了揉她的头：“我马上回来。”

他嘴角扬着，眼底都是笑意。

星星点点的，像是外面的阳光。

他出门的时候似乎还碰到了没走远的她爸爸，她不知道他们聊了什么，她听到她爸爸又大起了嗓门。

陆一心一个人在枕头里面通红了脸，扭捏着嘿嘿嘿地笑了。

兵荒马乱的，好甜哦。

特别是方永年出去的时候还顺便带走了那个垃圾袋。

她的笑点好奇怪。

嘿嘿嘿嘿……

陆一心那一天彻底迟到了，方永年还送她回家换了一身衣服，到气象局的时候已经接近早上十点半。

“要不我去帮你洗试管吧？”陆一心讷讷地道。

她一早就已经给李昭发过请假的短信，李昭挺好的，立刻就同意了。

可她……还是不想下车。

昨天方永年和张珩见过面之后，她不知道为什么就不太想再看到张珩。被自己并不喜欢的人喜欢着，这个人还在她未婚夫面前一点礼貌都没有这件事，让陆一心心里很不舒服。

“他如果还是那个样子，你就来帮我打杂吧。”方永年知道她在纠结什么，揉揉她的头，“别一天到晚想抢郑然然的工作。”

陆一心冲他龇了龇牙表示自己并没有被哄好，噘着嘴下了车。

下了车之后，她纠纠结结地走两步又回头看两眼。

方永年始终都在车上看着她，眼底星星点点的阳光都没散去。

她知道，他们又不一样了一点点，他们又离相依为命近了一点点。

陆一心又冲着方永年使劲挥了挥手，进电梯的时候哼着歌，出电梯的时候努力肃着脸，让自己看起来不要像一个恋爱中一直傻笑的傻子。

张珩的座位正对着电梯，电梯门一开他就看到了满脸春色又使劲压抑着喜悦的陆一心，他哼了一声别开视线。

他今天一早就打了名片上的电话，对方很客气，详细地询问了他奶奶目前的用药情况还有各项身体指标的数据报告，还和他约定了一起去合作医院再检查一遍的时间。

不得不说，昨天方永年说的是对的，郑飞就是项目组里负责这些事的，对接的时候确实更加顺畅。

但是，他还是十分不喜欢方永年。

他讨厌方永年的胸有成竹，这不是一个年少时期遭遇了滑铁卢，被恩师出卖失去了一条右腿的人应该做出来的气度，这种气度，很莫名地让他自惭形秽。

他敲了一下陆一心的工作聊天头像框，输入一行字：“我已经联系过郑飞了，谢谢，也帮我谢谢你的未婚夫。”

陆一心挠了挠脖子，打字的时候噼里啪啦的。

她先是报出了一个手机号码，然后不带停顿地告诉他这是方永年的手机号。

“你们自己联系吧，其他的我也不懂。”她神奇地只是用打字就表达出了自己一点都不想和他聊天的诉求。

张珩苦笑。

“我听说……”他停顿了一下，“你外婆也是得了 AD 去世的？”

这是非常劣质的搭讪，他知道。

一直以来他都端着领导的架子，连最开始想要试探她的意思的时候，他都是叫上了一个部门的人避嫌才做的。

他看不上办公室里的潜规则，他觉得他自己也不需要用到这样的潜规则。

但是他看不懂自己现在打出去的字，也看不懂自己突然加快的心跳。

明明已经输了。

为什么还是情不自禁。

陆一心确实愣了一下。她不是个能隐藏情绪的人，那一瞬间脸色难看了很多，眼底的厌恶毫不掩饰。

她坐在位子上，定定地看了张珩一眼，然后电脑锁屏，拿起放在她桌子上的每天都要做的打印杂物，直接走进了打印室。

她连回都没兴趣回。

张珩低头。

陆一心有资格甩他的脸，她不打算留在这个部门，他基于刘米青的面子，不可能把她的实习评价弄得很难看，更不可能真的明目张胆地做什么。

他只是不懂。

方永年的眼神甚至比他的还复杂，那是见过生死的眼睛，他不明白一个经历那么复杂的人为什么会和陆一心这样的人订婚。

难道，方永年就不会觉得陆一心单纯到乏味吗？

这样好恶表达不遮不掩的女孩子，眼底清澈只是看一眼就能明白她想要干什么的女孩子，一眼到底的女孩子。

更适合他而不是方永年的女孩子。

李昭已经看了张珩好几眼，张珩终于收回了自己盯着打印室的视线，开始埋头工作。

陆一心远远没有看起来那么镇定，她快要气死了。

她关上了打印室的门，在打印的时候咬着手指甲来回转了几个圈，然后把刚才的聊天记录发给了郑然然。

郑然然的电话很快就打了过来，陆一心大大地松了一口气。

“你不上班吗？”

太好了，终于有个人能拉住她了。

“你男人还在回公司的路上，你爸爸今天早上无差别地喷了很久的无名火，大家效率特别高，所以我现在很闲。”郑然然面无表情地吐槽。

一夜春风的陆一心摸摸鼻子。

“你揍了没？”郑然然直接切入正题。

“还没，但是我快要控制不住我自己了。”陆一心又开始转圈圈。

这个人，昨天用那样的眼神看方永年，今天居然还打算用她外婆来跟她搭讪，她真的用尽了毕生所有的自制力才控制住自己没有当场拿着凳子砸过去。

“打人犯法；你妈妈和他一个体系的，你打他不但犯法，还丢脸；另外你现在打他真没有用，别人会拦下来，你偷鸡不成蚀把米。”郑然然是做惯了这种事的，答的时候流利得像是在背课文。

陆一心那点火苗默默地变成了火花，最后“嗞”的一声变成了灰尘。

“别理他就行了，你实习只剩下一个月了。”郑然然最后又浇了一桶水。

那点灰尘也消失了。

陆一心叹了口气，退而求其次：“等我实习结束了套个麻布袋揍是不是应该可行？”

“然后霸道总裁觉得你这妞真够呛的和别的女人不一样，从此进入他追你跑的孽缘。”郑然然阴森森的。

陆一心彻底死心了，瞪着打印机吐了一口气。

“卫星中心的面试结果还没出来吗？”郑然然今天是真闲，都开始跟她闲聊了。

“还没。”陆一心讪讪地说，“但是我同班同学接到拒绝的电话了，我还没有。”

“如果进不去你打算怎么办？”

郑然然那边有人说话的声音，陆一心听到她站起来去了走廊。

“再试试其他的地方，现在除了气象局还有不少与气象相关的单位。”陆一心倒是不急，说的时候胸有成竹的，和之前在电话里和方永年撒娇说自己要去洗试管的样子不一样。

郑然然放下了心，也有了更加八卦的心情。

“你们昨天晚上到底在宿舍里做了什么？我刚才看到你男人进来了，简直容光焕发。”郑然然八卦的时候，声音和学霸一点都不搭。

陆一心扭着身体嘿嘿嘿。

“真做了？”郑然然嗓门一下子大了。

“没！”陆一心气死了，“你小声一点，方永年会听到！”

“怎么还没啊。”郑然然简直服了，“你们在一起四年多了啊！”

“但是……也差不多了。”陆一心又开始扭。

“俞董来了，我挂了啊……”刚刚听到最劲爆八卦的郑然然对着冲她笑得一脸春光的俞含枫咧着嘴，迅速挂掉了上班摸鱼的电话。

而那时候的陆一心，还在打印室里冲着坐在外面的张珩诅咒。

她并不知道这一天是她这辈子最后一次有机会对着张珩诅咒。

她也并不知道，人生有很多无常，都发生在所有人都不注意的时候。

事情发生的那天，其实和往常没有什么两样。

五月份华亭进入汛期，气象局开始忙碌，陆一心这个部门和各方媒体的对接也开始多了，李昭在忙不过来的时候也会要求陆一心跟着一起见媒体。

这是个非常消耗耐心的工作，有很多新兴的自媒体对气象术语并不了解，为了吸引用户，特别喜欢用民间的一些民俗气节和天气预报做挂钩，他们应对的时候得非常小心，一不注意就被忽悠进去然后第二天就会被领导叫去一顿猛批。

日子过得水深火热的，张珩也没有那么多时间再来烦陆一心，陆一心倒是偶尔会从方永年这里知道张珩奶奶的消息。

他奶奶的 AD 恶化得并不算快，虽然已经患病七年，但是脑损伤并没有想象中的那么严重，可能有希望等到抗默项目临床Ⅲ期的时候进入临床试验。

这是个好消息，但是郑飞也私下和张珩明确过风险，脑损伤是不可逆的，哪怕药物产生了积极的影响，他奶奶最好也不过就是维持现在这个状态，偶尔认识人、性格暴躁、喜欢囤积东西、行走不便，并且小便失禁。

张珩都了解，并且坚持。

不管张珩对陆一心如何，这个人对爷爷奶奶，确实是个孝子。

陆一心对张珩的了解，也仅止于此。

张珩奶奶只是方永年后期要面对的成千上万的患者中的一个，他奶奶的病例并没有太特殊，对于方永年他们来说，那也只不过是无数病例中的一组数据而已。

而对于陆一心，张珩这个人也仅仅只是自己短短的几个月实习生涯中遇到的，有些一言难尽的上司而已。

陆一心从来没有想过，这个在她生命里无足轻重的人，最后离开的方式会那么让人印象深刻。

那是距离她实习还有三个礼拜的周二，这段时间刘米青在华亭有研究项目，基本都住在俞含枫给的那个出租屋里，她和方永年距离上次临门一脚又已经有很长时间没有机会腻腻歪歪了。

所以她有点起床气。

吃早饭的时候，她因为刘米青在稀饭里加的是紫薯而不是红心番薯发了一顿脾气，最后被陆博远用饭勺赶出了家门。

去公司的路上，她用微信给方永年发了一堆哭唧唧的表情包，方永年回了一句下班帮她去买红心番薯，她便瞬间被顺毛，走进办公室的时候已经一脸满足。

办公室的气氛很奇怪。

因为工作性质的原因，和媒体对接较多，办公室里的同事大多比较年轻，虽然张珩偶尔会阴阳怪气的，但是好在不怎么严肃，早上见了面大家互相打招呼调侃昨天晚上睡没睡好的已经是日常。

可是今天，很安静。

张珩不在，李昭也不在。

坐在陆一心对面的张莉冲陆一心努了努嘴，陆一心心领神会地跟着她进了茶水间。

“张主任家里昨天晚上出事了，李副主任请假一起去帮忙。”张莉的个性很爽利，“这两天部门事情多，我们得机灵一点扛住压力，别犯错。”

陆一心点头。

张莉看了陆一心一眼，觉得这实习生平时没什么心机，后面的话她应该也不会多想。

“你未婚夫是开发老年痴呆病的药的吧？”她听办公室八卦断断续续地听到一点，还有人看到张珩在大厅里和陆一心未婚夫说话的样子。

“嗯，还在研发。”陆一心疑惑，不明白张莉为什么突然提到这个。

“张主任的奶奶也得了这种病，昨天晚上他奶奶和他爷爷一起自杀了，烧炭的，发现的时候人都没了。”张莉叹了口气，“挺作孽的，你听听就算了，别和别人八卦。”

“不过这事昨天就上了新闻，局里的人应该都知道了，张主任和二老关系很好，估计这一阵子都不会来上班了。”张莉拍拍陆一心的肩膀，“先进去工作吧，我就是怕你到处乱问提前先跟你说一声。”

陆一心张着嘴，一动不动。

“先工作吧。”张莉叹了口气，先离开了茶水间。

张珩奶奶的事，张莉不知道，可陆一心是清楚的。张珩奶奶明明已经通过了一系列筛选，等临床审批通过就可以登记成为第一批受试人群了，为什么会突然发生这种事。

她一个早上都有点晕晕乎乎的，回座位的时候还去查了一下新闻。

突发新闻写得很简短，华亭某小区七楼两位八旬老人留下遗书后烧炭自杀，110接警后迅速赶到现场。标题和内容几乎是一样的。

如果不是张莉告诉她，她根本不会联想到这个新闻提到的这两位八旬老人，就是每天上班的时候老拿奇怪眼神看她的张珩的爷爷奶奶。

那天早上很忙。

他们部门连续接待了两拨自媒体，中饭还没吃完，李昭就风尘仆仆地回来了，五月底的天气，一头一脸的汗。

“张主任把丧假和年假一并请了，你们手头上有什么活是张主任那边的，都过来跟我一起做个交接。”李昭显然还没来得及吃饭，看到陆一心桌子上放着一包饼干随手就拿了过来，“有交接的都来一趟会议室。”

“陆一心你也一起来吧。”他拿着饼干指了指陆一心，“这种非常时期少了个人，你后面的实习要开始忙了。”

“哦。”陆一心抱着笔记本跟了进去，走的时候还顺手从李昭办公桌上拿了他的杯子，给他泡了一壶茶。

李昭进来之后就没喝过水，从她桌子上拿走的那包饼干挺干的。

李昭接过杯子的时候动作顿了一下。

他觉得陆一心这个丫头，会有大出息。

性格大气，办公室里那些小打小闹都入不了她的眼，该做什么不该做什么心里门儿清，一个刚刚二十二岁的女孩子能有这样的气度胸襟真的很不简单。

刘主任把女儿教得真好。

只是可惜了张珩，他看得出张珩这段时间对这丫头可能是真的动了心思的，无奈这两个人的格局还是差太多。

张珩这个人，已经被办公室文化和一帆风顺的经历影响了眼界，张珩最后可能会和他差不多，一把年纪了因为没有好业绩明升暗降地给个副主任的头衔打杂，等醒过神来发现自己的问题的时候，大多都已经拔了羽毛没了牙齿，觉得现状用来安身立命也算够了。

陆一心的格局不在这种斗室里，这种四面都是墙的斗室，也关不住这样的小丫头。

李昭喝了一口陆一心泡的茶清了清嗓子，终于开始说正事。

交接安排工作这种事说起来很快，重新排班重新定人总共也只用了半个小时，李昭挥了挥手示意会议结束，往嘴里塞了一块饼干。

“陆一心，你留一下。”李昭最后说了一句，说得有些迟疑。

陆一心抱着笔记本站在那里，等所有人走了，关上了门，坐在她之前坐的座位上。

她的座位和他隔得并不太远，表情也不紧张。

李昭又暗暗点了点头。

“张主任家里的事，我基本上都知道。”李昭说得很慢。

这是私事，但是他也答应了张珩把这件事跟她还有方永年说清楚。

“张珩想要让他奶奶进入这个项目这件事，他爷爷奶奶其实一直都不赞同。

“也能理解，八十几岁的人了，不想再折腾，更何况大家都知道，再折腾也没办法折腾到比现在好。

“这两天他奶奶不知道为什么一直都很清醒，她不但认出了张珩，还说了很多交代遗言一样的话。她让张珩放弃参加这个项目，她说自己不想后面的日子都这样过下去，清醒的时候少，犯浑的时候多。

“可他奶奶好不容易有了点好转，张珩自然就更不肯答应了。”

李昭叹了口气。

陆一心低下了头。

“两个老人走的时候表情挺平静的，遗书也都写得很清楚，张珩的奶奶想在还记得她丈夫的时候离开这个世界，而张珩的爷爷觉得，让她一个人走太冷清。”

他们是手拉手走的。

八十多岁的老人穿着干干净净的新衣服，鞋袜俱全，手拉手地躺着，无法同生但能同死。

站在外人的角度，会觉得这何尝不是另外一种圆满，可是站在亲人的角度，不舍和悲痛肯定无法避免。

“张珩让我把这些话带给你，意思是那个试验他们参加不了了，但是他奶奶在遗书里说了，她已经做了遗体捐赠，如果有需要，方永年的项目组可以去申请遗体解剖研究。

“她很感激方永年的项目组最后能给她的孙子希望，她希望这个世界上能尽早做出能够治疗老年痴呆的药。”

所以虽然这话他来说很不合适，他还是硬着头皮把话说完了。

老人的遗愿说得很清楚，甚至不知道什么时候两位老人都去办了遗体捐赠的手续，捐赠志愿书上面清清楚楚地签着两个人的大名。

他把捐献志愿书交给陆一心，拍拍她的肩膀，拿着杯子先出了会议室。

陆一心看着志愿书上的陌生名字，她完全不认识的人，唯一有联系的那个张珩，还是她最近放在最讨厌的人名单第一名的家伙。

她泪盈于睫。

下午部门自发地在收两位老人的丧事礼金，本来不用出钱的实习生陆一心也领了一个白色信封，在里面放了301块钱，信封正中间写上了牛眠之敬，角落里工工整整地签上了自己的名字。

这些规矩，都是她小时候在爸爸处理车祸的时候看到的，那么多年过去了，她居然也还记得。

下班的时候，本来没有计划在今天见面的方永年站在他们局大厅出口的地方，看到她出来了，伸开了双手。

陆一心闷着头跑进了他怀里。

熟悉的气味，熟悉的触感。

她仍然不习惯生老病死，哪怕这次的生老病死，和她离得很远。

“我在。”方永年吻了吻她的额头。

他在。

所以哪怕他们以后仍然不可避免地会面对很多生老病死，哪怕他们一辈子都无法习惯，但是，他会一直在。

日子仍然按部就班。

张珩不在，他们部门在汛期就变得更忙了，陆一心在实习最后三周终于体会到了上班人的痛苦。

她最终还是拿到了卫星中心的offer，工资比她想象中的低非常多。据刘米青说，陆一心的大学成绩进卫星中心其实是挺勉强的，但是不知道为什么，面试官们都很喜欢陆一心的个性，觉得她是个能熬得住清贫做研究的种子。

刘米青语气嫌弃却眉眼飞扬地打了十几个明贬实褒的电话，大概内容都是:“也不知道老孙他们是怎么看出来的,我这丫头平时跟猢狲一样,他们是怎么就能看得出她熬得住的。”

向来很低调的陆博远这一次大出血请了一堆亲戚好友在华亭挺贵的酒店里吃了一顿，那顿饭吃掉了陆一心正式工作后半年的工资。

方永年终于抽出了一整天的时间陪陆一心去看新房子。

这房子最早是刘米青看中的，就在他们现在住的小区的对面，可是每平方米单价比他们现在住的小区贵了一万多。

“因为是学区房。”方永年解释。

很平淡的一句话，他说的时候也很平淡。

但是陆一心看到了方永年微微泛红的耳根，也感觉到了自己有点酸涩的眼眶。

他们终于走到了这一步，手拉手地跟着售楼小姐去看自己以后可能会住的房子。

三室一厅，在华亭闹市区，学区房。售楼小姐在介绍房子的时候，会告诉他们这个是小孩房，这个是主卧，那一个可以做成客卧或者书房。

那都是将来。

“我不喜欢这个窗帘，我们以后换暖色调的吧。”陆一心拉着方永年背对着售楼小姐和他说悄悄话。

“而且主卧通出去的那个露台好大，有点浪费。”她皱着眉又拉着方永年嘀咕。

“这露台可是最受欢迎的。”售楼小姐耳朵尖，转身一脸职业微笑，“很多新婚夫妻喜欢在露台上搭个玻璃房，种花种草看星星什么的。”

“不会有蚊子吗？”陆一心问得很真诚。

“而且这里能看到星星吗？”她又有了第二个问题。

华亭光害那么严重，他们观测都是去山里或者郊区的，市中心能看到什么？

售楼小姐：“……”

方永年咳了一声：“你妈说这块露台留着给她种菜。”

“啊……”陆一心恍然大悟，“难怪她那天跟我说她退休了要让我们都吃上无公害的蔬菜。”

售楼小姐：“……”

这个楼盘因为露台每平方米加了不少钱，换算下来这个钱估计够吃很久的无公害绿色蔬菜了。不过顾客是上帝，种菜就种菜吧。

售楼小姐对这两人印象还挺好的，虽然看起来岁数差了不少，难得的是男的特别耐心，女的也没有显得很作。

感情很稳定的小情侣的样子，一般这样的情侣买房，成交率很高。

陆一心在实习的最后一周接到了张珩的电话。

她并没有存张珩的手机号码，接到陌生电话的时候她很客套地说了一句“你好”。

张珩在电话那头安静了一会儿，自我介绍：“我是张珩。”

“张主任你好！”陆一心迅速摆正了他们之间的位置。

她从不改口，也从来没有叫过他除了张主任以外的称呼。

这丫头从来都只是看起来大大咧咧、没心没肺，她一直都不笨。

“你的实习期马上就要结束了，实习报告我都填好交给李副主任了。”张珩说着其实根本不用在电话里再说一遍的话，“其他的如果还有需要我帮忙的地方，你尽管开口。”

他又补充了一句：“就算现在没有，以后也随时可以找我。”

陆一心沉默了一秒钟，回答：“好的，谢谢张主任。”

她没有婉言拒绝，也没有说她以后会找他，她只用了七个字，用最快的方式彻底地结束了这个话题。

和以前每一次一样。

张珩搓了搓脸。

“陆一心。”他喊她的名字，喊完了以后，又一次沉默。

陆一心站起身，走到会议室里，关上了门。

“我奶奶的遗体因为是一氧化碳中毒，所以没办法用来做AD研究。”他再次开口，声音嘶哑，早就没有平时傲气十足的样子，“那是她的遗愿，但是我没有办法帮她实现。”

他奶奶不知道一氧化碳中毒会对大脑造成什么样的影响，他奶奶文化水平不高。

“可是遗体捐赠是一件很了不起的事。”陆一心想到了志愿书上那两个陌生的紧紧挨在一起的名字。

就算不能用来做AD研究，来历清晰、带着病例历史的遗体，也仍然能给医学科学事业带来巨大贡献。

后面的话，她没有说出口。

她觉得对于张珩来说，这样的劝慰并没有办法帮助他从悲伤中走出来，他不需要爷爷奶奶伟大，他只需要陪伴。

和她十二岁的时候一样。

“你当时……是怎么走出来的？”三十五岁的男人，在爷爷奶奶去世两周之后，绝望到不行的时候，给她打了这个电话。

他问她十二岁的时候是怎么走出来的。

他和她一样，也是父母都忙，长辈带大的。

陆一心这一次，没有像上次一样甩他的脸。

她低头，想到了那一碗柴火馄饨，和在那个脏得看不出本来颜色的帐篷里，手腕裹着纱布问她还要不要再吃一碗的男人。

“找点好吃的，吃饱了，再睡一觉。”她因为想到了方永年，嘴角的微笑变得温柔，“反复几次，就好了。”

悲伤会凝固。

那些和逝者一起消失的美好回忆，会慢慢回来。

张珩似乎愣了一下，也似乎笑了一下。

他长长地吁了一口气：“谢谢。”

谢谢她没有和其他人一样，劝他逝者已矣，告诉他爷爷奶奶已经算是高寿，这样走，未尝不是一种圆满。

那些道理，他也懂。

他只是没有办法从自己的悲伤里走出去，他再也见不到他爷爷奶奶了，这才是他最痛的地方。

反复几次，就好了。

这个贴着发票都能哼歌的姑娘，果然有能让人快乐的秘诀。

“不客气。”姑娘笑。

他在电话这一端都能想象到她的笑容，眼尾扬起来，像一只圆脸的小猫。

这样的姑娘，一开始就是别人家的。

那个人把她照顾得很好，她娇娇艳艳的，一点都没有被现实生活腐蚀。

“陆一心。”他又叫她的名字，他知道这可能是他和她之间最后一个交集，一周之后，她就要回到她的小天地里，李昭说，这丫头可能会有大出息。

“很抱歉没有在你实习的时候做一个好领导。”这一次，他道歉得很真诚，语气诚恳，没有言下之意，也没有评估衡量。

“我刚才说的以后如果有事需要帮忙，随时可以找我，是认真的。”张珩强调，“我和媒体的关系很好，卫星中心虽然是做科研的，但是每年申请经费的时候如果能和媒体多沟通，影响力大了，经费也能多一点。

“只要我能帮得上的，我一定会帮。”他说完，补充了一句，“毕竟刘主任也曾经帮过我不少忙。”

她要避嫌，他帮她找避嫌的理由。

“谢谢张主任。”她还是那五个字，滴水不漏。

张珩终于放弃，苦笑了一下。

“那么……再见。”他说出了那两个字，知道这一次再见，之后他们两个人就真的再无交集。

“再见。”陆一心还是很干脆，只是语气到底比之前好了很多。

张珩率先挂了电话。

他想起陆一心实习报到的第一天，那时候还是冬天，她穿着鹅黄色的羽绒服，戴着一顶白色的帽子，在一堆实习生里特别扎眼。

HR 把她带到了他的部门，介绍他的时候，他看到陆一心，笑眯了眼睛，一脸谄媚。

“你好！张主任！”她的语气简直就差直接向他行军礼了。

HR 很满意。

他很头痛。

再见，陆一心。

陆一心挂了电话以后，很难得地生出了几分惆怅。

她一直在想那碗柴火馄饨，现在走遍华亭都已经找不到这种用柴火灶烧的手工馄饨了，漂着蛋皮紫菜和榨菜末，小馄饨皮薄如纸，清汤，但是汤汁里有柴火的火味。

她又摸出了手机，给方永年发微信："我现在突然觉得，张珩也没有那么讨厌了。"

方永年不知道是不是正在等实验结果，回消息回得很快，只有一个标点符号："？"

陆一心："我当时咬的是左手还是右手？"

方永年那边正在输入了很久："左手。"

方永年："手腕内侧留了疤。"

方永年："我后来还去打了预防针。"

陆一心无语。

这家伙记仇记得简直了。

方永年一口气回答完陆一心可能会问的所有问题，然后拉回了话题："为什么觉得张珩没有那么讨厌了？"

陆一心："因为他爷爷奶奶。"

因为，他们都有过一段差不多的遭遇，只是他更可怜，他没有他的"方永年"。

方永年那边又"正在输入"了很久。

这一次他发给她一条链接。

离华亭五六十里的小镇上面一家柴火馄饨的餐饮店链接。

方永年："找个时间去吃？"

陆一心："好！"

方永年："那个伤口偶尔会痛。"

陆一心："？？？"

陆一心："那回家我给你亲一下？"

陆一心："下次痛的时候告诉我，我一定能亲到它不痛！"

陆一心："你就这样突然消失不见了也太不负责任了吧！"

方永年："闭嘴。"

第十八章 他的心情真的是好到爆棚

那年的六月，陆一心终于毕业了。

毕业典礼上，方永年没有来，她爸爸也没有来，她和她妈妈全程拿着手机在看方永年和她爸爸的新闻发布会直播。

抗默项目通过了活体毒性试验，通过了新药临床试验申报，正式进入临床阶段。

进入临床阶段，就意味着这个项目成功了一半。

方永年终于实现了她十岁的时候逼着他说出来的誓言，他把“治这种病的药总有一天可以研制成功”这句话落了地，在他已经残缺，在他经历了沧海桑田之后，他终于重新站回到属于他的舞台上。

陆一心觉得，这比她的毕业典礼重要太多了。

她一整场毕业典礼的热泪盈眶都不是因为自己，而是因为她的男人。

她对大学反而没有太多的离别情绪，她在大学里并没有找到比郑然然更好的朋友，二十岁以后，她突然就学会了与人保持适当的距离。

这其实和方永年有点关系。

她的恋爱谈得不高调但是也并没有藏着掖着，学校里面的八卦传得快，她订婚了并且未婚夫是个大她十四岁的残疾人这件事班里的同学很快就都知道了。

这是一个大八卦。

当事人虽然看起来很幸福也很磊落，但是八卦这件事本身就存在着藏在阴暗处的谣言。

说她被社会人士包养这还是轻的，还有说他们陆家是因为欠债才把她卖给方永年的。

陆一心的性格向来都是正面刚，但是次数太多了，有些谣言荒谬得她连反驳的欲望都没有，久而久之，也就算了。

她发现她在处理社交这件事情上，态度越来越像方永年。

同班同学背地里说她很傲气，看着笑眯眯的，挺好相处，但是实际上从来没有交心过，自己有自己的生活，同学只是过客，太早熟了，有点孤僻。

陆一心听到这样的话，一个人低着头偷笑了很久。

她记得很早以前，她爸爸也曾经这样说过方永年，那时候方永年最喜欢的是研究院的豆腐包子。

她活着活着活成了偶像最初的样子，嫁给了偶像，变成了偶像的心上人。

她曾经在晚上两个人各忙各的时候问过方永年，他是不是其实一直把她当成自己老婆在培养，要不然，怎么能越养越像他呢。

方永年一脸问号地沉默了很久。

“我最开始想要的老婆不是你这样的。”他摘掉了眼镜，无视陆一心瞬间鼓起来的脸，“我一开始想要一个跟我年纪差不多的，说话细声细气的，特别斯文，连吃包子都不会发出声音的女人。”

然后，相敬如宾。

陆一心一脸问号——他过去到底有多爱吃包子，爱到连找女人都要用这样的标准?

“你吃包子很吵。”方永年皱眉。

为了不吃皮只吃馅，她吃包子的时候嘴巴一刻都不会停，忙着骗他吃皮，忙着哄他把馅料交出来。

他最开始想要的老婆，真的不是这样的。

没那么鲜活，生气的时候不会鼓着脸。

那时候的他，并没有考虑爱情。

陆一心大学毕业的过程非常顺，除了自己的未婚夫和爸爸都没有到场之外，领毕业证书的时候，穿学士服拍照的时候，她都看到她妈妈在角落里一边抹眼泪一边拍照拍视频。

她拍完照丢完学士帽跑过去抱住了自己的妈妈。

刘米青回抱她，在她耳边说了一声“谢谢”。

谢谢她平安长大，谢谢她的笑容始终美好。

陆一心也哭了，哭得刹不住车，扯着刘米青的遮阳帽号啕大哭，哭到打嗝的时候，她看到了和她同宿舍的李小安。

她们宿舍一周前就吃过了散伙饭，吴齐还在水深火热的考研中，李小安是宿舍里最早拿到大公司offer的人，一整场散伙饭都在告诉大家他们公司的食堂每天中午有六十几道菜，中式、西式、中西合璧的都有，他们公司在华亭最繁华的商业区有一整幢楼，进出都得刷卡。

她最后喝醉了，抱着陆一心说，进出刷卡好，这样她弟弟就再没办法找她了。

她还是非常讨厌她那个同母异父的弟弟，那个她爸爸还没有死，她妈妈就已经怀上的同母异父的弟弟。

那是她的劫，大学四年她都没有走出来，每次远远地看到想要过来给她送东西的弟弟，她都会变回那个张牙舞爪无法理喻的李小安。

陆一心抱着刘米青哭到泪眼模糊的时候，看到李小安在操场上拽着一个男人又踢又打，她打了个嗝。

她以为又是李小安的弟弟。

她和吴齐私下里都觉得李小安弟弟应该是真的喜欢这个姐姐，每次被打被骂都不还手，有时候李小安骂的话是真的难听，但是她弟弟最多就只是黑着脸，过一个月就又带着她妈妈给她做的小菜出现了。

她抱着刘米青腻歪了一会儿，下意识地又看向了李小安的方向。

那个男的，还手了。

陆一心皱着眉。

“我过去一下。”隔得太远，操场上都是拍照的毕业生，一团混乱中，她有点看不清楚还手的那个男的到底是不是李小安的弟弟。

李小安和吴齐是她大学里唯一交到的朋友，虽然没有郑然然那么亲密，但也是交了心的。

陆一心跑近了两步，她终于看清楚那个拽着李小安的肩膀想把李小安推开的男人——西装革履的，并不是李小安的弟弟。

“李小安？”陆一心喊得迟疑。

李小安是自尊心很强的人，这样一幕被她撞到，李小安不一定会高兴。

李小安扭头，她嘴角红肿，早上在宿舍里化了很久的妆花了，肿着眼睛。

“没事，刚才那个是我男朋友。”李小安扯着嘴角笑，却因为扯到伤口爆了一句粗。

陆一心半张着嘴。

那个男的，看起来好油腻，有啤酒肚，西装并不合身，甚至有一点点秃头。

“是我们公司的高管。”李小安解释了一句，“没结婚的。”

“哦。”陆一心讷讷地回应。

“别跟吴齐说。”李小安第三句话，果然是和面子有关的。

陆一心“哦”得更加讷讷的。

李小安气结，瞪她：“你有话直说，欲言又止地做给谁看。”

“他打你。”陆一心等的就是李小安这句话，噼里啪啦地说，“他拽你头发，扇你耳光，我来的时候，他还试图用脚踢你。”

“不是他打我。”李小安纠正，“是我们在打架，我也拽他头发，扇他耳光，用高跟鞋踢了他好几下。”

陆一心不知道这话应该怎么接。

“并不是所有恋爱都像你谈的这样的。”李小安看着陆一心，“并不是所有人都像你这么幸运，男朋友把你捧在手心里，父母那么爱你，你投简历不成功还有父母给你留后路，你甚至还有一笔毕业后就能拿出来的成长基金。”

并不是所有人都像陆一心这样，是天之骄子的。

这个世界上大多数的人和她李小安一样，在泥泞里翻腾，只是为了活着。

这些话，李小安这四年来在陆一心耳边说过无数次。

她不难受，她确实幸运。

可是这些幸运，也是她争取来的。

她自己求来的爱情，她没有在叛逆期的时候因为父母不在身边就干坏事，她的幸运有一部分是因为她自己一直在坚持。

“可是，他打你。”陆一心定定地看着李小安。

“所有的恋爱都不应该是这样的。”陆一心还是看着李小安，因为她们做室友四年，因为她们曾经在同一个晚上的共同经历。

那时候已经被几个男人围住的李小安，还会冲着她大喊一声跑。

今天本来是毕业的大好日子。

今天本来是新生活的开始。

今天，不应该被用来挨打。

“好的男人，不应该把女孩子逼成这样。”

没有女孩子天生暴戾，李小安也是个会在宿舍里披着蚊帐当婚纱，憧憬结婚的普通女孩。

“所有把女孩子逼成这样的男人，都不是好人。”陆一心重复。

这个被同班同学说成早熟的女孩子，在室友面前，很执着。

“其他对我好的男人，没有这个有钱。”李小安终于败下阵来，苦笑着看着陆一心。

“我在卫星中心的工资，税后只有三千八。”陆一心面无表情，说得李小安瞪大了眼睛，“只有你的五分之一。

“我男人虽然会赚钱，但是去年年底他老总跟他算账的时候，他还欠他老总三百多万。”陆一心持续面无表情，“是美金。

“钱是个好东西，但钱不能是你挨打的理由。”陆一心看着向她走来的刘米青，邀请李小安，“我妈带我去吃饭，要不要一起？”

“不了。”瞪大眼睛的李小安笑了，龇牙咧嘴地挥挥手。

“谢谢你。”不管她有没有真的听进去，但陆一心这个人情，她领了。

她莫名地被说动了。

她不是天生暴戾的人，她的梦想也很少女，她也爱看言情小说、少女动漫。

钱不应该是挨打的理由。

“陆一心！”她喊住那个扑向自己母亲的女孩子，看着陆一心回过头看她，神采飞扬，圆脸上都是幸福。

“要幸福！”虽然知道陆一心一定会，但她还是忍不住想要送出祝福。

这可能是她这辈子遇到的唯一的，一路顺风顺水自己却不觉得嫉妒的女孩子了。

对方也活得很努力，抓住了每一个可以幸运的机会。

起码如果换成她，她绝对不敢在十八岁的时候不管不顾地去追一个开着破旧药房，梦想是开水果店的大她十四岁的男人的。

那个男人，还少了一条腿。

再爱，也不敢。

陆一心在和刘米青走出大学校门的时候，看到了方永年。

他还是新闻发布会上的穿着，西装革履，六月份酷暑的天气，他居然没有脱下来，手上拿着一束艳红的玫瑰。

“去吧。”刘米青红着眼，看着同样红着眼从车里走出来的陆博远。

他们终于放心地把女儿交给那个男人。

那个她曾经以为暮气沉沉，却扛着压力真的做出了 AD 免疫模型的男人。

四年，他对他们的女儿一直很好。

应该说，这十几年来，一直很好。

陆一心跑过去抱住了方永年。

他身上好多汗，不知道站在这里拿着玫瑰等了多久。

“怎么不脱外套？”陆一心笑着笑着，就想哭了。

“这样比较帅。”在陆一心父母面前不敢太夸张的方永年只是看着她笑。

他眼底全是她。

满满的。

穿着学士服，头发乱七八糟，哭肿了眼睛，却仍然幸福的她。

那天晚上，俞含枫搞了一场很盛大的晚宴。

神奇的是，做事情洋派说普通话都带着奇怪腔调的俞含枫，搞的庆祝晚宴居然一点都不西式，没有晚礼服，没有香槟，她把这场晚宴弄成了一个巨大的公司聚餐。

热热闹闹摆了几十个长桌，舞台上舞龙舞狮锣鼓喧天。

大家都携伴而来，陆一心见到了好几个月没有见到的谷历历，他考上师范大学之后就开始疯狂健身，现在胳膊肌肉鼓得比郑然然的脑袋还要大了。

他们还是很恩爱，和她同方永年一样。

方永年被各方同事灌了不少酒，他一直在回答问题，各种专业问题，各种后续计划，看起来几乎没空吃东西，也没空照顾陆一心。

可是陆一心扭头看表演的时候不小心把筷子弄地上了，方永年一边解释临床计划，一边帮她从服务员那里要了一双筷子。

方永年不爱让她喝酒，她每次想趁着方永年不注意偷偷摸摸从郑然然那里偷酒，都会被方永年握住手。

他喝得有点多了，手心很烫，整只大手包住她的手，然后就不动了。

陆一心也不动了，老老实实地喝着自己的果汁。

她其实也挺忙的，她忙着帮方永年剔鱼刺，忙着喂他。

方永年不爱在人多的时候夹菜，但是她放到他碗里的，他都会吃光。

快要酒阑人散的时候，方永年把自己的凳子往陆一心这里挪了挪，他真的喝多了，脸很红。

“忍不住了。”他苦笑着把额头抵在陆一心的肩膀上，搂住了她的腰。

他忍了很久很久，因为陆博远夫妇就坐在旁边，因为还得撑着老总的架子，因为今天晚上，他们项目组是主角。

他知道他靠过去就一定会像现在这样，好多人起哄，有人吹口哨有人哄笑，他一个三十六岁的人做这个，不合适。

他知道他搂上她的腰，她爸爸又得吹胡子瞪眼，在实验室里面借题发挥，他得哄好久。

所以他一直在忍。

今天是他真真正正重新回到制药舞台上的第一天，他终于做出了吴元德没有做出来的成就，他这个人小气，对那段往事始终耿耿于怀。

今天也是他的女人大学毕业的第一天，他看着她穿着学士服张牙舞爪地向他冲过来。

他的小陆一心，终于长大了。

她就坐在他边上，忙忙碌碌地帮他布菜，担心他喝太多又觉得这种日子应该要喝点酒，纠纠结结地皱着一张脸。

今天这个日子，太适合拥抱了。

所以他向酒精投降，在全公司的人面前，在他的投资人面前，搂住了陆一心，听着耳边的哄笑和口哨，弯起了嘴角。

陆一心担心他喝多了头疼，手指软软地摁着他的头。

“你明天起来一定会头痛。”她软声软气地抱怨。

“明天我休息。”方永年埋在她颈窝里，闭上了眼睛。

他们十指紧扣，那些人也终于识趣地没有再过来灌酒，没有再问他问题。

“陆一心。”他搂着她的腰，声音沙哑。

“嗯？”脸皮很厚的陆一心还在吃最后端上来的烤包子，顺便给他拿了一个，“要不要，还不错。”

方永年被酒精烧红的眼睛眯了一下，皱眉。

他真的要“生于包子死于包子”了，这么重要的时刻，陆一心居然举了个包子。

“我们结婚吧。”他还是把这句话说了出来，无视那个热气袅袅的包子。

陆一心脸一僵。

“好。”她先同意，放下包子，然后低头咬牙切齿，“你为什么非得喝了酒才求婚？”

一次这样，两次也是这样。

方永年笑，他又在忍，因为他想亲她。

当然得要喝了酒，酒壮尿人胆。

只有喝了酒，他才能更不要脸地告诉她，他有多喜欢她，有多想娶她。

“要不要吃包子？”陆一心也就气了半秒钟。

她觉得这个烤包子很好吃，可是一个人吃完一个会很撑，她又想吃里面的馅。

“包子皮给我。”方永年认命地抬起头，帮她吃掉她不愿意吃的包子皮。

陆一心很快乐地又给自己夹了一个，动作熟练地吃掉了馅，把包子皮给了方永年。

喝醉酒的方总和他的小未婚妻就这样在晚宴最中心的位置，旁若无人地分掉了三个烤包子，为公司里那帮小年轻提供了接下来大半年的八卦素材。

方永年上车的时候酒精已经彻底上头，他喝多了就不太会用义肢走路，皱着眉头找了一会儿拐杖，最后用有些失焦的眼睛盯着陆一心看了一会儿，就彻底黏住了。

寸步不离。

陆一心满头大汗地把他塞到车后座，刚刚准备一起坐进去，颈脖子就被同样喝醉了的陆博远给拽住了。

“谁让你坐进去的！”陆博远粗声粗气、酒气熏天。

陆一心只能目瞪口呆地看着自己的爸爸硬是挤到了车后座，贴着方永年，虎视眈眈地看着自己。

刘米青：“……”

陆一心一只手还被方永年拽着，挣脱不开，她也有些舍不得挣开。

于是，她只能硬着头皮也跟着一起挤进了车后座，不大的家用雪佛兰后座，满满当当地挤了三个人。

“你们这是把我当司机了！”刘米青气笑了，“陆博远你跟着挤在后面干什么？”心想，他们两个今天当众都黏成这样了，你现在挤在他们两个中间有什么用？

陆博远被老婆点名，撑起头，十分委屈：“一心还没嫁人呢！”他看了一眼方永年，更加委屈，“这小子坏得很！”

西装革履满脸通红，因为难受皱着眉的方永年，听到这句话咧了咧嘴，笑了。

“妈，你就开车吧。”陆一心被这两个酒鬼弄得脑仁疼，“到家以后就可以分开了，一人一个。”

刘米青嘴角直抽。

“你们打算什么时候结婚？”刘米青把车子开出停车场，看了一眼后面坐成了叠叠乐的三个人，“最好能进卫星中心再领证，不然婚假就泡汤了。”

“我有婚假方永年也不见得会有啊。”陆一心噘嘴。

现在又不是在研究院，做完一个项目没有新项目说不定还能休息一个月，俞含枫是个资本家，一定会榨干她男人的所有剩余价值。

刘米青又从后视镜里看了女儿一眼。

她还被方永年拉着手，两个人就这样隔着一个陆博远手拉手地坐着。

她的眉眼长得更娇艳了，这四年来，方永年真的一点点苦都没有让她吃，一个四肢都不健全的人要做到这样，不知道得付出多大的努力。

他很爱陆一心。

她的女儿，最后和她一样，都会嫁给爱情。

“他们后期临床很忙的话，你也别揪着他要办婚礼。”刘米青叹了口气，“实在不行就把婚礼放在过年，大家都有假，也省得他父母年纪大了来回地跑。”

“哦。”陆一心答得挺快的，看起来心里面早就已经想过这个问题。

“你就没想着要穿婚纱？”刘米青又心气不顺了。

女儿要嫁的人太熟，最大的问题就是帮谁都不舒服，帮方永年说句话女儿要是同意了，她会觉得不舒服，但是不说，又有点太偏袒自己的闺女。

“不想。”陆一心的回答出乎意料的坚定。

刘米青皱眉。

“结婚好多习俗。”陆一心看了方永年一眼，确认他基本已经醉到不知道自己是谁了，“都是要把女孩子从家里嫁出去的习俗，我不喜欢。”

郑然然也想等这七年临床专业毕业后就结婚，她父母估计不会管她，所以私下里她们俩研究了很多婚礼习俗。

“好多陋习。”陆一心是真的不喜欢，说的时候皱紧了眉头。

就好像结了婚，她就会变成方家的人，娘家就会变成外家。

就好像结了婚，再回娘家就变成了回别人的家。

她觉得结了婚，叫方永年父母爸爸妈妈是理所应当，但她应该是有了两个爸爸妈妈，而不是硬要分出里外亲疏。

总之她很不爽，连带着连结婚这件事她都没了兴趣。

“那就不办婚礼。”一直没说话，陆一心以为已经醉死了的方永年，突然开口说了一句。

虽然沙哑带着酒气，但是很清晰。

刘米青吓得方向盘差点滑出去，表面上非常镇定地补了句：“或者办个西式的，我总得把我这几年送出去的红包收回来。”

“嗯。”醉醺醺的方永年应了一声。

低着头都已经打鼾的陆博远抬头，第一步先硬是把陆一心的手从方永年这里抽了出来，第二步对着方永年瞪圆了眼睛。

“你嗯什么？”他问。

“……”已经很醉的方永年基于本能地知道，这句话自己不能回答。

“你连口都还没改，你就打算结婚了？谁给你的胆子？”陆博远铿锵有力，抑扬顿挫。

“反正今天都提到了。”他向来信任的陆一心居然在这种关键时候倒戈了，兴致勃勃地趴在椅背上面两眼亮晶晶，“方年年以后到底要不要改口啊，改口叫爸爸妈妈吗？你们会给改口费不？”

“你爸早就塞了两个八千的红包放在床头柜抽屉里了，每次心情不爽的时候就拿出来看两眼。”刘米青出卖丈夫，觉得这两个男人实在是太幼稚了，“我是无所谓的，喊什么都行。”

一个称呼而已。

她还不想要有那么大的女婿呢。

“既然结婚了，就还是按规矩来吧。”方永年眼睛湿漉漉地看了一眼关键时候倒戈的陆一心，因为头晕，又闭上了眼睛。

“怎么可以无所谓？”陆博远激动了，觉得妻子没有站在他这一边。

他在回去的路上，为了称呼问题都扯上了礼义廉耻。

说得慷慨激昂，唾沫横飞。

方永年在被吵得实在头痛到不行的时候，又偷偷摸摸地拉回了陆一心的手。

“你都不帮我。”他委委屈屈的，长睫毛在他仍然有些苍白的脸上，留下了一排整齐的影子。

一家四口到家了陆博远都还在闹腾。

他从称呼问题开始纠结到方永年到底是什么时候开始决定要抛开礼义廉耻拱他们家的白菜的。

上面这句话是陆博远的原话，臊得刘米青在电梯里一直捂着丈夫的嘴。

偏偏方永年这种时候特别有求生欲，一声不吭。

于是陆博远就更闹腾了。

他甚至不许方永年进自己的屋，硬是把方永年拉到他们屋里，让刘米青泡茶。

他说他要聊一聊。

“你以为现在这楼里还只住了我们两家吗？”刘米青跺脚，“这楼上楼下都是你们公司的同事，你也不嫌丢人！”

“方永年都醉成这样了，赶紧让一心带他进去休息！”刘米青拦着不让陆博远拽方永年进屋。

“我才不卖女求荣！”陆博远一句话堵回去，拽着方永年的手就往屋里走。

陆一心在后面心惊胆战地跟着。

她刚才临阵倒戈已经让方永年记在心里，一路委屈到现在了，连扶他的时候都低垂着眼睛，走路跌跌撞撞的。

小孩子一样。

不卖女求荣的陆博远真把方永年拉到家里了，其实也没什么大事。

他进了屋就坐在沙发上，因为放松，酒意就更加肆无忌惮。

所以他就又开始讲故事。

还是童话故事，暗黑的那一挂的。

“爸为什么每次喝醉了酒就开始讲故事啊？”陆一心想起了上次刘米青封闭项目的时候，似曾相识的画面。

在泡茶的刘米青眼睛有点红。

“你小时候他讲了很多。”刘米青看了丈夫一眼，“但是那时候太忙了，就只能录在电脑里，回家让你外婆用电脑放给你听。”

没有办法陪陆一心长大，始终是他们夫妻两个最痛的地方。

陆一心也红着眼睛抱住了刘米青。

“但是方永年在干什么啊？”刘米青听了一阵子发现这还不是她丈夫一个人在战斗。方永年在跟着陆博远叽叽歪歪……

“配音。”陆一心又哭又笑。

其实都还是没有变，只是这一次她再靠近方永年，他不会伸手把她推开，不会嚷嚷着避嫌，也不会叫她死小孩了。

“死小孩……”好不容易把陆博远哄休息了，陆一心和方永年刚刚回到二人世界，方永年就抓住了她的手，盯着她的眼睛，一个字一个字的。

“我不小喽，我都能做你的老婆喽。”她仗着方永年神志不清开始没脸没皮，想到当年趁着他喝醉酒把他整个人摁在床上的场景，她一双眼睛亮晶晶地眯成了月牙。

方永年散乱了领带凑上前亲了陆一心一下。

“死小孩！”他坚持。

陆一心被他亲得心跳都乱了一拍，莫名地就觉得这三个字带上了颜色。

“别撩我。”陆一心警告他，“你今天绝对打不过我。”

都醉成一摊烂泥了。

方永年笑了，也不管陆一心会不会憋死，把她搂到怀里一通乱揉。

他身上并不好闻，早上开了一早上的记者发布会，下午在大太阳下面等了她半天，晚上又被灌了很多酒，衬衫上面有汗味有酒味也有烟味。

但是，很温暖。

有心跳的那种温暖。

陆一心索性趴在他身上不起身了，手指很轻很轻地划过他的脖子。

他脖子上有汗，因为喝了酒，有些苍白的皮肤泛着红，汗渍从他的脖子一路滑落到衬衫里面。

陆一心咽了一口口水。

“我帮你脱衣服好不好？”她用蛊惑的音调，手指放在他的领带上。

她看到方永年的喉结上下滚动了一下，一滴汗从他的下巴滑落到她的手上。

“我还没醉成这样。”方永年在陆一心一声不吭地把他领带解开之后，拉住了她的手，“这种事情，应该让男人主动。”

他又教她奇怪的东西，带着酒气。

他们还在客厅里，在那张两个人吃完了饭就喜欢窝着的沙发上，陆一心开灯还是一贯的风格，所有的开关都打开了，所以，所有的害羞都一览无余。

“先去洗澡。”方永年亲了亲陆一心的鼻尖。

她鼻尖也有汗，亮晶晶的。

本来就没有打算继续守着不越雷池的承诺，今天再抱在一起，就很容易燎原。

他是真的忍了很久，从清醒忍到混沌。

“一起。”他的小姑娘搂着他的脖子，软绵绵的，仿佛喝了酒的人是她。

他笑。

他清醒的时候抱她都非常勉强，现在喝了酒义肢不管用了，他还得让她扶着才能进浴室。

但是不知道为什么，就不介意了。

莲蓬头的热水洒得整个浴室里热气蒸腾，他慢慢地脱掉身上的遮掩，包括那只金属的，代替他右脚的东西。

他们很安静。

他觉得陆一心甚至在屏住呼吸。

她不介意他的残缺，她心疼的是他这个人，而不是他的残缺。

她看过那个截面鲜血淋漓的样子，也看过它为了适应义肢一点点地被磨成现在这个样子。

她碰触到他的右腿，这一次，没有衣服遮掩，带着浴室里的热气，潮湿温暖。

酒气一点点地蒸发，他越来越清醒。

他的手指划过陆一心的耳朵，看着她因为痒，躲了一下。

“我们和别人不一样。”他说这话的时候，声音沙哑，没有了酒气，还带着笑。

“我今天早上打电话给阿姨让她换掉了床上的被单被套。

“肥猫刚才也被我关在客厅里了。

“一会儿出去的时候，你帮我拿拐杖。

“我是被你扶进来的，但是我想自己走出去。”

“我们的第一次，要浪漫一点，和普通的情侣不一样。”他说这话的时候，手指又一次轻轻地划过她的脖子。

陆一心有很好看的颈脖线，颈脖纤细。

他想让他们的第一次多一些仪式感，不是在亮堂堂的客厅，也不是在热气蒸腾的浴室。

所以他准备了，也在脑子里演练了。

他让陆一心先出去，他自己出来的时候，把卧室的大灯给关了。

床头柜上放了一盏小小的星光灯，把天花板照得星星点点，并不刺眼。

“你心愿单里的。”他俯身吻她。

那个他多年前只看了一次就全部记住了的心愿单，他和她以后的生活点滴都在里面的心愿单。

陆一心在这盏灯后面的备注是第一次。

她还有好几个备注是第一次的东西，他都买了，老老实实的，按照这个小丫头心里面想的那些画面，一点点地布置了。

他其实也并不懂浪漫，男女之情他可能比陆一心还要陌生。

他只是一直在想，他已经缺了一条腿，他已经有很多事情没有办法做到完美，但是最最起码，他应该让陆一心感觉到没有遗憾。

所以，他让气氛安宁，所以，他吻到陆一心没有办法再因为紧张絮絮叨叨，他让他们之间，慢慢地没有阻碍。

他在陆一心呜咽的时候忍到全身冒汗。

他还发现亲吻陆一心的耳朵，她全身都会慢慢变红。

真正肌肤相亲、亲密无间之后，他才发现，他对陆一心还有很多很多的不了解。

很多连陆一心自己都没有发现的东西。

比如，她喜欢他抚摸她的脖子；比如，她比他还怕痒；比如，她最后会哭。

她会抽抽搭搭黏黏腻腻成一摊水，他哄着哄着，就哄笑了。

她一直呢喃的都是她爱他，她要跟他一直一直在一起，永远都不分开。

孩子气的，小了他十四岁，被他从小当孩子一样娇惯着长大的姑娘，这一刻本性毕露。

他心软如泥。

“我们会一直在一起的。”他哄人的声音沙哑，动作也慵懒，语气却慢慢地变成了承诺。

“我会学会烧饭，我们会有一个小宝宝，不管男女，他都会平安长大。”

“可能会有人笑话他的爸爸是个残疾人，但哪怕是残疾人，也是科学家残疾人，科学家残疾人听起来，会比较酷。”他笑着，看着陆一心在他怀里又哭又笑。

“现在科技越来越发达，义肢已经开始研究传感神经，说不定等到我们都老了的时候，我就有一条完整的腿了，那个时候，我陪你去爬山，去看日出。”

“我不要看日出。”大气科学毕业的陆一心对已经看过八百次的东西毫无兴趣，“我要看日落。”

“为什么？”方永年被她带的语气也变得有些孩子气。

“这样我们就可以留在山上了，月黑风高什么的……”陆一心红着眼睛笑得嘿嘿嘿，整个人趴在他的身上，把他抱得更紧。

“那时候我们已经很老了。”方永年强调自己的假设，“所以那时候应该已经不介意月黑风高了。”

陆一心抬头看了他一眼：“你不是说科技发达了吗？”

科技发达了，八九十岁也可以喜欢月黑风高。

“科技不是这么用的。”科学家方永年艰难地找回自己的立场，“那样不符合人伦。”

“我不管。”陆一心蹭了蹭，“我不要看日出我要看日落。”

再说她就哭！

“日出和日落其实没太大区别吧。”方永年万万没想到他们第一次之后居然卡在了这个点上。

陆一心歪着头。

是没多大区别，一个正序一个倒序而已。

但是……

“和你对着干很爽……”

她继续笑得嘿嘿嘿，然后脑门被方永年弹了一下。

“死小孩。”方永年声音喑哑喑哑的。

死小孩红着脸在他怀里，一边用手指转圈圈，一边笑。

那天的早饭是陆一心做的。

方永年宿醉，早上闹钟响了之后又被他摁掉了，等陆一心睡醒都已经快十点了。

她爸妈一早就出了门，在方永年门口贴了一张他们今天回禾城的字条，还在字条上面画了好几个感叹号。

陆一心因为那几个感叹号红着脸扭捏了几秒钟，后知后觉地发现，今天一整天都只有他们两个人。

方永年忙了整整四年，他们终于有了一整天的二人世界时间。

这个认知让陆一心两眼放光，悄悄地又溜回到方永年家里，看了一眼还趴在床上睡得很熟的方永年。

在她的记忆里，他好像从来没有这样肆意地睡过。

他喜欢趴着睡，整张脸都埋在枕头里，睡熟的姿势非常孩子气。

陆一心记得刚刚跟他在一起的时候，他睡着了会背对着她，弓着背，让人很难拥抱的姿势。

他会做噩梦，她从来没问他梦到了什么，因为她知道他的噩梦大多是鲜血淋漓的，和幻肢痛一样，很难治愈。

但是，有些改变是渐渐的。

渐渐地，他不再背对着她；渐渐地，他做噩梦醒来不会只盯着天花板；渐渐地，他会把她压在身下，睡得毫无防备。

噩梦仍然还有，但是明显地短了，少了。

陆一心蹲着欣赏了一会儿方永年的睡颜，把准备跳上床压死方永年的肥猫抱了下来，又蹑手蹑脚地关上门。

“让他再睡一会儿。”方永年听到关好门的陆一心用悄悄话的音量在门外和那只肥猫说话，“不要进去吵他。”

她好像真的能和肥猫沟通，她说完了，我行我素的肥猫也就真的没有再进来。

方永年维持着趴着的姿势，扬着嘴角，又一次闭上了眼睛。

他都可以想象到以后的画面，陆一心可能也会这样轻声细语地和他们的孩子说话。

他担心的因为双方太忙会疏忽孩子的问题，有可能也不是大问题。

他们的孩子，绝对不会太差。

陆一心本来的早餐菜单是想很浪漫地做个火腿三明治配牛奶的，冰箱里还有她前天买来没有吃完的吐司，她妈妈这段时间在家，所以冰箱里的食物很多。

根据食谱，她只需要吐司、鸡蛋、火腿和芝士片就可以了。

最多加个黄瓜和西红柿。

可她拿了整整一筐，几乎掏空了冰箱。

纠结了一下，她开始放飞自我。

想吃什么弄什么，她觉得好吃的东西都可以放到吐司里，新买的果酱很好吃，她喜欢吃的榨菜，她还想在里面放点她妈妈做的卤牛肉。

所以方永年很幸福地起床后，看到了一厨房的半成品食物。

“我来吧。”他撸起袖子，觉得做饭这件事还是太为难陆一心了。

“你不许动！”因为选择困难杀红了眼的陆一心挥舞着菜刀气势汹汹。

“你看的那些小说里面第二天都是男人做饭的。”为了给陆一心完美的第一次，他甚至还强迫自己看了几本陆一心的珍藏。

“别相信那些乱七八糟的东西。”言情小说重度沉迷患者陆一心斜着眼睛看了一眼方永年，又挥舞了一下菜刀。

“你要不换个刀？”方永年站在边上看了一会儿，因为陆一心切菜的动作心都提起来了。

“我会切菜！”陆一心给方永年看她切菜的手势，“你看我手指头都缩进去切的！”

他管她会不会切菜，她这个人拿着一把刀本身看起来就特别危险。

“你打算做什么？”他又在边上安静了半分钟，看到陆一心从切牛肉到剥油爆虾，十分不理解。

他以为他们只是简单地吃个早午饭。

“火腿三明治。”陆一心切好菜开始煎鸡蛋。

方永年说：“火腿三明治只要两片吐司，一片 30 克的火腿片加一片 20 克的芝士片就可以了。”

他记忆力向来惊人，刚才看了一眼食谱就记住了。

可陆一心现在牛肉油爆虾再加生菜的配置是想干什么？

“做饭是要靠感觉的，又不是做实验……”陆一心嘀嘀咕咕，想把吐司切成心形，切到一半切断了，她索性就弄椭圆形了。

“切心形可以先切上面的弧线……”方永年又开始忍不住。

“你给我去沙发上坐好！”陆一心终于怒了，瞪眼。

方永年默默地往后退了两步，默默地坐到了沙发上。

肥猫围观了全程，看到他坐在沙发上，发出了一声叹息，似乎在嫌弃他已经威严全无。

方永年摸摸鼻子。

他还是很不放心。

但是他居然，还真的就不敢上去继续捣乱了。

他干脆拿出了笔记本电脑，抱着抱枕一边工作一边观察陆一心。

她……穿着围裙的样子，挺好看的。

头发乱蓬蓬的，脸颊红扑扑的。

他放下笔记本电脑，又走了过去。

陆一心担心他再捣蛋，索性用身体护住了那一堆半成品，瞪着眼睛护食一样。

方永年笑，凑过去亲了一口，然后把她乱蓬蓬的头发重新理了一下，用发簪插好。

“你现在比我还会了……”陆一心晃晃脑袋，发现方永年给她绾的头发比她自己弄的还牢。

“我聪明。”天才方永年不知道为什么，今天就特别欠揍。

“所以如果要切心形……”他又撸起袖子开始忍不住。

肥猫“喵呜”一声从沙发上跳下来，头也不回地进了卧室。

两个人类在客厅里打打闹闹的，女的尖叫男的笑。

人类好烦。

陆一心那天最终还是做出了她独创的火腿三明治。

火腿已经没地方放了，两个三明治做得比一般的汉堡还要高，里面起码叠了十层的料，她还特别聪明地用牙签压住了，一根牙签压不住，她很豪迈地插了十几根。

三明治如刺猬一样地放在盘里，加上两杯牛奶。

“浪漫吧！”把厨房弄成抢劫现场的罪魁祸首笑开了花。

其实不难吃。

单独分开都是好东西。

新鲜的黄瓜，新鲜的西红柿，新鲜的生菜。

她妈妈卤的牛肉，她妈妈做的油爆虾，还有霉干菜扣肉。

她很喜欢吃的果酱，再加上她很喜欢吃的榨菜。

还有煎得很老的蛋。

她一股脑地都夹在了三明治里面，一口咬下去跟人生一样，五味杂陈。

“下次不要放果酱。”方永年喝了一口牛奶，冲淡了嘴里的咸咸甜甜，她甚至还放了辣椒。

“那下次试试辣椒酱。”自己只吃了一口就开始装模作样地喝牛奶的陆一心继续胡说八道。

方永年默默地又吃了一口陆一心做的三明治。

“你是不是在报仇？”他问得慢吞吞的。

因为他做饭都喜欢用电子秤，所以她干脆自我放飞。

“我只是觉得夫妻需要互补……”陆一心开始挑三明治里面的菜吃，单独吃，都挺好吃的。

方永年被她这句话莫名其妙地顺毛了，继续安安静静地把剩下的三明治吃完。

不要细嚼慢咽，偶尔还是能吃到惊艳的味道，比如卤牛肉。

“今天打算怎么过？”难得的二人世界，所以哪怕他现在因为宿醉有些头痛，也有些兴致勃勃。

大家都觉得他对她好。

但是恋爱之后他们连能这样一整天没有任何事情黏在一起的日子都很少。

陆一心只是太容易幸福了，忙累的日子里她只要能找到小小的一个点，就会幸福得飞上天。

“哪儿都不去。”挑完了三明治里所有自己爱吃的菜，陆一心用吐司片“漱口”，“我看对面还有好多衣服没洗，下午洗衣服，然后继续买菜，烧饭。”

就像现在这样，非常普通甚至烦琐的日常，被她用这样雀跃的语气说出口，他就也觉得，在家挺好。

“晚饭我烧。”他先争取到自己的权利。

“你那个电子秤上次被我用来称本子的时候没电了。”陆一心喝了一口牛奶，长了一嘴的奶胡子，得意扬扬的。

“称什么本子？”方永年把她拽过来，夹在桌子和他之间，用餐巾纸给她擦脸。

陆一心不是听话的人，一边躲一边往他脸上蹭。

“我还没刮胡子。”方永年又被她逗笑，干脆用胡子去蹭她。

她真的怕痒，脖子后面那一块碰一下就一哆嗦。

方永年动作停了下来，眸色有点深。

“称什么本子？”为了避免白日宣淫，他只能转移注意力。

“我的作业本，我想试试空白的和写满的重量是不是一样的。”她的脑子一直异想天开。

“然后呢？”方永年居然也好奇了。

“轻了……”陆一心嘛着嘴，“真奇怪，那些墨水的重量都不知道去哪里了。”

“因为纸张磨损了。”方永年弹她脑门。

笨！

“那晚上我做饭吧。”她又换了一个话题。

天马行空的跳跃思维。

她开始从晚饭的菜谱说到洗衣液的牌子，然后絮絮叨叨地跟他说，她爸妈早上留的字条里面那几个充满了无限想象力的感叹号，她妈妈前几天晚上跟她提的结了婚以后管账的事。

一堆又一堆的琐事。

没完没了的。

方永年把陆一心抱进怀里，叹了一口气。

“怎么了？”陆一心终于意识到自己可能太话痨了。

“没什么。”方永年又用胡楂碰她的耳朵。

“就是……幸福。”他用她常用的语气。

就是幸福，一点一滴的，融入血液，刻入骨髓。

尽管方永年和陆博远看起来都和平时没有什么不一样，但陆一心毕业那天他们开的那个新闻发布会，在全国乃至全球造成的影响都是轰动性的，社交媒体的热搜挂了整整一个周末。

这四年来俞含枫顶着俞老爷子的压力支撑住了整个项目的临床前研发，将近两亿美金的投入也终于看到了投资价值。

俞含枫最近扬眉吐气，她把一直在做传统行业的俞家产业硬生生地扩开了一块一般人都做不了的版图，一块不管是利益还是日后发展都是正面向的版图。

她已经稳坐俞家大热门继承人的宝座，每天和那些有血亲关系却恨不得撕咬至死的亲人斗智斗勇，斗得累了就会跑到制药公司的会议室里，脱下高跟鞋，合上百叶窗，恶狠狠地睡一觉。

方永年四年前给她推荐的那位遗传学专家刘庆带领着另一拨人在仿制药领域做得风生水起，最近也开始组建项目做遗传学相关疾病的新药研究，他比方永年有出息，他甚至跟她保证在活体研究之前，这个项目都能够自负盈亏。

她觉得很神奇。

方永年认识并且能有交集的专家学者，骨子里都带着轴，都和方永年一样，平时都没什么兴趣爱好，说起专业都会滔滔不绝、两眼发光。

都是做研究的人。

这样的人她甚至不用担心她用成捆成捆美金砸出来的版图会被他们这些专业人士吞去。

这几年合作下来，她已经充分理解这些人的要求——给钱，让他们做研究，别拿俗事烦他们。

只要在项目里面砸足够的钱，只要他们一直有研究方向，他们就对外界毫无兴趣，更别提公司管理权。

这家公司最终还是回到了她的名下，她成了公司里唯一不专业的人，因为没人肯接 CEO 这个担子，刘庆这个人在接完方永年做的那些仿制药之后，也找了个研究方向向她申请了一个新的实验室，申请的时候，五十多岁的人，表情居然可以纯洁得一塌糊涂。

挂名了 CEO，俞含枫这几年只能把生意重点都放到了制药上，她甚至因为方永年的义肢，开始对国内一直垄断的义肢行业产生了兴趣，最近早出晚归几乎都住在公司临时宿舍里。

因为忙，她都没来得及找个机会调侃方永年。

她那天在走廊上不小心听到了陆一心的小闺密在和陆一心八卦他们上床进度的电话，她还在庆功宴上看到方永年借酒装疯直接黏在了陆一心身上。

她觉得很有趣。

一本正经、傲气十足的方永年神秘的私生活，是她这几年工作间隙最喜欢看的连续剧。

所以她今天在开会前看到难得提早到会议室的方永年，挑了挑眉："我以为你这两天起不来了。"

方永年这两天绝对是她认识他之后，心情最好的两天。

她不会傻到以为方永年是觉得临床审批通过了才高兴的，这个神经病从头到尾都没觉得自己临床审批会通不过，因为这对他来说是理所当然的事情。

能让方永年连续两天没有拿话撑人的人，只有陆一心。

方永年喝咖啡的动作顿了一下。

他有时候真的搞不清楚是时代变化太快，还是他身边的女性都太前卫。

这种事情在他的认知里面向来只有男人调侃女人的，可是这俞含枫做起来简直熟练，挑眉的角度都恰到好处的猥琐。

"我昨天睡在临时宿舍。"他说得平平淡淡的。

休假一天的结果是昨天又加班到半夜，虽然心情很好，加班加得心甘情愿。

俞含枫笑出声，差点把咖啡喷出来。

"这是改好的临床方案和Ⅰ期预算。"方永年向来不喜欢聊私事，刚才那句话是他心情特别好才说出来的，极限了。

"你家老丈人请假？"俞含枫看了方永年一眼，一个人来的，来了就直接切入主题。

"还在禾城。"方永年惜字如金。

刘米青终于重新调回了华亭，他们这几天都在禾城处理禾城的老房子，顺便把户口迁到华亭来。

"集团对你们这几个技术入股的股东有分红，分给你们的那套宿舍本来就打算等发布会以后直接登记在你们名下的。"俞含枫是知道陆家的经济情况的，之前清贫了很久，这几年才慢慢地开始有点起色，"既然准备全家搬过来了，过户的事情你们抽个时间找集团财务法务那边统一办了吧。”

陆家的家底，在华亭买房子还是有些勉强。

“嗯。”方永年点头。

他是知道这件事的，所以一开始找房子就一直在周边找。

虽然陆一心只在他酒醉的时候提过一次，但是他知道她对“出嫁”这个词本身有些生理性厌恶。

小姑娘肯定不想离家太远。

他跟他们家是要牵扯一辈子了，他觉得挺好，热热闹闹的。

俞含枫微微有些恍惚。

方永年在提到陆博远的时候，脸上的表情很生动，甚至比他在研究院来找她要病人资料的时候还要生动。

多年前，他的车被人动了手脚向她求助的时候，她还记得他那时候的样子。

人快要瘦到脱相，眼神阴暗，他跟她说要把那些专家都弄到山上的时候，她其实犹豫过。

她担心他会在这条不择手段的路上越走越远，到时候拉回来就难了。

她欣赏他，但这不是她一直在他身上砸钱的原因。

她希望他能帮她把制药公司开下去，她当时心里还压着那个隐藏的阿尔兹海默病的私心。

然后，她看到了陆一心。

那一刻，她像是看到了方永年能在车祸之后撑到最后一刻还是没有走极端的原因。

方永年这个人，好像把良知存放在了陆一心身上。

他也怕自己回不了头，所以不管他和陆博远关系弄僵到什么程度，他和这个小姑娘的关系，始终还在。

她在陆一心身上看到了一点点单纯的方永年的影子，她也在这个小姑娘的眼睛里，看到了一些让她觉得不可置信的东西。

所以，她才同意了方永年最后的那些疯狂手段。

现在看起来，她这场豪赌，最终还是成功了。

“干活吧。”她打开投影仪，收起了那一点点的恍惚。

方永年当年存良知的方法挺绝的，可惜她一直没遇到陆一心这样的人，要不然，她也可以试试。

在这个生啖人肉的成人世界活得太久，如果能有这样一个桃花源，那也真的是很让人羡慕了。

方永年和郑飞他们之前提交的第一个临床方案超支了百分之七十，要不是郑飞这两年的体重几何级增长真的让人扔不动，俞含枫当时是真想把这个觍着脸冲她笑的大胖子直接从十八楼扔下去的。

所以方永年提交的第二个方案，她直接拉到了最后一页去看总预算，然后，沉默。

他们第二次提交的方案比第一次的预算还要多，这次更离谱，直接比她的心里预估多出了两倍。

难怪只来了一个方永年。

他们那群脑子有洞的专家学者里面就方永年最够胆子，也就他的脑子洞最大。

“我应该跟你说过，我的钱不是大风刮来的。”俞含枫咬牙切齿。

之前的药物筛选多做了一轮，她被他说服了。

活体试验扩大了一倍的规模，她也被他说服了。

然后集团的财务官很隐晦地告诉她，他们这个项目已经超支了百分之一百，再不进入临床，老爷子可能要亲自下场了。

现在好了，好不容易进入临床，她才扬眉吐气了一个星期，就又被打回原形了。

这个预算，她拿回去不知道会不会被老爷子直接从总部的大厅里面踢飞出去。

“你先把方案翻回去。”方永年一如既往的冷静，因为心情好，他的语气里甚至没有讽刺。

“你怎么能那么镇定。”俞含枫叹为观止，其他人跟她要钱好歹还会给个笑脸，结果到了方永年这里，没有嘲讽她，她就觉得挺开心的了。

方永年没接话。

他脸皮一直挺厚的，她见过他怎么对陆博远的，简直是直接借了陆一心的脸来用的那种脸皮厚。

“其实预算是缩减了。”方永年无视俞含枫惨白着的一张脸，把方案翻回到第一页。

他们的演示稿做得挺难看的，反正公司内部人用，直接就黑底白字，每一页都是字，连图片都没有。

俞含枫皱着眉头一页一页地看。

懒如方永年，估计是觉得演示稿上说得挺清楚的了，坐在位置上颇有些惬意地喝咖啡。

他的心情真的是好到爆棚。

俞含枫抿着嘴。

方永年没说错，预算确实是缩减了，一如之前好几次她让他缩减预算那样，他缩减的都是一些应酬的开支和技术股东的分红，实验的开支、员工的福利还是一分不差。

这算是他们做事的传统了，俞含枫没有多大意见。

反正她也觉得他们这群人平时也花不了多少钱，生活的全部除了工作就是睡觉。

多出的预算，是一个基金加一个数字基地。

方永年他们这次除了做临床试验之外，还增加了一个 AD 基金和 AD 患者数字基地，花最多钱的，就是那个基地。

“为什么？”俞含枫觉得这事和制药无关。

她没有那么多的善心，他们集团每年为了避税捐的钱够多了，她也不觉得这个世界多一个基金、一个基地就能变得有多好。

“临床需要数据。”方永年放下咖啡杯，“我们之前合作的两家医院提供的数据只够做到Ⅱ期，我们需要建立自己的临床数据库。

“而且基地是数字基地的，我们只提供专业护工和药物，剩下的还是要和医院合作。”

他要做的是数据网，而不是传统的靠着实体基地和医院合作来获得后期需要的海量数据。

华亭虽然是大城市，但是一个城市和一个面向全国的数据库，差距还是很大的。

“还有这个。”方永年把页面又往前调了几张，“Ⅱ期之后可能需要你帮忙去走保险这块。

“这药在专利到期之前不会太便宜，长期吃对患者负担很重。

“药物成本要收回来，我们要赚钱，但是可以通过其他的方法。”

医疗保险、商业医疗保险等等。

全部说完之后，方永年又靠了回去，眯着眼睛端起了咖啡杯。

俞含枫半晌没有说话。

这个人，五年前跟她说把那伙人忽悠到山上去，真要出人命了，他会承担。

这个人，五年后跟她说，药太贵了别让患者承担，咱们可以去谈保险。

他这何止是存了良知，他是把陆一心身上的良知一并都收回来了吧。

“为什么？”她问了一模一样的话，问的问题却完全不同。

“张珩爷爷奶奶的事，我知道你花了很多钱找公关把新闻压下去了。”方永年把手放在会议桌上，“如果临床期间不对那些患者提供专业护工，我们以后这样的公关预算还会有很多。

“你也了解 AD 的。你也知道，这个病会给病人和家属带来什么样的伤害。”

他救不了全部患者，他到现在也无法肯定他们的药对患者是百分之百有效的，但是最起码，来向他们求救的，愿意把数据提供给他们的病患，他想给他们一份安全感。

他不想再接到遗体捐赠了。

他手腕的伤疤还在，陆一心牙口好，很整齐的一排牙齿印。

那算是他经历的第一个近在咫尺的患者死亡，他知道那不会是最后一个。但是他现在，终于有能力可以减少这个数目，最最起码，患者不要因绝望而自杀。

压下张珩爷爷奶奶的新闻，确实让俞含枫花了一点钱。

虽然很残忍，但是他们自杀的时间和项目宣布正式进入临床的时间太接近了，临床受试患者在临床前自杀这个新闻本身就不太好，更何况如果这个新闻爆出来，一直以来咬着他们不放的竞争公司肯定会大炒特炒。

这属于市场行为，换作她遇到竞争对手出了这样的事，她可能炒得更厉害。

可这是个例，为了规避一个个例风险掏出这么多钱这件事本身就不该是商人所为。

“你给我画个饼吧。”俞含枫直接亮底牌，“这个基地需要的资金太多，没有足够大的饼，老爷子是不会拨款的，就算老爷子被我说服了，董事会也不可能会同意。”

她现在风头太劲，出一点点差错都有可能会被对手摁在地上摩擦再摁进土里。

方永年很喜欢俞含枫这种觉得自己可能会被说服索性直接投降的行为，他放下了咖啡杯，调出了另外一个演示文档。

和之前那个简陋到俞含枫都快要看瞎了的演示稿不一样，这一个看起来图文并茂排版精致，一看就是给投资商看的。

这确实是一个很大的饼。

方永年想做的是药企研发数字化。

和普通的通过可穿戴设备、医疗器械装备、传感器和移动应用来远程传递受试者的临床数据、活动数据以及关键的生物指标不一样，他还在里面加了一项专业护理。

俞含枫这几年频繁出入各种药研论坛，当然知道现在大热的药研数字化可以重构新药研发的流程。

方永年在临床前其实就已经偷偷在做了，他跟高校合作了一个信息化项目，用人工智能分析了化合物的构效关系和小分子药物晶型结构。

她的完全放权加上方永年年轻胆子大的好处之一，就是方永年真的非常敢于去接触新东西，他不怕试错，也能处理试错后失败的代价。

可穿戴设备传感器这些方永年已经找好了合作方，和之前一样，找的是高校，好处是价格相对便宜成本较低，坏处是可能会增加调试。不过方永年在提供便宜的方案之后通常会提供一个贵的让她自由选择。

专业护工是整个数字基地最难的部分，但是好在国内人力相对而言比较便宜，人员通过短期培训上岗照顾 AD 初中期的病人还是可以胜任的。

和一般的护工不同，基地的护工统一领薪资，他们的奖金有非常标准的量化方法，所有的目标都和临床试验挂钩，这样的护工确实会比一般家庭请回家的专业，也会比一般家庭请回家的更有保障。

所以这个饼画得非常圆，一旦资金到位就可以很快落地。

如果这个数字基地成立，AD 临床Ⅲ期他们可能可以收集到全国百分之三十以上发达地区的 AD 患者资料，这对整个项目来说，优势是压倒性的。

方永年知道，俞含枫没有办法对这样的诱惑说不。

俞含枫是商人，但她和其他商人不同的是，她比谁都希望 AD 药能够研发成功。

她有堂姐要救，有可能，还得要救她自己。

“护工的培训管理和薪资体系需要细化，如果需要分地区的话，我们还得有当地的地推帮忙。”俞含枫考虑清楚之后，说话变快，语气助词变少，“不过这块你不是专业的，我会交给专业团队去做方案。

“现在这个方案最大的风险不是钱，而是你这个方案一旦放出去，想要来参加的 AD 患者会非常多。”

这些患者可能甚至都不是因为药物治疗，而是纯粹地希望能有一个免费的护工。

毕竟以现在国内的护工条件来说，AD 患者和家属最迫切需要的，是专业的护理帮助。

俞含枫翻了一下方永年提供的临床准入准则，抬头和他确认：“在这个准则外的人如果一定要进入临床计划，你们会怎么处理？”

“按照制度办事。”方永年回答得很肯定。

他当然知道他在做这些事情之前，他首先是一个制药人，他们做出来的药能不能治疗 AD 才是这个项目的关键。

至于病患，他尽力了，但是能力有限，能帮助多少就帮助多少。

“这个你不需要操心，我们上头还有药监局。”方永年笑了笑。

他知道俞含枫始终觉得他们做的事情太良善了，闪闪发光，不切实际。

但是他一直在找脚踏实地的点。

最后还是陆一心提醒他的。

他一直想给她最好的、最完美的，难得的一天休假，他还想计划一个完美的约会，比如女孩子喜欢的看电影，比如游乐场，比如逛街。

但是其实，在家洗衣服、烧饭也可以很幸福。

做能力范围内的就行，做到问心无愧就行。

俞含枫一直盯着方永年看，直到他告诉她还有药监局，她才真的放下了心。

“我会找团队继续完善这个饼，但是投资能不能批下来，还得看董事会。”资金数额太大，俞含枫不敢随意承诺。

方永年点头。

“谢谢。”这两个字，他说得真心实意。

没有俞含枫一直以来的资金支持，他可能会是一个空有抱负却没有地方施展的失败者。

虽然他有时候看不惯俞含枫的商人原则，觉得她频繁地找投资人来考察，频繁地让他们这些做实验的人脱了白大褂穿上西装去面对媒体这些事让他很烦，觉得她做任何事都得考虑会不会亏本太市侩，但是他很清楚，没有俞含枫，抗默项目根本不可能成功。

“我不缺忠心的属下，但是我缺能把后背露给他的伙伴。”这是俞含枫当年在医院里跟他说的话，他一直记得。

他们是伙伴，虽然一见面就跟斗鸡一样，虽然俞含枫有时候气得恨不得拿高跟鞋捶他，虽然他有时候烦她烦得都想去开水果店，但是，他们始终是合作伙伴。

“我有时候……更怀念你不说谢谢的时候。”俞含枫笑了，喝了一口咖啡。

他们公司的咖啡豆是她买的，每次过海关都得交好多税，方永年缩减开支的时候却从来没砍过。

这个人，变得越来越有人情味了。

“我觉得你不说谢谢的时候比较有棱角，比较容易成功。”她又喝了一口咖啡。

她是真心的。

那时候看谁都不顺眼的方永年火力全开，她觉得特别靠谱。

“我是制药的。”方永年嗤之以鼻，“我又不是艺术家。”

艺术家可能需要生活的伤口来让自己变得更敏感、更锐利，他是个科学家，他研究的东西都是根据理论而不是生活带给他的灵感。

制药，其实需要相信人性温暖。

所以他心灰意冷觉得委屈的时候，才会想要离开制药界。

他孩子气的，不想给世界上的坏人制药。

可是，这个世界上有陆一心，哪怕只是划破了一个小伤口，他都想要给她用全世界最好的创可贴。

所以他又回来了，带着这个世界上可能还是会有好人的信念。

“说起制药。”俞含枫玩味地看着方永年，“你觉得郑然然这个人怎么样？”

“她是一心的闺密，我对她的评价不一定客观。”方永年先表明自己的立场，无视俞含枫的白眼，“我觉得挺好，聪明肯学肯吃苦，态度好，做事情专一。”

果然没有一个点是坏的。

他其实是偏心的。

他对郑然然的提问回答得会特别详细，他也会给她更多可以学新东西的机会。

所幸郑然然在专业上比陆一心聪明了好几个量级，一点就通，旁人看不出来他的偏心罢了。

“我想把她拉到总公司。”俞含枫说出了自己的打算，“年底老爷子就要宣布继承人了，我需要一个自己带起来的助理。”

她蛮喜欢这个姑娘的，眼神跟她太像了，是个一直都特别清楚自己要什么不要什么的人。

从一张白纸开始培养，她觉得自己能给郑然然提供比埋头做实验更精彩一点的未来。

“她还有三年才毕业。”方永年顿了一下，觉得俞含枫这个人肯定不会在乎这件事，“我把她叫过来你们单独聊吧。”

郑然然做俞含枫的助理，他能想象出这个画面。

但是把郑然然培养成第二个俞含枫，他私以为，可惜了。

只是每个人的选择不同，他也同意多给对方一个选择的机会。

“别拿地位和钱压她。”他在出去叫郑然然前，警告俞含枫。

虽然陆一心从来没有让他照顾郑然然，但他很清楚郑然然在陆一心心里的地位。

这个姑娘，小时候陪着陆一心到药房无数次。

他一开始还有点不太喜欢她。

因为从某个时候开始，他发现郑然然看他的眼神，像是看穿了一些东西，那让曾经一直试图粉饰太平的他有点慌乱。

其实现在也这样。

他打电话给陆一心的时候，陆一心在那头很轻地调戏他都能被郑然然看出来。

对方看他的眼神就跟巨星陨落一样。

陆一心能有现在这样坚定的价值观，和郑然然也有很大的关系。

“别欺负她。”他又叮嘱了一句才走出会议室，走了一半又回来了。

“我下周一请假。”他挥了挥手，“早会老陆会参加。”

“干吗去？”因为一个小姑娘就被连续叮嘱两次，觉得自己的形象简直就像是巫婆的俞含枫语气很不好。

“领证。”方永年面不改色心不跳。

到时候户口应该都弄好了，可以领证了。

“快领证了你还叫他‘老陆’？”她终于因为不爽，没忍住耍贱。

“你就贪那点改口费？”俞含枫满脸笑容地看着方永年黑着脸关上门扬长而去。

她叹了一口气。

好多钱啊！

她以前真的太天真了，以为方永年说的几亿是人民币不是美金……

郑然然最终没有接下俞含枫的橄榄枝。

她知道自己能力很强，除了无法选择父母之外，她的能力让她的生活多了很多种选择。

俞含枫招揽她是看上了她的能力，俞含枫给的条件非常诱人，诱人到她拒绝的时候，心里狠狠地痛了一下。

但是，她注定会拒绝。

她向来喜欢简单的东西，简单的谷历历，单纯的陆一心，还有现在这种两点一线的实验室生活。

有方永年和陆博远在的实验室，肯定不会有那些乱七八糟的钩心斗角，他们两人很愿意培养新人，学术上面从不藏私，在实验室里面的工作只有适不适合，没有职位高低。

会有一些喜欢钻营的人不习惯这种用能力说话的工作环境而选择离开，但是郑然然知道，自己很适合这里。

在某种程度上，她和方永年其实挺像的，所以她同俞含枫聊完回实验室的时候，方永年只是看了她一眼就已经了然她的选择。

他没问她原因。

他和平时一样，她有问题了他会点拨，她犯错了，他会皱着眉跟她解释错误的原因。

她喜欢这样。

她觉得她闺密的眼光真不错。

当然，方永年也不是十全十美的。

陆一心和方永年下周一要领证的事情，他们实验室里的人早就已经知道了，方永年还是惯常地不喜欢公开私生活，只是在安排工作的时候低调地告诉他们下周一他不在。

但是架不住实验室里还有一个陆博远。

陆博远别别扭扭地一边帮方永年把周一一整天的时间都腾出来，一边不停地给陆一心打电话。

这两人最终还是决定要在陆一心进卫星中心之前把结婚证给领了，陆一心不在意那十五天的婚假，方永年这小子又不知道为什么感觉都急上头了。

所以，陆博远不停地劝自己女儿悬崖勒马，婚假这种东西一辈子就一次，放弃了太可惜了。

“刚到中心就请婚假影响太不好了呀。”陆一心来来回回就只有那么一句拒绝的话。

但陆博远其实是知道女儿那点小心思的，方永年腿脚不便，真请了婚假去度蜜月多多少少会有点不方便。

他这闺女真的什么事都为方永年想，关键她自己还不觉得委屈，弄得他这个老父亲内心憋屈的啊。

“为什么要那么急啊？”他终于在某天中午在公司里吃盒饭的时候忍不住了，直接找上了方永年，“等一心进了卫星中心再领证不行吗？”

他老婆耳提面命地叮嘱他这两个人谈恋爱的事情让他少插手，她说这两人为了在一起彼此之间估计做了不少妥协，父母就别跟着瞎掺和了。

但是他真的忍不住了。

结婚啊，一辈子一次的事情。

方永年放下筷子：“因为我现在的身体和工作情况，短期内都没有办法带她去度蜜月。”他说得很慢，但是半分隐瞒都没有。

无法上山无法下海，出去了，也只能待在酒店里看看风景。

这件事是陆一心提出来的，那时候他正脱了义肢坐在轮椅上逗猫，她还在啃她妈妈给她的卫星中心的资料。

她是突然提出来的。

她提出来的契机完全是因为抬头的时候看到了他的轮椅，她说的时候一点欲言又止的表情都没有，就像在跟他商量明天买什么菜，新房的桌布要买什么颜色一样。

他也连愣都没愣，就答应了。

理所当然的。

他还没有修炼到可以被别人看到残疾的样子，她也还没修炼到被人指手画脚可以忍气吞声不去撕烂别人嘴巴的样子。

她不想他被人说，他不想她被人指指点点。

和悲情没有关系，只是他们两人都认为，现在还没有做好准备而已。

现在已经很幸福，这种幸福可以支撑到他们最终可以不用在意别人探究的眼光。

一辈子的时间，他们有很长的时间可以准备。

他教她的，残疾了，就认。

这几个字她终于学会了，哭哭啼啼地从十四岁学到了二十三岁。

所以陆博远问的时候，他回答得也很坦然。

然后陆博远就惨白着一张脸，午饭没有吃，一整个下午都心不在焉。

方永年笑了笑，果然还是陆一心更了解她爸爸，早知道自己就不那么老实了。

周日下午，方永年很早就交接好工作，掏出手机看到陆一心在微信里给他发了个网上结婚证的截图。

“你明天穿白衬衫吗？”她问他，“那我明天穿那条白裙子好不好，结婚照的背景是大红色的，白色的好看。”

方永年的眉眼就弯了下来：“好。”

他重新锁屏，想到陆一心那条白色的裙子，V领，可以露出她的脖颈线。

他低头，忍不住又弯起了嘴角。

所以手机突然爆炸一样响起来的时候，他的脸部表情还挺柔和，看着接二连三的微信通知还有一直在响的陌生来电，他抬头看了一眼同样手机响得非常热闹的陆博远。

陆博远接了电话，皱着眉。

方永年也慢慢地站直了，眉眼的柔和收了起来。

俞含枫第一时间赶到了实验室。

盛夏七月，她穿的职业套装背后都氤氲出汗渍，妆容仍然一丝不苟，也不太看得出脸上的表情。

“怎么回事？”俞含枫把暂时压下来的新闻丢到会议室的桌子上，“我只压下了指名道姓的，那些隐藏掉名字和制药项目的拦不住，已经发出去不少了。”

中国做新药的公司本来就不多，这些隐藏掉项目名的报道发出去之后，业内人士就已经猜到是方永年带的这个项目了，所以一时之间各方人马都开始找他和陆博远打探消息。

今天下午两点钟，他们合作临床的医院有一位患者住进了ICU，原因是吃了他们的新药两小时后血小板持续降低，出现休克抽搐的情况。

方永年、郑飞还有陆博远正在看医院发过来的生命体征数据，皱着眉表情严峻。

“这个患者并没有在我们公司临床受试者名单里面。”郑飞这几年吹气一样胖成了球，一张脸反而有了点专家的样子。

“这家医院有七个自主受试者名额。”方永年放下那些数据，眉心蹙得更紧，“这些数据从哪里来的？”

“正常临床试验通道调出来的，数据有问题？”郑飞又拿过去细看。

“关键性数据没有问题，非常典型。”方永年抽掉几张大的检查单，拿出了其中两张最普通的血检单，“你看看，这是体检前的数据，这是体检后的。”

临床I期主要目的是检测药物的安全性和人体对药物的耐受性，受试人群里面有将近三分之二都是健康人群，这个被送进ICU的受试者从之前的体检报告看，明显是职业试药人。

“这数据，不可能是吃了我们新药后产生的。”拿了老花镜的陆博远看了一眼，立刻就下了结论。

“nlrp3抑制剂确实会出现上面这些数据体征变化，但是因为AD患者的组成里面老年人的占比很高，所以我们在制药的时候针对老龄患者这块做了一些成分调整。”郑飞的耐心最好，所以这种时候，郑飞解释得最多、最详细，“这张血检报告上的数据，如果是单纯的nlrp3抑制剂可能会出现这样的情况，但是我们的新药不会，变动的方向都是反向的。”

方永年下了结论：“所以，要么就是他吃了其他的 nlrp3 抑制剂，要么就是这份从正常渠道拿过来的数据有问题。”

不管是哪一种，都不是好事。

抗默项目刚刚进入临床 I 期还不到一个月，这种时候如果爆出药物安全性有问题，对后期受试者招募的打击是毁灭性的。

更何况俞含枫刚刚才说服董事会，他们 I 期的资金估计这个月会到位，遇到了这种事，资金到位就悬了。

俞含枫爆了一句粗口：“专业论坛已经有帖子了，虽然马上删了，但是这事已经包不住了。”

“一步步来吧。”方永年看了一眼时间，揉了揉眉心，和陆一心约好的婚前最后一顿大餐看来是吃不成了。

“郑飞先去医院看看那位受试者的情况，你和院长认识，想办法弄到第一手的数据资料，包括当时给药的护士，登记受试者的工作人员，如果有可能，最好能调到医院的监控。”方永年顿了顿，“第一步先确认不是我们的药导致的，第二步如果也不是院方试药失误，我们就先报警。”

“我跟他一起去吧，我怕他一个人忙不过来。”陆博远也站了起来。

“再叫上两个项目成员，找长相周正身高高的男孩子。”俞含枫补充，“以防有媒体。”

方永年无语，这人真是死都要死得漂漂亮亮的。

“我们两个人还有很多事要做。”方永年等陆博远他们都出去了，打印出长长的一张单子。

“从数据上来看，已经基本可以确定这位受试者吃的绝对不是我们的新药，不管是什么原因导致他进入了 ICU，这个新闻现在已经在业界传开了，我们得辟谣。”方永年把那张单子一分为二。

造谣一张嘴，辟谣跑断腿。

俞含枫的钱能够压得住媒体，但没办法阻止谣言。

她可以让水军让媒体修正舆论方向，但是对于真正有利害关系的人，这一招行不通。

要让后期的受试者招募没有阻碍，要让资金能够顺利到位，辟谣的唯一方法，就是一个个找过去，用嘴皮子，把这件事情的原委说出来。

这是一种态度。

也是唯一的不管这件事的起因是因为人为还是因为失误，都不会让他们陷入被动的方法。

“在郑飞带消息过来之前，我们先把这些人分一下。”

都不是打个电话就能联系到的大人物，有一些需要见面，有一些需要邮件，还有一些还得视频会议，这些都得在郑飞拿到确凿消息之前确认好。

今天晚上注定会通宵。

方永年难得地突然有了种想抽烟的冲动。

“我出去打个电话。”他手里的手机已经被他摩挲出了温度。

俞含枫看了他一眼，挥了挥手。

她知道。

这个情况，估计明天领证也泡汤了。

只是不知道他家的小新娘会不会生气，这毕竟不是小事，据说他们的婚礼都因为方永年太忙打算放到过年办个简单的，明天领证这两人都弄得挺隆重的。

方永年拨了电话给他的小新娘。

“没关系啦，本来都是临时定的，这周随便找个时间或者下周也行啊。”陆一心在电话那头声音听起来没有任何沮丧。

“不是临时定的。”方永年靠着墙，低着头，“我找人合了八字的。”

明天宜嫁娶。

他靠在墙上，很长很长地叹了口气。

太不是时候了。

第十九章 天作之合

医院那边的消息很快就传过来了。

受试者已经脱离危险，再次检测各项数据指标也都已经趋向正常，他确实是医院招募的受试者，也确实参加了抗默项目的新药试验。

方永年之前的第一感觉并没有错，那位受试者最开始的血常规血检单是有问题的。

每一个临床受试者在试药之前都需要进行非常严格的体检筛查，正常情况下体检程序是不太可能会出现问题的，但是这位受试者属于不正常的情况。

试药这件事风险很大但是来钱快，一次试药平均周期是八到十天，能拿到的营养费会在几千到两三万不等，在这种利益下面，有一小部分试药人会在体检的数据上面动手脚。

这位受试者已经做了将近两年的职业试药人，因为试药流程硬性规定每次试药周期都必须是三个月以上，他为了可以缩短试药频率，最开始只是比较简单的用粉底掩盖针孔，因为吸烟过不了尿检在尿里面滴白醋等等，但是长期试药对身体的影响非常大，渐渐地，他因为体检报告不合格失去了好几个试药机会。

然后，他就开始想办法。

和久病成医差不多，他也开始懂得用哪些药可以让自己的体检报告看起来变得正常。

他试验了几次都有惊无险地过了整个试药过程，所以这一次，他胆子更大了，在体检之前一下子吃了好几种药，而其中有两种药和抗默新药产生了非常严重的互斥反应，所以才造成了休克和命悬一线的情况。

人是抢救回来了，但是因为身体长期试药造成的亏损再加上来势凶猛的并发症，受试者现在还躺在ICU观察。

方永年他们松了一口气的同时，开始更加头痛接下来的舆论善后。

这其实是挺简单的一句话就能说清楚的事，受试者在试药前违规使用了药物才导致了后面的事故，但真的要辟谣起来，这一句话可以被解读成无数可能。

现在网上的舆论除了俞含枫使用水军引导到真相的那一拨网友之外，最大的一拨反对声音就是网友觉得这是有钱人压下了事情真相。

好在俞含枫处理这种事驾轻就熟，除了方永年那一长串名单上的利害关系人需要亲自处理，一个晚上时间她通过水军、律师函，再加上几个专家的专业评价，网上的这一波危机终于熬过去了。

“有钱就是原罪……”熬了一夜的俞含枫脸上完美的妆容终于有些脱妆，说话的时候多了一些人气。

“钱向来都是双刃剑。”方永年揉揉脖子，总不能既希望钱能办事又希望钱不咬人，这世上从来就没有那么好的事。

确定完最后一位专家的见面时间，他看了一眼手机。

陆一心乖得有些过头了，昨天晚上说了一声晚安之后居然就再也没给他发过消息。

他直觉，这丫头又背着他做什么事了。

“基本都预约完了。”俞含枫伸了个懒腰，“有时差的和没时差的都定了，估计两三天就能弄完。”

没出人命是最幸运的，剩下的也不过就是他们这几个人多加点班而已。

“另外……”俞含枫顿了顿，下巴比了比会议室门口，“你今天本来应该领证的，虽然领不了，我给你把人领来了。”

方永年转头。

乖得过了头的陆一心正穿着那条V领白色连衣裙站在会议室外面，手里拎着早餐，看到他回头了，冲他咧嘴笑。

这是早上七点。

这丫头昨晚没睡吗?

“介绍下。”俞含枫挑眉，一脸“霸道总裁”的表情，“我请的暑期工陆一心，为了这几天准备的。”

方永年：“……”

“你要记得，她这两天是我的，不是你的。”俞含枫简直有点兴高采烈了，冲着门外的陆一心招手，“来来来，给姐姐我看看你都买了些什么。”

陆一心走进会议室的时候，冲方永年吐了吐舌头。

“水煎包和豆腐脑。”陆一心一头的汗，先把袋子里的东西分了一份给俞含枫，然后把剩下的放在方永年面前，手背在后面。

跟做错事的孩子一样。

“给你们一个小时时间，记得拉窗帘。”俞含枫带着早餐出了会议室，冲陆一心眨眨眼。

陆一心兴冲冲地冲俞含枫挥手，看到一直没有说话的方永年盯着她，她又默默地放下了手。

“那个……暑期工。”陆一心被他盯得心里打鼓，“反正我还没开始上班。”

方永年没说话，站起来先把会议室里所有玻璃窗的百叶窗都拉好。

陆一心有点点不敢跟过去。

她已经很久没有看到方永年工作时候的样子了，刚才在会议室外面看了他很久。

他工作的时候进攻性很强，像精力旺盛的斗士，一个晚上没睡也没觉得特别憔悴，只是衬衫撸了上去，风纪扣开了一颗，看起来有一点点衣衫不整。

很专注，眼神更凌厉。

所以她莫名其妙地，居然有点怕他，恍惚地觉得他是不是会因为她突然跑过来生气，或者……训她。

因为这是方永年的地盘，不是他们两个习惯的私人空间。

“那个……”陆一心眼睁睁地看着方永年一声不吭地关上了所有的百叶窗，“我给你买了豆腐水煎包，不过这里面没有咸鸭蛋黄。”

她都快要胡说八道了。

因为方永年就这样盯着她，然后一步步地靠近。

她下意识地往后退了一步。

方永年把她逼到墙角低头弯腰吻下去的时候，她其实还昏昏沉沉的，心想，自己的男人居然会“壁咚”，姿势好标准，是不是偷看了自己的少女漫画。为什么这个人，一个晚上没睡身上的味道还那么好闻，嘴里面都是咖啡的香味……自己粉丝滤镜是不是又厚了，再这样厚下去该怎么办啊……

“专心一点。”方永年用手指弹她，“好不容易才有一个小时。”

陆一心眨眨眼：“要……吻一个小时吗？”

这么猛哦，一个晚上没见，她家老干部发生了什么。

方永年终于忍不住，抱着她轻笑出声。

这丫头今天蒙蒙的、软软的，招人疼。

“怎么这么早过来了？”他把陆一心拉回到会议桌上，拆开她买的早饭。

热气腾腾的水煎包，上面撒了青葱，豆腐脑是他们两个人都喜欢的咸豆腐脑，放了一点辣油。

是他很喜欢的早饭。

他知道这家店，这个点过去估计得排很久的队。

“你今天几点起来的？”不会真没睡吧。

“四点多。”陆一心双手托腮，抢在方永年皱眉头之前先说话，“我想吃这家的水煎包了，而且，我得哄你。”

他昨天在电话里的语气失落得让她心都揪起来了。

她说完了要哄他，就又凑过去亲了他一下，嘴对嘴的，挺响亮的。

“今天不领证没关系啊，接下来几天我都可以陪你呢。”她弯起了眼睛，鼻尖碰了碰他的鼻尖。

她真的在哄他。

他也真的就被这样哄得心里面熨帖极了，烦躁忙碌了一晚上，喝了一晚上的黑咖啡，现在嘴里却只剩下了甜。

她带给他的甜。

“先吃早饭。”他不想她一大早排队买的早饭冷了，帮她摆好碗筷，拍拍她的头，“吃完了我们去宿舍睡一会儿，我今天早上十点之前都没事。”

“可是我是给俞姐姐打工的哎。”陆一心吃了一个水煎包。

方永年刚才吻得她七荤八素的，她也就忘记了方永年的侵略感，他一说话就又回到老干部了，衬衫乱了都能摆出正经的效果。

“我帮你跟她请假。”方永年说得有些咬牙切齿，“多少钱卖给她的？”

“一天一百五，她说暂时三天。”陆一心很老实，从兜里掏出四百五十块钱，“刚才门口的前台给我的，给的现金。”

她还从来没有这样过，觉得好新奇。

“还给了我这个。”蓝色的临时工牌，她笑嘻嘻地套在头上，“我可以做你三天的同事。”

她一直以来都很羡慕郑然然，今天她终于可以近距离地接触到工作中的方永年，对她来说，这比领证还开心。

虽然她要做的工作估计也就是打印跑腿，她实习的时候做惯的那一些。

“你离她远点。”方永年把水煎包里的馅料弄出来给陆一心，自己吃掉了皮，“她最近在找助理，前几天还找过郑然然。”他一点都不想陆一心跟着俞含枫这个女疯子混。

俞含枫找郑然然的事她是知道的，郑然然拒绝了之后打电话给她捶胸顿足，说自己居然放弃了一夜暴富的机会，说自己一定是被实验室的白大褂下了魔咒。

可是……

能看上郑然然的俞含枫怎么可能看得上她。

“我跟然然能一样吗……”她都无语了，“你是不是也有粉丝滤镜了？”

方永年：“？”

“我没有学二外，英语六级还是你帮我恶补了半年才考上这个分数的，物理挂过科，数学差不多每次都是勉强过关。”陆一心掰着手指，说的时候挺不要脸的，“俞姐姐的集团是华亭前五的公司，我这个简历投进去连第一轮都过不去好不好。”

“你专业课好。”方永年被说得脸上挂不住了。

“是啊，俞姐姐家里开气象局的。”陆一心糗他。

方永年：“……”

“其实有粉丝滤镜挺好的。”陆一心开始推销，“你看我现在看你眼睛里面的红血丝都刻着我的名字。”

她男人真的好可爱，为了她都“双标”了。

方永年：“……”

“你去哪儿？”他今天怎么跟她吃得一样快？

“东西放这里阿姨会收拾。”方永年拿走陆一心的包，“我们去宿舍。”

“真的要大白天睡觉哦。”陆一心跟在他屁股后面，在走道上看到俞含枫笑着冲她挥了挥手。

她是来打工的，这样是不是不太好？

“你那么便宜卖给她三天，应该知道我们晚上也要上班的吧。”方永年觉得有必要好好教育陆一心，不能那么单纯地被奸商骗。

“我知道啊。”陆一心点头。

因为晚上也会在一起，她差点乐开了花。

算了。

她来陪他了。

真好。

陆一心的暑期工，真的就是暑期工，打印、打杂、会议纪要、订餐、接待大佬、端茶递水。

除了她爸爸陆博远在看到她的时候差点需要速效救心丸之外，她的暑期工做得挺顺利。方永年很尊重她，哪怕是暑期工，他也尽量不插手帮忙俞含枫让她做的那些事，唯一坚持的就是总会盯着她睡觉，弄得她跟未成年人一样，每天哪怕是间隔着，也总是得睡满七个小时。

她睡着的时候，方永年偶尔会进到宿舍来，有时候抱着她睡一会儿，有时候只是进来洗把脸刮个胡子换件衣服。

但是他进进出出，总是会亲她。

带着胡楂的，带着牙膏味和剃须水味的，偶尔还会有咖啡味道。

亲到两个人都气喘吁吁的时候，他会很郁闷地抱怨宿舍里没有安全措施，偶尔，还会红着耳根进卫生间关上门，出来的时候身上带着水汽，亲她亲得恶狠狠的。

他心情很好。

陆一心觉得这三天兵荒马乱换来心情那么好的方永年，特别值得。

除此之外，她每一天过得都像是在历险。

之前在气象局实习的时候再忙她一个实习生忙得也有限，她现在这三天的工作强度，差不多是实习期间的十倍以上。

除了在宿舍，几乎没有时间谈情说爱，连眉目传情都非常少。

俞含枫请陆一心并不完全是为了安抚没有如愿按照黄道吉日领证的方永年，她是真的缺人手。

受试者出事这件事是临时爆出来的，合作的医院是他们在做仿制药的时候已经合作了好多年的医院，彼此之间信任度很高，谁都没有料到会突然出这样的事。

这件事情俞含枫不想让集团的人参与太多，制药公司里面的员工又大多一个萝卜一个坑。俞含枫后来告诉陆一心，请她主要是因为卫星中心都敢用的人，应该不会太差。

压根儿就不是方永年说的找助理。

陆一心穿上了俞含枫让她穿的职业套装和高跟鞋，马不停蹄地接待了好多制药界的、投资界的大佬，在会议上，记录和录制了很多她男人和俞含枫还有她爸爸和郑飞对整个抗默项目进度的汇报以及针对这次受试者的处理情况。

她还去医院看过一次受试者。

那时候受试者已经从 ICU 出来了，郑飞赶过去是为了告诉他这件事情的处理结果——方永年不想把事情闹大，所以公司承担了这位受试者所有的医疗费用，并且按照约定给了他受试抗默新药的钱，只是这个人从此以后上了临床试药系统的黑名单，这次之后，不会再有医院或者制药公司或者试药中介找他了。

她跟着郑飞过去是要负责拍照和录像的，这整件事公司都需要存档，以备后续会出现什么法律问题。

这个男人看起来和她爸爸年纪差不多，脸色苍白，眼睛凹陷。

他对所有的事情接受得都很平静，他说他一开始选择做这个是因为在华亭找不到工作，房租又快要到期，老乡给他介绍了一个中介，他发现原来大城市的医院居然还有这样来钱快的赚钱方法。

八天到半个月，经过严格的体检筛查，吃一点药，在医院里住几天就可以拿到几千到几万块，既解决了他的燃眉之急，还让他在之后的一两个月里可以衣食无忧。

这件事，甚至还是一件没有太大风险的好事。

国内现在大多的临床试药都是仿制药为了一致性评价做的，那些药大多都已经经历过原研药几年乃至十几年的临床，其实已经相对非常成熟了。

所以一开始，他几乎没有遇到什么危机，最多也不过就是出现失眠、心悸、恶心，对生活并没有太大影响。

他说，他后来就有点上瘾。

这比在工地搬砖来钱快，唯一的缺点就是必须得等满三个月才可以继续做。

华亭的大医院多，他开始用假的身份证去接其他医院的试药，开始慢慢地知道怎么才能避过体检这一关，次数做得越多，人的胆子就变得越大。

他开始觉得自己身体底子好，可能天生就是专门做这个的人。

再然后，就出了事。

“我要回老家了。”男人说这话的时候，手还在抖。

华亭不适合他。

太光怪陆离，太多诱惑，他觉得他失去了敬畏心。

对自己，对医院，对药，他都失去了敬畏心。

所以他才会受到惩罚。

“你们公司挺好的。”他最后对着摄像头笑了，牙很黄，因为长期试药，眼睛混浊。

陆一心在回去的路上，一直没有说话。

“可怜那个人？”郑飞看了陆一心一眼。

他很久没和这个小姑娘单独说话了，当时开药房的时候还经常逗她，等到她真的和方永年在一起了，他反而有些不好意思了。

他没想到自己兄弟居然真的是个“变态”。

“不是。”陆一心摇摇头，没有继续说下去。

她这两天感触很多，真的接触了新药研发才发现，方永年和她爸爸接触的，都是活生生的人命。

制药不是摆家家酒，在实验室里做几次试验就可以做出花花绿绿的药片治愈那些生病的人。

这些花花绿绿的药片在可以卖之前，要先给小白鼠吃，要先给其他的活体动物吃，它们吃了没事，还要给活人吃。

甚至要给刚才医院里那个，完全健康的没有得 AD 的人吃。

就算他们已经为了这一天做了无数次试验，这几年她甚至没有看到过方永年过过完整的双休日，都还远远不够。

那得要有多大的压力，才能把那些化学方程式、那些符号、那些用数据和生物模型堆砌出来的化学品，用几个一组的方式，喂给那些一点病症都没有的健康人。

他们这一轮轮的化合物筛选，一轮轮的淘汰，背后要面对多少血泪甚至生命的数据。

“做我们这一行的，有一个很不愿意提起的名词，叫作可接受的死亡率。”郑飞笑了笑，“这话很多时候是得跟投资商，跟药监局说的，我们这个药在制药期间可接受的死亡率会在百分之二以下。”

“百分之二，业内人士都会觉得这是在吹牛。”郑飞笑了笑，“所以一般情况下，我们都不会去纠结那百分之二的死亡率。”

用冷酷一点的词语，那是属于折损率。

如果一千个人用药，可能就会死亡二十个人，而这二十个人，作为2%数据似乎可以忽略不计，但他们都是活生生的人，他们都有亲人朋友，都有自己的性格和人生，都是照片上一张张生动的脸。

“制药和医疗一样，需要向好的方面看。”郑飞的胖脸笑起来有一点点像灌篮高手的安西教练，明明只比方永年大了几岁，却硬生生地看出了慈祥，“我们可以把可接受的死亡率从百分之五降低到百分之二，这样，我们就又救了三十个人。”

他们的拼命，有可能只是为了那百分之一。

很多人日以继夜地工作，累到只能趴在实验台上睡上几分钟，为的，可能就只是那百分之一。

对于投资商来说根本看不上的零点零一，却可能就是十条鲜活的人命。

“所以你男人挺伟大的。”郑飞说完，不忘臭屁自己，“和我一样。”

所以看到他兄弟很忙，看到他兄弟忙到甚至没办法跟她去领证的时候，不要太为难他兄弟。

他自己的恋爱谈得都很现代化，恋爱之前先筛选一下各自的条件，经济的、外貌的、家庭的，全都筛选完了，两人相处的时候还得为了让对方能够接受自己性格上的缺陷做各种试探，计算着自己是不是比对方多爱了几分，应不应该冷对方几天让对方感受到自己的重要性。

一场恋爱谈下来，往往精疲力竭，整个过程并不会比制药简单多少。

所以他干脆屏蔽了恋爱，他觉得一个人挺好。

他有时候会想，方永年答应了和陆一心谈恋爱，是一件多么悲惨的事情。

小他兄弟十四岁，没有什么社会经历，方永年跟她提那些社会龌龊她估计听不懂，一个小丫头，可能连人命的价值都不一定能完全理解。

他看着他兄弟为了这个女娃娃，休假要排在她有空的时候，工作的时候手机都放在最显眼的地方，为了她甚至还会在空的时候去看看小女孩喜欢的那些花花绿绿不值一提的东西。

更何况，还有个天天跟他兄弟一起上下班，喜怒非常形于色的老丈人。

老夫少妻的悲哀。

他隐约地觉得，他兄弟找了这么个姑娘，表面上看起来甜蜜，应该挺累的。

就单纯从体力精力上，他兄弟也不见得能承受得了。

他一直不怎么看好，然后眼睁睁地看着他们恋爱，他们订婚，他们到现在都已经决定要去领结婚证了。

他觉得，他不阻止，但总是能为他兄弟说些话。

“我们这份工作，压力真的挺大的。”他说得含蓄，怕他兄弟怪他多事，也怕真的让陆一心压力太大。

二十二三岁的小姑娘，应该承受不了太大压力，万一哭着鼻子不肯结婚，方永年能把他剁成肉酱。

他这个从小就认识的，一直以来觉得以后可能会变成大佬的好友，对这个看起来不特别漂亮不特别突出的小姑娘是真的上了心的。

他有时候半夜三更在实验室里还看到在等试验结果的方永年坐在角落里，低着头手指摩挲陆一心的照片。

挺恶心的，但是方永年经常做。

所以他今天趁着难得的两人独处的机会，很委婉地说出了兄弟的难处。

他觉得婚姻嘛，无非就是谁多付出的问题。

方永年那么忙，那么陆一心理所当然地应该多付出一点，从社会贡献的角度也应该是这样。

他看着陆一心若有所思地点点头，觉得老怀甚慰，总还是帮到了方永年一些。

他觉得他这个兄弟真挺可怜的，大起大落，经历了太多，需要个解语花，能温柔一点对待他的人。

当然，郑飞并不知道，他的那番话让陆一心下定了决心。

她在晚上帮他们订饭的时候外出了一趟。

然后，方永年再回宿舍的时候，终于有了安全措施……

试药事故后续的工作都已经基本收尾了，俞含枫趁着这次机会向投资人重新汇报了一次进度，也顺便展示了他们公司的技术能力和公关能力。

就像方永年说的那样，俞含枫从来都不做亏本买卖，所有的危机对她来说都是机会。

陆一心做暑期工的最后一天中午，他们几个人的中饭是在会议室里吃的。

方永年不喜欢闷在盒子里太久的饭菜，平时工作的时候没人惯着他这种娇气毛病，陆一心在的这几天，几乎每次都是盒饭一送到她立刻就拿过来了。

今天中午陆博远、郑飞都在，陆一心一个人拿餐拿不动，索性叫上了郑然然一起帮忙。

吃到一半，郑飞突然想考考郑然然，把之前那份受试者的检测报告递给了郑然然，让她看看哪里不对劲。

郑然然顶着一屋子领导的巨大压力，一边啃着鸡大腿一边皱着眉头研究报告。一个鸡大腿啃完，她擦了擦手，把那两张血常规单子挑出来放到了郑飞面前。

陆博远笑了。

俞含枫挑着眉诱惑郑然然："我那天跟你谈的条件再往上浮动百分之一，你再考虑考虑？"

郑然然："……"

所有人都笑了。

方永年笑着把陆一心碗里的卤蛋拿过来，用筷子分出了蛋白和蛋黄，分蛋黄的时候犹豫了一下，分给她一半。

"吃掉。"他笑看了她一眼，觉得还是不能心软，得营养均衡。

陆一心苦着脸腹诽这个挑食怪只许州官放火，味同嚼蜡一样地嚼着蛋黄，眼尾扫到公司前台来了一个人。

一个男人，四十岁上下，穿着黑色T恤，背着一个双肩包，戴着墨镜。

她鼓着腮帮子瞪着眼睛歪着头又看了一会儿，然后一迭声地喊："然然，然然，然然，你看那个人是不是夜东老师！"

郑然然刚刚计算完自己又一次拒绝掉的百分之一报酬到底可以买几个鸡大腿，正心痛到无法呼吸，听到"夜东老师"四个字，瞬间抬起了头。

"哪儿？"她端着盒饭迅速地挤到了陆一心身边，完全无视自己的顶头上司方永年。

"那个，穿黑色T恤的那个，他背后印的是他们工作室的logo吧。"陆一心也很激动。

所有人都看着向来冷静人设的郑然然几乎把脸贴到了会议室的玻璃上，拿着盒饭的手都在抖。

"你们认识？"几个人里面最八卦最无所谓辈分的郑飞也跟着两个小姑娘一起看向前台，"他很有名吗？"

"他是全国声音最性感的男人了。"陆一心脱口而出，然后迅速改口，"就是配音演员，是郑然然的偶像。"

方永年面无表情地看了陆一心一眼，眼神冷飕飕的。

陆一心心底为自己的求生欲点了个赞，从张珩的事情上她就已经看出来了，方永年挺能吃醋的。

他真的越来越喜欢自己了呢，嘿嘿嘿。

郑飞没注意到陆一心和方永年的眉来眼去，他若有所思："难怪他要跟我签保密合同。"

“他是患者？”郑然然已经看到前台递给夜东的表格，那是郑飞用来登记特殊来访人员的表格。

陆一心半张着嘴。

患者？AD 患者？夜东老师才四十五岁。

“出了这个会议室门就别提这事了。”郑飞擦擦嘴，站起身，“这位患者走的特殊渠道，具体要不要成为受试者还得重新评估的。”

郑然然的脸色有些苍白。

夜东老师吗……

她喜欢了好多年的老师，国内最早一批跨界配音的声优，她听过他配的所有电视、动漫、小说甚至还有游戏，夜东老师的声音是她因为家庭最最低落的时候陪她熬过无数个夜晚的声音。

她不知道该说什么。

前两天实验室的同事还在感叹以前都不觉得 AD 患者很多，但是自从进了抗默项目之后，总觉得身边得 AD 的人越来越多了，她当时还嘲笑过他们这是心理学上典型的自我暗示。

结果今天……

为郑飞和夜东老师会面做会议记录和视频录制是陆一心这三天暑期工里面最后一项工作，也是心情最复杂的一项工作。

她对夜东老师没有郑然然那么痴迷，但是闺密之间的喜欢总是会互相影响，夜东老师很符合她的审美，不高调不走明星偶像路线，执着专业。

这是她这辈子第一次那么近距离地接触到屏幕后面的人，只是气氛太沉重，她连打字的声音都不自觉地放到最小。

夜东老师的声音和配音的时候不太一样，他本人的声音低沉很多，更符合他这个年纪。

他看起来并不像是患病的人，很有礼貌，和郑飞握手之后还对着她和郑飞鞠躬道谢，感谢他们能配合他的时间，在中午休息的时候来开这个会。

他很冷静。

“我一共联系上两家做 AD 临床的制药公司，还有一家在新加坡。”夜东老师落座之后，喝了一口茶，“对方的临床进度比你们的快一点，已经有部分临床进入Ⅲ期了。”

“但是说实在的，我更希望我能留在国内做治疗，新加坡毕竟人生地不熟。”夜东老师笑了笑，“我从小在华亭长大，这里的每条路我都很熟。这病到后期据说会连怎么吞咽都会忘记了，我觉得把那个什么都不记得的我留在华亭，会比较安心。”

他始终都是笑着的，在说到自己的病况，在安排自己的事情的时候也是如此。

“最开始，我还以为我得了抑郁症，每天傍晚前后固定的时间段里总是会觉得心情暴躁，严重的时候还会心悸、手抖。但是去医院检查，只有很轻度的抑郁倾向。

“我的行程安排很满，检查没事了之后我也就没有再深究，毕竟每天都会发作的时间段很短，连续几个月之后我都已经开始学着习惯了。

“再之后，我发现我经常会记混时间，助理每天早上会安排我一整天的行程，但是我经常把下午的行程记成上午的。我以为是工作压力太大事情太多人有些疲劳，而助理也把每天一次的行程安排改成了两次或者三次，我们还是谁都没有注意到我那时候已经病了，并且这个病已经慢慢变严重了。

“真正让我开始慌的，其实是因为钱。”他还是笑着，苦笑的时候带着嘲讽，“我开始开错支票，支票上的小写数字后面有几个零我怎么都没有办法数清楚，我是因为这件事，才去医院做了一次全面的检查。

“我去了十几家医院，国内所有在阿尔茨海默病上有建树的甲级医院我都去过了，结果都是一样的，我得了阿尔茨海默病，虽然是早期，但是我病情恶化的速度很快，现有的药物控制没有太大的效果。

“我离需要专业护理的那一天可能只有一年到两年的时间，这是我目前所有的医疗资料。”夜东老师把那一沓厚厚的牛皮纸袋递给郑飞，“我知道进入临床试验是需要进行严格筛选的，我会配合你们的工作，同样的，我也会去找新加坡的那家公司，说一模一样的话。

“我希望我后续的治疗，是在自己清醒的情况下，自己做的选择。

“只有生了我这样的病的人，才会意识到能自己做决定是一件多么珍贵的事情，希望你们能理解。”

他全程都冷静得像是在说别人的事，包括向郑飞解释为什么有几张检测单的数据会相差那么多，他详细地提供了自己的药品清单，还非常细致地和郑飞确认了保密协议里的条款。

“虽然我自己不是什么名人，但是工作室里十几个人都得靠着我吃饭。

“尽管我已经和医生确认过这一两年时间内，正常看着台本配音应该不会有影响，可是做这一行的，得了这种病应该就不太可能还能找得到工作了，我得给这十几个人安排好后路，通过信任的媒体统一发布这个消息才行。”

他还是不忘道歉。

因为自己身份特殊，因为给他们添了麻烦。

他很骄傲。

他值得被郑然然这样的人当成偶像一样喜欢。

他在临走的时候看了一眼陆一心，踌躇了一下。

“你是不是听过我的作品？”他问陆一心，有点不好意思，“因为刚才在前台我看到你在会议室里面和另外一个女孩子一直盯着我。”

陆一心抱着笔记本电脑咬着嘴唇使劲点头。

“我给你签个名吧。”夜东老师笑了，“真没想到做科研的人居然也认识我。”

他好像真的挺开心的，自己准备了签名纸，还找了半天的签名笔。

“不好意思，你也知道，我这记性一天不如一天了。”夜东老师找到了签名笔，感叹，“这笔跟了我好多年，都有感情了，记性不好也不会丢。”

他在签名纸上工工整整地写上了“夜东”两个字，问陆一心的名字的时候，陆一心红着眼眶报出了郑然然的名字。

“你还真是我粉丝。”夜东老师看到陆一心红着的眼眶，忍不住笑了。

“我已经算不错的了，全国那么多阿尔茨海默病患者，能进临床试验的能有几个？能有几个能像我这样，给我时间让我好好处理好那些俗事的。

“做人不能贪心，我这样就已经很好了。

“更何况，你们不是做药的嘛，我这不是还指望你们赶紧把药做出来，在我还没有完全变成痴呆之前赶紧做出来。”

所以，他在签名纸上写了一个大大的加油。

“这辈子我是第一次签名把这两个字写出血肉了。”夜东老师又笑了。

陆一心一直都不知道，这个在动漫里面把她们几个半夜三更听得都快要流鼻血的老师，居然那么爱笑。

“加油。”他走的时候也握了握陆一心的手。

加油。

陆一心在结束短暂的暑期工的时候，回头看着这幢制药大楼，给这幢大楼加油打气。

方永年的车子很平稳地从地下停车场开了出来，她的男人把车窗摇了下来，冲她笑：“上车了，去吃饭。”

他们终于可以去吃那顿结婚前最后一顿晚饭了，陆一心订的饭店，里面的招牌菜是虾爆鳝。

他们明天去领证。

晚了三天，陆一心在方永年的地盘，经历了三天的历险。

她认识了一些人，知道了一些事，更清楚地明白了自己的父亲、自己的男人是在做一件多么伟大的事。

“我决定要把我爸爸排在偶像榜第二。”她下了决定，夜东老师排第三。

“你爸会哭。”方永年调侃她。

他也笑了，眼尾有一点点皱纹。

挺好，明天，他们终于可以领证了。

那天晚上，方永年和陆一心一起吃了虾爆鳝。

华亭是个大城市，那家店虽然是一家招牌卖虾爆鳝的面馆，但是装修成了状元楼的样子，富丽堂皇满目红漆。

“没有禾城那家好吃。”方永年喝了一口面汤，有些可惜。

“你那天又没吃。”陆一心用眼白看他。

他那天只点了她的面，他自己忙着看她哭，忙着跑路，忙着在那个人来人往的面馆里面做她的好叔叔。

“我后来去禾城的时候又去吃过一次。”他在陆一心迅速地鼓起脸的时候，补充了一句，“和郑飞一起。”

“死胖子！”陆一心愤恨咬牙。

方永年莞尔。

陆一心真的从来都不会怪他，不管她生不生气，只要能拉到第三者，她一定会怪第三者。

她喜欢把他说成她的，他慢慢地也习惯把她说成他的。

自己的，都舍不得骂。

“下次回去的时候我带你去吃。”他抽了一张餐巾纸给她。

大店里的餐巾纸质量好，擦了都不会掉纸屑，桌面一点都不油腻，坐的凳子也不是长条板凳而是带着靠背的红漆方凳。

干干净净的，可惜味道还是差了很多。

没有了记忆里昏黄的温度和重量，他那么追求完美的人，本来应该会觉得遗憾的。

可是他并没有。

他那天吃光了那一整碗面，吃的时候一直在笑，他甚至都有点不记得陆一心到底说了什么让他差点把面汤灌到鼻子里。

这碗味道不及禾城十分之一的虾爆鳝，居然还真的挺好吃的，因为对面坐着的人不再哭鼻子，不再觉得他离开了她就失去了全世界。

他们终于成了彼此的全世界。

大忙人方永年吃完虾爆鳝把陆一心送回家就又赶回了公司，领证前一天晚上，陆一心是和自己的妈妈还有郑然然一起过的。

她把夜东老师的签名给了郑然然。和她想象中的差不多，郑然然没有哭也没有颓废。

“我看到郑飞把夜东老师那些检查报告输入到备用库里面去了。”郑然然正在帮陆一心除毛，拿着镊子戴着口罩一本正经得像是在做解剖。

陆一心抖了抖。

“不管他是选择在我们公司还是选择去新加坡，我一定会在他彻底恶化之前做出 AD 药的。”郑然然藏在口罩后面的脸坚定无比。

他在签名上写了加油，用了感叹号。

所以她一定会加油的。

她得回报他，那么多个晚上她都是靠着他的声音想象长大以后的世界可能还是美好的。

陆一心能够嫁给偶像，但是她，可以救偶像。

长大以后的成年世界，果然是美好的。

想要和不想要都渐渐地变得明确，做不到的，那就再努力一点，起码已经有了明确的努力方向。

“你不紧张吗？”郑然然帮陆一心拔掉腋窝里刚刚探出头的“小平头”，一抬头发现这丫头居然快睡着了。

“我本来就是要嫁给他的啊，很早很早的时候，我就告诉你了。”陆一心翻了个身，露出了另外一只胳膊。

有什么好紧张的，除了三天忙到连轴转一不小心又长出来的腋毛外，她从身到心都已经准备好了。

“要怎么样才能做到那么坚定？”郑然然问得有些迟疑。

陆一心睁开眼睛看她。

“感情要发展到什么程度，才能做到像你这样，提到结婚都不觉得紧张或者害怕？”郑然然问得更详细了一点。

“你之前……不是已经在计划毕业以后和谷历历结婚了吗？”陆一心傻眼，她觉得他们感情挺好的啊。

谷历历自从上了大学之后每天早上都会给郑然然送早饭，隔着几个地铁站的大学，他不是只送一次，他送了三年。

哪怕后来郑然然基本都在方永年的实验室里上班，谷历历每天要坐车转地铁，也从来没有间断过。

只因为郑然然的胃不太好，谷历历陪郑然然去医院的时候，医生强调三餐一定要吃，早餐尤其重要。

连她都会感叹郑然然高考放榜那天的告白简直是神来一笔，谷历历这样的男朋友，也真的是打着灯笼都难找的那一种了。

“和感情没有关系。”郑然然拔完最后一根“小平头”，平躺在陆一心的床上，摘下了口罩，“只是单纯的害怕。

“这个社会对女性挺不友好的，男人从头到尾只需要一个事业有成，可是女性要扮演好多角色，要为人妻、为人母，最好还能是独立的职业女性。”郑然然叹了口气，“我也想像男人一样，只专注做一件事。”

结婚要是能和恋爱一样，只是单纯的让人觉得是一件开心幸福的事该有多好。

陆一心钻到郑然然的怀里，把空调被子拉过来把两个人包好。

“我也想过这个问题。”陆一心的回答让郑然然意外。

她一直以为陆一心对方永年是真正意义上的一根筋，不管恋爱还是结婚，她拥有一种能把和方永年在一起的所有的事情都合理化幸福化的能力。

陆一心居然也想过那么现实的问题吗?

“方永年刚开始答应跟我在一起的时候，我觉得他是在投降。”陆一心把玩着自己的头发，心里想着，明天，他们就白头偕老永结同心。

“他那时候根本没有跨过辈分的坎，如果不是我不管不顾，他能装一辈子的叔叔。

“在一起之后，我们两个虽然没有大吵，但是磨合了很久很久。

“除了你后来提醒我的畸形之外，我们两个为了克服辈分这个坎，其实也做了很多努力。”

有些东西是心里已经形成了固定思维的事情，就像她即将要嫁给他了，可是一到他的地盘仍然下意识地会变㞞一样，方永年为了卸下自己的威严，也花了很多的力气。

“其实我们两个一直到现在都没有很完美地解决这个问题，可是因为恋爱的时间够久了，我们慢慢地把这些问题也变成了另外一种相处方式。

“所以我们不是完美的、坚定的情侣，我嫁给他一点都不紧张，并不是因为我很清楚他爱我，而是因为我知道，他很尊重我。

“从我十岁认识他开始，他就很尊重我。”

他第一次见面的时候弯腰试图跟她平视，他跟一个十岁的孩子解释阿尔兹海默病。

十二岁的时候，他用笨拙但是透明的方法教会她什么是死亡的意义。

十四岁的时候，他告诉她，残疾了，就认。

十八岁的时候，她用各种各样的方法追他，弄得他狼狈不堪，但是他仍然尊重她的感情，他只是明确地告诉她，他尊重，但是不接受。

十九岁的时候，他在半醉的时候问她愿不愿意做他的媳妇，他很紧张，甚至用上了色诱，他其实一直到最后都没有找到说服她跟他订婚的理由，所以他絮絮叨叨地说了一堆他想向她求婚的话。

二十二岁，他们的第一次，她已经长到足够大，足够清楚那天晚上到底发生了一些什么。方永年一直在忍，他只在乎那个晚上对她来说是完美的，整个过程只要她微微有一点点僵硬有一点点皱眉，他都打算随时喊停。

他并没有在意那也是他的第一次。

这个男人从来没有因为是她先追的他，是她死心塌地非他不可，就觉得他理所当然地可以多要求一些什么。

恋爱四年，从来都没有，一秒钟都没有。

“不管我们两个有多相爱，我和他始终是两个单独的人。”

正因为这样，她才会在毕业的时候思考自己以后应该要走什么样的路，她很了解她自己，如果方永年哪怕表现出一点点希望她做贤妻良母的意思，她肯定会毫无条件地妥协，甚至也不会觉得不幸福。

但是，方永年没有。

他的尊重让她在大学这四年逐渐地学会找到自我，他的尊重让她一点点地变成更好的、更完整的自己。

其实长大了、成熟了，她觉得这种尊重可能才是她一直以来对这份感情越来越坚定的原因。

“这个世界对女性不够公平，但我们最起码还是可以找一个足够尊重自己的男人做另一半。”陆一心最后下了结论。

我们还是得为人妻、为人母，但是尊重你的那个人，在你做这些的时候，他也同样在为人夫、为人父。

生活都是艰难的，区别在于是独自牺牲还是共同承担。

爱情可能都会被岁月消磨，但是能否沉淀，关键的地方可能就在于你是牺牲的，还是携手的。

“我突然发现在感情上面，你比我成熟好多。”郑然然叹为观止。

“我总得要有一样东西能超过你们这些天才吧。”陆一心臭屁地皱起了鼻子。

“而且你还有一个很大很大的优点。”郑然然对着天花板比了一个好大好大的手势。

“什么？”陆一心撑着脑袋等着第二波夸奖。

“你特别能理解别人对你的好，哪怕一点点，都能被你找出来。”郑然然还真的是在夸她，只是夸完之后忍不住又补充了一句，“是不是平胸的人都比较感性？”

“你不说后面这句话又不会死！”陆一心气到想掐她胸。

“反正你男人又不介意。”郑然然在床上打滚。

两个女孩子笑笑闹闹，被刘米青逮了个正着：“都几点了，陆一心你明天早上眼睛肿起来不要跟我哭。”

“阿姨过来一起睡吧。”被陆一心半边身体都拽到床边上的郑然然散乱着头发邀请刘米青。

今天是女儿结婚的前一个晚上呢，在一起多好。

“妈妈过来一起睡吧。”陆一心一模一样的语气，一模一样的动作。

刘米青摘下面膜躺到了两个女孩子中间。

“我觉得你一点都没有舍不得。”陆一心抱怨。

她妈妈一点都没有嫁女儿的自觉，晚上最后一块面膜妈妈都自己用掉了，说她年轻不需要保养，可那明明是给少女用的面膜！

“我还能再嫁一个呢，我有什么舍不得的。”刘米青拍拍郑然然的脸。这么多年了，这苦命的丫头在她心里还真的就变成另外一个女儿了。

郑然然眼圈一红，翻了个身。

“等然然结婚时，我们也这样躺一张床上聊一晚上吧。”陆一心从她妈妈脸上抠营养液涂抹到自己的脸上。

“嗯。”郑然然埋在枕头里不说话。

“我这个新娘子没哭，你哭什么啊！”陆一心傻眼。

郑然然啊，多久没哭过了。

“我在想，谷历历好像也挺尊重我的。”郑然然又哭又笑地转移话题。

“其实我一直觉得那傻小子比方永年靠谱，方永年城府太深了。”刘米青深以为然。

陆一心撸袖子不服：“妈，你有没有看到谷历历手臂的肌肉，都那么粗了！”

“对哦，现在做体育老师需要把身材练成这样吗？”刘米青也好奇，“他的肌肉有点太大了。”

“哈哈哈哈哈……”告状成功的陆一心快乐地翻了一个身。

她喜欢这样的嫁人前夜。

没有什么离别情绪，因为嫁了人，她也随时都可以回家。

她不是嫁出去了，她只是结婚。

陆一心去领证那天，背了一个浅绿色的单肩包。她在里面放了户口本、化妆包，还有一张看得出是手写的信纸。

方永年对她那张信纸很感兴趣，因为从上车开始，她就一直偷偷摸摸地看，他歪过去想看一眼，就会被她用好好开车这样的理由义正词严地搪塞过去。

“对了，你那边的储物盒里面有个红色的纸包。”既然陆一心不愿意给他看，他倒是有东西要给陆一心看，“你打开看看。”

方永年车上的储物盒除了一些票据之外剩下的都是陆一心塞进去的甜食，陆一心很快找到了方永年说的红色纸包，她傻了一下，这东西和方永年的气质太不搭了。

巴掌大的大红色布袋子，上面绣着吉祥的纹路，写着“百年好合”。

“昨晚合好的八字。”方永年倒是一点都没觉得不搭，“算命的说要放到新房的厨房碗柜里。”

他说得一本正经的，好像他做这样的事情特别合适。

“放了就会百年好合吗？”陆一心第一次见到这玩意儿，很新奇地翻来翻去。

有点厚重。

“我们会百年好合的。”方永年笑看了她一眼，就知道她会好奇，“我求的是身体健康。”

“你……”陆一心一言难尽，“合八字可以求身体健康的吗？”

这种操作真的是第一次听说。

“多给点钱就行了。”虽然俞含枫推荐的那个算命的特别有职业操守，他多给了快一倍钱被翻了半个小时的白眼。

陆一心笑嘻嘻的，小心翼翼地把福袋放到包包里。

他们当然知道这种东西只是讨个彩头，只是新生活一开始能有这样红红火火的祝福，总归是一件让人开心的事。

只要身体健康。

其他的，他们都能自己搞定，百年好合，永结同心。

去民政局领证这件事，有点像去市民中心办事，有点点庄重，但因为楼下是办理结婚的楼上是办理离婚的，庄重之中又透着一丝诡异。

陆一心拿到红本本的时候，人还是有点傻傻的，走出民政局大厅，忍不住一直回头看。

“就……好了？”她低头看红本本。照片里面两个人并排坐着，穿着白色上衣，大红色的底，拍照的人让他们微笑，所以他们笑得都有点僵。

宣誓的时候排着队，宣誓大厅里面的百合花快要死了，耷拉着脑袋弄得她手臂痒痒的。

她不记得他们宣誓了什么，却始终记得快要凋谢的百合花碰触到自己手臂的触感。

就……完成了？

从此以后，他和她就是法律意义上的合法夫妻了？

“就好了。”方永年把梦游一样的陆一心哄上车，再把她手里紧紧拽着的结婚证盒子拿走，放到车后座。

他抓起了她的左手，把她那个戴了四年从来没有脱下来过的订婚戒指脱下来，然后套上了一个新的，他买的，和陆一心心愿单里面差不多款式的钻戒。

心形的一克拉的钻戒，不大，但是很闪。

陆一心动了动手指。

“你当时只看了一眼，怎么就能都记住了呢。”她低头看着这个十分眼熟的戒指，她十八岁那年觉得自己可能爱他的时候存在心愿单里的钻戒，她存的时候甚至都没有把它当成梦想。

“有一些没有记。”方永年也低着头，他还是拉着陆一心的手，他们两个手掌大小差很多，他看着看着就忍不住包住她整只手，放在掌心，团成一团，“你那些成人用品，还有你后面标记着等发大财的时候买的那些东西。”

那些莫名其妙不知道干什么用的成人用品，还有她觉得他们有一天财大气粗的时候可以买的金条金砖，他都直接忽略了。

以后理财这种事还是他来做吧，这丫头有了钱第一个反应就是买金子。

陆一心捂着脸干笑。

真是天才老公，好诱人哦。

“刚才宣誓的时候，他们为什么要笑啊？”她又想起了别的事。

虽然领证的时候好多人都是笑眯眯的，但是为什么只有她和他上去的时候，他们笑得最大声。

“你没让宣誓人把话说完。”方永年不知道为什么就觉得陆一心这样云里雾里的样子让他心里揪揪地疼。

她一直在说要嫁给他，以前是小孩子胡闹说的话，后来，胡闹就慢慢地变成了真。

她这一路过来跌跌撞撞的，被他用残疾、用现实吓了无数次，一边哭哭啼啼，一边拉着他死不放手。

所以，她在领证的时候整个人都是蒙的，梦游一样，拍照的时候笑得太大了被摄像师笑，宣誓的时候宣誓人才说了一句话，她就急吼吼地说我愿意。

当时整个民政局都在笑这个傻乎乎的丫头，唯恐大家不知道她这个婚结得有多开心，他们带过去的糖还没进门就被她分光了。

他其实担心过领证那天当着那么多陌生人的面，会不会被人指指点点。

年龄差摆在那里，夏天的裤子没有冬天那么厚，注意看就能发现他右腿戴着的义肢，这个地方都是陌生人，所以眼光肯定也不会有太多的遮掩。

他想了一套哄她开心的话，在领证前还把要放在新家里的福袋拿出来哄她，做足了完全的准备，只是不想让陆一心在这个大喜的日子被那些无关的人弄坏了心情。

结果，完全没用上。

她幸福快乐得都快要溢出来，太幸福快乐了，所以让他们的年龄差，让他的残疾在这样的圆满下面变得微不足道。

他不知道为什么，就特别心疼这样的陆一心。

她其实已经长大了，张珩的事情她处理得成熟又机智，那三天在公司当暑期工的时候，她对工作的态度让陆博远在厕所里偷偷红了眼眶。

她已经懂得了一些成年人的规则，只是她从来都没有把这些规则用在他们两人的感情上。

四年了，她对他的感情依然纯粹得像是当初那个在他车后备厢差点把他吓死的小丫头。

她真的就像她说的那样，长大了，变成了大一点的陆一心。

“我们结婚了。”他抓住她的手放在嘴边吻了一下。

“从现在开始，我们两个人就是这世界上最亲密的人，不管发生什么事，你的名字和我的名字都会写在一起，就像你说的，相依为命。”

“你带给我很多东西。”这是他第一次当着她的面，告诉她这些事。

“车祸前我就很喜欢带着你四处去找吃的，这其中可能有一部分原因是因为你爸爸，但是能让我坚持那么多年并且不觉得烦的，主要还是因为你很懂事，很惜福。”

从来都不抱怨，一点点小事就能乐开花，吃到好吃的时候会两眼发光，几块钱的路边摊，她都能吃出山珍海味的感受。

“车祸后，我很需要你这样的人陪着。

“我想过要走歪路，我掌握的那些制药知识，那些化学基础，其实可以不完全用在制药上，这些东西可以拿去做很坏的事，我从研究所出来之后，就断断续续有人找过我，在决定和郑飞开药房之前，我彷徨过一段时间。”

没有人相信他的车祸是人为的，他没有了工作失去了右腿，身上背上了为了利益泄露项目数据的黑锅，欠了俞含枫很多钱，他不知道自己东山再起的地方在哪里，也不知道这个世界的灰色地带到底有多长。

堕落了就可以赚到他几辈子都不可能赚得到的钱，没有证据，他也可以用一些黑暗的规则去为自己报仇。

“然后我收到了你快递给我的东西。”

她是寄到他哥哥那里的，一大箱子的东西。他哥哥那阵子十分担心他真的就会跟那些乱七八糟的人走，所以大部分时间都把他关在屋子里，没收了他的拐杖和轮椅。

他那时候的生活除了复健，就是发呆。

陆一心给他寄了一整盒的零食。她已经和她妈妈一起搬到了禾城，所以寄过来的都是禾城特产，她在每一个零食包装外面都贴了便利贴，告诉他这些东西应该怎么搭配才能有最好的口感，告诉他有一些口味奇奇怪怪的，她总是能尝到塑料的味道，她想问问他是不是也吃得出来。

每张便利贴上面都画了笑脸，热情洋溢的。

“那是我那段时间接触到的最正面的东西。”

没有黑暗世界的邀约，也没有家里人的唉声叹气，陆一心给他寄了一整盒酸酸甜甜的小孩子零食，还有一整盒的笑脸。

所以他吃完了那一整盒的零食，联系上了郑飞，问郑飞，如果车祸不是人为的，应该怎么做。

郑飞说，首先，要能站起来。

陆一心的那一盒零食，是他有勇气站起来的第一步，所以后来郑飞说要开药房的时候给了两个选址，他毫不犹豫地选择了禾城。

郑飞以为禾城有陆博远的家人，方永年是为了报仇。

而他，是因为那一盒零食。

药房开张，他在陈旧的药房里看到那个穿着校服长大了一点的小丫头眼泪鼻涕的样子，不知道为什么，居然松了口气。

“好像看到你，我就不会答应去做那些坏事了。”他笑。

缘分真的是很奇妙的东西，哪怕那时候他只是把她当成侄女。

他想，那些人不能碰，万一碰了，他们可能会吓坏陆一心。

陆一心在医院里陪他陪了那么久，陆一心给他寄了那么大一盒零食，做人不能没良心。

她真的带给他很多东西，甚至比失去的那一条腿还要重要得多的东西。

“所以，我们结婚了。”他终于还是红了眼眶，在陆一心笑着笑着就快要哭出来的时候，吻上了她的唇。

领证那天，他们住进了新房子。

方永年找了个阿姨这段时间陆陆续续地进去打扫，他们两个自己平时没事的时候就蚂蚁搬家一样地往里面搬东西，窗帘换成了陆一心喜欢的颜色，毛巾换成了方永年爱用的牌子。

肥猫提前一天进了新家。

刘米青在大门口贴了一个巨大的“囍”字，找了一个风和日丽大家都有空的日子，陆博远夫妇、方永岁夫妇还有他们新婚夫妇两个人在门口拉了两个响炮庆贺上梁乔迁之喜。

因为忙，领完证的这天，一切仪式都从简了，到了新家，陆一心却在方永年低头在门锁上输入密码的时候，看着那大红色的“囍”字，突然有了厚重的实感。

“上来。”方永年打开门，弯下了腰。

他在健身房健身了四年，每天挥汗如雨举铁，偶尔会幻想自己可能能有一天能公主抱抱起陆一心。

但是无奈，陆一心大学毕业之后胡吃海喝，又胖了。

“我背你进去。”他捏了捏她的小圆脸，十分郁闷。

不管是有意还是无意的，她绝对是浪漫气氛破坏者。偏偏他想哄她高兴看了几本她的藏书，觉得有些仪式感其实还是有必要的。

比如，新娘子进新房子的时候，不能自己走进去。

抱进去背进去，然后就这样抱一辈子背一辈子。

方永年的背比四年前结实厚实了很多，陆一心趴在上面，手臂收紧，贴着方永年的耳朵根亲了一下。

方永年耳根迅速地红了，粗声粗气地说：“当心掉下去。”

她身上软软的，今天为了领证还擦了香水，两三步路弄得人心猿意马。

“从今天开始，你就是我老公了呢。”偏偏背后那位一点都不消停，贴着他的耳朵，嗓音娇娇嫩嫩的。

“你才反应过来吗？”再被她撩下去真要把她丢地上了，方永年把陆一心放在玄关的凳子上，苦笑。

他们领了证，和双方家里人在一起吃了一顿午饭，饭后陆一心还窝在她妈妈那里睡了个午觉。

大半天过去了，她才反应过来：我们终于结婚了吗?

陆一心嘿嘿笑，心满意足地使劲点头。

门口那个大红色的“囍”字晃了她的眼，新家所有的装饰都是她和方永年一点点选出来的。

关上门，只有两个人、一只猫的时候，她对“相依为命”这个词才有了更实在的感受。

“我去放福袋！”她想起方永年早上给她的百年好合、身体健康福袋，赤着脚屁颠屁颠地跑到厨房。

“你早上看的那封信呢？”方永年想起了另外一件事。

陆一心从厨房门口探出半颗脑袋：“我还没看完。”

她妈妈写给方永年的信，四年前刚刚被她父母抓包的时候她妈妈的表现让她记忆犹新，所以有些担心她妈妈又要提暮气沉沉，想自己看完了再决定要不要交出来。

肥猫的脑袋在她放在玄关上的包里倒腾了一下，那张被陆一心翻了好几遍都没有看完的信纸就这样飘了出来。

方永年捡起那张信纸。

“我妈给你的……”陆一心只能老实交代，“我偷偷拆了。”

方永年：“……”

难怪中午吃饭的时候，刘米青一直在看他的表情。

“我进书房看。”他决定隔离陆一心。

“你看完了要给我看！”

陆一心在他身后跳脚，他笑着关上了书房的门。

其实，还是有点紧张的。

毕竟，他拱了陆家水嫩青葱的白菜。

那就是一张很普通的信纸，白色的，上面印着“华亭气象局”的字样。

刘米青的字迹和她的人很像，娟秀坚韧。

她先是调侃了一下自己的老派，女儿要嫁人了，她想了很久到底是应该找他谈谈，还是应该写封信给他。

> 我最终还是选择了写信。
>
> 有些话面对面地说总归会有点不好意思。

在派出所门口看到你背着一心的时候，我恨过你。

因为你不是别人，不管博远那几年有多对不起你，我和一心对你一直都是真心的，你知道我们家有多宠这个女儿，你也知道一心对我们家来说有多重要。

我在那个晚上说了一句事后好几年我都在后悔的话，我问你，我们应该坐谁的车。

一心没有听懂，但是我知道你听懂了。

我真的怨过你，你没有给我和博远选择的机会，父母赢不过子女，我想了无数种可以分开你和一心的方法，但是没有一种是可以让一心心甘情愿的。我知道你很清楚这一点，所以那天晚上，你姿态很低，但是却根本就没打算放手。

然后你在我和博远都还没有完全缓过神来的时候，又说你们要订婚。

那一刻，我真的被气傻了。你对你和一心的事情，表现得一点都不像你，你表现得甚至比二十出头的毛头小子还毛糙。

所以在暴怒的同时，我发现我可能错了。

你们两个的感情并不是我一开始想的那样，纯粹只是一心的主动而你只是顺杆而上，这段感情里面你也失去了理智，你那天晚上表现出来的低姿态并不是游刃有余地对我们耍花腔，而是真的找不到别的能让我们同意的方法了。

换了一个角度，我就在想，你们两个在正式开始之前，你可能真的被一心弄得很狼狈过。

我们之间太了解了，我在想你得要经过怎么样的思想斗争才会跨出这第一步。

所以我终于冷静下来，努力让自己不要带着偏见去看你和一心之间的感情。

你把一心保护得很好，你对她好得出乎我的想象，我甚至觉得这个世界上，可能不会有第二个男人能这么懂她这么纵容她。

你很爱一心，四年下来，我对你这份爱心存感激。

永年，我为我曾经说过的话、做过的事、伤过你的眼神道歉。

我从来都没有错看过你，你一直都是那个值得敬佩的人，你有高尚的人格，哪怕从今天开始你变成了我的女婿，我也仍然敬佩你。

时隔四年，我终于可以微笑着说，一心真的嫁得很好。

这丫头的运气一直很好，深交的朋友、爱上的人，都是很好很好的人。

我相信你们会有很好的未来，你们会过得很幸福。

永年，谢谢你。

另外，改口的事情，我们等到年底办婚礼的时候当着所有人的面再改吧，博远准备的红包总是要送出去，你娶了我们的女儿，这个仇，总是要报的。

还有关于理财的事情，我们家并不是一定要把财务大权交给女方的，博远把这件事交给我只是因为他完全不会理财，这一点，也遗传给了一心。所以理财的事情还是你来吧，一心有了钱就只会买金砖。

信并不长，一张 A4 大小的纸还没有完全写满。

写得也断断续续的，可以看得出写这封信的时候，刘米青思绪很复杂。

方永年合上信纸。

那年派出所门口被撞破之后，他们谁都没有再提起那天晚上发生的事。

当时陆博远夫妻两个都在气头上，其实不管他们当时说了什么，他都不会往心里去。

换个立场，那天晚上如果换作是他的孩子，他都无法保证他们能那么平安地走出派出所。

没想到刘米青还是记住了，并且耿耿于怀了那么多年还是忍不住向他道歉。

刘米青在盛怒的时候连“残疾”那两个字都没有说出口。

她在同一个晚上稍微冷静了一点，就再也没有提过这件事，甚至直接把残疾划到了外貌的归类里面。

他百感交集。

他没料到自己会有这样一天，坐在他和妻子精心布置的书房里，读着岳母给他的手写信。

身边的人给的祝福，都是真心的。

他们终于觉得他和他的陆一心，是天作之合。

陆一心从书房门口探出了脑袋，忐忐忑忑的。

方永年对她伸开了手臂。

“我还以为你被感动哭了。”陆一心跑过去，动作熟练地钻进了他的怀里。

书房里的椅子都是他们两个选的，可以让方永年的左腿彻底放松，也可以让他们两个人抱着窝在里面。

方永年吻了吻她的额头，没说话。

“真的要哭了哦？”陆一心仰着头看他的表情。

方永年拍拍她的头。

“我要看信。”她在他怀里拱来拱去，刚才在车上偷偷摸摸地只看了几行字。

“不给。”方永年伸长手把信放到了陆一心够不到的角落。

“你一点都不温柔！”陆一心的手不够长怎么都拿不到那封信，她有些恼羞成怒。

今天是领证第一天啊！

不解风情！

“因为我真的快哭了。”方永年面无表情。

陆一心挣扎的动作顿了一下，抬头看他，表情很怀疑。

“而且……”他抱住陆一心往他怀里挪了挪。

陆一心：“……”

他……好……精神啊……

“所以如果我一边哭一边……”那两个字他说不出口索性省略。

“我虽然变态，但是这样太变态了。”他怕拍她的头，假装自己已经血红的耳根并不存在。

“一边哭一边……多性感啊。”小妖精的耳朵开始变尖，笑容逐渐变态。

“而且……”陆一心开始脱他衣服。

“你真是……”方永年抓住了她作乱的手，变被动为主动。

“今天新婚嘛。”陆一心被吻得七荤八素的时候娇滴滴地回吻他。

“所以呢？”方永年也有点喘，眼尾红红的。

“新婚快乐……”陆一心红着脸搂住了他的脖子。

刚刚巡逻新地盘走进书房的肥猫脚步僵住，十分郁闷地勾着猫尾巴换了个方向。

人类……

真讨厌！

第二十章 他很谢谢她

陆一心在卫星中心的班上得出奇的顺利，她的上司就是那天面试的时候坐在正中间冲她笑的人，年纪和她妈妈差不多，姓孙，大家都叫她“孙博士”，很和蔼，也很肯教人。

卫星中心的工作都是和气象有关的科研项目，孙博士手上的这个项目属于科技部国家重点研发计划重点专项，去年立的项，研究的方向是东亚地区云对地球辐射收支和降水变化的影响。项目组有三十几个人，初来乍到的陆一心主要的工作还是记录观测资料，尤其是整个东亚地区云对降水变化的影响数据。

有些枯燥的工作，带她的人是个戴着厚重眼镜的师兄，平时话很少，急眼的时候说话会结巴，非常会嘲讽人。

陆一心刚去的第一天就因为数据格式记录有些问题，被他嘲讽得恨不得找个地洞钻下去。

除此之外，一切都很顺利。

一如她的婚姻生活。

她可能是对婚姻适应得最好的新娘子了，除了住进新房子和方永年正式住在一个屋檐下之外，其他的和婚前没有什么不同。

他们还是经常会去她父母家里蹭饭吃，每个月也总是会抽出两天时间去和方永岁他们一起吃饭，像每一对恩爱夫妻一样。

方永年仍然很忙，临床Ⅰ期筛选出了百分之七十的药物进入到临床Ⅱ期，Ⅱ期所有的受试者都换成了患有AD的患者，这其中包括了夜东老师，也包括了俞含枫的堂姐，阶段不同，受试的临床方案也不相同。

在临床预算的时候提到的数字基地和AD基金也已经初步形成规模，

Ⅱ期受试的一百五十名病人全部都有一对一的专业护工，负责照顾并且记录临床数据，前中期的AD患者可以选择二十四小时佩戴着传感器在家接受临床受试，给医院节省了不少床位。

Ⅱ期临床试验慢慢步上正轨之后，方永年开始把注意力放到全国数字基地推广和药品保险化上面，平时的工作除了在实验室，就是频繁接触各地地推，和俞含枫沟通各种可以让数字基地尽早扩展落地的方法。

和婚前不同的是，不管多晚，方永年都一定会回家。

新婚夫妇特别有新婚夫妇的样子，两个人在家里大多数时间都是待在卧室，肥猫的一张大饼脸从无欲无求变得日益变态。

那年华亭的秋天很冷，方永年身体弱，陆一心很早就让他戴上了围巾，家里也早就换上了羽绒被，可是那天早上上班的时候，她发现他脸色不好。

“昨晚没睡好吗？”陆一心一直很担心，早上量了体温又没有热度。

“腿有点痛。”方永年皱着眉穿外套，看陆一心一脸担心，弯下眉眼亲了亲她，“没事的，我早上打车走。”

“你什么时候才能完整地休息一天啊。”陆一心心疼死了。

他已经连轴转了一个月了，一天休息都没有。

“快了。”他不敢说现在这样连轴转主要是想过年后能多调休几天，他欠她一个婚礼，他还欠她很多陪伴的时间。

“今天晚上不许加班了，不然我去你公司楼下静坐。”陆一心还是不放心，他都痛得出冷汗了。

方永年笑，搂着她又亲了一会儿。

不管是幻肢痛还是肌肉痛，都是他忍惯了的疼痛，以前一个人的时候都是这么熬过来的，现在两个人了，他觉得他变得都有点娇气了。

他确实很久没有那么痛过了，这一两年剧烈的疼痛不知道为什么慢慢地变成了瘙痒或者轻微的肌肉痛，今天早上洗澡的时候突然间痛起来，他还有些适应不良。

“回来揉揉就好了。”他走之前笑着安慰陆一心，压下了因为剧烈疼痛翻涌上来的恶心。

他今天真的不能请假，陆博远因为地推的事情在出差，郑飞还在医院跟进临床，快到年底，即将接手集团的俞含枫已经远在大洋彼岸，整个实验室除了他没有其他人有决定权。

他坐在出租车上，咬着牙拧了一把右腿。

是有点逞强了，他苦笑，在陆一心又一次发过来确认他是不是真的没事的微信下面，回了一句没事。

手机锁屏，他叹了口气。

逞强，但是真的没事。

陆一心上班的时候一个早上眼皮都在跳。

她那位重度近视眼的师兄今天可能来了“男性生理期”，连着出错了两三个数字，恼羞成怒之后干脆把一整张表格都丢给了她。

她斜了他一眼，又丢了回去。

“我也生理期。”她哼哼。

近视眼师兄：“……”

现在的孩子真的是……

他看着只小了他两岁的陆一心摇摇头，一点都不尊老爱幼。

还有，什么叫作“我也生理期”？什么叫作“也”？！

她也就欺负他嘴皮子不够利索！

近视眼师兄被新人欺负，愤愤不平地推了推鼻梁上的眼镜，老老实实地重新开始自己的工作，心里多少还是有点吵不过的怨气，所以工作的时候多看了陆一心几眼。

他看到陆一心看了一眼手机，脸色立刻就变了。

“怎……怎么了？”他好奇得都结巴了。

陆一心没回答。

给她发微信的人是郑然然，郑然然让她速速去公司把她男人领回家，要不然她觉得她男人下午可能会晕倒在实验室里。

陆一心咬着牙。

郑然然从来不会拿这种事开玩笑。

两分钟前她还给方永年发了微信，他还觍着脸跟他说没事。

她抬头，拽住她那位倒霉师兄：“孙博士呢？”她问得很急，一脸严肃。

“出……出差。”倒霉师兄结结巴巴。

“那我想请假找谁？”

陆一心拽着他袖子的手太用力了，他觉得他快被她掐死了。

“找……找我……”他梗着脖子用力呼吸，“什……什么事？”

“我老公不太舒服，我得请假。”陆一心是真的急了，一边说一边红眼眶。

“你……”师兄深吸了一口气，“你先去，明天来补假条。”他松了口气，好不容易可以把话说顺了。

陆一心已婚是她进来第一天整个中心都知道的事，小丫头手上戴着的钻戒闪瞎了他们一帮苦哈哈的单身汉。

她上班很准时，从来不早退，工作认真不挑活不背后嚼人舌根，除了他偶尔想撑人的时候总是被她先撑回去而觉得特别憋屈之外，她算是个还不错的新人。

所以他答应得也很快。

做人上司拦着人家的急事，是很小人的行为，他是个很骄傲的人！

陆一心吸着鼻子收拾包包，收拾完之后觉得必须得谢谢这个平时看起来不怎么样的师兄，又一次拽住了他的袖子。

“谢谢！我明天帮你重做那份表格！”

“全部重做。”她强调，壮士断腕一样。

又一次差点被自己衣服领子勒死的倒霉师兄：“……”

“你……走！”气死了。

制药公司的人在那天下午，又一次搜集到关于方总的一手八卦。

方总的小娇妻来的时候居然是带着轮椅的，铁青着脸站在实验室门口。

方总的脸好像歪了一下。

他今天不太舒服是所有人都能看出来的，中午饭也没吃，一整天都尽量坐着，干活的时候能不说话就尽量不说话，后槽牙咬得很紧，脸色苍白，额头上有冷汗。

但是他在看到陆一心出现的那一刹那，居然笑了，对她招了招手：“过来扶我。”

他其实连站都站不起来了，正坐在那里考虑要不要叫救护车。

陆一心红着眼眶走进去，帮他脱了白大褂，给他系围巾的时候考虑了一下要不要掐死他。

“幸亏你拿了轮椅。”方永年全程都笑，虽然痛得要死，但是陆一心这副样子，让他心里面又一次酸酸胀胀的。

自己真的变娇气了。

以前这种痛还真的不至于就变成这样。

“你闭嘴。”实验室里很安静，大家都假装在忙自己的事，实际上后脑勺都写着“八卦”两个字，陆一心不好在那么多人面前拂了方总的面子，咬牙切齿地也只能在他耳边很没有威慑力地警告了一句。

方永年也就真的闭嘴了，乖乖地穿衣服，乖乖地让陆一心把他扶到了轮椅上。

幸好陆博远不在。

他还能苦哈哈地苦中作乐。

陆一心摸到他被冷汗湿透了的颈脖子就已经不想再和他说话了，一声不吭地推着轮椅就出了公司。

陆一心一早就叫好了车，司机也早就已经沟通好了，看到他们下楼就迎了上来，帮陆一心把方永年扶进车里，帮陆一心把轮椅放到了车后备厢。

方永年也没说话。

刚刚出了有暖气的大楼，他的幻肢痛得更加厉害了。

其实已经有点迷迷糊糊，只是迷迷糊糊的时候他还是忍不住在想，陆一心真的是大人了，做事情妥帖得让他都觉得神奇。

只是，她真的生气了，坐在车后座一声不吭地就拆了他的义肢。他没力气拦，说实在的，也有点不太敢拦。

“是不是得要镜子？”陆一心终于说话了，声音带着哭腔。

他都痛得在抖了。

他以为自己是忍者神龟吗!

“嗯。”方永年很轻地应了一声，闭着眼睛，任凭陆一心在他腿上动来动去。

其实没什么用。

但是她动来动去的地方都是他仍然存在的躯体，触感很真实。

这让他有安全感。

所以，他也没有告诉他，这是他出事戴上义肢以后第一次，在公众面前脱掉了义肢，也是他第一次空着裤管被她摁在轮椅上，当着小区那么多大妈的面，推回了家。

她还在气头上，他有点不敢惹。

方永年已经有很久没有用过三角镜了，搬家的时候还是陆一心说要以防万一才把两三个备用的三角镜搬到新家放在储物室里，都还没有拆封过。

陆一心拆的时候稀里哗啦的，动作太大，导致方永年和肥猫都只敢远远地看着她。

“你先用。”陆一心难得粗声粗气，“如果还不能止痛就去医院。”

虽然她很清楚幻肢痛去医院没什么用，止痛药家里也有。

方永年脸色惨白地点点头。

陆一心走之前就已经打开了暖气，屋子里面的温度让他稍稍缓了一口气。

陆一心又给他泡了一杯蜂蜜水，放在他能拿到的地方，然后她自己就蹲在他面前，盯着他的镜子。

那架势就好像她也在痛，她也在告诉自己的大脑，她那条完好的腿仍然在另外一个空间里。

没有那么痛。

没有截过肢。

没有用过锯子。

方永年动着动着就开始不专心，一只手扶着镜子，另外一只手伸过去想摸陆一心的头。

陆一心瞪他，眼泪终于流了出来。

“我以为能熬过去的。”方永年帮她擦掉了眼泪，声音虚弱。

他是真的没想到会变得越来越痛，可能是太久没有这样痛过了，也可能是因为他知道他现在有了陆一心，疼痛不知道为什么就变得有些无法忍受。

“上一次那么痛，还是你在后备厢的那一次。”方永年苦笑。

这种剧烈疼痛其实并不频繁，发作最厉害的两次都被她碰上了。

“你先闭嘴。”陆一心凶巴巴地把蜂蜜水递给他。

水温正好，蜂蜜放得不多，微甜不腻。

方永年想起在钟点房的那次，陆一心反反复复来来回回地问他要不要喝热水。

她外婆教她的，难受了就多喝点热水。

他忍着恶心喝掉了半杯，看着陆一心忙忙碌碌地把止痛药、肌肉喷雾都拿了出来，一字排开地放在他面前。

方永年莞尔。

他老老实实地吃了一颗止痛药，摸摸陆一心的头，低头继续用镜子和自己的大脑对谈求饶。

他以前觉得做这件事特别狼狈，明明就是少了一条腿，为什么他的大脑会死不承认，那明明已经空荡荡的地方为什么就能有那么真实的痛感，人类的大脑为什么会对四肢平衡这件事那么执着。

他做这件事的时候一直心存怨恨，从来没有一次像现在这样，一边讨饶，一边跟自己的大脑说，陆一心吓坏了，起码得让他恢复一点点，起码得让他能有足够的力气抱抱她。

镜子里完好的左腿上上下下，那条左腿的膝盖上还放着陆一心的手，小小一只，最近又白了一点，放在他灰黑色的裤子上，特别显眼。

还能照到一小半陆一心的脸，她咬着嘴唇，表情要哭不哭的，眉头蹙得很紧。

一张笑起来有些像弥勒佛的小圆脸快要变成苦瓜。

你看吧……

方永年跟自己的大脑说。

她真的吓坏了，都吓了她好几次了，你怎么能忍心……

明明应该被他宠一辈子的小妻子，现在却在上班时间推着轮椅跑到了他公司，找了一辆出租车，他在上车前、上车后看到陆一心对着司机说了无数个谢谢。

她知道很多残疾人的知识，整个过程处理起来虽然忙乱但是一点都不慌，她甚至还记得开着家里的暖气以免他回来的时候会觉得冷。

她可能真的已经在脑子里反复演练了很多次才能想得那么周全，才会在搬家的时候带上三角镜，才会在那个堆满了东西的储物室里立刻就找到了她想要的东西。

所以……

不要痛了。

或者不要那么剧烈的痛，不要让他连忍都忍不住。

车祸就是发生了，哪怕他痛一辈子，那条腿也不可能再长出来了。

幻肢仍然在痛，那个鬼地方像是有脉搏一样，痛的频率突突的，像是割裂了的伤口。

他也不知道是那条完好的左腿又一次欺骗过大脑，还是自己的恳求终于说服了大脑。

仍然痛，但是变得能忍。

他对着镜子长长地叹了一口气，直起了腰。

“好一点了。”他对陆一心说。

他知道她现在一点都不想相信他，他说好一点了，陆一心第一件事就是先检查他的手心是不是还是冰的，然后再去看他耳后的汗毛还有没有竖着。

“没那么快全好。”他拉下她扒拉他耳朵的手，“我先去洗个澡，然后休息。”

他得让自己快一点好。

他必须得快一点好。

要不然这种情况，他都不知道应该怎么哄她。

她越体贴越懂事，他心里就越酸胀，这种情况他们早就已经预见了，这也曾经是他认为自己不能恋爱结婚的主要原因。他们都有了心理准备，可是真的遇到了，估计这一辈子都不可能会习惯。

他自己推着轮椅进卫生间，回头看到陆一心还站在那个地方，脚边放着三角镜，身上还穿着外套，咬着嘴唇站在那里，眼眶红红的，额头上都是汗。

“把外套脱了。”他的轮椅转了个方向，“一起洗澡吧。”

她身上也都是汗，从卫星中心跑回家再到他们公司，就算这个点不堵车也得四五十分钟。

他推着轮椅在她面前停下，帮她解了外套的扣子。

陆一心呜咽着蹲了下来，抱住了方永年的脖子。

“下次再这样痛，我早上就不去上班了。”方永年心疼死了，他最受不了陆一心这样哭，不是号啕大哭，而是抽抽搭搭不出声的哭。

她每次这样哭，就特别特别委屈。

“这次是我逞能了。”他想道歉，却因为陆一心把他的脖子搂得太紧，他整个人被她压在轮椅上完全动弹不得。

两个人身上都是汗，他是痛的，她是吓的。

又都变得很狼狈，他们家的肥猫看了都长长地叹了一口气。

“以后还会这样痛吗？”洗完澡折腾到床上躺平，陆一心也跟着钻进了被子。

她在这种时候特别像小孩子，怕他再发病，黏在他身边怎么都不肯走。

“不知道。”方永年的声音很轻，一通折腾之后多少有点虚脱，床上太舒服了，陆一心的手脚都很暖和，贴得他昏昏欲睡。

陆一心在帮他揉头，没有很用力，更像是在安抚。

她其实也没有一定要让他回答，她只是因为刚才太害怕，所以那个多话的开关又开了。

“你每次工作压力大晚上就容易睡不好。”她声音也不高，细细碎碎的，“睡不好的话好像就特别容易痛。

“还有雷雨季节。

“如果潮湿的话好像也很容易。”

她想着这么多年下来她记下来的规律，皱着眉：“可是这些时候你都不会痛成这样啊。”

他这次真的没有预兆，他最近虽然忙，但是压力早就没有立项初期那么大了，华亭的秋天挺干燥的，他最近身体也没有什么不舒服，入秋换季也没有感冒。

“嗯。”方永年应了一声，翻了个身把陆一心抱在怀里。

陆一心又开始扒拉他的耳朵：“还在痛吗？”

他手心还是冷的，汗毛也还是立着。

“还在。”方永年声音含含糊糊的，“不过好很多了。”

起码现在很放松，每次这种时候，他都挺喜欢听陆一心絮絮叨叨的声音，可以转移注意力。

“你请假的时候那个学长有没有为难你？”他转移话题，想听她说话，又不想看她皱眉头。

她提到他的腿，总是会皱眉头。

“没有。”陆一心果然迅速地被带跑了话题，“我发现他人其实也还不错。”

方永年皱眉：“怎么什么人到你嘴里了都变成不错了。”

前几天还跟他抱怨她学长嘴巴很毒，要不是她脸皮厚，估计当场就能哭出来了。

今天就又变成人不错了。

她怎么就那么能发现人的闪光点，上次张珩也这样，欺负她的事她都不记得了，为了他一个电话感动得稀里哗啦的。

“就真的挺好的呀，还跟我说明天到中心再补请假条给他。”陆一心被子下面的两只手焐着方永年的左手手心，焐不热就搓两下。

“而且我发现对付他的方法了。”陆一心嘴角扬了起来，“他说话很慢，急眼的时候会结巴，所以只要语速很快说得比他还早，他就只能气着了。”

方永年：“……”

这样说起来，那确实是还不错的人。

不为难她请假，还能被她撑得哑口无言，说明对方是真没打算在陆一心面前摆出前辈的样子。

他打了个哈欠，掌心被陆一心揉得很舒服，她的手真软。

“困了吗？”陆一心在他怀里露出一个小小的脑袋，脸被被子的温度烘得红扑扑的。

“你先睡一会儿，睡醒了粥就好了。”她帮他把枕头放平，“然然说你中饭都没吃。”

“下次不可以这么逞能了。”她又帮他把被子掖好，还蹭到他身上亲了他额头一下。

“你先睡。”她爬下床拿了笔记本电脑又爬了回来，“我今天的日报还没发。”

方永年在被子里很暖和，疼痛慢慢地淡了。

这种感觉很新奇，向来都是陆一心睡觉他在一旁打字工作的，这次角色互换了。

方永年学着陆一心以前的样子，伸手环住了她的腰，把脸埋在她睡衣里。

陆一心也在学着他以前的样子，打字的时候放轻声音，打几行字就忍不住停下来看看他睡得好不好，摸摸他的手心看看是不是还在痛。

家里很安静。

客厅里电压力锅在煮稀饭，放气的时候呲呲响，响的时候，屋子里会飘着米香。

肥猫睡在床的另一头，帮他们压着被子，因为暖和，发出了满足的咕噜声。

他们可能确实一辈子都无法适应他的幻肢痛，痛起来的时候也总是会很狼狈。

他们也可能这一辈子都找不到他突然痛成这样的原因，幻肢痛有很多都会陪伴人一辈子，就像是失去的那条腿给你的知觉上的补偿。

但是……

好像就没那么悲惨也没那么委屈了。

“陆一心。”方永年快要睡着的时候，喊了妻子的名字。

“嗯？”陆一心低头看他。

“亲了再睡。”他微笑着撑起上身，啄了一下陆一心的嘴唇。

亲一下再睡。

睡醒了，就有粥喝。

方永年做了一段很混乱的梦。

幻肢痛其实不可能那么快就好，方永年睡着的时候，也仍然还是痛的。

他在无边的疼痛中浮浮沉沉，恍惚地以为自己还在那辆变成破钢片的车上，他还是那个在雨中被禁锢在寂静中的濒死之人，呼吸变得急促，然后被一只软软小小的手慢慢地安抚到平静。

他又觉得自己到了医院，手术室的灯光晃眼，他的嘴巴鼻子喉咙里不断呛咳出血沫，他在想，自己可能要死了，早知道要死了就不让那个人把腿给锯了，这下要死无全尸了。

他觉得耳边都是生命仪器的嘀嘀声，特别吵，吵得他不得不睁开眼睛。

他看到了父母看到了哥哥，还看到病床角落边上穿着校服的小女孩，她不知道是不是在怕他，偷偷拽着床单，看都不敢看他。

“陆一心？”他好像叫了一声。

“我在。”回应他的并不是小女孩的声音，听起来很近，他耳边的嘀嘀声慢慢地消失。

“陆一心？”他又叫了一声，皱着眉。这次他自己听到了自己的嗓音，很沙哑。

“我在呀。”回应很快。

方永年皱着眉睁眼。

他并不是在病房，虽然右腿空空荡荡，但他并不是在病房。

他混沌的思绪一点点地恢复，这里，是他的婚房。

他和刚才在病房里那个穿着校服的女孩子结婚了，她现在正躺在他旁边，侧身看着他，长发披散下来，发尾触碰到他的手臂，很痒。

“你又做噩梦了。”她嗓音甜腻，软下来的时候每一个字发音都糯糯的，还有一点点孩子气。

方永年在梦里面一直皱着眉叫她的名字，叫的语气很严肃，像是以前他还在当她叔叔的时候那种语气。

所以，她问得很迟疑：“你……做梦梦到我考试不及格了吗？”

要不然为什么一直叫她的名字，感觉下一秒就要揍她了。

方永年起身抹了一把脸：“几点了？”

他拒绝回答她这个弱智问题。

他刚才在非常混乱的梦里觉得那个穿着校服的女孩子不看他很气人，他好不容易让自己醒了，她居然还不看他。

梦里面的情绪影响到现实，他看陆一心扭头去看笔记本电脑，又把她的脸转了回来，正对着他。

“你自己问我现在几点的！”陆一心的脸被他捏成肉包子，很艰难地瞪他。

他自己问的，结果她拿笔记本电脑看时间他居然又不爽了。

“你有起床气哦？”好新鲜哦，以前恋爱的时候难道是忍着没爆发吗?

“还是你已经对我两看相厌了。”“陆肉包子”在脸挤成那样的情况下，居然还能做出一张哭脸。

“我只是想你了。”方永年一脸嫌弃，说出来的话却肉麻兮兮的，“睡太久，所以想你了。”

想得都快要发火了。

陆一心抖了抖胳膊，又抖了抖脖子，觉得还不够，全身都抖了抖。

方永年挑着眉看她，像是她如果敢把“肉麻”两个字说出口，他立刻就能再把她的脸重新捏回到肉包子。

“你还痛不痛?”小屄包立刻就咧嘴笑了，甜腻腻的，像个小弥勒佛。

“好多了。”睡了一觉再加上身边有个陆一心，他决定忽略掉剩下来的那一点点痛感。

“那要不要喝粥?”陆一心兴冲冲地提议。

她中午吃得很饱，可是煮粥的时候米香味道太诱人，她又馋了。

“咱妈前天过来的时候往冰箱里塞了好多小菜。”她一边说一边爬下床，踢踢踏踏地先帮他把轮椅推过来，说的时候还不自觉地咽了口口水。

她自从结婚后就称呼双方的父母叫咱爸咱妈，冲着他哥哥喊哥哥，回头就跟他说咱嫂子又教给她一个不用电子秤的菜谱，亲昵得很。

她改口真的超级快，半秒钟都不带犹豫的。

就剩下他一个人因为和陆博远之间的那一点点莫名其妙的感情始终僵着。

他早就是陆博远的女婿了，铁板钉钉的，不管别人觉得他这个大龄残疾人有多不要脸，他反正是打算这一辈子就这样厚着脸皮抱着陆一心死不撒手了。

方永年曾经对陆博远是有一点孺慕之情的，陆博远对待学术的态度，陆博远那种从骨子里面透出来的书呆子的气质，对他的影响其实非常深远。

陆博远不像他，陆博远没有什么天赋，在这一行能做到今天这样的成就，靠的全是学习，争分夺秒的学习，不断的试错，陆博远在研究上面投入的时间，可能是他的两倍以上。

所以，他其实是敬佩陆博远的。

所以，他才会对陆博远当年放弃他而耿耿于怀。

所以，他才会一口咬定陆博远是害他的元凶，要不然陆博远为什么可以那么凑巧地躲开那辆车，要不然陆博远为什么要查他，要不然陆博远为什么一提到他的名字就跟踩着尾巴一样暴跳如雷。

不管查了多少证据，不管陆博远这个双科研人员的家庭过得有多清贫，他就是视而不见，他就是一口咬定。

现在想想，他当时简直就像个寻求关注的孩子，既然你抛弃我了，我就用别的更激烈的方式让你看到我。

所以，他对陆博远的感情非常别扭，等他和陆一心在一起了之后，这种别扭就达到了顶峰。

他有时候甚至不知道他这声爸爸真的叫出口，惩罚的是他还是陆博远。

“陆一心。”方永年突然发现他在这里发呆纠结称呼的时候，那位改口改得很快的小妻子已经有一会儿没进卧室了。

“你能不能改口叫我‘老婆’，或者‘亲爱的’，或者‘小心心’？”陆一心嘴里叼着猪耳朵，手里拿着筷子，正冲他走过来。

她本来觉得连名带姓叫挺带感的，但是刚才方永年梦里面的语气让她又回到了童年，她现在对连名带姓地叫很敏感。

方永年面无表情。

她说了要一起吃饭的，刚刚一个人在外面偷吃得满嘴油。

“我的义肢呢？”他幻肢没那么痛了，拒绝坐轮椅。

“你不是说戴着不舒服嘛。”陆一心去洗干净手帮他把义肢拿过来，嘴里还叼着猪耳朵。

陆一心靠近方永年的时候，嘴巴凑过去把剩下的猪耳朵喂到了他嘴里。

刘米青这几年的厨艺越发好了，卤的小菜真的是一绝。

“穿义肢行动方便。”方永年被半块猪耳朵顺毛了，觉得她吃独食也挺可爱的。

“在家里不需要行动方便呀，我在呢。”陆一心到底宠他，一边抱怨一边由着他穿好了行动方便的义肢，“你要拿什么我可以帮你拿啊。”

“不拿东西。”他刚才穿义肢是想出去抢东西吃，现在被顺毛了，改了口，“一会儿要洗碗。”

“你今天就不能乖乖做个病人吗！”

几个小时前还痛到发抖呢！

睡觉的时候都还在冒冷汗呢！

这才刚刚好了半个小时不到！

真的是操劳命。

“我爸上上个月开始就每周有单休了，我问过郑飞，他说他一开始就是每周双休的，为什么只有你没有休息日啊。”陆一心突然想起自己想问很久的问题。

方永年是不是有点闲不下来。

那怎么行啊，他这破身板要养回来还得好几年呢。

方永年端着陆一心给他凉好的稀饭没吭声，一个下午因为自己是个病人被哄得有些嚣张的气焰眼见着暗下去一点点。

陆一心皱着眉。

“你不会是为了年底多留几天假给婚礼吧？”神经很粗的陆一心对方永年的所有事都很敏感。

她差不多一秒钟时间就想通了。

“你有病啊！”她脱口而出。

方永年抬头看了她一眼。

陆一心清清嗓子。

“你应该事先跟我商量的……”她又秒㞞。

陆一心觉得她这辈子都没办法跟她妈妈一样，把方永年逼得四处乱窜了。

真遗憾……

“卫星中心过年是要值班的，孙博士说一般第一年进去的新人会多轮值几天。”

这种长期的科研项目计划都做得很翔实，上个礼拜过年的轮值表就出来了，过年放假七天她轮到了三天。

“我年初三到年初五都得值班。”偏偏是夹在中间的几天。

她本来没当回事，她用大腿想都能知道方永年他们过年肯定不可能放满七天，她想着就算要去方永年老家办婚礼，年初三前也肯定能赶得回来了，方永年这个礼拜回来得晚，她也就一直没说。

方永年端着稀饭碗，看起来有点傻傻的。

他刚才睡得很熟，抱着她把脸埋在她的睡衣里，她睡衣的木耳花边都印在了他脸上，现在头发乱糟糟，脸上还有木耳花边的印子。

他的脸颊因为家里暖气开得足还有一点点红，苍白的脸上多了一些血色。

他现在看起来一点都不像是三十多岁的男人，反而有些像他们第一次见面，他背着她偷吃豆腐包子被她逮个正着的样子。

有点无措，有点傻眼，还有点尴尬。

眼睫毛很长，一双眼睛漂亮得不像话。

那是方永年不谙世事还没有被打入尘埃前的样子。

陆一心突然就红了眼眶，用她多年做粉丝练就的手速飞快地拿起了手机，“咔嚓”一声拍了一张照片。

方永年完全不知道发生了什么事。

他过年本来想放足七天，远的地方去不了，就近找个山清水秀有温泉的地方短暂度个假总是可以的。

他确实没料到陆一心还要轮值，他还不太习惯自己的小妻子已经工作不再是个大学生了这件事。

所以他很尴尬。

尴尬了还没有一秒钟，对面的陆一心突然红了眼眶，拍了照就“嗷呜”

一声冲进了他的怀里，他得用健身房举铁的力气端稳碗，不然下一秒这碗里的稀饭就都得洒在陆一心的身上。

“陆一心！”他咬牙。

还亲爱的，还小心心。

对着她这个样子他怎么叫得出口。

陆一心什么话都没说，只是把手机凑到他的脸上，让他自己去看刚才拍好的照片。

方永年盯着看了半天。

“我毛衣起球了？”他的第一反应。

陆一心：“……”

“我头发要剪了？”他的第二反应。

陆一心：“……”

“我……”方永年这次停顿了一下，“老了？”

这张照片，都能看到他眼尾的纹路了。

陆一心张嘴“啊呜”一口咬在了他的脖子上，为他的自作主张，为他的不解风情。

也为了她都快要止不住流出来的眼泪。

“我好爱你。”泪眼模糊的小心心抱着她的男人，不管不顾地在他根本没起球的毛衣上蹭出了几颗毛球。

她好爱他。

好爱好爱。

陆一心带着轮椅把方永年从实验室接回家这件事，除了带给整个实验室新的聊天八卦外，最紧张的莫过于陆博远和刘米青了。

刘米青心疼女儿，半夜睡不着起来坐在客厅里掉眼泪。

陆博远安慰妻子的同时，也终于意识到，自己的女儿是真的嫁人了。

他的女儿嫁给了方永年，从此以后，方永年的健康，方永年的前途，方永年的荣辱都将和他的女儿有关系。

那小子已经不再是他的天才师弟。

不管他对方永年的感情有多复杂，不管他是不是对方永年心中还有气，方永年都已经变成了他的女婿，一旦出事，最可怜的那个人将会是他的女儿陆一心，他和他妻子视若珍宝的女儿，那个在襁褓之中第一眼看到他就伸手抓住了他手指的奶娃娃。

方永年，会变成他的女儿在这个世界上最最亲密的人，等他们百年之后，他们两个就得像他们夫妻现在这样，相依为命。

陆博远是个非常一根筋的人，反射弧很长，但是一旦意识到了，他的行动力也很强。

就像当年他开始怀疑车祸原因之后差点把方永年的手机打到没电关

机一样，这一次，他直接收回了之前因为嫌烦琐或者麻烦丢给方永年去做的所有工作。

他本来因为方永年拱了他家的陆一心还挺欺负方永年的，自己想要专心做科研把一堆杂事都丢给了方永年，方永年从来没有抱怨过，他还觉得很出气。

现在想想，到最后吃亏的还是他自己。

“你看看你自己的脸色都难看成什么样子了。”陆博远一边说一边嫌弃，“我在你这个年龄的时候，连熬六七个通宵一点事都没有。”

方永年沉默，没揭穿。

陆博远在他这个年纪的时候，做的第一件大事就是把陆一心丢给他带，那个时候，陆博远根本不通宵。

“米青每个星期会给我带三天的中饭，我让她多烧点，到时候你跟我一起吃吧。”陆博远在中午吃盒饭的时候，皱着眉头看方永年秀秀气气吃饭的样子，觉得心气不顺，“你这张嘴怎么就那么挑。”

方永年还是沉默，只是这次的眼神多少有点幽怨。

他每天中午的盒饭里面都会多很多青椒和洋葱，因为陆博远不爱吃又不喜欢剩菜而丢给他的。

晚上八点，陆博远吃了晚饭到外面溜达一圈消食回实验室，看到方永年还穿着白大褂在看显微镜。

“天都黑了！”陆博远敲桌子，“今天的实验结果不都已经出来了吗，你还在看什么东西！”

方永年吓了一跳，藏在面罩后面的鼻翼动了动。

“回去了回去了，剩下的我来，反正米青今天晚上不在家我本来就打算睡宿舍的。”陆博远看了一眼桌子上的报告单，刚刚从医院传真过来的，没在今天的计划内。

很少被抢活干的方永年十分不适应地站在原地站了一会儿。

“还不回去？”陆博远穿好白大褂一回头发现方永年还在发呆，嗓门一下子大了，“你不是新婚吗？”

方永年：“……”

“你爸爸和你男人……”郑然然在晚上睡觉的时候给陆一心发微信八卦，实在找不到形容词，只能多发了好几个大拇指。

正在浴室里洗澡的陆一心回了个问号。

方永年这几天都回来得好早，连带着她的心情也好得快要飞起来，洗澡的时候一直在哼歌，停下来喘口气的时候听到外面方永年似乎也在哼，顺着她的歌哼下去，声音很轻，断断续续的。

“我就觉得他们的互动真应该收门票的，我每天的快乐源泉。”郑然然想到陆博远刚才那一嗓子新婚之后两个大男人同时绿掉的脸，忍不住咯咯笑，躺在她旁边的谷历厉翻了个身，把很吵的女人塞到怀里，试图用肌肉让她闭嘴。

陆一心：“滚！”

“我爸爸今天又欺负你了吗？”陆一心从浴室里面探头，她刚刚吹干头发，身上都是浴室里的水汽和沐浴露的香气。

“没有。”方永年正戴着眼镜看书，看到陆一心探头，把那本很厚的书放到床头柜，对她伸出了手。

陆一心笑嘻嘻地从浴室里面跑出来，只在身上绑了一条浴巾，跳到床上顺手把那条浴巾摘下来，把自己塞进方永年怀里。

本来只是想抱抱她的方永年：“你不冷吗？”

华亭的冬天非常湿冷，哪怕家里开着地暖和暖气方永年都得穿件薄外套。

“你的衣服暖和。”陆一心在被窝里脱掉了方永年身上那件棉T恤，套到自己身上当睡衣穿，“我自己的衣服好冷。”

她最讨厌冬天穿衣服了，没有焐热的衣服穿在身上，刚刚洗完澡的热气就都不见了。

方永年笑，帮她把被子裹严实了才伸手关掉了台灯。

“你不穿衣服吗？”陆一心发现自家老干部被她抢了衣服之后居然打算就这样裸着上身直接睡了。

“嗯。”方永年把陆一心软乎乎的手拉过来环住他的腰，学着陆一心刚才的语气，“你身上暖和。”

而且好香。

陆一心在被子里很新奇地嘿嘿笑。

其实方永年并不保守，他对所有感兴趣的事求知欲都很强，他也很喜欢肌肤接触，一开始他会抗拒她碰到他身上的伤口，但是现在，他会咬她。

“痒！”他在黑暗中声音带着笑，咬了一口陆一心的耳朵当作惩罚，“很晚了！赶紧睡。”

陆一心特别喜欢摸他胸口的伤疤，睡着了手指还会无意识地摸，他自己也偷偷摸了一下，觉得就只是凹凸不平而已。

“我以前也摸过。”陆一心耳朵被咬得痒痒的，缩在他怀里，手还放在他的伤疤上，“在禾城的时候，你和我爸爸喝醉那次。”

她趁着两个酒鬼都神志不清，恶狠狠地揩了一次油。

“那时候你好瘦。”她又心疼了。

那段时间他使劲地折腾自己，这条伤疤好像就长在了骨头上，她用点力就能把那块疤痕密布的骨头压断。

不像现在，因为健身和保养，他已经有了一层很薄的胸肌，伤疤摸起来就只是伤疤，皮肉上的，而不是骨头里的。

陆一心每次心疼他就喜欢抱着他黏黏糊糊，黏糊上了，就忘记她自己今天洗澡前差点擦枪走火的时候义正词严拒绝他的理由，她说他刚刚幻肢痛过身体虚，需要戒一阵子声色犬马。

方永年对她一阵子这个用词很不满，箭在弦上的时候挑着眉糗她：“一阵子？”

陆一心甜腻腻道：“我刚才……洗澡用了半个小时。”

所以已经过了一阵子了！

方永年笑，咬着她的耳朵骂她死小孩。

黑暗中声音低低沉沉沙沙哑哑的，陆一心的手在他的肩膀上慢慢握成拳，又慢慢地伸展开，指尖用力，在方永年有些苍白的背上划下了红色的印记。

真的准备入睡的时候，方永年还是没有穿衣服，由着陆一心的手在他胸口的疤痕上来来回回。

“这地方等以后老了，皮会松。”他声音带着餍足，懒洋洋的，“到时候就没那么好摸了。”

伤疤并不是好东西，也不值得浪漫，只是因为陆一心习惯性地摸，所以他也想象了一下被陆一心这样一路摸到老会变成什么样。

“那时候我的手也松了……”陆一心已经打了好几个哈欠迷迷糊糊了，说出来的话一半清醒一半梦呓，“我也没那么好摸了。”

方永年被她的梦话逗笑，拍拍她的头，调整了一个两个人都舒服的睡姿。

陆一心永远睡在他左边，这样不会碰到他的右腿，他翻身也方便。

和残疾人结婚有很多和浪漫一点关系都没有的现实问题，比如睡的方向，比如半夜起夜，比如屋子里主要通道得永远保持没有障碍方便轮椅进出。

再比如晚上睡觉的时候，睡相并不是特别好的陆一心会经常碰到他的腿，每一次碰到，她在睡梦里都会下意识地多碰触两下。

她的大脑和他的一样，总是认为人应该是四肢健全的，她只碰触到了他的左小腿，所以会下意识地想去找他的右小腿。

这都是有些狼狈的事情，有些在恋爱初期的时候他们就经历了，有些一直等到结婚后真正朝夕相处了才不得不经历，只是他们两个谁都没有把这事当成话题，就像他们的第一次他说的那样，他们会有点不一样。

和别的夫妻不一样，烦恼的方向不一样，喜怒的地方不一样。

方永年搂着陆一心沉沉睡去，睡梦里，陆一心又一次碰到了他的左腿，无意识地想去找他的右腿。

方永年翻了个身，把她两只脚都压在自己的左腿下，咕哝了一声又睡着了。

黑暗里，刚结婚没多久的新婚夫妻都睡得很熟，纠缠在一起，睡相都不太好，自己踹了被子冷了，迷迷糊糊冻醒裹紧自己的同时又会把对方重新包裹好。

方永年在又一次被陆一心用脚找他右小腿的动作惊醒后，看了一眼手机。

凌晨两点多，他手机里面有一个未接电话，来电显示是俞含枫。

他划开看了一眼，半个多小时前的电话，应该没有响很久，因为俞含枫的微信很快就发了过来。

“抱歉，我忘了有时差。没什么大事，明天白天再聊。”她还是一如既往的简洁。

方永年看了一眼，锁屏。

陆一心在打鼾，方永年闭上眼睛，嘴角是翘着的。

真奇怪……

他迷迷糊糊地想。

俞含枫为了集团高层人事调动的事已经在国外一个多月了，怎么今天突然就忘记时差了。

方永年很快就知道俞含枫半夜给他打电话的原因，集团董事会高管人事调令终于下来了，俞含枫代任集团首席执行官，正式任命的文件和新闻稿会等集团在美国完成 IPO 后统一发给各路媒体。

俞含枫用了十一年的时间，从一无所有的私生女一路披荆斩棘坐到现在这个位置，让所有对她冷嘲热讽的人现在只能众星拱月，她终于得偿所愿。

这对制药公司来说也是一件大好事，集团总部的人大多见风使舵，调令出来之后，针对制药公司的财务申请一天之内批下来一大半，俞含枫在大洋彼岸给公司每个人点了一份很奢侈的海鲜大餐，所有部门中午都撮了一顿，下午放半天假。

方永年放假，陆一心反而在上班，这对小夫妻来说是一件非常新奇的事，所以陆一心从中午午休开始，就一直抱着手机不肯撒手。

“你真的要买菜吗？”办公室在午休时间，陆一心端了个小板凳坐在走廊里，趴在走廊的阳台上看院子里的人来人往。

“我到超市了。”方永年推了个购物车，“想吃什么？”

手机早就被打到发烫，他从没打过那么长时间的电话，觉得蓝牙都快没电了。

其实电话里聊的内容不多，他开车的时候基本都是陆一心在说，说的也都是一些没什么主题的日常，有一搭没一搭的，说着说着还能听到她坐在小板凳上“吱吱呀呀”摇晃的声音，偶尔，还会有同事笑话她让她小心点别从阳台上翻下去。

他在熙熙攘攘的嘈杂人群里，无端地就觉得，岁月静好。

那些黑暗的、残忍的过往终于被这些细碎的日常覆盖，柔软而密实的，他的委屈，他的不甘，他失去的那一条腿，终于都远了。

“想吃什么？晚上做顿大的。”他听到他自己的声音，带着笑意，生机勃勃。

“炒面！”电话那端的声音更加生机勃勃，活力四射得让他脑仁疼。

“炒面随时都能吃，想些复杂的。”他无情地拒绝。

炒面可能是他们结婚后他做得最多的一样东西，因为需要准备的东西少，可以做得很快。

他难得休假，想庆祝一下。

“那就大乱炖！”陆一心还真的思考了一下，说了一个诡异的菜名。

方永年：“……”

“把我们都喜欢吃的东西放在一起，炖一锅，放一点葱姜蒜和辣椒，汤汁多一点，浇到白米饭上面！”她的形容词仍然匮乏，但不知道是不是因为语调问题，描述到白米饭的时候，方永年喉结动了动。

听起来……似乎不错。

“没有菜谱我不会做。”他一边拒绝一边拿了一块牛腩，他们都爱吃牛肉。

“我有呀。”下厨次数很少的陆一心大言不惭道，“一会儿我发给你。”

方永年拿了玉米萝卜和西红柿，想了想，又挑了几颗土豆。

“我要吃牛肚。”陆一心像是在他手机上长了眼睛，在他推着购物车走到卤菜区的时候，突然开口。

鬼神一样。

方永年被她逗乐，买了牛肚，还买了她爱吃的花生米。

小丫头喜欢吃的东西都跟小酒鬼似的。

“手机快没电了。”方永年的手机电池格已经变红，蓝牙耳机里面传来了低电量的警告，他把买好的菜放到车后备厢，坐上车之后看了一眼通话时长。

将近两个小时……

明明认识了半辈子了，怎么还跟刚恋爱的愣头青似的，方永年有点好笑，揉了揉头：“晚上还是正常时间下班对吧，我来接你。”

蓝牙彻底没电，方永年换成了手机：“或者我打车过来然后坐你的车回家。”

“你该上班了。”他难得语速很快地打断了小话痨，笑着讨饶，“手机真没电了。”

而且烫得他耳朵疼。

“那我把菜谱发你微信！”陆一心笑呵呵。

方永年听到她那边搬动小板凳的声音，偷偷摸摸进办公室，又压低了嗓子跟他说“我上班了”的声音。

只听声音就能想象出她所有的动作。

哪怕挂了电话，密闭的车子里也仍然满满当当的。

方永年突然想起了很久远的记忆。

他还很小的时候，有一天半夜起来上厕所路过父母的房间，房间门虚掩着，他印象中特别古板特别严肃的父亲穿着一件发黄的背心，他妈妈半蹲在他父亲背后，在帮他父亲贴膏药。

他父亲当时是笑着的，一张除了严肃发火之外很少有表情的脸笑出了满脸褶子。

他知道他现在的表情估计和他父亲差不多。

踏实的幸福，像车后备厢里葱姜蒜的味道。

陆一心发过来的不单单只有菜谱。

从超市到家的距离，方永年打开微信时，手机差点死机。

“你如果下午要休息就跟我说一声，半小时之后我叫你。”

他睡眠不好，白天如果睡了晚上会整夜睡不着，所以陆一心很少会让他白天睡觉超过半个小时。

“冰箱里面还有昨天吃剩的蛋糕和牛奶，你记得要吃，不然快过期了。”

她昨天买的，据说是为了庆祝肥猫的尿团子猫砂结成了心形，她坚持这是他们两个人爱情感化的结果，丝毫不把他这个科学家放在眼里。

“老公老公，你帮我看看储物室里面那个贴着骷髅头的箱子，里面有几本选修课的书，崭新的，你帮我拿出来放在玄关，明天单位里有捐赠，我拿过去捐了。”

她搬过来的贴着骷髅头的箱子里面基本上都是专业书，她仍然一如既往不怎么爱学习，结果现在却已经当上了国家级重点科研项目的科研员。

“啊啊，还有，书房电脑里面那个解密游戏我玩不下去了，那一关要会法语，好变态哦，你帮我把那关打过去，么么哒。”

她真的是想到一条发一条。

“对了肥猫的罐头快没有了，我昨天一时心软多喂了一个。”

“还有浴室里面沐浴露也没有了。”

“还有还有，薄荷糖也没有了，我上次带了两颗到单位，他们都说很好吃，我就把那一盒都拿来了。”

方永年被她这一串串的话弄得眼花缭乱，揉着眉心笑。

她帮他安排好了这个下午所有的工作，估计等全部忙完，正好可以去她单位接她。

密密麻麻的。

临到最后，她还良心发现地问了一句自己是不是很烦。

“烦也没办法啦。”她发了个两手一摊的耍赖表情。

“这样你下午就不会无聊啦。”她耍完赖之后就很迅速地找到了自己的制高点，“我好贤惠哦。”

方永年看着微信笑出声。

肥猫睁着鸳鸯眼看了他一眼，掉了个头把肥硕的猫屁股对着他，继续刚才被他笑声吵醒的睡眠。

他把陆一心说的快要过期的牛奶倒到杯子里，喝了一口，单手回了一个“嗯”。

“挺贤惠。”因为和陆一心在一起，他打字的速度快得不像是他这个年龄段的人，“我到家了。”

“专心上班，等我来接你。”

方永年吃掉了陆一心为了庆祝尿团子买的小蛋糕，拍了拍肥猫的屁股。

“还有……”他打字的速度慢了一点，“我爱你。”

心里面满满涨涨的，必须得说出这三个字才能有个发泄的出口。

哪怕知道他这句话说出口，他的小妻子估计不会错过这个调戏他的大好机会。

所以手机又一次振动起来的时候，他把手机放到一边，自己慢悠悠地踱到储物室里帮陆一心找那几本崭新的参考书。

她有很多崭新的参考书，都是开学前雄心壮志买下来，学期结束后灰心丧气地藏好。

他一边翻一边摇头，心里想着以后有孩子了，不知道该怎么言传身教。

他把那一沓连塑封都没拆的参考书叠好拍了一张照片发过去让陆一心确认，自己又慢悠悠地翻到自己说了那三个字之后，陆一心在一片感叹号之后的微信刷屏。

“这是你第一次在做那件事之外跟我说这三个字啊啊啊。”

她果然，没有放弃调戏他的机会。

“我刚才说了什么开了你这个开关？我回头再说一百遍！”

“啊啊啊，我不想上班了我想回家啊啊啊。”

“啊啊啊，所以你同意叫我小心心了么么么么！”

“我突然发现方叔叔你其实一点都不保守呢，连告白的时机都那么撩人！”

方永年：“……”

再后面的话就基本上都不能看了，他很镇定地锁屏，忽略掉自己又开始红的耳根。

他还有很多事要做，他得先帮陆一心把那个解谜游戏玩通关，得买各种东西，还得准备晚饭。

他在系围裙的时候哼着歌，等意识到的时候发现，他哼的是陆一心常常哼的歌，他都不知道歌名，语调欢快。

陆一心给的食谱乱七八糟的一看就是她瞎编的，他却老老实实地一步步做下去，到最后温在多功能锅里的时候尝了一口，居然很鲜。

他忍不住又笑。

陆一心的思路是对的，食材都是爱吃的又都是新鲜的，不好吃就怪了。

他一直维持着这样的好心情，一直到两个人坐在餐桌前争着吃掉了最后一碗米饭。

俞含枫打电话过来的时候，他正在被陆一心忽悠着用剪刀石头布吃最后一块牛肉，他接起电话，眉眼都还带着笑。

“我堂姐不见了。”俞含枫那边的声音一如既往的冷静，“护工下午帮她洗了个澡，出去找剪刀想帮她修头发，再回去的时候她就已经不见了。”

“另外，我找不到你发给我的关于我堂姐的临床记录了。”她停顿了一下，“你发到了哪个邮箱？”

“你堂姐的临床记录不是公事，我发到你私人邮箱了。”方永年的笑容一点点敛了下去，“这个月，这是你第二次问我这个问题了。”

半夜忘记时差。

忘记他的邮件。

还有工作上，今天发过来错了好几个地方的财报。

俞含枫只是安静了一下。

“抱歉。”她说，“最近太忙了。”

“我堂姐这边已经让人去找了，她现在行动不便走不远，医院周围都有监控，应该很快就能找到。我找你是想让你确认下目前这批护工的心理情况，我担心这种情况还会再次发生。”她很快就把话题带到了她想要的方向。

“二十四小时陪护的护工离职率已经超过百分之二十，最近还有上升的趋势。”她在电话那端敲击着桌面，“我和这边的AD护工机构聊过，AD护工患抑郁症的比例很高，心理咨询和排班时间这块，我会找个专人过来帮你们。

“另外你那天在邮件里提到的招募护工志愿者这个计划，我觉得也可以请高校和事业单位逐步落地了，和基金捆绑，看看能不能走慈善减税。”

AD护工离职率这件事方永年早在一个多月前就已经在想办法了，只是他也是第一次接触这种人员培训，暂时还没有想到长远的方法，暂时能想到的就是针对中轻度患者用志愿者替工的方式，让已经人手不足的护工们每周可以有固定的休息时间。

照顾AD患者是一件很令人绝望的事，他们会忘记自己是病人，会对护工们有敌意，前一秒好不容易劝好，下一秒可能又得重新来过。

这种周而复始的绝望非常打击人，这个工作可以打磨掉护工所有的爱心。

“可以。”方永年应了一句，没有再提她最近记忆力出问题的事。

俞含枫也没有过多的寒暄，直接就挂了电话。

“俞姐姐吗？”陆一心本来想趁着电话偷吃掉那块牛肉，现在看方永年的眉心又蹙起来就不忍心了，嘴对嘴地把那块牛肉喂给了他，还给他泡了蜂蜜水。

“嗯。”方永年揉揉她的头，把她拉到沙发上，很顺手地就搂成“连体婴”。

“她最近是不是特别忙？”陆一心也皱起了眉，“两个礼拜前她让我帮忙联系海洋气象学相关的教授，我联系到了把联系方式发给她，结果她到现在还没有去找过那个教授。”

这件事方永年是知道的。

集团最核心的基础产业是钢材，有一部分和造船相关，俞含枫一直想自己找一个海洋专家，托给了陆一心，自己却忘了。

方永年没说话，又揉了揉她的头发。

他宁愿相信俞含枫是真的只是太忙了忘事。

俞含枫堂姐发病四年，发现的时间早，一直在用药物控制着，谨遵医嘱坚持锻炼，但是到现在运动功能已经减退，上下楼都有些吃力，言语功能也出现了问题，一句逻辑稍微复杂一点的话要说完整，得重复很多次。

五十岁以下的人患上AD，因为身体年轻新陈代谢快，病情发展得会比老年人快得多。

他难以想象，如果俞含枫这样的人患上了AD该怎么办。

陆一心很清楚地记得，那一天是十二月二十四日，他们婚后第一个平安夜。

凌晨五点多钟方永年就接到一个电话，电话那端是她爹的声音，欣喜若狂。

有位从临床Ⅰ期开始就参加的受试者在使用AD新药半年后，淀粉样蛋白斑扩散的速度和同期相比明显减弱甚至出现了不再扩散的情况。

这是抗默项目立项五年多来，第一次在人体试验上出现了清晰的抑制病情成功的症状，是整个抗默项目临床成功的第一步，极具里程碑意义。

那是陆一心第一次看到方永年哭。

挂了电话之后，他仰面躺在床上，用手掌盖住了眼睛。

眼泪从他仍然有些苍白的脸颊滑落，他转身，把脸埋进了陆一心的怀里。

他把她抱得很紧，几乎要勒断她的腰。

陆一心红着眼眶像哄孩子一样一下下地拍着他的背。

她的男人，终于成功了。

他憋着委屈，他想要向世人证明的东西，他那天在急诊室里面对她说的，飞黄腾达。

她的男人，经历过这个世间最极致的恶，造成他残疾的人甚至和他没有任何仇恨，他只是一场利益斗争中完全无辜的受害者，一个无比单纯的科研人员一夕之间失去了一切，她见过他无数次半隐在黑暗中的样子，眼神阴戾冷漠，香烟忽明忽暗，面无表情。

她在没有完全长大的时候，非常害怕他这样的表情，因为她很怕他从此以后会彻底隐匿在黑暗里，她再也看不到当年带她去吃柴火馄饨的那个方叔叔，被她咬了也记得给她加双份蛋皮的方叔叔。

但是他没有。

他的哥哥方永岁一度非常担心他会真的沉沦，有很多大人们都觉得经历了这些事，方永年可能心理会产生问题，他们公司的人背地里叫他独角兽，连她自己的妈妈，都曾经担心方永年会暮气沉沉。

但是，他没有。

他对这一切最大最大的报复，也不过就是撒手不干去开个水果店。

全世界只有陆一心一个人觉得他太委屈了，他就像个孩子一样被安抚好了，回到制药界，全年无休每天工作十几个小时，连续五年。

陆一心在这一刻，突然彻底明白了她为什么这辈子非方永年不嫁的原因。

她的男人，在心底最深处，有一颗最最赤忱的心，她曾经在小时候不小心窥探到了，然后这一辈子，就再也没有办法找到比他更好的男人了。

“方年年不哭不哭了。”她搂着他笑眯眯，“眼睛肿了去公司上班别人会笑话你。”

他自尊心特别强，别人笑话他，他会很气。

方永年埋在她怀里，伸手很精准地敲了一下她的头。

“不许没大没小。”他粗声粗气的，却因为哭腔，变成了色厉内荏。

“这个项目成功了，你是不是会变得很有名啊？”陆一心还在哄他，语气软绵绵的。

攻破阿尔兹海默病，她的男人可能会被载入史册。

“嗯，这样就没有人会笑话你了。”方永年吸了吸鼻子，早知道去厕所哭了，现在抬头估计会被她笑死。

“那你那时候让我做的那些心理建设不就都没用了吗。”陆一心居然还惋惜，“那我那时候偷偷摸摸哭的那些眼泪不都浪费了嘛！”

方永年：“你能不能说人话？”

他最担心她因为他的残疾被人指指点点，结果她现在是什么诡异的语气。

结果，他一抬头就看到陆一心眼眶红红地看着他。

“你哭完就轮到我哭了……”陆一心往下缩了缩，缩到方永年的怀里，“哪有一个人哭的道理。”

她憋很久了。

她太心疼他了，哪怕他现在已经成功了，但是她只要想到他为了今天付出过多少努力遭受过多少罪，她就觉得眼泪止都止不住。

她哭起来不像方永年那么内敛，眼泪鼻涕号啕大哭。

方永年被她吓得眼泪都缩回去了，那种释然之后涌上来的伤感突然就都被陆一心转移了。

“眼睛肿了上班会被人笑……”他用她刚才哄他的话来哄她。

“前面要加上小心心不哭不哭了……”难为她一边哭一边还能头脑清晰地纠正他。

方永年选择面无表情。

“你现在红着眼睛面无表情看起来一点威严都没有了……”陆一心边哭边笑。

他在她面前哪里还能有威严，昨天肥猫都能起跳用肉垫子拍他的头了，家里最有话语权的人早就不知不觉地变成了陆一心。

他的小妻子做起女主人，其实有模有样的。

连哭都知道要轮着哭，这样两个人都能被哄到。

“还有，我想去申请做护工志愿者。”她真的连哭都不安分，哭着哭着就想到什么说什么。

亏得方永年还能马上听得懂。

“很累的，你上班也不轻松。”照顾AD患者绝对不是一件轻松的工作，他舍不得。

“你只有单休，礼拜六我一个人在家好无聊。”陆一心噘着嘴，“我看了一下招募志愿者的申请表，我以前照顾过我外婆，而且，我还是党员！”

她就突然在他怀里挺起了胸膛，不可一世的模样。

对了，她还真的是党员，入党申请书还是让他帮忙写的。

“你先提交申请。”就像之前的每一次一样，方永年又被说服了，“累了就不要做了。”

“嗯。”陆一心在他怀里蹭。

“你真的不叫我小心心吗？”哭过了以后，她就开始不安分。

他们两个人都有点赖床的毛病，这样凌晨五六点被叫醒，突然发现还有大把的时光可以造作。

方永年站在比她大十四岁的立场意思意思阻止了一下，很快就被她带跑。

所以凌晨第二个电话响起来的时候，他们两个差点擦枪走火，他接通的时候为了压下喘息刻意咳嗽了两声。

打电话过来的是郑飞。

“什么事？”方永年声音已经正常了，只是被子下面的手还放在不该放的地方，被撩红了脸的陆一心此刻老老实实地盖着被子不敢乱动。

“俞含枫有点不太对劲。”郑飞了解方永年不愿意多聊私事的个性，直接切入正题。

方永年皱眉。

“你也察觉到了吧。”到底是从小一起长大的，郑飞对方永年的沉默很了解。

“她现在非常时期，这事得私下找她。”方永年半坐起身，帮陆一心重新盖好被子，用口型让陆一心再睡一会儿。

他这段时间一直以来隐隐担心的问题，终于变得不可回避。

俞含枫在集团做首席执行官其实还在试用期，这个时间点，她这样的人哪怕真的检查出了AD，她也不会告诉任何人。

“我私下找她。”项目成功的喜悦渐渐地淡了，他的妻子趴在他怀里，也担心地皱起了眉。

生活似乎就是这样，从来没有完全一帆风顺的时候。

只是现在两个人了，让他有了更多的勇气，出问题，就解决问题。

因为生活总是要一路向前的。

悲伤的，幸福的，都一样。

事实上，方永年和俞含枫这两个大忙人隔着十四个小时时差根本挤不出什么私人时间，尤其是俞含枫看起来像是在躲他。

所以，方永年只能在周会快结束的时候单独留了下来：“你先别挂，我有事单独找你。”

准备挂视频电话的俞含枫顿了顿：“我还有其他事。”

“我很快。”方永年看着俞含枫，“我只是想告诉你，AD这种病，只靠人的意志力改变不了任何东西。”

俞含枫的手指一直放在视频挂断键上，一动不动。

“你如果不方便，可以等到你方便的时候再联系我。”方永年没勉强她，“随时都可以。”

俞含枫的手指移开，坐回到办公椅上。

“我现在很方便，怕你们揭穿我，每次跟你们周会的时候我都会支开其他人。”她坐在那里，精致的妆容一丝不苟，隔着摄像头，看不出情绪。

“什么时候确诊的？”猜到和亲耳听到当事人承认是两回事，方永年脸色有些不太好看。

“一个月前。”俞含枫不是矫情的人，既然承认了，她就没打算半遮半掩，“那时候集团调令还没有下来，我只能瞒着。”

方永年没说话。

“现在集团调令下来了，我也只能继续瞒着。”俞含枫苦笑，补充了一句。

“你有家族病史，你的堂姐和其他家里人的病例我们这里都有详细的记录，郑飞一直把你们的家族病史当成完整的家族早发型AD在做研究，模型已经建了好多年，你的情况回到国内，治疗环境会比在国外更好。”

方永年看着俞含枫：“你先回国，我们看了检查报告之后再决定后续的治疗方案。”

要不要进入新药临床试验，怎么样进行后续治疗，都需要全面检查后才能确定。

俞含枫没有马上说话，她手指一下下地敲击着桌面，斟酌着自己接下来要说的每一个字。

“方永年。”她已经很久没有这样叫过他，很多时候都像调侃一样地喊他方总，“我和你之间一直在以物易物，我们所有的合作都建立在双方共赢的基础上，但是治疗我这件事，我没有想到可以交易的东西。”

“你不是医生，你没有这个义务也不需要承担这种责任。”俞含枫一字一句的，像在分析别人的事，“而且我现在这种情况一旦开始治疗，对公司来说不是一个利好消息。”

方永年扯了扯嘴角。

利好消息，这种话在这种时候从俞含枫嘴里说出来，他居然一点都不觉得意外。

“制药公司四年前就已经可以靠着仿制药自负盈亏了。”方永年说得很慢，“目前立项的两个原研药进行情况也很顺利，抗默项目到现在这个阶段，早就已经不需要找投资人，集团哪怕因为你的情况撤资，对项目也已经没有影响了。”

更何况没有人会放弃会生金蛋的母鸡，集团也不会因为一个生病的俞含枫就放弃一个已经投入几亿美金眼看就要成功的项目。

“刘庆那边的原研药虽然刚刚立项，但是他手上的仿制药利润很厚，坚持到拿到投资，也不难。”

方永年说完这些，笑了笑：“这家公司已经可以独立了，我和你之间的以物易物，很早之前就已经没有意义了。”

俞含枫眯着眼睛一动不动，哪怕生病了，哪怕她很快就会变成被拔了牙的老虎，她骨子里也仍然是老虎。

方永年刚才说的那些话挑衅意味十足，她的背一点一点地挺直。

“只要制药公司没有离开集团，集团就有权左右公司的战略方向。”她听不得这种自己已经没有价值的话，“只要没有我掌权，你们那些花钱赚吆喝的慈善事业就不可能批得下来，更何况你又不是打算只做一个抗默项目的，后续的原研药立项，除了我不会有人愿意再批给你们那么多资金和资源。”

“所以我需要你回国。”方永年也敲了敲桌子，“我们再来一次以物易物。”

俞含枫双手环胸，一言不发。

“我不知道你现在病情到底发展到什么阶段，可我知道你在俞家的情况。”方永年语速还是不快，但是他吐字清晰，声音低沉，莫名地就有一种稳定人心的力量。

俞含枫是私生女。

俞家掌权人俞国兴是一个非常老派非常强势的男人，他有很多私生子女，没有什么特别的骨肉亲情，他只是把所有的孩子都丢到集团里，让他们互相撕咬，最后能赢的那个人，他会把自己的位置让给他。

像动物世界里的动物王国一样。

俞含枫正式进入俞家的时候才二十三岁，她是为了她母亲昂贵的医疗费用和人工护理进入俞家的，在那个年龄，她经历了很多不堪，从被人压着一步步地爬到能压着人，她身后，有很多俞家人虎视眈眈。

在俞含枫的世界里，得了这样的病，是会被人生吞活剥的。

所以她才会隐瞒病情，所以她才会拒绝治疗，才会和他讨论她的存在价值。

她需要筹码。

他能帮她的方法，就是帮她找到筹码。

“假设你的病情发展得比我们预期的坏，抗默新药没有办法控制住你的病情，那么在你彻底失去自我意识之前，我希望你能让制药公司脱离集团。”方永年先说了最坏的打算。

“就像你说的，只要没有脱离集团，公司就没有独立的制定战略方向的权利，没有你，制药公司最后的发展会变得不可控。

“如果是这种情况，我和你协议的内容很简单，你在最短的时间内帮公司脱离集团，制药公司养你一辈子。”

包括后续的治疗，包括 AD 患者的看护和尊严。

俞含枫张着嘴，有点傻。

她除了堂姐已经没有真正意义上的亲人了，没想到确认自己得了

AD 以后，居然会有公司愿意养她。

“我们公司向来都喜欢做慈善。”方永年笑笑，“你不是还因为公司拿了两三年的杰出青年企业家奖嘛。”

俞含枫皱眉：“公司其他人同意？”

他们已经不是两个人以物易物了，制药公司还有其他的技术股东。

“我今天和你聊的内容，都和他们开会确认过。”方永年的答复很肯定。

他们这几年一直在研究 AD，俞含枫出现相关症状之后大家都很敏感，连陆博远这个两耳不闻窗外事的都察觉了，更别提人精一样的刘庆了。

“这是最坏打算。”方永年喝了一口咖啡，“如果你的病情可控，我们能在你脑损伤不可逆之前控制住你的病情，那么我希望你能继续留在集团。”

如果他们能在俞家人发现之前控制住病情，如果俞含枫的 AD 并没有严重到不可逆的程度，只要长期吃药，她就仍然还是那个生意场上叱咤风云的女人。

“这是最好的打算，也是目前来说可能性最大的打算。”

除了那位 I 期开始就进入临床受试的病人，这段时间又有百分之十的 II 期病人脑内的淀粉样蛋白斑扩散的速度也出现了不同程度的减弱，他们已经在计划同步进入 III 期临床，抗默项目能够成功的可能性已经非常大。

“如果能够成功，抗默项目结束后，我们想做孤儿药。”

方永年慢慢悠悠地把第二个以物易物的方案说出来，又喝了一口咖啡。

陆博远已经不再把他的咖啡换成红糖水了，他居然偶尔还是会怀念那个甜到发腻的味道。

俞含枫安静了很久，妆容精致的脸终于出现了短暂的崩坏：“我就知道你们最近那么安静一定在准备闯祸！”

孤儿药，真亏他们说得出口。

所谓的孤儿药，其实就是罕见药，顾名思义就是针对罕见病患病人群的药，因为罕见，所以几乎没有什么市场需求。

那么昂贵的研发费用，研发出来之后仅仅只针对某些特定的少数人群，这种药，她连碰都不想碰。

这种药在制药大国会有一些相关的优惠免税政策，但是在几乎一片空白的中国，那只能由企业“靠爱发电”。

她哪来的那么多爱！

她连自己都快要爱不起了！

“研发成功了，成本总还是能收回来的。”方永年居然还有脸安慰她，

“所以我才会和你以物易物。”

他很有自知之明，她正常的时候肯定不可能同意这种事的，孤儿药这事虽然他内心深处一直渴望，但他到底还是清楚，俞含枫这个人再疯，也不会陪他疯成这样。

所以，他才说要以物易物，说得理直气壮。

他给她的筹码，大到她差点就忘记了她已经是个确诊的AD患者。

这一个月来第一次，她对她自己目前的处境有了一点点新的眉目，不再是漆黑一片。

“我本来找了律师，安排了身后事。”俞含枫揉了揉眉心，“财产都已经在转移了。”

她本来打算找个山清水秀可以安乐死的国家，找个专业的护工，留下了如果病情发展到什么程度就可以对她执行安乐死的遗言，她的钱应该足够她有尊严地死去，最多麻烦方永年帮她盯着她的律师，以免律师吞光了她的钱。

她觉得不管怎么说她也算是方永年半个媒人，让他做这点事他应该不会推辞，她也相信他的人品。

本来都安排好了。

结果今天方永年给了她新的选择。

一个AD患者，居然还能有新的选择。

“如果治不好，我需要安乐死。”她在最坏的协议上，加了一条，“帮我找个安乐死合法的国家。”

她见过太多亲人离世，她不允许自己最后连大小便连吞咽连站立都忘记了。

“可以。”方永年毫不犹豫。

“非得要搞孤儿药吗？咱们再搞个类似治疗AD这样有市场的药不行吗？”她对最好的打算蠢蠢欲动，有些想和他谈条件。

“总不能因为它是罕见病，就不管它。全球将近七千多种罕见病，能解决一个也是好的。”方永年没有让步，仿佛和他谈判的那个人并没有生病，还有很多的时光可以和他一起造作。

“你这种时候怎么那么像你老婆。”俞含枫嫌弃了。

“嗯。”方永年喝了一口咖啡。

他们真挺像的，也不知道是陆一心影响了他，还是他影响了陆一心。

“但是我暂时回不来。”俞含枫又有了新的问题，“我错过了两次股东大会，现在俞家内部对我不够信任。”

贸然回国，她担心会瞒不住。

“我有办法能让你回国。”方永年笑了笑，“我说过，说不定我能救你一命。”

那个时候只是因为自信，现在，他终于有了这个能力。

挺好的。

他欠她很多，如果没有她，他可能没有那么大的勇气能在那时候接受陆一心，他可能，还得让他的小妻子再吃几年的苦。

他很谢谢她。

非常。

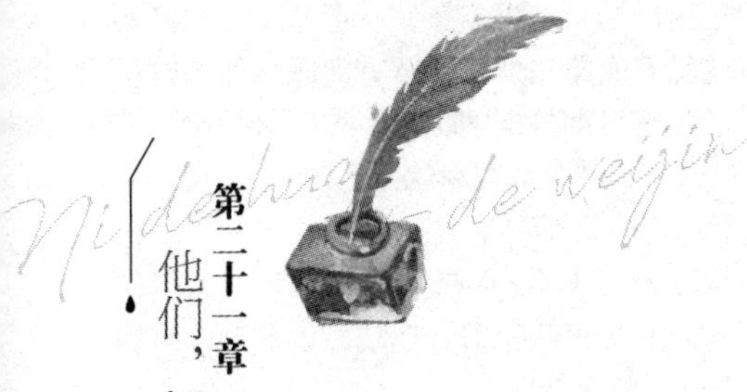

第二十一章 他们，都是能用吃就搞定的孩子

俞含枫很快就回国了。

“你男人如果是坏人的话，应该很可怕。”郑然然今天休假，一大早就窝到了陆一心的新家，两个人折腾了一早上，打算包饺子。

俞含枫 AD 家族病史建模这件事她也参与了，所以她是第一时间知道俞含枫得了 AD 的人员之一。她目睹了方永年把俞含枫从集团总部拽回来的全过程，再一次觉得，陆一心嫁的这个男人，真的是幸好没有走歪路。

在知道俞含枫得 AD 之前，制药公司出过一次小事故。

起因是当年方永年和陆博远最早做的仿制药——盐酸氨溴索片后来升级了一次包装，设计的时候在药盒底端用了一条绿色装饰，药盒包装厂在打印的时候把生产日期用红色打印在了药盒底端，正好和那条绿色装饰重叠。

这会造成红绿色盲和重度红绿色弱患者在使用盐酸氨溴索片的时候看不清楚生产日期。

按照制药公司一直以来的流程，这批新包装的盐酸氨溴索片在投入生产前是要把包装送到公司里先看一遍的，但是这款药已经生产了五年一直没有出现过任何问题，那段时间抗默项目在临床Ⅱ期关键时候，刘庆那边的原研药也刚刚立项，工厂的人因为药品成分没有任何变化只是包装多了一条绿色装饰，没有送到公司直接就开始包装出厂了。

等方永年和刘庆发现，这个批次的药已经走之前的售药渠道在药房和医院铺开了。

这其实不算什么大问题，盐酸氨溴索片是祛痰类非处方药，有效期有六十个月，这个批次的药五年内估计早就售空了，所谓超过保质期的事情，一般来说不会发生，更何况方永年在发现包装有问题后第一时间已经追回了一部分药品，修改了生产日期打印的位置，和质保品控这边重新确定了药品的生产流程，这件事情已经算是解决了。

可方永年这个人就把这件事记在心里了。

俞含枫出事后，她作为集团下一任 CEO 要在集团重组 IPO 的时候不让任何人产生怀疑离开总部回国其实很难，俞含枫这样生意场上打滚出来的人一时半会儿都想不到特别好的办法。

可方永年有办法。

他不动声色地向药监局申请了药品三级召回，并且在申请之前把这个消息告诉了媒体。

制药这行因为专业性太高，向来都是外行看热闹，药品召回这件事在很多人心目中都是一件大事，弄得不好会被吊销制药执照的大事。

更何况这家制药公司近年来因为抗默项目名声很大，各路传言加上热搜一出来，俞含枫还没来得及有动作，董事会的人就已经炸了——制药公司在这次重组版图里面的分量很重，这种节骨眼上出了这样的事，董事会差点直接把俞含枫打包塞进私人飞机。

所以俞含枫回国的时候，心情很复杂。

药品三级召回是针对使用该药品一般不会引起健康危害，但由于其他原因需要收回的召回级别，不会吊销制药执照，因为是制药公司主动召回，而且也不是什么大问题，甚至连罚款都没有。

方永年的召回计划做得很详细，整个召回过程只用了七十二个小时，俞含枫回国之后联系媒体把整件事情完完整整地说了一遍，就解决了。

远在大洋彼岸的董事会对她雷厉风行的解决手段很满意，而她自己，持续地心情复杂。

“真的是一石二鸟，本来那么严重的事情他就用这样的方式解决掉了。”郑然然拿着火锅用的长筷子顺时针搅拌肉馅，说得咬牙切齿，“你家男人真的有强迫症，那么点事他就一直惦记着，趁着这个机会不但解决了，俞总还没有办法因为这件事发火。”

叹为观止。

方永年这点心思要是没有用到正道上，想想就觉得不寒而栗。

“他其实也是为了俞姐姐。”陆一心这次倒不是因为粉丝滤镜，“他如果不用这样的方法，俞姐姐会觉得欠他人情。”

俞含枫这个人不能欠人人情，她会觉得不安全。

俞含枫生了这样的病，举目无亲，现在最需要的除了治疗，剩下的就是安全感。

方永年用了这样看似不着调甚至处心积虑的方法，其实是因为他心软。

他解决了俞含枫不信任人的抗拒心理，他让俞含枫一边生机勃勃地骂他，一边老老实实地接受检查。

他在给俞含枫安全感。

她知道方永年因为俞含枫得了AD，心里很难受。

他这段时间的睡眠又变得不太好，和郑飞还有她爸爸一起关在书房里整夜整夜地研究俞含枫的家族模型，他们想救她，迫切地想救她。

不幸中的万幸，俞含枫的病情并没有之前想象的那么严重，美国的AD检测比国内先进，俞含枫的AD确诊时间段比在国内确诊的时间段要早，她这段时间频繁忘事只有很少的一部分和AD病有关，大部分原因真的就是因为在集团的工作压力太大，休息时间太少。

俞含枫没有参加抗默项目的Ⅲ期临床，因为她堂姐和她有同样的临床样本，她作为病人在Ⅲ期临床能起到的作用很小，按照规定，她这样的情况没有办法成功申请临床受试。

俞含枫知道，幸亏她特别有钱。

她自己组建了一个专门的医疗小组，在IPO之前每月会有两天时间入院治疗，IPO成功之后，她会回国，以每周两天的频率入院治疗。

所有人都尽了最大的努力，用最好的资源，以及最好的医疗团队。

没有人觉得俞含枫在搞特权，因为全公司的人都知道，如果没有俞含枫，抗默项目根本不可能立项成功，项目初期集团资金没有办法迅速到位的时候，俞含枫都是先拿自己的钱垫进去的。

那时候公司的人每天都能听到俞含枫在和方永年咆哮钱的事，买个试管两人都能吵半天。

别的有钱的制药公司试管是一次性用品，几千块钱一根管子用完了就丢，他们抗默项目组的试管都得洗了再次利用，用化学药剂，每天洗到眼睛发绿，为的也不过就是能节省一点项目成本。

原研药立项不容易，阿尔兹海默这样的病，立项更不容易。

他们是怎么一步步走过来的，大家都看在眼里。

所有人内心深处都憋着一股无名火，如果老天真的有眼，俞含枫这样的人，绝对不能死于阿尔兹海默病。

陆一心和郑然然那天包了很多饺子，方永年下班的时候把所有知道俞含枫病情的人都接了回来，陆一心到楼下饭店里租了一个大圆桌，一群人围在圆桌边，热热闹闹地吃了一顿饺子，算是给俞含枫和郑然然践行。

俞含枫这次终于得偿所愿，集团那边没有她完全信任的人，方永年他们也不放心让俞含枫一个人回总部，郑然然了解俞含枫的家族病史，学校里面跟的项目又和这个有关系，所以干脆就做了俞含枫名义上的助理，负责记录俞含枫的日常数据，观察俞含枫的病情发展。

时间不会太久，IPO 最迟四月份就能全部完成，郑然然终于能够享受几个月俞含枫开给她的天价工资，她一分都没少要，包括俞含枫后来为了勾引她加的那百分之一。

俞含枫教会郑然然的第一件商场上的事，就是做人一定要以物易物。

“这样就谁也不会欠谁，不会有心理负担，以后万一利益不一样了，翻脸起来也可以比较快。”俞含枫说这话的时候，是笑着的。

她把她的世界摊开给郑然然看，而郑然然当时手里还捏着一个准备下锅的饺子。

其实那天的践行并不热闹，甚至有些尴尬。

那一圆桌吃饺子的组合其实挺新奇。刘庆因为不在同一个项目组，和方永年他们同桌吃饭的机会很少；陆博远对方永年仍然自带别扭，尤其是发现女儿嫁了人之后饺子包得快赶上刘米青之后，表情就变得更加复杂；郑飞一如既往的嘴巴贱；俞含枫不太适应这样的场面；陆一心和方永年旁若无人地秀恩爱；郑然然因为辈分不同，只能埋头吃饺子，偶尔冲着陆一心翻个白眼。

一桌子的人来自五湖四海，有人吃饺子不爱蘸醋，有人不吃辣，有人必须要配一碗下饺子的饺子汤。

每天都把控制体重精确到克的俞含枫，却在那天晚上暴饮暴食连吃了二十个碳水化合物。

陆博远絮絮叨叨地告诉她平时应该有哪些注意事项，明明也是个科学家，这种时候却不管什么方法都让她试试，不管有效没效当个心理安慰总是好的。

方永年在教郑然然认识她身边的那些人，他对人物性格、利害关系一针见血。如果不是今天晚上，她可能不知道方永年对她身边的那些人事其实很了解。

他只是不喜欢接触而已，不代表他没有关心。

刘庆和他们最生疏，一开始还很客套地夸方永年新家装修得好，无奈陆一心这人特别实心眼地告诉他除了无障碍其他都是买的时候现成的，太实诚了，所以后来聊的话题就变成了饺子蘸酱到底哪一种比较正宗。

郑飞难得沉默，他作为临床专家，对俞含枫的病情最了解，也在俞含枫组建的那个医疗小组里，他给郑然然打印了一大沓资料，让她带上飞机慢慢啃。

“他们家私人飞机。”郑飞胖乎乎的脸冲郑然然点了点，“可以长见识。”

所有人看起来都不太放心郑然然，交代了一遍又一遍。

这一桌子的人，都希望俞含枫能够康复。

在明知道 AD 在目前来说其实无药可医的情况下，他们都很一根筋地告诉她，绝对没问题，她绝对能治好。

这是一群和俞含枫完全不同世界的人，她最开始找到方永年，甚至并不是因为他们从小认识互相信任，她找他，只是觉得他现在跌入谷底了，她给他机会，说不定可以帮她拿到俞家继承权。

她在抗默项目立项前还动过歪心思，想借着陆一心逼方永年妥协。

他们一直都是互相利用的关系，只是因为在一起经历了太多的事，利用着利用着慢慢地都露出了真性情开始说真心话。

她和方永年，可能已经是朋友了。

他把她拉到了一个奇怪的世界，那里面的人，都不能用她的人生准则去衡量。

方永年在最糟糕的时候，把良心存在了陆一心身上。

而她，在快要失去人性的时候，把良心存在了这家制药公司身上。

“要不，”她咽下了第二十一个碳水化合物，“我把你们技术入股的股份再往上调百分之五？”

这样应该很多钱了，足够在座的每个人下半辈子衣食无忧。

她说得很认真。

结果陆一心一不小心把饺子汁从鼻子里呛了出来。

所有的人都在笑，没人理会俞含枫这句莫名其妙冒出来，涉及他们很大利益的话。

“都说了制药公司能养得起你。”郑飞在混乱中白了俞含枫一眼，“你安心治疗就行！”

俞含枫夹着第二十二个碳水化合物，没有反驳。

她真的安心了。

特别特别安心。

因为自从她妈妈去世后，她已经很多年没有吃过家里的饺子了。

刘米青说，男人结了婚大多都会变回孩子。

送走了俞含枫和郑然然以后，方永年看起来和平时没有什么不一样，工作还是六亲不认，喜欢做饭，生活得仍然很认真。

但是在家里，他开始黏陆一心。

他感情内敛，黏人的方式也很内敛，话不多，也没有太多肢体接触，只是不管在哪里在做什么，陆一心一抬头就一定能看到他。

他把自己黏在了陆一心的视线范围内，她一抬头就一定能看得到的位置。

方永年这个样子让陆一心想起了自己很小很小的时候，外公刚刚走，外婆每天黄昏的时候就会坐在小区门口发呆，那时候的她就像现在的方永年这样，一直黏在她外婆周围，小小的年纪其实什么都不懂，只是本能地害怕外婆太悲伤罢了。

所以她想，方永年应该也是害怕了。

害怕做了五年成功进入临床的抗默新药失败，害怕救不了俞含枫，害怕世事总是无常。

那天是周日，方永年单休，中午吃完饭两人就窝在了书房里。陆一心因为要整理四季度降水数据，一摞摞的数据霸占了一整张书桌，方永年坐在角落的沙发上，膝盖上面放着笔记本电脑，手里拿着书。

他有些心不在焉，书只翻了两页就合上了，看了一圈邮件越看越烦躁，索性把笔记本电脑也合上了，站起来走到书桌边，挪了张凳子坐在她边上，帮她把她散得到处都是的纸一张张叠起来，根据日期和经纬度排好。

陆一心凑过去亲了他一下当作奖励，记录数据的动作还是没有停。

肥猫被关在书房外，挠了挠门发现门锁了，很郁闷地“喵呜”一声，脚步声又远了。

方永年还戴着看书的时候戴着的眼镜，穿着灰色的中领毛衣，袖口微微卷起，露出半截仍然有些苍白的手腕，整理纸张的时候动作不快，专注认真。他惯常的风格，慢悠悠的，但是很有条理，明明只是在帮她打下手，气势却像是在做科研。

书房里有午后的阳光，有地暖，还有纸张翻动、键盘敲击的声音。

宁谧而美好。

“方年年。”陆一心还在记录数据，语气有些漫不经心，“我们过完年之后就试试看开始要孩子好不好？”

纸张翻动的声音停了一秒钟，又再一次有条不紊地响起。

“好。”方永年应了一声，动作没变，表情也没变。

陆一心也没看他，她被那堆数据弄得头晕眼花，拿着尺子贴着电脑屏幕一行一行地对过去，皱着眉觉得自己要瞎了。

“这一行，错了两项。”方永年整理好桌上的东西，又凑到陆一心边上开始帮陆一心对表格。

他漫不经心的，手肘撑着下巴，手指点了点电脑屏幕。

他最近经常这样，自己的事情做烦了，就贴着陆一心帮她做她的事换换脑子。

他记忆力惊人，效率很高，一张四季度的表格很快就见底了，陆一心点了保存，长长地吁了一口气。

“为什么突然想要孩子了？”方永年还是维持着刚才的姿势，手指还放在她的电脑屏幕边。

方永年的手指很长关节分明，指甲剪得很干净，晚上在被子里的时候，也会变得很有攻击性。

陆一心合上笔记本电脑，把自己的手放在方永年的手背上。

大小差了一大截，像他们的年龄。

“这个上面，如果再放一个小小的手，就好了。”陆一心眯着眼睛，想象着一家三口手叠手的画面，扬起了嘴角。

方永年也扬起了嘴角，站起身和陆一心一起塞到那张新婚当天就被陆一心开发出新用途的办公椅里。

“我还可以再等等的。”现代人普遍晚婚，他这个年纪没做爸爸的人也挺多，他觉得再等几年也不错。

他有些担心陆一心是因为他最近情绪低落想要安慰他，他有些担心他的小妻子其实还没有准备好。

他知道陆一心对生孩子这件事是害怕的。

他们在讨论未来的时候，他会提到孩子，陆一心这样擅长抓住所有机会调戏他的人，唯独对孩子这件事，她几乎没有回应过他。

从订婚后越界到结婚，他每次都会用保护措施，陆一心也从来没有阻止过。

生孩子这件事，他听她的。

所有因为年龄差造成的烦恼，他都不希望强加到陆一心身上。

“一开始我只是怕痛。”陆一心缩在他怀里把手塞进他衣服里面，手心贴着他的肚子，满足地眯眼睛，“到后来，就觉得责任也很大。”

当初她说她想离开父母的庇护自己去闯一闯的时候，方永年担心的也是孩子的教育和陪伴问题。

小孩子不是猫狗，孩子需要培养需要教育，父母的言行、家庭的氛围，甚至陪伴的时间都会对孩子造成深远的影响，这是一条很长的路，生了孩子，他们的人生轨迹都会变得不一样。

这是一个比决定高考志愿还要压力大很多的选择，她知道方永年绝对不会逼她，所以结婚后，她也一直慢悠悠的。

“而且，我舍不得我们现在的二人世界。”陆一心在他怀里颇有些遗憾地噘起了嘴。

她说的都是不想生孩子的话。

“那怎么突然就想要孩子了？”方永年拽出那只在他肚子上作乱的手。

他知道陆一心做这些动作只是因为亲密，她并没有太多其他的想法。

但是，他有。

男人和女人生理构造不同，男人更容易食髓知味，开了荤之后很容易被下半身支配。

“聊完再摸。”他把她噘起的嘴压回去，有些无奈。

他身体挺丑的，疤痕密布，车祸伤了内脏，有些地方还有很明显的凹陷，人太瘦，长期锻炼虽然练出一些肌肉线条，但是其实仍然单薄。

他很客观地说，他的身体被任何一个人看到，都绝对不会像陆一心这样，忍都忍不住地又掐又摸。

她是真的喜欢，那表情跟肥猫看到小鱼干似的。

而他因为她这份喜欢，很容易就会被点燃下半身的开关。

因为独一无二，因为身为男人多少都会有一些独占欲，她对他从来都没有同情，她就是喜欢，特别单纯的那种男女之间的喜欢。

“乖乖坐好，不然今天就开始准备要孩子！”手被拽出来之后陆一心又开始在他身上挪腾，方永年被弄得耳根又开始红。

她为什么就那么喜欢撩拨他，而且每次都管杀不管埋。

“为什么突然就想要孩子了？”他坚强地把话题拉回来，生怕这样聊下去他可能真的脑子一热就陪她疯了。

“因为我担心的那些事情，都是没办法解决的。”陆一心看着方永年，“生孩子身体肯定会变得不一样，肯定会痛；养孩子的责任也一定会很大，我这种个性估计孩子哭我就会跟着一起哭；生了孩子，我们的二人世界也肯定就完蛋了。”

这种抱在一起窝在书房椅子上一下午的亲密，估计得等到孩子读书了才能重温。

这些都没有办法解决，选择了要孩子，这些就会变成夫妻必须要经历的事。

“嗯。”方永年没有否认。

她真的已经长大了，再也不用他把所有的困难都列出来吓唬她，她自己就已经想得很清楚了。

他摸摸她的脑袋，大一点的陆一心比小一点的陆一心还要惹人疼。

“我高考填志愿的时候不是纠结过很长时间嘛。”陆一心的脑袋在方永年的手掌下小小的一颗，她晃头晃脑地一本正经地说，“我妈妈那时候让我慢慢想，一定要想一个真的喜欢的。

“她说人活着做每一件事都需要付出代价，所以只有做自己真正喜欢的事，才会觉得这些代价是值得的。

“我喜欢活着，喜欢你，也肯定会喜欢像我又像你的孩子。”陆一心笑了，提到孩子，小圆脸变得有些温柔，“所以我就觉得，也没有那么害怕了。”

都是她真正喜欢的东西，所以那些代价也都是值得的。

人生本来就无常，没人知道下一秒会发生什么，但是不能因为人生无常，就不敢再往下走。

未知本身，就是一种希望。

“所以，我想要孩子了。”她说得认真。

她想和他一起，去经历那些代价。

她想和他一起，看着自己的肚子一天天大起来，内脏被孩子挤开，变得尿频，变得身材走样。

她想和他一起，半夜被孩子啼哭声弄得夜不能寐，生活被孩子的纸尿裤和奶粉包围，累到不想说话的时候，互相抱一抱。

“我肯定还是会害怕。”她不是个勇敢的人，她也没那么伟大，“如果害怕了累了，我们就像现在这样抱一抱好不好？”

他们要经历的不仅仅只有孩子，他们的父母会变老，他们身边的朋友会离开，他们这一生，可能得经历很多很多的无常，很多很多的生老病死。

那时候，就像现在这样，抱在一起，亲密无间地让肌肤传递彼此的热量。

因为他们已经拥有了彼此，剩下的，都是活着必经的代价。

“老了以后，我们得站着抱。”方永年把那颗小小的脑袋带到怀里，笑着想象，“你老了以后这样坐会扭了腰。”

陆一心在他怀里嘻嘻笑。

“还有……”方永年停顿了半秒钟，喉结上下滚动了一下，“咱妈真好。”

真的只有刘米青这样的人，才能教出陆一心这样的孩子。

“咱爸呢？”陆一心抬头，眯眼。

方永年喉结又动了动。

“咱爸不行。”他很郁闷，“两个爸都不太行。”

她爸爸和他爸爸，都不怎么靠谱。

“你这样慢慢地做心理建设，说不定等婚礼的时候就能叫出来了。”陆一心笑。

方永年在称呼这件事情上，真的执拗到可爱。

方永年亲了亲她的鼻尖，当作默认。

“你这段时间如果心情不好，可以一直抱着我，到哪里都给你抱。”陆一心又把头埋进他怀里，手臂收拢，抱得很紧。

不用担心会把负能量传染给她。

不用只是站在她视线看得到的地方。

因为抱得太用力，她声音都有点闷闷的。

他的就是她的。

“好。”方永年声音哑哑的，嘴角却是扬着的。

他已经非常非常幸运，人生大起大落，跌到谷底的时候，其实并不是靠着他自己站起来的。

他身边有个陆一心，他用街头巷尾的小吃美食养大的姑娘，胸很平，胸怀却能装得下汪洋大海。

“我一直抱着你。”他承诺，闭上眼睛，鼻尖都是她的味道。

陆一心通过 AD 护工志愿者申请的时候已经快要过年，华亭最冷的时候，她一大早起来翻出了最厚的羽绒服，抱着羽绒服坐在餐厅发呆醒神。

“起不来就不要去了。”方永年今天要上班，一大早起床就看到自家老婆穿得跟熊一样坐在餐桌前打盹。

他有点心疼，陆一心最喜欢赖床，大冬天的为了这事居然起得比他还早。

“我想去。”陆一心闭着眼睛摸索桌上的牛奶，“今天然然也在医院，下了班要跟我一起去拿婚纱。”

俞含枫每月例行回国检查，郑然然一回来就和谷历历小别胜新婚去了，她这个闺密只能在郑然然工作间隙才能看到真人。

连看婚纱这种大事都得提前半个月和她预约。

真是“女大不中留”。

“婚纱不许太露。”方永年从冰箱里拿出了鸡蛋培根，晃着锅铲，语气无奈。

陆一心坚持婚礼前不给他看婚纱的样子。

他觉得他们十四岁的年龄差这种时候代沟特别明显，到时候她要是穿个真空大露背他是应该把她遮起来还是拉到房间里揍一顿。

“我想露也得要有啊。”陆一心低头看了看自己的“一马平川”。

“一边按摩一边吃木瓜牛奶是不是比较有效？”陆一心打着哈欠碎碎念。

方永年笑着拿指关节敲她，把她的那份培根煎蛋放在她面前。

“郑飞给你安排了哪个病人？”方永年捞过陆一心放在桌子边的资料，看了一眼挑了挑眉，“他倒是挺会挑。”

志愿者只做八个小时，算是给护工调整休息一整个白天。

大多数志愿者刚刚加入，没有专业知识也没有经过特殊培训，所以郑飞他们一开始给志愿者安排病人会优先选择一些生活能够自理，或者家庭气氛相对好一点的病人做过渡。

郑飞给陆一心选择的第一个病人，明显是精挑细选的。

“你认识哦？”陆一心知道方永年的记性好，但是没想到他只是看了一眼资料就能立刻知道是哪个病人，这也太可怕了，临床受试病人那么多呢。

“怎么可能都认识。”那样脑子会爆炸，“这病人就住在俞含枫堂姐的隔壁病房，比较特殊。”

陆一心边喝牛奶边翻资料。

八十多岁的老太太，AD 症状三年多，属于中期患者。

“很特殊吗？”她以为郑飞只是因为她有照顾老年女性患者的经历才把这位老太太交给她的。

“嗯。”方永年做好了自己的那份培根煎蛋，坐到了陆一心对面，“老太太的家人挺有意思。

“四代同堂，听她丈夫说这位老太太当年是村里地主家的女儿，她丈夫是长工，他们两个是私奔的。”方永年说得慢悠悠的。

“哇！”陆一心睡眼惺忪的眼睛睁大了。

“老太太得了AD之后记忆逐渐退化，这半年已经渐渐不记得自己曾经结过婚，现在经过做临床受试病情恶化速度减缓，她大部分的记忆就停留在了私奔前。”

陆一心听得很入神，吃早饭的动作都慢了。

“老太太在私奔前家里已经给她谈好了一门亲事，她记忆就一直停在那里，觉得自己是要嫁到邻村表哥家去的，每天的状态都像是临要出嫁的小女孩，其他的什么都不记得了。”

陆一心张着嘴：“那……她丈夫……”

AD病人记忆退化是一件非常可怕非常悲伤的事，就像她外婆到最后也已经不记得自己结过婚，觉得她这个女孩叫她外婆是很可怕的事，有阵子看到她就向她砸东西。

老太太忘记了，那么和她一起私奔出来组建家庭生活了一辈子的老爷爷呢？

“她丈夫很有意思。”方永年让陆一心把最后一口牛奶喝光，“老太太的记忆时好时坏，记得他的时候，他就是她丈夫，不记得他的时候，他就自称是她要嫁过去的邻村表哥。”

横竖都是她男人，记得他的时候，他会告诉她他们私奔后怎么结婚怎么生孩子的，不记得他的时候，他会告诉她她最终还是嫁给了邻村表哥，生活得挺好，现在都已经有第一个曾孙子了。

“老太太家里的其他后辈也跟着她丈夫一起哄她，一会儿姓严一会儿姓李的，家庭氛围不错。”方永年也吃光了自己的早餐，站起来把杯子和碟子收好放到洗碗机里。

陆一心第一个护理对象是这家人，他倒是挺放心的。

这家人都挺温暖，很有礼貌，也讲道理。

回头得请郑飞吃饭。

“我今天早上会跟郑飞去医院，中午一起吃饭。”他转身，陆一心已经拿着围巾在等他了。

他笑着低头，让陆一心把他的围巾围好，然后他拿起了陆一心的围巾，用陆一心之前教给他的方法围好。

陆一心喜欢用大红色的围巾，围起来就只剩下眼睛露在外面。

“这样真的浪费时间。”明明自己做起来比较快，他现在却已经习惯这样肉麻兮兮的互相帮忙，一边抱怨，一边又帮陆一心戴好了帽子。

全都塞进去，这下就真的只剩下眼睛了。

看着就暖和，很有成就感。

方永年心情很好地用手掌拍拍陆一心的帽子，把毛线帽子压得更加紧实。

“可是这样会比较恩爱。”陆一心眼睛弯成月牙儿，眼睫毛翘翘的，声音闷在围巾里，“我刚才在想，如果我是那个老爷爷，我也会和他一样。”

“嗯？”方永年没听清楚。

“我说……”陆一心拉下围巾，“如果你变成了那个老奶奶，我也会做出和老爷爷一样的选择。”

如果方永年忘了她，她愿意变成任何一个方永年能记得的异性。

横竖都是她的男人。

方永年穿外套的动作停顿了半秒钟，表情看起来也没有太大的变化。

他又重新把陆一心的围巾围好，手指碰触到她脸颊的时候，指腹眷恋这样柔软细腻的触感，又停顿了半秒钟。

他拿上陆一心外出要带的包，拉着陆一心走出门，进电梯的时候，和她十指紧扣。

“我也会。”他看着电梯的指示面板，把闲聊的话说出了承诺的语气。

他也会这样。

如果她忘了他，为了让她愿意多看他一眼，他可以做任何事。

不管她心里记得谁，那都只能是他。

做 AD 护工志愿者的过程和陆一心想象的不太一样，她不知道方永年对整个护工计划参与了多少，但是她觉得，这里面的每一件事背后都有方永年的影子。

他们到医院以后是分批进去的，每一组五个人，每一组都有一个专门负责对接的人。

刚刚到医院就收到一个蓝色文件夹装的资料，里面有一张设计很精美的志愿者感谢函，感谢函的背后是考勤表，考勤表打满了就可以得到一张志愿者证书。根据接待他们的人介绍，这张证书在大学里可以用来抵部分社区服务的学分，后续可能还会有一些企事业单位加入，不同的企业会有不同的奖励政策。

另外，就是他们今天要负责的病人的资料，以及一张间隔为半个小时的时刻表，详细记录了他们今天要照顾的病人吃药吃饭时间，记录生命体征时间，锻炼时间，聊天时间。

聊天需要问的内容都已经设计好打印出来了，他们只需要负责问，然后录音记录就可以了。

陆一心的粉丝滤镜又开始启动，她觉得郑飞这样粗糙的人肯定想不到那么细，她爸爸只是个学术狂魔，这种事情他根本没脑子去想，唯一会把所有事情都安排得妥妥当当的人，只有她老公方永年。

她看着手上的蓝色文件夹，觉得拿在手里都有了烫人的温度。

这都是她老公每天熬夜，在书房里面嚼着薄荷糖一点点磨出来的东西。

这些东西里面，有她老公的温柔，哪怕他因为这个世界变得残缺，哪怕他被人背地里称为独角兽，他也仍然为病人尽了全力。

“这个表格，做得太详细了。”她在眼眶红了不知道该怎么解释的时候，傻乎乎地笑。

太详细了，她只要想到方永年在做这些事情的时候脸上的表情，她就忍都忍不住地想要红眼眶。

就像方永年说的那样，陆一心的第一个志愿者对象很特殊。

老太太今年八十四岁，个子小小的，头发都白了，扎成一个银色的圆发髻盘在脑后，穿着病号服，病号服里面有一件黑色的紧身衣，领口很新，袜子干干净净，很讲究、很斯文地坐在病床上冲着她笑。

老太太并不认生，见到护士医生都是笑眯眯的，唯独对她自己的丈夫，看到的时候忍不住地要翻白眼。

“这个人，老是想要假装是我丈夫。”老太太等她丈夫出去和医生谈话的时候，冲着陆一心眨眨眼，用说悄悄话的语气。

“我当时要嫁的肯定不是他，哪怕他老了，我也能认出他。他就是我们家那个长工，因为他爸爸生病卖身给我们，在我家种庄稼的那个人。”老太太声音很轻，因为年龄大了用这样轻俏的语气说话，其实会有些不和谐，但她的表情太自然了，就像是和闺密咬耳朵的样子，所以陆一心也眯起了眼睛，凑到了她面前，做出一副听悄悄话的模样。

“我那个表哥，这里有一颗痣。”老太太指了指脸颊，表情多少有些嫌弃，“在娶我之前就已经有两房姨太太了。”

“这个傻子，装都装不像。”老太太嘴里抱怨着，眼底却含着笑，“不就是欺负我还在生病嘛，等我病好了，我一定骂死他。”

老太太就这样絮絮叨叨的，用十几二十岁少女的语气在陆一心耳边说悄悄话。

老太太的记忆已经完全混乱了，有时候是年方二八的少女，有时候是已经四代同堂的老太太，但她始终不会忘记调侃她现在的丈夫——她一直牢牢地记得，他是他们家的长工。

“大夏天的他们家没有衣服，他就穿了个全是破洞大马褂在我面前晃。”老太太红了脸，啐了一口，“也不知道是想埋汰谁！”

陆一心在喂老太太吃药的时候，心里面酸酸胀胀的。

他们都想错了。

不管记忆如何消退，老太太一直都还记着那位为了家里人卖身的长工，那个夏天衣不蔽体却会为了帮她抓蚊子在她闺房门口守一夜的傻汉子。

老太太还是老太太，所以她最终的选择一定会是和那位长工私奔。

陆一心也还是陆一心，所以，不管当年方永年怎么逃避，她最终还是会搂住他，告诉他，她心疼他。

天造地设，其实和记忆无关。

只和人有关。

志愿者中午有半个小时吃饭时间，方永年提前五分钟到达陆一心所在的住院楼层，没有露面，只给陆一心发了一条他已经到楼梯间的微信。

陆一心过来的时候也偷偷摸摸、探头探脑的，做贼一样。

让患者知道她是制药公司副总的老婆总归不太好。陆一心不是喜欢炫耀的人，方永年也不希望陆一心单纯的只是想帮忙的心被其他人过度解读，所以他们那天的中饭叫了外卖躲在了方永年之前开会的那间会议室里。

他们只有半个小时。方永年争分夺秒地喂她吃了半颗蛋黄。

陆一心苦着脸嚼了两下："我不能跟你对视。"

她好气。

认识大半辈子恋爱四年结婚都好几个月了，她居然还是不能和方永年对视太久。

她还是会心跳加速，还是会忍不住想要抱上去。

所以当她看到方永年兴致勃勃地又拿起了另外半颗蛋黄打算塞给她的时候，吓得立刻掏出了手机。

坚决不对视！

陆一心的朋友圈子不大，除了固定联系的那几个人，剩下的消息都是她关注领域的新闻推送，她翻了两页，"咦"了一声。

"怎么了？"方永年吃掉了剩下的蛋黄。

他很喜欢逗她，从她小时候开始就这样了，把她逗得吹胡子瞪眼的，像一只气鼓鼓的仓鼠，特别好玩。

现在想想，他真的只有对着陆一心的时候，喜怒哀乐才会特别明显，特别纯粹。

"夜东老师。"陆一心把手机里的新闻给方永年看，小圆脸因为蛋黄的余味还皱皱巴巴的，"他发律师函告媒体造谣。"

配音领域是个小圈子，关注的人不多，方永年也是因为陆一心当时脱口而出说夜东的声音性感才花了点时间看了一些这个圈子里的东西。

有人的地方就有江湖。

只要涉及利益，就很少有人能够独善其身。

夜东的病情一旦公开出去，对夜东工作室的打击是毁灭性的，就像夜东那天自己说的那样，没人会聘请一个 AD 患者去做配音工作，而他这一行一旦没有了工作，收入就会立刻变成零。

夜东还有工作室要养，治疗也需要花钱，再加上他总觉得自己的病拖累了整个工作室，想着万一真的治不好，起码要帮工作室里的每个人都铺好后路才行，所以，他把自己的病瞒得非常紧。

可是AD病并不是想瞒就能瞒得住的，夜东这一个月来逐渐出现了失语症的前兆，对着配音台本偶尔会出现阅读障碍，一两次之后，流言蜚语就变得多了。

再加上有记者拍到了夜东出入医院神经科和住院部的照片，关于夜东精神失常、抑郁症、躁郁症之类的传言就开始多了。

真相其实比谣言更加残酷，没有人会想到一个四十多岁正值壮年的男人会得阿尔兹海默病，所以，也没有人猜到真相。

夜东向那些谣传自己精神失常、抑郁症的媒体发了律师函，措辞很激烈。他的微博下面，为他加油打气的粉丝很多。陆一心还在那里看到了郑然然的微博，她把夜东老师所有的作品串成了一长串话，她说她会不离不弃。

那条评论被粉丝们赞成了热门评论，陆一心也在上面点了个赞。

“夜东老师能治好吗？”陆一心看着夜东老师微博下面那些毫不知情却一直在为夜东老师加油打气的粉丝留言。

她想起会议室里面夜东老师在给然然的签名上面那个加粗加大的“加油”。

夜东老师真的是个好人，生了这样的病，仍然想要照顾工作室，仍然不想麻烦别人。

可是她听郑然然说，夜东老师临床受试的效果并不乐观。

“AD患者六十以上的老人居多，我们制药和制定临床方案的时候还是会更偏向老年人。”

制药是宏观的，为了治愈率，只能先适用于大部分，再去考虑小部分。

包括药效，包括副作用，包括临床用药的方式，他们更多的精力都还是放在容易患病的主要年龄层里。

夜东的情况并不典型。

“夜东年龄不大，生病前身体素质很好，抗默临床新药对他这类人的针对性并没有老年人的好。”

方永年说一句就会稍稍停顿一下，说得很详细。

陆一心恍惚得像是回到了她外婆去世的时候，那时候方永年也是用这样的语气向她解释制药。

那时候她听不懂。

现在，她听懂了。

方永年并没有给她无谓的希望，他解释得那么详细，只是想要告诉她，人生大部分时候，都是无奈。

他做的不是药到病除的药，他做的药也不是只针对夜东，只针对俞含枫，他们做药，为的是能治疗大部分的AD患者。

“那……不会好了吗？”陆一心问得怯怯的，有点孩子气，有点难过，还有点期盼。

“俞含枫自己组建了医疗团队，他们重新研究了我们新药的成分，针对年轻新陈代谢旺盛的病人，重新做了一套新的临床方案。

“这套新的方案经过一个月的试验，事实证明针对年轻人确实比我们现在这个方案更加有效，所以我已经把这套方案发给夜东和其他年龄五十岁以下的临床患者了，他如果同意，签了协议后我们就会用俞含枫目前的方案代替现在的主流方案。”

他看着陆一心突然变亮的眼睛笑了，就没有和她解释如果是这样，这些病患就不再是他们制药公司的临床受试人，他们会进入另外一个针对年轻AD患者的医疗专项中，这件事对他们抗默项目临床样本采集来说，并不是一件好事。

都不重要了。

重要的是，真的能治好他们。

午饭结束，陆一心回到病房后，就觉得老太太的丈夫一直在偷偷地观察她。

老爷爷今年九十岁了，身体特别健朗，一头银发很浓密。

他不怎么笑，只有老奶奶在支离破碎的记忆里偶尔想起他的时候，他才会笑眯眯地摸摸老奶奶的发髻，问她晚上想要吃什么。

他一天之内问了五六次了，问过了老太太就忘了，然后他又不厌其烦地继续问，两个老人之间每天的话题就是这样反反复复，把一模一样的日常重复过上五六遍。

每一次都是老太太说得七零八落，说到前面忘了后面，然后老爷爷叹了口气，坐在病床边继续问一模一样的问题。

陆一心发现，老爷爷从来都不会不耐烦，一次都没有。

他叹气的表情有些像方永年听到她军训的时候带着伤负重五公里的表情，有些心痛有些无奈。

他摸老太太头发的时候，像在照顾一个孩子。

“你是方总的爱人吧。”下午三点护士给老太太做例行身体检查，老爷爷和她一起坐在病房外的凳子上等，突然就没头没脑地来了这么一句。

被突然揭穿的陆一心有点窘。

“我中午下去找医生的时候看到你们在会议室里吃饭了。”老爷爷冲陆一心笑，压低了声音，“你放心，我没和别人说过，就只有我一个人看到了。”

陆一心这下脸都红了。

“我们这里的病人家属和护工们平时没事聊天的时候经常会提起方

总。”或许是等待妻子检查的过程太煎熬，老爷爷的话比在病房里的多，“方总是个好人啊！”

被陌生的长者当着面夸奖自己的老公，陆一心红着脸咧着嘴，一点都不谦虚地使劲点头。

老爷爷被她逗笑，一张很严肃的脸乐出了褶子。

“你也是个好姑娘啊。”

不是一家人不进一家门，小小年纪牺牲休息时间大冬天的跑到医院里来帮忙，虽然是一天的志愿者可做事一点都不敷衍，脏活累活做起来都笑呵呵的。他的老伴现在其实已经很难沟通了，说话都零零散散前言不搭后语，可是这丫头能和他老伴聊得很好，一点都不会不耐烦。

也不愿意搞特殊化，和方总两个人偷偷摸摸地躲在会议室吃饭，吃的也只是普通的便当盒，小夫妻两个人吃饭的时候头贴着头。

小小年纪能嫁给方总这样的男人，这份眼光和胸襟，就不会是个普通人。

“我没有他那么好……”陆一心连忙摆手。

她只是周末在家闲得慌想来帮帮忙，帮她男人帮她爸爸减轻哪怕一点点的负担也是好的。

“其实不单单只是药的问题。”老爷爷打开了话匣子，“方总做的那个什么护工计划，真的救了我一命。

“我们家有四个孩子，都是孝顺孩子，自从我家老婆子生了病后，四个孩子轮流排班在家里照顾她，但是他们的年纪也大了，都有自己的家庭。

“照顾病人这种事，一个月两个月问题都不大，但是我家老婆子这个病是长期的，第二年之后身边就离不得人，她有次吵着要吃冰激凌，我急匆匆地出门给她买，犯糊涂忘记反锁了门，结果回来的时候人就不见了，找了整整一个晚上才在小区角落的凳子上找到她。

“从此以后我就不敢让她离开我的视线，我们家的孩子这三年来为了照顾她，已经基本都没有自己的生活了。”

老爷爷话说得有些絮叨，说到这里，叹了口气，苍老而悲凉。

“‘久病床前无孝子’这句话是双刃剑，我们也心疼自己的孩子，我也不想看着他们大冬天、大热天的为了照顾老婆子来来回回地跑，所以我们也找过护工。”

“可护工实在是太难找了。”老爷爷又叹了口气。

“三年了，慢慢地孩子们来的时候话都变得不多了，以前逢年过节一大家子人都会聚在一起吃吃喝喝，现在也变得各家有各家的事了。

“我今年九十了，老婆子一天比一天不清楚，医生说再到后面会连走都走不动，翻身都困难。

“当时我心里就想着，估计那时候，我们和孩子们的缘分也到头了。

“老婆子要是清醒，肯定也不愿意这样拖累孩子。

“我们两人已经很幸运了，磕磕碰碰地做了几十年夫妻，孩子都乖，孙子孙女也都争气，一直整整齐齐的。

“所以我想，如果真的治不好，我们也不要拖累孩子，学着新闻上说的那两个老人一样，手牵手走了，也可以给这个社会少一些负担。

“可是，总是舍不得孩子啊……”

把老太太照顾得干干净净、清清爽爽的老爷爷，还是说到了伤心处，停顿了很久。

“所以，方总不止在想办法救我家老婆子，他还救了我……

“我知道这病不容易好，这药到底能不能有用，吃了以后会不会有副作用这些都很难说。

“老婆子在清醒的时候说，有药总比没药好，就算是拿她做试药的，那也比在家里天天等着好。”

“方总……”老爷爷看着陆一心，“是在做大功德啊。”

众生皆苦，他活到这把岁数了，遇到过太多无奈的事了。

方总也无奈，他没了一条腿，人很瘦，看起来常年睡眠不足。

方总除了和那位叫作郑飞的副总偶尔会说句话之外，对外人总是淡淡的，礼貌而又疏离。

这样的人，要么就是天生戒心重，要么就是曾经受到过伤害。

今天看到方总小夫妻吃饭的样子，老人家觉得后一种的可能性更大。

这样和世界保持距离的人，却在做那么伟大的事。

虽然他们这些制药人和病人接触得并不多，来医院大多也都是和医生开会，每个月会来病房一两回，基本不会问问题。

但是他知道，他老伴现在享受到的护理，就是这位方总找的投资，设计的方案。

仅仅只是一个专业的护工，他们家的氛围就都变了。

不用再衣不解带地照顾老太太，他们和孩子们见面的次数反而多了。

医院里四个孩子每周都会来两三次，话也慢慢地多了。

不用再拖累他们，和已经有了家庭的孩子们保持着这样的距离，他觉得很好。

孩子们都尽力了，他知道。

所以他也知道，那个因为交通事故失去了一条腿的方永年方总，在他们家庭即将分崩离析的时候，拉了他们一把。

方总给了他一个圆满，一个和孩子们把缘分继续下去的机会。

陆一心那天和郑然然定下了婚纱回家的时候，一直趴在床上看着方永年。

不管方永年做什么，她都维持着那样的姿势。

“怎么了？”方永年被她这样直勾勾的眼神看得老脸一红。

“你是不是因为张珩爷爷奶奶的事才想起来要做护工计划的？”陆一心歪着头问。

她发现，方永年生命中决定的很多事情，其实多少都和她有关系。

她偶像的生命中，有很多事情她都参与了，甚至影响了他。

今天下午那位老爷爷夸方永年夸了整整一个下午，都把他夸出了神光，她带着这样的兴奋，现在两眼都冒着粉红泡泡。

他们就是命中注定的一对，从很早很早就已经注定了。

“不是，这件事我考虑很久了。”方永年对于在大半夜突然听到张珩这个名字表示十分不爽，回答得很快，“那只是说服俞含枫的契机，这东西要花钱。”

陆一心粉红泡泡被戳破，皱起了脸。

“这个方案牵涉很多事情，肯定不可能只是临时起意。”方永年戳得更狠。

陆一心翻了个身，把自己埋进枕头里。

方永年松了口气，她总算没有再直勾勾地看着他了。

可她太安静了，他又不舒服了，拍拍她在被子里撅起来的屁股：“到底怎么了？”

陆一心从被子里拱到他边上，抱住了他的腰。

“我刚才想到一件很浪漫的事。”她含含糊糊的，“但是现在不浪漫了，没兴趣提了。”

她男人制药的过程有一大半都是跟俞含枫要钱的过程，斗智斗勇的，浪漫个屁。

方永年见怪不怪地把被子掖好，手掌放在她肚子上。

她晚上洗完澡就来生理期了，这个月忙着工作忙着婚礼的事累着了，比平时提前了两三天。

她每次来生理期都会比平时更黏人更不讲理，像一条蒸熟煮透的年糕。

“酸……”“小年糕”黏黏腻腻的，像是蘸了糖。

“要不要贴暖宝宝？”方永年的声音像是吃了蘸了糖的年糕，低低沉沉的，带着甜味。

“我要你的手。”陆一心在被子里弓着背，霸道地抱住了方永年的手，“我帮你翻书！”

少了一只手就不方便了，她帮他。

让她翻书除了捣蛋和问些奇奇怪怪的问题，就不会做别的事了。

“睡吧。”他选择关了灯，和她一起钻进被子。

他的掌心始终干燥温暖，亲吻她额头的时候，嘴唇很软。

陆一心窝在他怀里，想起了刚才不甘心的浪漫。

“我们是命中注定的。”她没头没脑地宣布，宣布完了抬头也吻了吻方永年的额头。

土匪恶霸一样宣示主权。

方永年在黑暗中被她逗笑。

是的，他们是命中注定的。

真的在一起之后，才会发现这个世界上是真的有那么一个人，连互相之间性格凹陷的棱角都能完美契合。

陆一心黏人，但是他觉得对他来说黏得恰到好处，他的心太空，需要陆一心这样满满当当地填满。

他残疾自尊心强性格别扭，但是这些对陆一心来说都不是问题，她甚至喜欢他这样，偶尔因为性格别扭懒得理她的时候，她能一个人偷笑到哼出猪叫。

所以，他们真的是命中注定的。

从很早很早的时候就开始了，从第一天见面，他弯腰和她平视，而她抱着自己脏兮兮的粉红书包往后退了一步一脸戒备的时候，就开始了。

陆一心的婚纱是大露背的，但是方永年并没有像自己计划的那样，把她遮住或者拉到房间揍一顿。

那天是大年初二，阳光很好。

他推开门看到陆一心穿着婚纱怯生生地站在阳光里，手里捧着新娘捧花，仰着头，化了新娘妆的脸带着几分羞涩几分期待。

“好不好看？”她问他，问得轻轻的。

“好看。”他听到他自己回答。

他声线向来低沉，听起来没有太多的情绪。周围都是亲人，他脸皮薄，也没有办法在这么多人面前表现出夫妻之间的亲昵。

在这种时候，站在盛装的陆一心面前，他这样的表现其实很扫兴。

但是他知道，陆一心懂。

她懂他现在口干舌燥百感交集的情绪，她懂他现在一定也想到了他喝醉在卧室角落里让她当他媳妇的画面。

“你也很好看。”他媳妇笑嘻嘻的，眼尾红了。

然后她踮起脚，他弯下腰，听他媳妇在他耳边说悄悄话：“我里面垫了三个胸垫……”

方永年低头笑了，抬头的时候，看到了自己的父母，他母亲一边笑一边躲在他父亲背后抹眼泪。

三十七岁的大男人了，在这一刻才突然有了一种自己终于可以让父母放心的感叹。

他母亲年前过来看到他的第一眼就开始抹眼泪，他胖了几斤，脸色好看了很多，见到他父母的时候，甚至都没有避讳那条义肢。

他父亲上次和陆家人吃饭时喝多了，声音洪亮地拍着胸脯和陆博远保证，他们家一定会对陆一心很好，方永年如果敢对陆一心不好，自己就把方永年另外一条腿也给敲下来。

他那天晚上眼眶红了，回头的时候看到他哥哥方永岁，铁血的刑警大队队长居然也躲在他嫂子后面抹眼泪。

他父亲也终于可以把他的残疾说出口，这个不伦不类的威胁彻底卸下了他们家因为他残疾被烙上的枷锁，明明没有人做错什么，却因为他少了一条腿，老方家的人不知道为什么，就莫名地多了那么多的愧疚。

他终于，娶妻了。

方永年直起身，把陆一心的手握在手里，用他喜欢的方式，大手包住小手。

他个子高肩膀宽，穿正装很好看，今天这个大日子，他的西装是他父母让他哥哥帮他找礼服裁缝量身做的，衬衫是陆一心选的，扣到最上面的一颗风纪扣。

打扮得漂漂亮亮的陆一心一直歪头看他，差点被自己婚纱的裙摆绊倒。

周围的人都在哄笑，刘米青捂着脸没脸看，陆博远额头的青筋就快要跳出来了。

"我们得要出息点。"方永年拽住陆一心的胳膊，说得很轻，说的时候带着笑，"再闹笑话你爸会杀了我。"

"咱爸！"陆一心红着脸纠正。

"你现在还没准备好改口为什么要让司仪准备那个环节。"陆一心悄咪咪地跟他咬耳朵。

陆一心不喜欢出嫁的过程，整个婚礼省略了前面所有的过程，只保留了晚宴。方家父母虽然保守，但是对这个来之不易嘴又甜的儿媳妇特别宠，方永年只是说了个开头，他父母就同意了。

"我没女儿，我要是有女儿也舍不得她那么早就嫁出去。"他母亲还为这事又抹了一次眼泪，叮嘱他无论如何都不能亏待人家姑娘。

"那么娇滴滴的姑娘死心塌地地跟着你，我在家里天天烧香求菩萨也求不到那么好的姑娘。你以后要多做好事多积德啊。"

方永年点头应下。

他仍然不喜欢这个世界，提到吴元德的时候心中仍然愤愤不平，他还是会做噩梦，少了一条腿有多不方便，幻肢痛起来有多么让人发疯这些事情，没有人可以感同身受。

陆一心是他与人为善的唯一动力，他做错过一次，他把陆一心丢给那些七嘴八舌的大妈，陆一心在听的时候，他就站在街对面看着，看着她两手握拳，看着考试不及格也不会低头的小丫头因为几句恶毒无稽的话慢慢地低下了头。

他不想她再遇到这样的事，在她背后指指点点猜测她是不是身体有什么隐疾才会想要嫁给一个大她十四岁的残疾男人。

所以，他需要飞黄腾达，需要强大到所有人听到陆一心嫁给他，第一个反应是这丫头眼光不错。

照顾她，不让她受委屈，白发苍苍的时候还能站着抱一抱互相取暖，这是他现在唯一的愿望。

他们结婚的司仪是俞含枫硬要赞助的，最擅长大型宴会，把婚礼现场布置得跟水晶宫一样，和他们这对新人对晚宴流程的时候，一张习惯性对客户微笑的脸连着抽了好几抽。

“你们这什么都不要做整个流程会变得很空。”司仪这算是委婉的说法了，他其实更想问既然这样为什么要请他，他很贵的好不好。

爸爸牵着女儿的手交给丈夫，象征着把自己心爱的女儿交给了下一个男人照顾。他们不要，因为新娘说这样好蠢啊，谁照顾谁都不知道呢。

司仪悄悄地看了一眼正在大厅里偷吃冷盘被老婆大人抽的陆博远，觉得说得也对。

父母发言也不要，因为新郎说岳父大人特意交代，敢让他上去说话他一定会说实话。

司仪擦擦汗，他不太理解什么叫作说实话，但是大概全天底下所有要嫁女儿的父亲，说出来的实话估计都不怎么好听。

主婚人发言这个流程这对新婚夫妇倒是没有拒绝，可是他们找的主婚人是俞含枫俞董，他颠颠地跑过去找俞董要稿子定时间，结果这个商界传奇人物翻了个白眼，说没有稿子，她会临场发挥，也不知道需要多少时间。

俞董说完就停顿了一下。

司仪背后全是冷汗，他当然知道这种停顿背后的意思，他既然那么贵，控场这种事难道还要她教吗?

于是，司仪又擦着汗退了回去。

他们最后敲定的流程只有在台上的拜堂和喝交杯酒，方永年在确定了流程后补了一句：“改口也在台上改吧。”

“改什么口?”头脑发昏的司仪问了一句头脑发昏的问题。

“我得叫他爸爸。”方永年面无表情地看着司仪，语调平稳没有任何高低起伏。

他身边的新娘子陆一心却“噗”的一声差点笑出猪叫。

司仪又一次擦了擦冷汗。

行吧。

司仪内心绝望到平静无波，他这个向来承接大型年会宴会的司仪本来幻想的盛大的婚礼被砍得只剩下一个拜堂，他刚来的时候看客户资料，想着两个人因为年龄差，因为男方残疾，肯定有很多故事想要在台上和亲友们分享，但现在看来，没啥故事。

这小夫妻和所有新婚夫妻都差不多，对视的时候笑得傻乎乎的，新郎官都听新娘的，连婚纱照都是在摄影棚里拍得最最传统的那种。

唯一的好处就是亲人都不错。

双方父母都很配合，看起来不容易出幺蛾子。

整场婚礼负责对接的人是男方的哥哥，刑警大队队长，整个人往门口一站就能呈现出生人勿近的效果，免了安保。

小夫妻是真的恩爱，手拉在一起就不会分开，眼光黏在一起，就会对看好久。

司仪酸溜溜的，决定一会儿拜堂的时候，一定得让他们表演得火辣一点。

陆一心事后回想起来，那场婚礼除了哄堂大笑，剩下的都是脸红。

方永年真的改口了，众目睽睽之下，当着他们所有的亲朋好友的面，拿着话筒，吐字清晰地冲着陆博远喊了一声爸爸，冲着刘米青喊了一声妈妈。

然后，场面就开始失控。

台下笑疯了，台上的陆博远那一瞬间简直想把手里的红包塞到方永年的嘴里噎死他。

剩下不明所以的司仪看到台下的反应以为这事很能调动气氛，兴致勃勃地让方永年再叫一次。

“爸爸。”方永年拿着话筒，毫不退缩。

陆一心肉麻得都快要缩成一团，刘米青也不知道是笑哭的还是气哭的，抹着眼泪把自己的老公拽下台。俞含枫上来做证婚人的时候因为笑岔了气，直接在台上说了一句“百年好合”就下了台。

台上的新郎官方永年站得笔挺，新娘子陆一心笑得几乎要直不起腰。

一脸空白的司仪拿着话筒问了一句：“你们还喝交杯酒吗？”

他已经没有流程了，他好想学俞董说一句百年好合就下台去哭。

“喝。”方永年这时候展示了一个军人孩子特有的良好家教，腰杆子笔直笔直的，特别镇定。

所以，那场婚礼，他们喝了交杯酒。

司仪估计是气傻了，大交杯、小交杯都用53度的茅台倒满了要求他们喝了一遍，喝完了之后他自己跳下台，要求新娘新郎在台上表演下嘴对嘴亲热。

方永年和陆一心面面相觑。

夫妻两个都不是酒量好的人，两杯茅台下肚，喉咙里肚子里都烧得慌。

“你今天很好看。”方永年喝了酒就会变得更加坦白，他拿着话筒说了这句话，然后丢掉话筒，在话筒落地的刺耳声和满屋子人的尖叫中，吻了下去。

真正意义上地满足了司仪要求的嘴对嘴亲热，亲完陆一心整个人就醉了，脱下了鞋子揪着方永年的袖子见谁都傻笑。

方永年看起来还算镇定，除了爆红的脸，他脚步看起来很稳，只是一直搂着陆一心，化妆师跑过来要拉陆一心去换装的时候，被他冷冷地瞪了一眼瞬间就不敢动了。

那一场婚礼，夫妻两个硬是半步不离，陆一心上厕所方永年都在门口守着，全程都没有伴娘郑然然什么事。

“我怎么还穿着婚纱……”敬酒的途中，陆一心清醒过几秒钟。

婚纱再好看穿起来也不够舒服，她喝了酒皮肤有点痒，被蕾丝弄到肉，痒兮兮的。

“已经换过了。”方永年把自己的西装披到陆一心身上，面不改色。

陆一心眯着眼。

西装上有方永年的味道，她形容不出来，但是她闭着眼睛都能分辨得出来。

方永年的味道，冷冷的，带着强烈的男性荷尔蒙。

所以她又醉了，穿着方永年让郑然然帮她拿的拖鞋，踢踢踏踏地满屋子敬酒。

陆博远在那场婚宴中差点哭出来。

方永年不动声色地耍酒疯，拽着他的女儿死不撒手，谁上去劝他就瞪谁。

那一屋子的人，敢惹方永年的不多。

俞含枫事不关己看戏看得十分热闹，全场唯一看不下去的人就只有陆博远，所以他试图上前阻止过。

“一心买了好几件礼服，你只让她穿着婚纱算怎么回事。”陆博远语气不太好，在角落里面拽住了夫妻两个人，连体婴一样手拉着手，也不怕把手捂出痧子。

“爸爸。”陆一心笑嘻嘻。

“爸爸。”方永年很严肃。

陆博远：“……”

不能破坏婚礼，他破坏婚礼他老婆刘米青会在饭菜里面下毒。

“行了行了，你们想干吗干吗。”他眼不见为净，给自己也倒了满满一杯茅台。

“儿孙自有儿孙福。”方永年父亲和陆博远碰了碰杯，颇有些惺惺相惜。

“我这个儿子，怕是一直以来都给你添了不少麻烦。”方永年父亲很感慨。

他很早就知道陆博远这个人，他儿子刚刚进研究所没多久，他就知道他们那里有个叫陆博远的师兄很喜欢带着他们这些外地来的孩子出去吃饭。

再后来，他听说陆博远还有个十岁大的女儿，平时没人带就丢给方永年帮忙。

他那时候还觉得陆博远这个人有点倚老卖老，自己儿子养到那么大都没有做过家务，怎么就能随便指使他的天才儿子做保姆。

那时候还是他老婆劝他，出了社会和家里总归是不一样的，他们项目组这样挺好，有问题了互相帮忙，一家人一样，小儿子喜欢这样。

再说了，他们家小儿子是个能受委屈的个性吗，以前人家作弊抢了他的第一名，他后来一路压着人家的成绩怎么样都比人家多十分，差点没把那人给气死。

十几年的时间，沧海桑田。

他儿子娶了人家的女儿，他老婆当时那句“一家人一样”，没想到变成真事。

“他喜欢这样。”方永年父亲又和陆博远碰了碰杯。

他的小儿子，其实最娇气，娇气得都有些婆婆妈妈。

他的小儿子是真的喜欢有人亲近，陆博远家里这样热热闹闹的，也真的就是他小儿子喜欢的。

那场婚礼最后是怎么结束的，陆一心有点忘了。

她从来没有喝过高浓度酒，酒精上头之后她就断片了。

所幸郑然然事后告诉她，方永年一直在她身边，怕她走光还给她穿了他的外套。

“你喝醉了酒就特别贤良淑德，我觉得你的表现比你正常的时候还要好。”郑然然也不知道是在安慰她还是在损她。

陆一心虽然不记得婚礼怎么结束，却记得那天晚上到底是怎么结束的。

她的婚纱很难脱，太紧身了她为了能穿上特意减了一个月的肥，喝了酒手脚也不灵活，手背到后面怎么都找不到拉链头。

“方年年！”她酒劲还没有完全过去，在浴室里面扯着嗓子喊老公，“我的婚纱脱不掉了！”

她简直想撕了它。

方永年还穿着衬衫和西装裤，头发是新郎官的头发，非常罕见地做了造型抹了摩丝，他靠在浴室门口，并不急着进去。

陆一心扭头，红扑扑的脸配上水汪汪的眼睛：“这个花边戳得我背都红了。”

美貌果然是要付出代价的。

“别脱了。”方永年还是靠在浴室门口。

陆一心这一刻，美得惊人。

发髻拆掉了，一头浓密的黑发散了下来，脸上还带着妆，手忙脚乱地想要脱掉婚纱，却因为手脚不灵活气馁地噘着嘴红着眼。

鲜活得，他都有些不敢靠近。

“我喜欢你这样。”方永年走进，手指划过她的肌肤。

陆一心背后又开始细细密密地起鸡皮疙瘩。

“你帮我脱啦。”她又痒又难受，在他怀里开始撒娇。

……

陆一心终于在二十四岁的时候，明白了什么叫作酒后乱性。

方永年多少有些失控，甚至当她为了好看垫的那几个垫子被扯飞的时候，都没有笑场。

她又被折腾哭了，因为酒精作用哭得更加黏黏糊糊。

她本来打算拿来珍藏的婚纱破破烂烂的已经失去了珍藏的价值，她的男人一遍又一遍耐心地哄着她，大半夜的她哭饿了他还起身去给她下了一碗面。

陆一心全程从后面抱着他，抽抽搭搭地说着各种各样的情话。

“万一以后有比我还可爱的女孩子追你，怎么办啊？”她恨不得把方永年藏起来。

那么好那么好的人，最好藏起来不要给别人看。

“不会的。”方永年应得很快。

一个晚上了，她来来回回就那么几句话，难为他居然一点都不觉得烦。

“可是我什么都不会。”她吃着面开始自我检讨。

她做饭就学了几个，剩下的大部分时间都是方永年在做。

家务活也是，方永年的洁癖比她严重，往往等她想起来要打扫的时候，方永年早就已经自己打扫完了。

“以后忙了可以请阿姨。”方永年也给自己下了一碗面，热乎乎的面汤下去，一个晚上的酒意总算彻底下去了。

他看着陆一心锁骨上的红痕有点赧然：“痛不痛？”

他还是失控了，看到她今天穿上婚纱开始，他心里面就有一股邪火一直在烧。

让她别露背的！

“不痛。”陆一心看了一眼，觉得挺新奇，“要不要这边也弄一个？”

两边对称看起来很好看。

方永年：“……”

“我们……”陆一心吃掉了最后一根面，“会……身体健康的吧？”

她想起了他们放在厨房的福袋，身体健康。

“会的。”方永年也想起来了，回答的时候带着笑。

只要身体健康，百年好合、早生贵子、白头偕老，他们就都能做到。

“这碗面，我也会记一辈子。”陆一心喝掉了汤。

她外婆走的时候方永年带她吃的那碗馄饨，方永年要离开禾城的时候带她吃的虾爆鳝，他们婚礼当天方永年给她做的这碗卧了一个荷包蛋的阳春面。

她都会记一辈子。

他们，都是用吃就能搞定的孩子。

跌跌撞撞、哭哭啼啼地在人间烟火中长大，最终，在人间烟火里体会到了幸福。

他们，会幸福的。

- 全书完 -

番外一 郑然然之 她太怕被抛弃了

郑然然从家里离开的时候没有吃早饭，她爸妈吵了一个通宵，从一开始的激烈砸东西，到现在各自疲累地坐在一片狼藉中，她离开的时候，没有人理她。

今天是初一军训第一天，按照常识她起码应该吃点东西带些水，所以她走之前回头看了一眼，她妈妈木然地看着她，她低头，背上书包头也不回地走了。

她爸爸在外面有人了，那个人怀孕了，哭着到家里跪着求她妈妈放过她爸爸。

她觉得这个要求很荒谬，更荒谬的是，她妈妈并不肯放过她爸爸。

所以，也没有放过她。

八月底的太阳很烈，初中军训虽然只是象征性地在操场上做队列练习，可空着肚子练了一个早上的立正稍息齐步走，郑然然觉得自己可能要晕了。

她在暑假里晕过一次，她爸妈打架波及她，她抱着初中预习册跑到楼下院子里做作业中暑了，醒过来的时候已经在急诊室，她爸妈都在。

那一次，他们没有吵架。

她在快要晕过去的时候，觉得挺好，她真的已经有很长时间没有看过她爸妈心平气和地说话了。

所以她在教官让大家解散休息十分钟的时候还站在原地，一动不动的，想着再晒十分钟，应该就能晕了。

当那只肉乎乎带着汗的手拉住她的时候，她的意识已经有些模糊了。

“吃糖？”那只手的主人举起了另外一只手，手心里有一根棒棒糖，草莓口味的。

郑然然面无表情地把脸转开，不着痕迹地咽了口口水。

“那要不，喝水？”那个家伙松开了她的手，另一只手变魔术一样变出了一瓶矿泉水。

眼前这个扎着羊角辫的小不点比她矮了半个头，一张脸圆乎乎的，满头满脸的汗，举着手，一手棒棒糖一手矿泉水。

郑然然接过那瓶矿泉水，一口气喝掉半瓶，然后盖上盖子，拿走了那家伙手里的棒棒糖。

“我叫陆一心。”小不点笑眯眯的，声音清清脆脆。

“我叫郑然然。”棒棒糖很甜，郑然然终于被甜味逼得开了口，“谢谢。”

“我应该谢谢你，我刚才正步走的时候顺拐了。”陆一心有些不好意思，“躲在你后面教官没发现。”

当时郑然然正好因为头晕趔趄了一下，吸引了教官的注意力，也免去了陆一心被教官拎出去当着所有人的面再走一遍正步的窘迫。

郑然然却误会了。

她上下打量了一下陆一心，觉得陆一心的个子，被她遮住也挺正常。

“我还能长高的好嘛！”小不点看懂了她的眼神，气得脸都红了。

郑然然还在吃棒棒糖，很敷衍地点点头。

再之后，她的耳根就再也没有清静过，这个叫陆一心的小不点只要休息就一直在她耳边叽叽喳喳的。她根本没有认真听，只是很想抠喉咙把刚才吃掉的棒棒糖和矿泉水吐出来丢还给这个絮絮叨叨的小不点。

事实证明，被小不点陆一心赖上的人，很少有能逃脱的。

陆一心就这样在她耳边絮絮叨叨的再也赶不走了，不管她是冷脸还是无视，陆一心总能找到能聊的话题，总能逼得她不得不开口，一旦开口了，总能陷入陆一心神奇的话题死循环里。

但奇怪的是，看起来叽叽喳喳什么都说的陆一心，从来没有问过她的家庭。

陆一心带她回去吃过饭，经常把家里的吃的偷偷带到学校里分享，偶尔还会有个叫作方叔叔的男人，骑着自行车给陆一心带点零食。

陆一心向她透明了自己的生活，却从来没有问过她，她的父母怎么样，也从来没有要求要去她家里吃饭。

甚至初二那年，她们两个因为各自妈妈工作调动从华亭转学到禾城，还在同一个班里，陆一心也没有问过她为什么也会转学。

郑然然在很久很久以后问过陆一心，她觉得以陆一心的好奇心居然能把这事压着不问那么多年，真的太神奇了。

“军训的那天，你的鞋子后跟是破的。”陆一心那天好像在减肥，为了穿婚纱能美美的，她戳着青菜叶子一边嫌弃一边往嘴里塞，“而且我看到你想偷吃书包里的饼干，拿出来看了一眼是过期的就丢掉了。”

郑然然不穷，她扔掉的那包饼干是进口的，她破掉的那双鞋子哪怕陆一心这样很少有名牌鞋子的人也能认得出牌子，那年夏天很火的限量版，陆一心在各种营销号下面看到过。

再后来，陆一心发现郑然然能一次性拿出来的零花钱几乎是她一个学期的零花钱总和。

可是，不穷的郑然然，东西都有点破，脏了很久都没有洗的名牌书包，校服虽然不像她的校服那样皱皱巴巴，可是领口和袖口一直有些不太干净。

老师要求写家庭日记的时候，郑然然总是莫名地特别烦躁。

而且，郑然然很讨厌看到骨肉亲情的戏码，每次看电影刷剧看到了都会快进。

所以，陆一心就没有问。

郑然然看着陆一心。

这个在初一军训的时候自己贴上来的小不点后来几乎没有再长高，所以一直还是个小不点。

她的生活里如果没有这个小不点，她可能，不会是现在这个模样，生活不会那么稳定，肯定也不会交男朋友。

她以前觉得她迟早会给她那对不负责任的父母一点教训的，拼着自己的前途，让他们面子上过不去，让他们养她一辈子。

然后，她被陆一心重新拉了回来。

陆一心一把鼻涕一把眼泪地把她拽回到高三，跟她说，如果她不考大学，陆一心就跟她一起去闯世界，开个蛋糕店什么的。

郑然然被陆一心的幼稚逗笑，也因为陆一心，她发现这个世界上她其实还有两个最亲密的人，一个是初一操场上给她水和糖果的陆一心，还有一个，是除了肌肉只剩下直肠的谷历历。

这两个人，和她没有任何血缘关系，但是，不会抛弃她。

郑然然第一次看到谷历历，是因为逃课。

那天是她同父异母的弟弟的生日，她妈妈一大早就开始发疯，她也被她妈妈的负能量传染，下午模拟考的时候一道选择题算错了，试卷刚刚交上去她就意识到了，于是心情变得更差。

晚自习的时候，陆一心因为家里有事没来，郑然然坐了半堂课，跟班主任随便找了个借口就溜了出去——她是中考第一进来的学生，每次模拟考也都是第一，哪怕她错了一道选择题，也仍然能把第二远远甩在后面。

她不想回家，背着书包在学校里乱晃。

大家都在上晚自习，平时很热闹的学校几乎空无一人，郑然然心里烦，挑的都是最黑的没有路灯的角落。

然后，她看到了一个黑漆漆的背影，这人看起来很高大，哪怕蹲在那里的姿势也很吓人。

那人蹲在那里遮住了郑然然一大半的视线，低着头不知道在捣鼓什么。

郑然然脚步顿了一下，她不想惹麻烦，只想换条路继续闲逛。

“你有完没完。”那个身影估计听到了身后的脚步声，很不耐烦地骂了一句。

男孩子的声音，很年轻，所以那句粗话听起来特别不顺耳。

郑然然脚步停住。

“说了让你半个小时以后再来找我。”那男孩子还是低着头，“你这样万一被老秃看到怎么办？”

“这地方要是被老秃发现了，我第一个弄死你。”他阴森森地威胁着，还是没抬头。

郑然然知道“老秃”，是他们高一的年级主任，五十几岁，典型的“地中海”发型。

这个外号挺损的，只有几个流氓一样的学生才会这样叫。

郑然然探头探脑，她突然有点好奇不能被年级主任发现的地方到底是什么意思。这地方特别偏，靠近还在造的新实验楼，平时几乎没有人来。

“你怎么还站着！”那身影终于怒了，倏地站起来转过身。

一张凶神恶煞的脸，手里拿着手机，手机的光亮从他下巴往上照，这样一张脸再配上这个身高，长得跟网络游戏里面的最终 Boss 一样。

可是这么一张脸在看到身后站着的不是他那帮狐朋狗友而是个穿着校服的小姑娘的时候，彻底僵住了，半张着嘴，手里拿着的游戏正好在偷大龙，队友骂街的打字都快要刷屏。

他战战兢兢地借着手机的光亮凑近看了一眼郑然然。

他被吓到了，往后退了好几步。

郑然然眯眼。

到底谁吓谁，她反射弧长，猛然看到他那张脸，自己还在消化还没进入到惊吓状态，他凭什么一脸惊吓地往后退。

她哪里吓人了！

“你……”那个人高马大胆子却特别小的家伙又往后退了两步，“你要上网吗？”

郑然然一脸问号。

“你……上吧。”那个家伙比了个“请”的动作，说完之后有些为难，“但是我只有半个小时时间，后面还有几个家伙排队。”

他很苦恼地挠挠头。

“要不这样。”他帮她出主意，“我把我明天的一个小时也给你，这样你可以在这里玩一个半小时。”

他说完之后对自己的安排很满意：“一个半小时够了，再晚你一个女孩子回家太不安全了。”

郑然然：“你认识我？”

他就差称她为您了，看起来好像真的受了惊吓。

大个子点头，点的频率很快，看起来居然有点萌。

全校第一呢，开学典礼的时候在讲台上发言的那个，他们平时再混也不会去找全校第一的麻烦。

全校第一，就是学校的骄傲。

郑然然斜眼看他。

女孩子天生的警觉告诉她，自己需要离这样满嘴脏话的男孩子远一点。

但现在是在学校，她大声一点就能引来老师，而且这个人，刚刚一本正经地告诉她，再晚她一个女孩子回家太不安全了。

她爸妈都没有说过这样的话。

“你……上网吧。”大个子觉得气氛太尴尬，他手脚都不知道应该往哪里放。

他指了指他刚才蹲的位置：“就是这里，无线的信号特别好，我玩游戏都不卡。”

“我……”他本来想走的，但想到这里没路灯也没什么人，临时改口，“我在那边帮你把风。”

他手长脚长地跑到离她十几米远的地方，找了个角落蹲好，又开始低着头玩手机。

可是无线信号好的就只有那么一个地方，他玩了一把刚刚匹配队友就因为断线被系统踢了出去。他骂了一句脏话，抬头，发现全校第一的郑然然还是站在那里，面向着他。

他挠挠头。

他没有太多和女孩子说话的经验，他长得挺可怕的，块头又大名声也不好，一般正常女孩子看到他早就躲得远远的了，不太可能像这个全校第一一样一动不动地盯着他。

很尴尬……

尤其他刚才好像因为吓着往后退了好几步，他眼睛裸眼 2.0，后退的时候他看到全校第一很不爽地眯了眯眼。

他不知道她想干吗，他看到全校第一跑到全校免费蹭网信号最好的地方，理所当然地以为她是想上网查资料。

所以他忙不迭地把位置让了出来，心里想着的是自己的段位估计要掉了，刚才那把估计要被人举报了。

结果那个全校第一就只是盯着他看了一会儿，颠了颠身上的书包，转身就走。

只知道玩游戏的他呆了。

“喂……”他弱弱地往前走了两步，喊住她。

郑然然停住，回头。

“你……往那条路走。”他指了指左边的路，“这边在造房子，路上有很多碎石头而且没有路灯。”

他那天走的时候摔了一跤现在手肘上还有伤疤。

郑然然转身。

“你叫什么名字？”她问他。

男孩思考着，直接告诉她名字比较糗还是告诉她外号比较糗。

“我叫谷历厉，稻谷的谷，历史的历和厉害的厉。”他最终选择把两个一起告诉她，“他们都叫我混世魔王。”

很冷静的郑然然眨了眨眼，表情失控了半秒钟。

她停在这里只是因为好奇这个地方为什么不能被老秃知道，现在谜底揭晓了，她就已经没有兴趣再待在这里了。

可是这个男孩子，说了三句话。

他说，太晚了女孩子一个人回家不安全。

他说，我在那边帮你把风。

他说，那条路有很多碎石头而且没有路灯。

他们素昧平生，他却在几分钟之内说出了她爸妈这一年都没有说过的关心她的话。

所以她问了他的名字。

可是没想到答案那么惊悚……

他爸妈到底咋想到这名字。

“我不会把这个地方告诉刘老师的。”

刘老师，就是老秃。

她甩下了这句话就走了，走的还是那条都是碎石子的路。

留在原地的谷历厉挠了挠头，在夜色中不知道咕哝了一句什么，看起来纠结犹豫了很久，骂了一句脏话，把手机塞到了书包里，又从书包里拿出一个电筒，远远地跟在郑然然身后，把电筒的光打得很远。

谷历厉自己差点被石头绊倒，那个全校第一，看起来倒是走得蛮稳的。

郑然然在那条路上，笑了。

从此以后，她和陆一心的二人帮多了一个人高马大的谷历厉，他不准她们叫他的名字，所以她们选择了最羞耻的外号。

混世魔王就一直这样跟着她，高中三年，远远地跟着，帮她打手电筒，帮她拿书包，帮她实验各种恶作剧。

她爸爸现在的妻子因为不想给她抚养费，找人来找过她，本来只是想吓吓她，结果被谷历历找人在巷子里堵住反而被吓个半死。

她高三失踪的时候，他为了找她差点被学校开除，看到她回来了，一个大男人窝在那个无线信号点，没有声音地掉眼泪。

陆一心说，她可能爱方永年。

郑然然无法理解陆一心那么浓烈的爱情，但是她发现，她渐渐地把谷历历装进了心里。

她开始看不得他成绩不好，开始担忧他的未来，开始让他远离他的那帮狐朋狗友。

然后，她告诉他，她喜欢他。

谷历历，连拉手都不太敢，她主动把手塞进了他的手里，他全身都抖了一下，借着酒劲才敢十指紧扣。

他把她当宝。

没交往的时候已经是这样，交往以后就更加可怕。

“你为什么对我那么好？”郑然然觉得自己是个很冷情的人，她有时候会不知道该怎么回报谷历历这样猛烈的感情。

“你只有我了呀。”谷历历笑嘻嘻的。

她没有家人了，她只有他了。

她盯着他和那些狐朋狗友分了手，他复读的时候，她每天都会根据他的水平帮他编模拟题，哪怕那时候她大一租房子忙课业累成狗，有时候和他视频聊着聊着就睡着了。

她总是担心他那么大的块头会被人欺负，总是觉得他傻傻的太单纯，做什么事，都会帮他分析子丑寅卯，操心得像个小老太太。

他曾经觉得她高不可攀。

全校第一，聪明得都不像人，做什么事都胸有成竹，他和她，云泥之别。

她以后会有大出息，而他，只想在她出现的地方，开家小小的奶茶店。

因为她喜欢喝奶茶，几乎上瘾。

他一直都是这么想的，结果没想到，她说，她喜欢他。

只是这四个字，就改变了他所有的未来。

他当上了体育老师，他在操场上向她求婚，他每天晚上都可以抱着他心爱的姑娘。

他还是听不懂她的工作，一个字都不懂。

她平时看的书，他只看到书皮就能马上睡着。

但是，他懂她。

知道她什么时候是傲娇什么时候是真烦了，知道她害怕结婚的原因，知道陆一心这个闺密在她心目中的地位，也知道，她有多爱他。

这个看起来冷冷的丫头，半夜睡醒的时候会迷迷瞪瞪地找他，彻底将他抱紧了，才敢继续睡。

她太怕被抛弃了。

所以，他永远都不会抛弃她。

番外二 零散的幸福

方永年这段时间很忙。

抗默项目已经在临床Ⅳ期收尾，开始准备药物审查，他这段时间又恢复了单休，周六一大早就赶到了实验室，结果大洋彼岸的俞含枫早就开着视频等着他，他一边准备审查材料一边和她斡旋。

俞含枫这家伙，用他老婆的话说就是狗改不了吃屎，AD 病症控制住之后就又开始作。

她不想做孤儿药，最近这段时间针对成本和市场的问题对他进行一波又一波的疲劳轰炸。

“而且这种药真没什么影响力，制药公司好不容易做出名气来了，应该是巩固名气的时候，你可以考虑下其他方向，真正巩固了咱们再考虑去做善事不好吗？”俞含枫性格没变，她那么软的原因是因为当初她得了 AD 脑子一热和方永年这只老狐狸签了协议，现在只要想到孤儿药要投入的钱，她就觉得脑仁疼。

方永年停下手里的动作用筷子夹了一个豆腐包子塞进嘴里，话都不想跟她说。

再做一个原研药。

她真是站着说话不腰痛。

他这个年纪身上能有一个成功的原研药，那就已经是大佬了，他从来没奢望过他这一辈子能做成功几个原研药。

做人不能太贪心，他老婆教女儿的。

俞含枫几拳头都打到了棉花上，心气不顺，瞥了一眼方永年身后。

“你那一盒豆腐包子一共有几个？”她突然换了个完全不相干的

话题。

“八个。”方永年回答得很谨慎。

他们公司三年前弄了一个员工食堂，他为了豆腐包子特意找人去研究所打包了几份过来给他们食堂的负责人，研究了一年多，终于能做出差不多味道的了。

也很难买，非得一大早过去才能买到。

“你刚才把第八个吃了。”俞含枫自从得了AD后就开始下意识地训练自己的记忆力，和人聊天的时候会强迫自己记住很多细节。

“嗯……”方永年觉得似乎有哪里不太妙。

“你女儿在你后面，她盯着你看了很久了。”俞含枫很快乐地揭晓谜底，挥挥手很潇洒地挂了视频。

周一再烦他，反正她是舍不得把那么多钱都拿去做善事的，除非他能想到更加赚钱的方法。

方永年眼角抽了抽。

他真忘了，陆一心出差大半个月昨天半夜才回来，他怕女儿吵到她今天一早就把女儿带到实验室，打算等她外公来上班让她外公送到她外婆那里去。

陆一心每次出差都是去鸟不拉屎的地方做现场勘察，他打算让她好好休息一天。

结果他就给了他女儿一包豆浆，自己接了俞含枫的视频又看到一封抗默进度的邮件，就彻底忘了女儿的存在。

他扭头，他家闺女圆脸圆眼睛，旁边放了个粉红色的小书包，小脸鼓鼓的，无声地谴责他。

这个场景诡异而又熟悉，方永年失笑。

他和她妈妈，就是这样认识的呢。

“我再去给你买。”他站起身，因为想起了往事，声音比平时更温柔。

“你吃了八个！”五岁的小姑娘举起了一只手，发现手指头不够又急乎乎地举出了第二只手。

她就在边上一直看着，她妈妈说爸爸工作的时候不要吵他，所以她就特别乖巧地一直看着。

看着她爸爸一个又一个地吃掉了一盒豆腐包子。

方永年摸摸鼻子。

“对不起。”他拍拍女儿的脑袋，“爸爸肚子大。”

“我要去告诉妈妈……”小姑娘还是很气，气得都不想跟他下去买早饭。

陆博远一来就看到自己宝贝外孙女在和她爸爸怄气，他丢下公文包很快乐地冲了过去，抱起了外孙女就嗓音嘹亮地问了一句：“来来来，告诉外公你爸爸都干了什么。”

“我不小心把她的早饭给吃了。”方永年决定速战速决，“我下去给她买。”

“一心昨天半夜才回来。”他交代了一下前因后果，“今天把恬恬给妈带一天，我下班了来接。”

“行了行了，我带她下去。”陆博远知道今天宝贝外孙女会跟他们在一起，一颗心早就飘走了。

他左手抱着外孙女右手拿着外孙女的书包，想了想又开口：“你明天来接吧。”

方永年正在帮女儿拉裙子，听到这话愣了一下。

“你们不是大半个月没见了嘛。”陆博远说得别别扭扭的。

方永年耳根微微红了。

“爸爸再见！”很容易被哄好的方恬恬因为她爸爸帮她重新把长筒袜子穿好了又开心了，捧着方永年的头吧唧一口，挥了挥手。

他们夫妻工作忙，小恬恬很多时候都是外公外婆或者爷爷奶奶来华亭的时候带的。

方永年有时候会觉得这个世间好多事情都是一个轮回，他当年因为陆博远不得不做陆一心的保姆，而现在，陆博远大部分时间都在带他的女儿。

他听着他们爷孙俩边等电梯边聊天，陆博远一如既往地转个身就说他的坏话：“你爸爸真贪吃。”

方恬恬说：“爸爸可能是饿了。”

一本正经，好像刚才的怄气根本不存在。

“你为什么每次都帮你爸爸？”陆博远郁闷了。

他女儿每次都帮方永年，现在他外孙女居然也每次都帮方永年，他们明明都在做一模一样的工作，他到底哪里比不上方永年！

“因为外公比较凶啊。”方恬恬的声音和陆一心很像，都是清脆甜糯的那一种，“外公老喜欢欺负爸爸。”

陆博远噎了一下，好半天才用有些不确定的语气问：“我很凶吗？”

他对方永年，很凶吗？

他们结婚都快七年了，他对方永年的那点心气不平也早就被磨得差不多了，怎么还是很凶吗？

“嗯！”方恬恬点头，巴住陆博远的脖子，用说悄悄话的音量，“不过我妈妈说，外公是因为喜欢爸爸才这样的。”

“胡说！”陆博远老脸都红了。

方永年低头笑了，退回到实验室，关上门。

方恬恬像他又像陆一心，她天真单纯想事情特别通透，她逻辑能力很强，才五岁就已经能把陆一心说得一愣一愣的，大部分时候话题都会被方恬恬带跑。

方恬恬，是他和陆一心的骄傲。

陆一心睡了整整一个白天，中途醒过来看了一眼微信，看到方永年说已经把恬恬带到她妈那里了，就立刻翻了个身继续睡了。

她很不幸地遗传了她妈妈的爱好，卫星中心这份工作，她只做了一年就爱上了，爱上了，剩下来的就都是代价。

降水项目有很多气象数据收集点都在人迹罕至的地方，现在设备先进已经不需要人员值班，但定期检查维修还是需要的，有时候还需要专家到现场人工采集数据，所以这一两年，她出差得很频繁，去的都是没有人烟的地方，环境都很苦。

可她却甘之如饴，哪怕每次出去回来都会感觉自己脱了一层皮。

她能听到方永年下班的声音，但睡了一整天之后眼睛还是睁不开，她只能在床上哼唧两声发出自己还活着的讯息。

方永年似乎摸了摸她的额头。

“吃饭了没？”他问她。

“没……”陆一心勉强睁开了眼睛，觉得自己这一副要死不活的样子可能是因为饿了。

方永年喂给她一块糖，亲了亲她的额头：“再睡会儿，我去给你做饭。”

“你呢？”陆一心被甜味冲得彻底醒了，穿着拖鞋跟了出去，黏黏糊糊的。

“一起吃。”方永年把衬衫袖口卷了起来，穿上围裙。

“女儿呢？”陆一心这才发现家里安静得有点过分了。

“爸让我们明天再过去接她。”方永年开始洗菜。

肥猫从他们面前走过，闻了一下方永年手里的青椒。

陆一心伸手撸了一把它的圆脑袋。

这家伙近几年性格越发古怪，看到陆一心，也只是晃晃尾巴顶了顶自己的圆脑袋。

“我想吃青椒炒牛肉。”陆一心闻到青椒味道终于开始饿，“我在那里吃了好几天的泡面。”

她从后面搂住方永年，开始撒娇。

结婚七年，她已经是五岁孩子的妈妈，可是对着方永年，她能一秒钟就变回小女孩。

“我买了牛肉。”方永年太了解她的口味了，“青椒炒牛肉，蛤蜊蒸蛋。”他报菜名。

陆一心咽了口口水，肚子开始叫。

“很累？”他真的心疼了，她这次回来整个人都瘦了一大圈，黑了好多。

“嗯。”那边风大，晚上呼啦啦的，吹得人睡不着。

她其实是害怕的，但是拿到数据后成就感很容易盖过害怕，第二次就又屁颠颠地去了。

“我有点后悔答应让你出去闯一闯了。”方永年擦干净手转身，帮陆一心揉头。

他真没料到陆一心的工作会那么累，他有次开车送她去勘察，看到那个地方就搭了个帐篷，方圆几十里都没什么人，去的人都把自己包裹得紧紧的，因为紫外线太毒，晒一整天下来整个脖子都会轻度晒伤。

这一次也是，陆一心鼻子都晒脱皮了。

陆一心没说话，抱着他嘿嘿笑。

她在赖皮。

因为真的喜欢，因为懒得说服他，所以索性赖皮。

“这段时间多吃点。”方永年拿她没辙，粗声粗气的。

“嗯。”陆一心笑嘻嘻。

方永年：“我炒菜，会溅油，你躲开点。”

陆一心：“我不要，我要抱。方年年……”

方永年：“嗯？”

陆一心：“我想死你了……”

方永年：“嗯，我也是。”

他想她了，所以她现在这样紧紧地搂着他，让他觉得很幸福。

“多吃点。”他大手包住她的手臂以免她被油溅着，她手臂都能摸到骨头了。

“那我还要吃卤猪耳朵。”陆一心馋了。

“冰箱里有，咱妈昨天拿过来的。”方永年动作迅速地炒好了青椒炒牛肉，开始装盘。

“说起来我们女儿最近是不是胖了。”她昨天出差回来就瞅了一眼，感觉脸又肉了一圈。

“没吧……”亲爹答得有点心虚。

他最近喂得是有点多了。

“你就惯着吧。”陆一心瞪他。

他们还是住在新婚的时候买的房子里，因为买的时候，卖房的告诉他们，这是学区房。

房子因为她怀孕重新装修了一下，把之前空出来的房间做成了小孩房，陆一心在所有的墙壁上都装了像医院走廊一样的扶手，方便方永年晚上起夜没找到轮椅或者拐杖的时候用。

他们家的灯一直都是暖色调，特别温暖的暖黄色的色调。

书房里也堆满了小孩子的东西，可是不管家里因为多了个小生命变得多挤，陆一心始终很注意留出一个轮椅能顺畅行走的空间，这样的习惯，也传染给了方恬恬，她小小年纪就知道把自己的玩具放在角落里以免绊着爸爸。

他们的家，满满当当的，有幸福，也有因为教育孩子出现分歧后偶尔的吵架。

陆一心变得更大了一点。

他眼角的皱纹也变得更深了一点。

而幸福，变得脚踏实地，变得无坚不摧，变得没有任何一个梦境能够打倒。

他已经很久很久没有做过车祸的噩梦，他大部分时间醒过来都是憋醒的，有时候是女儿半夜摸到了他们床上，有时候是陆一心睡相太差压住了他的脸。

他再也没有孤单过，也再也没有藏在阴影里过。

他终于，站在了阳光下，哪怕只有一只脚。

因为他身后，有他的爱人，他的孩子。

番外三 肥猫之又一年冬天

肥猫是一只很骄傲的猫，从出生到现在换过好几任主人，从一开始好不容易有个家的兴奋到几次抛弃之后的麻木。

作为一只历经风霜的肥猫，它知道得和人类保持距离，所谓的领养并不是一劳永逸，人类在刚见面的时候表现出来的亲昵稍纵即逝，他们会用各种理由抛弃它，它不是家庭成员，它的存在价值就和垃圾桶里的毛绒玩具差不多。

所以它对那个走路姿势有些僵硬的男人的领养也并没有表现出太多的开心，它不知道自己能活多久，但是反正领养了，就代表它起码可以有一段时间不用风餐露宿。

不算坏事。

肥猫闭上自己的鸳鸯眼，在猫包里打了个哈欠。

之后很长一段时间，它和那个男人相处得都不算亲密。

男人很忙，白天大部分时间都不在家，他一点都不热情，他叫它肥猫，他给它吃它从来没有吃过的美味罐头，哪怕太忙回不来，也会叫上不认识的人类按时过来投食。

肥猫想，这次的领养还不错，所以它拼命吃，只为了在下一次被抛弃之前能够多存储一些过冬的脂肪。

它和领养它的那个男人仍然不亲近，就算他在家也各过各的，直到有一天，它在窗外看到了飘落的雪花。

他养它很久了，并且一直都没有抛弃它。

肥猫漂亮的鸳鸯眼眯了起来，第一次在男人回家的时候主动迎了过去，竖起尾巴“喵”了一声。

男人却并没有理它。

他皱着眉坐在玄关，脸上都是汗，脸色很苍白。

肥猫歪着头，有些困惑。

“你说……”男人懒懒地靠在玄关，看着在他面前徘徊一直没走的肥猫，“我要不要给她打电话告诉她我又犯病了？”

他声音低哑，有压抑的疼痛。

无法听懂人类语言的肥猫“喵”了一声，坐在了方永年旁边。

它能感觉到这个人类此刻并不舒服，它吃了他那么多罐头，这种时候应该陪在他身边。

“现在很晚了。”男人还在自言自语，“给她打电话她肯定会从宿舍跑出来，太危险了。”

他撸了一把肥猫的脑门。

肥猫蹭了蹭他的手。

它看着那个男人撑着玄关的鞋柜站了起来，找出了那一面三角镜。

肥猫认识这面三角镜，第一次看到那面镜子，镜子里面映出了它的鸳鸯眼，它吓得一蹦三丈高，事后越想越气，不依不饶地找出了那面镜子试图用爪子挠花它。

男人经常带回家的女孩阻止了它，她从来没有呵斥过它，只有这一次，她轻轻拍了下它的脑袋，说了一句：“这个不许动！”

圆圆的娃娃脸，严肃起来也挺像那么回事的。

所以肥猫悻悻然地走了，本能地对这面镜子产生了恶感。

它不喜欢这面镜子。

因为领养它的那个男人，每次拿出镜子的时候都在隐忍疼痛，脸上带着它看不懂的表情，暮气沉沉。

屋子里很安静，男人坐在镜子前一下一下地摆动着腿，肥猫坐在他旁边一动不动。

已经过了它吃罐头的时间，但是他觉得，此时此刻它不应该只想着吃。

因为这个男人养它养了很久，从夏天开始，现在外面都下起了雪。

“我就知道！”女孩的声音随着开门声同时响起。

这女孩的嗓音是它们猫最喜欢的嗓子，清脆甜蜜，光听声音就会觉得这种人类不会伤害他们，它做流浪猫的时候，最喜欢向发出这种声音的人类讨食。

但是此刻，这嗓音听起来带着哭腔，气急败坏。

“你怎么来了？”男人声音还是嘶哑，却莫名地多了一丝奇怪的东西，像是它在家百无聊赖的时候突然听到他回来的脚步。

“我就觉得你之前那个电话不对劲。”外面还下着雪，女孩身上的雪花化了，变成了晶莹的水珠。

她其实也做不了什么，蹲在他面前看他对着三角镜来来回回地摆动那条完好的腿，问他："要不要喝热水？"

然后男人就笑了。

肥猫在他旁边甩甩尾巴。

暮气沉沉的气氛不见了，女孩在给男人烧热水的时候还顺手给它开了一个猫罐头，一边嘟囔着肥猫你少吃一点一，边把一整个罐头都塞给了它。

她又蹲回到男人面前，捧着热气腾腾的水。

他们开始细声细气地说话，女孩摸摸男人的额头，男人理理女孩的乱发。

玄关的角落被蒙上了一层金黄色，吃掉一整个猫罐头的肥猫跳到自己热爱的沙发一角，看着他们打了个哈欠。

它有一种奇妙的感觉。

或许，它可以在这个家里待很久很久，或许，它还能在这个家里看到很多次下雪。

肥猫真的在这个家里看到了很多次下雪。

女孩和男人住在了一起，男人的笑容越来越多，他们家变得越来越热闹，冰箱里充满了食物，而它的罐头，一直没有少过。

它慢慢地开始和人类走近，还是不习惯被拥抱，但是叫声逐渐变得娇媚，性格变得更加慵懒，做流浪猫的时候学会的那些本事，随着一次次下雪逐渐被它遗忘。

它开始学习新技能。

比如在那两个人类窝在沙发上腻歪的时候它硬挤到他们身边；比如像小猫一样在新买的猫抓板上蹭得咕噜咕噜；比如它以前很不屑为之，现在却觉得做了好像也没啥的撒娇。

"你有没有觉得肥猫最近开始黏人了？"女孩已经结婚，手上有个很小巧的白色婚戒，尺寸刚刚好，肥猫好几次想偷过来玩都失败了。

"有吗？"男人正在做饭，燃气炉上咕嘟咕嘟地炖着鸡汤，他穿着围裙站在厨房里，注意力都在调味上，问得心不在焉。

它和男人始终都是这样不远不近的关系，只会在对方不舒服的时候陪在对方身边，比如男人需要三角镜的时候，比如它吃坏肚子的时候。

"它最近一直在试图对我撒娇露肚子。"陆一心手里拿着一根逗猫棒，嘴里叼着西红柿。

方永年转身，盯着那只试图把脑袋放在地上翻身露肚子却因为不熟练和太胖做起来十分违和的肥猫看了半分钟。

"它只对你这样。"方永年又转回去，把手里切好的萝卜丢到鸡汤里。

因为肥猫对他总有一种奇怪的矜持，明明越来越娇气越来越不高冷，却偏偏要维持着高冷的人设。

陆一心也知道，所以拿着逗猫棒笑哈哈地拍肥猫的脑袋：“矫情，跟你一模一样！”

莫名其妙被连坐的方永年在晚上给肥猫吃罐头的时候少给了一块肉，莫名觉得自己今天晚上肚子空了一点的肥猫坐在窗台上眯着眼睛思考“猫生”。

肥猫想，要不，它也对方永年撒个娇？

它是一只骄傲并且有行动力的猫，思考了半个小时后，无声地推开了厕所的门——方永年正在里面刷牙，隔着镜子和它对视。

肥猫哼唧了一声，把自己圆滚滚的脑袋放到地板上，吭哧吭哧地躺下，然后翻身。

露肚子。

它们喵星人对待铲屎官最高规格的礼遇。

方永年的电动牙刷关了。

他在镜子里看着它定格了很久很久很久，然后弯腰，和仰躺的肥猫对视。

有一种尴尬，可以跨越物种，两个雄性生物在对视的那一瞬间，心灵相通。

肥猫迅速翻身，面无表情地走出了卫生间。

方永年站直，面无表情地继续刷牙。

那一瞬间，他还挺想摸摸肥猫圆滚滚肉嘟嘟的肚子的。

那一瞬间，肥猫还挺想打个滚卖个萌的。

但是，不合适。

方永年不适合撸猫，而它也不适合被方永年撸。

幸好撤得快！

肥猫悻悻然地坐回到窗台，假装无事发生。

只是如果他们这场无声的交流没有被陆一心看到就好了……

没有看到，她就不会笑得那么猖狂；没有看到，它就不会因为太丢脸了就破罐子破摔。

没有看到，它就不会堕落成现在这个样子，撅着屁股塞在他们两个中间，发出小猫咪才会发出的撒娇声，咕噜咕噜地引诱他们来拍它的屁股。

“它越来越没节操了。”方永年一边抱怨一边拍得不亦乐乎。

“跟你一样。”陆一心永远一针见血。

被拍得身心愉悦的肥猫“咕噜咕噜咕噜咕噜”。

它已经彻底忘记了流浪猫的生活，现在堕落成它流浪的时候最看不起的样子。

家猫，回退到幼猫时代，没有忧患意识，没有求生技能，彻底骄傲成了目中无人的样子。

肥猫一开始并不喜欢方恬恬。

猫不喜欢侵占自己地盘的生物，也不喜欢叫声特别尖厉的孩子，这是天性。

所以家里有了方恬恬后，肥猫有很长一段时间不愿意理睬陆一心，也不愿意理睬方永年。

它只会在方永年和陆一心都不在的时候，默默地看着方恬恬。

看着她在婴儿床上吐泡泡，伸着手咿咿呀呀的，或者莫名其妙就哭得天崩地裂。

他们偶尔也会对视，它的鸳鸯眼一眨不眨，方恬恬吐出的泡泡一动不动。

方永年和陆一心对它出奇的放心，一点都不怕它尖利的爪子挠花方恬恬红扑扑的脸。

肥猫在又一次对视后，伸出自己的肉垫碰了碰方恬恬的手。

一人一猫，手的大小居然差不多。

方恬恬因为手上毛茸茸的新鲜触感瞪大眼，咿咿呀呀地说了一堆没有生物能听得懂的感叹，然后伸手一把抓住了肥猫的毛。

肥猫“嗷呜”一声奓毛，跳下婴儿床蹿得半天高。

婴儿床上的方恬恬继续咿咿呀呀，莫名其妙地赢得了第一场胜利。

然后是第二次，第三次。

等方恬恬可以自己翻身坐起来的时候，肥猫已经能够忍受方恬恬用口水拉杂的脸糊它一脸口水了。

它还是很讨厌方恬恬，却总是偷偷地帮方恬恬把窗外的苍蝇蚊子都赶走，在方恬恬咿咿呀呀走路的时候用爪子拨走路上的障碍物，在方恬恬学会叫肥猫的时候，站得老远地冲她眨眨眼。

又一年冬天，下雪了。

肥猫坐在窗台边仰着头，已经两岁的方恬恬蹲在窗台边也仰着头。

“吃饭啦。”陆一心嚷嚷。

一人一猫回头。

方永年和陆一心就站在餐厅的暖黄色灯光下，脸上都是笑容。

再也不会暮气沉沉。

窗外雪花漫天，窗内肉汤香味四溢。

已经彻底遗忘了过去颠沛流离生活的肥猫和吃得肚子圆鼓鼓的方恬恬都打了个哈欠，吃完了相拥而眠。

幸福，在暖黄色的烟火里，终于有了具象的画面。